KB098741

중고생이 꼭 읽어야 할

한국단편소설

중고생이 꼭 읽어야 할

한국단편소설

초판발행 2022년 9월 30일

지 은 이 김동인 외
펴 낸 이 배태수
펴 낸 곳 신라출판사
등　　록 1975년 5월 23일 제6-0216호
전　　화 (02) 922-4735
팩　　스 (02) 6935-1285
주　　소 서울시 구로구 중앙로 3길 12
북디자인 디자인 디도

ISBN 978-89-7244-156-4 43810

* 잘못된 책은 구입한 곳에서 바꾸어드립니다.

중고생이 꼭 읽어야 할

한국단편소설

문학박사 배해수 감수

신라출판사

머릿말

문학, 특히 소설은 사회와 그 속에서 살아가는 사람들의 삶을 반영하는 거울이라고 말한다. 소설이라는 문학 장르가 사람들이 살아가는 인생의 모습을 고스란히 담아내고 있기 때문이다. 이러한 면에서 우리가 흔히 말하는 주옥같은 작품들은 단순히 작품으로서만 존재하지 않으며, 한 시대를 꿰뚫어볼 수 있는 척도로 인정받는다.

이번에 출간하는 〈꼭 읽어야 할 한국단편소설〉은 현대 문학의 장을 연 1920, 30년대를 전후로 주로 활동했던 주요 작가들의 대표적 단편소설을 엄선하여 수록했다. 여기에 엄선된 작품들은 문학사적인 면에서 가치 있는 작품들이기도 하지만 당시의 굴곡 많은 우리의 생활과 사회상을 그대로 투영하고 있다.

이 작품들을 통해 청소년들은 우수한 예술세계를 경험할 뿐만 아니라, 총체적으로 작품을 접하고 이해할 수 있는 기회를 갖게 되리라 믿는다.

이 작품집의 전반적인 구성은 누구나 알기 쉽도록 꾸며졌다. 작품의 이해를 돕기 위해 작가의 삶과 정신 세계를 첫머리에 배치하였고, 작품을 요

약한 줄거리로 느낌을 전달하였으며, 작품을 읽고 나서 대하는 작품해설 및 문학사적 측면, 구성에 있어서의 특징 등 소설이 갖는 다양한 특성을 간략, 명료하게 정리하여 분석적인 능력을 배양하는 데 도움이 되도록 하였다.

논술고사 및 대입수능시험, 본고사 등 청소년들이 앞으로 치러나가야 할 많은 시험에 있어 소설을 이해하고 시험에 효과적으로 대비하는 데 이 책이 적절하게 도움이 되기를 희망하며, 단순히 공부를 위한 소설의 이해가 아닌 과거에 살았던 사람들의 삶의 모습 또는 지금 살아가는 사람들의 모습을 이해하며 좀더 깊이 있는 가치관을 형성할 수 있는 계기가 되기를 바란다.

엮은이

차례

김동인

김동인 金東仁, 1900~1951

호는 금동(琴童). 평양 출생. 열네 살에 일본으로 건너가 중학을 마쳤다. 우연치 않게 톨스토이의 작품에 심취되어 문학에 관심을 가지게 되었다. 1919년 일본에서 전영택 · 주요한과 함께 최초의 순문예 동인지인 《창조》를 간행하고, 여기에 최초의 사실주의 소설인 〈약한 자의 슬픔〉을 발표하였다.

그의 문학사적 공적은 다음과 같다.

①소설에 있어 구어체 문장(언문일치)을 완성 ②'그'라는 3인칭 대명사를 처음 사용 ③이광수의 계몽주의에 반발해 사실주의를 도입 ④계급주의에 맞서 예술지상주의를 주장 ⑤다양한 문학 사조와 기법을 도입 ⑥근대적 문예 비평을 개척

이와 같은 공적으로 인해 그는 한국 근대 문학의 선구자로 지칭되고 있다.

주요 작품

1. 사실주의 : 〈약한 자의 슬픔〉(1919)
2. 낭만주의 : 〈배따라기〉(1921)
3. 자연주의 : 〈태형〉(1922), 〈明文〉(1925), 〈감자〉(1925)
4. 유미주의 : 〈광염 소나타〉(1929), 〈광화사〉(1935)
5. 인도주의 : 〈발가락이 닮았다〉(1932)
6. 민족주의 : 〈붉은 산〉(1932)
7. 역사소설 : 〈젊은 그들〉(1930), 〈운현궁의 봄〉(1933), 〈대수양〉(1941), 〈을지문덕〉(1946)
8. 평론집 : 〈춘원연구〉(1938)

배따라기

• 읽기전에

1. 이 작품에 나타나는 자연주의적 특징은 무엇인지 생각해 보자.
2. 이 작품 전체에 나타나는 갈등의 유형을 인물의 성격적 특성과 연관하여 생각해 보자.

• 줄거리

어느 화창한 봄날 '나'는 대동강으로 봄 경치를 구경 나갔다가 '영유 배따라기'를 잘 부르는 한 사공을 만나 그의 사연을 듣는다.

그는 영유에서 아름다운 아내와 착한 아우 부처와 함께 남부럽지 않게 살았다. 그러나 쾌활하고 애교를 잘 부리는 아내가 늠름하고 잘생긴 아우에게 잘해 주는 것을 시기하여 아내를 자주 괴롭히곤 했다. 그러던 어느 날 장에 갔다 온 그는 한 방에서 아내와 아우가 쥐 잡는 것을 오해한 나머지 아내를 내쫓는다. 결국 아내는 자살하고 아우는 고향을 떠난다. 자신의 어리석음을 깨달은 그는 아우를 찾아 뱃길에 올라 10년 만에 아우를 만나지만 곧 헤어지고 만다. 그리고 10년이 더 흐른 지금 아우는 찾을 길 없고 배따라기만 구슬피 부르며 다시 길을 떠난다.

배따라기

좋은 일기이다.

좋은 일기라도, 하늘에 구름 한 점 없는—우리 '사람'으로서는 감히 접근 못 할 위엄을 가지고, 높이서 우리 조그만 '사람'을 비웃는 듯이 내려다보는, 그런 교만한 하늘은 아니고, 가장 우리 '사람'의 이해자인 듯이 낮추 뭉글뭉글 엉기는 분홍빛 구름으로서 우리와 서로 손목을 잡자는 그런 하늘이다. 사랑의 하늘이다.

나는 잠시도 멎지 않고, 푸른 물을 황해로 부어 내리는 대동강을 향한, 모란봉 기슭 새파랗게 돋아나는 풀 위에 뒹굴고 있었다.

이 날은 삼월 삼질, 대동강에 첫 뱃놀이하는 날이다. 까맣게 내려다보이는 물 위에는, 결결이(때때로) 반짝이는 물결을 푸른 놀잇배들이 타고 넘으며, 거기서는 봄 향기에 취한 형형색색의 선율이, 우단보다도 부드러운 봄 공기를 흔들면서 날아온다. 그리고 거기서 기생들의 노래와 함께 날아오르는 조선 아악(雅樂)은 느리게, 길게, 유창하게, 부드럽게, 그리고 또 애처롭게-모든 봄의 정다움과 끝까지 조화하지 않고는 안 두겠다는 듯이 대동강에 흐르는 시꺼먼 봄 물, 청류벽에 돋아나는 푸르른 풀어음, 심지어 사람의 가슴속에 봄에 뛰노는 불붙는 핏줄기까지라도, 습기 많은 봄 공기를 다리 놓고 떨리지 않고는 두지 않는다.

봄이다. 봄이 왔다.

부드럽게 부는 조그만 바람이, 시꺼먼 조선솔을 꿰며, 또는 돋아나는 풀을 스치고 지나갈 때의 그 음악은 다른 데서는 듣지 못할 아름다운 음악이다.

아아, 사람을 취케 하는 푸르른 봄의 아름다움이여! 열다섯 살부터의 동경(東京) 생활에 마음껏 이런 봄을 보지 못하였던 나는, 늘 이것을 보는 사람보다 곱 이상의 감명을 여기서 받지 않을 수 없다.

평양성 내에는, 겨우 툭툭 터진 땅을 헤치면 파릇파릇 돋아나는 나무새기와 돋아나려는 버들의 어음으로 봄이 온 줄 알 뿐, 아직 완전히 봄이 안 이르렀지만, 이 모란봉 일대와 대동강을 넘어 보이는 가난 옥토를 연상시키는 장림(길게 이어져 뻗쳐 있는 숲)에는 마음껏 봄의 정다움이 이르렀다.

그리고 또 꽤 자란 밀보리들로 새파랗게 장식한 장림의 그 푸른빛. 만족한 웃음을 띠고 그 벌에 서서 내다보는 농부의 모양은, 보지 않아도 생각할 수가 있다.

구름은 작고, 하늘을 날아다니는 모양이다. 그 밀 위에 비치었던 구름의 그림자는 그 구름과 함께 저편으로 몰려가며, 거기는, 세계를 아까 만들어 놓은 것 같은 새로운 녹빛이 퍼져 나간다. 바람이나 조금 부는 때는 그 잘-자란 밀들은 물결과 같이, 누웠다 일어났다 일록일청으로 춤을 춘다. 그리고 봄의 한가함을 찬송하는 솔개들은, 높은 하늘에서 동그라미를 그리면서, 더욱더 아름다운 봄에 향수를 붓는다.

"다스한 봄정에 솟아나리다. 다스한 봄정에 솟아나리다."

나는 두어 번 소리 나게 읊은 뒤에 담배를 붙여 물었다. 담뱃내는 무럭무럭 하늘로 올라간다.

하늘에도 봄이 왔다.

하늘은 낮았다. 모란봉 꼭대기에 올라가면 넉넉히 만질 수가 있으리만큼 하늘은 낮다. 그리고 그 낮은 하늘보다는 오히려 더 높이 있는 듯한 분홍빛 구름은, 뭉글뭉글 엉기면서 이리저리 날아다닌다.

나는 이러한 아름다운 봄 경치에 이렇게 마음껏 봄의 속삭임을 들을 때는, 언제든 유토피아를 아니 생각할 수 없다. 우리가 시시각각으로 애를 쓰며 수고하는 것은—그 목적은 무엇인가? 역시 유토피아 건설에 있지 않을까? 유토피아를 생각할 때는 언제든 그 '위대한 인격의 소유자'며 '사람의 위대함을 끝까지 즐긴' 진나라 시황[秦始皇]을 생각지 않을 수 없다.

우리가 어찌하면 죽지를 아니할까 하여, 소년 삼백을 배를 태워 불사약을 구하러 떠나 보내며, 예술의 사치를 다하여 아방궁을 지으며, 매일 신하 몇천 명과 잔치로써 즐기며, 이리하여 여기 한 유토피아를 세우려던 시황은, 몇만의 역사가가 어떻다고 욕을 하든, 그는 정말로 인생의 향락자이며 역사 이후의 제일 큰 위인이라고 할 수가 있다. 그만한 순전한(순수하고 완전한) 용기 있는 사람이 있고야 우리 인류의 역사는 끝이 날지라도 한 사람을 가졌었다고 할 수 있다.

"큰 사람이었다."

하면서 나는 머리를 들었다.

이 때다. 기자묘 근처에서 무슨 슬픈 음률이 봄 공기를 진동시키며 날아오는 것이 들렸다.

나는 무심코 귀를 기울였다.

〈영유 배따라기〉다. 그것도 웬만한 광대나 기생은 발꿈치에도 미치지 못하리만큼-그만큼 그 배따라기의 주인은 잘 부르는 사람이었다.

비나이다, 비나이다.

산천 후토(后土 토지를 맡은 귀신) 일월 성신 하나님 전 비나이다.

실낱 같은 우리 목숨 살려달라 비나이다.

에-야, 어그여지야.

여기까지 이르렀을 때에 저편 아래 물에서 장고(長鼓) 소리와 함께 기생의 노래가 울리어 오며 배따라기는 그만 안 들리게 되었다. 나는 이 년 전 한여름을 영유서 지내 본 일이 있다. 배따라기의 본고장인 영유를 몇 달 있어 본 사람은 그 배따라기에 대하여 언제든 한 속절없는 애처로움을 깨달을 것이다.

영유, 이름은 모르지만 ×산에 올라가서 내려다보면 앞은 망망한 황해이니, 그 곳 저녁때의 경치는 한 번 본 사람은 영구히 잊을 수가 없으리라. 불덩이 같은 커다란 시뻘건 해가, 남실남실 넘치는 바다에 도로 빠질 듯, 도로 솟아오를 듯 춤을 추며, 거기서 때때로 보이지 않는 배에서 〈배따라기〉만 슬프게 날아오는 것을 들을 때엔 눈물 많은 나는 때때로 눈물을 흘렸다. 이로 보아서 어떤 원의 아내가 자기의 모든 영화를 낡은 신같이 내어던지고 뱃사람과 정처 없는 물길을 떠났다 함도 믿지 못할 말이랄 수가 없다.

영유서 돌아온 뒤에도 그 〈배따라기〉는내 마음에 깊이 새기어져 잊을 수가 없었고, 언제 한 번 다시 영유를 가서 그 노래를 한 번 더 들어 보고 그 경치를 다시 한 번 보고 싶은 생각이 늘 떠나지를 않았다.

장고 소리와 기생의 노래는 멎고 배따라기만 구슬프게 날아온다. 결결이 부는 바람으로 말미암아 때때로는 들을 수가 없으되, 나의 기억과 곡조를 종합하여 들은 배따라기는 이 대목이다―

강변에 나왔다가
나를 보더니만,
혼비백산하여
꿈인지 생시인지
와르륵 달려들어
섬섬 옥수로 부처잡고,
호천 망극(끝이 없는 하늘과 같이 부모의 은혜가 크다는 것을 일컫는 말. 부모의 제사에서 축문에 쓰이는 말) 하는 말이
'하늘로서 떨어지며
땅으로서 솟아났나.
바람결에 묻어오고
구름결에 쌔여 왔나.'
이리 서로 붙들고 울음 울 제,
인리 제인(이웃 마을의 모든 사람)이며
일가 친척이 모두 모여,

여기까지 들은 나는 마침내 참지 못하고 벌떡 일어서서 소나무 가지에 걸었던 모자를 내려쓰고, 그 곳을 찾으러 모란봉 꼭대기에 올라섰다. 꼭대기는 좀더 노랫소리가 잘 들린다. 그는 배따라기의 맨 마지막, 여기를 부른다―

밥을 빌어서

죽을 쑬지라도

제발 덕분에

뱃놈 노릇은 하지 마라.

에-야 어그여지야-

그의 소리로서 방향을 찾으려던 나는, 그만 그 자리에 섰다.

'어딘가? 기자묘? 혹은 을밀대?'

그러나 나는 오래 서 있을 수가 없었다. 어떻든 찾아보자 하고 현무문으로 가서 문 밖에 썩 나섰다. 기자묘의 깊은 솔밭은 눈앞에 쫙 퍼진다.

'어딘가?'

나는 또 물어 보았다.

이 때에 그는 또다시 배따라기를 시초부터 부른다. 그 소리는 왼편에서 온다.

왼편이구나 하면서, 소리 나는 곳을 더듬어서 소나무 틈으로 한참 돌다가, 겨우 기자묘 치고는 그 중 하늘이 넓고 밝은 곳에, 혼자서 뒹굴고 있는 그를 찾아내었다. 나의 생각한 바와 같은 얼굴이다. 얼굴, 코, 입, 눈, 몸집이 모두 네모나고-그의 이마의 굵은 주름살과 시꺼먼 눈썹은, 고생 많이 함과 순진한 성격을 나타낸다.

그는 어떤 신사가 자기를 들여다보는 것을 보고, 노래를 그치고 일어나 앉는다.

"왜? 그냥 하지요."

하면서 나는 그의 곁에 가 앉았다.

"머……."

할 뿐 그는 눈을 들어서 터진 하늘을 쳐다본다.

좋은 눈이었다. 바다의 넓고 큼이, 유감 없이 그의 눈에 나타나 있다. 그는 뱃사람이라 나는 짐작하였다.

"잘하는구레."

"잘해요?"

그는 나를 잠깐 보고, 사람 좋은 웃음을 띤다.

"고향이 영유요?"

"예, 머, 영유서 나기는 했디만, 한 이십 년 영윤 가 보디두 않았이요."

"왜, 이십 년씩 고향엘 안 가요?"

"사람의 일이라니, 마음대로 됩데까?"

그는, 왜 그러는지, 한숨을 짓는다.

"거저, 운명이 데일 힘셉디다."

운명의 힘이 제일 세다는 그의 소리에는, 삭이지 못할 원한과 뉘우침이 섞여 있다.

"그래요?"

나는 다만 그를 건너다볼 뿐이다.

한참 잠잠하니 있다가 나는 다시 말하였다 -

"자, 노형의 경험담이나 한번 들어 봅시다. 감출 일이 아니면 한번 이야기해 보소."

"머, 감출 일은……."

"그럼, 어디 들어 봅시다그려."

그는 다시 하늘을 쳐다보았다. 그러나 좀 있다가,

"하디요."

하면서 내가 담배를 붙이는 것을 보고 자기도 대에 담배를 붙여 물고 이야기를 끄내인다.

"십구 년 전 팔월 열하룻날 일인데요."

하면서, 그가 이야기한 바는 대략 이와 같은 것이다.

그의 살던 마을은 영유 고을서 한 이십 리 떠나 있는, 바다를 향한 조그만 어촌이다. 그의 살던 조그만 마을(서른 집쯤 되는)에서는 그는 꽤 유명한 사람이었다.

그의 부모는 모두 열댓에 났을 때 돌아갔고, 남은 사람이라고는 곁집에 딴살림하는 그의 아우 부처와 그 자기 부처뿐이었다. 그들 형제가 그 마을에서 제일 부자이고 또 제일 고기잡이를 잘하였고, 그 중 글이 있었고, 배따라기도 그 마을에서 빼나게 그 형제가 잘 불렀다. 말하자면, 그 형제가 그 동네의 대표적 사람이었다.

팔월 보름은 추석 명절이다. 팔월 열하룻날 그는 명절에 쓸 장도 볼 겸, 그의 아내가 늘 부러워하는 거울도 하나 사올 겸 장으로 향하였다.

"당손네 집에 있는 것보다 큰 거이요. 닞디 말구요."

그의 아내는 길까지 따라나오면서 닞지 않도록 부탁하였다.

"안 닞어."

하면서 그는 떠오르는 새빨간 햇빛을 앞으로 받으면서 자기 마을을 나섰다.

그는 아내를 (이렇게 말하기는 우습지만) 고와했다. 그의 아내는 촌에는 드물도록 연연하고도 예쁘게 생겼다. (그는 나에게 이렇게 말하였다－)

"성내(평양) 덴줏골(갈보촌)을 가두 그만한 거 쉽디 않갔이요."

그러니까 촌에서는, 그리고 그 당시에는 남에게 우습게 보이도록 그 내외의 사이는 좋았다. 늙은이들은 계집에게 혹하지 말라고 흔히 그에게 권고하였다.

부처의 사이는 좋았지만－아니, 오히려 좋으므로 그는 아내에게 시기를 많이 하였다. 품행이 나쁘다는 것이 아니라, 그의 아내는 대단히 쾌활한 성질로서 아무에게나 말 잘하고 애교를 잘 부렸다.

그 동네에서는 무슨 명절이나 되면, 집이 그 중 정결함을 핑계삼아 젊은

이들은 모두 그의 집에 모이곤 하였다. 그 젊은이들은 모두 그의 아내에게 '아즈마니'라 부르고, 그의 아내는 '아즈바니 아즈바니' 하며 그들과 지껄이고 즐기며, 그 웃기 잘하는 입에는 늘 웃음을 흘리고 있었다. 그럴 때마다 그는 한편 구석에서 눈만 할끈거리며 있다가 젊은이들이 돌아간 뒤에는 불문 곡직(옳고 그른 것을 묻지도 아니하고 함부로 마구 함)하고 아내에게 덤비어들어 발길로 차고 때리며, 이전에 사다 주었던 것을 모두 걷어올린다. 싸움을 할 때에는 언제든 곁집에 있는 아우 부처가 말리러 오며, 그렇게 되면 언제든 그는 아우 부처까지 때려 주었다.

그가 아우에게 그렇게 구는 데는 이유가 있었다. —그의 아우는, 촌사람에게는 다시없도록 늠름한 위엄이 있었고, 맨날 바닷바람을 쏘였지만 얼굴이 희었다. 이것뿐도, 시기가 된다 하면 되지만, 특별히 아내가 그의 아우에게 친절히 하는 데 이르러서는, 그는, 억울하도록 시기를 하였다.

그가 영유를 떠나기 반 년 전쯤—다시 말하자면 그가 거울을 사러 장에 갈 때부터 반 년 전쯤 그의 생일날이었다. 그의 집에서는 음식을 차려서 잘 먹었는데, 그에게는 괴상한 버릇이 있었으니, 맛있는 음식은 남겨 두었다가 좀 있다 먹고 하는 것이 습관이었다. 그의 아내도 이 버릇은 잘 알 터인데 그의 아우가 점심때쯤 오니까, 아까 그가 아껴서 남겨 두었던 그 음식을 아우에게 주려 하였다. 그는 눈을 부릅뜨고 '못 주리라'고 암호하였지만 아내는 그것을 보았는지 못 보았는지 그의 아우에게 주어 버렸다. 그는 마음속이 자못 편치 못하였다. '트집만 있으면 이년을……' 그는 마음먹었다.

그의 아내는 시아우에게 상을 준 뒤에 물러오다가 그만 그의 발을 조금 밟았다.

"이년!"

그는 힘껏 발을 들어서 아내를 냅다 찼다. 그의 아내는 상 위에 거꾸러졌다가 일어난다.

"이년, 사나이 발을 짓밟는 년이 어디 있어!"

"거 좀 밟아서 발이 부러텟쉐까?"

아내는 낯이 새빨개져서 울음 섞인 소리로 고함친다.

"이년! 말대답이……."

그는 일어서서 아내의 머리채를 휘어잡았다.

"형님! 왜 이러십니까?"

아우가 일어서면서 그를 붙잡았다.

"가만있거라, 이놈의 자식."

하며, 그는 아우를 밀친 뒤에 아내를 되는 대로 내리찧었다.

"죽일 년, 이년! 나가거라!"

"죽여라, 죽여라! 난, 죽어도 이 집에선 못 나가!"

"못 나가?"

"못 나가디 않구. 뉘 집이게……."

이 때다. 그의 마음에는 그 '못 나가겠다'는 아내의 마음이 푹 들이박혔다. 그 이상 때리기가 싫었다. 우두커니 눈만 흘기고 있다가 그는,

"망할 년, 그럼 내가 나갈라."

하고 그만 문 밖으로 뛰어나와서,

"형님, 어디 갑니까?"

하는 아우의 말에는 대답도 안 하고, 곁동네 탁주집으로 뒤도 안 돌아보고 가서, 거기 있는 술과 술 파는 계집과 술상 앞에 마주 앉았다.

그 날 저녁 얼근히 취한 그는 아내를 위하여 떡을 한 돈어치 사 가지고 집으로 돌아왔다. 이리하여 또 서너 달은 평화가 이르렀다. 그러나 이 평화가 언제까지든 계속될 수가 없었다. 그의 아우로 말미암아 또 평화는 쪼개져 나갔다.

오월 초승부터 영유 고을 출입이 잦던 그의 아우는 오월 그믐께부터는 고을서 며칠씩 묵어 오는 일이 많았다. 함께, 고을에 첩을 얻어 두었다는 소문이 퍼졌다. 이 소문이 있은 뒤는 아내는 그의 아우가 고을 들어가는 것을 벌레보다도 더 싫어하고, 며칠 묵어서 오는 때면 곧 아우의 집으로 가서 그와 담판을 하며, 심지어 동서 되는 아우의 처에게까지 못 가게 하지 않는다고 싸우는 일이 있었다. 칠월 초승께 그의 아우는 고을에 들어가서 열흘쯤 묵어 온 일이 있었다. 이 때도 전과 같이 그의 아내는 그의 아우며 제수와 싸우다 못하여, 마침내 그에게까지 와서 아우가 그런 못된 데를 다니는 것을 그냥 둔다고 해 보자 한다. 그 꼴을 곱게 보지 않았던 그는 첫마디로 고함을 쳤다—

"네가 상관이 무에가? 듣기 싫다."

"못난둥이, 아우가 그런 델 댕기는 걸 말리디두 못 하고!"

분김에 이렇게 그의 아내는 고함쳤다.

"이년, 무얼?"

그는 벌떡 일어섰다.

"못난둥이!"

그 말이 채 끝나기 전에 그의 아내는 악 소리와 함께 그 자리에 거꾸러졌다.

"이년! 사나이에게 그따윗 말버릇 어디서 배완!"

"에미네 때리는 건 어디서 배왔노? 못난둥이!"

그의 아내는 울음소리로 부르짖었다.

"샹년 그냥? 나갈! 우리 집에 있디 말구 나갈!"

그는 내리찧으면서 부르짖었다. 그리고 아내를 문을 열고 밀쳤다.

"나가디 않으리!"

하고 그의 아내는 울면서 뛰어나갔다.

"망할 년!"

토하는 듯이 중얼거리고 그는 그 자리에 주저앉았다.

그의 아내는 해가 져서 어두워져도 돌아오지 않았다. 일단 내어쫓기는 하였지만 그는 아내의 돌아옴을 기다리고 있었다. 어두워져서도 그는 불도 안 켜고, 성이 나서 우들우들 떨면서 아내의 돌아오기를 기다렸다. 그러나 그의 아내의 참 기쁜 듯이 웃는 소리가 그의 아우의 집에서 밤새도록 울리었다. 그는 움쩍도 안 하고 그 자리에 앉아서 밤을 새운 뒤에 새벽 동 터올 때 아내와 아우를 죽이려고 부엌에 가서 식칼을 가지고 들어와서 문을 벌컥 열었다.

그의 아내가 만약 근심스러운 얼굴을 하고 그 문 밖에 우두커니 서서 문을 들여다보고 있지 않았더면, 그는 아내와 아우를 죽이고야 말았으리라.

그는 아내를 보는 순간 마음에 가득 차는 사랑을 깨달으면서 칼을 내던지고 뛰어나가서 아내의 머리채를 휘어잡고, 이년 하면서 들어와서 뺨을 물어뜯으면서 함께 이리저리 자빠져서 뒹굴었다.

그런 이야기는 다 하려면 끝이 없으되 다만, '그' '그의 아내' '그의 아우' 세 사람의 삼각 관계는 대략 이와 같다.

각설–

거울은 마침 장에 마음에 맞는 것이 있었다. 지금 것과 대보면, 어떤 때는 코도 크게 보이고 입이 작게도 보이는 것이지만, 그 당시에는 그리고 그런 촌에서는 둘도 없는 귀물이었다. 거울을 사 가지고 장을 본 뒤에 그는 이 거울을 아내에게 주면 그 기뻐할 모양을 생각하며 새빨간 저녁 햇빛을 받는 넘치는 듯한 바다를 안고 자기 집으로, 늘 들러오던 탁주집에도 안 들러서 돌아왔다.

그러나 그가 그의 집 방안에 들어설 때에는 뜻도 안 하였던 광경이 그의 눈에 벌리어 있었다.

방 가운데는 떡상이 있고, 그의 아우는 수건이 벗어져서 목 뒤로 늘어지고, 저고리 고름이 모두 풀어져 가지고 한편 모퉁이에 서 있고, 아내도 머리채가 모두 뒤로 늘어지고, 치마가 배꼽 아래 늘어지도록 되어 있으며, 그의 아내와 아우는 그를 보고 어찌할 줄을 모르는 듯이, 움쩍도 안 하고 서 있었다.

세 사람은 한참 동안 어이가 없어서 서 있었다. 그러나 좀 있다가 마침내 그의 아우가 겨우 말했다 –

"그놈의 쥐 어디 갔나?"

"흥! 쥐? 훌륭한 쥐 잡댔구나!"

그는 말을 끝내지도 않고, 짐을 벗어 던지고, 뛰어가서 아우의 멱살을 끌어 잡았다.

"형님! 정말 쥐가 –"

"쥐? 이놈? 형수하고 그런 쥐 잡는 놈이 어디 있니?"

그는 아우를 따귀를 몇 대 때린 뒤에 등을 밀어서 문 밖에 내어던졌다. 그런 뒤에 이제 자기에게 이를 매를 생각하고 우들우들 떨면서 아랫목에 서 있는 아내에게 달려들었다.

"이년! 시아우와 그르는 년이 어디 있어!"

그는 아내를 거꾸러치고 함부로 내리찧었다.

"정말 쥐가…… 아이 죽겠다."

"이년! 너두 쥐? 죽어라!"

그의 팔다리는 함부로 아내의 몸 위에 오르내렸다.

"아이, 죽갔다. 정말 아까 적오니(시아우)가 왔게 떡 먹으라구 내놓았더니……."

"듣기 싫다! 무슨 잔소릴……."

"아이, 아이, 정말이야요. 쥐가 한 마리 나……."

"그냥 쥐?"

"쥐 잡을래다가……."

"샹년! 죽어라! 물에래두 빠데 죽얼!"

그는 실컷 때린 뒤에, 아내도 아우처럼 등을 밀어 쫓았다. 그 뒤에 그의 등으로,

"고기 배때기에 장사해라!"

하고 토하였다.

분풀이는 실컷 하였지만, 그래도 마음속이 자못 편치 못하였다. 그는 아랫목으로 가서, 바람벽(방을 둘러막은 둘레)을 의지하고 실신한 사람같이 우두커니 서서 떡상만 들여다보고 있었다.

한 시간…… 두 시간…….

서편으로 바다를 향한 마을이라 다른 곳보다는 늦게 어둡지만 그래도 술시(戌時 하루를 12시로 나눈 것의 열한째. 하오 7시부터 9시까지의 시각)쯤 되어서는 깜깜하니 어두웠다. 그는 불을 켜려고 바람벽에서 떠나 성냥을 찾으러 돌아갔다.

성냥은 늘 있던 자리에 있지 않았다. 그래서 여기저기 뒤적이노라니까, 어떤 낡은 옷뭉치를 들칠 때에 문득 쥐 소리가 나면서 무엇이 후닥닥 뛰어나온다. 그리하여 저편으로 기어서 도망한다.

"역시 쥐댔구나!"

그는 조그만 소리로 부르짖었다. 그리고 그만 그 자리에 맥없이 털썩 주저앉았다.

아까 그가 보지 못한 때의 광경이 활동 사진과 같이 그의 머리에 지나갔다.

아우가 집에를 온다. 아우에게 친절한 아내는 떡을 먹으라고 아우에게 떡상을 내놓는다. 그 때에 어디선가 쥐가 한 마리 뛰어나온다. 둘(아우와 아

내)이서는 쥐를 잡노라고 돌아간다. 한참 성화시키던 쥐는 어느 구석에 숨어 버린다. 그들은 쥐를 찾느라고 두룩거린다. 그럴 때에 그가 집에 들어선 것이다.

"샹년, 좀 있으믄 안 들어오리……."

그는 억지로 마음먹고 그 자리에 드러누웠다.

그러나 아내는 밤이 가고 날이 밝기는커녕 해가 중천에 올라도 돌아오지를 않았다. 그는 차차 걱정이 나서 찾아보러 나섰다.

아우의 집에도 없었다. 동네를 모두 찾아보아도 본 사람도 없다 한다.

그리하여, 낮쯤 한 삼사 리 내려가서 바닷가에서 겨우 아내를 찾기는 찾았지만, 그 아내는 이전 같은 생기로 찬 산 아내가 아니요, 몸은 물에 불어서 곱이나 크게 되고, 이전에 늘 웃음을 흘리던 예쁜 입에는 거품을 잔뜩 물은 죽은 아내였다.

그는 아내를 업고 집으로 돌아오기까지 정신이 없었다.

이튿날 간단하게 장사를 하였다. 뒤에 따라오는 아우의 얼굴에는,

'형님, 이게 웬일이오니까?'

하는 듯한 원망이 있었다.

장사를 지낸 이튿날부터 아우는 그 조그만 마을에서 없어졌다. 하루 이틀은 심상히(대수롭지 아니하고 예사롭게) 지냈지만, 닷새가 지나도 아우는 돌아오지 않았다. 그래서 알아보니까, 꼭 그의 아우같이 생긴 사람이 오륙일 전에 멧산자 보따리를 하여 진 뒤에, 시뻘건 저녁 해를 등으로 받고 더벅더벅 동쪽으로 가더라 한다. 그리하여 열흘이 지나고 스무 날이 지났지만, 한번 떠난 그의 아우는 돌아올 길이 없었고, 혼자 남은 아우의 아내는 매일 한숨으로 세월을 보내게 되었다.

그도 이것을 잠자코 보고 있을 수가 없었다. 그 불행의 모든 죄는 그에게 있었다.

그도 마침내 뱃사람이 되어, 적으나마 아내를 삼킨 바다와 늘 접근하여 가는 곳마다 아우의 소식을 알아보려고 어떤 배를 얻어 타고 물길을 나섰다.

그는 가는 곳마다 아우의 이름과 모습을 말하여 물었으나 아우의 소식은 알 수가 없었다.

이리하여 꿈결같이 십 년을 지내서 구 년 전 가을, 탁탁히 낀 안개를 꿰며 연안(延安) 바다를 지나가던 그의 배는, 몹시 부는 바람으로 말미암아 파선을 하여 벗 몇 사람은 죽고, 그는 정신을 잃고 물 위에 떠돌고 있었다.

그가 정신을 차린 때는 밤이었다. 그리고 어느덧 그는 물 위에 올라와 있었고, 그를 말리느라고 새빨갛게 피워 놓은 불빛으로 자기를 간호하는 아우를 보았다.

그는 이상하게 놀라지도 않고 천연하게(①꾸밈이나 거짓이 없이 생긴 그대로 자연스럽게. ②시치미를 뚝 떼어 아무렇지도 않은 듯하게) 물었다.

"너, 어딯게(어떻게) 여기 완?"

아우는 잠자코 한참 있다가 겨우 대답하였다 –

"형님, 거저 다 운명이외다."

따뜻한 불기운에 깜빡 잠이 들려다가 그는 화닥닥 깨면서 또 말했다 –

"십 년 동안에 되게 파랬구나."

"형님, 나두 변했거니와 형님두 몹시 늙으셨쉐다."

이 말을 꿈결같이 들으면서 그는 또 혼혼히 잠이 들었다. 그리하여 두어 시간, 꿀보다도 단 잠을 잔 뒤에 깨어 보니 아까같이 빨간 불은 피어 있지만 아우는 어디로 갔는지 없어졌다. 곁의 사람에게 물어 보니까 아까 아우는 형의 얼굴을 물끄러미 한참 들여다보고 있다가 새빨간 불빛을 등으로 받으면서, 더벅더벅 아무 말 없이 어두움 가운데로 사라졌다 한다.

이튿날 아무리 알아보아야 그의 아우는 종적이 없어지고 알 수 없으므로, 그는 하릴없이 다른 배를 얻어 타고 또 물길을 떠났다. 그리하여 그의 배가 해주에 이르렀을 때, 그는 해주 장에 들어가서 무엇을 사려다가, 저편 맞은편 가게에 얼핏 그의 아우 같은 사람이 있으므로 뛰어가서 보니 그는 벌써 없어졌다. 배가 해주에는 오래 머물지 않으므로 그는 마음은 해주에 남겨 두고, 또다시 바닷길을 떠났다.

그 뒤에 삼 년을 이리저리 돌아다녔어도 아우는 다시 볼 수가 없었다.

그리하여 삼 년을 지내서 지금부터 육 년 전에, 그의 탄 배가 강화도를 지날 날에, 바다를 향한 가파로운 뫼켠에서 바다를 향하여 날아오는 〈배따라기〉를 들었다. 그것도 어떤 구절과 곡조는 그의 아우 특식으로 변경된 ― 그의 아우가 아니면 부를 사람이 없는, 그 〈배따라기〉이다.

배가 강화도에는 머무르지 않아서 그저 지나갔으나, 인천서 열흘쯤 머무르게 되었으므로, 그는 곧 내려서 강화도로 건너가 보았다. 거기서 이리저리 찾아다니다가, 어떤 조그만 객주집에서 물어 보니, 이름도 그의 아우요, 생긴 모습도 그의 아우인 사람이 묵어 있기는 하였으나, 사나흘 전에 도로 인천으로 갔다 한다. 그는 곧 돌아서서 인천으로 건너와서 찾아보았지만, 그 조그만 인천서도 그의 아우를 찾을 바이없었다.

그 뒤에 눈 오고 비 오며 육 년이 지났지만, 그는 다시 아우를 만나 보지 못하고 아우의 생사까지도 알 수가 없었다.

말을 끝낸 그의 눈에는 저녁 해에 반사하여 몇 방울의 눈물이 반짝인다.

나는 한참 있다가 겨우 물었다 ―

"노형 계수는?"

"모르디오. 이십 년을 영유는 안 가 봤으니깐요."

"노형은 이제 어디루 갈 테요?"

"것두 모르디요. 덩처가 있나요? 바람 부는 대로 몰려댕기디오."

그는 다시 한 번 나를 위하여 배따라기를 불렀다. 아아, 그 속에 잠겨 있는 삭이지 못할 뉘우침, 바다에 대한 애처로운 그리움.

노래를 끝낸 다음에 그는 일어서서 시뻘건 저녁 해를 잔뜩 등으로 받고, 을밀대로 향하여 더벅더벅 걸어갔다. 나는 그를 말릴 힘이 없어서 멀거니 그의 등만 바라보고 앉아 있었다.

그 날 밤, 집에 돌아와서도 그 배따라기와 그의 숙명적 경험담이 귀에 쟁쟁히 울리어서 잠을 못 이루고 이튿날 아침 깨어서 조반도 안 먹고 기자묘로 뛰어가서 또다시 그를 찾아보았다. 그가 어제 깔고 앉았던 풀은 모두 한편으로 누워서 그가 다녀감을 기념하되 그는 그 근처에 보이지 않았다. 그러나－그러나 배따라기는 어디선가 쟁쟁히 울리어서 모든 소나무들을 떨리지 않고는 안 두겠다는 듯이 날아온다.

"모란봉(牧丹峰)이다. 모란봉에 있다."

하고 나는 한숨에 모란봉으로 뛰어갔다. 모란봉에는 사람이 하나도 없다. 부벽루(浮碧樓)에도 없다.

"을밀대(乙密臺)다."

하고 나는 다시 을밀대로 갔다. 을밀대에서 부벽루를 연한, 지옥까지 연한 듯한 골짜기에 물 한 방울을 안 새이리라고 빽빽이 난 소나무의 그 모든 잎잎은 떨리는 배따라기를 부르고 있지만, 그는 여기도 있지 않다. 기자묘의 하늘을 향하여 퍼져 나간 그 모든 소나무의 천만의 잎잎도, 그 아래쪽 퍼진 천만의 풀들도 모두 그 배따라기를 슬프게 부르고 있지만, 그는 이 조그만 모란봉 일대에서 찾을 수가 없었다.

강가에 나가서 알아보니 그의 배는 오늘 새벽에 떠났다 한다. 그 뒤에 여름과 가을이 가고 일 년이 지나서 다시 봄이 이르렀으되, 잠깐 평양을 다녀간 그는 그 숙명적 경험담과 슬픈 배따라기를 두었을 뿐, 다시 조그만 모란봉에 나타나지 않는다.

모란봉과 기자묘에 다시 봄이 이르러서, 작년에 그가 깔고 앉아서 부러졌던 풀들도 다시 곧게 대가 나서 자줏빛 꽃이 피려 하지만, 끝없는 뉘우침을 다만 한낱 〈배따라기〉로 하소연하는 그는 이 조그만 모란봉과 기자묘에서 다시 볼 수가 없었다. 다만 그가 남기고 간 〈배따라기〉만 추억하는 듯이 모든 잎잎이 속삭이고 있을 따름이다.

작품의 이해

• 구조적 분석

갈래 : 단편 소설, 순수 소설, 액자 소설

배경 : 외부 이야기 : 평안도 대동강변 기자묘 근처
　　　내부 이야기 : 평안도 영유의 시골 어촌

시점 : 외부 이야기 : 1인칭 관찰자 시점
　　　내부 이야기 : 전지적 작가 시점

구성 : 액자 구성

주제 : 운명의 힘을 거역하지 못하는 인간의 비극적인 삶

출전 : 《창조》, 1921

• 작품해설

1921년 《창조》 9호에 발표된 이 작품은 액자 소설의 구조를 취하고 인간의 원초적인 애욕의 문제를 다루고 있다.

액자 소설(額子小說)이란 마치 액자 속에 사진이나 그림이 끼워져 있듯 전체 이야기 속에 하나의 속이야기를 넣은 양식을 말하는데, 〈배따라기〉는 액자 소설 양식을 뚜렷하게 정형화하였다는 평가를 받고 있다.

또한 '배따라기'라는 노래로 표상되는 예술의 아름다움이 현실적인 삶의 희생 위에서 얻어진다는 김동인 특유의 예술 지상주의적인 시각이 잘 드러난 작품이다.

액자 소설은 그 구성상의 특징으로 주제와 시점이 이중으로 설정된다. 외부 이야기는 봄날의 좋은 날씨와 풍경으로 유미주의적이며 낭만주의적인 성격을 띤다. 즉, 극단적인 미의 낙원을 추구하는 '나'의 미의식이 담겨 있다. 내부 이야기는 이성적이기보다 감정적 충동의 지배를 받아 아내의 죽음과 아우와의 이별을 이끌어 낸 뱃사공의 비극적 운명으로 자연주의적 성격을 보인다.

'배따라기'는 배가 떠나며 부르는 우리 나라 서도 잡가의 하나이다. 이 작품에서 '배따라기'는 한을 담은 구슬픈 곡조와 가사로 그 노래를 부르는 사람에 대한 호기심과 사연에 대한 궁금증을 불러일으켜 외부 사건을 내부 사건으로 전개시키는 역할과 함께 주인공의 비극적 삶 또는 운명을 암시한다. 주인공이 부르는 '배따라기'에는 자신의 잘못에 대한 회한과 아우에 대한 그리움이 묻어 있다.

• 생각해보기

1. 작품에서 '배따라기'는 무슨 역할을 하는가?
2. 이 작품에서 궁극적으로 표현하고자 하는 것은 무엇인가?

☞해답

1. 방랑하는 형과 아우의 매개체이자 주인공의 비극적 삶 또는 운명을 암시하는 역할을 한다.
2. 우연에 의해 일상적인 세계가 파탄을 맞이할 수 있다는 운명론.

감자

- **읽기전에**

  1. 복녀의 사고 방식이 변화하는 과정을 환경과 관련하여 살펴보자.
  2. 환경 결정론이란 무엇인지 알아보자.

- **줄거리**

가난하지만 정직한 농가에서 규칙 있게 자라난 복녀는 이십 년이나 위인 동네 홀아비에게 팔십 원에 팔려 시집을 간다. 게으르고 무능한 남편 때문에 칠성문 밖 빈민굴로 쫓겨 간 그녀는 거지 행각과 허드렛일로 어렵게 생계를 이어간다. 송충이 잡는 일을 하다 감독에게 정조를 팔고 쉽게 돈을 벌게 된 이후 복녀의 인생관은 바뀌고 아무에게나 몸을 팔아 살림을 꾸려 간다. 그러다 중국인 왕 서방의 밭에서 감자를 캐다 들킨 뒤로는 남편의 묵인 아래 왕 서방과 지속적인 관계를 갖는다. 그러나 왕 서방이 돈을 주고 처녀를 데려오자 복녀는 질투심에 혼례날 밤 낫을 들고 왕 서방을 찾아갔다가 오히려 살해당한다. 사흘이 지난 뒤 왕 서방은 복녀의 남편과 한방 의사에게 돈을 건네고, 이튿날 복녀는 뇌일혈로 죽었다는 진단을 받고 공동 묘지로 실려 간다.

감자

싸움, 간통, 살인, 도둑, 징역, 이 세상의 모든 비극과 활극의 근원지인 칠성문 밖 빈민굴로 오기 전까지는 복녀의 부처는 (사, 농, 공, 상의 제 이위에 드는) 농민이었다.

복녀는 원래 가난은 하나마 정직한 농가에서 규칙 있게 자라난 처녀였었다. 이전 선비의 엄한 규율은 농민으로 떨어지자부터 없어졌다 하나, 그러나 어딘지는 모르지만 딴 농민보다는 좀 똑똑하고 엄한 가율이 그의 집에 그냥 남아 있었다. 그 가운데서 자라난 복녀는 물론 다른 집 처녀들같이 여름에는 벌거벗고 개울에서 멱감고, 바지바람으로 동네를 돌아다니는 것을 예사로 알기는 알았지만, 그러나 그의 마음속에는 막연하나마 도덕이라는 것에 저품(두려움)을 가지고 있었다.

그는 열다섯 살 나는 해에 동네 홀아비에게 팔십 원에 팔려서 시집이라는 것을 갔다. 그의 새서방(영감이라는 편이 적당할까)이라는 사람은 그보다 이십 년이나 위로서, 원래 아버지의 시대에는 상당한 농민으로 밭도 몇 마지기가 있었으나 그의 대로 내려오면서 하나 둘 줄기 시작하여서 마지막에 복녀를 산 팔십 원이 그의 마지막 재산이었다. 그는 극도로 게으른 사람이었다. 동네 노인의 주선으로 소작 밭깨나 얻어 주면 종자만 뿌려 둔 뒤로 후치질(땅을 갈아서 흙덩이를 일으키는 일)도 안 하고 김도 안 매고 그냥 버려두었다가는 가을에 가서는 되는 대로 거둬서 '금년엔 흉년입네' 하고 전주 집에는 가져도 안 가고 혼자 먹어 버리곤 하였다. 그러니까 그는 한 밭을 이태를 연하여 붙여 본 일이 없었다. 이리하여 몇 해를 지내는 동안 그는 그 동네에서는 밭을 못 얻을 만큼 인심과 신용을 잃고 말았다.

복녀가 시집을 온 지 한 삼사 년은 장인의 덕으로 이렁저렁 지내갔으나 예전 선비의 꼬리인 장인도 차차 사위를 밉게 보기 시작하였다. 그들은 처가에까지 신용을 잃게 되었다. 그들 부처는 여러 가지로 의논하다가 하릴없이 평양성 안으로 막벌이로 들어왔다. 그러나 게으른 그에게는 막벌이나마 되지 않았다. 하루 종일 지게를 지고 연광정에 가서 대동강만 내려다보고 있으니, 어찌 막벌이인들 될까. 한 서너 달 막벌이를 하다가 그들은 요행 어떤 집 막간(행랑)살이로 들어가게 되었다.

그러나 그 집에서도 얼마 안 되어 쫓겨 나왔다. 복녀는 부지런히 주인집 일을 보았지만 남편의 게으름은 어찌할 수가 없었다. 만날 복녀는 눈에 칼을 세워 가지고 남편을 채근하였지만 그의 게으른 버릇은 개를 줄 수는 없었다.

"벳섬 좀 치워 달라우요."

"난 졸음 오는데, 님자 치우시관."

"내가 치우나요."

"이십 년이나 밥을 처먹고 그걸 못 치워!"

"에이구 칵 죽구나 말디."

"이년 뭘!"

이러한 싸움이 그치지 않다가 마침내 그 집에서도 쫓겨 나왔다.

이젠 어디로 가나? 그들은 하릴없이 칠성문 밖 빈민굴로 밀리어 나오게 되었다. 칠성문 밖을 한 부락으로 삼고 그곳에 모여 있는 모든 사람들의 정업은 거러지요, 부업으로는 도둑질과 (자기네끼리의) 매음, 그밖에 이 세상의 모든 무섭고 더러운 죄악이 있었다. 복녀도 그 정업으로 나섰다.

그러나 열아홉 살의 한창 좋은 나이의 여편네에게는 누가 밥인들 잘 줄까.

"젊은 거이 거랑질은 왜."

그런 소리를 들을 때마다 그는 여러 가지 말로 남편이 병으로 죽어가거니 어쩌니 핑계를 대었지만, 그런 핑계에는 단련된 평양 시민의 동정은 역시 살 수가 없었다. 그들은 이 칠성문 밖에서도 가장 가난한 사람 가운데 드는 편이었다. 그 가운데서 잘 수입되는 사람은 하루에 오 리짜리 돈푼으로 일 원 칠팔십 전의 현금을 쥐고 돌아오는 사람들까지 있었다. 극단으로 나가서는 밤에 돈벌이를 나갔던 사람은 그 날 밤 사십여 원을 벌어 가지고 그 근처에서 담배 장사를 하기 시작한 사람까지 있었다.

복녀는 열아홉 살이었다. 얼굴도 그만하면 반반하였다. 그 동네 여인들의 보통 하는 일을 본받아서, 그도 돈벌이 좀 잘하는 사람의 집에라도 잠깐 찾아가면 매일 오륙십 전은 벌 수가 있었지만 선비의 집안에서 자라난 그는 그런 일은 할 수가 없었다.

그들 부처는 역시 가난하게 지냈다. 굶은 일도 있었다.

기자묘 솔밭에 송충이가 끓었다. 그 때 평양 '부'에서는 그 송충이를 잡는데 (은혜를 베푸는 뜻으로) 칠성문 밖 빈민굴의 여인들을 인부로 쓰게 되었다.

빈민굴의 여인들은 모두가 지원하였다. 그러나 뽑힌 것은 겨우 오십 명쯤이었다. 복녀도 그 뽑힌 사람 가운데 한 사람이었다.

복녀는 열심으로 송충이를 잡았다. 소나무에 사다리를 놓고 올라가서는 송충이를 집게로 집어서 약물에 잡아넣고 또 그렇게 하고 그의 통은 잠깐 새에 차곤 하였다. 하루에 삼십삼 전씩의 품삯이 그의 손에 들어왔다.

그러나 대엿새 하는 동안에 그는 이상한 현상을 하나 발견하였다. 그것은 다른 것이 아니라 젊은 여인부 한 여남은 사람은 언제든 송충이는 안 잡고 아래서 지절거리며 웃고 날뛰기만 하고 있는 것이었다. 뿐만 아니라 그 놀고 있는 인부의 품삯은 일하는 사람의 삯전보다 팔 전이나 더 많이 내어주는 것이다. 감독은 한 사람뿐이었는데 감독도 그들이 놀고 있는 것을 묵인할 뿐 아니라 때로는 자기까지 섞여서 놀고 있었다. 어떤 날 송충이를 잡다가 점심을 먹고 다시 올라가려 할 때에 감독이 그를 찾았다.

"복네! 얘, 복네!"

"왜 그릅네까?"

그는 약통과 집게를 놓고 뒤로 돌아섰다.

"좀 오나라."

그는 말없이 감독 앞에 갔다.

"얘, 너, 음…… 데 뒤 좀 가 보자."

"뭘 하레요?"

"글쎄 가야……."

"가디요. 형님!"

그는 돌아서면서 부인들 모여 있는 데로 고함쳤다.

"형님두 갑세다."

"싫다 얘, 둘이서 재미나게 가는데 내가 무슨 맛에 가갔니?"

복녀는 얼굴이 새빨갛게 되면서 감독에게로 돌아섰다.

"가 보자."

감독은 저편으로 갔다. 복녀는 머리를 숙이고 따라갔다.

"복네 도캇구나."

뒤에서 이런 소리가 들렸다. 복녀의 숙인 얼굴은 더욱 빨갛게 되었다.

그 날부터 복녀도 '일 안 하고 품삯 많이 받는 인부'의 한 사람으로 되었다.

복녀의 도덕관 내지 인생관은 그 때부터 변하였다.

그는 아직껏 딴 사내와 관계를 한다는 것을 생각하여 본 일이 없었다. 그것은 사람의 일이 아니요, 짐승의 하는 것쯤으로만 알고 있었다. 혹은 그런 일을 하면 탁 죽어지는지도 모를 일로 알았다.

그러나 이런 이상한 일이 어디 다시 있을까. 사람인 자기도 그런 일을 한 것을 보면 그것은 결코 사람으로 못할 일이 아니었다. 게다가 일 안 하고도 돈 더 받고 긴장된 유쾌가 있고 빌어먹는 것보다 점잖고……. 일본말로 하자면 '삼박자(拍子)' 같은 좋을 일은 이것뿐이었다. 이것이야말로 삶의 비결이 아닐까. 뿐만 아니라 이 일이 있은 뒤부터 그는 처음으로 한 개 사람으로 된 것 같은 자신까지 얻었다.

그 뒤부터는 그의 얼굴에 조금씩 분도 바르게 되었다.

일 년이 지났다.

그의 처세의 비결은 더욱 더 순탄히 진척되었다. 그의 부처는 인제는 그리 궁하게 지내지는 않게 되었다. 그의 남편은 이것이 결국 좋은 일이라는 듯이 아랫목에 누워서 벌씬벌씬 웃고 있었다.

복녀의 얼굴은 더욱 예뻐졌다.

"여보 아즈바니, 오늘은 얼마나 벌었소?"

복녀는 돈 좀 많이 벌은 듯한 거지를 보면 이렇게 찾는다.

"오늘은 많이 못 벌었쉐다."

"얼마?"

"도무지, 열서너 냥."

"많이 벌었쉐다가레. 한 댓 냥 꿰 주소그래."

"오늘은 내가……."

어쩌고 어쩌고 하면 복녀는 곧 뛰어가서 그의 팔에 늘어진다—

"나한테 들킨 댐에는 꿔구야 말아요."

"난, 원, 이 아즈마니 만나믄 야단이더라. 자 꿰 주디. 그 대신 응? 알았디?"

"난, 몰라요, 헤헤헤헤."

"모르믄, 안 줄 테야."

"글쎄 알았대두 그른다."

—그의 성격은 이만큼까지 진보되었다.

가을이 되었다.

칠성문 밖 빈민굴의 여인들은 가을이 되면 칠성문 밖에 있는 중국인의 채마밭에 감자(고구마)며 배추를 도둑질하러 밤에 바구니를 가지고 간다. 복녀도 감자깨나 잘 도둑질하여 왔다.

어떤 날 밤 그는 고구마를 한 바구니 잘 도둑질하여 가지고 인젠 돌아가려고 일어설 때에 그의 뒤에 시커먼 그림자가 서서 그를 꽉 붙들었다. 보니 그것은 그 밭의 주인인 왕 서방이었다. 복녀는 말도 못 하고 멀찐멀찐 발 아래만 보고 있었다.

"우리 집에 가!"

왕 서방은 이렇게 말하였다.

"가재문 가디, 원, 것두 못 갈까."

복녀는 엉덩이를 한번 휙 두른 뒤에 머리를 젖히고 바구니를 저으면서 왕 서방을 따라갔다.

한 시간쯤 뒤에 그는 왕 서방의 집에서 나왔다. 그가 밭고랑에서 길로 들어서려 할 때 문득 뒤에서 누가 그를 찾았다.

"복네 아니냐?"

복녀는 휙 돌아서 보았다. 거기는 곁집 여편네가 바구니를 끼고 어두운 밭고랑을 더듬더듬 나오고 있었다.

"형님이댔쉐까……, 형님도 들어갔댔쉐까……."

"님자두 들어갔댔나?"

"형님은 뉘 집에?"

"나? 육(陸) 서방네 집에, 님자는?"

"난 왕 서방네…… 형님 얼마 받았소?"

"육 서방네 그 깍쟁이놈, 배추 세 패기……."

"난 삼 원 받았다."

복녀는 자랑스러운 듯이 대답하였다.

십 분쯤 뒤에 그는 자기 남편과 그 앞에 돈 삼 원을 내놓은 뒤에, 아까 그 왕 서방의 이야기를 하면서 웃고 있었다.

그 뒤부터 왕 서방은 무시로 복녀를 찾아왔다.

한참 왕 서방이 눈만 멀찐멀찐 앉아 있으면 복녀의 남편은 눈치를 채고 밖으로 나간다. 왕 서방이 돌아간 뒤에는 그들 부처는 일 원 혹은 이 원을 가운데 놓고 기뻐하곤 하였다. 복녀는 차차 동네 거지들한테 애교를 파는 것을 중지하였다. 왕 서방이 분주하여 못 올 때가 있으면 복녀는 스스로 왕 서방의 집까지 찾아갈 때도 있었다.

복녀의 부처는 이젠 이 빈민굴의 한 부자였다.

그 겨울도 가고 봄에 이르렀다.

그 때 왕 서방은 돈 백 원으로 어떤 처녀를 하나 마누라로 사오게 되었다.

"흥."

복녀는 다만 코웃음만 쳤다.

"복녀 강짜 하갔군만."

동네 여편네들이 이런 말을 하면 복녀는 '흥' 하고 코웃음을 웃곤 하였다.

내가 강짜를 해? 그는 늘 힘있게 부인하곤 하였다. 그러나 그의 마음에 생기는 검은 그림자는 어찌할 수가 없었다.

"이놈 왕 서방, 네 두고 보자."

왕 서방이 색시를 데려오는 날이 가까워 왔다.

왕 서방은 아직껏 자랑하던 기다란 머리를 깎았다. 동시에 그것은 새색시의 의견이라는 소문이 퍼졌다.

"흥."

복녀는 역시 코웃음만 쳤다.

마침내 새색시가 오는 날이 이르렀다. 칠보 단장에 사린교를 탄 색시가 칠성문 밖 채마밭 가운데 있는 왕 서방의 집에 이르렀다.

밤이 깊도록 왕 서방의 집에는 중국인들이 모여서 별난 악기를 뜯으며 별난 곡조로 노래하며 야단하였다. 복녀는 집 모퉁이에 숨어 서서 눈에 살기를 띠고 방안의 동정을 듣고 있었다.

다른 중국인들은 새벽 두 시쯤 하여 돌아갔다. 그 돌아가는 것을 보면서 복녀는 왕 서방의 집 안에 들어갔다. 복녀의 얼굴에는 분이 하얗게 발리워 있었다. 신랑 신부는 놀라서 그를 쳐다보았다. 그것을 무서운 눈으로 흘겨보면서 그는 왕 서방에게 가서 팔을 잡고 늘어졌다.

그의 입에서 이상한 웃음이 흘렀다—

"자, 우리 집으로 가요."

왕 서방은 아무 말도 못 하였다. 눈만 정처 없이 두룩두룩 하였다. 복녀는 다시 한 번 왕 서방을 흔들었다—

"자, 어서."

"우리, 오늘은 일이 있어 못 가."

"일은 밤중에 무슨 일."

"그래두 우리 일이……."

복녀의 입에 아직껏 떠돌던 이상한 웃음은 문득 없어졌다.

"이까짓 것!"

그는 발을 들어서 치장한 신부의 머리를 찼다.

"자, 가자우, 가자우."

왕 서방은 와들와들 떨었다. 왕 서방은 복녀의 손을 뿌리쳤다. 복녀는 쓰러졌다. 그러나 곧 일어섰다. 그가 다시 일어설 때는 그의 손에 얼른얼른 하는 낫이 한 자루 들리어 있었다.

"이 되놈 죽어라, 이놈, 나 때렸니! 이놈아 아이구 사람 죽이누나."

그는 목을 놓고 처울면서 낫을 휘둘렀다. 칠성문 밖 외따른 밭 가운데 홀로 서 있는 왕 서방의 집에서는 일장의 활극이 일어났다. 그러나 그 활극도 곧 잠잠하게 되었다. 복녀의 손에 들리어 있던 낫은 어느덧 왕 서방의 손으로 넘어가고 복녀는 목으로 피를 쏟으며 그 자리에 고꾸라져 있었다.

복녀의 송장은 사흘이 지나도록 무덤으로 못 갔다. 왕 서방은 몇 번을 복녀의 남편을 찾아갔다. 둘의 사이에는 무슨 교섭하는 일이 있었다.

사흘이 지났다.

밤중 복녀의 시체는 왕 서방의 집에서 남편의 집으로 옮겨졌다.

그리고 시체에는 세 사람이 둘러앉았다. 한 사람은 복녀의 남편, 한 사람은 왕 서방, 또 한 사람은 어떤 한방 의사(漢方醫師), 왕 서방은 말없이 돈주머니를 꺼내어 십 원짜리 지폐 석 장을 복녀의 남편에게 주었다. 한방 의사의 손에도 십 원짜리 두 장이 갔다.

이튿날 복녀는 뇌일혈로 죽었다는 한방 의사의 진단으로 공동 묘지로 실려 갔다.

작품의 이해

• 구조적 분석

갈래 : 단편 소설, 순수 소설

배경 : 1920년대의 평양 칠성문 밖 빈민굴

시점 : 전지적 작가 시점

주제 : 환경으로 인해 피폐해 가는 인간의 비극적인 삶

출전 : 《조선문단》, 1925

• 작품해설

〈감자〉는 1925년《조선문단》에 발표된 작품으로 가장 김동인다운 면모와 간결하면서도 잘 짜여진 구성이나 장면 묘사, 사투리와 구어체의 적절한 사용 등 근대 단편 소설의 한 전형을 보여 준다.

〈감자〉는 주인공 복녀가 가난한 환경으로 인해 윤리 의식을 버리고 거듭되는 매춘 행위와 애욕의 질투 때문에 타락과 파멸의 길을 걷게 되는 이야기이다. 자연주의적 경향이 잘 나타나 있는 이 작품에서 작가는, 인간은 자신의 의식과 행동이 통제할 수 없는 외부적 조건, 즉 환경에 의해 지배당할 수 없다는 비극적 인식을 복녀를 통해 보여 주고 있다.

특히 복녀의 죽음을 놓고 그녀의 남편이 왕서방과 흥정하는 장면은 물질이 어떻게 인간의 정신을 황폐화시키고 인간을 타락의 길로 나서게 만드는지를 극명하게 보여 준다.

• **생각해보기**

1. 이 작품에서 공간적 배경이 되고 있는 평양 칠성문 밖 빈민굴의 역할은 무엇인가?
2. 이 작품의 특징은 무엇인가?

☞**해답**

1. 평양 칠성문 밖 빈민굴은 도덕성과 윤리 의식이 존재하지 않는, 정상적인 세계로부터 격리되어 있는 공간이다. 이는 주인공의 운명을 결정하고 사건을 일정한 방향으로 제한하는 역할을 한다.
2. 환경 결정론에 입각한 자연주의적인 성격과 간결한 문장, 압축적인 대화, 객관적인 거리를 유지하는 냉철한 문체를 들 수 있다.

태형

• 읽기전에

1. 영원 영감이 태형을 선택한 이유에 대해 생각해 보자.
2. 감옥의 극한적 상황이 등장 인물에게 미치는 영향에 대해 생각해 보자.

• 줄거리

무더운 초여름 다섯 평도 채 안 되는 좁은 감방에 사십여 명의 미결수들이 숨도 제대로 못 쉬는 가운데 공판 날만 기다리고 있다. 우리에게 바람이 있다면 독립도 민족 자결도 자유도 아닌 냉수 한 모금과 맑은 공기일 뿐이다.

나는 엉덩이의 종기를 핑계로 진찰감에 가 동생을 만나고 돌아온 날 영원 영감이 태형 구십 대의 언도에 공소했다는 얘기를 듣는다. 나와 다른 사람들은 조금이라도 자리를 더 차지하기 위해 공소를 취하하도록 영원 영감을 들볶는다. 결국 영감은 죽음을 각오하고 태형을 맞으러 나간다.

오래간만에 목욕을 하고 돌아온 우리에게 태 맞는 사람의 단말마의 부르짖음이 들려 온다. "칠십 줄에 든 늙은이가 태 맞구 살길 바라갔소? 난 아무케 되든 노형들이나……."라는 영원 영감의 마지막 말이 나를 죄책감에 빠지게 한다.

태형

"기쇼오(起床)!"

잠은 깊이 들었지만 조급하게 설렁거리는 마음에 이 소리가 조그맣게 들린다. 나는 한순간 화닥닥 놀래어 깨었다가 또다시 잠이 들었다.

"여보, 기쇼야, 일어나오."

곁의 사람이 나를 흔든다. 나는 돌아누웠다. 이리하여 한 초, 두 초, 꿀보다도 단 잠을 즐길 적에 그 사람은 또 나를 흔들었다.

"잠 깨구 일어나소."

"누굴 찾소?"

이렇게 나는 물었다. 머리는 또다시 나락의 밑으로 미끄러져 들어간다.

"그러디 말고 일어나요. 지금 오방 뎅껭(點檢)합넨다."

"여보, 십 분 동안만 더 자게 해주."

"그거야 내가 알갔소? 간수한테 들키면 당신 혼나갔게 말 이디."

"에이! 누가 남을 잠도 못 자게 해. 난 잠들은 지 두 시간두 못 됐구레. 제발 조금만 더……."

이 말이 맺기 전에 나의 넓은 침실과 그 머리맡의 담배를 얼핏 보면서, 나는 또다시 혼혼히 잠이 들었다. 그 때에 문득 내게 담배를 한 개비 주는 사람이 있으므로, 그 담배를 먹으려 할 때에 아까 그 사람(나를 흔들던 사람)은 또다시 나를 흔든다–

"기쇼 불렀소. 뎅껭꺼정 해요. 일어나래두……."

"여보, 이제 남 겨우 또 잠들었는데 깨우긴 왜……."

"뎅껭이면 어떻단 말이오? 그래 노형 상관 있소?"

"그만둡시다. 그러나 일어나 나오."

"남 이제 국수 먹구 담배 먹은 꿈꾸댔는데……."

이 말을 하려던 나는 생각만 할 뿐 또다시 잠이 들었다. 또 한 초, 두 초, 단꿈에 빠지려던 나는, 곁방에서 들리는 제걱거리는 칼 소리와 문을 덜컥 덜컥 여는 소리에 벌떡 놀라서 일어나 앉았다. 그러나 온몸을 취케 하던 졸음은 또다시 머리를 덮는다. 나는 무릎을 안고 머리를 묻은 뒤에 또다시 잠이 들었다. 또 한 초, 두 초, 시간은 흐른다. 덜컥! 마침내 우리 방문을 여는 소리가 났다. 나는 갑자기 굴복을 하고 머리를 들었다. 이미 잘 아는 바이어니와, 한 초 전에 무거운 잠에 취하였던 사람이라고는 생각 안 되도록 긴장된다.

덜컥 하는 소리와 함께 문이 열리며 간수가 서넛 들어섰다.

"뎅껭!"

다섯 평이 좀 못 되는 방에는 너무 크지 않나 생각되는 우렁찬 소리가 울려 오며, 경험으로 말미암아 숙련된 흐르는 듯한 (우리의 대명사인) 번호가 불리운다. 몇 호 몇 호, 이렇게 흐르는 듯이 불러 오던 간수 부장은 한 번호에 멎었었다.

"나나햐꾸 나나쥬 용고(774호)."

아무 대답이 없다.

"나나햐꾸 나나쥬 용고!"

자기의 대명사－더구나 일본말로 부르는 것을 알아듣지 못한 칠백칠십사호의 영감(곧 내 뒤에 앉은)은 역시 대답이 없었다. 나는 참다 못하여 그를 꾹 찔렀다. 놀라서 덤비는 대답이 그 때야 겨우 들렸다－

"예, 하이!"

"나제 하야꾸 헨지오 시나이(왜 빨리 대답 안 하나)."

"이리 와!"

이렇게 부장은 고함쳤다. 그러나 영감은 가만있었다. 고요한 가운데 소리 하나 없다.

"이리 오노라!"

두 번째의 소리가 날 때에 영감은 허리를 구부리고 그의 앞에 갔다. 한 순간 공기를 헤치고 날카로운 소리와 함께, 이것 역시 경험 때문에 손 익게 된 솜씨인, 드는 손 보이지 않는 채찍을 영감의 등에 내리었다.

영감은 가만있었다. 그러나 눈에는 눈물이 있었다.

칠백칠십사호 뒤의 번호들이 불리운 뒤에, 정신 차리라는 책망과 함께 영감은 자기 자리에 돌아오고 감방 문은 다시 닫혔다.

이상한 일이거니와 한 사람이 벌을 받으면 방안의 전체가 떨린다 공분(공적인 일에 대한 분개)이라든가 동정이라든가는 결코 아니다. 몸만 떨릴 뿐 아니라 염통까지 떨린다. 이 떨림을 처음 경험한 것은 경찰서에서 세 시간을 연하여 맞은 뒤에 구류실에 들어가서 두 시간 동안을 사시나무 떨 듯 떨던 때였다. 죽지나 않나까지 생각되었다(지금은 매일 두세 번씩 당하는 현상이거니와……).

방은 죽음의 방같이 소리 하나 없다. 숨도 크게 못 쉰다. 누구나 곁을 보면 거기는 악마라도 있는 것처럼 보려도 안 한다. 그들에게 과연 목숨이 남아 있는지?

좀 있다가 점검이 끝났는지 간수들의 발소리가 도로 우리 방 앞을 지나갔다. 그 때에 아까 그 영감의 조그만 소리가 겨우 침묵을 깨뜨렸다-

"집엔, 그 녀석(간수)보담 나이 많은 아들이 두 녀석이나 있쉐다가레……."

덥다.

몇 도(度)인지, 백십 도 혹은 그 이상인지도 모르겠다.

매일 아침 경험하는 바와 같이 동쪽 하늘에 떠오르는 해를 '저 해가 이제 곧 무르녹일 테지' 생각하면 그 예상을 맞추려는 듯이 해는 어느덧 방안을 무르녹인다.

다섯 평이 좀 못 되는 이 방에, 처음에는 스무 사람이 있었지만, 몇 방을 합칠 때에 스물여덟 사람이 되었다. 그 때에 이를 어찌하노 하였다. 진남포 감옥에서 공소로 넘어온 사람까지 서른네 사람이 되었을 때에 우리는 한숨을 쉬었다. 그러나 신의주와 해주 감옥에서 넘어온 사람까지 하여 마흔한 사람이 될 때에 우리는 한숨도 못 쉬었다. 혀를 채었다.

곧 추녀 끝에 걸린 듯한 뜨거운 해는 끊임없이 더위를 보낸다. 몸 속에 어디 그리 물이 많았든지, 아침부터 계속하여 흘린 땀이 그냥 멎지 않고 흐른다. 한참 동안 땀에 힘없이 앉아 있던 나는, 마지막 힘을 내어 담벽을 기대고 흐늘흐늘 일어섰다. 지옥이었다. 빽빽이 앉은 사람들은 모두들 힘없이 머리를 늘이우고 입을 송장같이 벌리고, 흐르는 침과 땀을 씻을 생각도 안 하고 먹먹히 앉아 있다. 둥그렇게 구부러진 허리, 맥없이 무릎 위에 놓인 손, 뚱뚱 부은 시퍼런 얼굴에 힘없이 벌어진 입, 생기 없는 눈, 흩어진 머리와 수염, 모든 것이 죽은 사람이었다. 이것이 과연 아침에 세면소까지 뛰어갔으며 두 시간 전에 점심 먹느라고 움직인 사람들인가? 나의 곤하여 둔하게 된 감각에도 눈이 쓰린 역한 냄새가 쏜다.

그들은 무얼 하러 여기 왔나? 바람 불고 잘 자리 있고 담배 있는 저 세상에서 무얼 하러 여기 왔나? 사랑스러운 손주가 있는 사람도 있겠지. 이쁜 아내가 있는 사람도 있겠지. 제가 벌어먹이지 않으면 굶어 죽을 어머니가 있는 사람도 있겠지. 그리고 그들은 자유로 먹고 마시고 바람을 쏘이고 자유로 자고 있었을 테다. 그러던 그들이 어떤 요구로 여기를 왔나?

그러나 지금의 그들의 머리에는 독립도 없고, 민족 자결도 없고, 자유도 없고, 사랑스러운 아내나 아들이며 부모도 없고, 또는 더위를 깨달을 만한 새로운 신경도 없다. 무거운 공기와 더위에 괴로움받고 학대받아서, 조그맣게 두개골 속에 웅크리고 있는 그들의 피곤한 뇌에 다만 한 가지의 바람이 있다 하면, 그것은 냉수 한 모금이었었다. 나라를 팔고 고향을 팔고 친척을 팔고 또는 뒤에 이를 모든 행복을 희생하여서라도 바꿀 값이 있는 것은 냉수 한 모금밖에는 없었다.

즉 그 때에 눈에 걸핏 떠오른 것은(때때로 당하는 현상이거니와) 쫄쫄쫄쫄 흐르는 샘물과 표주박이었다.

"한 잔만 먹여 다고, 제발……."

나는 누구에게 비는지 모르게 빌었다. 그리고 힘없는 눈을 또다시 몸과 몸이 서로 닿아 썩어서 몸에는 종기투성이요, 전 인원의 십분의 칠은 옴쟁이인 무리로 향하였다. 침묵의 끝없는 시간은 그냥 흐른다.

나는 도로 힘없이 앉았다.

"에, 더워 죽겠다!"

마지막 '죽겠다'는 말은 똑똑히 들리지 않도록 누가 토하는 듯이 말하였다. 그러나 아무도 거기 대꾸할 용기가 없는지, 또 끝없는 침묵이 연속된다. 머리나 몸 가운데 어느 것이든 노동하지 않고는 사람은 못 사는 것이다. 그 사람들이 몇 달 동안을 머리를 쓸 재료가 없이, 몸은 움직일 틈이 없이 지내왔으니 어찌 견딜 수가 있을까? 그것도 이 더위에…….

더위는 저녁이 되어가며 차차 더하여진다. 모든 세포는 개개의 목숨을 가진 것같이 더위에 팽창한 몸의 한 부분이라고는 생각할 수가 없었다. 무겁고 뜨거운 공기가 허파에 들어갔다가 나올 때마다 더위는 더하여진다. 이러고야 어찌 열병 환자가 안 날까?

닷새 전에 한 사람 병감(병든 죄수를 수용하는 감방)으로 나가고, 그저께 또 한 사람 나가고, 오늘 또 두 사람이 앓고 있다.

우리는 간수가 와서 병인을 병감으로 데리고 나갈 때마다 부러운 눈으로 그들을 보았다. 거기는 한 방에 여남은 사람밖에는 두지 않았다. 그리고 그들에게는 '물'약을 주었다. 뿐만 아니라 그들은 맑은 공기를 마실 기회가 있었다.

"오늘이 일요일이지요?"

나는 변기(便器) 위에 올라앉아서 어두운 전등 빛에 이를 잡으면서 곁에 서 있는 사람에게 물었다[우리는 하룻밤을 삼분(三分)하고 사람을 삼분하여 번갈아 잠을 자고, 남은 사람은 서서 기다리기로 하였다].

"내니 압네까? 종은 텝네다만, 삼일 날인디 주일 날인디……."

그러나 종소리는 그냥 땡－ 땡－ 고요한 밤하늘에 울리어 온다. 그것은 마치 '여기는 자유로 냉수를 마시고 넓은 자리에서 잘 수 있는 사람이 있다'는 것처럼…….

"사람의 얼굴이 좀 보고 싶어서……."

"그래요. 정 사람의 얼굴이 보구파요."

"종소리 나는 저 세상엔 물두 있을 테지. 넓은 자리두 있을 테지. 바람두, 바람두 불 테지……."

이렇게 나는 중얼거렸다.

"물? 물? 여보 말 마오. 나두 밖에 있을 땐 목마르믄 물두 먹고, 넓은 자리에서 잔 사람이외다."

그는 성가신 듯이 외면을 한다.

그 말을 듣고 보니, 나도 밖에 있을 때는 자유로 물을 먹었다. 자유로 버드렁거리며 잤다. 그러나 그것은 지나간 옛적의 꿈과 같이 머리에 남아 있을 뿐이다.

"아이스크림두 있구."

이번은 이편의 젊은 사람이 나를 꾹 찔렀다.

"아이스크림? 그것만? 여보 그것만? 내겐 마누라도 있소. 뜰의 유월도(六月桃 음력 유월에 익는 복숭아. 빛이 검붉고 털이 많으며, 맛이 달고 시원함)두 거반 익어갈 때요."

나는 이렇게 말하였다. 즉 아까 영감이 성가신 듯이 도로 나를 보며 말한다—

"마누라? 여보 젊은 사람이 왜 그리 철없는 소리만 하오? 난 아들이 둘씩이나 있었소. 나 들어온 지 두 달 반, 그것들이 죽디나 않었는디……."

서 있기로 된 사람 사이에는 한담이며 회고담들이 사귀어졌다.

그러나 우리들(자지 않고 서서 기다리기로 한) 가운데도 벌써 잠이 든 사람이 꽤 많았다. 서서 자는 사람도 있다. 변기 위 내 곁에 앉았던 사람도 끄덕끄덕 졸다가 툭 변기에서 떨어진 그대로 잔다. 아래 깔린 사람도 송장이 아닌 증거로는 한두 번 다리를 버둥거릴 뿐 그냥 잔다.

나도 어느덧 잠이 들었는지 모르겠다. 가슴이 답답하여 깨니까(매일 밤 여러 번씩 겪는 현상이어니와) 내 가슴과 머리는 온통 남의 다리(수십 개의) 아래 깔려 있다. 그것들을 움으적움으적 겨우 뚫고 일어나서, 그냥 어깨에 걸려 있는 몇 개의 남의 다리를 치워 버리고 무거운 김을 뱉었다.

다리 진열장이었었다. 머리와 몸집은 어디 갔는지 방안에 하나도 안 보이고, 다리만 몇 겹씩 포개고 포개고 하여 있다. 저편 끝에서 다리가 하나 버드렁거리는가 하면, 이편 끝에서는 두 다리가 움질움질하고－그것도 송장의 것과 같은 시퍼런 다리를. 이, 사람의 세계를 멀리 떠난 그들에게도 사람과 같이 꿈이 꾸어지는지(냉수 마시는 꿈이라도 꾸는지 모르겠다) 때때로 다리들 틈에서 꿈 소리가 나온다.

아아! 그들도 집에 돌아만 가면 빈약하나마 제가 잘 자리는 넉넉할 것을…….

저편 끝에서 다리가 일여덟 개 들썩들썩하더니 그 틈으로 머리가 하나 쑥 나오다가 긴 숨을 내어쉬고 도로 다리 속으로 스러진다.

그것을 어렴풋이 본 뒤에 나도 자려고 맥난(의욕을 잃고 멍하니 된) 몸을 남의 다리에 기대었다.

아침 세수를 할 때마다 깨닫는 것은, 나는 결코 파래지 않았다는 것이었다. 부었는지 살쪘는지는 모르지만, 하루 종일 더위에 녹고 밤새도록 졸음과 땀에게 괴로움받은 얼굴을 상쾌한 찬물로 씻을 때마다 깨닫는 바가 이것이다. 거울이 없으니 내 얼굴은 알 수 없고 남의 얼굴은 점진적(점차로 조금씩 나아가는 (것))이니 모르지만 미끄러운 땀을 씻고 보등보등한 뺨을 만져볼 때마다 나는 결코 파래지 않았다는 것을 깨닫는다. 그리고 이 세수 뒤의 두세 시간이 우리들의 살림 가운데는 그 중 값이 있는 시간이며, 그 중 사람 비슷한 살림이었다. 이 때만이 눈에는 빛이 있고 얼굴에는 산 사람의 기운이 있었다. 심지어는 머리도 얼마간 동작하며, 혹은 농담을 하는 사람까지 생기게 된다. 좀(단 몇 시간만) 지나면 모든 신경은 마비되고, 머리를 늘이우고 떠도 보지를 못하는 눈을 시리감고 끓는 기름과 같이 숨을 헐떡거릴 사람과 이 사람들 사이에는 너무 간격이 있었다.

"이따는 또 더워질 테지요?"

나는 곁의 사람에게 이렇게 말하였다.

"더워요? 덥긴 왜 더워? 이것 보구려. 오히려 추운 편인데……."

그는 엄청스럽게 몸을 떨어본 뒤에 웃는다.

아직 아침은 서늘한 유월 중순이었다. 캘린더가 없으니 날짜는 똑똑히 모르되 음력 단오를 좀 지난 때였었다. 하루 진일 받은 더위를 모두 발산한 아침은 얼마간 서늘하였다.

"노형 어제 공판(형사 사건에 있어서, 형사 피고인의 유죄 · 무죄를 심리하고 판결하는 절차) 갔댔지요?"

이렇게 나는 그 사람에게 물었다.

"예!"

"바깥 형편이 어떻습디까?"

"형편꺼정이야 알겠소? 그저 퍼푸라두 새파랗구, 구름두 세차게 날아다니구, 말하자면 다 산 것 같습디다. 땅바닥꺼정 움직이는 것 같구, 사람들두 모두 상판이 시커먼 것이 우리 보기에는 도둑놈 관상입디다."

"그것을 한 번 봤으면……."

나는 한숨을 쉬었다. 삼월 그믐 아직 두꺼운 솜옷을 입고야 지날 때에 여기를 들어온 나는, 포플러가 푸른빛이었는지 녹빛이었는지 똑똑히 모른다.

"노형두 수일 공판 가겠디오?"

"글쎄, 언제 한 번은 갈 테지요-그런데 좋은 소식은 못 들었오?"

"글쎄, 어제 이야기한 거같이 쉬 독립된답디다."

"쉬?"

"한 열흘 있으면 된답디다."

나는 거기 대꾸를 하려 할 때에 곁방에서 담벽을 두드리는 소리가 들렸다. 그것은 ㄱㄴ과 ㅏㅑㅓㅕ를 수로 한 우리의 암호 신호였다.

"무 엇 이 오?"

나는 이렇게 두드렸다.

"좋 은 소 식 있 소. 독 립 은 되 었 다 오."

이 때에 곁 감방의 문 따는 소리에 암호는 뚝 끊어졌다.

"곁방에서 공판 갈 사람을 불러낸다. 오늘은……."

"노형 꼭 가디?"

"글쎄, 꼭 가야겠는데 – 사람두 보구 넓은 데를……."

그러나 우리 방에서는 어제 간수 부장에 매맞은 그 영감과 그밖에 영원 맹산 등지 사람 두셋이 불리어 나갈 뿐 나는 역시 그 축에서 빠졌다.

"언제든 한 번 간다."

나는 맛없고 골이 나서 속으로 중얼거렸다. 그러나 그 '언제든'이 과연 언제일까? 오늘은 꼭, 오늘은 꼭, 이리하여 석 달을 미뤄 온 나이었다. '영원'과 같이 생각되는 석 달을 매일 아침마다 공판 가기를 기다리면서 지내 온 나였다. '언제 한 번'이란 과연 언제일까? 이런 석 달이 열 번 거듭하면 서른 달일 것이다.

"노형은 또 빠졌구려!"

"싫으면 그만두라지, 도둑놈들!"

"이제 한 번 안 가리까?"

"이제? 이제가 대체 언제란 말이오? 십 년을 기다려도 그뿐, 이십 년을 기다려도 그뿐……."

"그래두 한 번이야 안 가리까?"

"나 죽은 뒤에 말이오?"

나는 그에게까지 역정을 내었다.

좀 뒤에 아침밥을 먹을 때까지도 나의 마음은 자못 편치 못하였다. 그것은 바깥을 구경할 기회를 빨리 지어 주지 않는 관리에게 대함이람보다, 오히려 공판에 불리어 나가게 된 행복한 사람들에게 대한 무거운 시기에 가까운 것이었다.

점심을 먹고 비린내나는 냉수를 한 대접 다 마신 뒤에, 매일 간수의 눈을 기어가면서 장난하는 바와 같이, 밥그릇을 당겨서 거기 아직 붙어 있는 밥알을 모두 긁어서 이기기 시작하였다. 갑갑하고 답답하고, 서로 이야기하는 것을 허락지 않고, 공상을 하자 하여도 이젠 벌써 재료가 없어진 우리가 가질 수 있는 다만 하나의 오락이 이것이었다.

때가 묻어서 새까맣게 될 때는 그 밥알은 한 덩어리의 떡으로 변한다. 그 떡은 혹은 개 혹은 돼지, 때때로는 간수의 모양으로 빚어져서, 마지막에는 변기 속으로 들어간다.

한창 내 손 속에서 움직이던 떡덩이는—뿔은 좀 크게 되었지만 한 마리의 얌전한 소가 되어 내 무릎 위에 섰다. 나는 머리를 들었다.

아직 장난에 취하여 몰랐지만 해는 어느덧 또 무르녹기 시작하였다. 빈대 죽인 피가 여기저기 묻은 양회 담벽에는 철창 그림자가 똑똑히 그려져 있다. 사르는 듯한 더위는 등지고 있는 창 밖에서 등을 타치고, 안고 있는 담벽에서 반사하여 가슴을 타치고, 곁에 빽빽이 사람의 열기로 온몸을 썩인다. 게다가 똥오줌 무르녹은 냄새와 살 썩은 냄새와 옴약 내에 매일 수 없이 흐르는 땀 썩은 냄새를 합하여, 일종의 독가스를 이룬 무거운 기체는 방에 가라앉아서 환기까지 되지 않는다. 우리의 피곤하여 둔하게 된 감각으로도 넉넉히 깨달을 수 있는 역한 냄새였다. 간수가 가까이 와서 들여다보지 않는 것도 당연한 일이었다.

그러고 보니 생각나거니와 나—뿐 아니라 온 사람의 몸에는 종기투성이였다. 가득 차고 일변 증발하는 변기 위에 올라앉아서 뒤를 볼 때마다 역정나는 독한 습기가 엉덩이에 묻어서 거기서 생긴 종기를 이와 빈대가 온몸에 퍼쳐서 종기투성이 아닌 사람이 없었다.

땀은 온몸에서 뚝뚝－이라는 것보다 쫠쫠 흐른다.

“에－땀.”

나는 힘없이 중얼거렸다. 이상한 수수께끼와 같은 일이었다. 밥 먹은 뒤에 냉수를 벌컥벌컥 마시면, 이삼십 분 뒤에는 그 물이 모두 땀으로 되어 땀구멍으로 솟는다. 폭포와 같다 하여도 좋을 땀이 목과 가슴에서 흘러서, 온몸에 벌레 기어다니는 것같이 그 불쾌함은 말할 수 없다.

그러나 땀을 씻는 사람은 하나도 없다. 손가락 하나라도 움직이면 초멸지옥에라도 떨어질 것같이, 흐르는 땀을 씻으려는 사람도 없다.

‘얼핏 진찰감에 보내어 다고.’

나의 피곤한 머리는 이렇게 빌었다. 아침에 종기를 핑계삼아 겨우 빌어서 진찰하러 갈 사람 축에 든 나는 지금 그것밖에는 바랄 것이 없었다. 시원한 공기와 넓은 자리를(다만 일이십 분 동안이라도) 맛보는 것은, 여간한 돈이나 명예와도 바꿀 수 없는 귀중한 것이었다. 그뿐만 아니라 입감(감방이나 감옥에 갇힘)이라도 안부는커녕 어느 감방에 있는지도 모르는 아우의 소식도 알는지도 모르겠다.

즉 뜻하지 않게 눈에 떠오른 것은 집의 일이었다. 희다 못하여 노랗게까지 보이는 햇빛에 반사하는 양회 담벽에 먼저 담배와 냉수가 떠오르고 나의 넓은 자리가(처음 순간에는 어렴풋하였지만) 똑똑히 나타났다. (어찌하여 그런 조그만 일까지 똑똑히 보였든지 아직껏 이상하게 생각하거니와) 파리 한 마리가 성냥갑에서 담뱃갑으로 도로 성냥갑으로 왔다갔다한다.

“쌍!”

나는 뜨거운 기운을 뱉었다.

“파리까지 자유로 날아다닌다.”

성내려야 성낼 용기까지 없어진 머리로 억지로 성을 내고, 눈에서 그 그림자를 지워 버리려 하였다. 그러나 담배와 냉수는 곧 없어졌지만, 성가신 파리는 끝끝내 떨어지지를 않았다.

나는 손을 들어서(마치 그 파리를 날리려는 것같이) 두어 번 얼굴을 비빈 뒤에 맥없이 아까 만든 소를 쥐었다.

공기의 맛이 달다고는, 참으로 경험해 보지 못한 사람은 뜻도 못할 일일 것이다. 역한 냄새나는 뜨거운 기운을 뱉고, 달고 맑은 새 공기를 들이마시는 처음 순간에는 기절할 듯이 기뻤다.

서늘한 좋은 일기였다. 아까는 참말로 더웠는지, 더웠으면 그 더위는 어디로 갔는지, 진찰감으로 가는 동안 오히려 춥다 하여도 좋을 만치 서늘하였다.

그러나 그보다도 더 기쁜 것은 거기서 아우를 만난 일이었다.

"어느 방에 있니?"

나는 머리는 간수에게 향한 채로 조그만 소리로 물었다.

"사감 이방에－"

나는 좀 있다가 또 물었다－

"몇 사람씩이나 있니? 덥지?"

"모두들 살이 뚱뚱 부었어……."

"도둑놈들. 우리 방엔 사십여 인이 있다. 몸뚱이가 모두 썩는다. 집엔 오히려 넓어서 걱정인 자리가 있건만. 너 그새 앓지나 않었니?"

"감옥에선 앓을래야 병이 안 나. 더워서 골치만 쏘디……."

"어떻게 여기(진찰감) 나왔니?"

"배 아프다구 거즛뿌리하구……."

"난 종처투성이다. 이것 봐라."

하면서 나는 바지를 걷고 푸릿푸릿한 종기를 내어놓았다.

"그런데 너의 방에 옴쟁이는 없니?"

"왜 없어……."

그는 누구도 옴쟁이고 누구도 옴쟁이고, 알 이름 모를 이름 하여 한 일여덟 사람 부른다.

"그런데 집에선 면회는 왜 안 오는디……."

"글쎄 말이다. 모두들 죽었는지."

문득 아직껏 생각도 하여 보지 않은 일이 머리에 떠오른다. 석 달 동안을 바깥 사람이라고는 간수들밖에는 보지 못한 우리에게는 바깥이 어떤 형편인지는 모를 지경이었다. 간혹 재판소에 갔다오는 사람도 있기는 하지만, 거기 다니는 길은 야외라, 성안 형편은 아직 우리가 여기 들어올 때와 같이 음울한 기운이 시가를 두르고, 상점은 모두 철전(시장 · 점포 등이 문을 닫고, 장사를 아니함. 철시(撤市))을 하고 있는지, 혹은 전과 같이 거리에는 흥정이 있고, 집안에는 웃음소리가 터지며, 예배당에는 결혼하는 패도 있으며, 사람들은 석 달 전에 일어난 그 사건을 거반 잊고 있는지, 보기는커녕 알지도 못하는 일이었다. 일가나 친척의 소소한 일은 더구나 모를 일이었다.

"다 무슨 변이 생겼나 부다."

"그래두 어제 공판 갔던 사람이 재판소 앞에서 맏형을 봤대는데……."

아우는 근심스러운 얼굴로 이렇게 말하였다. 그러나 그 아우의 마지막 '봤다는데'라는 말과 함께,

"천십칠호!"

하고 고함치는 소리가 귀에 울리었다. 그것은 내 번호였다.

"네!"

"딘찰."

나는 빨리 일어서서 의사의 앞으로 갔다.

"오데가 아파?"

"여기요."
하고 나는 바지를 벗었다. 의사는 내가 내어놓은 엉덩이와 넓적다리를 얼핏 들여다보고 요만한 것을…… 하는 듯 얼굴로 말없이 간병수에게 내어맡긴다. 거기서 껍진껍진한 고약을 받아서 되는 대로 쥐어 바르고 이번엔 진찰 끝난 사람 축에 앉았다.

이 때에 아우는 자기 곁에 앉은 사람과(나 앉은 데서까지 들리도록) 무슨 이야기를 둥둥 하고 있었다. 나는 깜짝 놀라서 간수를 보았다. 간수는 아우를 주목하는 모양이었다.

나는 기지개를 하는 듯이 손을 들었다. 아우는 못 보았다. 이번은 크게 기침을 하였다. 그러나 그는 못 들은 모양이었다. 가슴이 떨리기 시작하였다.

'알 귀야 할 테인데—'

몸을 움즉움즉하여 보았지만, 그는 이야기에 정신이 팔려서 그냥 그치지 않고 하다가, 간수가 두어 걸음 자기에게 가까이 올 때야 처음으로 정신을 차리고 시치미를 떼었다. 그러나 간수는 용서하지 않았다. 채찍의 날카로운 소리가 한 번 나는 순간, 아우는 어깨에 손을 대고 쓰러졌다.

피와 열이 한꺼번에 솟아올라 나는 눈이 아뜩하여졌다.

좀 있다가 감방으로 돌아올 때에 재빨리 곁눈으로 아우를 보니 나를 보내는 그의 눈에는 눈물이 가득하여 있었다. 무엇이 어리고 순결한 그의 눈에 눈물을 고이게 하였나?

나는 바라고 또 바라던 달고 맑은 공기를 맛보기는 맛보았지만, 이를 맛보기 전보다 더 어둡고 무거운 머리를 가지고 감방으로 돌아오게 되었다.

저녁을 먹은 뒤에 더위에 쓰러져 있던 나는, 아직 내어가지 않은 밥그릇에서 젓가락을 꺼내어 손수건 좌우편 끝을 조금씩 감아서 부채와 같이 만들어서 부쳐 보았다. 훈훈하고 냄새나는 바람이 땀 위를 살짝 스쳐서, 그래도 조금의 서늘함을 맛볼 수가 있었다. 이깟 지혜가 어찌하여 아직 안 났던고? 나는 정신 잃은 사람같이 팔을 들었다. 이 감방 안에서는 처음의 냄새는 나지만 약간의 바람이 벌레 기어다니는 것같이 흐르던 가슴의 땀을 증발시키노라고 꿈 같은 냉미(차가운 맛)를 준다. 천장에 딱 붙은 전등이 켜졌다. 그러나 더위는 줄지 않았다. 손수건의 부채는 온 방안이 흉내내어, 나의 뒤의 사람으로 말미암아 등도 부쳐졌다. 썩어진 공기가 움직인다.

그러나 우리들의 부채질은 재판소에서 돌아오는 사람들 때문에 중지되지 않을 수가 없었다. 우리 방에서 나갔던 서너 사람도 돌아왔다. 영원 영감도 송장 같은 얼굴로 돌아왔다.

나는 간수가 돌아간 뒤에 머리는 앞으로 향한 대로 손으로 영감을 찾았다－

“형편 어떻습디까?”

“모르갔소.”

“판결은 어떻게 됐소?”

영감은 대답이 없었다. 그의 입은 바늘로 호라메우지나 않았나? 그러나 한참 뒤에 그는 겨우 대답하였다. 그의 목소리는 대단히 떨렸다－

“태형(매로 볼기를 치던 형벌) 구십 도랍니다.”

“거 잘됐구려! 이제 사흘 뒤에는 담배두 먹구 바람도 쏘이구……. 난 언제나…….”

“여보, 잘됐시오? 무어이 잘됐단 말이오? 나이 칠십 줄에 들어서 태 맞으면－ 말하기도 싫소. 난 아직 죽긴 싫어! 공소했쉐다.”

그는 벌컥 성을 내어 내게 달려들었다. 그러나 그의 말을 들은 뒤의 내 성도 그에게 지지를 않았다.

“여보! 시끄럽소. 노망했소? 당신은 당신이 죽겠다고 걱정하지만, 그래 당신만 사람이란 말이오? 이 방 사십여 명이 당신 하나 나가면 그만큼 자리가 넓어지는 건 생각지 않소? 아들 둘 다 총에 맞아 죽은 다음에 뒤상 하나 살아 있으면 무얼 해? 여보!"

나는 곁에 있는 다른 사람에게로 향하였다 –

"여기 태형 언도에 공소한 사람이 있답니다."

나는 이상한 소리로 껄껄 웃었다.

다른 사람들도 영감을 용서치 않았다. 노망하였다, 바보로다, 제 몸만 생각한다, 내어쫓아라, 여러 가지의 폄(남을 나쁘게 말하는 일)이 일어났다.

영감은 대답이 없었다. 길게 쉬는 한숨만 우리의 귀에 들렸다. 우리들도 한참 비웃은 뒤에는 기진하여 잠잠하였다. 무겁고 괴로운 침묵만 흘렀다.

바깥은 어느덧 어두워졌다. 대동강 빛과 같은 하늘은 온 세상을 덮었다. 우리들의 입은 모두 바늘로 호라메우지나 않았나?

그러나 한참 뒤에 마침내 영감이 나를 찾는 소리가 겨우 침묵을 깨뜨렸다.

"여보!"

"왜 그러오?"

"그럼 어떡허란 말이오?"

"이제라도 공소를 취하해야지!"

영감은 또 먹먹하다. 그러나 좀 뒤에 그는 다시 나를 찾았다 –

"노형 말이 옳소. 아들 두 놈은 덩녕쿠 다 죽었쉐다. 난 나 혼자 이제 살아서 무얼 하갔소? 취하하게 해주소."

"진작 그럴 게지. 그럼 간수 부릅니다."

"그래 주소."

영감은 떨리는 소리로 말했다.

나는 패통(교도소에서, 재소자가 어떤 용무가 있어 교도관을 부를 때 쓰도록 마련한 장치)을 쳤다. 간수는 왔다. 내가 통역을 서서 그의 뜻(이라는 것보다 우리의 뜻)을 말하매 간수는 시끄러운 듯이 영감을 끌어내어 갔다.

자리에 돌아올 때의 방안 사람들의 얼굴을 보니, 그들의 얼굴에는 자리가 좀 넓어졌다는 기쁨이 빛나고 있었다.

모깡! 이것은 십여일 만에 한 번씩 가질 수 있는 우리의 가장 큰 행복이다.

"모깡!"

간수의 호령이 들릴 때에 우리들은 줄을 지어서 뛰어나갔다.

뜨거운 해에 쪼인 시멘트 길은 석 달 동안을 쉰 우리의 발에는 무섭게 뜨거웠다. 그러나 그것은 우리의 즐거움의 하나였다. 우리는 그 길을 건너서 목욕통이 있는 데로 가서 옷을 벗어 던지고, 반고형(半固型)이라 하여도 좋을 꺼룩한 목욕물에 뛰어들었다.

무엇이라고 형용할 수 없는 즐거움이었었다. 곧 곁에는 수도가 있다. 거기서는 언제든 맑은 물이 나온다. 그것은 우리들의 머리에서 한때도 떠나보지 못한 '달콤한 냉수'이었다. 잠깐 목욕통에서 덤빈 나는 수도로 나와서 코끼리와 같이 물을 먹었다.

바깥에는 여러 복역수들이 일을 하고 있었다. 그것도 (갑갑함에 겨운) 우리들에게는 부러움의 푯대였다. 그들은 마음대로 바람을 쏘일 수가 있었다. 목마르면 간수의 허락을 듣고 물을 먹을 수가 있었다. 뿐만 아니라 그들에게는 갑갑함이 없었다.

즉 어느덧 그치라는 간수의 호령이 울리었다. 우리의 이십 초 동안의 목욕은 이에 끝났다. 우리는 (매를 맞지 않으려고) 시간을 유예(망설여 일을 결행하지 아니함)치 않고 빨리 옷을 입은 뒤에 간수를 따라서 감방으로 돌아왔다.

꼭 가장 더울 시각이었다. 문을 닫는 순간, 우리는 벌써 더위 속에 파묻혔다. 더위는 즐거움 뒤의 복수라는 듯이 용서 없이 우리를 내리쪼인다.

"벌써 덥다!"

나는 혼자말로 중얼거렸다.

"매를 맞구라두 좀더 있을걸……."

누가 이렇게 말한다. 서너 사람의 웃음 비슷한 소리가 들렸다. 그러나 그 뒤에는 먹먹하였다. 몇 시간 동안의 침묵이 연속되었다.

우리는 무서운 소리에 화닥닥 놀랐다. 그것은 단말마의 부르짖음이었다.

"히도오쓰(하나), 후두아쓰(둘)."

간수의 헤어 나가는 소리와 함께,

"아이구 죽겠다. 아이구 아이구!"

부르짖는 소리가 우리의 더위에 마비된 귀를 찔렀다. 그것은 태 맞는 사람의 부르짖음이었었다.

서른까지 헤인 뒤에 간수의 소리는 없어지고 태 맞은 사람의 앓는 소리만 처량히 우리의 귀에 들렸다.

둘째 사람이 태형대에 올라간 모양이다.

"히도오쓰."

하는 간수의 소리에 연한 것은,

"아유!"

하는 기운 없는 외마디의 부르짖음이었다.

"후다아쓰."

"아유!"

"미이쓰(셋)."

"아유!"

우리는 그 소리의 주인을 알았다. 그것은 어젯밤 우리가 내어쫓은 그 영원 영감이었다. 쓰린 매를 맞으면서도 우렁찬 신음을 할 기운도 없이 '아유' 외마디의 소리로 부르짖는 것은 우리가 억지로 매를 맞게 한 그 영감이었었다.

"요오쓰(넷)."

"아유!"

"이쓰으쓰(다섯)."

"후-."

나는 저절로 목이 늘어지는 것을 깨달았다. 나의 머리에는 어젯밤 그가 이 방에서 끌려나갈 때의 꼴이 떠올랐다.

"칠십 줄에 든 늙은이가 태 맞구 살길 바라갔소? 난 아무케 되든 노형들이나……."

그는 이 말을 채 맺지 못하고 초연히 간수에게 끌려나갔다. 그리고 그를 내어쫓은 장본인은 나였다.

나의 머리는 더욱 숙여졌다. 멀거니 뜬 눈에서는 눈물이 나오려 하였다. 나는 그것을 막으려고 눈을 힘껏 감았다. 힘있게 닫힌 눈은 떨렸다.

작품의 이해

• 구조적 분석

갈래 : 단편 소설, 순수 소설

배경 : 일제 시대 무더운 여름의 감옥 안

시점 : 1인칭 주인공 시점

주제 : 극한 상황에서의 이기심과 도덕성의 부재

출전 : 《동명》, 1922

• 작품해설

〈태형〉은 1922년 12월에서 1923년 1월까지《동명》에 연재된 단편 소설이다. '옥중기의 일절'이라는 부제처럼 3 · 1 옥중기의 한 토막이자 작가의 체험이 녹아 있는 작품이다.

이 작품은 감옥이라는 극한 상황 속에서 생겨나는 갈등과 사건을 중심으로 인간의 충동적이고 비이성적이며 야비한 성격을 부각시키고 있다.

또 무더운 여름날 비좁고 악취 나는 감옥에서 조금의 공간이라도 더 차지하려는 집단적 이기심이 노인을 매도하여 태형장으로 내모는 과정이 작가의 자연주의 경향과 맥을 같이한다.

작가는 이 작품을 통해 정상적인 인간 생활에서는 전혀 나타날 수 없는 인간의 나약하고 추악한 심성이 극한적 상황에 놓이게 될 때는 오로지 원시적이고 충동적인 욕구에 따라 적나라하게 드러난다는 것을 보여 주고 있다.

• 생각해보기

1. 영원 영감이 공소를 취하하고 태형을 선택한 이유는 무엇인가?
2. 작가가 이 작품에서 보여 주려 하는 자연주의적 요소는?

☞해답

1. 아들의 죽음으로 삶의 의지를 상실하고 남은 죄수들을 위해 희생하려는 마음에서 태형을 선택했다.
2. 극한 상황에서 보여 주는 인간의 비도덕성과 환경 결정론.

광화사

• 읽기전에

1. 〈광염 소나타〉를 읽어 보고, 두 소설의 유사성을 작가의 탐미주의적 경향과 연관하여 생각해 보자.
2. 예술이 솔거에게 미치는 영향을 찾아보자.

• 줄거리

인왕산에 산보를 나온 여(余)는 공상에 빠져 한 편의 이야기를 꾸며 본다.

천재적인 화공, 솔거는 추악한 얼굴의 소유자로 세상과 격리된 채 그림에만 정진한다. 그는 모성애의 기억에 얽매여 어머니의 모습을 재현한 미인도를 그리려 한다. 우연히 산 속에서 만난 소경 처녀에게서 아름다운 표정을 발견한 솔거는 그녀를 집으로 데려와 미인도를 그린다. 그림의 눈동자 부분만 남겨둔 채 밤을 맞은 솔거는 처녀와 사랑을 나눈다. 다음날 아침 애욕에 눈뜬 처녀의 눈에서는 더 이상 순수한 아름다움을 찾을 수 없고 이에 격분한 솔거는 처녀를 죽이고 만다. 처녀가 넘어지면서 벼루에서 튄 먹물은 우연히 미인도의 눈에 가 찍히고 그 눈동자는 원망의 빛을 띠고 있다. 솔거는 미쳐 미인도를 품에 안고 방랑하다가 쓸쓸히 죽는다.

여는 공상에서 깨어나 여름의 석양이 지는 것을 바라본다.

광화사

인왕(仁王)－

바위 위에 잔솔이 서고 잔솔 아래는 이끼가 빛을 자랑한다.

굽어보니 바위 아래는 몇 포기 난초가 노란 꽃을 벌리고 있다. 바위에 부딪히는 잔바람에 너울거리는 난초잎.

여(余)는 허리를 굽히고 스틱으로 아래를 휘저어보았다. 그러나 아직 난초에서는 사오 척의 거리가 있다. 눈을 옮기면 계곡(谿谷).

전면이 소나무의 잎으로 덮인 계곡이다. 틈틈이는 철색(鐵色)의 바위도 보이기는 하나, 나무 밑의 땅은 볼 길이 없다. 만약 여로서 그 자리에 한 번 넘어지면 소나무의 잎 위로 구을러서 저편 어디인지 모를 골짜기까지 떨어질 듯하다.

여의 등뒤에도 이삼 장(길이의 단위. 한 장은 10척(尺))이 넘는 바위다. 그 바위에 올라서면 무학(舞鶴)재로 통한 커다란 골짜기가 나타날 것이다. 여의 발 아래도 장여(丈餘 한 길 남짓. 열 자가 넘음)의 바위다. 아래는 몇 포기 난초, 또 그 아래는 두세 그루의 잔솔, 잔솔 넘어서는 또 바위, 바위 위에는 도라지꽃. 그 바위 아래로부터는 가파른 계곡이다.

그 계곡이 끝나는 곳에는 소나무 위로 비로소 경성 시가의 한편 모퉁이가 보인다. 길에는 자동차의 왕래도 가막하게 보이기는 한다. 여전한 분요(어수선하고 소란함. 분란(紛亂))와 소란의 세계는 그 곳에 역시 전개되어 있기는 할 것이다.

그러나 여가 지금 서 있는 곳은 심산이다. 심산이 가지어야 할 온갖 조건을 구비하였다.

바람이 있고 암굴이 있고 산초 산화가 있고 계곡이 있고 샘물이 있고 절벽이 있고 난송(亂松)이 있고 – 말하자면 심산이 가져야 할 유수미(幽邃味)를 다 구비하였다.

본시는 이 도회는 심산 중의 한 계곡이었다. 그것은 오백 년 간을 닦고 갈고 지어서 오늘날의 경성부를 이룬 것이다. 이러한 협곡에 국도(國都)를 창건한 이 태조의 본의가 어디 있었는지는 알 길이 없다. 그러나 오늘날의 한 산보객의 자리에서 보자면, 서울은 세계에 유례(類例)가 없는 미도(美都)일 것이다.

도회에 거주하며 식후의 산보로서 푸대님채로 이러한 유수(幽邃)한 심산에 들어갈 수 있다 하는 점으로 보아서 서울에 비길 도회가 세계에 어디 다시 있으랴.

회흑색(灰黑色)의 지붕 아래 고요히 누워 있는 오백 년의 도시를 눈 아래 굽어보는 여의 사위에는 온갖 고산 식물이 난성(亂盛)하고, 계곡에 흐르는 물소리와 눈 아래 날아드는 기조(奇鳥)들은 완연히 여로 하여금 등산객의 정취를 느끼게 한다.

여는 스틱을 바위틈에 꽂아 놓았다. 그리고 굴러 떨어지기를 면키 위하여 바위와 잔솔의 새에 자리잡고 비스듬히 앉았다. 담배를 피우고 싶었으나, 잠시의 산보로 여기고 담배도 안 가지고 나온 발이 더듬더듬 여기까지 미쳤으므로 담배도 없다.

시야(視野)의 한편에는 이삼 장(丈)의 바위, 다른 한편에는 푸르른 하늘, 그 끝으로는 솔잎이 서너 개 어렴풋이 보인다. 그윽히 코로 몰려 들어오는 송진 냄새, 소나무에 불리는 바람 소리－

유수(幽邃)키 짝이 없다. 여가 지금 앉아 있는 자리는 개벽 이래로 과연 몇 사람이나 밟아 보았을까? 이 바위 생긴 이래로 혹은 여가 맨 처음 발 대어 본 것이 아닐까? 아까 바위를 기어서 이 곳까지 올라오느라고 애쓰던 그런 맹랑한 노력을 하여 본 바보가 여 이외에 몇 사람이나 있었을까? 그런 모험을 맛보기 위하여 심산을 찾은 용사(勇士)는 많을 것이로되 결사적 인왕 등산을 한 사람은 그리 많으리라고 생각되지 않는다.

등뒤 바위에는 암굴이 있다.

배암이라도 있을까 무서워서 들어가 보지는 않았지만, 스틱으로 휘저어 본 결과로 세 사람은 넉넉히 들어가 앉아 있음직하다.

이 암굴은 무엇에 이용할 수가 없을까?

음모(陰謀)의 도시 한양은 그새 오백 년 간 별별 음흉한 사건이 연출되었다. 시가 끝에서 반시간 미만에 넉넉히 올 수 있는 이런 가까운 거리에 뚫린 암굴이, 있는 줄 알기만 하였으면 혹은 음모에 이용되지 않았을까?

공상!

유수(幽邃)한 맛에 젖어 있던 여는 이 암굴 때문에 차차 불쾌한 공상에 빠지기 시작하려 한다.

온갖 음모, 그 뒤를 잇는 살육, 모함, 방축(쫓아냄), 이조 오백 년 간의 추악한 모양이 여로 하여금 불쾌한 공상에 빠지게 하려 한다.

여는 황망히 이런 불쾌한 공상에서 벗어나려고 또 주머니에 담배를 뒤지기었다. 그러나 담배는 여전히 있을 까닭이 없었다.

다시 눈을 들어서 안하(①눈 아래. ②내려다보이는 곳)를 굽어보면 일면에 깔린 송초(松梢)–

반짝!

보매 한 줄기의 샘이다. 소나무 틈으로 보이는 그 샘은 아마 바위틈을 흐르는 샘물인 듯. 똘똘똘똘 들리는 것은 아마 바람 소리겠지. 저렇듯 멀리 아래 있는 샘의 소리가 이 곳까지 들릴 리가 없다.

샘물!

저 샘물을 두고 한 개 이야기를 꾸미어 볼 수가 없을까? 흐르는 모양도 아름답거니와 흐르는 소리도 아름답고 그 맛도 아름다운 샘물을 한 개 재미있는 이야기가 여의 머리에 생겨나지 않을까? 암굴을 두고 생겨나려던 음모 살육의 불쾌한 공상보다 좀더 아름다운 다른 이야기가 꾸미어지지 않을까?

여는 바위틈에 꽂았던 스틱을 도로 뽑았다. 그 스틱으로써 여의 발 아래 바위를 가볍게 두드리면서 한 개 이야기를 꾸미어 보았다.

한 화공(畵工)이 있다. –화공의 이름은?

지어내기가 귀찮으니 신라 때의 화성(畵聖)의 이름을 차용하여 솔거(率居)라 하여 두자. –시대는?

시대는 이 안하에 보이는 도시가 가장 활기 있고 아름답던 시절인 세종 성주의 대쯤으로 하여 둘까?

백악이 흘러내리다가 맺힌 곳. 거기는 한양의 정기를 한몸에 지닌 경복궁 대궐이 있다. 이 대궐의 북문인 신무문(神武門) 밖 우거진 뽕밭 새에 중로(中老)의 사나이가 오뇌스러운(뉘우쳐 한탄하고 번뇌하는) 얼굴을 하고 숨어 있다.

화공 솔거였다.

무르익은 여름 뜨거운 볕은 뽕잎이 가리어 준다 하나, 훈훈한 기운은 머리 위 뽕잎과 땅에서 우러나서 꽤 무더운 이 뽕밭 속에 숨어 있는 화공. 자그마한 보따리에는 점심까지 싸 가지고 온 것으로 보아서 저녁까지 이 곳에 있을 셈인 모양이다.

그러나 무얼 하는지? 단지 땀을 펑펑 흘리며 오뇌스러운 얼굴로 앉아 있을 뿐이다.

왕후 친잠(王后親蠶 잠업 장려 시책의 하나로 왕후가 몸소 누에를 치는 일)에 쓰이는 이 뽕밭은 잡인들이 다니지 못할 곳이다. 하루 종일을 사람의 그림자 하나 얼씬하지 않는다.

때때로 바람이 우수수하니 뽕나무 위로 불기는 하나, 솔거가 숨어 있는 곳에는 한 점의 바람도 들어오지 않는다. 이 무더움 속에 솔거는 바람이 불 적마다 몸을 흠칫흠칫 놀라며 그러면서도 무엇을 기다리는 듯이 뽕나무 그루 아래로 저편 앞을 주시(注視)하곤 한다.

이윽이 석양이 무악을 넘고 이 도시도 황혼이 들었다. 날이 어둡기를 기다려서 이 화공은 몸을 숨겨 가지고 거기서 나왔다.

"오늘은 헛길. 내일이나 다시 볼까?"

한숨을 쉬면서 제 오막살이를 찾아 돌아가는 화공. 날이 벌써 꽤 어두웠지만 그래도 아직 저녁빛이 약간 남은 곳에 내어놓은 이 화공은 세상에 보기 드문 추악한 얼굴의 주인이었다.

코가 질병 자루 같다. 눈이 퉁방울 같다. 귀가 박죽 같다. 입이 나발통 같다. 얼굴이 두꺼비 같다—소위 추한 얼굴을 형용하는 온갖 형용사를 한 얼굴에 지닌 흉한 얼굴의 주인으로서, 그 얼굴이 또한 굉장히도 커서 멀리서 볼지라도 그 존재가 완연하리만 하다.

이 얼굴을 가지고는 백주에는 나다니기가 스스로 부끄러울 것이다.

아닌게 아니라, 솔거는 철이 들은 이래 아직껏 백주에 사람 틈에 나다닌 일이 없었다.

일찍이 열여섯 살에 스승의 중매로서 어떤 양가 처녀와 결혼을 하였지만, 그 처녀는 솔거의 얼굴을 보고 기절을 하고 기절에서 깨어나서는 그냥 집으로 도망쳐 버리고, 그 다음에 또 한 번 장가를 들어 보았지만, 그 색시 역시 첫날밤만 정신 모르고 치른 뒤에는 이튿날은 무서워서 죽어도 같이 못 살겠노라고 부모에게 떼를 써서 두 번째의 비극을 겪고－

이러한 두 가지의 사변을 겪고 난 뒤에는 솔거는 차차 여인이라는 것을 보기를 피하여 오다가, 그 괴벽이 점점 자라서 나중에는 일체로 사람이란 것의 얼굴을 대하기가 싫어졌다.

사람을 피하기 위하여－그리고 또한 일방으로는 화도(畵道)에 정진하기 위하여 인가를 떠나서 백악의 숲 속에 조그만 오막살이를 하나 틀고 거기 숨은 지 근 삼십 년, 생활에 필요한 물건 혹은 그림에 필요한 물건을 구하기 위하여 부득이 거리에 나가야 할 필요가 있을 때는 반드시 밤을 택하였다. 피할 수 없어 낮에 나갈 때는 방립(상제가 밖에 나갈 때에 쓰는, 가는 대오리로 만든 삿갓 모양의 큰 갓)을 쓰고 그 위에 얼굴을 베로 가리었다.

화도(畵道)에 발을 들여놓은 지 근 사십 년, 부득이한 금욕 생활, 부득이한 은둔 생활을 경영한 지 삼십 년, 여인에게로 '소모되지 못한' 정력은 머리로 모이고 머리로 모인 정력은 손끝으로 뻗어서 종이에 비단에 갈겨 던진 그림이 벌써 수천 점. 처음에는 그 그림에 대하여 아무 불만도 느껴 보지 않았다.

하늘에서 타고난 천분과 스승에게서 얻은 훈련과 저축된 정력의 소산인

한 장의 그림이 생겨날 때마다 그것을 보면서 스스로 만족히 여기고 스스로 자랑스러이 여기던 그였다.

그러나 그런 과정을 밟기 이십 년에 차차 그의 마음에 움돋은 불만, 그것은 어떻게 보자면 화도에는 이단적인 생각일는지도 모를 것이다.

좀 다른 것은 그릴 수가 없는가?

산이다. 바다다. 나무다. 시내다. 지팡이 잡은 노인이다. 다리다. 혹은 돛단배다. 꽃이다. 과즉 달이다. 소다. 목동이다.

이 밖에 그가 아직 그려 본 것이 무엇이었던가?

유원(幽遠)한 맛, 단 한 가지밖에 없는 전통적 그림보다 좀더 다른 것을 그려 보고 싶다.

아직껏 스승에게 배운 바의 백발 백염의 노옹이나 피리 부는 목동 이외에 좀더 얼굴에 움직임이 있는 사람을 그려 보고 싶다. 표정이 있는 얼굴을 그려 보고 싶다.

이리하여 재래의 수법을 아낌없이 내어던진 솔거는 그로부터 십 년 간을 사람의 표정을 그리노라고 세월을 보냈다. 그러나 사람의 세상을 멀리 떠나서 따로이 사는 이 화공에게는 사람의 표정이 기억에 까맣다.

상인(商人)들의 간특한 얼굴, 행인(行人)들의 덜민 무표정한 얼굴, 새꾼들의 싱거운 얼굴－그새 보고 지금도 대할 수 있는 얼굴은 이런 따위뿐이다. 좀더 색채 다른 표정은 없느냐?

색채 다른 표정!

색채 다른 표정!

이 욕망이 화공의 마음에 익고 커 가는 동안, 화공의 머리에 솟아오르는 몽롱한 기억이 있다.

이 화공의 어머니의 표정이다.

지금은 거의 그의 기억에서 사라졌지만 어린 시절에 자기를 품에 안고 눈물 글썽글썽한 눈으로 굽어보던 어머니의 표정이 가끔 한순간씩 그의 기억의 표면까지 뛰쳐올랐다.

그의 어머니는 희세의 미녀(美女)였다. 대대로 이후의 자손의 미(美)까지 모두 빼앗았던지 세상에 드문 미인이었다.

화공은 이 미녀의 유복자였다.

아비 없는 자식을 가슴에 붙안고 눈물 머금은 눈으로 굽어보던 표정.

철이 든 이래로 자기를 보는 얼굴에서는 모두 경악(驚愕)과 공포밖에는 발견하지 못한 이 화공에는 사십여 년 전의 어머니의 사랑의 아름다운 얼굴이 때때로 몸서리치도록 그리웠다.

그것을 그려 보고 싶었다.

커다란 눈에 그득히 담긴 눈물. 그러면서도 동경과 애무로서 빛나던 눈. 입가에 떠오르던 미소.

번개와 같이 순간적으로 심안(心眼)에 나타났다가는 사라지는 이 환영을 화공은 그려 보고 싶었다.

세상을 피하고 세상에서 숨어살기 때문에 차차 비뚤어진 이 화공의 괴벽한 마음에는, 세상을 그리는 정열이 또한 그만치 컸다. 그리고 그것이 크면 크니만치 마음속에는 늘 울분과 분만이 차 있었다.

지금도 세상에서는 한창 계집 사내들이 서로 부둥켜안고 좋다고 야단할 것을 생각하고는 음울한 얼굴로 화필을 뿌리는 화공.

이러한 가운데서 나날이 괴벽하여 가는 이 화공은 한 개 미녀상(美女像)을 그려 보고자 노심하였다.

처음에는 단지 아름다운 표정을 가진 미녀를 그려 보고자 하였다. 그러나 미녀를 가까이 본 일이 없는 이 화공이 마음대로 되지 않는 붓끝에 역정을 내며 애쓰는 동안 차차 어느덧 미녀상에 대한 관념이 달라 갔다.

자기의 아내로서의 미녀상을 그려 보고 싶어졌다.

세상은 자기에게 아내를 주지 않는다.

보면 한 마리의 곤충, 한 마리의 날짐승도 각기 짝을 찾아 즐기고 짝을 찾아 좋아하거늘, 만물의 영장인 사람이 짝 없이 오십 년을 보냈다 하는데 대한 분만(분한 마음이 치밀어서 속이 답답함)이 일어났다.

세상 놈들은 자기에게 한 짝을 주지 않고 세상 계집들은 자기에게 오려는 자가 없이 홀몸으로 일생을 보내다가 언제 죽는지도 모르게 이 산골에서 죽어 버릴 생각을 하면 한심하기보다 도리어 이렇듯 박정한 사람의 세상이 미웠다.

세상이 주지 않는 아내를 자기는 자기의 붓끝으로 만들어서 세상을 비웃어 주리라.

이 세상에 존재한 가장 아름다운 계집보다도 더 아름다운 계집을 자기의 붓끝으로 그리어서 못나고도 아름다운 체하는 세상 계집들을 웃어 주리라.

덜난 계집을 아내로 맞아 가지고 천하의 절색이라 믿고 있는 사내놈들도 깔보아 주리라.

사오 명의 처첩을 거느리고 좋다구나고 춤추는 헌놈들도 굽어보아 주리라.

미녀! 미녀!

—눈을 감고 생각하고 눈을 뜨고 생각하고 머리를 움켜쥐고 생각해 보나, 미녀의 얼굴이 어떤 것인지 알 수가 없었다.

물론 얼굴에 철요가 없고 이목구비가 제대로 놓였으면 세상 보통의 미인이라 한다. 그런 얼굴에 연지나 그리고, 눈에 미소나 그려 넣으면 더 아름다워지기는 할 것이다. 이만한 것은 상상의 눈으로도 볼 수가 있는 자며 붓끝으로 그릴 수도 없는 바가 아니다.

그러나 가만 어린 시절의 어머니의 얼굴을 순영적(瞬影的)으로나마 기억하는 이 화공으로서는 그런 미녀로는 만족할 수가 없었다.

오뇌와 분만 중에서 흐르는 세월은 일 년 또 일 년, 무위히(아무 일도 하지 아니하게) 흘러간다.

미녀의 아랫도리는 그려진 지 벌써 수년. 그 아랫도리 위에 올려 놓일 얼굴은 어떻게 하여얄지 짐작도 가지 않았다.

화공의 오막살이 방안에 들어서면 맞은편에 걸려 있는 한 폭 그림은 언제든 어서 목과 얼굴을 그려 주기를 기다리듯이 화공을 힐책한다.

화공은 이것을 보기가 거북하였다.

특별한 일이라도 있기 전에는 낮에 거리에 다니지를 않던 이 화공이 흔히 얼굴을 싸매고 장안을 돌아다녔다.

행여나 길에서라도 미녀를 만날까 하는 요행심으로였다. 길에서 순간적으로라도 마음에 드는 미녀를 볼 수만 있으면 그것을 머리에 똑똑히 캐치하여 그 기억으로서 화상을 그릴까 하는 요행심으로…….

그러나 내외법이 심한 이 도회에서 대낮에 양가의 부녀가 얼굴을 내놓고 길을 다니지 않았다. 계집이라는 것은 하인배나 하류배뿐이었다.

하인배, 하류배에도 때때로 미녀라 일컬을 자가 있기는 있었다. 그러나 아무리 산뜻한 미를 갖기는 했다 하나 얼굴에 흐르는 표정이 더럽고 비열하여 캐치할 만한 자가 없었다.

얼굴을 싸매고 거리로 방황하며 혹은 계집들이 많이 모이는 우물가며 저자(시장에서 물건을 파는 가게)를 비슬비슬 방황하며 어찌어찌하여 약간 예쁜 듯한 계집이라도 보이면 따라가면서 얼굴을 연구해 보고 했으나, 마음에 드는 미녀를 지금껏 얻어내지를 못하였다.

혹은 심규(深閨 깊숙이 들어앉은 방이나 집. 부녀자가 거처함)에는 마음에 드는 계집이라도 있을까? 심규! 심규! 한 번 심규의 계집들을 모조리 눈앞에 벌려 세우고 얼굴 검사를 하여 보았으면…….

초조하고 성가신 가운데서 날을 보내고 날을 맞으면서 미녀를 구하던 화공은, 마지막 수단으로 친잠 상원(親蠶桑園)에 들어가서 채상(採桑 뽕을 땀)하는 궁녀의 얼굴을 얻어 보려 하였다. 그러나 불행히도 화공의 모험도 헛길로 돌아가고 그 날은 채상을 하러 오지도 않았다.

그러나 때 바야흐로 누에 시절이라 길만성 있게 기다리노라면 궁녀의 오는 날도 있을 것이다. 미녀－아내의 얼굴을 그리려는 욕망에 열이 오르고 독이 난 이 화공은 그 이튿날도 또 뽕밭에 들어가 숨었다. 숨어 기다리지 않을 수가 없었다.

그로부터 한 달 화공은 나날이 점심을 싸 가지고 상원(桑園)으로 갔다. 그러나 저녁때 제 오막살이로 돌아올 때는 언제든 그의 입에서는 기다란 탄식성이 나왔다.

궁녀를 못 본 바가 아니었다.

마치 여기 숨어 있는 화공에게 선보이려는 듯이 나날이 궁녀들은 번갈아 왔다. 한 떼씩 밀려 와서는 옷소매 치맛자락을 펄럭이며 뽕을 따 갔다. 한 달 동안에 합계 사오십 명의 궁녀를 보았다.

모두 일률로 미녀들이었다. 그리고 길가 우물가에서 허투로 볼 수 있는 미녀들보다 고아(高雅)한 얼굴에는 틀림이 없었다.

그러나 그 눈－화공의 보는 바는 눈이었다.

그 눈에 나타난 애무와 동경이었다. 철철 넘쳐흐르는 사랑이었다. 그것이 궁녀에게는 없었다. 말하자면 세상 보통의 미녀였다.

자기에게 계집을 주지 않는 고약한 세상에게 보복하는 의미로 절세의 미녀를 차지하고자 하는 이 화공의 커다란 야심으로서는 그만 따위의 미녀로 만족할 수가 없었다.

오막살이로 돌아올 때마다 그의 입에서 나오는 기다란 한숨, 이런 한숨을 쉬기 한 달-그는 다시 상원에 가지 않았다.

가을 하늘 맑고 푸르른 어떤 날이었다.

마음속에 분만과 동경을 가득히 담은 이 화공은 저녁쌀을 씻으려 소쿠리를 옆에 끼고 시내로 더듬어 갔다.

가다가 문득 발을 멈추었다.

우거진 소나무 틈으로 보이는 시냇가 바위 위에 웬 처녀가 하나 앉아 있다. 솔가지 틈으로 내리비치는 얼룩지는 석양을 받고 망연히 앉아서 흐르는 시냇물을 내려다보고 있다.

웬 처녀일까?

인가에서 꽤 떨어진 이 곳. 사람의 동리보다 꽤 높은 이 곳. 길도 없는 이 곳-아직껏 삼십 년 간을 때때로 초부나 목동의 방문은 받아 본 일이 있지만 다른 사람의 자취를 받아 보지 못한 이 곳에 웬 처녀일까?

화공도 망연히 서서 바라보았다. 바라볼 동안 가슴에 차차 무거운 긴장을 느꼈다.

한 걸음 두 걸음 화공은 발소리를 감추고 나아갔다. 차차 그 상거(떨어져 있는 두 곳의 거리)가 가까워 감을 따라서 분명하여 가는 처녀의 얼굴-화공의 얼굴에는 피가 떠올랐다.

세상에 드문 미녀였다. 나이는 열일여덟, 그 얼굴 생김이 아름답다기보다 얼굴 전면에 나타난 표정이 놀랄 만치 아름다웠다.

흐르는 시내에 눈을 두었는지 귀를 기울였는지, 하여간 처녀의 온 주의력은 시내에 모여 있다. 커다랗게 뜨인 눈은 깜박일 줄도 잊은 듯이, 황홀한 눈으로 시내를 굽어보고 있다.

남벽(藍碧)의 시냇물에는 용궁(龍宮)이 보이는가? 소나무 그루에 부딪쳐서 튀어나는 바람에 앞머리를 약간 날리면서 처녀가 굽어보고 있는 것은 무엇인가?

처녀의 온 공상과 정열과 환희가 한꺼번에 모인 절묘한 미소를 눈과 입에 띠고 일심 불란(한 가지에만 마음을 써 어지러워지지 아니함)히 처녀가 굽어보는 것은 무엇인가?

아아!

화공은 드디어 발견하였다. 그새 십 년 간을 여항(백성의 살림집이 많이 모여 있는 곳. 여염(閭閻))의 길거리에서, 혹은 우물가에서, 내지는 친잠 상원에서 발견하여 보려고 애쓰다가 종내 달하지 못한 놀랄 만한 아름다운 표정을 화공은 뜻 안 한 여기서 발견하였다.

화공은 걸음을 빨리하였다. 자기의 얼굴이 얼마나 더럽게 생겼는지, 이 처녀가 자기를 쳐다보면 얼마나 놀랄지, 이 점을 온전히 잊고 걸음을 빨리하여 처녀의 쪽으로 갔다.

처녀는 화공의 발소리에 머리를 번쩍 들었다. 화공을 바라보았다. 그 무한히 먼 곳을 바라보는 듯한 기묘한 눈을 들어서.

"아―"

가슴이 무득하여 무슨 말을 하여야 할지 망설이며 화공이 반벙어리 같은 소리를 할 때에 처녀가 먼저 입을 열었다.

"여기가 어디오니까?"

여기가 어디?

"여기는 인왕 산록 이름도 없는 산이지만 너는 웬 색시냐?"

"네……."

문득 떠오르는 적적한 표정.

"더듬더듬 시내를 따라 왔습니다."

화공은 머리를 기울였다. 몸을 움직여 보았다. 무한히 먼 곳을 바라보는 듯한 처녀의 눈은 그냥 움직임 없이 커다랗게 띄어 있기는 하지만, 어디를 보는지 무엇을 보는지 알 수가 없다.

드디어 화공은 부르짖었다.

"너 앞이 보이느냐?"

"소경이올시다."

소경이었다. 눈물 머금은 소리로 하는 이 대답을 듣고 화공은 좀더 가까이 갔다.

"앞도 못 보면서 어떻게 무얼 하러 예까지 왔느냐?"

처녀는 머리를 푹 수그렸다. 무슨 대답을 하는 듯하였으나 화공은 알아듣지 못하였다. 그러나 화공으로 하여금 저으기 호기심을 잃게 한 것은 처녀의 얼굴에 아까와 같은 놀라운 매력 있는 표정이 없어진 것이었다.

그만하면 보기 드문 미인임에는 틀림이 없다. 그러나 아까 화공이 그렇듯 놀란 것은 단지 미인인 탓이 아니었다. 그 얼굴에 나타난 놀라운 매력에 끌린 것이었다.

"불쌍도 하지. 저녁도 가까워 오는데 어둡기 전에 집으로 내려가거라."

이만치 하여 화공은 처녀를 포기하려 하였다. 이 말에 처녀가 응하였다.

"어두운 것은 탓하지 않습니다마는 황혼은 매우 아름답다지요?"

"그럼 아름답구말구."

"어떻게 아름답습니까?"

"황금빛이 서산에서 줄기줄기 비치는구나. 거기 새빨갛게 물들은 천하—푸르른 소나무도 남빛 바위도 검붉은 나무그루도 모두 황금빛에 잠겨서—"

"황금빛은 어떤 것이고 새빨간 빛과 붉은빛이며 남빛은 모두 어떤 빛이오니까? 밝은 세상이라지만 밝은 빛과 붉은 빛이 어떻게 다릅니까? 이 산

경치가 아름답다는 소문을 듣고 더듬어 왔습니다마는 바람 소리, 돌물 소리, 귀로 들리는 소리밖에는 어디가 아름다운지 알 수가 없습니다."

차차 다시 나타나는 미묘한 표정, 커다랗게 뜬 눈에 비치는 동경의 물결. 일단 사라졌던 아름다운 표정은 다시 생기기 비롯하였다.

화공은 드디어 처녀의 맞은편에 가 앉았다.

"이 샘줄기를 따라 내려가면 바다가 있구, 바다 속에는 용궁이 있구나. 칠색 비단을 감은 기둥과 비취를 아로새긴 댓돌이며 황금으로 만든 풍경, 진주로 꾸민 문설주-"

마주 앉아서 엮어 내리는 이 화공의 이야기에 각일각 더욱 황홀하여 가는 처녀의 눈이었다. 화공은 드디어 이 처녀를 자기의 오막살이로 데리고 돌아갈 궁리를 하였다.

"내 용궁 이야기를 들려주마. 너희 집에서 걱정만 안 하실 것 같으면-"

화공이 이렇게 꾀일 때에 처녀는 그의 커다란 눈을 들어서 유원(幽遠)히 하늘을 우러러보면서 자기네 부모는 병신 딸 따위는 없어져도 근심을 안 한다고 쾌히 화공의 뒤를 따랐다.

일사천리로 여기까지 밀려오던 여의 공상은 문득 중단되었다. 이야기를 어떻게 진전시키나?

잡념이 일어난다. 동시에 여의 귀에 들리어 오는 한 절의 유행가-

여는 머리를 들었다. 저편 뒤 어디 잡인들이 온 모양이다. 그 분요가 무의식중에 귀로 들어와서 여의 집중되었던 머리를 헤쳐 놓는다.

귀찮은 가사(歌詞)들이여. 저주받을 가사들이여.

이 저주받을 가사들 때문에 중단된 이야기는 좀체 다시 모이지 않았다.

그러나 결말 없는 이야기가 어디 있으랴? 아무튼 결말은 지어야 할 것이 아닌가?

그러면 그 화공은 처녀를 데리고 제 오막살이로 돌아와서 용궁 이야기를 들려주면서 그 동안에 처녀의 얼굴을 그대로 그려서 십 년래의 숙망을 성취하였다는 결말로 맺어 버릴까?

그러나 이런 싱거운 결말이 어디 있으랴? 결말이 되기는 되었지만 이따위 결말을 짓기 위하여 그런 서두는 무의미한 자다.

그러면?

그럼 다르게 결말을 맺어 볼까?

화공은 처녀를 제 오막살이로 데리고 돌아왔다. 그리고 처녀에게 용궁 이야기를 들려주었다. 그러나 아까 용궁 이야기로 초벌 들은 처녀는 이번은 그렇듯 큰 감흥도 느끼지 않는 모양으로 그다지 신통한 표정도 보이지 않았다. 화공의 계획은 수포로 돌아갔다. 화공은 그 그림을 영 미완품 채로 남기지 않을 수 없었다.

역시 마음에 들지 않는 결말이다.

그럼 또다시 –

화공은 처녀를 데리고 돌아왔다. 돌아와서 처녀를 보면 볼수록 탐스러워서 그림은 집어던지고 처녀를 아내로 삼아 버렸다. 앞을 못 보는 처녀는 이 추하게 생긴 화공에게도 아무 불만이 없이 일생을 즐겁게 보냈다. 그림으로나 아내를 얻으려던 화공은 절세의 미녀를 아내로 얻게 되었다.

역시 불만이다.

귀찮고 성가시다. 저주받을 유행 가사(流行歌詞)여.

여는 일어났다. 감흥을 잃은 이 자리에 그냥 앉아 있기가 싫었다. 그냥 들리는 유행가. 그것이 안 들리는 곳으로 자리를 옮기자.

굽어보매 저 멀리 소나무 틈으로 한 줄기 번득이는 것은 아까의 샘물이다. 그 샘물로, 가장 이 이야기의 원천(源泉)이 된 그 샘으로 내려가자.

벼랑을 내려가기는 올라가기보다 더 힘들었다. 올라가는 것은 올라가다가 실수하여 떨어지면 과즉 제자리에 내린다. 그러나 내려가다가 발을 실수하면 어디까지 구을려 갈지 예측할 길이 없다. 잘못하다가는 청운동(淸雲洞) 어구까지 구을러 갈는지도 모를 일이다. 게다가 올라갈 때에는 도움이 되던 스틱조차 내려갈 때에는 귀찮기 짝이 없다.

반각이나 걸려서 여는 드디어 그 샘가에 도달하였다.

샘가에는 과연 한 개의 바위가 사람 하나 앉기 좋을 만한 자리가 있다. 이 바위가 화공이 쌀 씻던 바위일까? 처녀가 앉아서 공상하던 바위일까? 그 아래를 깊은 남벽(藍碧)으로 알았더니 겨우 한 뼘 미만의 얕은 물로서 바위 위를 기운 없이 똘똘 흐르고 있다.

그러나 이 골짜기는 고요하기 짝이 없었다. 바람 소리도 멀리 위에서만 들린다. 그리고 소나무와 바위에 둘러싸여서 꽤 음침한 이 골짜기는 옛날 세상을 피한 화공이 즐겨하였음직하다.

자, 그러면 이 골짜기에서 아까 그 이야기의 꼬리를 마저 지을까?

화공은 처녀를 데리고 오막살이로 돌아왔다.

그의 마음은 너무도 긴장되고 또한, 기뻐서 저녁도 짓기 싫었다. 들어와 보매 벌써 여러 해를 머리 달리기를 기다리는 족자의 여인의 몸집조차 흔연히(매우 기뻐하거나 반가워하는 모양으로) 화공을 맞는 듯하였다.

"자 거기 앉아라."

수년 간 화공을 힐책하던 머리 없는 그림이 화공의 앞에 펴졌다. 단청도 준비되었다.

터질 듯 울렁거리는 마음으로 폭 앞에 자리를 잡은 화공은 빛이 비치도록 남향하여 처녀를 앉히고 손으로는 붓을 적시며 이야기를 꺼내었다.

벌써 황혼은 이제 얼마 남지 않은 오늘 해로서 숙망(오래도록 품은 소망)을 달하려 하는 것이었다. 십 년 간을 벼르기만 하면서 착수를 못했기 때문에 저축되었던 화공의 힘은 손으로 모였다.

"그러구 – 알겠지?"

눈으로는 처녀의 얼굴을 보며 입으로는 용궁 이야기를 하며 손은 번개같이 붓을 둘렀다.

"용궁에는 여의주(如意珠)라는 구슬이 있구나. 이 여의주라는 구슬은 마음에 있는 바는 다 달할 수 있는 보물로서, 그 구슬을 네 눈 위에 한 번 구을리면 너도 광명한 일월을 보게 된다."

"네? 그런 구슬이 있습니까?"

"있구말구. 네가 내 말을 잘 듣고 있기만 하면 수일 내로 너를 데리고 용궁에 가서 여의주를 빌려서, 네 눈도 고쳐 주마."

"그러면 저도 광명한 일월을 볼 수가 있겠습니까?"

"그럼. 광명한 일월, 무지개라는 칠색이 영롱한 기묘한 것, 아름다운 수풀, 유수한 골짜기, 무엇인들 못 보랴!"

"아이구 어서 그 여의주를 구해서 –"

아아, 놀라운 아름다운 표정이었다. 화공은 처녀의 얼굴에 나타나 넘치는 이 놀라운 표정을 하나도 잃지 않고 화폭 위에 옮겼다.

황혼은 어느덧 밤으로 변하였다. 이 때는 그림의 여인에게는 단지 눈동자가 그려지지 않을 뿐 그밖에 것은 죄 완성이 되었다.

동자까지 그리고 싶었다. 그러나 이 그림의 생명을 좌우할 눈동자를 그리기에는 날은 너무도 어두웠다.

눈동자 하나쯤이야 밝은 날로 남겨 둔들 어떠랴. 하여간 십 년 숙망을 겨우 달한 화공의 심사는 무엇에 비기지 못하도록 기뻤다.

"아-아-"

이 탄성은 오래 벼르던 일이 끝난 때에 나는 기쁨의 소리였다. 이 일단의 안심과 함께 화공의 마음에는 또 다른 긴장과 정열이 솟아올랐다.

꽤 어두운 가운데서 처녀의 얼굴을 유심히 보기 위하여 화공이 잡은 자리는 처녀의 무릎과 서로 닿을 만치 가까웠다. 그림에 대한 일단의 안심과 함께 화공의 코로 몰려 들어오는 강렬한 처녀의 체취(體臭)와 전신으로 느끼는 처녀의 접근 때문에 화공의 신경은 거의 마비될 듯싶었다. 차차 각일각 몸까지 떨리기 시작하였다. 어두움 가운데서 황홀스러이 빛나는 처녀의 커다란 눈은 정열로 들먹거리는 입술은 화공의 정신까지 혼미하게 하였다.

밝은 날, 화공과 소경 처녀의 두 사람은 벌써 남이 아니었다.

"오늘은 동자를 완성시키리라."

삼십 년의 독신 생활을 벗어 버린 화공은 삼십 년 간을 혼자 먹던 조반을 소경 처녀와 같이 먹고 다시 그림 폭 앞에 앉았다.

"용궁은?"

기쁨으로 빛나는 처녀의 눈-

그러나 화공의 심미안(審美眼)에 비친 그 눈은 어제의 눈이 아니었다.

아름답기는 다시없는 아름다운 눈이었다. 그러나 그 눈은 사내의 사랑을 구하는 '여인의 눈'이었다. 병신이라 수모받던 전생을 벗어 버리고 어젯밤 처음으로 인생의 봄을 맛본 처녀는 이제는 한 개의 지어미의 눈이요 한 개의 애욕의 눈이었다.

"용궁은?"

"용궁에 어서 가서 여의주를 얻어서 제 눈을 뜨여 주세요. 밝은 천지도 천지려니와 당신이 어서 눈뜨고 보고 싶어."

어제 밤 잠자리에서 자기는 스물네 살 난 풍신 좋은 사내라고 자랑한 화공의 말을 그대로 믿는 소경 처녀였다.

"응, 얻어 주지. 그 칠색이 영롱한-"

"그 칠색도 어서 보고 싶어요."

"그래 그래. 좌우간 지금 머리로 생각해 보란 말이야."

"네, 참 어서 보고 싶어서-"

굽어보면 무릎 앞의 그림은 어서 한 점 동자를 찍어 주기를 기다리고 있다.

그러나 소경의 눈에 나타난 것은 아름답기는 아름다우나 그것은 애욕의 표정에 지나지 못하였다. 그런 눈을 그리려고 십 년을 고심한 것이 아니었다.

"자, 용궁을 생각해 봐!"

"생각이나 하면 뭘 합니까? 어서 이 눈으로 보아야지."

"생각이라도 해보란 말이야."

"짐작이 가야 생각도 하지요."

"어제 생각하던 대로 생각을 해봐!"

"네……."

화공은 드디어 역정을 내었다.

"자, 용궁! 용궁!"

"네……."

"용궁을 생각해 봐! 그래 용궁이 어때?"

"칠색이 영롱하구요."

"그래, 또?"

"또 황금 기둥, 아니 비단으로 짠 기둥이 있구요. 또 푸른 진주가!"

"푸른 진주가 아냐! 푸른 비취지."

"비취 추녀든가 문이든가?"

"에잇! 바보!"

화공은 커다란 양손으로 칵 소경의 어깨를 잡았다. 잡고 흔들었다.

"자, 다시 곰곰이 – 용궁은?"

"용궁은 바다 속에……."

겁에 띠어서 어릿거리는 소경의 양에 화공은 손으로 소경의 따귀를 갈기지 않을 수가 없었다.

"바보!"

이런 바보가 어디 있으랴? 보매 그 병신 눈은 깜박일 줄도 모르고 허공을 바라보고 있다. 그 천치 같은 눈을 보매 화공의 노염은 더욱 커졌다. 화공은 양손으로 소경의 멱을 잡았다.

"에이 바보야. 천치야. 병신아!"

생각나는 저주의 말을 연하여 퍼부으면서 소경의 멱을 잡고 흔들었다. 그리고 병신답게 멀겋게 뜬 눈자위에 원망의 빛깔이 나타나는 것을 보고 더욱 힘있게 흔들었다. 흔들다가 화공은 탁 그 손을 놓았다. 소경의 몸이 너무도 무거워졌으므로 –

화공의 손에서 놓인 소경의 몸은 눈을 뒤솟은 채 번뜻 나가 넘어졌다. 넘어지는 서슬에 벼루가 전복되었다. 뒤집어진 벼루에서 튀어난 먹 방울이 소경의 얼굴에 덮였다.

깜짝 놀라서 흔들어 보매 소경은 벌써 이 세상의 사람이 아니었다.

화공은 어찌할 줄을 몰랐다. 망지소조(너무 당황하거나 급하여 어찌할 바를 모름)하여 허든거리던 화공은 눈을 뜻없이 자기의 그림 위에 던지다가 악! 소리를 내며 자빠졌다.

그 그림의 얼굴에는 어느덧 동자가 찍히었다. 자빠졌던 화공이 좀 정신을 가다듬어 가지고 몸을 일으켜서 다시 그림을 보매, 두 눈에는 완전히 동자가 그려진 것이었다.

그 동자의 모양이 또한 화공으로 하여금 다시 털썩 엉덩이를 붙이게 하였다. 아까 소경 처녀가 화공에게 멱을 잡혔을 때에 그의 얼굴에 나타났던 원망의 눈!

그림의 동자는 완연히 그것이었다.

소경이 넘어지는 서슬에 벼루를 엎는다는 것은 기이할 것도 없고 벼루가 엎어질 때에 먹방울이 튄다는 것도 기이하달 수도 없지만, 그 먹방울이 어떻게 그렇게도 기묘하게 떨어졌을까? 먹이 떨어진 동자로부터 먹물이 번진 홍채에 이르기까지 어찌도 그렇듯 기묘하게 되었을까?

한편에는 송장, 한편에는 화상을 놓고 망연히 앉아 있는 화공의 몸은 스스로 멈출 수 없이 와들와들 떨렸다.

수일 후부터 한양성 내에는 괴상한 여인의 화상을 들고 음울한 얼굴로 돌아다니는 늙은 광인(狂人) 하나가 생겼다.

그의 내력을 아는 사람이 없었고, 그의 근본을 아는 사람이 없었다. 그 괴상한 화상을 너무도 소중히 여기므로 사람들이 보고자 하면 그는 기를 써서 보이지 않고 도망하여 버리곤 한다.

이렇게 수년 간을 방황하다가 어떤 눈보라치는 날, 돌베개를 베고 그의 일생을 막음하였다. 죽을 때도 그는 그 족자는 깊이 품에 품고 죽었다.

늙은 화공이여. 그대의 쓸쓸한 일생을 여는 조상하노라.

여(余)는 지팡이로써 물을 두어 번 저어 보고 고즈넉이 몸을 일으켰다.

우러러 보매 여름의 석양은 벌써 백악 위에서 춤추고, 이 천고(千古)의 계곡을 산새가 남북으로 건넌다.

작품의 이해

• 구조적 분석

갈래 : 단편 소설, 액자 소설

배경 : 조선조 세종 때 한양의 백악(인왕산)

시점 : 외부 이야기 : 1인칭 주인공 시점
　　　내부 이야기 : 전지적 작가 시점

구성 : 액자적 역행 구성

주제 : 한 화공의 일생을 통해 나타난 세속적 욕망과 예술관의 갈등

출전 : 《야담》, 1935

• 작품해설

〈광화사〉는 1935년《야담》에 발표된 소설로 1929년에 발표된 〈광염 소나타〉와 더불어 김동인의 유미주의적 경향을 대표하는 작품이다.

이 작품에는 세상에는 선의 아름다움뿐만 아니라 악마적인 아름다움 또한 존재하며, 인간의 본성은 선이 아니라 악이기 때문에 그 악의 모습 또한 적나라하게 추구할 수 있어야 한다는 작가의 악마적 탐미주의 경향이 잘 드러나 있다.

〈광염 소나타〉의 주인공 백성수에게 있어 예술은 방화나 살인 같은 파괴적 행위와 맞바꾸어지는 대상이나 〈광화사〉의 주인공 솔거에게 있어 예술은 사회에 정상적으로 적응하지 못하는 그에게 위안을 주고 그리운 어머니의 모습을 재현하고자 하는 자기 실현의 방편이다.

그러나 솔거가 눈먼 가련한 처녀를 희생시키고 자기 자신마저 희생시킴으로써 얻어낸 작품의 완성은 김동인의 예술가에 대한 입장을 보여 준다. 또한 작가는 이 작품에서 광포적인 미에 대한 태도를 허구적으로 표현하고 있다.

• **생각해보기**

1. 솔거에게 있어 예술은 무엇을 의미하는가?
2. 작가가 이 작품을 통해 나타내고자 하는 예술가상은 무엇인가?

☞**해답**

1. 정상적인 삶으로부터의 소외를 제거해 주고 유년의 그리운 추억인 어머니의 모습을 되살릴 수 있는 방법을 의미한다.
2. 낭만주의의 '저주받은 존재', 즉 정상적인 삶의 가치에 적응할 수 없는 저주받은 영혼, 어딘가 광기를 지닌 인물.

광염(狂炎) 소나타

• 읽기전에

1. 작가의 탐미주의적인 경향에 대해 알아보자.
2. 주인공이 작곡을 통해 얻으려고 하는 것이 무엇인지 생각해 보자.

• 줄거리

유명한 음악 비평가 K씨가 사회 교화자인 모씨에게 백성수의 일대기를 들려준다.

천분 많은 음악가의 유복자로 태어난 백성수는 가난하지만 교양 있고 어진 어머니 밑에서 자란다. 사경을 헤매는 어머니의 약값을 구하기 위해 담배 가게에서 돈을 훔치다 감옥에 가고 어머니는 비참한 죽음을 맞이한다. 감옥에서 나온 그는 담배 가게에 불을 지르고 그 흥분감에 작곡을 하던 중 K씨를 우연히 만난다. 그의 재능을 알아본 K씨는 작곡을 할 수 있는 쾌적한 환경을 제공해 주지만 그의 음악적 영감은 다시 떠오르질 않는다. 그러다 우연한 기회에 자신의 음악적 재능이 범죄적 행위를 통해서만 얻어질 수 있다는 것을 알게 되고 수차례의 방화와 시체 모독, 살인까지 저지르게 된다. 비록 뛰어난 음악을 만들었지만 자신은 파멸의 길을 걷는다.

K씨는 모씨에게 변변치 않은 범죄를 구실로 한 천재적인 음악가를 희생시켜서는 안 된다고 말한다.

광염(狂炎) 소나타

독자는 이제 내가 쓰려는 이야기를, 유럽의 어떤 곳에 생긴 일이라고 생각하여도 좋다. 혹은 사오십 년 뒤에 조선을 무대로 생겨날 이야기라고 생각하여도 좋다. 다만 이 지구상의 어떤 곳에 이러한 일이 있었는지도 모르겠다. 있는지도 모르겠다. 혹은 있을지도 모르겠다. 가능성(可能性)만은 있다－이만큼 알아두면 그만이다.

그런지라, 내가 여기 쓰려는 이야기의 주인공 되는 백성수(白性洙)를, 혹은 알벨트라 생각하여도 좋을 것이요, 짐이라 생각하여도 좋을 것이요, 또는 호 모(胡某)나 기무라 모(木村某)로 생각하여도 괜찮다. 다만 사람이라 하는 동물을 주인공 삼아 가지고, 사람의 세상에서 생겨난 일인 줄만 알면…….

이러한 전제로써, 자 그러면 내 이야기를 시작하자.

"기회(찬스)라는 것이 사람을 망하게도 하고 흥하게도 하는 것을 아시오?"

"네, 새삼스러이 연구할 문제도 아닌걸요."

"자, 여기 어떤 상점이 있다 합시다. 그런데 마침 주인도 없고 사환도 없고 온통 비었을 적에 우연히 그 앞을 지나가던 신사가 – 그 신사는 재산도 있고 명망도 있는 점잖은 사람인데 – 그 신사가 빈 상점을 들여다보고 혹은 이렇게 생각할 수도 있지 않어요? 텅 비었으니깐 도적놈이라도 넉넉히 들어갈 게다. 들어가서 훔치면 아무도 모를 테다. 집을 왜 이렇게 비워 둔담……. 이런 생각 끝에 혹은 그 – 그 뭐랄까, 그 돌발적(突發的) 변태 심리로써 조그만 물건 하나(변변치도 않고 욕심도 안 나는)를 집어서 주머니에 넣는 경우가 있을지도 모르지 않겠습니까?"

"글쎄요."

"있습니다, 있어요."

어떤 여름날 저녁이었다. 도회를 떠난 교외 어떤 강변에 두 노인이 앉아서 이런 이야기를 하고 있었다. 그 기회론을 주장하는 사람은 유명한 음악비평가 K씨였었다. 듣는 사람은 사회 교화자의 모씨였었다.

"글쎄, 있을까요?

"있어요 – 좌우간 있다 가정하고, 그러한 경우에 그 책임은 어디 있습니까?"

"동양 속담 말에, 외밭서는 신 끈도 다시 매지 말랬으니, 그 신사가 책임을 질까요?"

"그래 버리면 그뿐이지만, 그 신사는 점잖은 사람으로서 그런 절대적 기묘한 찬스만 아니더라면 그런 마음은커녕 염도 내지도 않을 사람이라 생각하면 어찌 됩니까?"

"……."

"말하자면 죄는 '기회'에 있는데, '기회'라는 무형물은 벌을 할 수가 없으니깐 그 신사를 가해자로 인정할 수밖에는 지금은 없지요."

"그렇습니다."

"또 한 가지-사람의 천재라 하는 것도 경우에 따라서는 어떤 '기회'가 없으면 영구히 안 나타나고 마는 일이 있는데, 그 '기회'란 것이 어떤 사람에게서 그 사람의 '천재'와 '범죄 본능'을 한꺼번에 끌어내었다면 우리는 그 '기회'를 저주하여야겠습니까, 축복하여야겠습니까?"

"글쎄요."

"선생님, 백성수라는 사람을 아시오?"

"백성수? 자…… 기억이 없는데요."

"작곡가로서 그……."

"네, 생각납니다. 유명한-〈광염 소나타〉의 작가 말씀이지요?"

"네, 그 사람이 지금 어디 있는지 아십니까?"

"모릅니다-뭐 발광했단 말이 있었는데……."

"네, 지금 ××정신 병원에 감금돼 있는데, 그 사람의 일대기를 이야기할 테니 들으시고 사회 교화자(社會敎化者)로서의 의견을 말씀해 주십시오."

-내가 이제 이야기하려는 백성수의 아버지도 또한 천분 많은 음악가였습니다. 나와는 동창생이었는데 학생 시절부터 벌써 그의 천분은 넉넉히 볼 수가 있었습니다. 그는 작곡과(作曲科)를 전공하였는데, 때때로 스스로 작곡을 하여서는 밤중에 피아노를 두드리고 하여서 우리들로 하여금 뜻하지 않고 일어나게 하였습니다. 그리고 우리는 그 밤중에 울리어 오는 야성적(野性的) 선율에 몸을 소스라치고 하였습니다.

그는 야인(野人)이었습니다. 광포스러운 야성은, 때때로 비위에 틀리면 선생을 두들기기가 예사이며, 우리 학교 근처의 술집이며 모든 상점 주인들은, 그에게 매깨나 안 얻어맞은 사람이 없었습니다. 그러한 야성은 그의 음악 속에 풍부히 잠겨 있어서, 오히려 그 야성적 힘이 그의 예술을 빛나게 하는 것이었습니다.

그러나 그가 학교를 졸업하고 난 뒤에는 그 야성은 다른 곳으로 발전되고 말았습니다.

술－술－무서운 술이었습니다. 아침부터 저녁까지, 저녁부터 아침까지 술잔이 그의 입에서 떠나지를 않았습니다. 그리고 술을 먹고는 여편네들에게 행패를 하고, 경찰에 구류를 당하고, 나와서는 또 같은 일을 하고…….

작품? 작품이 다 무엇이외까? 술을 먹은 뒤에 취흥에 겨워 때때로 피아노에 앉아서 즉흥(卽興)으로 탄주(현악기를 탐)를 하고 하였는데, 지금 생각하면 그 귀기(鬼氣)가 사람을 엄습하는 힘과 야성(베토벤 이래로 근대 음악가에서 발견할 수 없던), 그건－보물이라 하여도 좋을 것이 많았지만, 우리들은 각각 제 길 닦기에 바쁜 사람이라, 주정꾼의 즉흥악을 일일이 베껴 둔다든가 그런 일은 꿈에도 생각하지 않았습니다.

우리들은 그의 장래를 생각하여 때때로 술을 삼가기를 권고하였지만, 그런 야인에게 친구의 권고가 무슨 소용이 있겠습니까.

"술? 술은 음악이다!"

하고는 하하하하 웃어 버리고 다시 술집으로 달아나고 합니다.

그러한 칠팔 년이 지난 뒤에 그는 아주 폐인이 되고 말았습니다. 술이 안 들어가면 그의 손은 떨렸습니다. 눈에는 눈물이 끼었습니다. 그리고 술이 들어가면－술만 들어가면 그는 그 광포성을 발휘하였습니다. 누구를 물론하고 붙잡고는 입에 술을 부어 넣어 주었습니다. 그러다가는 장소를 불문하고 아무데나 누워서 잡니다.

사실 아까운 천재였습니다. 우리들 사이에는 때때로 그의 천분을 생각하고 아깝게 여기는 한숨이 있었지만 세상에서는 그 장래가 무서운 한 천재가 있었다는 것을 몰랐었습니다.

그러는 동안에 그는 어떤 양가의 처녀와 어떻게 관계를 맺어서 애까지

뱄습니다. 그러나 그 애의 출생을 보지 못하고 아깝게도 심장 마비로 죽어 버리고 말았습니다.

그 유복자로 세상에 나온 것이 백성수였습니다.

그러나 우리는 백성수가 세상에 출생되었다는 풍문만 들었지, 그 아버지가 죽은 뒤부터는 그 애의 소식이며 그 애 어머니의 소식은 일체 몰랐습니다. 아니, 몰랐다는 것보다 그 집안의 일은 우리의 머리에서 온전히 잊어버리고 말았습니다.

삼십 년이란 세월이 흘렀습니다.

십 년이면 강산도 변한다 하는데 삼십 년 사이의 변천을 어찌 이루 다 말하겠습니까. 좌우간 그 동안에 나는 내 길을 닦아 놓았습니다. 아시다시피 지금 K라 하면 이 나라에서 첫 손락을 꼽는 음악 비평가가 아닙니까. 건실한 지도적 비평가 K라면 이 나라의 음악계의 권위이며, 이 나의 한마디는 음악가의 가치를 결정하는 판결문이라 해도 옳을 만큼 되었습니다. 많은 음악가가 내 손 아래에서 자랐으며, 많은 음악가가 내 지도로 이름을 날렸습니다.

재작년 이른봄 어떤 날이었습니다.

그 때 나는 조용한 밤중의 몇 시간씩을 ××예배당에 가서 명상으로 시간을 보내는 것이 습관이 되어 있었습니다. 언덕 위에 홀로 서 있는 집으로서 조용한 밤중에 혼자 앉아 있노라면 때때로 들보에서, 놀라서 깬 비둘기의 날개 소리와, 간간이 기둥에서 뚝뚝 하는 소리밖에는 아무 소리도 들리지 않는, 말하자면 나 같은 괴상한 성미를 가진 사람이 아니면 돈을 주면서 들어가래도 들어가지 않을 음침한 집이었습니다. 그러나 나 같은 명상을 즐기는 사람에게는 다른 데서 구하기 힘들도록 온갖 것을 가진 집이었습니다. 외따르고 조용하고 음침하며, 간간이 알지 못할 신비한 소리까지 들리며, 멀리서는 때때로 놀란 듯한 기적(汽笛) 소리도 들리는…… 이것만으로도 상당한데, 게다가 이 예배당에는 피아노도 한 대 있었습니다. 예배당에는 오르간은 있을지나 피아노가 있는 곳은 쉽지 않은 것으로서, 무슨 흥이나 날 때에는 피아노에 가서 한 곡조 두드리는 재미도 또한 괜찮았습니다.

그 날 밤도(아마 두 시는 지났을걸요) 그 예배당에서 혼자서 눈을 감고 조용한 맛을 즐기고 있노라는데, 갑자기 저편 아래에서 재재하는 소리가 납디다. 그래서 눈을 번쩍 뜨니까 화광(불빛)이 충천하였는데, 내다보니까 언덕 아래 어떤 집이 불이 붙으며 사람들이 왔다갔다 야단이었습니다.

이렇게 말하면 어떨지 모르지만, 그다지 멀지 않은 곳에서 불붙는 것을 바라보는 맛도 괜찮은 것이었습니다. 일어서는 불길이며, 퍼져 나가는 연기, 불씨의 날아가는 양, 그 가운데 거뭇거뭇 보이는 기둥, 집의 송장, 재재거리는 사람의 무리, 이런 것은 어떻게 생각하면 과연 시도 되며 음악도 될 것이었습니다. 옛날에 네로가 불붙는 것을 바라보면서 자기는 비파를 들고 노래를 하였다는 것도 음악가의 견지로 보면 그다지 나무랄 것이 아니었습니다.

나도 그 때에 그 불을 보고 차차 흥이 났습니다.

'네로를 본받아서 나도 즉흥으로 한 곡조 두드려 볼까.'

어렴풋이 이런 생각을 하며, 나는 그 불을 정신 없이 바라보고 있었습니다.

그 때였습니다. 갑자기 덜컥덜컥하는 소리가 들리더니 예배당 문이 열리며, 웬 젊은 사람이 하나 낭패한 듯이 뛰어들어왔습니다. 그리고 무엇에 놀란 사람같이 두리번두리번 사면을 살피더니, 그래도 내가 있는 것은 못 보았는지, 저편에 있는 창 안에 가서 숨어 서서 아래서 붙은 불을 내려다봅니다.

나는 꼼짝을 못 하였습니다. 좌우간 심상스런 사람은 아니요, 방화범이나 도적으로밖에는 인정할 수 없지 않겠습니까? 그래서 꼼짝을 못 하고 서 있노라니까 그 사람은 한참 정신 없이 서 있다가 한숨을 쉽니다. 그리고 맥없이 두 팔을 늘이고 도로 나가려고 발을 떼려다가 자기 곁에 피아노가 놓인 것을 보더니, 교의를 끌어다 놓고 앞에 주저앉고 말겠지요. 나도 거기에는 그만 직업적 흥미에 끌렸습니다. 그래서 무엇을 하나 보자 하고 있노라니까, 뚜껑을 열더니 한번 뚱 하고 시험을 해보아요. 그리고 조금 있더니 다시 뚱뚱 하고 시험을 해보겠지요.

이 때부터 그의 숨소리가 차차 높아지기 시작했습니다. 씩씩거리며 몹시 흥분된 사람같이 몸을 떨다가 벼락같이 양손을 키 위에 갖다가 덮었습니다. 그 다음 순간 C샤프 단음계(短音階)의 알레그로가 시작되었습니다.

처음에는 다만 흥미로써 그의 모양을 엿보고 있던 나는 알레그로가 울리어 나오는 순간 마음은 끝까지 긴장되고 흥분되었습니다.

그것은 순전한 야성적(野性的) 음향이었습니다. 음악이라 하기에는 너무 힘있고 무기교(無技巧)이었습니다. 그러나 음악이 아니라기엔 거기에는 너무 괴롭고도 무겁고 힘있는 '감정'이 들어 있었습니다. 그것은 마치 야반(밤중)의 종소리와도 같이 사람의 마음을 무겁고 음침하게 하는 음향인 동시에, 맹수의 부르짖음과 같이 사람으로 하여금 소름 돋치게 하는 무서운 감정의 발현이었습니다. 아아, 그 야성적 힘과 남성적 부르짖음, 그 아래 감추어 있는 침통한 주림과 아픔, 순박하고도 아무 기교가 없는 표현!

나는 털썩 그 자리에 주저앉고 말았습니다. 그리고 음악가의 본능으로서 뜻하지 않고 주머니에서 오선지(五線紙)와 연필을 꺼냈습니다. 피아노의 울리어 나아가는 소리에 따라서 나의 연필은 오선지 위에서 뛰놀았습니다. 등불도 없는지라 손짐작으로.

—좀 급속도로 시작된 빈곤, 거기 연하여 주림, 꺼져 가는 불꽃과 같은

목숨, 그러한 것을 지나서 한참 연속되는 완서조(緩徐調 느릿느릿하고 천천한 풍)의 압축된 감정, 갑자기 튀어져 나오는 광포(狂暴). 거기 연한 쾌미(快味), 홍소(洪笑)－이리하여 주화조(主和調)로서 탄주는 끝이 났습니다. 더구나 그 속에 나타나 있는 압축된 감정이며 주림, 또는 맹렬한 불길 등이 사람의 마음에 주는 그 처참함이며 광포성은 나로 하여금 아직 '문명'이라 하는 것의 은택(은혜와 덕택)에 목욕하여 보지 못한 야인(野人)을 연상케 하였습니다.

탄주가 다 끝난 뒤에도 나는 정신을 못 차리고 망연히 앉아 있었습니다. 물론 조금이라도 음악의 소양이 있는 사람일 것 같으면, 이제 그 소나타를 음악에 대하여 정통(正統)으로 아무러한 수양도 받지 못한 사람이, 다만 자기의 천재적 즉흥만으로 탄주한 것임을 알 것입니다. 해결(解決)도 없이 감칠도화현(減七度和絃)이며 증육도화현(增六度和絃)을 범벅으로 섞어 놓았으며 금칙(禁則)인 병행오팔도(並行五八度)까지 집어넣은 것으로서, 더구나 스케르초는 온전히 뽑아 먹은－대담하다면 대담하고 무식하다면 무식하달 수도 있는 자유분방한 소나타였습니다.

이 때에 문득 내 머리에 떠오른 것은, 삼십 년 전에 심장 마비로 죽은 백××였습니다. 그의 음악으로서, 만약 정통적 훈련만 뽑고 거기다가 야성을 더 집어넣으면 지금 내 눈앞에 있는 그 음악가의 것과 같은 것이 될 것이었습니다. 귀기(鬼氣)가 사람을 엄습하는 듯한 그 힘과 방분스런 표현과 야성(野性)－이것은 근대 음악가에게 구하기 힘든 보물이었습니다.

그 소나타에 취하여 한참 정신이 어리둥절해 앉았던 나는 슬그머니 일어서서 그 피아노 앞에 가서 그의 어깨에 가만히 손을 얹었습니다. 한 곡조를 타고 나서 아주 곤한 듯이 정신이 없이 앉아 있던 그는, 펄떡 놀라며 일어서서 내 얼굴을 보았습니다.

"자네 몇 살 났나?"

나는 그에게 이렇게 첫말을 물었습니다. 가슴이 답답한 나로서는 이런 말밖에는 갑자기 다른 말이 생각 안 났습니다. 그는 높은 창에서 들어오는 달빛을 받고 있는 내 얼굴을 한순간 쳐다보고, 머리를 돌이키고 말았습니다.

"배고프냐?"

나는 두 번째 그에게 물었습니다.

그는 시끄러운 듯이 벌떡 일어섰습니다. 그리고 달빛이 비친 내 얼굴을 정면으로 바라보다가,

"아, K선생님 아니세요?"

하면서 나를 붙들었습니다. 그래서 그렇노라고 하니깐,

"사진으로는 늘 뵈었습니다마는……."

하면서 다시 맥없이 나를 놓으며 머리를 돌렸습니다.

그 순간–그가 머리를 돌이키는 순간 달빛에 얼른 나는 그의 얼굴을 처음으로 보았습니다. 그리고 나는 거기서 뜻밖에, 삼십 년 전에 죽은 벗 백××의 모습을 발견하였습니다.

"아, 자네 이름이 뭐인가?"

"백성수……."

"백성수? 그 백××의 아들이 아닌가. 삼십 년 전에 자네가 나오기 전에 세상을 떠난……."

그는 머리를 번쩍 들었습니다.

"네? 선생님 어떻게 아세요?"

"백××의 아들인가? 같이두 생겼다. 내가 자네의 어르신네와 동창이네. 아아!–역시 그 애비의 아들이다."

그는 한숨을 길게 쉬며 머리를 숙여 버렸습니다.

나는 그 날 밤 그 백성수를 데리고 집으로 돌아왔습니다. 그리고 비록 작곡상 온갖 법칙에는 어그러진다 하나, 그만큼 힘과 정열과 열성으로 찬 소나타를 그저 버리기가 아까워서 다시 한 번 피아노에 올라앉기를 명하였습니다. 아까 예배당에서 내가 베낀 것은 알레그로가 거의 끝난 곳부터였으므로 그 전 것을 베끼기 위해서였습니다.

그는 피아노를 향해 앉아서 머리를 기울였습니다. 몇 번 손으로 키를 두드려 보다가는 다시 머리를 기울이고 생각하고 하였습니다. 그러나 다섯 번, 여섯 번을 다시 하여 보았으나 아무 효과도 없었습니다. 피아노에서 울려 오는 음향은 규칙 없고 되지 않은 한낱 소음(騷音)에 지나지 못하였습니다. 야성? 힘? 귀기(鬼氣)? 그런 것은 없었습니다.

"선생님, 잘 안 됩니다."

그는 부끄러운 듯이 연하여 고개를 기울이며 이렇게 말하였습니다.

"두 시간도 못 돼서 벌써 잊어버린담?"

나는 그를 밀어 놓고 내가 대신하여 피아노 앞에 앉아서 아까 베낀 그 음보를 놓았습니다. 그리고 내가 베낀 곳부터 타기 시작하였습니다.

화염(火炎)! 화염, 빈곤, 주림, 야성적 힘, 기괴한 감금당한 감정! 음보를 보면서 타던 나는 스스로 흥분이 되었습니다. 미상불 그 때는 내 눈은 미친 사람같이 번득였으며 얼굴은 흥분으로 새빨갛게 되었을 것이었습니다.

즉, 그 때에 그가 갑자기 달려들더니 나를 떠밀쳐 버렸습니다. 그리고 자기가 대신하여 앉았습니다.

의자에서 떨어진 나는, 그 자리에 앉은 대로 그의 양을 쳐다보았습니다. 그는 나를 밀쳐 버린 다음에 그 음보를 들고서 읽기 시작하였습니다. 아아, 그의 얼굴! 그의 숨소리가 차차 높아지면서 눈은 미친 사람과 같이 빛을 내기 시작하였습니다. 그러더니 그 음보를 홱 내어던지며 문득 벼락같이 그의 두 손은 피아노 위에 덧업혔습니다.

C샤프 단음계의 광포스런 소나타는 다시 시작되었습니다. 폭풍우같이, 또는 무서운 물결같이 사람으로 하여금 숨막히게 하는 그 힘－그것은 베토벤 이래로 근대 음악가에게서 보지 못하던 광포스러운 야성이었습니다.

무섭고도 참담스런 주림, 빈곤, 압축된 감정, 거기서 튀어져 나온 맹염(猛炎), 공포, 홍소－아아, 나는 너무 숨이 답답하여 뜻하지 않고 두 손을 홱 내저었습니다.

그 날 밤이 새도록 그는 흥분이 되어서 자기의 과거를 일일이 다 이야기하였습니다. 그 이야기에 의지하면 대략 그의 경력이 이러하였습니다.

－그의 어머니는 그를 밴 뒤에 곧 자기의 친정에서 쫓겨 나왔습니다.

그 때부터 그의 가난함은 시작되었습니다.

그러나 교양이 있고 어진 그의 어머니는 품팔이를 할지언정 성수는 곱게 길렀습니다. 변변치는 않으나마 오르간 하나를 준비하여 두고, 그가 잠자려 할 때에는 슈베르트의 〈자장가〉로써 그의 잠을 도왔으며, 아침에 깰 때는 하루 종일을 유쾌히 지내게 하기 위하여 도랜드의 〈세컨드 왈츠〉로써 그의 원기를 돋우었습니다.

그는 세 살 났을 적에 어머니의 품에 안겨서 오르간을 장난하여 보았습니다. 이 오르간을 장난하는 것을 본 어머니는 근근히 돈을 모아서 그가 여섯 살 나는 해에 피아노를 하나 샀습니다.

아침에는 새소리, 바람에 버석거리는 포플러 잎, 어머니의 사랑, 부엌에서 국 끓는 소리, 이러한 모든 것이 이 소년에게는 신비스럽고도 다정스러워, 그는 피아노에 향하여 앉아서 생각나는 대로 키를 두드리고 하였습니다.

이러한 가운데 고이 소학과 중학도 마치었습니다. 그러는 동안에 음악에 대한 동경은 그의 가슴에 터질 듯이 쌓였습니다.

중학을 졸업한 뒤에는 이젠 어머니를 위하여 그는 학업을 중지하지 않을 수가 없었습니다.

그는 어떤 공장의 직공이 되었습니다. 그러나 어진 어머니의 교육 아래서 길러난 그는, 비록 직공은 되었다 하나 아주 온량한(성품이 온화하고 착한) 사람이었습니다.

그리고 음악에 대한 집착은 조금도 줄지 않았습니다. 비록 돈이 없어서 정식으로 음악 교육은 못 받을망정, 거리에서 손님을 끄노라고 틀어 놓은 유성기 앞이며, 또는 일요일날 예배당에서 찬양대의 노래에 젊은 가슴을 뛰놀리던 그였습니다. 집에서는 피아노 앞을 떠나 본 일이 없었습니다.

때때로 비상한 감흥으로 오선지(五線紙)를 내어놓고 음보를 그려 본 적도 한두 번이 아니었습니다. 그러나 이상한 것은, 그만큼 뛰놀던 열정과 터질 듯한 감격도 음보로 그려 놓으면 아무 긴장도 없는 싱거운 음계가 되어 버리고 하였습니다. 왜? 그만큼 천분이 있고 그만큼 열정이 있던 그에게서 왜 그런 재와 같은 음악만 나왔느냐고 물으실 테지요. 거기 대하여서는 이따금 설명하리라.

감격과 불만, 열정과 재－비상한 흥분에 반비례되는 시원치 않은 결과, 이러한 불만의 십 년이 지났습니다.

그의 어머니는 문득 몹쓸 병에 걸렸습니다.

자양과 약값, 그의 몇 해를 근근히 모았던 돈은 차차 줄기 시작하였습니다. 조금이라도 안락한 생활이 되기만 하면 정식으로 음악에 대한 교육을 받으려고 모아 두었던 저금은 그의 어머니의 병에 다 들어갔습니다. 그러나 그의 어머니의 병은 차도가 보이지 않았습니다.

그리하여 그와 내가 예배당에서 만나기 전에 여름 어떤 날 그의 어머니는 도저히 회복할 가망이 없는 중태에까지 빠지게 되었습니다. 그러나 그 때는 벌써 그에게는 돈이라고는 다 떨어진 때였습니다.

그 날 아침, 그는 위독한 어머니를 버려 두고 역시 공장에를 갔습니다. 그러나 아무리 하여도 마음이 놓이지 않아서, 일을 중도에 그만두고 집으로 돌아왔습니다. 그 때는 어머니는 벌써 혼수 상태에 빠져 있었습니다. 가슴이 덜컥 내려앉은 그는 황급히 다시 뛰어나갔습니다. 그러나 어디로? 무얼 하러? 뜻없이 뛰어나와서 한참 달음박질하다가, 그는 문득 정신을 차리고 의사라도 청할 양으로 힐끈 돌아섰습니다.

그 때였습니다. 아까 내가 말한 바 '기회'라는 것이 그 때에 그의 앞에 나타났습니다. 그것은 조그만 담배 가게 앞이었는데, 가게와 안방과의 사이의 문은 닫혀 있고 안에는 미상불 사람이 있을지나 가게를 보는 사람이 눈에 안 띄었습니다. 그리고 그 담배 상자 위에는 오십 전짜리 은전 한 닢과 동전 몇 닢이 놓여 있었습니다.

그는 자기로도 무엇을 하는지 몰랐습니다. 의사를 청하여 오려면 다만 몇십 전이라도 돈이 있어야겠단 어렴풋한 생각만 가지고 있던 그는 한 번 사면을 살핀 뒤에 벼락같이 그 돈을 쥐고 달아났습니다.

그러나 그는 이십 간도 뛰지 못하여 따라오는 그 집 사람에게 붙들렸습니다.

그는 몇 번을 사정하였습니다. 마지막에는 자기의 어머니가 명재경각(곧 숨이 끊어질 지경에 이름)이니 한 시간만 놓아 주면 의사를 어머니에게 보내고 다시 오마고까지 하여 보았습니다. 그러나 그런 말은 모두 헛소리로 돌아가고, 그는 마침내 경찰서로 가게 되었습니다.

경찰서에서 재판소로, 재판소에서 감옥으로 – 이러한 여섯 달 동안에 그는 이를 갈면서 분해 하였습니다. 자기 어머니의 운명이 어찌 되었나. 그는 손과 발을 동동 구르면서 안타까워했습니다. 만약 세상을 떠났다 하면, 떠나는 순간에 얼마나 자기를 찾았겠습니까. 임종에도 물 한 잔 떠 넣어 줄 사람이 없는 어머니였습니다. 애타 하는 그 모양, 목말라 하는 그 모양을 생각하고는, 그 어머니에게 지지 않게 자기도 애타 하고 목말라 했습니다.

반년 뒤에 겨우 광명한 세상에 나와서 자기의 오막살이를 찾아가매, 거기는 벌써 다른 사람이 들어 있었으며, 어머니는 반년 전에 아들을 찾으며 길에까지 기어 나와서 죽었다 합니다.

공동 묘지를 가 보았으나 분묘조차 발견할 수가 없었습니다.

이리하여 갈 곳이 없어 헤매던 그는, 그 날도 역시 갈 곳을 찾으러 헤매다가 그 예배당(나하고 만난)까지 뛰쳐들어온 것이었습니다.

—여기까지 이야기해 오던 K씨는 문득 말을 끊었다.

그리고 마도로스 파이프를 꺼내어 담배를 피워 가지고 빨면서 모씨에게 향하였다—

"선생은 이제 내가 이야기한 가운데서 모순된 점을 발견 못 하셨습니까?"

"글쎄요."

"그럼 내가 대신 물으리다. 백성수는 그만큼 천분이 많은 음악가였었는데, 왜 그 〈광염 소나타〉(그 날 밤의 그 소나타를 광염 소나타라고 그랬습니다)를 짓기 전에는 그만큼 흥분되고 긴장됐다가도 일단 그 음보로 만들어 놓으면 아주 힘없는 것이 되어 버리고 했겠습니까?"

"그거야 미상불 그 때의 흥분이 〈광염 소나타〉를 지을 때의 흥분만 못한 연고겠지요?"

"그렇게 해석하세요? 듣고 보니 그것도 한 해석이 되기는 합니다. 그러나 나는 그렇게 해석 안 하는데요."

"그럼 K씨는 어떻게 해석합니까?"

"나는-아니, 내 해석을 말하는 것보다, 그 백성수한테서 내게로 온 편지가 한 통 있는데 그것을 보여드리리다. 선생은 오늘 바쁘지 않으세요?"

"일은 없습니다."

"그러면 우리 집까지 잠깐 가 보실까요?"

"가지요."

두 노인은 일어섰다.

도회와 교외의 경계에 딸린 K씨의 집에까지 두 노인이 이른 때는 오후 너덧 시쯤이었다.

두 노인은 K씨의 서재에 마주 앉았다.

"이것이 이삼 일 전에 백성수한테서 내게로 온 편지인데 읽어 보세요."

K씨는 서랍에서 커다란 뭉치를 꺼내어 모씨에게 주었다. 모씨는 받아서 폈다.

"가만, 여기서부터 보세요. 그 전에는 쓸데없는 인사이니까."

-(전략) 그리하여 그 날도 또한 이제 밤을 지낼 집을 구하노라고 돌아다니던 저는 우연히 그 집(제가 전에 돈 오십여 전을 훔친 집) 앞에까지 이르렀습니다. 깊은 밤 사면은 고요한데 그 집 앞에서 갈 곳을 구하노라고 헤매던 저는, 문득 마음속에 무서운 복수의 생각이 일어났습니다. 이 집만 아니었더면, 이 집 주인이 조금만 인정이라는 것을 알았더면 저는 그 불쌍한 제 어머니로서 길에까지 기어 나와서 세상을 떠나게 하지는 않았겠습니다. 분묘가 어디인지조차 알지 못하여, 꽃 한 번 꽂아 보지 못한 불효도 이 집 때문이외다. 이러한 생각에 참지를 못하여 그 집 앞에 가려 있는 볏짚에다가 불을 놓았습니다. 그리고 거기 서서 불이 집으로 옮아가는 것을 다 본 뒤에 갑자기 무서운 생각이 나서 달아났습니다.

좀 달아나다 보매, 아래서는 벌써 사람이 꾀어들기 시작한 모양인데 이 때에 저의 머리에 타오르는 생각은 통쾌하다는 생각과 달아나려는 생각뿐이었습니다. 그리하여 저는 몸을 숨기기 위하여 앞에 보이는 예배당으로 뛰어들어갔습니다.

거기서 불이 다 타도록 구경을 한 뒤에 나오려다가 피아노를 보고…….

"이보세요."

K씨는 편지를 보는 모씨를 찾았다.

"비상한 열정과 감격은 있어두, 그것이 그대로 표현 안 된 것이 그것 때문이었습니다. 즉 성수의 어머니는 몹시 어진 사람으로서, 어렸을 때부터 성수의 교육을 몹시 힘을 들여서 착한 사람이 되도록, 착한 사람이 되도록 이렇게 길렀습니다그려. 그 어진 교육 때문에 그가 하늘에서 타고난 광포성과 야성이 표면상에 나타나지를 못하였습니다. 그 타오르는 야성적 열정과 힘이 음보(音譜)로 그려 놓으면 아주 힘없는, 말하자면 김빠진 술같이 되고 하는 것이 모두 그 때문이었습니다그려. 점잖고 어진 교훈이 그의 천분을 못 발휘하게 한 셈이지요."

"흠!"

"그것이, 그 사람-성수가, 감옥 생활을 한 동안에 한 번 씻기기는 하였으나, 그러나 사람의 교양이라 하는 것은 온전히 씻지는 못하는 것이외다. 그러다가 그 '원수'의 집 앞에서 갑자기, 말하자면 돌발적으로 야성과 광포성이 나타나서 불을 놓고 예배당 안에 숨어 서서 그 야성적 광포적 쾌미를 한껏 즐긴 다음에 그에게서 폭발하여 나온 것이 그 〈광염 소나타〉였구료. 일어서는 불길, 사람의 비명, 온갖 것을 무시하고 퍼져 나가는 불의 세력-이런 것은 사실 야성적 쾌미 가운데 으뜸이 되는 것이니깐요."

"……."

"아셨습니까? 그러면 그 다음에 그 편지의 여기부터 또 보세요."

-(중략) 저는 그 날의 일이 아직 눈앞에 어리는 듯하외다. 선생님이 저를 세상에 소개하시기 위하여 늙으신 몸이 몸소 피아노에 앉으셔서, 초대한 여러 음악가들 앞에서 제 〈광염 소나타〉를 탄주하시던 그 광경은 지금 생각하여도 제 눈에서 눈물이 나오려 합니다. 그 때에 그 손님 가운데 부인 손님 두 분이 기절을 한 것은 결코 〈광염 소나타〉의 힘뿐이 아니고, 선생님의 그 탄주의 힘이 많이 섞인 것을 뉘라서 부인하겠습니까. 그 뒤에 여러 사람 앞에 저를 내어세우고,

"이 사람이 〈광염 소나타〉의 작자이며, 삼십 년 전에 우리를 버려 두고 혼자 간 일대의 귀재 백××의 아들이외다."

그 소개를 하여 주신 그 때의 그 감격은 제 일생에 어찌 잊사오리까.

그 뒤에 선생님께서 저를 위하여 꾸며 주신 방도 또한 제 마음에 가장 맞는 방이었습니다. 널따란 북향 방에, 동남쪽 귀에 든든한 참나무 침대가 하나, 서북쪽 귀에 아무 장식 없는 참나무 책상과 의자, 피아노가 하나씩, 그밖에는 방안에 장식이라고는 서남쪽 벽에 커다란 거울이 하나 있을 뿐 덩그렇게 넓은 방은 사실 밤에 전등 아래 앉아 있노라면 저절로 소름이 끼치도록 무시무시한 방이었습니다. 게다가 방안은 모두 검은 칠을 하고, 창밖에는 늙은 홰나무의 고목이 한 그루 서 있는 것도 과연 귀기(鬼氣)가 돌았습니다. 이러한 가운데서 선생님은 저로 하여금 방분스러운 음악을 낳도록 애써 주셨습니다.

저도 그런 환경 아래서 좋은 음악을 낳아 보려고 얼마나 애를 썼겠습니까. 어떤 날 선생님께 작곡에 대한 계통적 훈련을 원할 때에 선생님은 이렇게 대답하셨습니다.

"자네에게는 그러한 교육이 필요가 없어. 마음대로 나오는 대로 하게. 자네 같은 사람에게 계통적 훈련이 들어가면 자네의 음악은 기계화해 버리고 말어. 마음대로 온갖 규칙과 규범을 무시하고 가슴에서 터져 나오는 대

로…….”

저는 이 말씀의 뜻을 똑똑히는 몰랐습니다. 그러나 대략한 의미만은 통하였습니다. 그리하여 저는 마음대로 한껏 자유스러운 음악의 경지를 개척하려 하였습니다.

그러나 그 동안에 제가 산출한 음악은 모두 이상히도 저의 이전(제 어머니가 아직 살아 계실 때)의 것과 마찬가지로 아무러한 힘도 없는 음향의 유희에 지나지 못하였습니다.

저는 얼마나 초조하였겠습니까. 때때로 선생님께서 채근 비슷이 하시는 말씀은 저로 하여금 더욱 초조하게 하였습니다. 그리고 마음이 초조하면 초조할수록 제게서 생겨나는 음악은 더욱 나약한 것이 되었습니다.

저는 때때로 그 불붙던 광경을 생각하여 보았습니다. 그리고 그 때의 통쾌하던 감정을 되풀이하여 보려 하였습니다. 그러나 그것 역시 실패에 돌아갔습니다.

때때로 비상한 열정으로 음보를 그려 놓은 뒤에, 몇 시간을 지나서 다시 한 번 읽어 보면, 거기는 아무 힘이 없는 개념만 있곤 하였습니다.

저의 마음은 차차 무거워지기 시작하였습니다. 그리고 큰 기대를 가지고 계신 선생님께도 미안하기가 짝이 없었습니다.

"음악은 공예품과 달라서 마음대로 만들고 싶은 때에 되는 것이 아니니 마음놓고 천천히 감흥이 생긴 때에…….”

이러한 선생님의 위로의 말씀을 듣기가 제 살을 깎아내는 듯하였습니다. 그러나 제 마음성은, 이제는 다시 힘있는 음악이 나올 기회가 없는 것 같이만 생각되었습니다.

이러한 동안에 무위의 몇 달이 지났습니다.

어떤 날 밤중, 가슴이 너무 무겁고 가슴속에 무엇이 가득 찬 것같이 거북하여서 저는 산보를 나섰습니다. 무거운 머리와 무거운 가슴과 무거운

다리를 지향 없이 옮기면서 돌아다니다가, 저는 어떤 곳에서 커다란 볏짚 낟가리를 발견하였습니다.

이 때의 저의 심리를 어떻게 형용하였으면 좋을지 저는 모르겠습니다. 저는 무슨 무서운 적(敵)을 만난 것같이 긴장되고 흥분되었습니다. 저는 사면을 한 번 살펴보고 그 낟가리에 달려가서 불을 그어 놓았습니다. 그리고 갑자기 무서움증이 생겨서 돌아서서 달아나다가, 멀찌가니까지 달아나서 돌아보니까, 불길은 벌써 하늘을 찌를 듯이 일어났습니다. 왁, 왁, 꺄, 꺄, 사람들의 부르짖는 소리도 들렸습니다.

저는 다시 그 곳까지 가서, 그 무서운 불길에 날아 올라가는 볏짚이며, 그 낟가리에 연달아 있는 집을 헐어내는 광경을 구경하다가 문득 흥분되어서 집으로 돌아왔습니다.

그 날 밤에 된 것이 〈성난 파도〉였습니다.

그 뒤에 이 도회에서 일어난 알지 못할 몇 가지의 불은 모두 제가 질러 놓은 것이었습니다. 그리고 불이 있던 날 밤마다 저는 한 가지의 음악을 얻었습니다. 며칠을 연하여 가슴이 몹시 무겁다가, 그것이 마침내 식체와 같이 거북하고 답답하게 되는 때는 저는 뜻없이 거리를 나갑니다. 그리고 그러한 날은 한 가지의 방화 사건이 생겨나며, 그 밤에는 한 곡의 음악이 생겨났습니다. 그러나 그것도 번수가 차차 많아갈 동안 저의 그 불에 대한 흥분은 반비례로 줄어졌습니다. 온갖 것을 용서하지 않는 불꽃의 잔혹함도 그다지 제 마음을 긴장시키지 못하였습니다.

"차차 힘이 적어져 가네."

선생님께서 제 음악을 보시고, 이렇게 말씀하신 것이 그러한 때였습니다.

그러나 저는 게서 더할 도리가 없었습니다. 하는 수 없이 저는 한동안 음악을 온전히 잊어버린 듯이 내버려두었습니다.

모씨가 성수의 편지를 여기까지 읽었을 때, K씨가 찾았다.

"재작년 봄에서 가을에 걸쳐서 원인 모를 불이 많지 않았습니까. 그것이 죄 성수의 장난이었습니다그려."

"K씨는 그것을 온전히 모르셨습니까?"

"나요? 몰랐지요. 그런데-그 어떤 날 밤이구료. 성수는 기대에 반해서 우리 집으로 온 지 여러 달이 됐지만 한 번도 힘있는 것을 지어 본 일이 없겠지요. 그래서 저 사람에게 무슨 흥분될 재료를 줄 수가 없나 하고 혼자 생각하며 있더랬는데, 그 때에 저어편-"

K씨는 손을 들어 남쪽 창을 가리켰다.

"저어편 꽤 멀리서 불붙는 것이 눈에 뜨입니다그려. 그래 저것을 성수에게 보이면, 혹 그 때의 감정(그 때는 나는 그 담배 장수네 집에 불이 일어난 것도 성수의 장난인 줄은 생각 안 했구료)-그 때의 감정을 부활시킬지도 모르겠다, 이렇게 생각하고 성수의 방으로 올라가려는데, 문득 성수의 방에서 피아노 소리가 울려 나옵디다그려. 나는 올라가려던 발을 부지중 멈추고 말았지요. 역시 C샤프 단음계로서, 제 일곡은 뽑아 먹고 아다지오에서 시작되는데, 고요하고 잔잔한 바다, 수평선 위로 넘어가려는 저녁해, 이러한 온화한 것이 차차 스케르초로 들어가서는 소낙비, 풍랑, 번개질, 무서운 바람 소리, 우레질, 전복되는 배, 곤해서 물에 떨어지는 갈매기, 한 번 뒤집어지면서는 해일(海溢)에 쓸려나가는 동네 사람의 부르짖음-흥분에서 흥분, 광포에서 광포, 야성에서 야성, 온갖 공포와 포악한 광경이 눈앞에 어릿거리는데, 이 늙은 내가 그만 흥분에 못 견디어, 뜻하지 않고 그만두어 달라고 고함친 것만으로도 짐작하시겠지요. 그리고 올라가서 보니까, 그는 탄주를 끝내 버리고 피곤한 듯이 피아노에 기대고 앉아 있고, 이제 탄주한 것은 벌써 〈성난 파도〉라는 제목 아래 음보로 되어 있습디다."

"그러면 성수는 불을 두 번 놓고, 두 음악을 낳았다는 말씀이지요?"

"그렇지요. 그리고 그 뒤부터는 한 십여 일 건너서는 하나씩 지었는데, 그것이 지금 보면 한 가지의 방화 사건이 생길 때마다 생겨난 것이었습니다. 그러나 그의 편지마따나, 얼마 지나서부터는 차차 그 힘과 야성이 적어지기 시작했지요. 그래서……."

"가만 계십쇼. 그 사람이 다음에도 〈피의 선율〉이나 그밖에 유명한 곡조를 여러 개 만들지 않았습니까?"

"글쎄 말이외다. 거기 대한 설명은 그 편지를 또 보십쇼—여기서부터 또 보시면 알리다."

—(중략) ××다리 아래로서 나오려는데, 무엇이 발길에 채는 것이 있었습니다. 성냥을 그어 가지고 보니깐, 그것은 웬 늙은이의 송장이었습니다. 저는 그것이 무서워서 달아나려다가, 돌아서려던 발을 다시 돌이켰습니다. 그리고—

선생님은 이제 제가 쓰는 일을 이해하셔 주실는지요. 그것은 너무나도 기괴한 일이라 저로서도 믿어지지 않는 일이었습니다. 그 송장을 타고 앉았습니다. 그리고 그 송장의 옷을 모두 찢어서 사면으로 내어던진 뒤에 그 발가벗은 송장을 (제 힘이라 생각되지 않는) 무서운 힘으로써 쳐들어서 저편으로 내어던졌습니다. 그런 뒤에는 마치 고양이가 알을 가지고 놀듯 다시 뛰어가서 그 송장을 들어서 도로 이편으로 던졌습니다. 이렇게 몇 번을 하여 머리가 깨어지고 배가 터지고—그 송장은 보기에도 참혹스럽게 되었습니다. 그리하여 그 송장을 다시 만질 곳이 없어진 뒤에 저는 그만 곤하여 그 자리에 앉아서 쉬려다가 갑자기 마음이 흥분되고 긴장되어서 집으로 달려왔습니다. 그 날 밤에 된 것이 〈피의 선율〉이었습니다.

"선생은 이러한 심리를 아시겠습니까?"

"글쎄요."

"아마 모르실걸요. 그러나 예술가로서는 능히 머리를 끄덕일 수 있는 심리외다—그리고 또 여기를 읽어 보십시오."

—(중략) 그 여자가 죽었다는 것은, 제게는 너무도 뜻밖이었습니다.

저는 그 날 밤 혼자 몰래 그 여자의 무덤을 찾아갔습니다. 그리고 칠팔 시간 전에 묻어 놓은 그의 무덤의 흙을 다시 파서 그의 시체를 꺼내어 놓았습니다.

푸르른 달빛 아래 누워 있는 아름다운 그의 모양은 과연 선녀와 같았습니다. 가엾게 눈을 닫고 있는 창백한 얼굴, 곧은 콧날, 풀어 헤친 검은 머리—아무 표정도 없는 고요한 얼굴은 더욱 치열함을 도왔습니다. 이것을 정신 없이 들여다보고 있다가 저는 갑자기 흥분이 되어—아아, 선생님, 저는 이 아래를 쓸 용기가 없습니다. 재판소의 조서를 보시면 아실 것이올시다. 그 날 밤에 된 것이 〈사령(死靈 죽은 사람의 영혼)〉이었습니다.

"어떻습니까?"

"……."

"언어 도단이에요? 선생의 눈으로는 그렇게 뵈시리다. 또 여기를 읽어 보십쇼."

—(중략) 이리하여 저는 마침내 사람을 죽인다 하는 경우에까지 이르렀습니다.

그리고 한 사람이 죽을 때마다 한 개의 음악이 생겨났습니다. 그 뒤부터 제가 지은 그 모든 것은 모두가 한 사람씩의 생명을 대표하는 것이었습니

다.(하략)

"이젠 더 보실 것이 없습니다. 그런데 그만큼 보셨으면 성수에 대한 대략한 일은 알으셨을 터인데, 거기 대한 의견이 어떻습니까?"

"……."

"?"

"어떤 의견 말씀이오니까?"

"어떤 '기회'라는 것이 어떤 사람에게서, 그 사람이 가지고 있는 천재와 함께 범죄 본능까지 끌어내었다 하면, 우리는 그 '기회'를 저주해야겠습니까, 혹은 축복하여야겠습니까. 이 성수의 일로 말하자면 방화, 사체 모욕, 시간(屍姦), 살인, 온갖 죄를 다 범했어요. 우리 예술가 협회에서 별 수단을 다 써서 정부에 탄원하고 재판소에 탄원하고 해서, 겨우 성수를 정신병자라 하는 명목 아래 정신 병원에 감금했지, 그렇지 않으면 당장에 사형이 아닙니까. 그런데 이제 그 편지를 보셔도 짐작하시겠지만, 통상시에는 그 사람은 아주 명민하고 점잖고 온화한 청년입니다. 그러나 때때로 그-뭐랄까, 그 흥분 때문에 눈이 아득하여져서 무서운 죄를 범하고, 그 죄를 범한 다음에는 훌륭한 예술을 하나씩 산출합니다. 이런 경우에 우리는 범죄를 밉게 보아야 합니까, 혹은 범죄 때문에 생겨난 예술을 보아서 죄를 용서하여야 합니까?"

"그거야 죄를 범치 않고 예술을 만들어 냈으면 더 좋지 않습니까?"

"물론이지요. 그러나 성수 같은 사람도 있는 것이니깐 이런 경우엔 어떻게 해결하렵니까?"

"죄를 벌해야지요. 죄악이 성하는 것을 그냥 볼 수는 없습니다."

K씨는 머리를 끄덕였다.

"그렇겠습니다. 하나 우리 예술가의 견지로는 또 이렇게 볼 수도 있습니다. 베토벤 이후로는 음악이라 하는 것이 차차 힘이 빠져 가서, 꽃이나 계집이나 찬미할 줄 알고 연애나 칭송할 줄 알아서, 선이 굵은 것은 볼 수가 없이 되었습니다. 게다가 엄정한 작곡법이 있어서 그것은 마치 수학의 방정식과 같이 작곡에 대한 온갖 자유스런 경지를 제한해 놓았으니깐, 이후에 생겨나는 음악은 새로운 길을 재촉하기 전에는 한 기술이 될 것이지 예술이 될 수는 없습니다. 예술가에게는 이것이 쓸쓸해요. 힘있는 예술, 선이 굵은 예술, 야성으로 충일된 예술—우리는 이것을 기다린 지 오랬습니다. 그럴 때에 백성수가 나타났습니다. 사실 말이지 백성수의 그의 예술은 그 하나하나가 모두 우리의 문화를 영구히 빛낼 보물입니다. 우리의 문화의 기념탑입니다. 방화? 살인? 변변치 않은 집 개, 변변치 않은 사람 개는 그의 예술의 하나가 산출되는 데 희생하라면 결코 아깝지 않습니다. 천년에 한 번, 만 년에 한 번 날지 못 날지 모르는 큰 천재를, 몇 개의 변변치 않은 범죄를 구실로 이 세상에서 없이하여 버린다 하는 것은 더 큰 죄악이 아닐까요. 적어도 우리 예술가에게는 그렇게 생각됩니다."

K씨는 마주 앉은 노인에게서 편지를 받아서 서랍에 집어넣었다. 새빨간 저녁해에 비치어서 그의 늙은 눈에는 눈물이 번득였다.

작품의 이해

• 구조적 분석

갈래 : 단편 소설

배경 : 정해져 있지 않은 어느 곳, 어느 때

시점 : 1인칭 관찰자 시점(서간문 소개 부분 : 1인칭 주인공 시점)

주제 : 예술 창조의 광적 욕구와 인간성의 파탄

출전 : 〈중앙일보〉, 1929

• 작품해설

1929년 〈중앙일보〉에 발표된 〈광염 소나타〉는 〈광화사〉와 더불어 탐미주의적인 작가의 경향이 심화된 작품이다.

이 작품은 감옥살이를 하는 백성수가 보내 온 고백적 편지를 바탕으로 K씨와 모씨가 주고받는 대화로 전개

된다.

주인공 백성수는 천재적인 작곡가로서 그의 예술적 영감은 광적인 범죄 행위의 쾌감과 충격에서 나오는 기이한 인물이다. 방화에서 시작된 그의 광폭성은 시체 모독과 시체 간음, 살인에까지 치닫는다.

결말에 이르러 음악 비평가 K씨가 하찮은 범죄를 구실로 천재적인 예술가를 희생시켜서는 안 된다고 역설하는 장면은 소위 작가의 악마적 탐미주의를 연상시킨다.

백성수의 행위에서 간과해서는 안 될 또 하나의 부분은 그의 모성 본능 부분이다. 그가 궁극적으로 작곡을 하게 된 동기는 어머니의 임종을 보지 못하게 만든 담배 가게 주인에 대한 복수이자 어머니에 대한 죄책감의 표현이다. 그의 윤리적 영원한 안식처인 어머니를 잃음으로써 방황하고 갈등하게 된 그는, 작곡을 통해 모성의 세계를 찾고자 했으나 이 역시 범죄를 동반했기에 결국 사회로부터 영원히 격리되는 비극에 이른 것이다.

• 생각해보기

1. 이 작품에서 작가가 설정해 놓은 대립적 인간 관계는 무엇이며, 작가의 입장은 어떠한가?
2. 주인공 백성수의 음악적 재능이 살아나게 된 동기는 무엇인가?

☞해답

1. 천재적 예술가를 옹호하는 음악 비평가 K씨와 사회 윤리 · 규범을 중시하는 사회 교화자 모씨를 대립시키고 여기서 작가는 탐미주의적 관점에서 K씨를 긍정하는 태도를 보이고 있다.
2. 도덕적이고 어진 어머니의 교육으로 감춰져 있던 그의 음악적 광포성이 담배 가게 주인에 대한 복수와 어머니에 대한 윤리적 죄책감으로 표출됨으로써 그의 음악적 재능이 살아나게 되었다.

발가락이 닮았다

• 읽기전에

1. 주인공 M과 화자인 나의 성격을 비교하여 보자.
2. 작품을 읽으면서 희극적인 요소를 찾아보자.

• 줄거리

매우 불안정한 회사의 가난한 월급쟁이인 M은 서른두 살의 노총각이다. 유달리 성욕이 강한 그는 학생 시절부터 방탕한 생활을 하다 각종 성병을 앓아 생식 능력을 상실한다. 그러던 중 M이 의사인 나를 찾아와 자신의 생식 능력 여부를 물은 뒤 친구들 몰래 결혼을 한다. M이 결혼한 지 이 년이 거의 된 어느 날, 생식 능력 여부 검사를 하겠다고 나를 찾아온다. 그 뒤 나는 M의 아내가 임신했다는 소리를 듣고 며칠 전 그의 태도를 이해하게 된다. M이 검사를 회피한 것은 아내와의 사이에 생길 비극과 분노, 자신에 대한 절망에 빠지지 않기 위한 노력이라 생각한다. M의 아내가 아들을 낳고 반 년쯤 뒤 M은 아이를 데리고 나를 찾아온다. 아이가 증조부를 닮고 자기의 가운뎃발가락과 닮았다는 M의 말에 아이가 M과는 아무런 관련이 없는 것을 아는 나는 M의 마음과 노력에 눈물겹다. 나는 발가락뿐 아니라 얼굴도 닮은 데가 있다는 말을 하고 M의 의혹과 희망이 섞인 눈을 피해 돌아앉는다.

발가락이 닮았다

노총각 M이 혼약을 하였다－

우리들은 이 소식을 들을 때에 뜻하지 않고 서로 얼굴을 마주 보았습니다.

M은 서른두 살이었습니다. 세태가 갑자기 변하면서 혹은 경제 문제 때문에, 혹은 적당한 배우자가 발견되지 않기 때문에, 혹은 단지 조혼(早婚)이라 하는 데 대한 반항심 때문에 늦도록 총각으로 지내는 사람이 많아 가기는 하지만, 서른두 살의 총각은 아무리 생각하여도 좀 너무 늦은 감이 없지 않았습니다. 그래서 그의 친구들은 아직껏 기회가 있을 때마다 그에게 채근 비슷이, 결혼에 대한 주의를 하고 하였습니다. 그러나 M은 언제나 그런 의논을 받을 때마다(속으로는 매우 흥미를 가진 것이 분명한데) 겉으로는 고소(쓴웃음)로써 친구들의 말을 거절하곤 하였습니다. 그러던 M이 우리가 모르는 틈에 어느덧 혼약을 한 것이외다.

M은 가난하였습니다. 매우 불안정한 어떤 회사의 월급쟁이였습니다.

이 뿌리 약한 그의 경제 상태가 그로 하여금 늙도록 총각으로 지내게 한 듯도 합니다. 그리고 이 때문에 친구들은 M의 총각 생활을 애석히 생각하여 장가들기를 권하는 것이었습니다.

그러나 나만은 M이 장가를 가지 않는 데 다른 종류의 해석을 내리고 있었습니다. 의사라는 나의 직업이 발견한 M의 육체적인 결함–이것 때문에 M은 서른이 넘도록 총각으로 지낸다, 나는 이렇게 믿고 있었습니다.

M은 학생 시절부터 대단한 방탕 생활을 하였습니다. 방탕이래야 금전상의 여유가 부족한 그는, 가장 하류에 속하는 방탕을 하였습니다. 오십 전 혹은 일 원만 생기면 즉시로 우동집이나 유곽으로 달려가던 그였습니다. 체질상 성욕이 강한 그는 그 불붙는 정욕을 끄기 위하여 눈앞에 닥치는 기회는 한 번도 놓치지 않았습니다. 친구들을 만날지라도 음식을 한턱하라기보다 유곽을 한턱하라는 그였습니다.

"질(質)로는 모르지만, 양(量)으로는 세계의 누구에게든 그다지 지지 않을 테다."

관계한 여인의 수효에 대하여, 이렇게 방언(거리낌 없이 함부로 말함. 또는 그 말)하기를 주저치 않으리만치 그는 선택(選擇)이라는 도정을 밟지 않고 '집어세었'습니다. 스무서너 살에 벌써 이백 명은 넘으리라는 것을 발표하였습니다. 서른 살 때는 벌써 괴승(怪僧) 신돈(辛旽)이를 멀리 눈 아래로 굽어보았을 것입니다. 그런지라 온갖 성병(性病)을 경험하지 못한 것이 없었습니다. 더구나 술이 억배요, 그 위에 유달리 성욕이 강한 그는 성병에 걸린 동안도 결코 삼가지를 않았습니다. 일년 삼백육십여 일 그에게서 성병이 떠나 본 적이 없었습니다. 늘 농이 흐르고 한 달 건너큼 고환염(睪丸炎)으로서, 걸음걸이도 거북스러운 꼴을 하여 가지고 나한테 주사를 맞으러 오고 하였습니다. 그러는 동안에도 오십 전, 혹은 일 원만 생기면 또한 성행위를 합니다. 이런지라, 물론 그는 생식 능력이 없어진 사람이었습니다.

이 일을 잘 아는 나는, M이 결혼을 안 하는 이유를 여기다가 연결시켜 가지고, 그의 도덕심(?)에 동정까지 하고 있었습니다. 일생을 빈곤한 가운데서 보내고, 늙은 뒤에도 슬하도 없이 쓸쓸하게 지낼 그, 더구나 자기를 봉양할 슬하가 없기 때문에 백발이 되도록 제 손으로 고해(현세(現世)의 괴로움이 깊고 끝없음을 바다에 비유한 말)를 헤엄치어 나갈 그는, 과연 한 가련한 존재이겠습니다.

이렇던 M이 어느덧 우리의 모르는 틈에 우물쭈물 혼약을 한 것이외다.

하기는 며칠 전에 이런 일이 있었습니다. 그 날 저녁을 먹은 뒤에, 혼자서 신간 치료 보고서를 읽고 있을 때에 M이 찾아왔습니다. 그리고 비교적 어두운 얼굴로 내가 묻는 이야기에도 그다지 시원치 않은 듯이 입술엣 대답을 억지로 하고 있다가, 이런 질문을 나에게 던졌습니다.

"남자가 매독을 앓으면 생식을 못 하나?"

"괜찮겠지."

"임질은?"

"글쎄, 고환을 오까사레루(더럽히다, 침범하다)하지 않으면 괜찮아."

"고환은-내 친구 가운데 고환염을 앓은 사람이 있는데, 인제는 생식을 못 하겠다고 비관이 여간이 아니야. 고환을 오까사레루하면 절대 불가능인가? 양쪽 다 앓았다는데……."

"그것도 경하게 앓았으면 영향 없겠지."

"가령 그 경하다 치면-내가 앓은 게 그게 경한 편일까? 중한 편일까?"

나는 뜻하지 않고 그의 얼굴을 보았습니다. 중하기도 그만치 중하게 앓은 뒤에, 지금 그게 경한 거냐 중한 거냐 묻는 것이 농담으로밖에는 들리지 않았으므로……. M의 얼굴은 역시 무겁고 어두웠습니다. 무슨 중대한 선고를 기다리는 사람과 같이 눈을 푹 내리뜨고 나의 대답을 기다리고 있었습니다. 잠시 그의 얼굴을 바라본 뒤에 나는 어이가 없어서,

"아주 경한 편이지."

이렇게 대답하여 버렸습니다.

"경한 편?"

"그럼."

이리하여 작별을 하였는데, 지금에 이르러 생각하면 그 저녁의 그 문답이 오늘날의 그의 혼약을 이루게 하지 않았는가 합니다.

M이 혼약을 하였다는 기보(奇報)를 가지고 온 것은 T라는 친구였습니다. 그 때는 마침 (다 M을 아는) 친구가 너덧 사람 모여 있을 때였습니다.

"골동(骨董) – 국보 하나 없어졌다."

누가 이런 비평을 가하였습니다. 나는 T에게 이렇게 물었습니다.

"그래 연애로 혼약이 된 셈인가요?"

"연애? 연애가 다 무에요? 갈보 나까이(요릿집 · 유곽에서 손님을 응대하는 하녀)밖에는 여자라는 걸 모르는 녀석이, 어디서 연애의 대상을 구하겠소?"

"그럼 지참금(持參金)이라도 있답디까?"

"지참금이란 뉘 집 애 이름이오?"

나는 여기서 이 혼약에 대하여 가장 불유쾌한 면을 보았습니다. 삼십이 넘도록 총각으로 지낸 그로서, 연애라 하는 기묘한 정사 때문에 그 절(節 신념 · 신의 따위를 굽히거나 변하지 아니하는 성실한 태도)을 굽혔다면, 그것은 도리어 축하할 일이지 책할 일이 아니외다. 지참금을 바라고 혼약을 하였다 하더라도 지금의 세상에 살아가는 우리로서 (더구나 그의 빈곤을 잘 아는 처지인지라) 크게 욕할 수가 없는 일이외다. 그러나 연애도 아니요, 금전 문제도 아닌 이 혼약에서는 가장 불유쾌한 한 가지의 결론밖에는 얻을 수가 없습니다.

"그럼 –"

나는 가장 불유쾌한 어조로 이렇게 말하였습니다 -

"유곽에 다닐 비용을 절약하기 위하여 마누라를 얻은 셈이구료."

이 혹평(酷評)에 대하여 T는 마땅치 않다는 듯이 나를 보았습니다.

"그렇게 혹언할 것도 아니겠지요. M도 벌써 서른두 살이든가, 세 살이든가, 좌우간 그만하면 차차로 자식도 무릎에 앉혀 보고 싶을 게고, 그렇다면 마땅한 마누라를 선택할 길이나 방법은 없고 - "

"자식? 고환염을 그만침이나 심히 앓은 녀석에게 자식? 자식은 - "

불유쾌하기 때문에 경솔히도 직업적 비밀을 입 밖에 내인 나는, 하던 말을 중도에 끊어 버렸습니다. 그러나 이미 한 말까지는 도로 삼킬 수가 없었습니다.

"네? 그게 무슨 말씀이오?"

M의 생식 능력에 대하여 사면에서 질문이 들어왔습니다. 이미 한 말에 대하여 책임을 지지 않을 수 없는 나는 그 말을 돌려 꾸미기에 한참 애를 썼습니다. 단언할 수는 없지만 혹은 M은 생식 능력이 없을지도 모른다. 그러나 진찰을 안 해 본 바이니까, 혹은 또한 생식 능력이 있을지도 모른다. M이 너무도 싱거운 혼약을 한 데 대하여, 불유쾌하여 그런 혹언을 하였지만 그 말을 취소한다. 이러한 뜻으로 꾸며 대었습니다. 그리고 그 좌석에 있던 스무 살쯤 난 젊은이가,

"외려 일생을 자식 없이 지내면 편치 않아요?"

이러한 의견을 내는 데 대하여 '젊은이로서는 도저히 이해할 수 없는 혈족의 애정'이라는 문제와, 그 문제를 너무도 무시하는 요즘의 풍조에 대한 논평으로 말머리를 돌려 버리고 말았습니다.

M은 몰래 결혼식까지 하였습니다. 그의 친구들로서 M의 결혼식 날짜를 미리 안 사람은 한 사람도 없었습니다. 뿐만 아니라 지금 모두들 제각기 하는 소위 신식 혼례식을 하지 않고, 제 집에서 구식으로 하였답니다.

모 여고보 출신인 신부는 구식 결혼이 싫다고 하였지만 M이 억지로 한 것이라 합니다.

이리하여 유곽에서는 한 부지런한 손님을 잃어버렸습니다.

"독점이라 하는 건 참 유쾌하던걸."

결혼한 뒤에 M은 어떤 친구에게 이런 말을 하였다 합니다. 비록 연애로써 성립된 결혼은 아니지만 그다지 실패의 결혼은 아닌 듯하였습니다. 오십 전, 혹은 일 원의 돈을 내어던지고 순간적 성욕의 만족을 사던 이 노총각이, 꿈에도 생각지 못한 독점을 하였으매 그의 긍지가 적지 않았을 것이외다. 연애 결혼은 아니었지만 결혼한 뒤에 연애가 생긴 듯하였습니다. 언제든 음침한 기분이 떠돌던 그의 얼굴이 그럴싸해서 그런지 좀 밝아진 듯하였습니다.

"복 받거라."

우리들—더구나 나는 그들의 결혼을 심축(진심으로 축복함)하였습니다. 처음에는 한낱 M의 성행위의 기구로 M과 결합케 된 커다란 희생물인 그의 젊은 아내를 위하여, 이것이 행복된 결혼이 되기를 축수(두 손바닥을 마주 대고 빎)하였습니다. 동기는 여하컨 결과에 있어서 아름다운 열매를 맺어라. 너의 젊은 아내로서, 한 개 '희생물'이 되지 않게 하여라. 어머니로서의 즐거움을 맛볼 기회가 없는 너의 아내에게, 그 대신 아내로서는 남에게 곱되는 즐거움을 맛보게 하여라. M의 일을 생각할 때마다 진심으로 이렇게 축수하였습니다.

신혼의 며칠이 지난 뒤부터는, M이 젊은 아내를 학대한다는 소문이 조금씩 들렸습니다. 완력을 사용한단 말까지 조금씩 들렸습니다. 그러나 나는 이 문제는 그다지 크게 생각지 않았습니다. 이런 소문이 귀에 들어올 때마다 나는《아라비안나이트》의 마신(魔神)의 이야기를 머릿속에서 되풀이

하여 보곤 하였습니다.

어떤 어부가 그물질을 하고 있었습니다. 그런데 한 번은 그물을 끌어올리니까 거기에 고기는 없고 그 대신 병(甁)이 하나 걸려 있었습니다. 병은 마개가 닫혀 있고, 그 위에 납[鉛]으로 굳게 봉함까지 되어 있었습니다. 어부는 잠시 주저한 뒤에 병의 봉함을 뜯고 마개를 뽑아 보았습니다. 즉 병에서는 한 줄기 검은 연기가 하늘로 올라갔습니다. 그리고 하늘로 올라간 그 연기는 차차 뭉쳐서 거기는 커다란 마신이 나타났습니다.

"나를 이 병 속에 감금한 것은 선지자 솔로몬이다. 이 병 속에 갇혀 있는 동안 나는 스스로 맹세하였다. 백 년 안에 나를 구해 주는 사람이 있으면 그 사람에게 거대한 부(富)를 주겠다고. 그리고 백 년을 기다렸지만 아무도 나를 구해 주는 사람이 없었다. 그래서 나는 다시 맹세했다. 이제 다시 백 년 안으로 나를 구해 주는 사람이 있으면 나는 그 사람에게 이 세상에 있는 보배를 다 주겠다고. 그리고 헛되이 백 년을 더 기다린 뒤에 백 년을 더 연기해서 그 백 년 안에 나를 구해 주는 사람이 있으면, 그 사람에게 이 세상에서 가장 큰 권세와 영화를 주겠다고 - 그러나 그 백 년이 다 지나도 역시 구해 주는 사람이 없었다. 그래서 나는 마지막으로 다시 맹세했다. 인제 누구든지 나를 구해 주는 놈이 있거든 당장에 그놈을 죽여서 그새 갇혀 있던 그 분풀이를 하겠다고."

이것이 병 속에서 나온 마신의 이야기였습니다. M이 자기의 젊은 아내를 학대한다는 소문이 들릴 때에 나는 이 이야기를 생각지 않을 수가 없었습니다. 삼십이 지나도록 총각으로 지낸 그 고통과 고적함에 대한 분풀이를 제 아내에게 하는 것이라 했습니다. 그리고 실컷 학대해라, 더욱 축수하였습니다.

M이 결혼한 지 이 년이 거의 된 어떤 날 저녁이었습니다. 그와 나는 어

떤 곳에서 저녁을 같이하고 있었습니다.

그의 얼굴은 이 날 유난히 어둡고 무거웠습니다. 그는 음식에는 거의 손을 대지 않고 술만 들이켜고 있었습니다. 본시 말이 많지 않은 그가 이 날은 더욱 입이 무거웠습니다.

몹시 취하여 더 술을 먹지 못하리만치 되어서, 그는 처음으로 자발적으로 입을 열었습니다. 충혈이 된 그의 눈은 무시무시하게 번뜩였습니다.

"여보게 여보게. 속이지 말구 진정으로 말해 주게. 내게 생식 능력이 있겠나?"

"글쎄 검사를 해보아야지."

나는 이만치 하여 넘기려 하였습니다.

"그럼 한번 진찰해 봐 주게."

"왜 갑자기—"

그는 곧 대답하려 하였습니다. 그러나 나오려던 말을 삼켰습니다. 그리고 다시 술을 한 잔 먹은 뒤에, 눈을 푹 내리뜨며 말했습니다.

"아니, 다른 게 아니라, 내게 만약 생식 능력이 없다면 저 사람(자기의 아내)이 불쌍하지 않나? 그래서 없는 게 판명되면 아직 젊었을 때에 헤져서 저 사람이 제 운명을 다시 개척할 '때'를 줘야지 않겠나? 그래서 말일세."

"진찰해 보아야지."

"그럼 언제 해보세."

그 며칠 뒤에 나는 M의 아내가 임신했다는 소문을 듣고 깜짝 놀랐습니다. 검사해 볼 필요도 없습니다. M은 그 능력이 없을 것입니다. 그런데 M의 아내는 임신했습니다.

그리고 며칠 전에 M이 검사하겠다던 마음을 짐작했습니다. 그것은 결코 그 날의 제 말마따나 '아내의 장래를 위하여' 하려는 것이 아니고, 아내에게 대한 의혹 때문에 하여 보려는 것일 것이외다. 자기도 온전히 모르는 바는 아니로되, 십중팔구는 자기는 생식 불능자일 텐데 자기의 아내는 임신을 한 것이외다.

생각하면 재미있는 연극이외다. 생식 능력이 없는 M은, 그런 기색도 뵈지 않고 결혼을 하였습니다. 그리하여 M에게로 시집을 온 새 아내는 임신을 하였습니다. 제 남편이 생식 불능자인 줄 모르는 아내는, 버젓이 자기의 가진 죄의 씨를 M에게 자랑을 하고 있을 것이외다. 일찍이 자기가 생식 불능자인지도 모르겠다는 점을 밝혀 주지 않은 M은, 지금 이 의혹의 구렁이에서도 제 아내를 책할 권리가 없을 것이외다. 그가 검사를 하겠다 하나, 검사를 하여서 자기가 불구자인 것이 판명된 뒤에는 어떤 수단을 취할는지 짐작도 할 수가 없습니다. 아내의 음행을 책하자면 자기의 사기적 행위를 폭로시키지 않을 수가 없을 것이외다. 그것을 감추자면, 제 번민만 더욱 크게 할 것이외다.

어떤 날, 그는 검사를 하자고 왔습니다. 그 때 마침 환자가 몇 사람 밀려 있던 관계상 나는 그를 내 사실에 가서 좀 기다리라 하고, 환자 처리를 다 하고 내려갔습니다. 그랬더니 그는 나를 기다리지 않고 돌아가 버렸습니다. 이튿날 그는 다시 왔습니다. 그러나 그는 또 돌아가 버렸습니다.

나도 사실 어찌하여야 할지 똑똑히 마음을 작정치 못했던 것이외다. 검사한 뒤에 당연히 사멸해 있을 생식 능력을 살아 있다고 하자니, 그것은 나의 과학적 양심이 허락지 않는 바외다. 그러나 또한 사멸하였다고 하자니, 이것은 한 사람의 일생을 망쳐 버리는 무서운 선고에 다름없습니다. M이라 하는 정당한 남편을 두고도 불의의 쾌락을 취하는 M의 아내는 분명히 책받을 여인이겠지요. 그러나 또한 다른 편으로 이 사건을 관찰할 때에, 내가 눈을 꾹 감고 그릇된 검안(뒤에 남은 흔적이나 형편을 조사하고 따짐)을 내린다면, 그로 인하여 절대로 불가능하던 M이 슬하에 사랑스런 자식(?)을 두고 거기서 노후의 위안도 얻을 수 있을 것이요, 만사가 원만히 해결될 것이외다.

내가 자유로 선택할 수 있는 두 가지의 갈림길에 서서, 나는 어느 편 길을 취하여야 할지 판단을 주저하고 있었습니다. 이 문제는 사오일 뒤에 저절로 해결이 되었습니다. 그 날도 역시 침울한 얼굴로 찾아온 M에게 대하여, 나는 의리상,

"오늘 검사해 보자나?"

하니깐 그는 간단히 대답하였습니다 -

"벌써 했네."

"응? 어디서?"

"P병원에서."

"그래서 그 결과는?"

"살았다데."

"?"

나는 뜻하지 않고 그의 얼굴을 보았습니다. 그것은 의외의 대답을 들은 때문이라기보다 오히려 '살았다데' 하는 그의 음성이 너무 침통하기 때문에…….

"그럼 안심이겠네."

이렇게 대답하는 동안, 나는 내가 하마터면 질 뻔한 괴로운 임무에서 벗어난 안심을 느끼는 동시에, P병원에서의 검안의 의외에 눈을 크게 뜨지 않을 수가 없었습니다. 내 눈을 만난 M의 눈은 낭패한 듯이 이리저리 돌아다녔습니다. 그리고 나는 그 눈으로 그가 방금 한 말이 거짓말이었음을 알았습니다.

그럼 그는 왜 거짓말을 하였나? 자기의 아내의 명예를 보호하기 위하여? 세상과 제 마음을 속여 가면서라도 자식을 슬하에 두어 보기 위하여? 나는 그의 마음을 알 수가 없었습니다. 그가 입을 열었습니다. 무겁고 침

울한 음성이었습니다.

"여보게, 자네 이런 기모찌(기분) 알겠나?"

"어떤?"

그는 잠시 쉬어서 말을 시작했습니다.

"월급쟁이가 월급을 받았네. 받은 즉시로 나와서 먹고 쓰고 사고, 실컷 마음대로 돈을 썼네. 막상 집으로 돌아가는 길일세. 지갑 속에 돈이 몇 푼 안 남아 있을 것은 분명해. 그렇지만 지갑을 못 열어 봐. 열어 보기 전에는 혹은 아직은 꽤 많이 남아 있겠거니 하는 요행심도 붙일 수 있겠지만 급기야 열어 보면 몇 푼 안 남은 게 사실로 나타나지 않겠나? 그게 무서워서 아직 있거니, 스스로 속이네그려. 쌀도 사야지. 나무도 사야지. 열어 보면 그걸 살 돈이 없는 게 사실로 나타날 테란 말이지. 그래서 할 수 있는 대로 지갑에서 손을 멀리하고 제 집으로 돌아오네. 그 기모찌 알겠나?"

나는 머리를 끄덕이었습니다.

"알겠네."

그는 다시 입을 봉하였습니다. 그러나 그 때에 나는 알았습니다. M은 검사도 하여 보지 않은 것이외다. 그는 무서워합니다. 그는 검사를 피합니다. 자기의 아내가 임신을 하였습니다. 그것은 상식으로 판단하여 물론 남편의 아일 것이외다. 거기 대하여 의심을 품은 자는 하나도 없을 것이외다. 의심을 품을 필요도 없는 것이외다. 왜? 여인이 남편을 맞으면 원칙상 임신을 하는 것이 당연한 일이니깐.

이 의심할 필요가 없는 일을 의심하다가 향그럽지 못한 결과가 나타나면, 이것은 자작지얼(자기가 저지른 일로 말미암아 생긴 재앙)로서 원망을 할 곳이 없을 것이외다. 벌의 둥지를 건드리는 것은 어리석은 것이외다. 십중팔구는 향그럽지 못한 결과가 나타날 '검사'를, M은 회피한 것이외다. 절망을 스스로 사지 않으려-그리고, 번민 가운데서도 끝끝내 일루(한 오리의 실이라는 뜻으로, 몹시 약하여 간신히 유지되는 상태)의 희망을 붙여 두려, M은 온전히 '검사'라는 위험한 벌의 둥지를 건드리지 않기로 한 것이외다. 그리고 상식으로 판단할 수 있는 (제 아내의 뱃속에 있는) 자식에게 대하여 억지로 애정을 가져 보려 결심한 것이외다. 검사를 하여서 정충이 살아 있다면 다행한 일이지만, 사멸하였다면 이제 제 아내와의 새에 생길 비극과 분노와 절망은 둘째 두고라도, 일생을 슬하에 혈육이 없이 보내고 노후에 의탁할 곳을 가질 가능성조차 없는 절망의 지위에 빠지지 않을 수가 없을 것이외다.

이것은 무서운 일이외다. 상식으로 판단할 수 있는 일을 거부(拒否)하고까지 이런 모험 행위를 할 필요가 없을 것이외다. 이리하여 그는 검사는 단념했지만, 마음에 있는 의혹만은 온전히 끄지를 못한 모양이었습니다. 그 뒤 어떤 날 그는 이런 이야기, 저런 이야기 하다가 이런 말을 했습니다.

"자식은 꼭 제 애비를 닮는다면 좋겠구먼……."

거기 대하여 나는 닮은 예를 여러 가지로 들어서 말하여 주었습니다. 그는 한숨을 쉬었습니다.

"여인이 애를 배면 걱정일 테야. 아버지나 친할아비를 닮는다면 문제가 없겠지만 외편을 닮거나, 그렇지 않으면 아무도 닮지 않으면 걱정이 아니겠나. 그저 애비를 닮아야 제일이야. 하하하……."

나는 대답하였습니다.

"글쎄 말이지. 내 전문이 아니니깐 이름은 기억 못 하지만, 독일 소설에 이런 게 있지 않나. 〈아버지〉라나 하는 희곡 말일세. 자식을 낳았는데 제 자식인지 아닌지 몰라서 번민하는 그런 이야기가 있지? 그것도 아버지만 닮으면 문제가 없겠지."

"아! 아, 다 귀찮어."

M의 아내가 아들을 낳았습니다.

그 아이가 반년쯤 자랐습니다.

어떤 날 M은 그 아이를 몸소 안고, 병을 뵈러 나한테 왔습니다. 기관지가 조금 상하였습니다.

약을 받아 가지고도 그냥 좀 앉아 있던 M은, 묻지도 않는 이런 말을 하였습니다.

"이놈이 꼭 제 증조부님을 닮었다거든."

"그래?"

나는 그의 말에 적지 않은 흥미를 느끼면서 이렇게 응했습니다. 내 눈으로 보자면, 그 어린애와 M과는 아무런 관련도 없는 바인데, 그 애가 M의 할아버지를 닮았다는 것은 기이함으로써…… 어린애의 친편과 외편의 근친(近親)에서 아무도 비슷한 사람을 찾아내지 못한 M의 친척은, 하릴없이 예전의 조상을 들추어내인 모양이었습니다. 그리고 그 어린애에게 커다란 의혹과 그보다 더 커다란 희망(의혹이 오해였던 것을 바라는)은 M으로 하여금 손쉽게 그 말을 믿게 한 모양이었습니다. 적어도 신뢰하려고 마음먹게 한 모양이었습니다.

내가 자기의 말에 흥미를 가지는 것을 본 M은, 잠시 주저하다가 그가 예비했던 둘째 말을 마침내 꺼내었습니다.

"게다가 날 닮은 데도 있어."

"어디?"

"이 보게."

M은 어린애를 왼편 팔로 가만히 옮겨서 붙안으면서 오른손으로는 제 양말을 벗었습니다.

"내 발가락 보게. 내 발가락은 남의 발가락과 달라서, 가운뎃발가락이 그 중 길어. 쉽지 않은 발가락이야. 한데 –"

M은 강보를 들치고 어린애의 발을 가만히 꺼내어 놓았습니다.

"이놈의 발가락 보게. 꼭 내 발가락 아닌가. 닮았거든……."

M은 열심으로 찬성을 구하듯이 내 얼굴을 바라보았습니다. 얼마나 닮은 곳을 찾아보았기에 발가락 닮은 것을 찾아내었겠습니까?

나는 M의 마음과 노력에 눈물겨워졌습니다. 커다란 의혹 가운데서 그 의혹을 어떻게 하여서든 삭여 보려는 M의 노력은 인생의 가장 요절할(너무 우스워 허리가 끊어질 듯한) 비극이었습니다. M이 보라고 내어놓은 어린애의 발가락은 안 보고, 오히려 얼굴만 한참 들여다보고 있다가, 나는 마침내 이렇게 말하였습니다.

"발가락뿐 아니라, 얼굴도 닮은 데가 있네."

그리고 나의 얼굴로 날아오는 (의혹과 희망이 섞인) 그의 눈을 피하면서 돌아앉았습니다.

작품의 이해

• 구조적 분석

갈래 : 단편 소설, 순수 소설

배경 : 1930년대의 일제 식민지하

시점 : 1인칭 관찰자 시점

주제 : 비극적 현실에 처한 인물의 심리적 갈등

출전 : 《동광》, 1932

• 작품해설

〈발가락이 닮았다〉는 1932년《동광》에 발표된 단편 소설로 휴머니즘을 바탕으로 하고 있다. 액자 소설의 성격을 가진 이 작품은 또 다른 의미에서 김동인의 소설가적 변모를 보여 준다. 즉, 김동인의 문학적 특징인 자연주의적 경향에 심리주의적 성격을 가미한 강한 휴머니티가 깔려 있다.

주인공 M이 염상섭을 모델로 했다 하여 염상섭과 갈등을 빚기도 한 이 작품은 M과 나의 대화를 통해 두 인물의 심리를 섬세하게 묘사하고 있다.

젊었을 적 방탕했던 생활로 말미암아 불임으로 알고 있던 M에게 아내의 임신은 M과 나에게 갈등과 고민을 가져다 준다. 부도덕한 아내의 행실을 의심하나 결국 발가락이 닮았다는 점을 발견하여 갈등을 해소하려는 M의 처절한 심정과 M의 위장된 선을 과학도로서가 아니라 인간적 의사로서 감싸안으려는 나의 모습에서 고뇌와 비극적 현실을 극복하려는 모습을 찾을 수 있다.

이런 점에서 〈발가락이 닮았다〉는 자연적인 소설이면서 인도주의적인 성격을 지닌다. 이는 작가 자신이 재정적 파탄과 재혼의 과정을 겪으면서 인간에 대한 믿음과 긍정적인 사고 방식으로 변모해 가고 있음을 드러내는 것이라 볼 수 있다.

• 생각해보기

1. 〈발가락이 닮았다〉가 김동인의 다른 작품과 달리 인도주의로 구분되는 이유는 무엇인가?

☞해답

1. M의 처절한 심정과 위장된 선을 인정하는 나의 과학도가 아닌 인간적인 의사의 모습, 즉 M과 같은 고민과 갈등을 하는 모습에서 인도주의의 경향을 찾을 수 있기 때문.

이상

이상 李箱, 1910~1937

본명은 김해경(金海卿). 서울 출생. 1929년 경성고공 건축과 졸업. 1930년 처녀작이자 장편 소설인 〈12월 12일〉을《조선》에 연재하면서 문단에 등단. 1931년 조선건축회지인《조선과 건축》에 시 〈이상한 가역반응〉 〈파편의 경치〉 〈공복〉 등을 발표.

1934년 두 번째 구성된 구인회에 참가하였고, 그 해 〈중앙일보〉에 난해시 〈오감도〉와 1936년《조광》지에 〈날개〉를 발표해 큰 화제를 일으켰다. 1935년 이후 유행한 신심리주의(의식의 흐름)와 초현실주의·주지주의(모더니즘) 등에 있어 대표적인 작가로 한국 문학의 발전에 크게 이바지하였다.

1937년 일본에서 사상범으로 체포되어 병 보석으로 풀려난 후 자기 예언과 같은 작품 〈종생기(終生記)〉를 마지막으로 도쿄대학 부속병원에서 28세로 요절하였다.

주요 작품

1. 소설 : 〈지도의 암실〉(1932), 〈날개〉 〈봉별기〉 〈지주회사〉 〈동해〉(1936), 〈종생기〉 〈실락원〉(1937)
2. 시 : 〈건축무한육면각체〉(1932), 〈꽃나무〉 〈거울〉(1933), 〈오감도〉(1934), 〈정식(正式)〉(1935), 〈명경〉(1936)
3. 수필 : 〈권태〉 〈슬픈 이야기〉 〈조춘점묘〉 〈산촌여정〉(1936)
4. 유작 : 시 〈무제(無題)〉(1938)
   단편 〈환시기(幻視記)〉(1938),
   〈실화(失花)〉 〈병상 이후〉(1939)

날개

• 읽기전에

1. 나와 아내의 성격을 비교하며 읽어 보자.
2. 마지막 장면에서 보여 주는 '날개'의 의미가 무엇인지 생각해 보자.

• 줄거리

나는 33번지 유곽에서 놀거나 밤낮 없이 잠을 자면서 아내가 벌어다 주는 돈으로 살아간다. 나는 사회와 완전히 격리된 채 현실 감각 없이 아내에게 사육당한다. 아내가 외출하면 아내의 방에서 장난을 치며 아내에 대한 욕구를 대신한다. 아내에게 손님이 오는 날이면 내 방에 틀어박혀 있다가 아내가 주는 돈이나 받으며 하루하루를 살아간다. 그러던 어느 날 나는 외출을 시작하고 아내에게 돈을 주고 아내 방에서 잠을 자기도 한다. 아내가 자기 일에 방해가 되는 나에게 아스피린 대신 수면제를 먹인 사실을 우연히 알게 된 나는 집을 나갔다가 돌아오는 길에 아내의 매춘 현장을 본다. 집에서 도망쳐 나와 거리를 쏘다니다 미쓰꼬시 백화점 옥상에서 내 자라온 스무여섯 해를 회고하며 어디로 가야 할지 몰라 방황할 때 정오 사이렌이 울린다. 나는 "날개야 다시 돋아라. 날자. 날자. 날자. 한 번만 더 날자꾸나. 한 번만 더 날아 보자꾸나." 하고 외쳐 보고 싶다.

날개

'박제(剝製)가 되어 버린 천재'를 아시오? 나는 유쾌하오. 이런 때 연애까지가 유쾌하오.

육신이 흐느적흐느적하도록 피로했을 때만 정신이 은화(銀貨)처럼 맑소. 니코틴이 내 횟배 앓는 뱃속으로 스미면 머릿속에 으레 백지가 준비되는 법이오. 그 위에다 나는 위트와 패러독스를 바둑 포석(布石 바둑을 둘 때 처음 돌을 벌여 놓음)처럼 늘어놓소. 가증할 상식의 병(病)이오.

나는 또 여인과 생활을 설계하오. 연애 기법에마저 서먹서먹해진 지성의 극치를 흘깃 좀 들여다본 일이 있는, 말하자면 일종의 정신분일자(精神奔逸者) 말이오. 이런 여인의 반-그것은 온갖 것의 반이오-만을 영수(領收)하는 생활을 설계한다는 말이오. 그런 생활 속에 한 발만 들여놓고 흡사 두 개의 태양처럼 마주 쳐다보면서 낄낄거리는 것이오. 나는 아마 어지간히 인생의 제행(諸行 ①우주의 만물. ②모든 수행(修行))이 싱거워서 견딜 수가 없게끔 되고 그만둔 모양이오. 굿바이.

굿바이, 그대는 이따금 그대가 제일 싫어하는 음식을 탐식하는 아이러니를 실천해 보는 것도 좋을 것 같소. 위트와 패러독스와…….

그대 자신을 위조하는 것도 할 만한 일이오. 그대의 작품은 한 번도 본 일이 없는 기성품에 의하여 차라리 경편(輕便 ①가볍고 간단하여 사용하기에 편리함. ②몸이 가벼워 자재로움)하고 고매(高邁 (인품 · 학식 · 재질 등이) 높고 뛰어남)하리다.

19세기는 될 수 있거든 봉쇄하여 버리오. 도스토예프스키 정신이란 자칫하면 낭비일 것 같소. 위고를 불란서의 빵 한 조각이라고는 누가 그랬는지 지언(至言 지극히 당연한 말)인 듯싶소. 그러나 인생 혹은 모형에 있어서 '디테일' 때문에 속는다거나 해서야 되겠소? 화를 보지 마오. 부디 그대께 고하는 것이니…….

"테이프가 끊어지면 피가 나오. 상채기도 머지않아 완치될 줄 믿소. 굿바이."

감정은 어떤 '포즈', 그 '포즈'의 원소만을 지적하는 것이 아닌지 나도 모르겠소.

그 포즈가 부동 자세까지 고도화할 때 감정은 딱 공급을 정지합네다.

나는 내 비범한 발육(發育)을 회고하여 세상을 보는 안목을 규정하였소.

여왕봉(女王蜂)과 미망인–세상의 하고많은 여인이 본질적으로 이미 미망인이 아닌 이가 있으리까? 아니, 여인의 전부가 그 일상에 있어서 개개 '미망인'이라는 내 논리가 뜻밖에도 여성에 대한 모독이 되오? 굿바이.

그 33번지라는 것이 구조가 흡사 유곽이라는 느낌이 없지 않다.

한 번지에 18가구 죽 어깨를 맞대고 늘어서서 창호가 똑같고 아궁이 모양이 똑같다. 게다가 각 가구에 사는 사람들이 송이송이 꽃과 같이 젊다.

해가 들지 않는다. 해가 드는 것을 그들이 모른 체하는 까닭이다. 턱살밑에다 철줄을 매고 얼룩진 이부자리를 널어 말린다는 핑계로 미닫이에 해가 드는 것을 막아 버린다. 침침한 방안에서 낮잠들을 잔다. 그들은 밤에는 잠을 자지 않나? 알 수 없다. 나는 밤이나 낮이나 잠만 자느라고 그런 것을 알 길이 없다. 33번지 18가구의 낮은 참 조용하다.

조용한 것은 낮뿐이다. 어둑어둑하면 그들은 이부자리를 걷어들인다. 전등불이 켜진 뒤의 18가구는 낮보다 훨씬 화려하다. 저물도록 미닫이 여닫는 소리가 잦다. 바빠진다. 여러 가지 냄새가 나기 시작한다. 비웃 굽는 내, 탕고도 오랑내, 뜨물내, 비눗내.

그러나 이런 것들보다도 그들의 문패가 제일로 고개를 끄덕이게 하는 것이다.

이 18가구를 대표하는 대문이라는 것이 일각이 져서 외따로 떨어지기는 했으나, 있다. 그러나 그것은 한 번도 닫힌 일이 없는, 한길이나 마찬가지 대문인 것이다. 온갖 장사아치들은 하루 가운데 어느 시간에라도 이 대문을 통하여 드나들 수 있는 것이다. 이네들은 문간에서 두부를 사는 것이 아니라, 미닫이를 열고 방에서 두부를 사는 것이다. 이렇게 생긴 33번지 대문에 그들 18가구의 문패를 몰아다 붙이는 것은 의미가 없다. 그들은 어느 사이엔가 각 미닫이 위 백인당(百忍堂)이니 길상당(吉祥堂)이니 써붙인 한 곁에다 문패를 붙이는 풍속을 가져 버렸다.

내 방 미닫이 위 한곁에 칼표 딱지를 넷에다 낸 것만한 내—아니! 내 아내의 명함이 붙어 있는 것도 이 풍속을 좇은 것이 아닐 수 없다.

나는 그러나 그들의 아무와도 놀지 않는다. 놀지 않을 뿐만 아니라 인사도 않는다. 나는 내 아내와 인사하는 외에 누구와도 인사하고 싶지 않았다.

내 아내 외의 다른 사람과 인사를 하거나 놀거나 하는 것은 내 아내 낯을 보아 좋지 않은 일인 것만 같이 생각이 되었기 때문이다. 나는 이만큼까지 내 아내를 소중히 생각한 것이다. 내가 이렇게까지 내 아내를 소중히 생각한 까닭은 이 33번지 18가구 속에서 내 아내가 내 아내의 명함처럼 제일 작고 제일 아름다운 것을 안 까닭이다. 18가구에 각기 빌려 들은 송이송이 꽃들 가운데서도 내 아내가 특히 아름다운 한 떨기의 꽃으로 이 함석 지붕 밑 볕 안 드는 지역에서 어디까지든지 찬란하였다. 따라서 그런 한 떨기 꽃을 지키고－아니 그 꽃에 매어달려 사는 나라는 존재가 도무지 형언할 수 없는 거북살스러운 존재가 아닐 수 없었던 것은 물론이다.

나는 어디까지든지 내 방이－집이 아니다. 집은 없다－마음에 들었다. 방안의 기온은 내 체온을 위하여 쾌적하였고, 방안의 침침한 정도가 또한 내 안력(시력(視力))을 위하여 쾌적하였다. 나는 내 방 이상의 서늘한 방도 또 따뜻한 방도 희망하지 않았다. 이 이상으로 밝거나 이 이상으로 아늑한 방은 원하지 않았다. 내 방은 나 하나를 위하여 요만한 정도를 꾸준히 지키는 것 같아 늘 내 방에 감사하였고, 나는 또 이런 방을 위하여 이 세상에 태어난 것만 같아서 즐거웠다.

그러나 이것은 행복이라든가 불행이라든가 하는 것을 계산하는 것은 아니었다. 말하자면 나는 내가 행복되다고도 생각할 필요가 없었고, 그렇다고 불행하다고도 생각할 필요가 없었다. 그냥 그 날을 그저 까닭없이 펀둥펀둥 게으르고만 있으면 만사는 그만이었던 것이다.

내 몸과 마음에 옷처럼 잘 맞는 방 속에서 뒹굴면서, 축 처져 있는 것은 행복이니 불행이니 하는 그런 세속적인 계산을 떠난, 가장 편리하고 안일한 말하자면 절대적인 상태인 것이다. 나는 이런 상태가 좋았다.

이 절대적인 내 방은 대문간에서 세어서 똑 일곱째 칸이다. 럭키 세븐의 뜻이 없지 않다. 나는 이 일곱이라는 숫자를 훈장처럼 사랑하였다. 이런 이 방이 가운데 장지로 말미암아 두 칸으로 나뉘어 있었다는 그것이 내 운명의 상징이었던 것을 누가 알랴?

아랫방은 그래도 해가 든다. 아침결에 책보만한 해가 들었다가 오후에 손수건만해지면서 나가 버린다. 해가 영영 들지 않는 윗방이 즉 내 방인 것은 말할 것도 없다. 이렇게 볕드는 방이 아내 방이요, 볕 안 드는 방이 내 방이요 하고 아내와 나 둘 중에 누가 정했는지 나는 기억하지 못한다. 그러나 나에게는 불평이 없다. 아내가 외출만 하면 나는 얼른 아랫방으로 와서 그 동쪽으로 난 들창을 열어 놓고 열어 놓으면 들이비치는 햇살이 아내의 화장대를 비쳐 가지각색 병들이 아롱이 지면서 찬란하게 빛나고, 이렇게 빛나는 것을 보는 것은 다시없는 내 오락이다. 나는 조그만 돋보기를 꺼내 가지고 아내만이 사용하는 지리가미(휴지)를 꺼내 가지고 그슬려 가면서 불장난을 하고 논다. 평행 광선을 굴절시켜서 한 초점에 모아 가지고 그 초점이 따끈따끈해지다가, 마지막에는 종이를 그슬리기 시작하고, 가느다란 연기를 내면서 드디어 구멍을 뚫어 놓는 데까지 이르는, 고 얼마 안 되는 동안의 초조한 맛이 죽고 싶을 만큼 내게는 재미있었다.

이 장난이 싫증이 나면 나는 또 아내의 손잡이 거울을 가지고 여러 가지로 논다. 거울이란 제 얼굴을 비칠 때만 실용품이다. 그 외의 경우에는 도무지 장난감인 것이다. 이 장난도 곧 싫증이 난다. 나의 유희심은 육체적인 데서 정신적인 데로 비약한다. 나는 거울을 내던지고 아내의 화장대 앞으로 가까이 가서 나란히 늘어놓인 그 가지각색의 화장품 병들을 들여다본다. 고것들은 세상의 무엇보다도 매력적이다. 나는 그 중의 하나만을 골라서 가만히 마개를 빼고 병 구멍을 내 코에 가져다 대고 숨죽이듯이 가벼운 호흡을 하여 본다. 이국적인 센슈얼한 향기가 폐로 스며들면 나는 저절로 스르르 감기는 내 눈을 느낀다. 확실히 아내의 체취의 파편이다.

나는 도로 병마개를 막고 생각해 본다. 아내의 어느 부분에서 요 냄새가 났던가를…… 그러나 그것은 분명하지 않다. 왜? 아내의 체취는 여기 늘어서 있는 가지각색 향기의 합계일 것이니까.

아내의 방은 늘 화려하였다. 내 방이 벽에 못 한 개 꽂히지 않은 소박한 것인 반대로, 아내 방에는 천장 밑으로 쫙 돌려 못이 박히고, 못마다 화려한 아내의 치마와 저고리가 걸렸다. 여러 가지 무늬가 보기 좋다. 나는 그 여러 조각의 치마에서 늘 아내의 동체와, 그 동체가 될 수 있는 여러 가지 포즈를 연상하고 연상하면서 내 마음은 늘 점잖지 못하다.

그렇건만 나에게는 옷이 없었다. 아내는 내게 옷을 주지 않았다. 입고 있는 골덴 양복 한 벌이 내 자리옷이었고 통상복과 나들이옷을 겸한 것이었다. 그리고 하이네크의 스웨터가 한 조각 사철을 통한 내 내의다. 그것들은 하나같이 다 빛이 검다. 그것은 내 짐작 같아서는 즉 빨래를 될 수 있는 데까지 하지 않아도 보기 싫지 않게 하기 위한 것이 아닌가 한다.

나는 허리와 두 가랑이 세 군데 다 – 고무 밴드가 끼여 있는 부드러운 사루마다를 입고 그리고 아무 소리 없이 잘 놀았다.

어느덧 손수건만해졌던 볕이 나갔는데 아내는 외출에서 돌아오지 않는다. 나는 요만 일에도 좀 피곤하였고 또 아내가 돌아오기 전에 내 방으로 가 있어야 될 것을 생각하고 그만 내 방으로 건너간다. 내 방은 침침하다. 나는 이불을 뒤집어쓰고 낮잠을 잔다. 한 번도 걷은 일이 없는 내 이부자리는 내 몸뚱이의 일부분처럼 내게는 참 반갑다. 잠은 잘 오는 적도 있다. 그러나 전신이 까칫까칫하면서 영 잠이 오지 않는 적도 있다. 그런 때는 아무 제목으로나 제목을 하나 골라서 연구하였다. 나는 내 좀 축축한 이불 속에서 참 여러 가지 발명도 하였고 논문도 많이 썼다. 시도 많이 지었다. 그러나 그것들은 내가 잠이 드는 것과 동시에 내 방에 담겨서 철철 넘치는 그 흐늑흐늑한 공기에다 비누처럼 풀어져서 온데간데없고, 한잠 자고 깨인 나는 속이 무명 헝겊이나 메밀 껍질로 띵띵 찬 한 덩어리 베개와도 같은 한 벌 신경이었을 뿐이고 뿐이고 하였다.

그러기에 나는 빈대가 무엇보다도 싫었다. 그러나 내 방에서는 겨울에도 몇 마리의 빈대가 끊이지 않고 나왔다. 내게 근심이 있었다면 오직 이 빈대를 미워하는 근심일 것이다. 나는 빈대에게 물려서 가려운 자리를 피가 나도록 긁었다. 쓰라리다. 그것은 그윽한 쾌감에 틀림없었다. 나는 혼곤히(정신이 흐릿하고 맥이 빠지어 고달프게) 잠이 든다.

나는 그러나 그런 이불 속의 사색 생활에서도 적극적인 것을 궁리하는 법이 없다. 내게는 그럴 필요가 대체 없었다. 만일 내가 그런 좀 적극적인 것을 궁리해 내었을 경우에 나는 반드시 내 아내와 의논하여야 할 것이고, 그러면 반드시 나는 아내에게 꾸지람을 들을 것이고—나는 꾸지람이 무서웠다느니보다는 성가셨다. 내가 제법 한 사람의 사회인의 자격으로 일을 해보는 것도 아내에게 사설 듣는 것도 나는 가장 게으른 동물처럼 게으른 것이 좋았다. 될 수만 있으면 이 무의미한 인간의 탈을 벗어 버리고도 싶었다.

나에게는 인간 사회가 스스러웠다(정분이 두텁지 못하여 조심스러웠다). 생활이 스스러웠다. 모두가 서먹서먹할 뿐이었다.

아내는 하루에 두 번 세수를 한다.

나는 하루 한 번도 세수를 하지 않는다.

나는 밤중 세 시나 네 시쯤 해서 변소에 갔다. 달이 밝은 밤에는 한참씩 마당에 우두커니 섰다가 들어오곤 한다. 그러니까 나는 이 18가구의 아무와도 얼굴이 마주치는 일이 거의 없다. 그러면서도 나는 이 18가구의 젊은 여인네 얼굴들을 거반 다 기억하고 있었다. 그들은 하나같이 내 아내만 못하였다.

열한 시쯤 해서 하는 아내의 첫 번 세수는 좀 간단하다. 그러나 저녁 일곱 시쯤 해서 하는 두 번째 세수는 손이 많이 간다. 아내는 낮에보다도 밤에 더 좋고 깨끗한 옷을 입는다. 그리고 낮에도 외출하고 밤에도 외출하였다.

아내에게 직업이 있었던가? 나는 아내의 직업이 무엇인지 알 수 없다. 만일 아내에게 직업이 없었다면 같이 직업이 없는 나처럼 외출할 필요가 생기지 않을 것인데—아내는 외출한다. 외출할 뿐만 아니라 내객이 많다. 아내에게 내객이 많은 날은 나는 온종일 내 방에서 이불을 쓰고 누워 있어야만 된다.

불장난도 못 한다. 화장품 냄새도 못 맡는다. 그런 날은 나는 의식적으로 우울해하였다. 그러면 아내는 나에게 돈을 준다. 오십 전짜리 은화다. 나는 그것이 좋았다. 그러나 그것을 무엇에 써야 옳을지 몰라서 늘 머리맡에 던져두고 두고 한 것이 어느 결에 모여서 꽤 많아졌다. 어느 날 이것을 본 아내는 금고처럼 생긴 벙어리를 사다 준다. 나는 한푼씩 한푼씩 그 속에 넣고 열쇠는 아내가 가져갔다. 그 후에도 나는 더러 은화를 그 벙어리에 넣은 것을 기억한다. 그리고 나는 게을렀다. 얼마 후 아내의 머리 쪽에 보지 못하던 누깔잠(비녀의 일종)이 하나 여드름처럼 돋았던 것은 바로 그 금고형 벙어리의 무게가 가벼워졌다는 증거일까. 그러나 나는 드디어 머리맡에 놓았던 그 벙어리에 손을 대지 않고 말았다. 내 게으름은 그런 것에 내 주의를 환기시키기도 싫었다.

아내에게 내객이 있는 날은 이불 속으로 암만 깊이 들어가도 비 오는 날만큼 잠이 잘 오지 않았다. 나는 그런 때 아내에게 왜 늘 돈이 있나 왜 돈이 많은가를 연구했다.

내객들은 장지 저쪽에 내가 있는 것을 모르나 보다. 내 아내와 나도 좀 하기 어려운 농을 아주 서슴지 않고 쉽게 해 던지는 것이다. 그러나 내 아내를 찾은 서너 사람의 내객들은 늘 비교적 점잖았다고 볼 수 있는 것이, 자정이 좀 지나면 으레 돌아들 갔다. 그들 가운데는 퍽 교양이 얕은 자도 있는 듯싶었는데, 그런 자는 보통 음식을 사다 먹고 논다. 그래서 보충을 하고 대체로 무사하였다. 나는 우선 아내의 직업이 무엇인가를 연구하기에 착수하였으나 좁은 시야와 부족한 지식으로는 이것을 알아내기 힘이 든다. 나는 끝끝내 내 아내의 직업이 무엇인가를 모르고 말려나 보다.

아내는 늘 진솔 버선만 신었다. 아내는 밥도 지었다. 아내가 밥을 짓는 것을 나는 한 번도 구경한 일은 없으나 언제든지 끼니때면 내 방으로 내 조석밥을 날라다 주는 것이다. 우리 집에는 나와 내 아내 외의 다른 사람은 아무도 없다. 이 밥은 분명 아내가 손수 지었음에 틀림없다.

그러나 아내는 한 번도 나를 자기 방으로 부른 일은 없다. 나는 늘 윗방에서 나 혼자서 밥을 먹고 잠을 잤다.

밥은 너무 맛이 없었다. 반찬이 너무 엉성하였다. 나는 닭이나 강아지처럼 말없이 주는 모이를 넓적넓적 받아 먹기는 했으나 내심 야속하게 생각한 적도 더러 없지 않다. 나는 안색이 여지없이 창백해 가면서 말라 들어갔다. 나날이 눈에 보이듯이 기운이 줄어들었다. 영양 부족으로 하여 몸뚱이 곳곳의 뼈가 불쑥불쑥 내어밀었다. 하룻밤 사이에도 수십 차를 돌쳐 눕지 않고는 여기저기가 배겨서 나는 배겨낼 수가 없었다.

그렇기 때문에 나는 내 이불 속에서 아내가 늘 흔히 쓸 수 있는 저 돈의 출처를 탐색해 내는 일변 장지 틈으로 새어나오는 아랫방의 음성은 무엇일까를 간단히 연구하였다. 나는 잠이 잘 안 왔다.

깨달았다. 아내가 쓰는 그 돈은 내게는 다만 실없는 사람들로밖에 보이지 않는 까닭 모를 내객들이 놓고 가는 것이 틀림없으리라는 것을 깨달았다.

그러나 왜 그들 내객은 돈을 놓고 가나? 왜 내 아내는 그 돈을 받아야 되나? 하는 예의 관념이 내게는 도무지 알 수 없는 것이었다.

그것은 그저 예의에 지나지 않는 것일까? 그렇지 않으면 혹 무슨 대가일까? 보수일까? 내 아내가 그들의 눈에는 동정을 받아야만 할 한 가엾은 인물로 보였던가?

이런 것들을 생각하노라면 으레 내 머리는 그냥 혼란하여 버리고 버리고 하였다. 잠들기 전에 획득했다는 결론이 오직 불쾌하다는 것뿐이었으면서도 나는 그런 것을 아내에게 물어 보거나 한 일이 참 한 번도 없다. 그것은 대체 귀찮기도 하려니와 한잠 자고 일어나는 나는 사뭇 딴사람처럼 이것도 저것도 다 깨끗이 잊어버리고 그만두는 까닭이다.

내객들이 돌아가고, 혹 외출에서 돌아오고 하면 아내는 경편한 것으로 옷을 바꾸어 입고 내 방으로 나를 찾아온다. 그리고 이불을 들치고 내 귀에는 영 생동생동한 몇 마디 말로 나를 위로하려 든다. 나는 조소도 고소도 홍소도 아닌 웃음을 얼굴에 띠고 아내의 아름다운 얼굴을 쳐다본다. 아내는 방그레 웃는다. 그러나 그 얼굴에 떠도는 일말의 애수를 나는 놓치지 않는다.

아내는 능히 내가 배고파하는 것을 눈치챌 것이다. 그러나 아랫방에서 먹고 남은 음식을 나에게 주려 들지는 않는다. 그것은 어디까지든지 나를 존경하는 마음일 것임에 틀림없다. 나는 배가 고프면서도 적이 마음이 든든한 것을 좋아했다. 아내가 무엇이라고 지껄이고 갔는지 귀에 남아 있을 리가 없다. 다만 내 머리맡에 아내가 놓고 간 은화가 전등불에 흐릿하게 빛나고 있을 뿐이다.

고 금고형 벙어리 속에 고 은화가 얼마만큼이나 모였을까? 나는 그러나 그것을 쳐들어 보지 않았다. 그저 아무런 의욕도 기원도 없이 그 단춧구멍처럼 생긴 틈바구니로 은화를 들여뜨려 둘 뿐이다.

왜 아내의 내객들이 아내에게 돈을 놓고 가나 하는 것이 풀 수 없는 의문인 것같이, 왜 아내는 나에게 돈을 놓고 가나 하는 것도 역시 나에게는 똑같이 풀 수 없는 의문이었다. 내 비록 아내가 내게 돈을 놓고 가는 것이 싫지 않았다 하더라도 그것은 다만 고것이 내 손가락 닿는 순간에서부터 고 벙어리 주둥이에서 자취를 감추기까지의 하잘것없는 짧은 촉각이 좋았달 뿐이지 그 이상 아무 기쁨도 없다.

어느 날 나는 고 벙어리를 변소에 갖다 넣어 버렸다. 그 때 벙어리 속에는 몇 푼이나 되는지 모르겠으나 고 은화들이 꽤 들어 있었다.

나는 내가 지구 위에 살며 내가 이렇게 살고 있는 지구가 질풍 신뢰(심한 바람과 번개. 또는, 그것처럼 빠르고 심함의 비유)의 속력으로 광대 무변(한없이 넓고 커서 끝이 없음)의 공간을 달리고 있다는 것을 생각했을 때 참 허망하였다. 나는 이렇게 부지런한 지구 위에서는 현기증도 날 것 같고 해서 한시바삐 내려 버리고 싶었다.

이불 속에서 이런 생각을 하고 난 뒤에는 나는 고 은화를 고 벙어리에 넣고 넣고 하는 것조차 귀찮아졌다. 나는 아내가 손수 벙어리를 사용하였으면 하고 생각하였다. 벙어리도 돈도 사실은 아내에게만 필요한 것이지 내게는 애초부터 의미가 전연 없는 것이었으니까 될 수만 있으면 그 벙어리를 아내가 아내 방으로 가져갔으면 하고 기다렸다. 그러나 아내는 가져가지 않는다. 나는 내가 아내 방으로 가져다 둘까 하고 생각하여 보았으나 그 즈음에는 아내의 내객이 워낙 많아서 내가 아내 방에 가 볼 기회가 도무지 없었다. 그래서 나는 하는 수 없이 변소에 갖다 집어넣어 버리고 만 것이다.

나는 서글픈 마음으로 아내의 꾸지람을 기다렸다. 그러나 아내는 끝내 아무 말도 하지 않았다. 않았을 뿐 아니라 여전히 돈은 돈대로 머리맡에 놓고 가지 않나! 내 머리맡에는 어느덧 은화가 꽤 많이 모였다.

내객이 아내에게 돈을 놓고 가는 것이나 아내가 내게 돈을 놓고 가는 것이나 일종의 쾌감－그 외의 다른 아무런 이유도 없는 것이 아닐까 하는 것을 나는 또 이불 속에서 연구하기 시작하였다. 쾌감이라면 어떤 종류의 쾌감일까를 계속하여 연구하였다. 그러나 그것은 이불 속의 연구로는 알 길이 없었다. 쾌감, 쾌감, 하고 나는 뜻밖에도 이 문제에 대해서만 흥미를 느꼈다.

아내는 물론 나를 늘 감금하여 두다시피 하여 왔다. 내게 불평이 있을 리 없다. 그런 중에도 나는 그 쾌감이라는 것의 유무를 체험하고 싶었다.

나는 아내의 밤 외출 틈을 타서 밖으로 나왔다. 나는 거리에서 잊어버리지 않고 가지고 나온 은화를 지폐로 바꾼다. 오 원이나 된다. 그것을 주머니에 넣고 나는 목적지를 잃어버리기 위하여 얼마든지 거리를 쏘다녔다. 오래간만에 보는 거리는 거의 경이에 가까울 만큼 내 신경을 흥분시키지 않고는 마지않았다. 나는 금시에 피곤하여 버렸다. 그러나 나는 참았다. 그리고 밤이 이슥하도록 까닭을 잃어버린 채 이 거리 저 거리로 지향 없이 헤매었다. 돈은 물론 한 푼도 쓰지 않았다. 돈을 쓸 아무 엄두도 나서지 않았다. 나는 벌써 돈을 쓰는 기능을 완전히 상실한 것 같았다.

나는 과연 피로를 이 이상 견디기가 어려웠다. 나는 가까스로 내 집을 찾았다. 나는 내 방을 가려면 아내 방을 통과하지 않으면 안 될 것을 알고, 아내에게 내객이 있나 없나를 걱정하면서 미닫이 앞에서 좀 거북살스럽게 기침을 한 번 했더니, 이것은 참 또 너무도 암상스럽게 미닫이가 열리면서 아내의 얼굴과 그 등뒤에 낯선 남자의 얼굴이 이쪽을 내다보는 것이다. 나는 별안간 내어 쏟아지는 불빛에 눈이 부셔서 좀 머뭇머뭇했다.

나는 아내의 눈초리를 못 본 것은 아니다. 그러나 나는 모른 체하는 수밖에 없었다. 왜? 나는 어쨌든 아내의 방을 통과하지 아니하면 안 되니까…….

나는 이불을 뒤집어썼다. 무엇보다도 다리가 아파서 견딜 수가 없었다.

이불 속에서는 가슴이 울렁거리면서 암만해도 까무러칠 것만 같았다. 걸을 때는 몰랐더니 숨이 차다. 등에 식은땀이 쭉 내배인다. 나는 외출한 것을 후회하였다. 이런 피로를 잊고 어서 잠이 들었으면 좋았다. 한참 잘 자고 싶었다.

얼마 동안이나 비스듬히 엎드려 있었더니 차츰차츰 뚝딱거리는 가슴 동계가 가라앉는다. 그만해도 우선 살 것 같았다. 나는 몸을 돌쳐 반듯이 천장을 향하여 눕고 쭈욱 다리를 뻗었다.

그러나 나는 또다시 가슴의 동계를 피할 수 없게 되었다. 아랫방에서 아내와 그 남자의 내 귀에도 들리지 않을 만큼 낮은 목소리로 소곤거리는 기척이 장지 틈으로 전하여 왔던 것이다. 청각을 더 예민하게 하기 위하여 나는 눈을 떴다. 그리고 숨을 죽였다.

그러나 그 때는 벌써 아내와 남자는 앉았던 자리를 툭툭 털고 일어섰고 일어서면서 옷과 모자 쓰는 기척이 나는 듯하더니 이어 미닫이가 열리고 구두 뒤축 소리가 나고 그리고 뜰에 내려서는 소리가 쿵 하고 나면서 뒤를 따르는 아내의 고무신 소리가 두어 발짝 찍찍 나고 사뿐사뿐 나나 하는 사이에 두 사람의 발소리가 대문 쪽으로 사라졌다.

나는 아내의 이런 태도를 본 일이 없다. 아내는 어떤 사람과도 결코 소곤거리는 법이 없다. 나는 윗방에서 이불을 쓰고 누워 있는 동안에도 혹 술이 취해서 혀가 잘 돌아가지 않는 내객들의 담화는 더러 놓치는 수가 있어도 아내의 높지도 낮지도 않은 말소리는 일찍이 한 마디도 놓쳐 본 일이 없다. 더러 내 귀에 거슬리는 소리가 있어도 나는 그것이 태연한 목소리로 내 귀에 들렸다는 이유로 충분히 안심이 되었다.

그렇던 아내의 이런 태도는 필시 그 속에 여간하지 않은 사정이 있는 듯 싶이 생각이 되고 내 마음은 좀 서운했으나 그보다도 나는 좀 너무 피로해서 오늘만은 이불 속에서 아무것도 연구하지 않기로 굳게 결심하고 잠을 기다렸다. 잠은 좀처럼 오지 않았다. 대문간에 나간 아내도 좀처럼 들어오지 않았다. 그러는 동안에 흐지부지 나는 잠이 들어 버렸다. 꿈이 얼쑹덜쑹 종을 잡을 수 없는 거리의 풍경을 여전히 헤매었다.

나는 몹시 흔들렸다. 내객을 보내고 들어온 아내가 잠든 나를 잡아 흔드는 것이다. 나는 눈을 번쩍 뜨고 아내의 얼굴을 쳐다보았다. 아내의 얼굴에는 웃음이 없다. 나는 좀 눈을 비비고 아내의 얼굴을 자세히 보았다. 노기가 눈초리에 떠서 얇은 입술이 바르르 떨린다. 좀처럼 이 노기가 풀리기는 어려울 것 같았다. 나는 그대로 눈을 감아 버렸다. 벼락이 내리기를 기다린 것이다. 그러나 쌔근하는 숨소리가 나면서 부스스 아내의 치맛자락 소리가 나고 장지가 여닫히며 아내는 아내 방으로 돌아갔다. 나는 다시 몸을 돌쳐 이불을 뒤집어쓰고는 개구리처럼 엎드리고 엎드려서 배가 고픈 가운데도 오늘 밤의 외출을 또 한 번 후회하였다.

나는 이불 속에서 아내에게 사죄하였다. 그것은 네 오해라고…….

나는 사실 밤이 퍽이나 이슥한 줄만 알았던 것이다. 그것이 네 말마따나 자정 전인지는 정말이지 꿈에도 몰랐다. 나는 너무 피곤하였다. 오래간만에 나는 너무 많이 걸은 것이 잘못이다.

내 잘못이라면 잘못은 그것밖에 없다. 외출은 왜 하였더냐고?

나는 그 머리맡에 저절로 모인 오 원 돈을 아무에게라도 좋으니 주어 보고 싶었던 것이다. 그뿐이다. 그러나 그것도 내 잘못이라면 나는 그렇게 알겠다. 나는 후회하고 있지 않나?

내가 그 오 원 돈을 써버릴 수가 있었던들 나는 자정 안에 집에 돌아올 수 없었을 것이다. 그러나 거리는 너무 복잡하였고 사람은 너무도 들끓었다. 나는 어느 사람을 붙들고 그 오 원 돈을 내어주어야 할지 갈피를 잡을 수가 없었다. 그러는 동안에 나는 여지없이 피곤해 버리고 말았던 것이다.

나는 무엇보다도 좀 쉬고 싶었다. 눕고 싶었다. 그래서 나는 하는 수 없이 집으로 돌아온 것이다. 내 짐작 같아서는 밤이 어지간히 늦은 줄만 알았는데, 그것이 불행히도 자정 전이었다는 것은 참 안된 일이다. 미안한 일이다. 나는 얼마든지 사죄하여도 좋다. 그러나 종시 아내의 오해를 풀지 못하였다 하면 내가 이렇게까지 사죄하는 보람은 그럼 어디 있나? 한심하였다.

한 시간 동안을 나는 이렇게 초조하게 굴지 않으면 안 되었다. 나는 이불을 홱 제쳐 버리고 일어나서 장지를 열고 아내 방으로 비칠비칠 달려갔던 것이다. 내게는 거의 의식이라는 것이 없었다. 나는 아내 이불 위에 엎드러지면서 바지 포켓 속에서 그 돈 오 원을 꺼내 아내 손에 쥐어 준 것을 간신히 기억할 뿐이다.

이튿날 잠이 깨었을 때 나는 내 아내 방 아내 이불 속에 있었다. 이것이 이 33번지에서 살기 시작한 이래 내가 아내 방에서 잔 맨 처음이었다.

해가 들창에 훨씬 높았는데 아내는 이미 외출하고 벌써 내 곁에 있지는 않다. 아니! 아내는 엊저녁 내가 의식을 잃은 동안 외출한 것인지도 모른다.

그러나 나는 그런 것을 조사하고 싶지 않았다. 다만 전신이 찌뿌드드한 것이 손가락 하나 꼼짝할 힘조차 없었다. 책보보다 좀 작은 면적의 볕이 눈이 부시다. 그 속에서 수없이 먼지가 흡사 미생물처럼 난무한다. 코가 콱 막히는 것 같다. 나는 다시 눈을 감고 이불을 푹 뒤집어쓰고 낮잠을 자기에 착수하였다. 그러나 코를 스치는 아내의 체취는 꽤 도발적이었다. 나는 몸을 여러 번 여러 번 비비꼬면서 아내의 화장대에 늘어선 고 가지각색 화장품 병들의 마개를 뽑았을 때 풍기는 냄새를 더듬느라고 좀처럼 잠은 들지 않는 것을 나는 어찌하는 수도 없었다.

견디다 못하여 나는 그만 이불을 걷어차고 벌떡 일어나서 내 방으로 갔다. 내 방에는 다 식어 빠진 내 끼니가 가지런히 놓여 있는 것이다. 아내는 내 모이를 여기다 두고 나간 것이다. 나는 우선 배가 고팠다. 한 숟갈을 입에 떠 넣었을 때 그 촉감은 참 너무도 냉회와 같이 써늘하였다. 나는 숟갈을 놓고 내 이불 속으로 들어갔다. 하룻밤을 비었던 내 이부자리는 여전히 반갑게 나를 맞아 준다. 나는 내 이불을 뒤집어쓰고 이번에는 참 늘어지게 한잠 잤다. 잘—

내가 잠을 깬 것은 전등이 켜진 뒤다. 그러나 아내는 아직도 돌아오지 않았나 보다. 아니! 돌아왔다 또 나갔는지도 알 수 없다. 그러나 그런 것을 상고(자세하게 참고하거나 검토함)하여 무엇하나?

정신이 한결 난다. 밤 일을 생각해 보았다. 그 돈 오 원을 아내 손에 쥐어 주고 넘어졌을 때에 느낄 수 있었던 쾌감을 나는 무엇이라고 설명할 수가 없었다. 그러나 내객들이 내 아내에게 돈 놓고 가는 심리며 내 아내가 내게 돈 놓고 가는 심리의 비밀을 나는 알아낸 것 같아서 여간 즐거운 것이 아니다.

나는 속으로 빙그레 웃어 보았다.

이런 것을 모르고 오늘까지 지내온 내 자신이 어떻게 우스꽝스럽게 보이는지 몰랐다.

따라서 나는 또 오늘 밤에도 외출하고 싶었다. 그러나 돈이 없다. 나는 또 엊저녁에 그 돈 오 원을 한꺼번에 아내에게 주어 버린 것을 후회하였다. 또 고 벙어리를 변소에 갖다 처넣어 버린 것도 후회하였다. 나는 실없이 실망하면서 습관처럼 그 돈 오 원이 들어 있던 내 바지 포켓에 손을 넣어 한 번 휘둘러보았다. 그러나 많아야 맛은 아니다. 얼마간이고 있으면 된다. 나는 그만한 것이 여간 고마운 것이 아니었다.

나는 기운을 얻었다. 나는 그 단벌 다 떨어진 골덴 양복을 걸치고 배고픈 것도 주제 사나운 것도 다 잊어버리고 활갯짓을 하면서 또 거리로 나섰다. 나서면서 나는 제발 시간이 화살 닫듯 해서 자정이 어서 홱 지나 버렸으면 하고 조바심을 태웠다. 아내에게 돈을 주고 아내 방에서 자 보는 것은 어디까지든지 좋았지만 만일 잘못해서 자정 전에 집에 들어갔다가 아내의 눈총을 맞는 것은 그것은 여간 무서운 일이 아니었다.

나는 저물도록 길가 시계를 들여다보고 들여다보고 하면서 또 지향 없이 거리를 방황하였다. 그러나 이날은 좀처럼 피곤하지는 않았다. 다만 시간이 좀 너무 더디게 가는 것만 같아서 안타까웠다.

경성역(京城驛) 시계가 확실히 자정을 지난 것을 본 뒤에 나는 집을 향하였다. 그 날은 그 일각 대문에서 아내와 아내의 남자가 이야기하고 섰는 것을 만났다. 나는 모른 체하고 두 사람 곁을 지나서 내 방으로 들어갔다. 뒤이어 아내도 들어왔다. 와서는 이 밤중에 평생 안 하던 쓰레질을 하는 것이었다. 조금 있다가 아내가 눕는 기척을 엿보자마자 나는 또 장지를 열고 아내 방으로 가서 그 돈 이 원을 손에 덥석 쥐어 주고 그리고－하여간 그 이 원을 오늘 밤에도 쓰지 않고 도로 가져온 것이 참 이상하다는 듯이 아내는 내 얼굴을 몇 번이고 엿보고－아내는 드디어 아무 말도 없이 나를 자기 방에 재워 주었다. 나는 이 기쁨을 세상의 무엇과도 바꾸고 싶지는 않았다. 나는 편히 잘 잤다.

이튿날도 내가 잠이 깨었을 때는 아내는 보이지 않았다. 나는 또 내 방으로 가서 피곤한 몸이 낮잠을 잤다. 내가 아내에게 흔들려 깨었을 때는 역시 불이 들어온 뒤였다. 아내는 자기 방으로 나를 오라는 것이다. 이런 일은 또 처음이다. 아내는 끊임없이 얼굴에 미소를 띠고 내 팔을 이끄는 것이다. 나는 이런 아내의 태도 이면에 엔간치 않은 음모가 숨어 있지나 않은가 하는 적이 불안을 느끼지 않을 수 없었다.

나는 아내가 하자는 대로 아내의 방으로 끌려갔다. 아내 방에는 저녁 밥상이 조촐하게 차려져 있는 것이다. 생각하여 보면 나는 이틀을 굶었다. 나는 지금 배고픈 것까지도 긴가민가하여 잊어버리고 어름어름하던 차다.

나는 생각하였다. 이 최후의 만찬을 먹고 나자마자 벼락이 내려도 나는 차라리 후회하지 않을 것을. 사실 나는 인간 세상이 너무나 심심해서 못 견디겠던 차다. 모든 것이 성가시고 귀찮았으나 그러나 불의의 재난이라는 것은 즐겁다.

나는 마음을 턱 놓고 조용히 아내와 마주 이 해괴한 저녁밥을 먹었다.

우리 부부는 이야기하는 법이 없었다. 밥을 먹은 뒤에도 나는 말이 없이 부스스 일어나서 내 방으로 건너가 버렸다. 아내는 나를 붙잡지 않았다. 나는 벽에 기대어 앉아서 담배를 한 대 피워 물고 그리고 벼락이 떨어질 테거든 어서 떨어져라 하고 기다렸다.

오 분! 십 분!

그러나 벼락은 내리지 않았다. 긴장이 차츰 풀어지기 시작한다. 나는 어느덧 오늘 밤에도 외출할 것을 생각하고 있었다. 돈이 있었으면 하고 생각하고 있었다.

그러나 돈은 확실히 없다. 오늘은 외출하여도 나중에 올 무슨 기쁨이 있나? 내 앞이 그저 아뜩하였다. 나는 화가 나서 이불을 뒤집어쓰고 이리 뒹굴 저리 뒹굴 굴렀다. 금시 먹은 밥이 목으로 자꾸 치밀어 올라온다. 메스꺼웠다.

하늘에서 얼마라도 좋으니 왜 지폐가 소낙비처럼 퍼붓지 않나? 그것이 그저 한없이 야속하고 슬펐다.

나는 이렇게밖에 돈을 구하는 아무런 방법도 알지는 못했다. 나는 이불 속에서 좀 울었나 보다. 왜 없느냐면서…….

그랬더니 아내가 또 내 방에를 왔다. 나는 깜짝 놀라 아마 이제서야 벼락이 내리려나 보다 하고 숨을 죽이고 두꺼비 모양으로 엎드려 있었다. 그러나 떨어진 입을 새어나오는 아내의 말소리는 참 부드러웠다. 정다웠다. 아내는 내가 왜 우는지를 안다는 것이다. 돈이 없어서 그러는 게 아니냔다. 나는 실없이 깜짝 놀랐다. 어떻게 사람의 속을 환하게 들여다보는고 해서 나는 한편으로 슬그머니 겁도 안 나는 것은 아니었으나 저렇게 말하는 것을 보면 아마 내게 돈을 줄 생각이 있나 보다, 만일 그렇다면 오죽이나 좋을 일일까. 나는 이불 속에 뚤뚤 말린 채 고개도 들지 않고 아내의 다음 거동을 기다리고 있으니까 옜소 하고 내 머리맡에 내려뜨리는 것은 그 가뿐한 음향으로 보아 지폐에 틀림없었다. 그리고 내 귀에다 대고 오늘일랑 어제보다도 늦게 돌아와도 좋다고 속삭이는 것이다. 그것은 어렵지 않다. 우선 그 돈이 무엇보다도 고맙고 반가웠다.

어쨌든 나섰다. 나는 좀 야맹증(망막의 능력이 감퇴하여 밤에는 사물이 잘 보이지 아니하는 현상)이다. 그래서 될 수 있는 대로 밝은 거리로 돌아다니기로 했다. 그러고는 경성역 일이 등 대합실 한곁 티룸에를 들렀다. 그것은 내게는 큰 발견이었다. 거기는 우선 아무도 아는 사람이 안 온다. 설사 왔다가도 곧들 가니까 좋다. 나는 날마다 여기 와서 시간을 보내리라 속으로 생각하여 두었다. 제일 여기 시계가 어느 시계보다 정확하리라는 것이 좋았다. 섣불리 서투른 시계를 보고 그것을 믿고 시간 전에 집에 돌아갔다가 큰코를 다쳐서는 안 된다.

나는 한 부스에 아무것도 없는 것과 마주 앉아서 잘 끓은 커피를 마셨다. 총총한 가운데 여객들은 그래도 한 잔 커피가 즐거운가 보다. 얼른 얼른 마시고 무얼 좀 생각하는 것같이 담벼락도 좀 쳐다보고 하다가 곧 나가 버린다. 서글프다. 그러나 내게는 이 서글픈 분위기가 거리의 티룸들의 그 거추장스러운 분위기보다는 절실하고 마음에 들었다. 이따금 들리는 날카로운 혹은 우렁찬 기적 소리가 모차르트보다도 더 가깝다. 나는 메뉴에 적힌 몇 가지 안 되는 음식 이름을 치읽고 내리읽고 여러 번 읽었다. 그것들은 아물아물하는 것이 어딘가 내 어렸을 때 동무들 이름과 비슷한 데가 있었다.

거기서 얼마나 내가 오래 앉았는지 정신이 오락가락하는 중에 객이 슬며시 뜸해지면서 이 구석 저 구석 걷어치우기 시작하는 것을 보면 아마 닫는 시간이 된 모양이다. 열한 시가 좀 지났구나, 여기도 결코 내 안주의 곳은 아니구나, 어디 가서 자정을 넘길까? 두루 걱정을 하면서 나는 밖으로 나섰다. 비가 온다.

빗발이 제법 굵은 것이 우비도 우산도 없는 나를 고생을 시킬 작정이다. 그렇다고 이런 괴이한 풍모를 차리고 이 홀에서 어물어물하는 수도 없고 에이 비를 맞으면 맞았지 하고 그냥 나서 버렸다.

대단히 선선해서 견딜 수가 없다. 골덴 옷이 젖기 시작하더니 나중에는 속속들이 스며들면서 추근거린다. 비를 맞아 가면서라도 견딜 수 있는 데까지 거리를 돌아다녀서 시간을 보내려 하였으나, 인제는 선선해서 이 이상은 더 견딜 수가 없다. 오한이 자꾸 일어나면서 이가 딱딱 맞부딪는다. 나는 걸음을 잦추면서 생각하였다. 오늘 같은 궂은 날도 아내에게 내객이 있을라구? 없겠지, 하는 생각이 드는 것이다.

집으로 가야겠다. 아내에게 불행히 내객이 있거든 내 사정을 하리라. 사정을 하면 이렇게 비가 오는 것을 눈으로 보고 알아주겠지.

부리나케 와 보니까 그러나 아내에게는 내객이 있었다. 나는 너무 춥고 척척해서 얼떨김에 노크하는 것을 잊었다. 그래서 나는 보면 아내가 덜 좋야할 것을 그만 보았다.

나는 감발자국 같은 발자국을 내면서 덤벙덤벙 아내 방을 디디고 내 방으로 가서 쭉 빠진 옷을 활활 벗어 버리고 이불을 뒤썼다. 덜덜덜덜 떨린다. 오한이 점점 더 심해 들어온다. 여전 땅이 꺼져 들어가는 것만 같았다. 나는 그만 의식을 잃어버리고 말았다.

이튿날 내가 눈을 떴을 때 아내는 내 머리맡에 앉아서 제법 근심스러운 얼굴이다. 나는 감기가 들었다. 여전히 으스스 춥고 또 골치가 아프고 입에 군침이 도는 것이 씁쓸하면서 다리 팔이 척 늘어져서 노곤하다. 아내는 내 머리를 쓱 짚어 보더니 약을 먹어야지 한다. 아내 손이 이마에 선뜻한 것을 보면 신열이 어지간한 모양인데 약을 먹는다면 해열제를 먹어야지 하고 속생각을 하자니까 아내는 따뜻한 물에 하얀 정제약 네 개를 준다. 이것을 먹고 한잠 푹 자고 나면 괜찮다는 것이다. 나는 널름 받아먹었다. 쌉싸름한 것이 짐작 같아서는 아마 아스피린인가 싶다. 나는 다시 이불을 쓰고 단번에 그냥 죽은 것처럼 잠이 들어 버렸다.

나는 콧물을 훌쩍훌쩍 하면서 여러 날을 앓았다. 앓는 동안에 끊이지 않고 그 정제약을 먹었다. 그러는 동안에 감기도 나았다. 그러나 입맛은 여전히 소태처럼 썼다.

나는 차츰 또 외출하고 싶은 생각이 났다. 그러나 아내는 나더러 외출하지 말라고 이르는 것이다.

이 약을 날마다 먹고 그리고 가만히 누워 있으라는 것이다. 공연히 외출을 하다가 이렇게 감기만 들어서 저를 고생시키는 게 아니냔다. 그도 그렇다. 그럼 외출을 하지 않겠다고 맹세하고 그 약을 연복하고 몸을 좀 보해 보리라고 나는 생각하였다.

나는 날마다 이불을 뒤집어쓰고 밤이나 낮이나 잤다. 유난스럽게 밤이나 낮이나 졸려서 견딜 수가 없는 것이다. 나는 이렇게 잠이 자꾸만 오는 것은 내가 몸이 훨씬 튼튼해진 증거라고 굳게 믿었다.

나는 아마 한 달이나 이렇게 지냈나 보다. 내 머리와 수염이 좀 너무 자라서 훗훗해서(약간 갑갑할 정도로 훈훈하게 더워서) 견딜 수가 없어서 내 거울을 좀 보리라고 아내가 외출한 틈을 타서 나는 아내 방으로 가서 아내의 화장대 앞에 앉아 보았다. 상당하다. 수염과 머리가 참 상당하였다.

오늘은 이발을 좀 하리라고 생각하고 겸사겸사 고 화장품 병들 마개를 뽑고 이것저것 맡아 보았다. 한동안 잊어버렸던 향기 가운데서는 몸이 배배 꼬일 것 같은 체취가 전해 나왔다. 나는 아내의 이름을 속으로만 한 번 불러 보았다.

'연심이-' 하고…….

오래간만에 돋보기 장난도 하였다. 거울 장난도 하였다. 창에 든 볕이 여간 따뜻한 것이 아니었다. 생각하면 오월이 아니냐.

나는 커다랗게 기지개를 한 번 켜 보고 아내 베개를 내려 베고 벌떡 자빠져서는 이렇게 편안하고도 즐거운 세월을 하느님께 흠씬 자랑하여 주고 싶었다. 나는 참 세상의 아무것과도 교섭을 가지지 않는다. 하느님도 아마 나를 칭찬할 수도 처벌할 수도 없는 것 같다.

그러나 다음 순간 실로 세상에도 이상스러운 것이 눈에 띄었다. 그것은 최면약 아달린 갑이었다. 나는 그것을 아내의 화장대 밑에서 발견하고 그것이 흡사 아스피린처럼 생겼다고 느꼈다. 나는 그것을 열어 보았다. 꼭 네 개가 비었다.

나는 오늘 아침에 네 개의 아스피린을 먹은 것을 기억하고 있었다. 나는 잤다. 어제도 그제도 그끄제도…… 나는 졸려서 견딜 수가 없었다. 나는 감기가 다 나았는데도 아내는 내게 아스피린을 주었다. 내가 잠이 든 동안에 이웃에 불이 난 일이 있다. 그 때에도 나는 자느라고 몰랐다. 이렇게 나는 잤다. 나는 아스피린으로 알고 그럼 한 달 동안을 두고 아달린을 먹어

온 것이다. 이것은 좀 너무 심하다.

별안간 아뜩하더니 하마터면 나는 까무러칠 뻔하였다. 나는 그 아달린을 주머니에 넣고 집을 나섰다. 그리고 산을 찾아 올라갔다.

인간 세상의 아무것도 보기가 싫었던 것이다. 걸으면서 나는 아무쪼록 아내에 관계되는 일은 일체 생각하지 않도록 노력하였다. 길에서 까무러치기 쉬우니까다. 나는 어디라도 양지가 바른 자리를 하나 골라 자리를 잡아 가지고 서서히 아내에 관하여서 연구할 작정이었다. 나는 길가의 돌창, 핀 구경도 못 한 진 개나리꽃, 종달새, 돌멩이도 새끼를 까는 이야기, 이런 것만 생각하였다. 다행히도 길가에서 나는 졸도하지 않았다.

거기는 벤치가 있었다. 나는 거기 정좌하고 그리고 그 아스피린과 아달린에 관하여 연구하였다. 그러나 머리가 도무지 혼란하여 생각이 체계를 이루지 않는다. 단 오 분이 못 가서 나는 그만 귀찮은 생각이 번쩍 들면서 심술이 났다. 나는 주머니에서 가지고 온 아달린을 꺼내 남은 여섯 개를 한꺼번에 질겅질겅 씹어 먹어 버렸다. 맛이 익살맞다. 그러고 나서 나는 그 벤치 위로 가로 기다랗게 누웠다. 무슨 생각으로 내가 그따위 짓을 했나, 알 수가 없다. 그저 그러고 싶었다. 나는 게서 그냥 깊이 잠이 들었다. 잠결에도 바위틈으로 흐르는 물소리가 졸졸 하고 언제까지나 귀에 어렴풋이 들려 왔다.

내가 잠을 깨었을 때는 날이 훤히 밝은 뒤다. 나는 거기서 일주야를 잔 것이다. 풍경이 그냥 노오랗게 보인다. 그 속에서도 나는 번개처럼 아스피린과 아달린이 생각났다.

아스피린, 아달린, 아스피린, 아달린, 마르크스, 맬서스, 마도로스, 아스피린, 아달린…….

아내는 한 달 동안 아달린을 아스피린이라고 속이고 내게 먹였다.

그것은 아내 방에서 이 아달린 갑이 발견된 것으로 미루어 증거가 너무나 확실하다.

무슨 목적으로 아내는 나를 밤이나 낮이나 재웠어야 됐나?

나를 밤이나 낮이나 재워 놓고, 그리고 아내는 내가 자는 동안에 무슨 짓을 했나? 나를 조금씩 조금씩 죽이려던 것일까? 그러나 또 생각하여 보면 내가 한 달을 두고 먹어 온 것이 아스피린이었는지도 모른다. 아내는 무슨 근심되는 일이 있어서 밤이면 잠이 잘 오지 않아서 정작 아내가 아달린을 사용한 것이나 아닌가? 그렇다면 나는 참 미안하다. 나는 아내에게 이렇게 큰 의혹을 가졌다는 것이 참 안됐다.

나는 그래서 부리나케 거기서 내려왔다. 아랫도리가 홰홰 내어 저이면서 어찔어찔한 것을 나는 겨우 집을 향하여 걸었다. 여덟 시 가까이였다.

나는 내 잘못된 생각을 죄다 일러바치고 아내에게 사죄하려는 것이다. 나는 너무 급해서 그만 또 말을 잊어버렸다. 그랬더니 이건 참 큰일났다. 나는 내 눈으로 절대로 보아서 안 될 것을 그만 딱 보아 버리고 만 것이다.

나는 얼떨결에 그만 냉큼 미닫이를 닫고 그리고 현기증이 나는 것을 진정시키느라고 잠깐 고개를 숙이고 눈을 감고 기둥을 짚고 섰자니까, 일 초 여유도 없이 홱 미닫이가 다시 열리더니 매무새를 풀어헤친 아내가 불쑥 내밀면서 내 멱살을 잡는 것이다. 나는 그만 어지러워서 게가 나둥그러졌다. 그랬더니 아내는 넘어진 내 위에 덮치면서 내 살을 함부로 물어뜯는 것이다. 아파 죽겠다. 나는 사실 반항할 의사도 힘도 없어서 그냥 넓적 엎드려 있으면서 어떻게 되나 보고 있자니까, 뒤이어 남자가 나오는 것 같더니 아내를 한아름 덥석 안아 가지고 방으로 들어가는 것이다. 아내는 아무 말 없이 다소곳이 그렇게 안겨 들어가는 것이 내 눈에 여간 미운 것이 아니다. 밉다.

아내는 너 밤 새워 가면서 도둑질하러 다니느냐, 계집질하러 다니느냐고 발악이다. 이것은 참 너무 억울하다. 나는 어안이 벙벙하여 도무지 입이 떨어지지를 않았다. 너는 그야말로 나를 살해하려던 것이 아니냐고 소리를 한번 꽥 질러 보고도 싶었으나, 그런 긴가민가한 소리를 섣불리 입 밖에 내었다가는 무슨 화를 볼는지 알 수 없다. 차라리 억울하지만 잠자코 있는 것이 우선 상책인 듯싶이 생각이 들길래, 나는 이것은 또 무슨 생각으로 그랬는지 모르지만 툭툭 떨고 일어나서 내 바지 포켓 속에 남은 돈 몇 원 몇 십 전을 가만히 꺼내서는 몰래 미닫이를 열고 살며시 문지방 밑에다 놓고 나서는, 나는 그냥 줄달음박질을 쳐서 나와 버렸다.

여러 번 자동차에 치일 뻔하면서 나는 그래도 경성역으로 찾아갔다. 빈 자리와 마주 앉아서 이 쓰디쓴 입맛을 거두기 위하여 무엇으로나 입가심을 하고 싶었다.

커피! 좋다. 그러나 경성역 홀에 한 걸음 들여놓았을 때 나는 내 주머니에는 돈이 한 푼도 없는 것을 그것을 깜박 잊었던 것을 깨달았다. 또 아뜩하였다. 나는 어디선가 그저 맥없이 머뭇머뭇하면서 어쩔 줄을 모를 뿐이었다. 얼빠진 사람처럼 그저 이리 갔다 저리 갔다 하면서…….

나는 어디로 들입다 쏘다녔는지 하나도 모른다. 다만 몇 시간 후에 내가 미쓰꼬시 옥상에 있는 것을 깨달았을 때는 거의 대낮이었다.

나는 거기 아무데나 주저앉아서 내 자라온 스무여섯 해를 회고하여 보았다. 몽롱한 기억 속에서는 이렇다는 아무 제목도 불거져 나오지 않았다.

나는 또 내 자신에게 물어 보았다. 너는 인생에 무슨 욕심이 있느냐고. 그러나 있다고도 없다고도 그런 대답은 하기가 싫었다. 나는 거의 나 자신의 존재를 인식하기조차도 어려웠다.

허리를 굽혀서 나는 그저 금붕어를 들여다보고 있었다. 금붕어는 참 잘들도 생겼다. 작은 놈은 작은 놈대로 큰 놈은 큰 놈대로 다 싱싱하니 보기 좋았다. 내리비치는 오월 햇살에 금붕어들은 그릇 바탕에 그림자를 내려뜨렸다. 지느러미는 하늘하늘 손수건을 흔드는 흉내를 낸다. 나는 이 지느러미 수효를 헤어 보기도 하면서 굽힌 허리를 좀처럼 펴지 않았다. 등이 따뜻하다.

나는 또 오탁(더럽고 흐림)의 거리를 내려다보았다. 거기서는 피곤한 생활이 똑 금붕어 지느러미처럼 흐늑흐늑 허우적거렸다. 눈에 보이지 않는 끈적끈적한 줄에 엉켜서 헤어나지들을 못한다. 나는 피로와 공복 때문에 무너져 들어가는 몸뚱이를 끌고 그 오탁의 거리 속으로 섞여 가지 않는 수도 없다 생각하였다.

나서서 나는 또 문득 생각하여 보았다. 이 발길이 지금 어디로 향하여 가는 것인가를…….

그 때 내 눈앞에는 아내의 모가지가 벼락처럼 내려 떨어졌다. 아스피린과 아달린.

우리들은 서로 오해하고 있느니라. 설마 아내가 아스피린 대신에 아달린의 정량을 나에게 먹여 왔을까? 나는 그것을 믿을 수 없다. 아내가 대체 그럴 까닭이 없을 것이니, 그러면 나는 날밤을 새면서 도둑질을 계집질을 하였나? 정말이지 아니다.

우리 부부는 숙명적으로 발이 맞지 않는 절름발이인 것이다. 내나 아내나 제 거동에 로직을 붙일 필요는 없다. 변해(사리를 말로 풀어서 밝힘)할 필요도 없다. 사실은 사실대로 오해는 오해대로 그저 끝없이 발을 절뚝거리면서 세상을 걸어가면 되는 것이다. 그렇지 않을까?

그러나 나는 이 발길이 아내에게로 돌아가야 옳은가 이것만은 분간하기가 좀 어려웠다. 가야 하나? 그럼 어디로 가나?

이 때 뚜우 하고 정오 사이렌이 울었다. 사람들은 모두 네 활개를 펴고 닭처럼 푸드덕거리는 것 같고 온갖 유리와 강철과 대리석과 지폐와 잉크가 부글부글 끓고 수선을 떨고 하는 것 같은 찰나! 그야말로 현란을 극한 정오다.

나는 불현듯 겨드랑이가 가렵다. 아하, 그것은 내 인공의 날개가 돋았던 자국이다. 오늘은 없는 이 날개. 머릿속에서는 희망과 야심이 말소된 페이지가 딕셔너리 넘어가듯 번뜩였다.

나는 걷던 걸음을 멈추고 그리고 일어나 한번 이렇게 외쳐 보고 싶었다.

날개야 다시 돋아라.

날자. 날자. 날자. 한 번만 더 날자꾸나.

한 번만 더 날아 보자꾸나.

작품의 이해

• 구조적 분석

갈래 : 단편 소설, 심리주의 소설

배경 : 일제 식민지하의 서울

시점 : 1인칭 주인공 시점

구성 : 복합 구성, 순행적 구성

주제 : 비극적 현실의 인식과 그것을 초월하려는 인간의 자의식

출전 : 《조광》, 1936

• 작품해설

〈날개〉는 1936년《조광》에 발표된 단편 소설이다. 억압된 삶에서 벗어나 정신적 자유를 찾으려는 의지를 그린 1인칭 주인공 시점의 심리주의 소설이다. 이 작품이 발표되자 최재서는 리얼리즘의 심화를 통해 이상이 우리 소설의 새 지평을 열었다고 극찬하기도 하였다.

〈날개〉는 외부 세계로부터 단절된 개인의 암울한 일상을 통해 식민지 시대 지식인의 소모적이고 폐쇄적인 모습을 보여 준다. 남편과 아내의 역할이 뒤바뀐 부부 관계, 고립되고 소외된 나, 나와 세상을 연결하는 유일한 통로인 아내의 모습은 나의 생활이 온전한 것이 아니요, 자아가 분열되는 이중의 생활임을 드러낸다.

이러한 비정상적이고 폐쇄적인 나의 생활에 변화의 계기가 되는 것이 외출이다. 이 외출을 통해 나는 아내에게서 벗어나려는 생각을 갖게 된다. 무기력하고 폐쇄의 수동적인 굴레에서 벗어나 외부 세계와 자신에 대한 새로운 인식과 패배한 자기 모습의 부정은 가상의 '날개'를 통해 표현된다. 즉, 현실 속에서 패배한 자아의 절망을 '날개'라는 상징어로써 역설적으로 드러내는 것이다.

• 생각해보기

1. 작중 인물 나의 의식의 각성을 마련하는 계기가 되는 것은 무엇인가?
2. 마지막 장면에 나오는 '날자'라는 의미는 무엇인가?

☞해답

1. 비정상적이고 폐쇄적인 생활로부터의 외출.
2. 내부 의식의 자각 이외에 자신을 감싸고 있던 현실의 부정적인 것에 대한 저항.

종생기(終生記)

• 읽기전에

1. 작가 자신의 이름을 주인공 화자의 이름으로 사용하고 있는 이유에 대해서 생각해 보자.
2. '나는 날마다 종생한다'는 말이 의미하는 것이 무엇인지 생각해 보자.

• 줄거리

나는 날마다 종생한다. 하루를 평생으로 길게 느낄 만큼 삶에 지쳐 있으며, 이미 너무 오래 살았다. 나는 그럴 듯하게 죽어야 한다는 생각에 끊임없이 유서를 작성 중에 있다.

열세 벌의 유서를 거의 완성해 갈 때, 정희에게서 속달 편지가 왔다. 다른 남자들과 헤어져 나만을 사랑한다는 내용으로, 나는 기뻐 맵시를 내고 약속 장소로 나간다.

나는 정희와 관계를 가지려 하나 실패하고 패배감에 빠져 구토를 한다. 정희와 실랑이를 벌이다가 스커트에서 절연한 지 다섯 달이나 된다는 S의 속달 편지가 나온다. 전날 저녁에 S와 태서관 별장에서 밀회를 나눈 내용과 오늘 여덟 시에 만나자는 사연이다. 나는 속고 또 속고 또또 속았다. 나는 그 자리에서 혼도하여 버린다. 내가 눈을 다시 떴을 때 정희는 없고 이미 여덟 시가 지난 뒤다.

종생기(終生記)

극유 산호(郤遺珊瑚)－요 다섯 자 동안에 나는 두 자 이상의 오자를 범했는가 싶다. 이것은 나 스스로 하늘을 우러러 부끄러워할 일이겠으나 인지가 발달해 가는 면목이 실로 약여(躍如 눈앞에 사실처럼 생생하게 나타나는 모양)하다. 죽는 한이 있더라도 이 산호 채찍일랑 꽉 쥐고 죽으리라. 네 폐포파립(敝袍破笠 해진 옷과 부서진 갓. 곧, 너절하고 구차한 차림새) 위에 퇴색한 망해(亡骸) 위에 봉황이 와 앉으리라.

나는 내 〈종생기〉가 천하 눈 있는 선비들의 간담을 서늘하게 해놓기를 애틋이 바라는 일념 아래 이만큼 인색한 내 맵시의 절약법을 피력하여 보인다.

일발 포성에 부득이 영웅이 되고 만 희대의 군인 모(某)는 아흔에 귀를 단 황송한 일생을 끝맺던 날 이렇다는 유언 한마디를 지껄이지 않고 그 임종의 장면을 곧잘 (무사히 후－한숨이 나올 만큼) 넘겼다.

그런데 우리들의 레우오치카－애칭 톨스토이－는 괴나리봇짐을 짊어지고 나선 데까지는 기껏 그럴 성싶게 꾸며 가지고 마지막 5분에 가서 그만 잡았다. 자자레한 유언 나부랭이로 말미암아 70년 공든 탑을 무너뜨렸고 허울 좋은 일생에 가실 수 없는 흠집을 하나 내어놓고 말았다.

나는 일개 교활한 옵서버의 자격으로 그런 우매한 성인들의 생애를 방청하여 있으니 내가 그런 따위 실수를 알고도 재범할 리가 없는 것이다.

거울을 향하여 면도질을 한다. 잘못해서 나는 생채기를 내인다. 나는 골을 벌컥 내인다.

그러나 와글와글 들끓는 여러 '나'와 나는 정면으로 충돌하기 때문에 그들은 제각기 베스트를 다하여 제 자신만을 변호하는 때문에 나는 좀처럼 범인을 찾아내이기는 어렵다는 것이다.

그러기에 대저 어리석은 민중들은 '원숭이가 사람 흉내를 내이네.' 하고 마음을 놓고 지내는 모양이지만 사실 사람이 원숭이 흉내를 내이고 지내는 바 진짜 지당한 전고(典故)를 이해하지 못하는 탓이리라.

오호라 일거수 일투족이 이미 아담 이브의 그런 충동적 습관에서는 탈각한 지 오래다. 반사 운동과 반사 운동 틈바구니에 끼여서 잠시 실로 전광 석화(電光石火)만큼 손가락이 자의식의 포로가 되었을 때 나는 모처럼 내 허무한 세월 가운데 한각(閑却 무심하게 내버려 둠)되어 있는 기암 내 콧잔등이를 좀 만지작만지작했다거나, 고귀한 대화와 대화 늘어선 쇠사슬 사이에도 정히 간발을 허용하는 들창이 있나니 그 서슬 퍼런 날[刃]이 자의식을 걷잡을 사이도 없이 양단하는 순간 나는 내 명경(明鏡)같이 맑아야 할 지보(至寶) 두 눈에 혹시 눈곱이 끼지나 않았나 하는 듯이 적절하게 주름살 잡힌 손수건을 꺼내어서는 그 두 눈을 만지작만지작했다거나—

내 혼백과 사대(四大)의 점잖은 태만성이 그런 사소한 연화(煙火 사람이 사는 집에서 불을 때어 나는 연기)들을 일일이 따라다니면서 (보고 와서) 내 통괄되는 처소에다 일러바쳐야만 하는 그런 압도적 망쇄(忙殺)를 나는 이루 감당해 내이는 수가 없다.

그러나 나는 내 지중한 산호편(鞭)을 자랑하고 싶다.

〈쓰레기〉 〈우거지〉

이 구지레한 단자(單字)의 분위기를 족하(足下 비슷한 연배 사이에서 상대방을 높이어 이르는 말)는 족히 이해하십니까.

족하는 족하가 기독교식으로 결혼하던 날 내이브 · 앤드 · 아일에서 이 〈쓰레기〉 〈우거지〉에 근이한 감흥을 맛보았으리라고 생각이 되는데 과연 그렇지는 않으십니까.

나는 그런 〈쓰레기〉나 〈우거지〉 같은 테입을－내 종생기 처처(處處)에다 가련히 심어 놓은 자자레한 치례를 위하여－뿌려 보려는 것인데－

다행히 박수하라. 이상(以上).

'치사(侈奢)한 소녀는', '해동기의 시냇가에 서서', '입술이 낙화지듯 좀 파래지면서', '박빙(薄氷) 밑으로는 무엇이 저리도 움직이는가고', '고개를 갸웃거리는 듯이 숙이고 있는데', '봄 운기를 품은 훈풍이 불어와서', '스커트', 아니 아니, '너무나'. 아니, 아니, '좀' '슬퍼 보이는 홍발(紅髮)을 건드리면' 그만. 더 아니다. 나는 한 마디 가련한 어휘를 첨가할 성의를 보이자.

'나붓나붓'.

이만하면 완비된 장치에 틀림없으리라. 나는 내 종생기의 서장을 꾸밀 그 소문 높은 산호편을 더 여실히 하기 위하여 위와 같은 실로 나로서는 너무나 과람(過濫)히 치사(侈奢)스럽고 어마어마한 세간살이를 장만한 것이다.

그런데－

혹 지나치지나 않았나. 천하에 형안(炯眼)이 없지 않으니까 너무 금칠을 아니 했다가는 서툴리 들킬 염려가 있다. 하나－

그냥 어디 이대로 써[用] 보기로 하자.

나는 지금 가을 바람이 자못 소슬한 내 구중중한 방에 홀로 누워 종생하고 있다.

어머니 아버지의 충고에 의하면 나는 추호의 틀림도 없는 만 25세와 11개월의 '홍안 미소년'이라는 것이다. 그렇건만 나는 확실히 노옹이다. 그날 하루하루가 '인생은 짧고 예술은 기다랗다.' 하는 엄청난 평생이다.

나는 날마다 운명하였다. 나는 자던 잠－이 잠이야말로 언제 시작한 잠이더냐－을 깨이면 내 통절한 생애가 개시되는데 청춘이 여지없이 탕진되는 것은 이불을 푹 뒤집어쓰고 누웠지만 역력히 목도한다.

나는 노래(老來)에 빈곤한 식사를 한다. 12시간 이내에 종생을 맞이하고 그리고 할 수 없이 이리 궁리 저리 궁리 유언다운, 어디 유실되어 있지 않나 하고 찾고, 찾아서는 그 중 의젓스러운 놈으로 몇 추린다.

그러나 고독한 만년 가운데 한 구의 에피그램을 얻지 못하고 그대로 처참히 나는 물고(物故 사회적으로 이름난 사람이 죽음)하고 만다.

일생의 하루－

하루의 일생은 대체(위선) 이렇게 해서 끝나고 끝나고 하는 것이었다.

자－보아라.

이런 내 분장은 좀 과하게 치사스럽다는 느낌은 없을까, 없지 않다.

그러나 위풍 당당 일세를 풍미할 만한 참신 무비(斬新無比)한 햄릿[망언다사(妄言多謝)]을 하나 출세시키기 위하여는 이만한 출자는 아끼지 말아야 하지 않을까 하는 느낌도 없지 않다.

나는 가을. 소녀는 해동기.

어느제나 이 두 사람이 만나서 즐거운 소꿉장난을 한번 해보리까.

나는 그 해 봄에도－

부질없는 세상이 스스러워서 상설(霜雪) 같은 위엄을 갖춘 몸으로 한심한 불우의 일월을 맞고 보내지 않으면 안 되었다.

미문(美文), 미문, 애아(曖訝)! 미문.

미문이라는 것은 저으기 조처하기 위험한 수작이니라.

나는 내 감상의 꿀방구리 속에 청산 가던 나비처럼 마취 혼사하기 자칫 쉬운 것이다. 조심조심 나는 내 맵시를 고쳐야 할 것을 안다.

나는 그 날 아침에 무슨 생각에서 그랬던지 이를 닦으면서 내 작성 중에 있는 유서 때문에 끙끙 앓았다.

열세 벌의 유서가 거의 완성해 가는 것이었다. 그러나 그 어느 것을 집어내 보아도 다 같이 서른여섯 살에 자살한 어느 '천재'가 머리맡에 놓고 간 개세(蓋世 (기운이나 위력 · 재능 등이) 세상을 뒤덮을 만큼 뛰어남)의 일품의 아류에서 일보를 나서지 못했다. 내게 요만 재주밖에는 없느냐는 것이 다시 없이 분하고 억울한 사정이었고 또 초조의 근원이었다. 미간을 찌푸리되 가장 고매한 얼굴은 지속해야 할 것을 잊어버리지 않고 그리고 계속하여 끙끙 앓고 있노라니까(나는 일시 일각을 허송하지는 않는다. 나는 없는 지혜를 끊이지 않고 쥐어짠다) 속달 편지가 왔다. 소녀에게서다.

선생님! 어제 저녁 꿈에도 저는 선생님을 만나 뵈었습니다. 꿈 가운데 선생님은 참 다정하십니다. 저를 어린애처럼 귀여워해 주십니다.

그러나 백일(白日) 아래 표표(飄飄 가볍게 나부끼는 모양)하신 선생님은 저를 부르시지 않습니다.

비굴이라는 것이 무슨 빛으로 되어 있나 보시려거든 선생님은 거울을 한 번 보아 보십시오. 거기 비치는 선생님의 얼굴빛이 바로 비굴이라는 것의 빛입니다.

헤어진 부인과 3년을 동거하시는 동안에 너 가거라 소리를 한마디도 하신 일이 없다는 것이 선생님의 유일의 자만이십니다그려! 그렇게까지 선생님은 인정에 구구하신가요.

R과도 깨끗이 헤어졌습니다. S와도 절연한 지 벌써 다섯 달이나 된다는 것은 선생님께서도 믿어 주시는 바지요? 다섯 달 동안 저에게는 아무것도

없습니다. 저의 청절(淸節)을 인정해 주시기 바랍니다.

저의 최후까지 더럽히지 않은 것을 선생님께 드리겠습니다. 저의 희멀건 살의 매력이 이렇게 다섯 달 동안이나 놀고 있는 것은 참 무엇이라고 말할 수 없이 아깝습니다. 저의 잔털 나스르르한 목 연한 온도가 선생님을 기다리고 있습니다. 선생님이여! 저를 부르십시오. 저더러 영영 오라는 말을 안 하시는 것은 그것 역시 가신 적 경우와 똑같은 이론에서 나온 구구한 인생 변호의 치사스러운 수법이신가요?

영원히 선생님 '한 분'만을 사랑하지요. 어서 어서 저를 전적으로 선생님만의 것을 만들어 주십시오. 선생님의 '전용'이 되게 하십시오.

제가 아주 어수룩한 줄 오산하고 계신 모양인데 오산치고는 좀 어림없는 큰 오산이리다.

네 딴은 제법 든든한 줄만 믿고 있는데 그 안전 지대라는 것을 너는 아마 하나 가진 모양인데 그까짓 것쯤 내 말 한마디에 사태가 나고 말리라, 이렇게 일러드리고 싶습니다. 또-예끼! 구역질나는 인생 같으니 이러고도 싶습니다.

3월 3일날 오후 두 시에 동소문 버스 정류장 앞으로 꼭 와야 되지 그렇지 않으면 큰일나요. 내 징벌을 안 받지 못하리다.

만 19세 2개월을 맞이하는정희올림

이상(李箱)선생님께

물론 이것은 죄다 거짓부렁이다. 그러나 그 일촉즉발(一觸卽發)의 아슬아슬한 용심법(用心法)이 특히 그 중에도 결미의 비견할 데 없는 청초함이 장히 질풍 신뢰(疾風迅雷)를 품은 듯한 명문이다.

나는 까무러칠 뻔하면서 혀를 내어둘렀다. 나는 깜빡 속기로 한다. 속고 만다.

여기 이 이상 선생님이라는 허수아비 같은 나는 지난밤 사이에 내 평생을 경력(經歷)했다. 나는 드디어 쭈글쭈글하게 노쇠해 버렸던 차에 아침(이 온 것)을 보고 이키! 남들이 보는 데서는 나는 가급적 어줍지 않게 (잠을) 자야 되는 것이어늘, 하고 늘 이를 닦고 그리고는 도로 얼른 자 버릇하는 것이었다. 오늘도 또 그럴 세음이었다.

사람들은 나를 보고 짐짓 기이하기도 해서 그러는지 경천 동지(驚天動地)의 육중한 경륜을 품은 사람인가 보다고들 속는다. 그러니까 그렇게 하는 것이 내 시시한 자세나마 유지시킬 수 있는 유일 무이의 비결이었다. 즉 나는 남들 좀 보라고 낮에 잔다.

그러나 그 편지를 받고 흔희 작약(欣喜雀躍), 나는 개세의 경륜과 유서의 고민을 깨끗이 씻어 버리기 위하여 바로 이발소로 갔다. 나는 여간 아니 호걸답게 입술에다 치분(齒粉)을 허옇게 묻혀 가지고는 그 현란한 거울 앞에 가 앉아 이제 호화 장려하게 개막하려 드는 내 종생을 유유히 즐기기로 거기 해당하게 내 맵시를 수습하는 것이었다.

우선 그 작소라는 뇌명(雷名 세상에 널리 드러난 이름)까지 있는 봉발을 썰어서 상고 머리라는 것을 만들었다. 오각수(五角鬚)는 깨끗이 도태해 버렸다. 귀를 후비고 코털을 다듬었다. 안마도 했다. 그리고 비누 세수를 한 다음 문득 거울을 들여다보니 품 있는 데라고는 한 귀퉁이도 없어 보이는 듯하면서 또한 태생을 어찌 어기리요, 좋도록 말해서 라파엘 전파(前派) 일원 같이 그렇게 청초한 백면 서생(白面書生)이라고도 보아줄 수 있지 하고 실없이 제 얼굴을 미남자거니 고집하고 싶어하는 구지레한 욕심을 내심 탄식하였다.

아차! 나에게도 모자가 있다. 겨우내 꾸겨박질러 두었던 것을 부득부득 끄집어내었다. 15분간 세탁소로 가지고 가서 멀쩡하게 만들었다. 그리고 흰 바지저고리에 고동색 대님을 다치고 차림차림이 제법 이색이 있다. 공단은 못 되나마 능직 두루마기에 이만하면 고왕금래(古往今來) 모모한 천재의 풍모에 비겨도 조금도 손색이 없으리라.

나는 내 그런 여간 이만저만하지 않은 풍모를 더욱더욱 이만저만하지 않게 모디파이어 하기 위하여 가늘지도 굵지도 않은 그다지 알맞은 단장을 하나 내 손에 쥐어 주어야 할 것도 때마침 잊어버리지는 않았다.

별수 없이 –

오늘이 즉 3월 3일인 것이다.

나는 점잖게 한 30분쯤 지각해서 동소문 지정받은 자리에 도착하였다. 정희는 또 정희대로 아주 정희다웁게 한 30분쯤 일찍 와서 있다.

정희의 입상(立像)은 제정 러시아 적 우표딱지처럼 적잖이 슬프다. 이것은 아직도 얼음을 품은 바람이 해토(解土) 머리답게 싸늘해서 말하자면 정희의 모양을 얼마간 침통하게 해보인 탓이렷다.

나는 이런 경우에 천만 뜻밖에도 눈물이 핑 눈에 그뜩 돌아야 하는 것이 꼭 맞는 원칙으로서의 의표(意表)가 아닐까 그렇게 생각하면서 저벅저벅 정희 앞으로 다가갔다.

우리 둘은 이 땅을 처음 찾아온 제비 한 쌍처럼 잘 앙증스럽게 만보(漫步)하기 시작했다. 걸어가면서도 나는 내 두루마기에 잡히는 주름살 하나에도 단장을 한 번 휘저엇는 곡절에도 유유히 조심한다. 나는 말하자면 내 우연한 종생을 감쪽스럽도록 찬란하게 허식하기 위하여 내 박빙을 밟는 듯한 포즈를 아차 실수로 무너뜨리거나 해서는 절대로 안 된다는 것을 굳게 굳게 명(名)하고 있는 까닭이다.

그러면 맨 처음 발언으로는 나는 어떤 기절 참절한 경구(警句)를 내어놓아야 할 것인가, 이것 때문에 또 잠깐 머뭇머뭇하지 않을 수도 없었지만 그렇다고 바로 대이고 거 어쩌면 그렇게 똑 제정 러시아 적 우표딱지같이 초초(구차하고 간략한 모양)하니 어쩌니 하는 수는 차마 없다.

나는 선뜻,

"설마가 사람을 죽이느니."

하는 소리를 저 뱃속에서부터 우러나오는 듯한 그런 가라앉은 목소리에 꽤 명료한 발음을 얹어서 정희 귀 가까이다 대이고 지껄여 버렸다. 이만하면 아마 그 경우의 최초의 발성으로는 무던히 성공한 편이리다. 뜻인즉, 네가 오라고 그랬다고 그렇게 내가 불쑥 올 줄은 너 꿈에도 생각하지 못했으리라는 꼼꼼한 의도다.

나는 아침 반찬으로 콩나물을 3전어치는 안 팔겠다는 것을 교묘히 무사히 3전어치만 살 수 있는 것과 같은 미끈한 쾌감을 맛본다. 내 딴은 다행히 노랑돈 한 푼도 참 용하게 낭비하지는 않은 듯싶었다.

그러나 그런 내 청천에 벽력이 떨어진 것 같은 인사에 대하여 정희는 실로 대답이 없다. 이것은 참 큰일이다.

아이들이 고추 먹고 맴맴 담배 먹고 맴맴 하고 노는 그런 암팡진 수단으로 그냥 단번에 나를 어지러뜨려서는 넘어뜨려 버릴 작정인 모양이다.

정말 그렇다면!

이 상쾌한 정희의 확고 부동 자세야말로 엔간치 않은 출품이 아닐 수 없다. 내가 내어놓은 바 살인 촌철(殺人寸鐵)은 그만 즉석에서 분쇄되어 가엾은 부작(不作)으로 내려 떨어지고 마는 것이다 하고 나는 느꼈다.

나는 나로서 할 수 있는 가장 큰 규모의 손짓 발짓을 한 번 해보이고 이윽고 낙담하였다는 것을 표시하였다. 일이 여기 이른 바에는 내 포즈 여부가 문제 아니다. 표정도 인제 더 써먹을 것이 남아 있을 성싶지도 않고 해서 나는 겸연쩍게 안색을 좀 고쳐 가지고 그리고 정희! 그럼 나는 가겠소, 하고 깍듯이 인사하고 그리고?

나는 발길을 돌려서 집을 향해 걷기 시작했다. 내 파란 만장의 생애가 자자레한 말 한 마디로 하여 그만 회신(灰燼 불에 타고 남은 끄트러기나 재)으로 돌아가고 만 것이다. 나는 세상에도 참혹한 풍채 아래서 내 종생을 치른 것이라고 생각하면서 그렇다면 그럼 그럴 성싶기도 하게 단장도 한두 번 휘두르고 입도 좀 일그적일그적 해보기도 하고 하면서 행차하는 체해 보인다.

5초-10초-20초-30초-1분-

결코 뒤를 돌아다보거나 해서는 못쓴다. 어디까지든지 사심 없이 패배한 체하고 걷는 체한다. 실심(失心)한 체한다.

나는 사실은 좀 어지럽다. 내 쇠약한 심장으로는 이런 자약(큰일을 당하여도 놀라지 아니하고 평상시와 같이 침착함)한 체조를 그렇게 장시간 계속하기가 썩 어려운 것이다.

묘지명이라. 일세의 귀재 이상(李箱)은 그 통생의 대작 〈종생기〉 한 편을 남기고 서력 기원 후 일천구백삼십칠년 정축 3월 3일 미시(未時) 여기 백일 아래서 그 파란 만장(?)의 생애를 끝맺고 문득 졸하다. 향년 만 25세와 11개월. 오호라! 상심 크다. 허탈이야 잔존하는 또 하나의 이상(李箱) 구천을 우러러 호곡하고 이 한산(寒山) 일편석을 세우노라. 애인 정희는 그대의 몰후 수 삼인(三人)의 비첩된 바 있고 오히려 장수하니 지하의 이상(李箱)아! 바라건대 명목하라.

그리 칠칠치는 못하나마 이만큼 해가지고 이 꼴 저 꼴 구지레한 흠집을 살짝 도회(韜晦 재능 · 지위 따위를 숨기어 감춤)하기로 하자. 고만 실수는 여상(위와 같음)의 묘기로 겸사겸사 메우고 다시 나는 내 반생의 진용(陣容) 후일에 관해 차근차근 고려하기로 한다. 이상(以上).

역대의 에피그램과 경국(傾國)의 철칙이 다 내게 있어서는 내 위선을 암장하는 한 스무드한 구실에 지나지 않는다. 실로 나는 내 낙명의 자리에서도 임종의 합리화를 위하여 코로처럼 도색(桃色)의 팔레트를 볼 수도 없거니와 톨스토이처럼 탄식해 주고 싶은 쥐꼬리만한 금언(金言)의 추억도 가지지 않고 그냥 난데없이 다리를 삐어 넘어지듯이 스르르 죽어 가리라.

거룩하다는 칭호를 휴대하고 나를 찾아오는 '연애'라는 것을 응수하는 데 있어서도 어디서 어떤 노소 간의 의뭉스러운 노인들이 발라먹고 내어버린 그런 유연을 나는 헐값에 걷어들여다가 제련 재탕 다시 써먹는다는 줄로만 알았다가도 또 내게 혼나는 경우가 있으리라.

나는 찬밥 한 술 냉수 한 모금을 먹고도 넉넉히 일세를 위압할 만한 '고언(苦言)'을 적적(摘摘)할 수 있는 그런 지혜의 실력을 가졌다.

그러나 자의식의 절정 위에 발돋움을 하고 올라선 단말마의 비결을 보통 야시(夜市) 국수 버섯을 팔러 오신 시골 아주머니에게 서너 푼에 그냥 넘겨주고 그만두는 그렇게까지 자신의 에티켓을 미화시키는 겸허의 방식도 또한 나는 무루(無漏)히(빠짐없이) 터득하고 있는 것이다. 당목(瞠目 (놀라거나 이상하게 여겨) 눈을 크게 뜨고 바라봄)할지어다. 이상(以上).

난마(亂麻)와 같이 갈피를 잡을 수 없는 얼마간 비극적인 자기 탐구.

이런 흑발 같은 남루(襤褸)한 주제는 문벌이 버젓한 나로서 채택할 신세가 아니거니와 나는 태서(泰西)의 에티켓으로 차 한 잔을 마실 적의 포즈에 대하여도 세심하고 세심한 용의가 필요하다.

휘파람 한 번을 분다 치더라도 내 극비리에 정선 은닉된 절차를 온고하여야만 한다. 그런 다음이 아니고는 나는 희망 잃은 황혼에서도 휘파람 한 마디를 마음대로 불 수는 없는 것이다.

동물에 대한 고결한 지식?

사슴, 물오리, 이 밖의 어떤 종류의 동물도 내 애니멀 킹돔에서는 낙탈되어 있어야 한다. 나는 이 수렵용으로 귀여히 가여히 되어 먹어 있는 동물 외에 동물에 언제든지 무가내하(無可奈何 어찌할 수가 없이 됨)로 무지하다.

또—

그럼 풍경에 대한 오만한 처신법?

어떤 풍경을 묻지 않고 풍경의 근원, 중심, 초점이 말하자면 나 하나 '도련님'다운 소행에 있어야 할 것을 방약무인(傍若無人)으로 강조한다. 나는 이 맹목적 신조를 두 눈을 그대로 딱 부르감고 믿어야 된다.

자진한 '우매' '몰각'이 참 어렵다.

보아라, 이 자득하는 우매의 절기를! 몰각의 절기를.

백구(白鷗)는 의백사(宜白沙)하니 막부춘초벽(莫赴春草碧)하라.

이태백. 이 전후 만고의 으리으리한 '화(華)족'. 나는 이태백을 닮기도 해야 한다. 그렇기 위하여 오언 절구 한 줄에서도 한 자 가량의 태연 자약한 실수를 범해야만 한다. 현란한 문벌이 풍기는 가히 범할 수 없는 기품과 세도가 넉넉히 고시(古詩) 한 절쯤 서슴지 않고 생채기를 내어놓아도 다들 어수룩한 체들 하고 속느니 하는 교만한 미신이다.

곱게 빨아서 곱게 다리미질을 해놓은 한 벌 슈미즈의 꼬박 속는 청절처럼 그렇게 아담하게 나는 어떠한 차질(蹉跌 ①발을 헛디디어 넘어짐. ②일이 실패로 돌아감)에서도 거뜬하게 얄미운 미소와 함께 일어나야만 하는 것이니까.

오늘날 내 한 씨족이 분명치 못한 소녀에게 선불리 딴죽을 걸려 넘어진 다기로서니 이대로 내 숙망의 호화 유려한 종생을 한 방울 하잘 것 없는 오점을 내이는 채 투시(投匙)해서야 어찌 초지(初志)의 만일의 응답할 수 있는 면목이 족히 서겠는가, 하는 허울좋은 구실이 영일(永日) 밤보다도 오히려 한 뼘 짧은 내 전정에 대두하기 시작하는 것이었다.

완만 착실한 서술!

나는 과히 눈에 띄울 성싶지 않은 한 지점을 재재바르게 붙들어서 거기서 공중 담배를 한 갑 사 (주머니에 넣고) 피워 물고 정희의 뺀-한 걸음을 다시 뒤따랐다.

나는 그저 일상의 다반사를 간과하듯이 범연하게 휘파람을 불고, 내, 구두 뒤축이 아스팔트를 디디는 템포 음향, 이런 것들의 귀찮은 조절에도 깔끔히 정신차리면서 넉넉잡고 3분, 다시 돌친 걸음은 정희와 어깨를 나란히 걸을 수 있었다. 부질없는 세상에 제 심각하면 침통하면 또 어쩌겠느냐는 듯싶은 서운한 눈의 위치를 동소문 밖 신개지 풍경 어디라도 정치 않은 한 점에 두어 두었으니 보라는 듯한 부득부득 지근거리는 자세면서도 또 그렇지도 않을 성싶은 내 묘기 중에도 묘기를 더한층 허겁지겁 연마하기에 골똘하는 것이었다.

일모(日暮) 청산－

날은 저물었다. 아차! 아직 저물지 않은 것으로 하는 것이 좋을까 보다.

날은 아직 저물지 않았다.

그러면 아까 장만해 둔 세간 기구를 내세워 어디 차근차근 살림살이를 한번 치러 볼 천우의 호기(好機)가 내 앞으로 다달았나 보다. 자－

태생은 어길 수 없어 비천한 '티'를 감추지 못하는 딸－

(전기 치사한 소녀 운운은 어디까지든지 이 바보 이상(李箱)의 호의에서 나온 곡해다. 모파상의 〈지방 덩어리〉를 생각하자. 가족은 미만 14세의 딸에게 매음시켰다. 두 번째는 미만 19세의 딸이 자진했다. 아－세 번째는 그 나이 스물두 살이 되던 해 봄에 얹은 낭자를 내리우고 게다 다홍 댕기를 들여 늘어뜨려 편발 처자를 위조하여서는 대거하여 강행으로 매끽(賣喫)하여 버렸다.)

비천한 뉘집 딸이 해빙기의 시냇가에 서서 입술이 낙화지듯 좀 파래지면서 박빙 밑으로는 무엇이 저리도 움직이는가고 고개를 갸웃거리는 듯이 숙이고 있는데 봄 방향(芳香)을 품은 훈풍이 불어와서 스커트, 아니 너무나, 슬퍼 보이는, 아니, 좀 슬퍼 보이는 홍발을 건드리면－

좀 슬퍼 보이는 홍발을 나붓나붓 건드리면－

여상(如上)이다. 이 개기름 도는 가소로운 무대를 앞에 두고 나는 나대로 나다웁게 가문이라는 자자레한 '투'는 어떤 일이 있더라도 잊어버리지 않고 채석장 희멀건 단층을 건너다보면 일이서 탄식 비슷이

"지구를 저며내는 사람들은 역시 자연 파괴자리라."는 둥

"개아미집이야말로 과연 정연하구나."라는 둥

"비가 오면, 아-천하에 비가 오면,"

"작년에 났던 초목이 올해에도 또 돋으려누, 귀(歸)불귀란 무엇인가."라는 둥

치레 잘하면 제법 의젓스러워도 보일 만한 가장 한산한 과제로만 골라서 점잖게 방심해 보여 놓는다.

정말일까? 거짓말일까. 정희가 불쑥 말을 한다. 한 소리가 "봄이 이렇게 왔군요." 하고 윗니는 좀 사이가 벌어져서 보기 흉한 듯하니까 살짝 가리고 곱다고 자처하는 아랫니를 보이지 않으려고 했지만 부지불식간에 그렇게 내어다 보인 것을 또 어쩝니까 하는 듯싶이 가증하게 내어보이면서 또 여간해서 어림이 서지 않는 어중간 얼굴을 그 위에 얹어 내세우는 것이었다.

좋아, 좋아, 좋아, 그만하면 잘되었어.

나는 고개 대신 단장을 끄덕끄덕해 보이면서 창졸간에 그만 정희 어깨 위에다 손을 얹고 말았다.

그랬더니 정희는 저으기 해괴해 하노라는 듯이 잠시는 묵묵하더니-

정희도 문벌이라든가 혹은 간단히 말해 에티켓이라든가 제법 배워서 짐작하노라고 속삭이는 것이 아닌가.

꿀꺽!

넘어가는 내 지지한 종생, 이렇게도 실수가 허해서야 물화적 전생애를 탕진해 가면서 사수하여 온 산호편의 본의가 대체 어디 있느냐? 내내 울화

가 복받쳐 혼도할 것 같다.

흥천사 으슥한 구석방에 내 종생의 갈력(竭力)이 정희를 이끌어 들이기도 전에 나는 밤 쓸쓸히 거짓말깨나 해놓았나 보다.

나는 내가 그윽히 음모한 바 천고 불역(千古不易)의 탕아, 이상(李箱)이 자자레한 문학의 빈민굴을 교란시키고자 하던 가지가지 진기한 연장이 어느 겨를에 빼물르기 시작한 것을 여기서 깨단해야 되나 보다. 사회는 어떠쿵, 도덕이 어떠쿵, 내면적 성찰 추구 적발 징벌은 어떠쿵, 자의식 과잉이 어떠쿵, 제 깜냥에 번지레한 칠을 해 내어걸은 치사스러운 간판들이 미상불 우스꽝스럽기가 그지없다.

'독화(毒花)'

족하는 이 꼭두각시 같은 어휘 한마디를 잠시 맡아 가지고 게서 보구려?

예술이라는 허망한 아궁이 근처에서 송장 근처에서보다도 한결 더 썰썰기고 있는 그들 해반주룩한 사도(死都)의 혈족들 땟국내 나는 틈에 가 끼기 워서, 나는―

내 계집의 치마 단속곳을 갈가리 찢어 놓았고, 버선 켤레를 걸레로 만들어 놓았고 검던 머리에 곱던 양자, 영악한 곰의 발자국이 질컥 디디고 지나간 것처럼 얼굴을 망가뜨려 놓았고, 자기 친척의 돈을 뭉청 떼어먹었고, 좌수터 유래 깊은 상호를 쑥밭을 만들어 놓았고, 겁쟁이 취리자(取利者)는 고랑떼를 먹여 놓았고, 대금업자의 수금인을 졸도시켰고, 사장과 취제역(取締役)과 사돈과 아범과 애비와 처남과 처제와 또 애비와 애비의 딸과 딸이 허다 중생으로 하여금 서로서로 이간을 붙이고 붙이게 하고 얼버무려서 싸움질을 하게 해놓았고 사글세방 새 다다미에 잉크와 요강과 팥죽을 엎질렀고, 누구누구를 임포텐츠를 만들어 놓았고―

'독화'라는 말의 꼭 찌르는 맛을 그만하면 어렴풋이나마 어떻게 짐작이서는가 싫소이까.

잘못 빚은 중편 같은 시 몇 줄 소설 서너 편을 꿰어차고 조촐하게 등장하는 것을 아 무엇인 줄 알고 깜박 속고 선불리 손뼉을 한두 번 쳤다는 죄로 제 계집 간음당한 것보다도 더 큰 망신을 일신에 짊어지고 그리고는 앙탈 비슷이 시치미를 떼지 않으면 안 되는 어디까지든지 치사스러운 예의 절차 – 마귀(터주가)의 소행(덧났다)이라고 돌려 버리지?

'독화'

물론 나는 내일 새벽에 내 길들은 노상에서 무려 내게 필적하는 한 숨은 탕아를 해후할지도 마치 모르나, 나는 신바람이 난 무당처럼 어깨를 치켰다 제쳤다 하면서라도 풍마우세(風磨雨洗)의 고행을 얼른 그렇게 쉽사리 그만두지는 않는다.

아 – 어쩐지 전신이 몹시 가렵다. 나는 무연한 중생의 뭇원한 탓으로 악역(惡疫)의 범함을 입나 보다. 나는 은근히 속으로 앓으면서 토일릿 정한 대야에다 양손을 정하게 씻은 다음 내 자리로 돌아와 앉아 차근차근 나 자신을 반성 회오(悔悟) – 쉬운 말로 자자레한 세음을 좀 놓아 보아야겠다.

에티켓? 문벌? 양식? 번신술?

그렇다고 내가 찔끔 정희 어깨 위에 얹었던 손을 뚝 떼인다든지 했다가는 큰 망발이다. 일을 잡치리라. 어디까지든지 내 뺨의 홍조만을 조심하면서 좋아, 좋아, 좋아, 그래만 주면 된다. 그러고 나서 피차 다 알아들었다는 듯이 어깨에 손을 얹은 채 어깨를 나란히 흥천사 경내로 들어갔다. 가서 길을 별안간 잃어버린 것처럼 자분참 산 우으로 올라가 버린다. 산 우에서 이번에는 정말 포즈를 하릴없이 무너뜨렸다는 것처럼 정교하게 머뭇머뭇해 준다. 그러나 기실 말짱하다.

풍경 소리가 똑 알맞다. 이런 경우에는 제법 번듯한 식자가 있는 사람이면 –

아-나는 왜 늘 항례(恒例)에서 비켜서려 드는 것일까? 잊었느냐? 비싼 월사를 바치고 얻은 고매한 학문과 예절을.

현역 육군 중좌에게서 받은 추상 열일(秋霜烈日)의 훈육을 왜 나는 이 경우에 버젓하게 내세우지를 못하느냐?

창열한 고찰 유루(遺漏 빠지거나 새어 나감) 없는 장치에서 나는 정신차려야 한다. 나는 내 쟁쟁한 이력(履歷)을 솔직하게 써먹어야 한다. 나는 고개를 숙이고 담배를 한 대 피워 물고 도장에 들어가는 소, 죽기보다 싫은 서투르고 근질근질한 포즈 체모(體貌) 독주에 어지간히 성공해야만 한다.

그랬더니 그만두잔다. 당신의 그 어림없는 몸치렐랑 그만두세요. 저는 어지간히 식상이 되었습니다 한다.

그렇다면?

내 꾸준한 노력도 일조 일석에 수포로 돌아가는 것이 아닌가.

대체 정희라는 가련한 '석녀'가 제 어떤 재간으로 그런 음흉한 내 간계를 요만큼까지 간파했다는 것이다.

일시에 기진한다. 맥은 탁 풀리고는 앞이 팽 돌다 아찔하는 것이 이러다가 까무러치려나 보다고 극구 단장을 의지하여 버텨 보노라니까 희라! 내 기사 회생(起死回生)의 종생도 이번만은 회춘(回春)하기 장히 어려울 듯싶다.

이상(李箱)! 당신은 세상을 경영할 줄 모르는 말하자면 병신이오. 그다지도 '미혹'하단 말씀이오? 건너다보니 절터지요? 그렇다 하더라도 〈카라마조프의 형제〉나 〈40년〉을 좀 구경 삼아 들러 보시지요.

아니지! 정희! 그게 뭐냐 하면 나도 살고 있어야 하겠으니 너도 살자는 사기, 속임수, 일부러 만들어 내어놓은 미신 중에도 가장 우수한 무서운 주문이오.

이상(李箱)! 그러지 말고 시험삼아 한 발만 한 발자국만 저 개흙밭에다 들여놓아 보시지요.

이 악보같이 스무드한 담소 속에서 비철비철하노라면 나는 내게 필적하는 천의무봉(天衣無縫)의 탕아가 이 목첩(目睫) 간에 있는 것을 느낀다. 누구나 제 내어놓았던 텁수룩한 포즈를 걷어치우느라고 허겁지겁들 할 것이다. 나도 그 때 슬하의 이렇게 유산되는 자손을 느끼면서 만재에 드리우는 이 극흉 극비 종가의 부적을 앞에 놓고서 적이 불안하게 또 한편으로는 적이 안일하게 운명하는 마지막 낙백(落魄)이 내 종생을 애오라지 방불케 하는 것이었다.

나는 내 분묘될 만한 조촐한 터전을 찾는 듯한 그런 서글픈 마음으로 정희를 재촉하여 그 언덕을 내려왔다. 등뒤에 들리는 풍경 소리는 진실로 내 심통함을 도웁는 듯하다고 사자(寫字)하면 정경을 한층 더 반듯하게 매만져 놓는 한 도움이 되리라. 그럼 진실로 풍경 소리는 내 등뒤에서 내 마지막 심통함을 한층 더 들볶아 놓는 듯하더라.

미문에 견줄 만큼 위태위태한 것이 절승(絕勝)에 혹사(酷似)한 풍경이다. 절승에 혹사한 풍경을 미문으로 번안 모사해 놓았다면 자칫 실족 익사하기 쉬운 웅덩이나 다름없는 것이니 첨위(僉位)는 아예 가까이 다가서서는 안 된다. 도스토예프스키－나 고리키－는 미문을 쓰는 버릇이 없는 체했고 또 황량, 아담한 경치를 '취급'하지 않았으되 이 의뭉스러운 어른들은 오직 미문은 쓸 듯 쓸 듯, 절승 경개는 나올 듯 나올 듯, 해만 보이고 끝끝내 아주 활짝 꼬랑지를 내보이지는 않고 그만둔 구렁이 같은 분들이기 때문에 그 기만술은 한층 더 진보된 것이며, 그런 만큼 효과가 또 절대하여 천 년을 두고 만 년을 두고 내리내리 부질없는 위무(慰撫)를 바라는 중속들을 잘 속일 수 있는 것이다. 그러나－왜 나는 미끈하게 솟아 있는 근대 건축의 위용을 보면서 먼저 철근 철골, 시멘트와 세사(細砂), 이것부터 선뜩하니 감응하느냐는 말이다.

씻어 버릴 수 없는 숙명의 호곡, 몽골리안프렉게[蒙古痣] 오뚝이처럼 쓰러져도 일어나고 쓰러져도 일어나고 하니 쓰러지나 섰으나 마찬가지 의지할 얄팍한 벽 한 조각 없는 고독, 고고, 독개(獨介), 초초.

나는 오늘 대오한 바 있어 미문을 피하고 절승의 풍광을 격하여 소조하게 왕생하는 것이며 숙명의 슬픈 투시벽은 깨끗이 벗어 놓고 온아 종용 외로우나마 따뜻한 그늘 안에서 실명하는 것이다.

의료하지 못한 이 홀홀한 〈종생〉 나는 요절인가 보다. 아니 중세 최절(摧折 ①좌절(挫折). ②억눌러서 제어함)인가 보다. 이길 수 없는 육박, 눈 먼 떼까마귀의 매언(罵言) 속에서 탕아 중에도 탕아, 술객 중에도 술객, 이 난공불락(難攻不落)의 관문의 괴멸, 구세주의 최후연히 방방곡곡이 여독은 삼투하는 허식 중에도 허식의 표백이다. 출색(出色)의 표백이다.

내부(乃夫)가 있는 불의(不義). 내부가 없는 불의. 불의는 즐겁다. 불의의 주가 낙락한 풍미를 족하는 아시나이까, 윗니는 좀 잇새가 벌고 아랫니만이 고운 이 한경같이 결함의 미를 갖춘 깜찍스럽게 시치미를 뗄 줄 아는 얼굴을 보라. 7세까지 옥잠화 속에 감춰 두었던 장분만을 바르고 그 후 분을 바른 일도 세수를 한 일도 없는 것이 유일의 자랑거리. 정희는 사팔뜨기다. 이것은 무엇으로도 대항하기 어렵다. 정희는 근시 육도다. 이것은 무엇으로도 대항할 수 없는 실천적(失天的) 훈장이다. 좌 난시 우 색맹 아-이는 실로 완벽이 아니면 무엇이랴.

속은 후에 또 속았다. 또 속은 후에 또 속았다. 미만 14세에 정희를 그 가족이 강행으로 매춘시켰다. 나는 그런 줄만 알았다. 한 방울 눈물-

그러나 가족이 강행하였을 때쯤은 정희는 이미 자진하여 매춘한 후 오래 오래 후다. 다홍 댕기가 늘 정희 등에서 나부꼈다. 가족들은 불의에 올 재앙을 막아 줄 단 하나 값나가는 다홍 댕기를 기탄 없이 믿었건만-

그러나-

불의는 귀인답고 참 즐겁다. 간음한 처녀-이는 불의 중에도 가장 즐겁지 않을 수 없는 영원한 밀림이다.

그럼 정희는 게서 멈추나?

나는 자기 소개를 한다. 나는 정희에게 분모를 지기 싫기 때문에 잔인한 자기 소개를 하는 것이다.

나는 벼를 본 일이 없다. 자전차를 탈 줄 모른다. 생년월일을 가끔 잊어버린다. 구십 노조모가 스물여덟 소부로 어느 하늘에서 시집온 10대조의 고성을 내 손으로 헐었고 연엽 천년(緣葉千年)의 호두나무 아름드리 근간을 내 손으로 베었다. 은행나무는 원통한 가문을 골수에 지니고 찍혀 넘어 간 뒤 장장 4년 해마다 봄만 되면 독시(毒矢) 같은 싹이 엄돋는 것이었다.

나는 그러나 이 모든 것에 견뎠다. 한 번 석류나무를 휘어잡고 나는 폐허를 나섰다.

조숙 · 난숙 · 감[柿] 썩는 골머리 때리는 내. 생사의 기로에서 완이 이소(莞爾而笑), 표한 무쌍(剽悍無雙)의 척구(瘠軀) 음지에 창백한 꽃이 피었다.

나는 미만 14세 적에 수채화를 그렸다. 수채화의 파과(破瓜). 보라 목저 같이 야윈 팔목에서는 삼동에도 김이 무럭무럭 난다. 김 나는 팔목과 잔털 나스르르한 매춘하면서 자라나는 회충같이 매혹적인 살결. 사팔뜨기와 내 흰자위 없는 짝짝이 눈. 옥잠화 속에서 나오는 기술(奇術) 같은 석일(昔日)의 화장과 화장 전폐, 이에 대항하는 내 자전차 탈 줄 모르는 아슬아슬한 천품. 다홍 댕기에 불의와 불의를 방임하는 속수 무책의 내 나태.

심판이여! 정희에 비교하여 내게 부족함이 너무나 많지 않소이까?

비등비등? 나는 최후까지 싸워 보리라.

홍천사 으슥한 구석방 한 칸 방석 두 개 화로 한 개. 밥상 술상 –

접전 수십 합. 좌충우돌. 정희의 허전한 관문을 나는 노사(老死)의 힘으로 들이친다. 그러나 돌아오는 반발의 흉기는 갈 때보다도 몇 배나 더 큰 힘으로 나 자신의 손을 시켜 나 자신을 살상한다.

지느냐. 나는 그럼 지고 그만두느냐.

나는 내 마지막 무장을 이 전장에 내어세우기로 하였다. 그것은 곧 주란(酒亂)이다.

한 몸을 건사하기조차 어려웠다. 나는 게울 것만 같았다. 나는 게웠다. 정희 스커트에다. 정희 스타킹에다.

그리고도 오히려 나는 부족했다. 나는 일어나 춤추었다. 그리고 그 방 뒤 쌍창 미닫이를 열어제치고 나는 예서 떨어져 죽는다고 마지막 한 벌 힘만을 아껴 남기고는 나머지 있는 힘을 다하여 난간을 잡아 흔들었다. 정희는 나를 붙들고 말린다. 말리는데 안 말리는 것도 같았다. 나는 정희 스커트를 잡아 제쳤다. 무엇인가 철썩 떨어졌다. 편지다. 내가 집었다. 정희는 모른 체한다.

속달(S와도 절연한 지 벌써 다섯 달이나 된다는 것은 선생님께서도 믿어주시는 바지요? 하던 S에게서다.)

정희! 노하였소? 어젯밤 태서관 별장의 일! 그것은 결코 내 본의는 아니었소. 나는 그 요구를 하러 정희를 그 곳까지 데리고 갔던 것은 아니오. 내 불민을 용서하여 주기 바라오. 그러나 정희가 뜻밖에도 그렇게까지 다소곳한 태도를 보여 주었다는 것으로 적이 자위를 삼겠소.

정희를 하루라도 바삐 나 혼자만의 것을 만들어 달라는 정희의 열렬한 말을 물론 나는 잊어버리지는 않겠소. 그러나 지금의 형편으로는 '아내'라는 저 추물을 처치하기가 정희가 생각하는 바와 같이 그렇게 쉬운 일은 아니오.

오늘(3월 3일) 오후 여덟 시 정각에 금화장 주택지 그 때 그 자리에서 기다리고 있겠소. 어제 일을 사과도 하고 싶고 달이 밝을 듯하니 송림을 거닙시다. 거닐면서 우리 두 사람만의 생활에 대한 설계도 의논하여 봅시다.

3월 3일 아침S

내게 속달을 띄우고 나서 곧 뒤이어 받은 속달이다.

모든 것은 끝났다. 어젯밤에 정희는-

그 낮으로 오늘 정희는 내게 이상(李箱) 선생님께 드리는 속달을 띄우고 그 낮으로 또 나를 만났다. 공포에 가까운 번신술이다. 이 황홀한 전율을 즐기기 위하여 정희는 무고의 이상(李箱)을 징발했다. 나는 속고 또 속고 또 또 속고 또또또 속았다.

나는 물론 그 자리에 혼도(정신이 어지러워 넘어짐)하여 버렸다. 나는 죽었다. 나는 황천을 헤매었다. 명부에는 달이 밝다. 나는 또다시 눈을 감았다. 태허에 소리 있어 가로되 너는 몇 살이뇨? 만 25세와 11개월이올시다. 요사(夭死)로구나. 아니올시다. 노사(老死)올시다.

눈을 다시 떴을 때는 거기 정희는 없다. 물론 여덟 시가 지난 뒤였다. 정희는 그리 갔다. 이리하여 나의 종생은 끝났으되 나의 종생기는 끝나지 않는다. 왜?

정희는 지금은 어느 빌딩 걸상 위에서 드로어즈의 끈을 푸는 중이오. 지금도 어느 태서관 별장 방석을 비이고 드로어즈의 끈을 푸는 중이오. 지금도 어느 송림 속 잔디 벗어 놓은 외투 위에서 드로어즈의 끈을 성히 푸는 중이니까다.

이것은 물론 내가 가만히 있을 수 없는 재앙이다.

나는 이를 간다.

나는 걸핏하면 까무러친다.

나는 부글부글 끓는다.

그러나 지금 나는 이 철천의 원한에서 슬그머니 좀 비켜서고 싶다. 내 마음의 따뜻한 평화 따위가 다 그리워졌다.

즉 나는 시체다. 시체는 생존하여 계신 만물의 영장을 향하여 질투할 자격도 능력도 없는 것이라는 것을 나는 깨닫는다.

정희, 간혹 정희의 후툿한 호흡이 내 묘비에 와 슬쩍 부딪는 수가 있다. 그런 때 내 시체는 홍당무처럼 화끈 달으면서 구천을 꿰뚫어 슬피 호곡한다.

그 동안에 정희는 여러 번 제 (내 때꼽째기도 묻은) 이부자리를 찬란한 일광 아래 널어 말렸을 것이다. 누누한 이 내 혼수(昏睡) 덕으로 부디 이 내 시체에서도 생전의 슬픈 기억이 창궁 높이 훨훨 날아나 가 버렸으면-

나는, 지금 이런 불쌍한 생각도 한다. 그럼-

-만 26세와 3개월을 맞이하는 이상(李箱) 선생님이여! 허수아비여! 자네는 노옹일세. 무릎이 귀를 넘는 해골일세. 아니, 아니.

자네는 자네의 먼 조상일세. 이상(以上).

11월 20일 동경서

작품의 이해

• 구조적 분석

갈래 : 단편 소설

배경 : 1930년대 산업화 · 현대화된 자본주의 사회의 비윤리적 현상

시점 : 1인칭 주인공 시점

주제 : 인생과 죽음에 대한 자학과 냉소의 태도

출전 : 《조광》, 1937

• 작품해설

〈종생기〉는 1937년《조광》에 발표된 작품으로 뚜렷한 줄거리가 없고, 이상의 소설 중에서도 특히 난해한 것 중의 하나이다. 이 작품은 〈날개〉, 〈동해(童骸)〉, 〈지주회사〉와 같은 계열의 신심리주의 기법을 사용한 것으로, 화자의 잠재의식이 곳곳에 표출된다.

이상의 작품들 대부분에서 화자인 나는 바로 작가 자신이며, 그 밖의 작중 인물들도 대개 이상 주변의 실제 인물이다. 이 작품에서도 과거를 갖고 있으면서 다른 남자와 관계를 맺는 정희를 사랑하는 주인공 나의 모습을 자학적으로 묘사함으로써 작가 자신의 어두운 개인사적 면모를 처절하게 드러내고 있다.

특히 이 작품에서는 화자인 '나'가 이상이라는 이름을 가짐으로써 화자가 바로 작가 자신임을 드러내는 한편 '종생기'라는 제목에서 보여 주듯이 삶의 막바지에 이른 작가 이상이 인생과 죽음에 대한 태도를 정리하려는 의도를 나타낸다.

결국 이상은 〈종생기〉를 통해 짧은 기간에 인생의 전부를 탕진해 버린 자신의 삶에 대한 자학과 자기 인생과 죽음에 대해 객관적으로 바라보는 냉소의 극치를 보여 준다.

• **생각해보기**

1. 이 작품에 쓰인 기법은 무엇인가?
2. 작가 자신의 이름을 주인공 화자의 이름으로 사용하고 있는 이유는 무엇인가?

☞**해답**

1. 특별한 줄거리 없이 내면 심리를 묘사한 신심리주의 기법.
2. 화자가 바로 작가 이상 자신임을 드러내는 한편 삶의 막바지에 도달한 자신의 인생과 죽음에 대한 태도를 정리하려는 의도.

봉별기(逢別記)

• 읽기전에

1. 심리주의의 특징을 알아보자.
2. 작품에 등장하는 나와 금홍과의 비정상적인 관계에 대해 생각해 보자.

• 줄거리

스물세 살의 나는 요양차 온천으로 간다. 그 곳에서 금홍이를 만나게 된 나는 금홍이를 사랑하는 데만 골몰한다. 그러나 나는 우라는 불란서 유학생을 비롯하여 C라는 변호사에게 금홍이를 취할 것을 권하고 금홍 역시 그들에게서 받은 돈을 나에게 자랑한다. 나와 금홍이 결혼한 지 일 년이 지났을 무렵 금홍은 다시 몸을 파는 옛 생활로 돌아간다. 나는 아내의 그런 행위를 나무라지 않고 오히려 이해한다. 금홍이 왕복 엽서처럼 내 곁을 왔다갔다하는 동안 마침내 나는 금홍이와 헤어진다. 21년 만에 집으로 돌아간 나는 노쇠한 가정을 쑥밭으로 만들고 자신도 노쇠해 버린다. 그 뒤 삶의 피로에 지쳐 초췌해진 금홍이는 서울로 돌아온다. 금홍이를 찾은 나는 술상 앞에서 영변가를, 금홍이는 육자배기를 한마디하면서 영원한 이별을 한다.

봉별기(逢別記)

1

스물세 살이오―3월이오―각혈이다. 여섯 달 잘 기른 수염을 하루 면도칼로 다듬어 코밑에 다만 나비만큼 남겨 가지고 약 한 제 지어 들어 B라는 신개지(新開地) 한적한 온천으로 갔다. 게서 나는 죽어도 좋았다.

그러나 이내 아직 기를 펴지 못한 청춘이 약탕관을 붙들고 늘어져서는 날 살리라고 보채는 것은 어찌하는 수가 없다. 여관 한등(寒燈) 아래 밤이면 나는 늘 억울해 했다.

사흘을 못 참고 기어 나는 여관 주인 영감을 앞장세워 밤에 장고 소리 나는 집으로 찾아갔다. 게서 만난 것이 금홍이다.

"몇 살인구?"

체대(體大)가 비록 풋고추만하나 깡그라진 계집이 제법 맛이 맵다. 열여섯 살? 많아야 열아홉 살이지 하고 있자니까,

"스물한 살이에요."

"그럼 내 나인 몇 살이나 돼 뵈지?"

"글쎄 마흔? 서른아홉?"

나는 그저 흥! 그래 버렸다. 그리고 팔짱을 떡 끼고 앉아서는 더욱더욱 점잖은 체했다. 그냥 그 날은 무사히 헤어졌건만 –

이튿날 화우(畵友) K군이 왔다. 이 사람인즉 나와 농하는 친구다. 나는 어쩌는 수 없이 그 나비 같다면서 달고 다니던 코밑수염을 아주 밀어 버렸다. 그리고 날이 저물기가 급하게 또 금홍이를 만나러 갔다.

"어디서 뵌 어른 겉은데."

"엊저녁에 왔던 수염난 양반, 내가 바루 아들이지. 목소리꺼지 닮았지?" 하고 익살을 부렸다. 주석(酒席)이 어느덧 파하고 마당에 내려서다가 K군의 귀에 대이고 나는 이렇게 속삭였다.

"어때? 괜찮지? 자네 한번 얼러 보게."

"관두게, 자네나 얼러 보게."

"어쨌든 여관으로 껄구 가서 짱껭뽕을 해서 정허기루 허세나."

"거 좋지."

그랬는데 K군은 측간에 가는 체하고 피해 버렸기 때문에 나는 부전승으로 금홍이를 이겼다. 그 날 밤에 금홍이는 금홍이가 경산부(經産婦)라는 것을 감추지 않았다.

"언제?"

"열여섯 살에 머리 얹어서 열일곱 살에 낳았지."

"아들?"

"딸."

"어딨나?"

"돌 만에 죽었어."

지어 가지고 온 약은 집어치우고 나는 전혀 금홍이를 사랑하는 데만 골몰했다. 못난 소린 듯하나 사랑의 힘으로 각혈이 다 멈췄으니까—

나는 금홍이에게 노름채를 주지 않았다. 왜? 날마다 밤마다 금홍이가 내 방에 오거나 내가 금홍이 방에 있거나 했기 때문에—

그 대신—

우(禹)라는 불란서 유학생의 유야랑(遊冶郎)을 나는 금홍에게 권하였다. 금홍이는 내 말대로 우씨와 더불어 '독탕'에 들어갔다. 이 '독탕'이라는 것은 좀 음란한 설비였다. 나는 이 음란한 설비 문간에 나란히 벗어 놓은 우씨와 금홍이 신발을 보고 언짢아하지 않았다.

나는 또 내 곁방에 와 묵고 있는 C라는 변호사에게도 금홍이를 권하였다. C는 내 열성에 감동되어 하는 수 없이 금홍이 방을 범했다.

그러나 사랑하는 금홍이는 늘 내 곁에 있었다. 그리고 우, C 등등에게서 받은 십 원 지폐를 여러 장 꺼내 놓고 어리광 섞어 내게 자랑도 하는 것이었다.

그러자 나는 백부님 소상(사람이 죽은 지 1년 만에 지내는 제사) 때문에 귀경하지 않으면 안 되게 되었다. 복숭아꽃이 만발하고 정자 곁으로 석간수(石間水)가 졸졸 흐르는 좋은 터전을 한 군데 찾아가서 우리는 석별의 하루를 즐겼다. 정거장에서 나는 금홍이에게 십 원 지폐 한 장을 쥐어 주었다. 금홍이는 이것으로 전당잡힌 시계를 찾겠다고 그러면서 울었다.

2

금홍이가 내 아내가 되었으니까 우리 내외는 참 사랑했다. 서로 지나간 일은 묻지 않기로 하였다. 과거라야 내 과거가 무엇 있을 까닭이 없고 말하자면 내가 금홍이 과거를 묻지 않기로 한 약속이나 다름없다.

금홍이는 겨우 스물한 살인데 서른한 살 먹은 사람보다도 나았다. 서른한 살 먹은 사람보다도 나은 금홍이가 내 눈에는 열일곱 살 먹은 소녀로만 보이고 금홍이 눈에 마흔 살 먹은 사람으로 보인 나는 기실 스물세 살이요 게다가 주책이 좀 없어서 똑 여남은 살 먹은 아이 같다. 우리 내외는 이렇게 세상에도 없이 현란(絢爛)하고 아기자기하였다.

부질없는 세월이―

일년이 지나고 팔월, 여름으로는 늦고 가을로는 이른 그 북새통에―

금홍이에게는 예전 생활에 대한 향수가 왔다.

나는 밤이나 낮이나 누워 잠만 자니까 금홍이에게 대하여 심심하다. 그래서 금홍이는 밖에 나가 심심치 않은 사람들을 만나 심심치 않게 놀고 돌아오는―

즉 금홍이의 협착(狹窄 차지하고 있는 자리가 몹시 좁음)한 생활이 금홍이의 향수를 향하여 발전하고 비약하기 시작하였다는 데 지나지 않는 이야기다.

그런데 이번에는 내게 자랑을 하지 않는다. 않을 뿐만 아니라 숨기는 것이다.

이것은 금홍이로서 금홍이답지 않은 일일밖에 없다. 숨길 것이 있나? 숨기지 않아도 좋지. 자랑을 해도 좋지.

나는 아무 말도 하지 않는다. 나는 금홍이 오락의 편의를 돕기 위하여 가끔 P군 집에 가 잤다. P君은 나를 불쌍하다고 그랬던가시피 지금 기억된다.

나는 또 이런 것을 생각하지 않았던 것도 아니다. 즉 남의 아내라는 것은 정조를 지켜야 하느니라고!

금홍이는 나를 내 나태한 생활에서 깨우치게 하기 위하여 우정(일부러) 간음하였다고 나는 호의로 해석하고 싶다. 그러나 세상에 흔히 있는 아내다운 예의를 지키는 체해 본 것은 금홍이로서 말하자면 천려(千慮)의 일실(一失 지혜로운 사람도 많은 생각 가운데에는 잘못되는 것도 있을 수 있음을 이르는 말) 아닐 수 없다.

이런 실없은 정조를 간판삼자니까 자연 나는 외출이 잦았고 금홍이 사업에 편의를 돕기 위하여 내 방까지도 개방하여 주었다. 그러는 중에도 세월은 흐르는 법이다.

하루 나는 제목 없이 금홍이에게 몹시 얻어맞았다. 나는 아파서 울고 나가서 사흘을 돌아오지 못했다. 너무도 금홍이가 무서웠다.

나흘 만에 와 보니까 금홍이는 때묻은 버선을 윗목에다 벗어 놓고 나가버린 뒤였다.

이렇게도 못나게 홀아비가 된 내게 몇 사람의 친구가 금홍이에 관한 불미한 가십을 가지고 와서 나를 위로하는 것이었으나 종시 나는 그런 취미를 이해할 도리가 없었다.

버스를 타고 금홍이와 남자는 멀리 과천 관악산으로 가는 것을 보았다는데 정말 그렇다면 그 사람은 내가 쫓아가서 야단이나 칠까 봐 무서워서 그런 모양이니까 퍽 겁쟁이다.

3

인간이라는 것은 임시 거부하기로 한 내 생활이 기억력이라는 민첩한 작용을 하지 않았기 때문에 두 달 후에는 나는 금홍이라는 성명 삼자까지도 말쑥하게 잊어버리고 말았다. 그런 두절된 세월 가운데 하루 길일을 점하여 금홍이가 왕복엽서처럼 돌아왔다. 나는 그만 깜짝 놀랐다.

금홍이의 모양은 뜻밖에도 초췌하여 보이는 것이 참 슬펐다. 나는 꾸짖지 않고 맥주와 붕어 과자와 장국밥을 사 먹여 가면서 금홍이를 위로해 주었다. 그러나 금홍이는 좀처럼 화를 풀지 않고 울면서 나를 원망하는 것이었다. 할 수 없어서 나도 그만 울어 버렸다.

"그렇지만 너무 늦었다. 그만해두 두 달 지간이나 되지 않니? 헤어지자, 응?"

"그럼 난 어떻게 되우, 응?"

"마땅헌 데 있거든 가거라, 응."

"당신두 그럼 장가가나? 응?"

헤어지는 한에도 위로해 보낼지어다. 나는 이런 양식 아래 금홍이와 이별했더니라. 갈 때 금홍이는 선물로 내게 베개를 주고 갔다.

그런데 이 베개 말이다.

이 베개는 2인용이다. 싫대도 자꾸 떠맡기고 간 이 베개를 나는 두 주일 동안 혼자 베어 보았다. 너무 길어서 안됐다. 안됐을 뿐 아니라 내 머리에서는 나지 않는 묘한 머릿기름 땟내 때문에 안면(安眠)이 적이 방해된다.

나는 하루 금홍이에게 엽서를 띄웠다. '중병에 걸려 누웠으니 얼른 오라'고.

금홍이는 와서 보니까 참 딱했다. 이대로 두었다가는 역시 며칠이 못 가서 굶어 죽을 것같이만 보였던가 보다. 두 팔을 부르걷고 그 날부터 나가서 벌어다가 나를 먹여 살린다는 것이다.

"오－케－"

인간 천국(人間天國)－그러나 날이 좀 추웠다. 그러나 나는 대단히 안일하였기 때문에 재채기도 하지 않았다.

이러기를 두 달? 아니 다섯 달이나 되나 보다. 금홍이는 홀연히 외출했다.

달포를 두고 금홍이 '흠씩'을 기대하다고 진력이 나서 나는 기명 집물(器皿什物)을 두들겨 팔아 버리고 21년 만에 '집'으로 돌아갔다.

와 보니 우리 집은 노쇠했다. 이어 불초 이상(李箱)은 이 노쇠한 가정을 아주 쑥밭을 만들어 버렸다. 그 동안 이태 가량－

어언간 나도 노쇠해 버렸다. 나는 스물일곱 살이나 먹어 버렸다.

천하의 여성은 다소간 매춘부의 요소를 품었느니라고 나 혼자는 굳이 신념한다. 그 대신 내가 매춘부에게 은화를 지불하면서는 한 번도 그네들을 매춘부라고 생각한 일이 없다, 이것은 내 금홍이와의 생활에서 얻은 체험만으로는 성립되지 않는 이론같이 생각되나 기실 내 진담이다.

4

나는 몇 편의 소설과 몇 줄의 시를 써서 내 쇠망해 가는 심신 위에 치욕을 배가하였다. 이 이상 내가 이 땅에서의 생존을 계속하기가 자못 어려울 지경에까지 이르렀다. 나는 하여간 허울좋게 말하자면 망명해야겠다.

어디로 갈까. 나는 만나는 사람마다 동경으로 가겠다고 호언했다. 그뿐 아니라 어느 친구에게는 전기 기술에 관한 전문 공부를 하러 간다는 둥 학교 선생님을 만나서는 고급 단식 인쇄술을 연구하겠다는 둥 친한 친구에게는 내 5개 국어에 능통할 작정일세 어쩌구, 심하면 법률을 배우겠소까지 허담을 탕탕하는 것이다. 웬만한 친구는 보통들 속나 보다. 그러나 이 헛 선전을 안 믿는 사람도 더러는 있다. 하여간 이것은 영영 빈털털이가 되어 버린 이상(李箱)의 마지막 공포(空砲)에 지나지 않는 것만은 사실이겠다.

어느 날 나는 이렇게 여전히 공포를 놓으면서 친구들과 술을 먹고 있자니까 내 어깨를 툭 치는 사람이 있다. '긴상'이라는 이다.

"긴상(이상도 사실은 긴상이다) 참 오래간만이슈. 건데 긴상 꼭 긴상 한 번 만나 뵙자는 사람이 하나 있는데 긴상 어떡하시려우?"

"거 누군구. 남자야? 여자야?"

"여자니까 일이 재미있지 않으냐 거런 말야."

"여자라?"

"긴상 옛날 옥상."

금홍이가 서울에 나타났다는 이야기다. 나타났으면 나타났지 나를 왜 찾누?

나는 '긴상'에게서 금홍이의 숙소를 알아 가지고 어쩔 것인가 망설였다. 숙소는 동생 일심이 집이다.

드디어 나는 만나 보기로 결심하고 일심이 집을 찾아가서,

"언니가 왔다지?"

"어유-아제두, 돌아가신 줄 알았구려! 그래 자그만치 인제 온단 말씀유, 어서 들오슈."

금홍이는 역시 초췌하다. 생활 전선에서의 피로의 빛이 그 얼굴에 여실하였다.

"네눔 하나 보구져서 서울 왔지 내 서울 뭘 허러 왔다디?"

"그리게 또 난 이렇게 널 찾어오지 않었니?"

"너 장가갔다더구나."

"얘 디끼 싫다. 그 육모초 겉은 소리."

"안 갔단 말이냐 그럼."

"그럼."

당장에 목침이 내 면상을 향하여 날아 들어왔다. 나는 예나 다름이 없이 못나게 웃어 주었다.

술상을 보아 왔다. 나도 한 잔 먹고 금홍이도 한 잔 먹었다. 나는 영변가(寧邊歌)를 한마디하고 금홍이는 육자배기를 한마디했다.

밤은 이미 깊었고 우리 이야기는 이게 이 생에서의 영이별(永離別)이라는 결론으로 밀려갔다. 금홍이는 은수저로 소반전을 딱딱 치면서 내가 한 번도 들은 일이 없는 구슬픈 창가를 한다.

"속아도 꿈결 속여도 꿈결 구비구비 뜨내기 세상 그늘진 심정에 불질러 버려라 운운."

작품의 이해

• 구조적 분석

갈래 : 단편 소설

배경 : 1930년대 새로 개발한 한적한 온천

시점 : 1인칭 주인공 시점

주제 : 자의식의 과잉으로 인한 지식인의 자학적인 삶

출전 : 《여성》, 1936

• 작품해설

1936년《여성》에 발표된 〈봉별기〉는 이상의 자전적 소설로 대체로 평이한 문장들로 이루어져 가장 쉽게 읽히는 작품이다. 이 작품에는 잠재 의식을 표출시킨 부분이 거의 나타나지 않으며 지문과 대화도 아주 명쾌하게 구별되어 있다. 이상의 〈날개〉나 〈봉별기〉는 시간이나 공간이 무시되고, 사건이 필연성이나 외적 연결성이 거의 무시된 '의식의 흐름'으로 나열되는 작품이다. 따라서 신심리주의, 심리분석주의로 평가된다.

기생 금홍과의 생활을 바탕으로 전개되는 작품으로는 〈날개〉와 〈봉별기〉가 있다. 〈날개〉가 나와 아내와의 자의식의 갈등을 그린 것이라면 〈봉별기〉는 금홍과의 만남과 헤어짐을 차분하게 서술한다. 실제로 이상은 폐병을 앓아 치료차 백천 온천에 내려간 적이 있는데 그곳에서 기생 연심이를 알게 되어 애정을 갖게 된다. 이 〈봉별기〉는 연심이를 모델로 쓴 작품이다.

거짓과 부정을 일삼는 금홍이와 그런 금홍이를 차분하고 정답게 이해해주는 나의 모습에서 작품의 따뜻함과 차분함을 찾을 수 있다. 그러나 그런 나의 모습이 금홍이의 성적 방종을 너그럽게 용서한다는 의미는 아니다. 오히려 나와는 전연 별개로 구분되는 금홍에 대한 연민과 이해의 상태이다.

• **생각해보기**

1. 〈봉별기〉와 이상의 또 다른 작품인 〈날개〉는 내용상에 있어 어떤 공통점과 차이점을 지니는가?
2. 거짓과 부정을 일삼는 금홍이를 이해해 주는 나의 모습에서 발견할 수 있는 것은 무엇인가?

☞**해답**

1. 기생 금홍과의 생활을 통해 얻어진 자전적 소설이라는 점에서 공통점을 찾을 수 있고 〈날개〉가 나와 아내의 자의식의 갈등을 그린 데 반해 〈봉별기〉는 금홍과의 만남과 헤어짐을 차분하게 서술한 점에서 차이점을 찾을 수 있다.
2. 금홍에 대한 너그러운 용서라기보다는 나와 전연 별개로 구분되는 금홍에 대한 연민과 이해의 상태.

이효석

이효석 李孝石, 1907~1942

호는 가산(可山). 강원 평창 출생. 1925년 경성제대 예과에 입학. 동대학 조선인 학생회 동인지《문우》, 교우지《청량》에 작품을 발표. 1931년 결혼해 총독부 경무국 검열계에서 잠시 근무하다 비평가들의 지탄을 받고 낙향해서 경성 농업 학교 영어 교사가 됨. 1933년 구인회 가입. 1934년 평양 숭실 전문학교 교수 생활. 1942년 뇌막염으로 사망.

그의 초기 작품은 동반자 작가적 성향을 띠었다. 1928년《조선문단》(카프에 대항한 민족주의 경향의 종합잡지)에 대립했던《조선지광》에 〈도시와 유령〉, 〈기우〉 등을 발표해 본격적으로 문단 활동을 시작했고, 1931년 〈노령근해〉, 〈북국 사신〉을 통해 동반자 작가로서의 면모를 드러냈다.

그러나 그의 후기 작품은 동반자 작가적 요소를 탈피하고 향토성 짙은 순수 문학을 지향했다. 1933년 구인회 회원으로 활동하면서 자연과 인간 본능의 순수성, 자연 회귀, 원초적 에로티시즘의 세계에 빠져든다. 결과로서 〈돈(豚)〉을 발표한 이후 당시 일부 작가들로부터 지나치게 애욕의 세계에 집착해 순수성을 잃어간다는 비판을 받기도 한다.

주요 작품

1. 경향파적 소설 : 〈도시와 유령〉(1928), 〈행진곡〉 〈기우〉(1929), 〈노령근해〉 〈북국 사신〉(1931)
2. 단편소설 : 〈돈〉 〈수탉〉(1933), 〈분녀〉 〈산〉 〈들〉 〈메밀꽃 필 무렵〉 〈석류〉(1936), 〈장미 병들다〉 〈해바라기〉(1938), 〈황제〉(1939), 〈풀잎〉(1942)
3. 장편소설 : 〈화분〉(1939), 〈벽공 무한(碧空無限)〉(1940)

메밀꽃 필 무렵

• 읽기전에

1. 이 작품에서 당나귀의 역할에 대해 생각해 보자.
2. 이효석 작품의 문체상 특징에 대해 알아보자.

• 줄거리

장돌뱅이인 허 생원은 봉평 장이 파할 무렵 친구 조 선달과 함께 충줏집으로 향한다. 그 곳에서 나이 어린 장돌뱅이 동이가 충줏집과 농탕치는 것을 보고 허 생원은 따귀를 갈기고 내쫓는다. 언짢은 마음에 술을 마시던 허 생원은 나귀가 야단을 부린다는 동이의 부름에 부리나케 달려간다. 허 생원은 동이의 마음씨에 기특함을 느끼고 셋은 다음 장터로 향한다.

메밀꽃이 흐드러진 달밤을 걸으며 허 생원은 젊었을 적 이와 같은 밤에 물방앗간에서 만난 봉평의 한 처녀에 대한 이야기를 꺼낸다. 단 한 번의 인연은 그 후 찾을 길이 없고 이럭저럭 세월을 보낸 허 생원은 아쉬움에 젖는다. 동이는 친아버지를 모른 채 의부 밑에서 어렵게 크다가 장돌뱅이로 나선 사연을 이야기한다. 강을 건너다 발을 헛디딘 허 생원은 동이의 등에 업히고 뭔가 짐작 가는 게 있어 물어보니 동이 어머니의 고향이 봉평임을 알게 된다. 대화장 끝에 제천으로 함께 가자고 권하는 허 생원의 눈에 문득 자신과 같이 왼손잡이인 동이의 모습이 들어온다.

메밀꽃 필 무렵

여름 장이란 애시 당초에 글러서, 해는 아직 중천에 있건만 장판은 벌써 쓸쓸하고 더운 햇발이 벌려 놓은 전(물건을 늘어놓고 파는 가게) 휘장 밑으로 등줄기를 훅훅 볶는다. 마을 사람들은 거지반 돌아간 뒤요, 팔리지 못한 나무꾼패가 길거리에 궁싯거리고들 있으나 석유병이나 받고 고깃마리나 사면 족할 이 축들을 바라고 언제까지든지 버티고 있을 법은 없다. 춥춥스럽게(귀찮게) 날아드는 파리 떼도 장난꾼 각다귀(①각다귀과의 곤충. 모기와 비슷하나 몸이 훨씬 크고 다리가 긺. ②남의 것을 착취하기 좋아하는 사람을 비유하여 이르는 말)들도 귀치않다. 얼금뱅이요 왼손잡이인 드팀전(피륙을 파는 가게)의 허 생원은 기어코 동업의 조 선달을 낚아 보았다.

"그만 거둘까?"

"잘 생각했네. 봉평 장에서 한 번이나 흐뭇하게 사 본 일이 있었을까. 내일 대화 장에서나 한몫 벌어야겠네."

"오늘 밤은 밤을 새서 걸어야 될걸."

"달이 뜨렷다."

절렁절렁 소리를 내며 조 선달이 그 날 산 돈을 따지는 것을 보고 허 생원은 말뚝에서 넓은 휘장을 걷고 벌여 놓았던 물건을 거두기 시작하였다. 무명 필과 주단 바리가 두 고리짝에 꼭 찼다. 멍석 위에는 천 조각이 어수선하게 남았다.

다른 축들도 벌써 거진 전들을 걷고 있었다. 약빠르게 떠나는 패도 있었다. 어물 장수도 땜장이도 엿장수도 생강 장수도 꼴들이 보이지 않는다. 내일은 진부와 대화에 장이 선다. 축들은 그 어느 쪽으로든지 밤을 새며 육칠십 리 밤길을 타박거리지 않으면 안 된다. 장판은 잔치 뒷마당같이 어수선하게 벌어지고 술집에서는 싸움이 터져 있었다. 주정꾼 욕지거리에 섞여 계집의 앙칼진 목소리가 찢어졌다. 장날 저녁은 정해 놓고 계집의 고함 소리로 시작되는 것이다.

"생원, 시침을 떼두 다 아네…… 충줏집 말야."

계집 목소리로 문득 생각난 듯이 조 선달은 비죽이 웃는다.

"화중지병이지. 연소패들을 적수로 하구야 대거리가 돼야 말이지."

"그렇지두 않을걸. 축들이 사족을 못 쓰는 것두 사실은 사실이나, 아무리 그렇다군 해두 왜 그 동이 말일세. 감쪽같이 충줏집을 후린 눈치거든."

"무어 그 애숭이가? 물건 가지고 낚었나 부지. 착실한 녀석인 줄 알았더니."

"그 길만은 알 수 있나……. 궁리 말구 가 보세나그려. 내 한턱 씀세."

그다지 마음이 당기지 않는 것을 쫓아갔다. 허 생원은 계집과는 연분이 멀었다. 얼금뱅이 상판을 쳐들고 대어설 숫기도 없었으나 계집 편에서 정을 보낸 적도 없었고, 쓸쓸하고 뒤틀린 반생이었다. 충줏집을 생각만 하여도 철없이 얼굴이 붉어지고 발밑이 떨리고 그 자리에 소스라쳐 버린다. 충줏집 문을 들어서 술좌석에서 짜장(참. 정말로) 동이를 만났을 때에는 어찌된 서슬엔지 발끈 화가 나 버렸다. 상 위에 붉은 얼굴을 쳐들고 제법 계집과 농탕치는 것을 보고서야 견딜 수 없었던 것이다. 녀석이 제법 난질꾼인데 꼴사납다. 머리에 피도 안 마른 녀석이 낮부터 술 처먹고 계집과 농탕이야. 장돌뱅이 망신만 시키고 돌아다니누나. 그 꼴에 우리들과 한몫 보자는 셈이지. 동이 앞에 막아서면서부터 책망이었다. 걱정두 팔자요 하는 듯이 빤히 쳐다보는 상기된 눈망울에 부딪칠 때, 결김에 따귀를 하나 갈겨주지 않고는 배길 수 없었다. 동이도 화를 쓰고 팩하게 일어서기는 하였으나, 허 생원은 조금도 동색하는 법 없이 마음먹은 대로는 다 지껄였다—어디서 주워먹은 선머슴인지는 모르겠으나, 네게도 아비 어미 있겠지. 그 사나운 꼴 보면 맘 좋겠다. 장사란 탐탁하게 해야 되지, 계집이 다 무어야. 나가거라, 냉큼 꼴 치워.

그러나 한마디도 대거리하지 않고 하염없이 나가는 꼴을 보려니, 도리어 측은히 여겨졌다. 아직도 서름서름한 사인데 너무 과하지 않았을까 하고 마음이 선득해졌다. 주제도 넘지, 같은 술손님이면서두 아무리 젊다고 자식 낳게 되는 것을 붙들고 치고 닦아 셀 것은 무어야 원. 충줏집은 입술을 쫑긋하고 술 붓는 솜씨도 거칠었으나, 젊은애들한테는 그것이 약이 된다나 하고 그 자리는 조 선달이 얼버무려 넘겼다. 너 녀석한테 반했지? 애숭이를 빨면 죄 된다. 한참 법석을 친 후이다. 담도 생긴데다가 웬일인지 흠뻑 취해 보고 싶은 생각도 있어서 허 생원은 주는 술잔이면 거의 다 들이켰다. 거나해짐을 따라 계집 생각보다도 동이의 뒷일이 한결같이 궁금해졌다. 내 꼴에 계집을 가로채서는 어떡할 작정이었누 하고 어리석은 꼬락서니를 모질게 책망하는 마음도 한편에 있었다. 그러기 때문에 얼마나 지난 뒤인지 동이가 헐레벌떡거리며 황급히 부르러 왔을 때에는, 마시던 잔을 그 자리에 던지고 정신 없이 허덕이며 충줏집을 뛰어나간 것이었다.

"생원 당나귀가 바를 끊구 야단이에요."

"각다귀들 장난이지 필연코."

짐승도 짐승이려니와 동이의 마음씨가 가슴을 울렸다. 뒤를 따라 장판을 달음질하려니 거슴츠레한 눈이 뜨거워질 것 같다.

"부락스런 녀석들이라 어쩌는 수 있어야죠."

"나귀를 몹시 구는 녀석들은 그냥 두지는 않을걸."

반평생을 같이 지내 온 짐승이었다. 같은 주막에서 잠자고, 같은 달빛에 젖으면서 장에서 장으로 걸어다니는 동안에 이십 년의 세월이 사람과 짐승을 함께 늙게 하였다. 까스러진 목 뒤 털은 주인의 머리털과도 같이 바스러지고, 개진개진 젖은 눈은 주인의 눈과 같이 눈곱을 흘렸다. 몽당비처럼 짧게 슬리운 꼬리는, 파리를 쫓으려고 기껏 휘저어 보아야 벌써 다리까지는 닿지 않았다. 닳아 없어진 굽을 몇 번이나 도려내고 새 철을 신겼는지 모른다. 굽은 벌써 더 자라나기는 틀렸고 닳아 버린 철 사이로는 피가 빼짓이 흘렀다. 냄새만 맡고도 주인을 분간하였다. 호소하는 목소리로 야단스럽게 울며 반겨 한다.

어린아이를 달래듯이 목덜미를 어루만져 주니 나귀는 코를 벌름거리고 입을 투르르거렸다. 콧물이 튀었다. 허 생원은 짐승 때문에 속도 무던히는 썩였다. 아이들의 장난이 심한 눈치여서 땀 배인 몸뚱어리가 부들부들 떨리고 좀체 흥분이 식지 않는 모양이었다. 굴레가 벗어지고 안장도 떨어졌다. 요 몹쓸 자식들, 하고 허 생원은 호령을 하였으나 패들은 벌써 줄행랑을 논 뒤요 몇 남지 않은 아이들이 호령에 놀라 비슬비슬 멀어졌다.

"우리들 장난이 아니우, 암놈을 보고 저 혼자 발광이지."

코흘리개 한 녀석이 멀리서 소리를 쳤다.

"고 녀석 말투가."

"김 첨지 당나귀가 가 버리니까 왼통 흙을 차고 거품을 흘리면서 미친 소같이 날뛰는걸. 꼴이 우스워 우리는 보고만 있었다우. 배를 좀 보지."

아이는 앵돌아진 투로 소리를 치며 깔깔 웃었다. 허 생원은 모르는 결에 낯이 뜨거워졌다. 뭇시선을 막으려고 그는 짐승의 배 앞을 가리워 서지 않으면 안 되었다.

"늙은 주제에 암샘(수컷이 암컷에 대해 욕정을 느끼는 것)을 내는 셈야. 저놈의 짐승이."

아이의 웃음소리에 허 생원은 주춤하면서 기어코 견딜 수 없어 채찍을 들더니 아이를 쫓았다.

"쫓으려거든 쫓아 보지. 왼손잡이가 사람을 때려."

줄달음에 달아나는 각다귀에는 당하는 재주가 없었다. 왼손잡이는 아이 하나도 후릴 수 없다. 그만 채찍을 던졌다. 술기도 돌아 몸이 유난스럽게 화끈거렸다.

"그만 떠나세. 녀석들과 어울리다가는 한이 없어. 장판의 각다귀들이란 어른보다도 더 무서운 것들인걸."

조 선달과 동이는 각각 제 나귀에 안장을 얹고 짐을 싣기 시작하였다. 해가 꽤 많이 기울어진 모양이었다.

드팀전 장돌이를 시작한 지 이십 년이나 되어도 허 생원은 봉평 장을 빼놓은 적은 드물었다. 충주 제천 등의 이웃 군에도 가고, 멀리 영남 지방도 헤매이기는 하였으나 강릉쯤에 물건 하러 가는 외에는 처음부터 끝까지 군내를 돌아다녔다. 닷새만큼씩의 장날에는 달보다도 확실하게 면에서 면으로 건너간다. 고향이 청주라고 자랑삼아 말하였으나 고향에 돌보러 간 일도 있는 것 같지는 않았다. 장에서 장으로 가는 길의 아름다운 강산이 그대로 그에게는 그리운 고향이었다. 반날 동안이나 뚜벅뚜벅 걷고 장터 있는 마을에 거지반 가까웠을 때, 거친 나귀가 한바탕 우렁차게 울면—더구나 그것이 저녁녘이어서 등불들이 어둠 속에 깜박거릴 무렵이면 늘 당하는 것이건만 허 생원은 변치 않고 언제든지 가슴이 뛰놀았다.

젊은 시절에는 알뜰하게 벌어 돈푼이나 모아 본 적도 있기는 있었으나, 읍내에 백중이 열린 해 호탕하게 놀고 투전을 하고 하여 사흘 동안에 다 털어 버렸다. 나귀까지 팔게 된 판이었으나 애끊는 정분에 그것만은 이를 물고 단념하였다. 결국 도로아미타불로 장돌이를 다시 시작할 수밖에는 없었다. 짐승을 데리고 읍내를 도망해 나왔을 때에는 너를 팔지 않기 다행이었다고 길가에서 울면서 짐승의 등을 어루만졌던 것이었다. 빚을 지기 시작하니 재산을 모을 염은 당초에 틀리고 간신히 입에 풀칠을 하러 장에서 장으로 돌아다니게 되었다.

호탕하게 놀았다고는 하여도 계집 하나 후려 보지는 못하였다. 계집이란 쌀쌀하고 매정한 것이었다. 평생 인연이 없는 것이라고 신세가 서글퍼졌다. 일신에 가까운 것이라고는 언제나 변함없는 한 필의 당나귀였다.

그렇다고는 하여도 꼭 한 번의 첫일을 잊을 수는 없었다. 뒤에도 처음에도 없는 단 한 번의 괴이한 인연! 봉평에 다니기 시작한 젊은 시절의 일이었으나 그것을 생각할 적만은 그도 산 보람을 느꼈다.

"달밤이었으나 어떻게 해서 그렇게 됐는지 지금 생각해두 도무지 알 수 없어."

허 생원은 오늘 밤도 또 그 이야기를 끄집어내려는 것이다. 조 선달은 친구가 된 이래 귀에 못이 박이도록 들어 왔다. 그렇다고 싫증을 낼 수도 없었으나 허 생원은 시침을 떼고 되풀이할 대로 되풀이하고야 말았다.

"달밤에는 그런 이야기가 격에 맞거든."

조 선달 편을 바라는 보았으나 물론 미안해서가 아니라 달빛에 감동하여서였다. 이지러는 졌으나 보름을 갓 지난 달은 부드러운 빛을 흐뭇이 흘리고 있다. 대화까지는 칠십 리의 밤길, 고개를 둘이나 넘고 개울을 하나 건너고 벌판과 산길을 걸어야 된다. 달은 지금 긴 산허리에 걸려 있다. 밤중을 지난 무렵인지 죽은 듯이 고요한 속에서 짐승 같은 달의 숨소리가 손에 잡힐 듯이 들리며, 콩포기와 옥수수 잎새가 한층 달에 푸르게 젖었다. 산허리는 온통 메밀밭이어서 피기 시작한 꽃이 소금을 뿌린 듯이 흐뭇한 달빛에 숨이 막힐 지경이다. 붉은 대궁이 향기같이 애잔하고 나귀들의 걸음도 시원하다. 길이 좁은 까닭에 세 사람은 나귀를 타고 외줄로 늘어섰다. 방울 소리가 시원스럽게 딸랑딸랑 메밀밭께로 흘러간다. 앞장선 허 생원의 이야기 소리는 꽁무니에 선 동이에게는 확적히(확실하여 틀림이 없이)는 안 들렸으나, 그는 그대로 개운한 제멋에 적적하지는 않았다.

"장 선 꼭 이런 날 밤이었네. 객줏집 토방이란 무더워서 잠이 들어야지. 밤중은 돼서 혼자 일어나 개울가에 목욕하러 나갔지. 봉평은 지금이나 그제나 마찬가지지. 보이는 곳마다 메밀밭이어서 개울가가 어디 없이 하얀 꽃이야. 돌밭에 벗어도 좋을 것을, 달이 너무도 밝은 까닭에 옷을 벗으러 물방앗간으로 들어가지 않았나. 이상한 일도 많지. 거기서 난데없는 성 서방네 처녀와 마주쳤단 말이네. 봉평서야 제일가는 일색이었지."

"팔자에 있었나 부지."

아무렴 하고 응답하면서 말머리를 아끼는 듯이 한참이나 담배를 빨 뿐이었다. 구수한 자줏빛 연기가 밤기운 속에 흘러서는 녹았다.

"날 기다린 것은 아니었으나 그렇다고 달리 기다리는 놈팡이가 있는 것두 아니었네. 처녀는 울고 있단 말야. 짐작은 대고 있었으나 성 서방네는 한창 어려워서 들고날 판인 때였지. 한집안 일이니 딸에겐들 걱정이 없을 리 있겠나. 좋은 데만 있으면 시집도 보내련만 시집은 죽어도 싫다지……. 그러나처녀란 울 때같이 정을 끄는 때가 있을까. 처음에는 놀라기도 한 눈치였으나 걱정 있을 때는 누그러지기도 쉬운 듯해서 이럭저럭 이야기가 되었네……. 생각하면 무섭고도 기막힌 밤이었어."

"제천인지로 줄행랑을 놓은 건 그 다음날이었나?"

"다음 장도막에는 벌써 온 집안이 사라진 뒤였네. 장판은 소문에 발끈 뒤집혀 고작해야 술집에 팔려 가기가 상수라고 처녀의 뒷공론이 자자들 하단 말이야. 제천 장판을 몇 번이나 뒤졌겠나. 하나 처녀의 꼴은 꿩 궈먹은 자리야. 첫날밤이 마지막 밤이었지. 그 때부터 봉평이 마음에 든 것이 반평생을 두고 다니게 되었네. 평생인들 잊을 수 있겠나."

"수 좋았지. 그렇게 신통한 일이란 쉽지 않어. 항용 못난 것 얻어 새끼 낳고, 걱정 늘고 생각만 해두 진저리나지……. 그러나 늘그막바지까지 장돌뱅이로 지내기도 힘드는 노릇 아닌가? 난 가을까지만 하구 이 생애와두 하직하려네. 대화쯤에 조그만 전방이나 하나 벌이구 식구들을 부르겠어. 사시 장철 뚜벅뚜벅 걷기란 여간이래야지."

"옛 처녀나 만나면 같이나 살까……. 난 거꾸러질 때까지 이 길 걷고 저 달 볼 테야."

산길을 벗어나니 큰길로 틔어졌다. 꽁무니의 동이도 앞으로 나서 나귀들은 가로 늘어섰다.

"총각두 젊겠다, 지금이 한창 시절이렷다. 충줏집에서는 그만 실수를 해서 그 꼴이 되었으나 섧게 생각 말게."

"처 천만에요. 되려 부끄러워요. 계집이란 지금 웬 제격인가요. 자나깨나 어머니 생각뿐인데요."

허 생원의 이야기로 실심해 한 끝이라 동이의 어조는 한풀 수그러진 것이었다.

"아비 어미란 말에 가슴이 터지는 것도 같았으나 제겐 아버지가 없어요. 피붙이라고는 어머니 하나뿐인걸요."

"돌아가셨나?"

"당초부터 없어요."

"그런 법이 세상에."

생원과 선달이 야단스럽게 껄껄들 웃으니, 동이는 정색하고 우길 수밖에는 없었다.

"부끄러워서 말하지 않으려 했으나 정말예요. 제천 촌에서 달도 차지 않은 아이를 낳고 어머니는 집을 쫓겨났죠. 우스운 이야기나, 그러기 때문에 지금까지 아버지 얼굴을 본 적 없고 있는 고장도 모르고 지내 와요."

고개가 앞에 놓인 까닭에 세 사람은 나귀를 내렸다. 둔덕은 험하고 입을 벌리기도 대근하여(견디기가 힘들고 만만하지 아니하여) 이야기는 한동안 끊겼다. 나귀는 건듯하면 미끄러졌다. 허 생원은 숨이 차 몇 번이나 다리를 쉬지 않으면 안 되었다. 고개를 넘을 때마다 나이가 알렸다. 동이 같은 젊은 축이 그지없이 부러웠다. 땀이 등을 한바탕 쭉 씻어 내렸다.

고개 너머는 바로 개울이었다. 장마에 흘러 버린 널다리가 아직도 걸리지 않은 채로 있는 까닭에 벗고 건너야 되었다. 고의를 벗어 띠로 등에 얽어매고 반 벌거숭이의 우스꽝스런 꼴로 물 속에 뛰어들었다. 금방 땀을 흘린 뒤였으나 밤 물은 뼈를 찔렀다.

"그래, 대체 기르긴 누가 기르구?"

"어머니는 하는 수 없이 의부를 얻어 가서 술장사를 시작했죠. 술이 고주래서 의부라고 전 망나니예요. 철들어서부터 맞기 시작한 것이 하룬들 편할 날이 있었을까. 어머니는 말리다가 채이고 맞고 칼부림을 당하곤 하니 집 꼴이 무어겠소. 열여덟 살 때 집을 뛰쳐나와서부터 이 짓이죠."

"총각 낫세론 동이 무던하다고 생각했더니 듣고 보니 딱한 신세로군."

물은 깊어 허리까지 채었다. 속 물살도 어지간히 센 데다가 발에 채이는 돌멩이도 미끄러워 금시에 홀칠(물살에 쏠릴) 듯하였다. 나귀와 조 선달은 재빨리 거의 건넜으나 동이는 허 생원을 붙드느라고 두 사람은 훨씬 떨어졌다.

"모친의 친정은 원래부터 제천이었던가?"

"웬걸요. 시원스리 말은 안 해주나 봉평이라는 것만은 들 었죠."

"봉평? 그래 그 아비 성은 무엇이구?"

"알 수 있나요. 도무지 듣지를 못했으니까."

"그 그렇겠지."

하고 중얼거리며 흐려지는 눈을 까물까물하다가 허 생원은 경망하게도 발을 빗디디었다. 앞으로 고꾸라지기가 바쁘게 몸째 풍덩 빠져 버렸다. 허비적거릴수록 몸을 건잡을 수 없어 동이가 소리를 치며 가까이 왔을 때에는 벌써 퍽이나 흘렀었다. 옷째 쫄딱 젖으니 물에 젖은 개보다도 참혹한 꼴이었다. 동이는 물 속에서 어른을 해깝게(가볍게) 업을 수 있었다. 젖었다고는 하여도 여윈 몸이라 장정 등에는 오히려 가벼웠다.

"이렇게까지 해서 안됐네. 내 오늘은 정신이 빠진 모양이야."

"염려하실 것 없어요."

"그래 모친은 아비를 찾지는 않는 눈치지?"

"늘 한번 만나고 싶다고는 하는데요."

"지금 어디 계신가?"

"의부와도 갈라져 제천에 있죠. 가을에는 봉평에 모셔 오려고 생각 중인데요. 이를 물고 벌면 이럭저럭 살아갈 수 있겠죠."

"아무렴 기특한 생각이야. 가을이랬다?"

동이의 탐탁한 등허리가 뼈에 사무쳐 따뜻하다. 물을 다 건넜을 때에는 도리어 서글픈 생각에 좀더 업혔으면도 하였다.

"진종일 실수만 하니 웬일이요, 생원."

조 선달은 바라보며 기어코 웃음이 터졌다.

"나귀야. 나귀 생각하다 실족을 했어. 말 안 했던가. 저 꼴에 제법 새끼를 얻었단 말이지. 읍내 강릉집 피마(크게 자란 암말)에게 말일세. 귀를 쫑긋 세우고 달랑달랑 뛰는 것이 나귀 새끼같이 귀여운 것이 있을까. 그것 보러 나는 일부러 읍내를 도는 때가 있다네."

"사람을 물에 빠치울 젠 딴은 대단한 나귀 새끼군."

허 생원은 젖은 옷을 웬만큼 짜서 입었다. 이가 덜덜 갈리고 가슴이 떨리며 몹시도 추웠으나 마음은 알 수 없이 둥실둥실 가벼웠다.

"주막까지 부지런히들 가세나. 뜰에 불을 피우고 훗훗이 쉬어. 나귀에겐 더운물을 끓여 주고. 내일 대화 장 보고는 제천이다."

"생원도 제천으로……?"

"오래간만에 가 보고 싶어. 동행하려나, 동이?"

나귀가 걷기 시작하였을 때 동이의 채찍은 왼손에 있었다. 오랫동안 아둑시니(어둠의 귀신)같이 눈이 어둡던 허 생원도 요번만은 동이의 왼손잡이가 눈에 띄지 않을 수 없었다.

걸음도 해깝고 방울 소리가 밤 벌판에 한층 청청하게 울렸다.

달이 어지간히 기울어졌다.

작품의 이해

• 구조적 분석

갈래 : 단편 소설, 순수 소설, 시적 소설

배경 : 어느 여름날 봉평에서 대화에 이르는 산길

시점 : 전지적 작가 시점

주제 : 떠돌이 장돌뱅이의 애환과 사랑

출전 : 《조광》, 1936

• 작품해설

1936년《조광》에 발표된 〈메밀꽃 필 무렵〉은 이효석의 대표적인 후기 작품이다. 이 작품은 초기의 경향성을 탈피하여 자연과 인간 본능의 순수성을 서정적으로 표현한 순수 소설이다. 또한 뛰어난 서정성과 낭만성으로 소설을 시적 수필의 경지로까지 끌어올린 작품이다.

장돌뱅이의 애환과 사랑을 주제로 허 생원과 동이의 대화를 통해 여름날 하룻밤에 일어난 이야기를 과거와 현재를 교차해 가며 미묘한 심리 변화와 분위기를 연출해 낸다. 허 생원과 외모나 행동 양상, 그리고 정서적 융합까지 가능한 나귀를 등장시킴으로써 자연의 한 부분으로 흡수되고 인물과 자연을 합일치시키는 장면 묘사는 세밀하고 뛰어나며 그것을 통해 인간의 참된 모습을 발견하려는 작가의 의도를 엿볼 수 있다.

작가는 주어 없는 문장의 구사와 참신한 은유와 직유로 시적, 서정적인 문체를 유감 없이 보여 줌으로써 이 작품을 예술적 명작으로 평가받게 하는 것이다.

• **생각해보기**

1. 이 작품에서 '나귀'를 통해 나타내고자 하는 작가의 의도는 무엇인가?
2. 허 생원과 동이의 관계를 암시하는 결정적인 단어는 무엇인가?

☞**해답**

1. 내력 · 외모 · 운명 등에서 허 생원과 동일적으로 비교되는 효과를 나타낸다.
2. 왼손잡이.

수탉

• 읽기전에

1. 을손과 수탉과의 관계에 대해 생각해 보자.
2. 작품의 마지막 장면, 즉 을손이 수탉을 향해 물건을 집어 던지는 장면은 무엇을 의미하는지 생각해 보자.

• 줄거리

닭을 키워 팔아 수업료를 내고 학교에 다니는 을손은 자신이 처한 현실이 아주 못마땅하다. 좁고 거북한 굴레를 벗어나고 싶은 욕망은 학교에서 금단의 과실인 능금을 서리하고 담배를 피우고 낙서를 하는 위반 행위로 표출된다.

결국 무기 정학을 당한 을손은 울적한 마음에 닭시중도 게을리 하게 된다. 특히 자신의 정학으로 생명이 연장된 못난 수탉의 모습은 자신의 모습과 같아 몹시 눈에 거슬린다. 게다가 을손의 무기 정학을 못마땅하게 여기던 복녀에게도 실연을 당하고, 한 달이 넘어도 학교에서는 복교의 통지가 없다.

어느 날 저녁, 비참한 처지에 놓인 자신의 모습을 닮은 수탉이 또 다시 싸움에 져 참혹한 꼴로 돌아오자 을손은 화가 버럭 나서 손에 잡히는 것을 되는 대로 닭에게 던진다. 끊었다 이었다 하는 가엾은 비명이 을손의 오장을 뒤흔들어 놓는 듯하다.

수탉

을손은 요사이 울적한 마음에 닭시중도 게을리 하게 되었다. 그 알뜰히 기르던 닭들이 도무지 눈에도 들지 않으며 마음을 당기지 못하였다. 모이는새로에(「는」·「은」의 밑에 붙어서, 「고사하고」·「커녕」의 뜻) 뜰 앞을 어른거리는 꼴을 보면 나뭇개비를 집어 들게 되었다. 치우지 않은 우리 속은 지저분하기 짝없다.

두 마리를 팔면 한 달 수업료가 된다. 우리 안의 수효가 차차 줄어짐이 그다지 애틋한 것은 아니었다. 도리어 제때 가질 운명을 못 가지고 우리 안을 헤매는 한 달 동안의 운명을 벗어난 두 마리의 꼴이 눈에 거슬렸다. 학교에 안 가는 그 한 달 수업료가 늘려진 것이다.

그 두 마리 중에서도 못난 한 마리의 수탉—가장 초라한 꼴이었다. 허울이 변변치 못한 위에 이웃집 닭과 싸우면 판판이 졌다. 물어 뜯기운 맨드라미(닭의 볏. 계관(鷄冠))에는 언제 보아도 피가 새로이 흘러 있다. 거적눈(윗눈시울이 축 처진 눈)인데다 한쪽 다리를 전다. 죽지의 깃이 가지런하지 못하고 꼬리조차 짧았다. 어떤 때는 암탉에게까지 쫓겼다. 수탉 구실을 못 하는 수탉이 보기에도 민망하였으나 요사이 와서는 민망한 정도를 넘어 보기 싫은 것이었다. 더구나 한 달의 운명을 우리 안에 더 붙이게 된 것이 을손에게는 밉살스럽고 흉측스럽게 보일 뿐이었다.

학교에 못 가는 마음이 몹시 답답하였다.

능금을 따고 낙원을 쫓기운 것은 전설이나 능금을 따다 학원을 쫓기운 것은 현실이다.

농장의 능금은 금단의 과실이었다.

을손 들은 그 율칙을 어긴 것이다.

동무들의 꾐에 빠졌다느니보다도 을손 자신 능금의 유혹에 빠졌던 것이다. 능금은 사치한 욕망이 아니다. 필요한 식욕이었다.

당번은 다섯 명이었다. 누에를 다 올린 후이라 별로 하릴없이 한가하였던 것이 일을 저지른 시초일는지 모른다. 잡담으로 자정이 되기를 기다렸다가 일제히 방을 나가 어둠 속에 몸을 감추고 과수원의 철망을 넘었다.

먹다 남은 것을 아궁이 속에 넣은 것은 감쪽같았으나 마지막 한 개를 방구석 뽕잎 속에 간직한 것이 실책이었다.

이튿날 아침 과수원 속의 발자취가 문제되었을 때 공교롭게도 뽕잎 속의 그 한 개가 발견되었다.

수색의 길은 빤하다. 간밤의 다섯 명의 당번이 차례로 반 담임 앞에 불리게 되었다.

굳게 언약을 해놓고서도 어느 때나 마찬가지로 그 어디로부터인지 교묘하게 부서진다. 약한 한 사람의 동무의 입에서 기어이 실토가 된 모양이었다. 한 사람씩 거듭 불려 들어갔다.

두 번째 호출이 시작되었을 때 을손은 괴상한 곳에 있었다.

몸이 무거워 그 곳에 들어간 것이 아니라 얼마 동안의 귀찮은 시간을 피하려 일부러 그 곳을 고른 것이었다.

한 사람이 들어가 간신히 웅크리고 앉았을 만한 네모진 그 좁은 공간—거북스럽기는 하여도 가장 마음 편한 곳도 그 곳이었다. 그 곳에 앉았으면 마치 바닷물 속에 잠겨 있는 것과도 같이 몸이 거뿐한 까닭이다.

밖 운동장에서는 동무들의 지껄이는 소리, 웃음소리, 닫는 소리에 섞여 공 구르는 가벼운 소리가 쉴 새 없이 흘러와 몸은 그 즐거운 소리를 타고 뜬 것 같다.

을손은 현재 취조를 받고 있을 당번의 동무들과 자신의 형편조차 잊어버리고 유유히 주머니 속에서 담배를 한 개 집어내서 불을 붙였다. 실상인즉 담배도 능금과 같이 금단의 것이었으나 율칙을 어김은 인류의 조상이 끼쳐 준 아름다운 공덕이다. 더구나 그 곳에서 한 모금 피우기란 무상의 기쁨이라고 을손은 생각하는 것이었다.

이것도 그 곳의 특이한 풍속으로 벽에는 옷을 입지 않을 때의 남녀의 원시적 자태가 유치한 필치로 낙서되어 있다. 간단히 선 서투른 그림이면서도 그것은 일종의 기쁨이었다.

을손도 알 수 없는 유혹을 받아 주머니 속에서 무딘 연필을 찾아 향기로운 연기를 길게 뿜으면서 상상을 기울여 그림을 그리기 시작하였다.

능금을 먹은 위에 담배를 피우며 낙서를 하며—위반을 거듭하는 동안에—을손은 문득 학교가 싫은 생각이 불현듯이 들었다. 가령 학교에서 능금 딴 제자를 문초한 교사가 일단 집에 돌아갔을 때 이웃집 밭의 능금을 딴 어린 아들을 무슨 방법으로 처벌할 것이며 그 자신 능금을 따던 소년 시대를 추억할 때 어떤 감상과 반성이 생길 것인가. 또 혹은 학교에서 절제의 미덕을 가르치는 교사 자신이 불의의 정욕에 빠졌을 때 그 경우는 어떻게 설명하여야 옳은 것인가—마치 십계명을 설교하는 목사 자신이 간음의 죄에 신음하는 것과도 흡사한 그 경우를.

가깝게 생각하여 특수한 과학과 기술을 배워야 그것을 이용할 자신의 농토조차 없는 형편이 아닌가.

변변치 못하다. 초라하다. 잡다란(무던히 잔) 보수를 바라 이 굴욕을 받는 것보다는 차라리 좁고 거북한 굴레를 벗어나 아무 데로나 넓은 세상으로 뛰고 싶다.

을손의 생각은 고삐를 놓은 말같이 그칠 바를 몰랐다.

아마도 오래 된 듯하다.

하학 종소리가 어지럽게 울렸다.

이튿날 아버지는 단벌의 나들이 두루마기를 입고 학교에 불리었다.

무기 정학의 처분이었다.

아버지는 어안이 벙벙한 모양이었다—정든 아들을 매질할 수도 없었으므로.

을손은 우리 안의 닭을 모조리 훌두드려 팔아 가지고 내빼고 싶은 생각이 불같이 났으나 그것도 할 수 없어 빈손으로 집을 떠났다.

이웃 고을을 헤매이다가 사흘 만에 다시 집으로 돌아왔다.

밭일도 거들 맥없어 며칠을 천치같이 보낼 수밖에 없었다.

우리 안의 닭의 무리가 눈에 나 보였다. 가운데에서도 못난 수탉의 꼴은 한층 초라하다. 고추장에 밥을 비벼 먹어도 이웃집 닭에게 지는 가련한 신세가 보기에도 안타까웠다.

못난 수탉, 내 꼴이 아닌가—을손은 화가 버럭 났다.

한가한 판이라 복녀와는 자주 만날 수는 있는 처지였으나 겸연쩍은 마음에 도리어 주저되었다.

을손의 처분을 복녀는 확실히 좋게 여기지는 않는 눈치였다.

복녀는 의지의 여자였다. 반 년 동안의 원잠종(좋은 누에를 만들려고 계통을 바르게 한 누에의 종자) 제조소의 견습생 강습을 마친 터이라, 오는 봄부터는 면의 잠업 지도생으로 나갈 처지였다. 건듯하면 게을리 되는 을손의 공부를 권하여 주고 매질하여 주는 복녀였다. 학교를 마치면 맞들고 벌자는 언약이었으나 을손의 이번 실수가 복녀를 실망시킨 것은 확실하였다. 무능한 사내—복녀에게 이같이 의미 없는 것은 없었다.

하루 저녁 복녀를 찾았을 때 을손에게는 모든 것이 확적히 알렸다.

나온 것은 복녀가 아니요 복녀의 어머니였다.

"앞으로 출입도 피차에 잦지 못하게 될 것을 생각하니 섭섭하기 그지없네."

뜻을 몰라 우두커니 서 있으려니 복녀의 어머니는 말을 이었다.

"기어이 알맞은 사람을 하나 구해 봤네."

천근 같은 무쇠가 등골을 내리쳤다.

"조합에 얌전한 사람이 있다기에 더 캐지도 않고 작정하여 버렸어."

복녀는 찾아볼 생각도 못 하고 을손은 허전허전 뛰어나왔다.

'복녀의 뜻일까, 춘향모의 짓일까.'

물을 필요도 없었다.

눈앞이 어둡고 천지가 헐어지는 것 같았다.

며칠 동안은 눈에 아무것도 어리우지 않았다.

앙상한 밤송이 같은 현실.

한 달이 넘어도 학교에서는 복교의 통지가 없다.

저녁때였다.

닭이 우리 안에 들어 각각 잠자리를 차지하였을 때 마을 갔던 수탉이 어슬어슬 돌아왔다.

또 싸운 모양이었다.

찢어진 맨드라미에는 피가 생생하고 퉁겨진 죽지의 깃이 거꾸로 뻗쳤다.

다리를 저는 것은 일반이나 걸어오는 방향이 단정치 못하다. 자세히 보니 눈이 한쪽 찌그러진 것이었다. 감긴 눈으로 피가 흘러 털을 물들였다.

참혹한 꼴이었다.

측은한 생각은 금시에 미움의 감정으로 변하였다. 을손은 불 같은 화가 버럭 났다.

'그 꼴을 하고 살아서는 무엇해.'

살기를 띤 손이 부르르 떨렸다. 손에 잡히는 것을 되구 말구 닭에게 던졌다.

공칙하게도(일이 공교롭게 잘못되어) 명중되어 순간 다리를 뻗고 푸득거리는 꼴에서 을손은 시선을 피해 버렸다.

끊었다 이었다 하는 가엾은 비명이 을손의 오장을 뒤흔들어 놓는 듯하였다.

작품의 이해

• 구조적 분석

갈래 : 단편 소설

배경 : 1930년대 어느 시골 마을

시점 : 전지적 작가 시점

주제 : 현실에서 패배만을 거듭하는 한 인물의 자기 모멸감

출전 : 《삼천리》, 1933

• 작품해설

〈수탉〉은 1933년《삼천리》에 발표된 매우 짧은 분량의 단편이다. 그러나 이 작품은 이효석의 특징인 주인공과 동물의 동일시가 아주 두드러진 수작이다.

〈돈〉에서의 식이와 암퇘지, 〈메밀꽃 필 무렵〉에서의 허 생원과 나귀와 같이 이 작품에서도 을손과 수탉은 별개의 존재가 아니라 동일시되는 존재이다. 즉, 이효석의 작품에 나오는 동물은 등장 인물의 내면 의식을 보여주는 상징적 의미이거나 사건의 전개를 암시하는 역할을 한다.

〈수탉〉에서도 을손과 수탉의 동일시를 통해 현실에서 패배만을 거듭하는 한 청년의 자기 모멸감을 잘 보여 주고 있다. 허울이 변변치 못한 데다 이웃집 닭과 싸우면 판판이 지고 어떤 때는 암탉에게까지 쫓기는 수탉의 모습에서, 학교에서 무기 정학을 받고 복녀와의 만남도 금지당한 변변치 못하고 초라한 을손의 모습을 찾을 수 있다. 결국 을손은 수탉을 향해 마구 물건을 집어 던짐으로써 자기 자신에 대한 분노를 표출하는 것이다.

• 생각해보기

1. 〈수탉〉에서처럼 작가는 동물을 작중 인물과 연관시켜 사건을 진행하는 경우가 많은데, 그 예를 들어 보아라.
2. 주인공 을손과 수탉의 공통점은 무엇인가?

☞해답

1. 〈수탉〉에서 을손과 수탉, 〈돈〉에서 식이와 암돼지, 〈메밀꽃 필 무렵〉에서 허 생원과 나귀.
2. 닭장의 우리처럼 좁고 거북한 굴레를 벗어나지 못한 채, 패배감과 좌절감을 안고 살아가는 현실.

돈(豚)

• 읽기전에

1. 식이의 내적 갈등에 대해 생각해 보자.

2. 이 작품에 등장하는 암돼지의 역할이 무엇인지 알아보자.

• 줄거리

식이는 지난 여름 푼푼이 모은 돈으로 돼지 한 쌍을 사 왔다. 그러나 수놈은 한 달도 못 되어서 죽고 암놈만 겨우 살아 남는다.

달포 전 여섯 달을 정성껏 길러 종묘장으로 가 접을 붙였으나 암돼지가 너무 어려 실패한다. 다시 끌고 간 암돼지에게 어렵사리 접을 붙이고 집으로 돌아가던 중 얼마 전 마을에서 사라진 분이 생각에 이른다. 식이는 기찻길을 걸으며 그 아까운 암돼지를 팔아서라도 분이를 찾아 떠나고 싶다.

노동자가 되어 분이와 함께 사는 공상을 하며 정신 없이 철길을 걷던 식이는 비명과 함께 망연해진다. 이미 그 아까운 돼지는 기차에 치어 흔적도 없이 사라진 뒤다.

돈(豚)

옛성 모롱이 버드나무 까치 둥우리 위에 푸르뎅뎅한 하늘이 얕게 드리웠다. 토끼 우리에서는 하이얀 양토끼가 고슴도치 모양으로 까칠하게 웅크리고 있다. 능금나무 가지를 간들간들 흔들면서 벌판을 불어오는 바닷바람이 채 녹지 않은 눈 속에 덮인 종묘장(種苗場 묘목을 기르는 곳) 보리밭에 휩쓸려 돼지 우리에 모질게 부딪친다.

우리 밖 네 귀의 말뚝 안에 얽어매인 암돼지는 바람을 맞으면서 유난히 소리를 친다.

말뚝을 싸고도는 종묘장 씨돝(씨를 받으려고 기르는 돼지)은 시뻘건 입에 거품을 품으면서 말뚝의 뒤로 돌아 그 위에 덥석 앞다리를 걸었다. 시꺼먼 바위 밑에 눌린 자라 모양인 암돼지는 날카로운 비명을 올리며 전신을 요동한다. 미끄러진 씨돝은 게걸떡거리며 다시 말뚝을 싸고돈다. 앞뒤 우리에서 응하는 돼지들 고함에 오후의 종묘장은 떠들썩한다.

반시간이 넘어도 여의치 않았다. 둘러싸고 보던 사람들도 흥이 식어서 주춤주춤 움직인다. 여러 번째 말뚝 위에 덮쳤을 때에 육중한 힘에 말뚝이

와싹 무지러지면서 그 바람에 밑에 깔렸던 도야지는 말뚝 테두리가 벗어져서 뛰어났다.

"어려서 안 되겠군."

종묘장 기수가 껄껄 웃는다.

"황소 앞에 암탉 같으니 징그러워서 볼 수 있나."

"겁을 먹고 달아나는데."

농부는 날쌔게 우리 옆을 돌아 뛰어가는 돼지의 앞을 막았다.

"달포 전에 한 번 왔다갔으나 씨가 붙지 않아서 또 끌고 왔는데요."

식이는 겸연쩍어서 얼굴이 붉어졌다.

"아무리 즘생이기로 저렇게 어리구야 씨가 붙을 수 있나."

농부의 말에 식이는 다시 얼굴을 붉혔다.

"빌어먹을 놈의 즘생."

무안도 무안이려니와 귀치않게 구는 짐승에 식이는 화를 버럭 내면서 농부의 부축을 하여 달아나는 돼지의 뒤를 쫓는다. 고무신이 진창에 빠지고 바지춤이 흘러내린다.

돼지의 허리를 맨 바를 붙들었을 때에 그는 홧김에 바를 뒤로 잡아 낚으며 기운껏 매질한다. 어린 짐승은 바들바들 떨면서 소리를 친다. 농사 일년의 생명선—좀 있으면 나올 제일기분 세금과 첫여름 감자가 나올 때까지의 가족의 양식의 예산의 부담을 맡은 이 어린 짐승에 대한 측은한 뉘우침이 나중에는 필연코 나련마는 종묘장 사람들 앞에서의 무안을 못 이겨 식이의 흔드는 매는 자연 가련한 짐승 위에 잦게 내렸다.

"그만 갔다 매시오."

말뚝을 고쳐 든든히 박고 난 농부는 식이에게 손짓한다.

겁과 불안에 떨며 허둥거리는 짐승을 이번에는 한결 더 말뚝 안에 우겨넣고 나뭇대를 가로질러 배까지 떠받쳐 올려 꼼짝 요동하지 못하게 탐탁하게 얽어매었다.

털몸을 근실근실 부딪치며 그의 곁을 감돌던 씨돋은 미처 식이의 손이 떨어지기도 전에 화차와도 같이 육중하게 말뚝 위를 엄습한다. 시뻘건 입이 욕심에 목메어서 풀무같이 요란히 울린다. 깔리운 암퇘지는 목이 찢어져라 날카롭게 고함친다.

둘러선 좌중은 일제히 웃음소리를 멈추고 일시 농담조차 잊은 듯하다. 문득 분이의 자태가 눈앞에 떠오르자 식이는 말뚝에서 시선을 돌려 딴전을 보았다.

—'분이 고것, 지금 넌 어데 가 있는구.'

—제이기분은새로에(제이기분은커녕) 일기분 세금조차 밀려오는 농가의 형편에 돼지보다 나은 부업이 없었다. 한 마리를 일 년 동안 충실히 기르면 세금도 세금이려니와 잔돈푼의 가용(집안의 씀씀이) 용돈쯤은 훌륭히 우러나왔다. 이 돼지의 공용을 잘 아는 식이가 푼푼이 모은 돈으로 마을 사람들의 본을 받아 읍내 종묘장에서 갓난 양돼지 한 자웅을 사온 것이 지난 여름이었다. 기름이 자르르 흐르는 새까만 자웅을 식이는 사람보다도 더 귀히 여겨 갓 사왔을 무렵에는 우리 안에 넣기가 아까워 그의 방 한구석에 짚을 펴고 그 위에 재우기까지 하던 것이 젖이 그리워서인지 한 달도 못 돼서 수놈이 죽었다. 나머지의 암놈을 식이는 애지중지하여 단 한 벌의 그의 밥그릇에 물을 받아 먹이기까지 하였다. 물도 먹지 않고 꿀꿀 앓을 때에는 그는 나무하러 가는 것도 그만두고 종일 짐승의 시중을 들었다. 여섯 달을 기르니 겨우 암돼지 티가 났다. 달포 전에 식이는 첫시험으로 십 리가 넘는 종묘장까지 끌고 왔었다. 피돈 오십 전이나 내서 씨를 받은 것이 종시 붙지 않았다. 식이는 화가 났다. 때마침 정을 두고 지내던 이웃집 분이가 어디론지 도망을 갔다. 속이 상해서 며칠 동안 일이 손에 잡히지 않는 것이었다. 늘 뾰로통해서 쌀쌀하게 대꾸하더니 그 고운 살을 한 번도 허락하

지 않고 늙은 아비를 혼자 둔 채 기어코 도망을 가 버렸구나 생각하니 분이가 괘씸하였다. 그러나 속 깊은 박 초시의 일이니 자기 딸 조처에 무슨 꿍꿍이 수작을 대었는지 도무지 모를 노릇이었다. 청진으로 갔느니, 서울로 갔느니, 며칠 전에 박 초시에게 돈 십 원이 왔느니, 소문은 갈피갈피였으나 하나도 종잡을 수 없었다. 이래저래 상할 대로 속이 상했다. 능금꽃 같은 두 볼을 잘강잘강 씹어 먹고 싶던 분이인만큼 식이는 오늘까지 솟아오르는 심화를 억제할 수 없었다—

"다 됐군."

딴전만 보고 섰던 식이는 농부의 목소리에 그 쪽을 보았다. 씨돝은 만족한 듯이 여전히 꿀꿀 짖으면서 그 곳을 떠나지 않고 빙빙 돈다.

파장 후의 광경이언만 분이의 그림자가 눈앞에 어른거리는 식이는 몹시도 겸연쩍었다. 잠자코 섰는 까칠한 암퇘지와 분이의 자태가 서로 얽혀서 그의 머리 속에 추근하게 떠올랐다. 음란한 잡담과 허리 꺾는 웃음소리에 얼굴이 더한층 붉어졌다. 환영을 떨쳐 버리려고 애쓰면서 식이는 얽어매었던 돼지를 풀기 시작하였다. 농부는 여전히 게걸떡거리며 어른어른 싸도는 욕심 많은 씨돝을 몰아 우리 속에 가두었다.

"이번에는 틀림없겠지."

장부에 이름을 올리고 오십 전을 치러 주고 종묘장을 나오니 오후의 해가 느지막하였다.

능금밭 건너편 양옥 관사의 지붕이 흐린 석양에 푸르둥절하게 빛난다. 옛성 어귀에는 성 안으로 드나드는 장꾼의 그림자가 어른어른한다. 성 안에서 한 채의 버스가 나오더니 폭넓은 이등 도로를 요란히 달려온다. 돼지를 몰고 길 왼편으로 피한 식이는 퍼뜩 지나가는 버스 안을 살펴본다. 분이를 잃은 후로부터는 달아나는 버스 안까지 조심스럽게 살피게 되었다. 일전에 라남에서 버스 차장 시험이 있었다더니 그런 데로나 뽑혀 들어가지 않았을까? 분이의 간 길을 이렇게도 상상하여 보았기 때문이다.

'장이나 한 바퀴 돌아 올까.'

북문 어귀 성 밑 돌 틈에 돼지를 매놓고 성을 들어가 남문 거리로 향하였다. 분이가 없는 이제, 장꾼의 눈을 피하여 으슥한 가게 앞에서 겸연쩍은 태도로 매화분을 살 필요도 없어진 식이는 석유 한 병과 마른 명태 몇 마리를 사들고 장판을 오르락내리락하였다. 한동리 사람들의 그림자도 눈에 띄지 않기에 그는 곧게 성 밖으로 나와 마을로 향하였다.

어기적거리며 돼지의 걸음이 올 때만큼 재지 못하였다. 그러나 이제 매질할 용기는 없었다.

철로를 끼고 올라가 정거장 앞을 지나 오촌포 한길에 나서니 장 보고 돌아가는 사람들의 그림자가 드문드문 보인다. 산모퉁이가 바닷바람을 막아 아늑한 저녁빛이 한길 위를 덮었다. 먼 산 위에는 전기의 고가선이 솟고 산 밑을 물줄기가 돌아내렸다. 온천 가는 넓은 도로가 철로와 나란히 누워서 남쪽으로 줄기차게 뻗쳤다. 저물어 가는 강산 속에 아득하게 뻗친 이 두 줄기의 길이 새삼스럽게 식이의 마음을 끌었다.

걸어가는 그의 등뒤에서는 산모퉁이를 돌아오는 기차 소리가 아련히 들린다. 별안간 식이에게는 이상한 생각이 들었다.

'이 길로 아무 데로나 달아날까.'

장에 가서 돼지를 팔면 노자가 되겠지. 차 타고 노자가 자라는 곳까지 달아나면 그 곳에 곧 분이가 있지 않을까. 어디서 들었는지 공장에 들어가기가 분이의 소원이더니 그 곳에서 여직공 노릇 하는 분이와 만나 나도 노동자가 되어 같이 살면 오죽 재미있을까. 공장에서 버는 돈을 달마다 고향에 부치면 아버지도 더 고생할 것 없겠지. 돼지를 방에서 기르지 않아도 좋고 세금 못 냈다고 면소 서기들한테 밥솥을 뺏길 염려도 없을 터이지. 농사같이 초라한 업이 세상에 또 있을까. 아무리 부지런히 일해도 못살기는 일반이니…… 분이 있는 곳이 어디인가……. 돼지를 팔면 얼마나 받을까—이 돼지, 암돼지, 양돼지…….

"앗!"

날카로운 소리에 번쩍 정신이 깨었다. 찬바람이 휙 앞을 스치고 불시에 일신이 딴 세상에 뜬 것 같다. 눈 보이지 않고, 귀 들리지 않고—잠시간 전신이 죽고 감각이 없어졌다. 캄캄하던 눈앞이 차차 밝아지며 거물거물 움직이는 것이 보이고 귀가 뚫리며 요란한 음향이 전신을 쓸어 없앨 듯이 우렁차게 들렸다—우레 소리가…… 바다 소리가…… 바퀴 소리가…… 별안간 눈앞이 환해지더니 열차의 마지막 바퀴가 쏜살같이 눈앞을 달아났다.

"앗, 기차!"

다 지나간 이제 식이는 정신이 아찔하여 몸이 부르르 떨린다.

진땀이 나는 대신 소름이 쭉 돋는다. 전신이 불시에 빈 듯이 거뿐하다(「거분하다」의 센말. (들기 좋을 정도로) 조금 가볍다) 글자대로 전신은 비었다. 한쪽 팔에 들었던 석유병도 명태 마리도 간 곳이 없고 바른손으로 이끌던 돼지도 종적이 없는 것이다.

"아, 도야지!"

"도야지구 무어구 미친놈이지, 어디라고 후미끼리(건널목)를 막건너."

따귀를 철썩 맞고 바라보니 철로 망보는 사람이 성난 얼굴로 그를 노리고 섰다.

"도야지는 어찌 됐단 말요."

"어젯밤 꿈 잘 꾸었지. 네 몸 안 치인 것이 다행이다."

"아니 그럼 도야지가 치었단 말요."

"다음부터 차에 주의해!"

독하게 쏘아붙이면서 철로 망꾼은 식이의 팔을 잡아 낚아 후미끼리 밖으로 끌어냈다.

"아, 도야지가 치었다니. 두 번이나 종묘장에 가서 씨 받은 내 도야지, 암퇘지, 양돼지."

엉겁결에 외치면서 훑어보았으나 피 한 방울을 찾아볼 수 없다. 흔적조차 없다니—기차가 달랑 들고 간 것 같아서 아득한 철로 위를 바라보았으나 기차는 벌써 그림자조차 없다.

'한 방에서 잠재우고 한 그릇의 물 먹여서 기른 도야지, 불쌍한 도야지…….'

정신이 아찔하고 일신이 허전하여서 식이는 금시에 그 자리에 푹 쓰러질 것도 같았다.

작품의 이해

• 구조적 분석

갈래 : 단편 소설, 순수 소설

배경 : 종묘장에서 기찻길에 이르는 길

시점 : 전지적 작가 시점

구성 : 순행적 단순 구성

주제 : 인간의 의식 속에 잠재한 성적인 본능

출전 : 《조선문학》, 1933

• 작품해설

이효석은 1933년《조선문학》에 〈돈〉을 발표하면서 초기의 경향성을 탈피, 인간과 자연의 교감을 형상화한 서정적 작품을 추구하기 시작하였다. 동반자 작가로부터 순수 예술파로 탈바꿈한 그는 동물의 성질을 이용해 애욕의 세계를 묘사했으며 한편으로는 지나치게 애욕의 세계로 빠져들었다는 비판을 받기도 하였다.

이 작품 속에서도 간결한 문체와 짐승을 통한 인간의 애욕을 드러내는 작가의 기법을 찾을 수 있다. 작가는 동물의 생식욕을 인간의 애욕과 동일시하면서 결코 추잡한 것이 아니라 가장 순수하고 아름다운 것으로 보고 있다. 그러므로 식이의 공상 속에서 분이는 암퇘지와 동일시되고 결국 돼지의 상실은 분이의 영원한 상실로 이어지는 것이다.

또한 농촌에서 경제적으로 절대적 가치를 지닌 돼지와 가난한 농촌을 버리고 도시로 도망간 분이의 모습에서 당시 경제적으로 어려운 농촌의 한 단면을 보여 준다.

• **생각해보기**

1. 작품에서 분이의 도망이 뜻하는 것은 무엇인가?
2. 암퇘지가 의미하는 것은 무엇인가?

☞**해답**

1. 당시 농촌 생활의 궁핍과 농촌 젊은이의 도시로의 이탈을 의미한다.
2. 암퇘지는 성적 욕구의 대상으로서 분이와 일치시켰고 암퇘지의 상실은 분이와의 사랑의 종식을 의미한다.

분녀(粉女)

• 읽기전에

1. 주변 상황에 의해 변해 가는 분녀의 성격에 유의하며 읽어 보자.
2. 마지막 장면을 통해 작가가 의도하려는 것이 무엇인지 생각해 보자.

• 줄거리

분녀는 어느 날 밤 어머니와 동생이 곤하게 잠자는 방에서 겁탈을 당한다. 그가 농장에서 함께 일하는 명준임을 알지만 명준은 곧 금광을 찾아 떠난다. 그 후 상구와 사귀던 분녀는 단오 무렵 가게를 운영하는 만갑에게 겁탈당하고 지폐 한 장을 받는다. 분녀를 의심하던 상구는 경찰에 끌려가고 만갑의 가게에서 일하는 천수마저도 분녀를 겁탈한다. 이러한 성 체험은 분녀를 체념하게 만들고 그녀의 윤리 의식은 점차 변하게 된다. 중국인 왕가에게까지 겁탈당한 분녀는 점차 성적 욕망에 빠져들어 감옥에서 나온 상구에게 스스로 몸을 허락한다. 그러나 분녀의 타락을 알게 된 상구마저 떠나고 분녀의 성적 타락에 대한 소문이 난다. 그 후 죽을 결심을 했던 분녀는 마치 딴사람이 된 것처럼 밭일만 거들며 시간을 보내던 중 첫 사람이었던 명준이 돌아오고 허락만 한다면 명준과 평생을 같이할 생각을 한다.

분녀(粉女)

1

우리도 없는 농장에 아닌 때 웬일인가들 의아하게 여기고 있는 동안에 집채 같은 돼지는 헛간 앞을 지나 묘포밭(묘목을 심어서 기르는 밭. 모밭)으로 달아온다. 산돼지 같기도 하고 마바리(짐을 실은 말) 같기도 하여 보통 돼지는 아닌 데다가 뒤미처 난데없는 호개 한 마리가 거위 영장같이 껑충대고 쫓아오니 돼지는 불심지가 올라 갈팡질팡 밭 위로 우겨든다. 풀 뽑던 동무들은 간담이 써늘하여 꽁무니가 빠져라 산지사방으로 달아난다. 허구 많은 지향 다 두고 돼지는 굳이 이쪽을 겨누고 윽박아오는 것이다.

분녀는 기겁을 하고 도망을 하나 아무리 애써도 발이 재게 떨어지지 않는다. 신이 빠지고 허리가 휘는데 엎친 데 덮치기로 공칙히 앞에는 넓은 토벽이 막혀 꼼짝 부득이다.

옆으로 빗빼려고 하는 서슬에 돼지는 앞으로 왈칵 덮친다. 손가락 하나 놀릴 여유도 없다.

육중한 바위 밑에서 금시에 육신이 터지고 사지가 떨어지는 것 같다. 팔을 옴짝달싹할 수 없고 고함을 치려 입이 움직이지 않는다.

분녀는 질색하여 눈을 떴다.

허리가 뻐근하여 몸이 통세(병의 아픈 형세) 난다.

문득 짜장 놀라서 엉겁결에 소리를 치나 소리는 나오지 않는다. 입 안에는 무엇인지 틀어막히고 수건으로 자갈을 물리어 있지 않은가. 손을 쓰려 하나 눌리었고 다리도 허리도 머리도 전신이 무거운 돼지 밑에 있는 것이다. 몸에 칼이 돋치기 전에는 이 몸도둑을 물리칠 수 없지 않은가.

어둠 속에서도 경풍할 변괴에 부끄러운 생각이 났다. 어머니 앞에서도 보인 법 없는 몸뚱이를 하고 옷으로 덮으려 하나 생각뿐이다. 어머니는, 하고 가까스로 고개를 돌리니 윗목에 누웠고 그 너머로 동생의 코고는 소리가 들린다. 같은 방에 세 사람씩이나 산 넋이 있으면서도 날도둑을 들게 하다니 멀건 등신들이라고 원망할 수도 없는 것은 된 낮일에 노그라져서 함빡 단잠에 취하여 있는 것이다. 발로 차서 어머니를 깨우고도 싶으나 발이 닿기에는 동이 떴다.

삼경이 넘었을까 밤은 막막하다. 열린 문으로는 바람 한줌 없고 방안이나 문밖이 일반으로 까마득하다. 먼 하늘에는 별똥 하나 안 흐른다.

“원망할 것 없다. 둘만 알고 있으면 그만야. 내가 누구든—아무에게나 다 마찬가진걸.”

더운 날숨이 이마를 덮는다. 부스럭부스럭하더니 저고리 고름을 올개미 지워 매어 주는 눈치다.

간단하고 감쪽같다. 도둑은 흔적 없이 ‘훔칠 것’을 훔치고 늠실하고 나가 버렸다.

몸이 풀리자 분녀는 뛰어 일어나 겨우 입봉창을 빼기는 하였으나 파장 후에 소리를 치기도 객쩍다.

대체 웬 녀석인가. 뛰어나가 살폈으나 간 곳 없다. 목소리로 생각해 보아도 알 바 없고 맺혀진 옷고름을 만져 보는 건 뜻없다. 하늘이 새까맣다. 그 새까만 하늘이 부끄럽고 디딘 땅이 부끄럽고 어두운 밤을 대하기조차 겸연스럽다.

몸이 무시근하다. 우물에서 물을 두어 두레 퍼올려 얼굴을 씻고 방에 들어가 등잔에 불을 켰다. 어둠 속에서 비밀을 가진 방안은 밝을 때엔 천연스럽다. 땅 그 어느 한 구석이 무지러 떨어졌을 것 같다. 하늘의 별 한 개가 없어졌을 것 같다. 몸뚱이가 한 구석 뭉쳐 이지러진 것 같다. 반쪽 거울을 찾아 들고 얼굴을 비치어 보았다. 코며 입이며 볼이며가 상하지 않고 제대로 있는 것이 도리어 신기하게 여겨졌다. 어차피 와야 할 것이겠지만 그것이 너무도 벼락으로 급작스레 어처구니없게 온 것이 분녀에게는 알 수 없이 겸연스러웠다.

얼굴과 몸을 어루만지며 어머니의 잠든 양을 물끄러미 바라보려니 별안간 소름이 끼치며 가슴이 떨린다. 무서운 생각이 선뜻 들며 어머니를 깨우고 싶다. 그러나 곤한 눈을 멀뚱하게 뜨고 상기된 눈망울로 이쪽을 바라보는 것을 보면 분녀는 딴소리밖엔 못 하였다.

"새까맣게 흐린 품이 천둥하고 비올 것 같으우."

묘포 감독 박추의 짓일까? 데설데설하며 엄부렁한 품이 아무 짓인들 못 할 것 같지 않다. 계집아이들 틈에 끼여 인부로 오는 명준의 짓일까? 눈질이 영매스러운 것이 보통 아이는 아니나 워낙 집안이 억판(매우 가난한 처지)인 까닭에 일껏 들어간 중등 학교도 중도에서 퇴학하고 묘포 인부로 오는 것이 가엾긴 하다. 그러나 그라고 터놓고 을러멨다고 하면 응낙할 수 있었을까. 군청 사동 섭춘이나 아닐까? 한길에서도 소락소락 말을 거는 쥐알봉수. 그 초라니라면 치가 떨려 어떻게 하나.

잠을 설굳혀 버린 분녀는 고시랑고시랑 생각에 밤을 샜다. 이튿날은 공교히 궂은 까닭에 비를 칭탈하고 일을 쉬고 다음날 비로소 묘포로 나갔다. 같은 생각이 머리 속에 뱅돌아 사람을 만나기가 여간 겸연쩍지 않다. 사람마다 기연미연 혐의를 걸어보기란 면란스런 일이었다.

하늘이 제대로 개이고 땅이 이지러지지 않은 것이 차라리 시뻐스럽다(마음에 차지 아니하다). 천지는 사람의 일신의 괴변쯤은 익지 않은 과실이 벌레에게 긁히운 것만큼도 대수롭게 여기지 않은 모양이다. 하긴 다행이지 몸의 변고가 일일이 하늘에 비치어진다면 기분이, 순야, 옥녀, 모든 동무들에게 그것이 알려질 것이요, 그들의 내정도 역시 속뽑히울 것이다. 이런 생각이 들자 별안간 그들은 대체 성할까 하는 의심이 불현듯이 솟아오르며 천연스러운 얼굴들이 능청스럽게 엿보였다.

박추와 명준에게만은 속내를 들키운 것 같아서 고개가 바로 쳐들리지 않았다. 다시 살펴도 가잠나룻(짧고 성기게 난 구레나룻)이 듬성한 검센(성질이 질기고 억센) 박추. 거드럼부리는 들대밑. 이 녀석한테 당하였다면 이 몸을 어쩌노? 잠자코 풀 뽑는 무죽한 명준이, 새침한 몸집 어느 구석에 그런 부락부락한 힘이 들어 있을꼬? 사람은 외양으론 알 수 없다. 마치 그것이 명준이요, 적어도 명준이었으면 하는 듯이 이렇게 생각은 하나 면상과 눈치로는 그가 근지 누가 근지 도무지 거니챌 수 없다. 이러다가 평생 그 사람을 모르고 지나지나 않을까.

맡은 땅의 풀을 뽑고 난 명준은 감독의 분부로 이깔 포기에 뿌릴 약제를 풀어 무자위(물을 자아올리는 기계. 양수기)로 치기 시작하였다. 한 손으로 물을 뿜으며 다른 손으로 물줄기를 흔들다가 고무줄이 빗나가는 서슬에 푸른 약물이 옥녀의 낯짝을 쏘았다. 옥녀는 기겁을 하여 농인 줄만 알고 "저 녀석 얼뜨개같이 해 가지고 요새 무슨 곡절이 있어." 하고 쏘아붙인다. 명준은 픽 웃으며 마침 손이 비인 분녀에게 고무줄을 쥐어 주고 뿌려 주기를 청하였다. 두 사람이 한 무자위로 협력하게 되자 옥녀는 더 말이 없었다.

통의 것을 다 쳤을 때 다시 물을 길을 양으로 분녀는 명준의 뒤를 따라 도랑으로 내려갔다. 도랑은 풀이 가리어 밭에서 보이지 않는다. 명준은 손가락으로 물탕을 치며 낯이 부드럽다.

“일하기 되지 않니?”

대번에 농조로,

“너 어떤 놈에게로 시집가련? 박추한테라도.”

“미친 것 닫다가.”

“시집갔니? 안 갔니?”

관자놀이가 금시에 빨개진 것을 민망히 여겨 곧 뒤를 이었다.

“평생 시집 안 갈 테냐?”

“망할 녀석.”

“난 이 고장에서 없어지겠다. 살 재미없어. 계집애들 틈에 끼여 일하기도 낯없다. 일한대야 부모를 살릴 수 없고 잠단 세금도 못 물어 드잡이를 당하는 판이 아니냐. 이까짓 고향 고맙잖어. 만주로 가겠다. 돌아다니며 금광이나 얻어 보련다. 엄청난 소리지. 그러나 사람의 운수를 알 수 있니?”

“정말 가겠니?”

“안 가고 무슨 수 있니? 이까짓 쭉쟁이 땅 파야 소용 있나. 거기도 하늘 밑이니 사람이 살지 설마 짐승만 살겠니?”

물을 나르고 다시 도랑으로 내려왔을 때 명준은 닫다가 분녀의 팔을 잡았다.

“금덩이를 지고 올 때까지 나를 기다려 주련?”

눈앞에 찰락거리는 명준의 옷고름이 새삼스럽게 눈에 뜨이자 분녀는 번개같이 정신이 번쩍 들었다. 끝을 홀쳐 맨 고름이 같은 꼴의 제 옷고름과 함께 나란히 드리운 것이다.

"네 짓이었구나."

분녀는 짧게 외치고 고개를 떨어뜨렸다.

"언제까지든지 나를 기다리고 있으련?"

박추의 소리가 나자 두 사람은 날쌔게 떨어져 밭으로 갔다. 분녀는 눈앞이 아찔하며 별안간 현기증이 났다.

그뿐 명준은 다시 묘포밭에 나타나지 않았다. 다음날도 다음 다음날도. 며칠 후에 짜장 만주로 내뺐다는 소문이 들렸다. 분녀는 마음이 아득하고 산란하여 일을 쉬는 날이 많았다.

2

분녀는 그렇게 눈떴다.

인생의 고패를 겪은 지 이태에 몸은 활짝 피어 지난 비밀의 자취도 어스레하다. 껍질에 새긴 글자가 나무가 자람을 따라 어느 결엔지 형적이 사라진 격이다.

이제 아닌 때 별안간 불풍나게 두 번째 경험을 당하려고 하는 자리에 문득 옛 생각이 떠오르지 않을 수 없었다. 흐르는 향기같이 불시에 전신을 휩싼다. 피가 끓으며 세상이 무섭고 가슴이 두근거리며 손가락이 떨린다. 물동이를 깨뜨린 때와도 같이 목줄을 조인다.

대체 어떻게 하여서 또 이 지경에 이르렀나 생각하면 눈앞이 막막하다.

거리에 자주 삐쭉거린 것이 잘못일까? 만갑이에게는 어찌 되어 이렇게 허룽하게 보였을까. 돈도 없으면서 가게에 들어가서 이것저것 탐내는 것부터 틀렸다. 집안이 들구날 판에 든벌(집안에서만 입는 옷이나 신발 따위의 총칭)

의 옷도 과남(분수에 넘침)한데 단오빔은 다 무엇인가? 돈 있는 사람들의 단오 놀이지 가난한 멀떠구니의 아랑곳인가? 이 곳 질숙 저 곳 기웃하며 만져 보고 물어 보고 눈을 까고 한숨 쉬고 하는 동안에 엉뚱한 딴꾼에게 온전히 깐보이고 감잡히었다. 만갑이는 가게에 사람이 비인 때를 가늠보아 미처 겨를(어떤 일을 하다가 다른 데로 돌릴 수 있는 시간적인 짬) 사이도 없게 몸째 덜렁 떠받들어 뒷방에 넣고 안으로 문을 잠근 것이다.

부락스러운 꼴이 사내란 모두 꿈에서 본 돼지요 엉큼한 날도둑이다. 훔친 뒤에는 심드렁하다.

"가지고 싶은 것을 말해 봐—무엇이든지 소용되는 대로 줄게."

"욕을 주어도 분수가 있지 사람을 어떻게 알고 이 수작이야."

분녀는 새삼스럽게 짜증을 내며 보기 좋게 볼을 올려 붙였다. 엄청난 짓을 당하면서 심상한(대수롭지 아니하고 예사로운) 낯을 지닐 수도 없고 그렇게라도 할 수밖엔 없었다.

"미워 그랬나?"

"몰라, 녀석."

쏘아붙이고는 팔로 눈을 받치고 닫다가 울기 시작하였다. 사실 눈물도 나왔다. 첫번에는 겁결에 울기란 생각도 안 나던 것이 지금엔 눈물이 솟는 것이다. 그 무엇을 잃은 것 같다. 다시 찾을 수 없을 것 같다. 안타까운 생각에 몸이 떨린다.

"울긴 왜, 사람은 다 그런 것이야—단오에 들것 한 벌 갖추어 줄게."

머리를 만지다 어깨를 지긋거리면서,

"삽삽하게만 굴면야 이 가게라도 반 나눠 줄걸."

가게에 인기척이 나는 까닭에 분녀는 문득 울음을 그쳤다. 부르다 주인의 대답이 없으니 사람은 나가 버렸다. 만갑이는 급작스럽게 말을 이었다.

"여편네가 중풍으로 마저마저 거꾸러져 가는 판이니 그렇게만 된다면야 나는 분녀를 새로 맞어다 가게를 맡길 작정인데 뜻이 어떤가?"

울면서도 분녀는 은연중 귀를 솔깃하고 있었다.

"잘 생각해 볼 일이야."

듬짓이 눌러 놓고 만갑이는 한 걸음 먼저 방을 나섰다. 손님을 보내기가 바쁘게 방문을 빠끔히 열고 불러냈다.

"이것 넣어 둬."

소매 속에다 무엇인지를 틀어넣어 주는 것이다. 분녀는 어안이 벙벙하였다.

집에 돌아와 소매 갈피를 헤치니 지전 한 장이 떨어졌다. 항용 보던 것보다는 훨씬 넓고 푸르다. 과남한 것을 앞에 놓고 분녀는 적이 마음이 느긋하였다. 군청 관사에 아침저녁으로 식모로 가서 버는 한 달 월급보다 많다. 월급이라야 단돈 사 원으로는 한 달 요의 보탬도 못 된다. 화세로 얻어 부치는 몇 뙈기의 밭을 그래도 어머니와 동생이 드세게 극성으로 가꾸는 덕에 제철 제철의 곡식이 요를 도우니 말이지 그것도 없다면야 분녀의 월급만으로는 코에 바를 나위도 없을 것이다.

윈곳에 가 있는 오빠가 좀더 온전하다면 집안이 그처럼도 군색하지는 않으련만 엉망인 집안에 사람조차 망나니여서 이웃 고을 목탄 조합에 가 있어 또박또박 월급 생애를 하면서도 한푼 이렇다는 법 없었다. 제 처신이나 똑바로 하였으면 걱정이나 없으련만 과당하게 건들거리다 기어이 거덜나고야 말았다. 늦게 배운 오입에 수입을 탕갈하다 나중에 공금에까지 손찌검을 한 것이다. 탄로되었을 때에는 오백 소수나 감춰낸 뒤였다. 즉시 그 고을 경찰에 구금되었다가 검사국으로 넘어간 것은 물론이어니와 신분 보증을 선 종가에 배상액을 빗발같이 청구하므로 종가에서는 펏질 뛰어들어 야기를 부리는(불만을 품고 야단치다) 것이다. 집안은 망조를 만난 듯이 시산하고 을씨년스럽다.

불의의 수입을 앞에 놓고 분녀는 엄청나고 대견하였다. 어떻게 했으면 옳을까? 집안 일에 보태자니 빛 없고 혼잣일에 쓰자니 끔찍하고 불안스럽다. 대체 집안 사람들에게는 출처를 어떻게 말하면 좋을까?—관사에서 얻어내 왔다고 해서 곧이들을까? 가난에 과남은 도리어 무서운 일이다.

왈칵 겁도 났다. 술집 계집이나 하는 짓이 아닌가. 집안 사람도 집안 사람이려니와 명준에게 상구에게 들 낯이 있는가. 설사 만주에는 가 있다 하더라도 첫몸을 준 명준이가 아닌가. 그야말로 불시에 금덩이나 짊어지고 오면 어떻게 되노?

그러나 명준이보다도 당장 날마다 만나게 되는 상구에게 대하여서는 어떻게 한단 말인가. 확실히 그를 깔보고 오기는 했다. 그렇기 때문에 벌써 피차에 정을 두고 지낸 지 반 년이 넘는데도 몸 하나 까딱 다치지 못하게 하여 왔다.

그역 몸은 다칠 염도 하지 않았다. 그러나 그는 깔중보일인끔인가. 명준이같이 역시 눈질이 보통 재물은 아니다. 학교도 같은 학교나 명준이같이 중도에서 폐학할 처지도 아니요, 그것을 마치고는 서울 가서 윗학교를 치를 생각이라니 그렇게만 된다면야 취직도 한층 높아 고을 학교만을 졸업하고 삼종 훈도로 나가거나 조합 견습생으로 뽑히는 것과는 격이 다르다. 다만 세월이 너무 장구한 것이 지리하다. 지금 학교를 마치재도 이태, 윗학교까지 필함은 어느 천년일까. 그 때까지에는 집안은 창이 날 것이다. 몸까지 허락하면 일이 됩데 틀어질 것 같아서 언약만 하여 놓고 손가락 하나 까딱 못 하게 한 것이다. 상구 역시 그것을 원하지 않았고 공부에 유난스럽게 힘을 들이는 모양이다. 그러는 동안에 이 꼴이 되고 말았다.

허랑한((말이나 짓이) 허황하고 실답지 못한) 몸으로 상구를 어찌 대하노? 그렇다고 그를 당장에 단념할 신세도 못 되고 지은 죄를 쏟아 놓고 울고 뛸 수는 더욱 없는 것이다.

생각과 겁과 부끄러움에 분녀는 정신이 섞갈린다.

3

학교가 바쁜지 여러 날이나 상구를 만날 수 없다. 눈앞에 면대하지 않으니 겁도 차차 으스러지고 도리어 마음은 허랑하게 만든다.

실상은 다음날로라도 곧 가려 하였으나 겸연쩍은 마음에 그럴 수도 없어 며칠은 번졌다. 그 날 부랴부랴 그 곳을 나오느라고 만갑이 가게에 물건을 잊어둔 것이다. 물건도 물건 공칙히(일이 공교롭게 잘못되어) 손에 걸치는 옷가지인 까닭에 안 찾을 수도 없고 밤이 이슥하기를 기다려 분녀는 조심스러이 거리로 나갔다.

한길에는 사람들이 듬성듬성하다. 전과는 달리 한결 조물거리는 마음에 사방을 엿보며 가게로 들어가자 기다리고 있던 듯이 만갑이는 성큼 뛰어나온다.

"올 사람도 없을 듯하군."

밀창을 드르렁드르렁 밀고 휘장을 치고 가게를 닫히는 것이다.

"곧 갈 텐데."

"눈어림만 했더니 맞을까."

골방문을 냉큼 열더니 만갑이는 상자를 집어낸다. 덮개를 여니 뾰족한 구두. 새까만 광채에 분녀는 눈이 어립다.

팔을 낚아 쪽마루로 이끈다.

분녀는 반갑기보다도 무섭다.

"그까짓 구두쯤."

불 하나를 끄니 가게 안은 어둑스레하다.

만갑이는 마루에 걸터앉자 강잉히 팔을 잡아끈다. 뿌리치고 빼다가 전봇대 모서리에서 붙들렸다.

"손가락 겨냥 좀 해볼까."

우격으로 끌리운다.

마루에 이르기 전에 만갑이는 날쌔게 남은 등불을 마저 죽여 버렸다.

어두운 속에서 분녀는 씨름꾼같이 왈칵 쓰러졌다. 더운 날숨이 목덜미를 엄습한다. 굵은 바로 얽어매인 것같이 몸이 가쁘다.

"미친 것."

즐겨서 들어온 것은 아니나 굳이 거역할 것이 없는 것은 몸이 떨리기는 하나 거듭하는 동안에 마음이 한결 유하여진 것이다. 무엇보다도 어둠에는 눈이 없는 까닭에 부끄러운 생각이 덜하다.

별안간 밀창을 흔드는 인기척에 달팽이같이 몸이 움츠러들었다. 시치미를 떼려던 만갑이는 요란한 소리에 잠자코 있을 수 없어 소리를 친다.

"천수냐?"

하는 수 없이 문을 여니 천수가,

"야단났어요."

어느 결엔지 들어와서,

"병환이 더해서 댁에서 곧 들어오시라구요."

"더하다니!"

"풍이 나서 사람을 몰라봐요."

"곧 갈게 어서 들어가."

천수가 약삭빠르게 불을 켜는 바람에 분녀는 별수 없이 어지러운 꼴을 등불 아래 드러냈다. 움츠러들며 외면하였으나 천수의 눈이 등에 와 붙은 것 같다.

"녀석, 방정맞게."

만갑이의 호통에보다도 천수는 분녀의 꼴에 더 놀랐다.

이튿날 상구가 왔다.

임시 시험이라고는 칭탈하나 5월도 잡아들지 않았는데 모를 소리였다. 어쨓든 그를 만나기는 퍽도 오래간만이다. 거의 하루 건너로 찾아오던 것이 문득 끊어지더니 마침 두 장도막(한 장날과 다음 장날 사이의 동안)을 넘긴 것이다. 하기는 전모양 그모양 지닌 책보도 전의 것대로였다. 다만 얼굴이 좀 그슬렸고 눈망울이 그 무슨 먼 생각에 멀뚱하다. 필연코 곡절이 있으련만—그것을 꼬싯꼬싯 묻기에 분녀는 심고를 하며 상구의 말과 눈치가 될 수 있는 대로 자기의 일신의 변화 위에 떨어지지 않도록 발뺌을 하노라고 애를 썼다. 속으로는 상구한테서 정이 벌써 이렇게 떴나 하고 궁리 다른 제 심정을 아프고 민망하게도 여겼다. 거짓 없는 상구의 입을 쳐다보기도 죄망스럽다.

"시골 학교 재미 적다. 서울로나 갈까 생각하는 중이다."

새삼스런 소리에 분녀는 의아한 생각이 나서,

"아무델 가면 시험 없나? 뚱딴지같이 닫다가 서울은 왜."

"조사가 심해서 책도 맘대로 읽을 수 없어. 책권이나 뺏겼다. 서울 가면 책도 소원대로 읽을 거, 동무들도 흔할 거."

"책 책 하니 학교 책이나 보면 됐지 밤낮 무슨 책이야."

책보를 끌러 활짝 헤치니 교과서 아닌 몇 권의 책이 굴러 나왔다. 영어 책도 아니요 수학책도 아니요 그렇다고 소설책도 아닌 붉으칙칙한 껍질의 두터운 책들이다. 분녀는 전부터도 약간은 상구가 그러스럼한 책을 읽고 있는 것과 그것이 무슨 속인가를 짐작하여 했어나 하는 의심을 품고 오기는 왔다.

"집에 두면 귀찮겠기에 몇 권 추려 가져왔다. 소용될 때까지 간직했다

주렴."

"주제넘게 엉큼한 수작하다 망할 장본이야. 까딱하다 건수 윤패 꼴 되려구."

"함부로 지껄이지 말어. 쥐뿔도 모르거던."

상구는 눈을 부르댔다.

"너 요새 수상하더라, 태도가 틀렸지."

소리를 치며 책을 냉큼 들어 분녀의 볼을 갈긴다.

"어떻게 알고 그런 주제넘은 대꾸야."

돌리는 얼굴을 또 한 번 갈기다가 문득 고름 끝에 옭아 맨 반지를 보았다.

"웬 것야?"

잡아채이니 고름이 떨어진다. 상구는 금시에 눈이 찢어져 올라가며 불이라도 토할 듯 무섭게 외친다.

"어느 놈팽이를 웃어 붙였니? 개차반. 천보."

머리채가 휘어잡혔다. 볼이 얼얼하고 이빨이 솟는 듯하나 분녀는 아무 대답 없다. 모처럼의 기회에 차라리 죽지가 꺾이우게 실컷 맞고 싶다. 미안한 심사가 약간이라도 풀려질 것 같다.

"숫제 그 손으로 죽여 주었으면."

실토였다. 눈물이 솟는다.

"큰 것 죽이지 네까짓 것 죽이려 생겨났겐."

결착을 내려는 듯이 몸째 차박지르고 상구는 훌쩍 나가 버렸다.

어쩐지 마지막 일만 같아 분녀는 불현듯이 설워지며 공연히 그를 설굿친 것을 뉘우쳤다.

저녁때 밭에서 돌아오기가 바쁘게 어머니는 황당하게 설렌다.

"들었니? 상구 말이다."

분녀의 얼굴에는 아직도 눈물 자국이 부숙부숙한 채로다.

"요새 더러 만나 봤니? 이상한 눈치 보이지 않던? ……들어갔단다."

"예? 언제요?"

분녀는 눈이 번쩍 뜨인다.

"망간 거리에서 소문 듣고 오는 길이다. 윤패 건수들과 한 줄에 달릴 모양이다. 사람 일 모르겠다."

"낮쯤 와서 책까지 두고 갔는데요."

"낌새채고 하직차로 왔었나 보다. 멀건 소소리패들과 휩쓸려 지내더니 아마도 그간 음특한 짓을 꾸민 게야."

"눈치가 이상은 하였으나 그렇게까지 되다니요."

사실 분녀는 거기까지는 어림하지 못하였다. 아까 상구와 끝내 말다툼까지 하다 그의 심사를 설긋치게 된 것도 실상은 그의 말이 전과는 달리 수상하게 나온 까닭이었다.

"녀석들의 언걸입었거나(남 때문에 해를 당했거나) 그렇지 않으면 철모르고 새롱새롱 덤볐거나 한 게야. 사람은 겉볼 안이 아니구먼. 이 일을 어쩌노."

어머니로서는 공연한 걱정이었다.

"윗학교는 애시당초 틀렸지. 초라니 같은 것. 사람 잘못 가렸어."

슬그머니 딸을 바라본다. 분녀의 얼굴은 안온한 것도 같고 아득한 것도 같다.

"사람과 생각이 다른 것야 하는 수 없지요."

"넌 어떻게 생각하느냐 말이다. 분하지 않으냐?"

"분하긴요."

먼숙한 얼굴을 은연중 바라보며 어머니는 은근한 목소리로,

"너희들 그간 아무 일 없었니?"

분녀는 부끄러운 뜻에 화끈 얼굴이 달며 착살스런 어머니의 눈초리에서

외면하여 버렸다.

"있었다면 탈이다."

수삽스러운 생각에 어머니가 자리를 뜬 것이 얼마나 시원한지 알 수 없다. 어머니에게 대하여서보다도 애매한 상구에게 대하여 더 부끄럽다. 일신이 별안간 더럽고 께끔하다. 어쩐지 어심아하여 밤이 늦었을 때 분녀는 골목을 나갔다. 남문 거리에 가서 한모퉁이에 서기만 하면 웬만한 그 날 소식은 거의 귀에 들려 온다. 한길 복판 게시판 옆에 두런두런 모여서들 지껄지껄하는 속에서 분녀는 영락없이 상구의 소문을 가달가달 훔쳐 낼 수 있었다.

건수가 괴수였다. 모여서 글 읽는 패를 모으려다가 들킨 것이다. 학교에서는 상구 외에도 두 사람, 거리에서는 건수와 윤패네 세 사람. 상구가 건수에게서 책을 빌렸을 뿐이나 집을 속속들이도 수색당하고 학교에서는 나오는 대로 퇴학을 맞을 것이다.

상구도 이제는 앞길이 글렀구나 생각하면서 분녀는 발을 돌렸다. 이렇게 될 것을 예료하고 그를 숨기고 허랑하게 처신을 하여 온 것 같아 면목없고 언짢다.

집에 돌아오니 상구의 두고 간 책이 유난스럽게 눈에 띈다. 그립기보다도 도리어 책망하는 원혼같이 보여서 쓸어 들고 아궁이 앞으로 내려갔다.

"차라리 태워 버리는 것이 글거리가 남짧아 피차에 낫지."

불을 그어대니 속장부터 부싯부싯 타기 시작한다. 먹과 종이 냄새가 나며 두터운 책이 삽시간에 불덩어리가 된다. 어두운 부엌 안이 불길에 환하다. 상구와는 영영 작별 같다. 악착한 것 같아 분녀는 눈앞이 어질어질하다.

4

날을 지남을 따라 무겁던 마음도 차차 홀가분하여지고 상구에게 대하여 확실히 심드렁하게 된 것을 분녀는 매정한 탓일까 하고도 생각하였다. 굴레를 벗은 것같이 일신이 개운하다. 매일 곳 없으며 책할 사람 없다고 느끼는 동안에 마음이 활짝 열려져 엉뚱한 딴사람으로 변한 것 같다.

어느 날 저녁 느직하게 돼지물을 주고 우리에 의지하여 하염없이 들여다보고 있을 때 문득 은근한 목소리에 주물트리고 돌아서니 삽짝문 어귀에 사람의 꼴이 어뜩한다. 홀태 양복을 입고 철 잃은 맥고를 쓴 것이 갈 데 없는 만갑이다. 혹시 집안 사람에게라도 들키면 하고 밖으로 손짓하며 뛰어갔다.

"동문 밖까지 와 줄 텐가. 성 밑에 기다리고 있을게."

만갑은 외면하여 돌아서며 다짜고짜로 부탁이다.

"의논할 일이 있어. 안 오면 낭패야."

대답할 여지도 없게 다짐하고는 얼굴도 똑똑히 보이지 않고 사람의 눈을 피하는 듯이 휙 가 버린다. 어둠 속에 달아나는 꼴이 어렴칙하다. 약바른 꼴이 믿음직은 하나 너무도 급작스러워서 분녀는 미심하게 뒷모양을 바라본다. 여편네 병이 위중한가.

방에 돌아와 망설이다가 행티가 이상한 까닭에 담보를 내서 가 보기로 하였다. 물론 그에게는 그만큼 마음이 익은 까닭도 있었다.

동문을 나서니 벌판이 까마아득하고 늪이 우중충하다. 오 리 밖 바다가 보이는지 마는지. 달 없는 그믐밤이 금시에 사람을 호릴 듯하다.

길 없는 둔덕으로 들어서 성곽 밑으로 다가서기가 섬뜩하고 께름하다. 여우에게 홀리는 것은 이런 밤일까. 여우보다는 사람에게 홀리는 것이 그래도 낫겠지 하는 생각에 문득 납작 붙은 만갑을 발견하였을 때에는 차라리 반가웠다.

사내는 성큼 뛰어와 날쌔게 몸을 끌었다. 무서운 판에 분녀는 뿌듯한 힘이 믿음직하여 애써 겨르려고도 하지 않고 두 팔에 몸을 맡겨 버렸다.

"분녀."

이름을 부를 뿐 다른 말도 없이 급작스레 허리를 조이더니 부락스럽게 밀친다.

"다짜고짜로 개처럼 무어야, 원."

분녀는 세부득(일의 형세가 그렇게 하지 아니할 수 없어) 쓰러지면서 게정거리나(불평을 품고 떠드는 말과 행동을 자꾸 부리나) 어기찬((성질이) 매우 굳센) 얼굴이 입을 덮는다. 팔이 떨리며 몸짓이 어색하다.

"말이 소용 있나."

목소리에 분녀는 웅끗하였다.

"녀석 누구야."

소리를 지르나 입이 막히운다.

"만갑인 줄만 알았니. 어수룩하다."

"못된 것 각다귀."

손으로 뺨을 하나 올려쳤을 뿐 즉시 눌리어 꼼짝할 수도 없다.

"듣지 않을 듯해서 감쪽같이 만갑이로 변해 보았다. 계집을 속이기란 여반장(손바닥을 뒤집는 것 같다는 뜻으로, 매우 쉬움을 이르는 말)이야. 맥고 쓰고 홀태 양복만 입으면 그만이니."

천수도 사내라 당할 수 없이 빡세다.

"딴은 만갑이와 좋긴 좋구나. 여기까지 나오는 것 보니 녀석도 여편네는 마저마저 거꾸러지는데 말 아니야. 물건을 낚시삼아 거리의 계집애들 다 망쳐 놓으니."

천수의 심청은 생각할수록 괘씸하였으나 지난 후에야 자취조차 없으니 하릴없는 노릇이다. 마음속에 담고 있을 뿐 호소할 곳도 없으며 물론 말할 곳도 없다. 그러나 이상하게도 날을 지날수록 괘씸한 마음은 차차 스러져 갔다.

어차피 기구하게 시작된 팔자였다. 명준이 때나 천수 때나 누구인 줄도 모르고 강박으로 몸을 맡겼다. 당초에 몸을 뜯고 울고 하였으나 지금 와 보면 명준이나 천수나 만갑이까지도…… 다 같다. 기운도 욕심도 감동도 사내란 사내는 다 일반이다. 마치 코가 하나요 팔이 둘인 것같이 뛰어나지 못한 사내도 나은 사내도 없고 몸을 가지고만 아는 한정에서는 그 누구가 굳이 싫은 것도 무서운 것도 없다. 명준에게 준 몸을 만갑에게 못 줄 것 없고 만갑에게 허락한 것을 천수에게 거절할 것이 없다.

다만 부끄러울 뿐이다. 벗은 몸을 본능적으로 가리게 되는 것과 같은 심정으로 그것은 여자의 한 투다.

문만 들어서면 세상의 사내는 다 정답다. 천수를 굳이 괘씸히 여길 것 없다.

분녀는 이렇게까지 생각하게 되었다. 마음이 허탕하여졌다고 할까. 확실히 새 세상을 알기 시작한 후로 심정이 활짝 열리기는 열렸다. 아무리 마음속으로 노려보아도 이렇게밖엔 생각할 수 없다. 천수를 안된 놈이라고만 칭원할 수 없다.

정신이 산란하여 몸이 노곤하다. 살림은 나아지는 법 없고 일반인데다가 어느 날 또 발등에 불이 떨어졌다. 이웃 고을 재판소에서 검사국으로 넘어갔던 오빠의 재판이 열리는 것이다. 조합 당사자들에게 호출이 왔을 것은 물론이나 경찰에서 참량하여 집에도 통지가 왔다. 들어간 후로는 꼴을 본 지도 하도 오랜 까닭에 어머니만이라도 참례하여 징역으로 넘어가기 전에 단 눈보기만이라도 하였으면 하나 재판을 내일같이 앞두고 기차로 불과 몇 시간이 안 걸리는 곳인데도 골육을 보러 갈 노자가 없는 것이다. 어머니는 딸을, 딸은 어머니를 쳐다만 보며 종일 동안 궁싯거릴 뿐이었다.

생각다 못해 분녀는 밤늦게 거리로 나갔다. 만갑이밖엔 생각나는 것이 없다. 통사정하면 물론 되기는 될 것이다. 말하기가 심히 거북하여서 주저될 뿐이다.

휑뎅그렁한 가게에는 그러나 만갑의 꼴은 보이지 않는다. 구석에 박혀 있던 천수가 빈중빈중 웃으며 나올 뿐이다.

"만갑이 보러 왔니? 온천으로 놀러 갔다."

위인이 없다면 말도 할 수 없기에 얼빠진 것같이 우두커니 섰노라니 천수는 민망한 듯이 덜미를 친다.

"요전 일 노엽니?"

뒤를 이어,

"무슨 일인지 내게 말하렴. 났으니 말이지 만갑이에게 말해도 소용없을 줄이나 알아라. 네게서 벌써 맘 뜬 지 오래야. 요새는 남도집 월선이와 좋아서 지내는 모양이더라. 여편네 병은 내일 내일 하는데."

분녀는 불시에 뒤통수를 얻어맞은 것 같다. 눈앞이 아득하다.

"가게라도 반 떼어 주겠다고 꼬이지 않던? 여편네가 죽으면 후실로 들여 가게를 맡기겠다고 하지 않던? 누구에게든지 하는 소리 그게 수란다."

기둥을 잃은 것 같다. 몸이 떨린다. 그를 장래까지 믿었던 것은 아니나 너무도 간특스럽게 속히운 셈이다.

"만갑이처럼 능청스럽지는 못하나 네게 무엇을 속이겠니. 무슨 일이든 말하렴. 내 힘엔 부친단 말이냐?"

"아무것도 아니다."

"어떻게 생각할지 모르나 돈이라면 여기 잔돈푼이나 있다. 어떻게 여기지 말고 소용되는 대로 쓰려무나."

천수는 지갑을 내서 통째로 손에 쥐어 준다. 분녀는 알 수 없이 눈물이 솟는다. 예측도 못 한 정미에 가슴이 듬뿍해서 도리어 슬프다.

5

어머니는 재판소에 갔다온 날부터 심화가 나서 누웠다 일어났다 하였다. 홀렁 바지를 입고 용수를 쓴 오빠의 꼴이 눈앞에 어른거려 잠을 못 이루는 눈치다. 눈물이 마를 새 없고 눈시울이 부어서 벌겠다. 몇 해 징역이나 될까. 판결이 궁금하다느니보다 무섭다. 엄징한 재판장의 모양이 눈에 삼삼하다. 종가에서는 발조차 일체 끊었다.

시산한 속에도 단오가 가까워 온다.

거리 앞 장대에서는 매년같이 시민 운동회가 성대하게 열린다는 바람에 거리 사람들은 설렌다. 일 년에 한 번 오는 이 반가운 명절 때문에 사람들은 사는 보람이 있는 듯하다. 씨름이 있고 그네가 있고 활이 있고 자전거 경주가 있다. 사람들은 철시하고 새옷 입고 장대로 밀릴 것이다.

분녀는 정황은 못 되었으나 그래도 명절이 은근히 기다려진다. 제사 지낼 떡은 못 빚을지라도 만갑에게서 갖추어 얻은 것으로 이럭저럭 몸치장은 될 것이다. 무엇보다도 올에는 그네를 뛰어 상에 들 가망이 있는 것이다.

"자전거 경주에 또 나가 보겠다."

천수가 뽐내는 것을 들으면 분녀도 마음이 뛰놀았다.

"을손이를 지울 만하냐?"

"올에야 설마 짓구땡이지 어디 갈랴구. 우승기 타 들고 거리를 돌게 되면 나와 살겠니?"

"밤낮 살 공론이야."

이렇게 말한 것이 실상에 당일에는 어찌 된 일인지 도무지 신명이 나지 않았다.

못을 박은 듯이 빽빽이 선 사람 틈으로 자전거 경주를 들여다보고 있노라니 앞장서서 달아나던 천수는 꽁무니를 좇는 을손과 마주 스치더니 급작스런 모서리를 돌 때 기어이 왈칵 쓰러져 일어나는 동안에는 벌써 맨 뒤에 떨어져 버렸다. 을손의 간악한 계교에 얼입히었다고 북새를 놓았으나 을손이 벌써 일 등을 한 뒤라 공론이 천수에게 이롭지 못하였다. 조마조마 들여다보던 분녀는 낙심이 되어 차례가 와서 그네에 올랐을 때에도 마음이 허전허전하였다.

나조차 마저 실패하면 어쩌노 생각하며 애써 힘을 주어 솟구기 시작하였다. 회똑거리던 설개도 차차 편편하여지고 두 손아귀의 바도 힘차고 탐탁하게 활같이 휘었다 펴졌다 한다. 그네와 몸이 알맞게 어울려 빨리 닫는 수레를 탄 것같이 유쾌하다. 나갈 때에는 눈앞이 휘연하고 치맛자락이 너벼시이 나부낀다. 다리 밑에 울며줄며 선 사람들의 수천의 눈망울이 몸을 따라 왔다갔다한다. 하늘에 오를 것 같고 땅을 차지한 것도 같다. 땅 위의 걱정은 어디로 날아간 듯싶다.

바에 달린 줄이 휘엿이 뻗쳐 방울이 딸랑 울릴 때도 얼마 남지 않은 것 같다. 아래에서는 연방 추스르는 말과 힘을 메기는 고함이 들린다. 몸은 펴질 대로 펴지고 일등도 멀지 않다.

그 때였다. 들어왔다 마지막 힘을 불끗 내어 강물같이 후렷이 솟아나갈 때 벌판으로 달리는 눈동자 속에 문득 맞은편 수풀 속의 요절할 한 점의 광경이 눈에 들어왔다. 순간 눈이 새까매지고 허리가 휘친 꺾이우며 힘이 푹 스러지는 것이었다.

"왕가일까?"

추측하며 재차 솟구며 나가 내려다보니 움직이지도 않고 그대로 서 있는 꼴이 개울 옆 수풀 그늘 아래 완연하다. 그 불측한 녀석은 참다못해 그 자리에 선 것이 아니요 확실히 일부러 그 꼴을 하고 서서 이쪽을 정신 없이 쳐다보는 것이다. 아마도 오랫동안 그 목적으로 그 짓을 하고 섰던 것이 요행 주의를 끌어 눈에 띈 것이리라. 거리에서 드팀전을 하고 있는 중국인 왕가인 것이다.

"음칙한 것."

속으로는 혀를 차면서도 이상하게도 한눈이 팔려 분녀는 노리는 동안에 팽팽하게 당기던 기운이 왈싹 줄어들며 그네가 줄기 시작하였다. 허리가 꺾이우고 다리가 허전하여지더니 다시 힘을 주려야 줄 수 없다. 팔이 떨려 바가 휘친거리고 발에 맥이 풀려 설개가 위태스럽다. 벌써 자세가 빗나가고 몸과 자세가 틀리기 시작하였다. 거의 방울이 마저마저 울리려던 폿줄이 옴츠러들게만 되니 그네는 마지막이요 일등은 날아갔다. 분녀는 아홉 솎음의 공을 한 솎음의 실책으로 단망할 수밖엔 없었다. 줄 아래 사람들은 공중의 비밀은 알 바 없어 혹은 탄식하고 혹은 소리치며 다만 분녀의 못 미치는 재주를 아까워하는 것이다.

이렇게 된 바에야 하고 분녀는 줄어드는 그네 위에서 담대스럽게 녀석을 노려서 물리치려고 하였다. 그러나 이상한 것은 노리는 동안에 그를 물리치기는커녕 이쪽의 자세가 어지러워질 뿐이다. 오금에 맥이 빠지고 나부끼는 치마폭이 부끄럽다.

일종의 유혹이었다. 천여 명 사람 속에서 왕가의 그 꼴을 보고 있는 것은 분녀뿐이다. 말하자면 두 사람은 많은 총중의 눈을 교묘하게 피하여 비밀히 만나고 있는 셈도 된다. 왕가의 간특스런 손짓과 마주치는 분녀의 시선은 말없는 대화인 셈이다. 분녀는 부끄러운 생각에 얼굴이 붉어졌다.

줄에서 내렸을 때까지도 좀체 흥분이 사라지지 않았다.

좀 상에는 들었으나 상보다도 기괴한 생각에 몸이 무덥다.

이 괴변을 누구에게 말하면 좋을까? 혼자만 알고 있는 것이 옳을까 생각하며 천수를 찾았으나 많은 눈 속에서 소락소락 말을 붙일 수도 없어서 집으로 돌아와서야 겨우 기회를 잡았으나 천수는 홧김에 술이 거나하게 취하여 있다.

"개울가로 나오련? 요절할 이야기 들려줄게."

"분해서 못 견디겠다. 을손이 녀석."

분녀는 혼자 먼저 나갔으나 시납시납 거닐어도 천수의 나오는 꼴이 보이지 않았다. 분김에 을손과 맞붙어 싸우지나 않는가?

양버들 숲을 서성거리는 동안에 어두워졌다. 개울까지 나갔다 다시 수풀께로 돌아오면서 하릴없이 왕가의 생각에도 잠겨 본다—초라한 꼴로 거리에 온 지 오륙 년이나 될까. 처음에는 마병 장사를 하던 것이 차차 늘어 지금에는 드팀전으로도 제일 크다. 실속으로는 거리에서 첫째 부자라는 소리도 있으나, 아직도 엄지락 총각의 신세를 면하지 못하여 가끔 술집에 가서는 지전을 물 쓰듯 뿌린다고 한다. 중국 사람은 왜 장가가 늦을까? 여편네가 귀한 탓일까…….

수풀 그늘 속으로 들어가려던 분녀는 기겁을 하고 머물렀다. 제 소리의 범이 있는 것이다. 왕가는 마치 그를 기다리고 있던 것같이 벙글벙글 웃으며 앞에 막아선다. 하기는 낮에 섰던 바로 그 자리이긴 하다. 도깨비에게 홀린 것도 같다.

쭈뼛 솟았던 머리끝이 가라앉기도 전에 몸이 왕가의 팔 안에 있다. 입을 벌리기에는 너무도 어처구니없고 삽시간이라 겨를 틈도 없다.

"평생이 이다지도 기구할까."

분녀는 혼자 앉았을 때 스스로 일신이 돌려 보였다.

수풀 속에서 왕가에게 경박을 당하였을 때 악을 다하여 결었다면 겯지 못하였을까. 가령 팔을 물어뜯는다든지 돌을 집어 얼굴을 찧는다든지 하였으면 당장을 모면할 수는 있지 않았던가. 그럼에도 그는 그것을 할 수 없었고 이상한 감동에 몸이 주저들자 기운도 의사도 사라져 버려 그뿐이었다.

마치 당시에는 함빡 술에라도 취하였던 것싶다.

천수를 대할 꼴도 없다. 하기는 만갑과의 사이를 아는 그가 왕가와의 사이인들 굳이 나무랄 이치도 없기는 하다. 천수는 만갑에게서 그를 빼앗았고 차례로 왕가에게 빼앗긴 셈이다. 몸이란 나루에서 나루로 멋대로 흘러가는 한 척의 배 같다. 하기는 만약 그 날 저녁 약속한 천수가 어김없이 개울가로 나와 주었으면 그렇게 신세가 빗나가지는 않았을 것이다. 천수를 한할까 왕가를 원망할까.

분녀는 길게 한숨지으며 생각에 눈이 흐리멍덩하다. 천수를 한할 바도 못 되거니와 왕가를 미워할 수도 없는 것이다.

생각하기도 부끄러운 일이나 사실 왕가는 특별한 인간이었다. 사내 이상의 것이라고 할까! 그로 말미암아 분녀는 완전히 눈을 뜨게 된 것이다.

왕가를 보는 눈이 전과는 갑자기 달라져서 은근히 그가 그리운 날이 있었다. 피가 스멀거려 몸이 덥고 골이 띵할 때조차 있다. 그럴 때에는 뜰 앞을 저적거리거나 성 밖에 나가 바람을 쏘일 수밖에는 없었다. 그러나 그것만으로는 도무지 몸이 식지 않는 때가 있다.

하룻밤은 성 밖까지 나갔다. 돌아오는 길에 거리를 거쳤다. 눈치를 보아 왕가와 만날 수가 있지나 않을까 하는 속심도 없는 바 아니었다.

두근거리는 마음에 남문을 지날 때 돌연히 천수를 만났다. 조바심하는 탓으로 태도가 드러나 보였는지 천수는 어둠 속으로 소매를 이끌더니 첫마디에 싫은 소리였다.

"요새 꼴이 틀렸군."

영문을 몰라 맞장구를 쳤다.

"꼴이 틀렸다니 눈이 뒤집혔단 말이냐?"

"눈도 뒤집혔는지 모르지."

"무슨 소리냐?"

"요새 환장할 지경이지?"

"또 술 취했구나. 을손이한테 지더니 밤낮 술이야."

"어물쩡하게 딴소리 그만둬."

쏘더니 목소리를 갈아,

"사람이 그렇게 헤프면 못쓴다. 아무리 너기로서니 천덕구니가 되면 마지막이야."

"무엇 말이냐?"

"그래도 시침을 떼니? 왕가와의 짓 말야."

분녀는 뜨끔하여 입이 막혀 버렸다.

"수풀 속에서 본 사람이 있어. 하늘은 속여도 사람의 눈은 못 속인다."

따귀를 붙인다. 분녀는 주춤하며 자세가 휘었다.

"다시 그러면 왕가를 찔러라도 눕힐 테야. 치가 떨려 못살겠다."

한참이나 잠자코 섰던 분녀는 겨우 입을 열었다.

"너 옷섶이 얼마나 넓으냐? 내가 네게 매었단 말이냐. 왕가와 너와 못하고 나은 것이 무엇 있니?"

6

그후로 천수와의 사이가 뜬 것은 물론이어니와 분녀에게는 여러 가지 궁리가 많아서 얼마간 거리와 일체 발을 끊었다. 아침저녁으로 관사에 다니는 것도 일부러 궁벽한 딴 길을 골랐다. 관사에서 일하는 이외의 여가는 전부 집에서 보냈다.

빈집을 지키며 울밑 콩포기도 가꾸고 우물물을 길어 몸도 퍼찔 씻고 하는 동안에 열이 식어지고 마음도 차차 잡혔다. 몸이 깨끗하고 정신이 맑은데다 뜰 앞의 조촐한 화초 포기를 바라보고 있으면 지난 일이 꿈결같이밖에는 생각나지 않는다. 그 무슨 무서운 대병이나 치르고 난 것같이 몸이 거뿐하다. 모든 것이 지나간 꿈이었다면 차라리 다행이겠다고 생각해 보면 머리채를 땋아 내린 몸으로 엄청난 짓을 한 것이 새삼스럽게 뉘우쳐진다. 명준 만갑 천수 왕가 머리 속에 차례차례로 떠오르는 환영을 힘써 지워 버리려고 애쓰면서 날을 보냈다.

그러나 사람의 마음처럼 조화 많은 것은 없는 듯하다. 언제까지든지 찬 우물물을 끼얹어 식히고 얼리울 수는 없었다. 견물생심으로 다시 분녀의 마음을 움직이게 한 변괴가 생겼다. 망측스런 꼴이 눈에 불을 붙여 놓았다.

여름의 관사는 까딱하면 개망신처가 되기 쉽다. 문이란 문, 창이란 창은 죄다 열어젖뜨리고 대신에 얇은 발이 쳐지면 방안의 변이 새이기 맞춤이다. 문이란 벽 속의 비밀을 귀띔하는 입이다. 그 안에 사는 임자가 밤과 낮조차 구별할 주책이 없을 때에 즐겨 망신 주기를 좋아하는 것 같다.

그 날 저녁 무렵은 유난히도 무더웠다. 더우면 사람들은 해변에서나 집안에서나 옷벗기를 즐겨 한다. 분녀는 이역 유난스럽게도 일찍이 부엌일을 마치고는 목욕물을 가늠보러 목욕간으로 들어갔다. 물줄기를 틀어 더운물을 맞추면서 한결같이 누구보다도 먼저 시원한 물 속에 잠겼으면 하는 불측한 생각뿐이었다. 그러나 대체 주인 양주는 이때껏 무엇을 하고 있나 하고 빈지 틈에 눈을 대었다. 이 괴망스러운 짓이 실수였는지도 모른다. 빈지 틈으로는 맞은편 건넌방이 또렷이 보인다. 분녀는 하는 수 없이 방안의 행사를 일일이 보지 않을 수 없었다.

거의 숨을 죽였다. 피가 솟아 얼굴이 확 단다. 목구멍이 이따금 울린다. 전신의 신경을 살려 두 손을 펴고 도마뱀같이 빈지 위에 납작 붙었다.

수돗물이 쏟아질 대로 쏟아져 목욕통이 넘쳐나는 것도 잊어버리고 분녀는 어느 때까지나 정신 없이 빈지에 붙어 앉았다. 더운 김에 서리워서인지 눈에 불이 붙어서인지 몸이 불덩이같이 덥다.

날을 지나도 흥분이 쉽사리 사라지지 않는다.

—그런 세상도 있구나.

거기에 비하면 지금까지 겪은 세상은 너무도 단순하고 아무것도 아닌—방안의 세상이 아니요 문밖 세상 같은 생각이 든다. 가지가지의 경험을 죄 진 것같이 여기던 무거운 생각도 어느 결엔지 개어지고 도리어 자연스럽고 그 위에 그 무엇이 부족하였다는 느낌조차 들었다.

관사의 광경은 확실히 커다란 꾀임이었다. 일시 잠자던 것이 다시 깨어나 이번에는 더 큰 힘으로 움직이기 시작하였다. 아무리 우물물을 퍼서 몸에 퍼부어도 쓸데없다. 한시도 침착하게 앉아 있을 수 없이 육신이 마치 신장대 모양으로 설레는 것이다.

만약 그 날로 돌연히 상구가 눈앞에 나타나지 않았더면 분녀는 어떻게 일신을 정리하였을까.

요술과도 같이 뜻밖에 상구가 찾아왔다. 들어간 지 거의 달포 만이다. 얼굴은 부숭부숭 부었으나 어느 틈엔지 머리까지 깎은 후라 일신은 단정하다. 짜장 반가운 판에 분녀는 조금 수다스럽게 소리를 질렀다.

"고생했구나."

"맞았다! 동무들이 가엾다."

상구는 전과는 사람이 변한 것같이 속도 열리고 말도 걱실걱실 잘 받는 것이 분녀에게는 알 수 없이 반갑다.

"몸이 부은 것 같구나. 거북하지 않으냐?"

"넌 내 생각 안 했니?"

다짜고짜로 몸을 끌어당긴다. 분녀는 굳이 몸을 빼지 않았다.

"이번같이 그리운 때 없다."

"별안간 싸늘한 것 같구나."

핑계 겸 일어서서 분녀는 방문을 닫았다.

상구에게 대한 지금까지의 불만도 뉘우침도 다 잊어버리고 상구의 하는 대로 몸을 맡겼다. 누구보다도 지금에는 상구가 가장 그리운 것이다. 지난날도 앞날도 없고 불붙는 몸에는 지금이 있을 뿐이다. 상구의 입술이 꽃같이 곱다.

다음날 관사에 나갔을 때에 분녀는 천연스런 양주의 얼굴을 속으로 우습게 여기는 한편 천연스런 자신의 꼴을 한층 더 사특하게 여겼다.

그 날 밤도 상구가 오기는 왔으나 간밤같이 기쁜 낯으로가 아니었다. 밤늦게 오면서도 그는 전과 같이 노여운 태도였다. 퉁명스런 목소리였다.

"너를 잘못 알았다."

발을 구르며,

"네까진 것한테 첫몸을 준 것이 아까워."

이어,

"짐승 같은 것. 너를 또 찾은 내가 잘못이었지. 그렇게까지 된 줄이야 알았니?"

기어이 볼을 갈겼다.

"소문 다 들었다."

"……."

"굳이 일일이 이름 들 것도 없겠지. 어떻든 난 쉬 떠나겠다."

7

상구는 말대로 가 버렸다. 차라리 실컷 얻어나 맞았더면 시원할 것을 더 말도 못 들어 보고 이튿날로 사라졌으니 하릴없다. 서울일까? 사람이란 눈 앞에만 안 보이게 되면 왜 이리도 그리운가?

그러나 상구의 실종보다도 더 큰 변이 생기고야 말았다. 마을 갔던 어머니는 황급한 성질에 뛰어들더니 손에 몽둥이를 집어 들었다.

"분녀야, 정말이냐?"

분녀에게는 곡절이 번개같이 짐작되었다. 금시에 몸이 녹는 것 같더니 넋없는 몸뚱이가 허공을 나는 것 같다.

"허구한 곳 다 두고 하필 종가에 가서 이 끔찍한 소문을 듣다니 무슨 망신이냐."

올 때가 왔구나 느끼며 숨을 죽였다.

"일일이 대 봐라. 행실머릴 이 자리에서."

첫매가 내렸다.

"만갑이 천수 또 누구냐 대라. 치가 떨려 견딜 수 있나. 몸치장이 수상하더니 기어이 이 꼴이야?"

물매가 내리기 시작하였다. 분녀는 소같이 잠자코만 있다가 견딜 수 없어서 매를 쥔 팔을 붙들었다. 어머니는 더욱 노여워할 뿐이다.

"이 고장에 살 수 없다. 차라리 죽어라."

모진 매에 등줄기가 주저 내리는 것 같다. 종아리에서는 피가 튄다. 분녀는 하는 수 없이 매를 벗어나서 집을 뛰어나왔다. 목소리는 나지 않고 눈물만이 바짓바짓 솟는다.

바다에라도 빠질까. 목이라도 맬까. 성문을 나서 환장할 듯한 심사에 정신 없이 벌판을 달렸다. 큰길을 닫기도 부끄러워 옆길로 들었다. 허전거리다가 밭두둑에 쓰러졌다. 굳이 다시 일어날 맥도 없어 그 자리에 코를 박고 밤 되기를 기다렸다. 바다에까지 나가기도 귀찮아 풀포기에 쓰러진 채 밤을 새웠다.

다음날도 집에 들어가지 않고 그렇다고 갈 곳도 없어 사람 눈에 안 띄게 종일이나 벌판을 헤매이다가 밭 속 초막 안에서 잤다. 그런 지 나흘 만에 벌판으로 찾아 헤매는 식구의 눈에 띄어 하는 수 없이 집으로 끌려갔다. 어머니는 때리는 대신에 눈물을 흘렸다.

큰일이나 치르고 난 것 같다. 몸도 가다듬고 마음도 조여졌다. 딴사람으로라도 태어난 것 같다. 관사에서 떨어진 후로는 들에 나가 밭일을 거들었다. 거리를 모르게 되고 밭과 친하였다.

여름이 짙어지자 벌써 가을 기색이었다. 들에는 곡식 냄새에 섞여 들깨 향기가 넘쳤다. 들깨 향기는 그윽한 먼 생각을 가져온다.

분녀는 날마다 들깨 향기에 젖어서 집에 돌아왔다. 그런 하룻날 돌연히 낯선 청년이 찾아왔다.

"날 모르겠어?"

아무리 뜯어보아도 알 듯 알 듯하면서 생각이 미처 돌지 않는다.

"명준이야."

듣고 보니 틀림없다. 반갑다. 3년 만인가.

"만주 갔다 오는 길야. 나도 변했지만 분녀도 무던히는 달라졌군."

"금광은 찾았누?"

"금광 대신에 사람놈이나 때려 죽였지."

명준은 빙그레 웃는다. 고생을 하였으련만 그다지 축나지도 않았다. 도리어 몸이 얼마간인 것 같다.

"고향은 그저 그 모양이군."

분녀는 변화 많은 그의 일신 위에 말이 뻗칠까 봐 날쌔게 말꼬리를 돌렸다.

"어떻게 할 작정인구."

"밭뙈기나 얻어 갈아 볼까. 수틀리면 또 내빼구."

말투가 허황하면서도 듬직하다. 생각하면 명준은 첫사람이었다. 귀찮은 금덩이를 가져오지 않은 것이 차라리 개운하다. 허락만 한다면 그와 나 마음잡고 평생을 같이하여 볼까 하고 분녀는 생각하여 보았다.

작품의 이해

• 구조적 분석

갈래 : 단편 소설

배경 : 1930년대 바닷가의 농촌

시점 : 전지적 작가 시점

주제 : 가난한 한 여인이 성적으로 타락해 가는 변모 과정

출전 : 《중앙》, 1936

• 작품해설

이 작품은 1936년《중앙》1~2월호에 발표된 이효석의 단편 소설로 〈장미 병들다〉, 〈화분〉 등과 함께 인간 본연의 원시적 성 의식을 다루고 있다. 〈분녀〉는 이효석 작품의 특징이라 할 수 있는 관능적인 감각과 인간 본연의 생명 감각이 혼융된 구조를 지녔다.

작가는 농장에서 잡일이나 하고 사는 가난한 분녀가 성적(性的)으로 타락해 가는 변모 과정을 통해 성 도덕의 문제 의식을 드러내고 있다.

당시의 칠거지악(七去之惡)의 엄격한 윤리 의식이나 금기시했던 성 도덕의 유교적 관념에 과감하게 도전하고 있는 것이다.

그것은 한편으로 인간 본연의 삶 의식을 추구하려는 원시적인 행위이며 생물학적으로도 자연스런 생리의 발산과도 같은 것이지만, 그로 인해 상실해 가는 인간 윤리 의식과 도덕에 대해 한 번쯤 생각하게 만드는 것이다.

• **생각해보기**

1. 이 작품의 결말에서 보여 주는 분녀의 태도로 보아 무엇을 깨달을 수 있는가?
2. 〈분녀〉에서 나타나는 이효석 작품의 특징이라 할 수 있는 작품 구조는 무엇인가?

☞**해답**

1. 분녀의 성적 타락을 통해 성욕에 의한 본능적 행위보다 한 남자에게 안주하여 평범한 삶을 살아가는 것이 행복이라는 결론을 내리게 한다.
2. 관능적인 감각과 인간 본연의 생명 감각이 혼융된 구조.

나도향

물레방아
벙어리 삼룡(三龍)이
뽕

나도향 羅稻香, 1902~1927

본명은 경손(慶孫). 호는 도향. 필명은 빈(彬). 서울 출생. 1919년 배재 고보(高普) 졸업. 경성 의전 중퇴. 1921년《신민공론》에 단편 〈추억〉을 발표하면서 문단에 등단. 1922년 홍사용, 박종화, 이상화 등과 함께 감상적 낭만주의 경향의 동인지《백조》를 창간했고 그 해 동아일보에 장편 〈환희(幻戲)〉를 연재해 문단에 두각을 나타내기 시작하였다. 이 시기까지 그의 작품은 지나치게 애상적이고 감상적이었다. 이후 단편 〈여이발사〉를《백조》에, 〈17원 50전〉 〈행랑자식〉을《개벽》에 발표하면서 사실적 묘사로 전환하기 시작하였고, 〈물레방아〉 〈뽕〉 〈벙어리 삼룡이〉를 발표해 감상적 낭만주의를 완전히 벗어나 구체적 인간 현실을 탐구하는 객관적 사실주의 경향의 완숙미를 보여 주었으나 1927년 폐결핵으로 짧은 인생을 마감했다.

주요 작품

1. 단편소설 : 〈출학(黜學)〉(1921), 〈젊은이의 시절〉 〈여이발사〉 〈별을 안거든 울지나 말걸〉(1922), 〈춘성(春星)〉 〈17원 50전〉 〈행랑 자식〉(1923), 〈자기를 찾기 전〉 〈전차 차장의 일기 몇 절〉(1924), 〈물레방아〉 〈벙어리 삼룡이〉 〈뽕〉(1925), 〈지형근〉(1926)
2. 장편소설 : 〈환희〉(1922)
3. 중편소설 : 〈청춘〉(1920)
4. 논문 : 〈내가 믿는 문구 몇 개〉(1925)

물레방아

• 읽기전에

1.이방원의 내적 갈등에 대해 생각해 보자.

2.이방원과 신치규의 신분적 차이에서 오는 갈등의 유형에 대해 생각해 보자.

3.작품에 나오는 이방원과 그의 아내, 이방원과 신치규의 갈등의 차이를 비교해 보자.

• 줄거리

식민지 시대의 전형적인 한 농촌 마을에서 가장 부자이고 세력 있는 신치규는 자기 집 막실살이를 하며 그의 땅을 경작하는 이방원의 아내에게 눈독을 들인다. 신치규는 아들 하나를 낳아 주면 안락한 생활을 보장해 준다며 방원의 아내를 물레방앗간으로 꾀어낸다. 가난에 지친 데다 물욕이 강한 그녀는 신치규와 밀회를 갖는다. 이방원을 쫓아내려던 중 이방원에게 밀회 장면을 들킨다. 격분한 이방원은 신치규에게 부상을 입히고 3개월 간 복역을 하게 된다.

출옥한 후 이방원은 그 둘을 다 죽이려다가 마지막으로 한 번 더 아내에게 기회를 주려고 물레방앗간으로 끌고 간다. 그러나 이미 마음이 떠난 아내는 같이 도망가자는 방원의 말을 비웃고 이에 격분한 그는 아내를 죽이고 자신도 자살한다.

물레방아

1

덜컹덜컹 홈통이 들었다가 다시 쏟아져 흐르는 물이 육중한 물레방아를 번쩍 쳐들었다가 쿵하고 확 속으로 내던질 제, 머슴들의 콧소리는 허연 겻가루가 켜켜이 앉은 방앗간 속에서 청승스럽게 들려 나온다.

솰솰솰, 구슬이 되었다가 은가루가 되고 댓줄기같이 뻗치었다가 다시 쾅쾅 쏟아져 청룡이 되고 백룡이 되어 용솟음쳐 흐르는 물이 저쪽 산모퉁이를 십 리나 두고 돌고 다시 이쪽 들 복판을 오 리쯤 꿰뚫은 뒤에, 이방원(李芳源)이가 사는 동네 앞 기슭을 스쳐 지나가는데 그 위에 물레방아 하나가 놓여 있다.

물레방아에서 들여다보면 동북 간으로 큼직한 마을이 있으니, 이 마을에서 가장 부자요, 가장 세력이 있는 사람은 그 이름을 신치규(申治圭)라고 부른다. 이방원이라는 사람은 그 집의 막실(幕室) 살이를 하여 가며 그의 땅을 경작하여 자기 아내와 두 사람이 그날그날을 지내 간다.

어떤 가을 밤 유난히 밝은 달이 고요한 이 촌을 한적하게 비칠 때, 그 물레방앗간 옆에 어떤 여자 하나와 어떤 남자 하나가 서서 이야기를 하는 소리가 들리었다.

그 여자는 방원의 아내로 지금 나이가 스물두 살, 한창 정열에 타는 가슴으로 가장 행복스러울 나이의 젊은 여자요, 그 남자는 오십이 반이 넘어 인생으로서 살아올 길을 다 살고서 거의거의 쇠멸(쇠퇴하여 멸망함. 쇠하여 없어짐)의 구렁텅이를 향해 가는 늙은이다.

그의 말소리는 마치 그 여자를 달래는 것같이,

"얘, 내 말이 조금도 그를 것이 없지? 쇤네 할멈에게서도 자세한 말을 들었을 테지만 너 생각해 보아라. 네가 허락만 하면 무엇이든지 네가 허고 싶다는 것을 내가 전부 해줄 테란 말야. 그까짓 방원이 녀석하고 네가 몇백 년 살아야 언제든지 막실 구석을 면하지 못할 테니…… 허허, 사람이란 젊어서 호강해 보지 못하면 평생 한 번 해보지 못하고 죽을 것이 아니냐. 내가 말하는 것이 조금도 잘못한 것이 없느니라! 대강 네 말을 쇤네 할멈에게서 듣기는 들었으나 그래도 네게 한 번 바로 대고 듣는 것만 못해서 이리로 만나자고 한 것이다. 네 마음은 어떠냐? 어디, 허허, 내 앞이라고 조금도 어떻게 알지 말고 이야기해 봐 응?"

이 늙은이는 두말할 것 없이 신치규다. 그는 탐욕스러운 눈으로 방원의 계집을 들여다보며 한 손으로 등을 두드린다.

새침한 얼굴이 파르족족하고 기다란 눈썹과 검푸른 두 눈 가장자리에 예쁜 입, 뾰로통한 뺨이며 콧날이 오뚝한 데다가 후리후리한 키에 떡 벌어진 엉덩이가 아무리 보더라도 무섭게 이지적(理智的)인 동시에 또는 창부형(娼婦型)으로 생긴 것이다.

계집은 아무 말이 없이 서서 짐짓 부끄러운 태를 지으며 매혹적인 웃음을 생긋 웃고는 고개를 돌렸다. 그 웃음이 얼마나 짐승 같은 신치규의 만

족을 사게 되었으며, 또한 마음을 충동시켰는지 희끗희끗한 수염이 거의 계집의 뺨에 닿도록 더 가까이 와서,

"응? 왜 대답이 없니? 부끄러워서 그러니? 그렇게 부끄러워할 일은 아닌데."

하고 계집의 손을 잡으며,

"손도 이렇게 예쁜 줄을 이제까지 몰랐구나. 참 분결같다. 이렇게 얌전히 생긴 애가 방원 같은 천한 놈의 계집이 되어 일평생을 그대로 썩는다는 것은 너무 가엾고 아깝지 않으냐? 얘."

계집은 몸을 돌리려고 하지도 않고 영감이 하는 대로 내버려두며 눈으로 땅만 내려다보고 섰다가 가까스로 입을 떼는 듯하더니,

"제 말야 모두 쇤네 할멈이 여쭈었지요. 저에게는 너무 분수에 과한 말씀이니까요."

"온, 천만에 소리를 다 하는구나. 그게 무슨 소리냐? 너도 알다시피 내가 너를 장난삼아 그러는 것도 아니겠고, 후사(後嗣 대를 잇는 아들)가 없어 그러는 것이니까 네가 내 아들이나 하나 나 주렴. 그러면 내 것이 모두 네 것이 되지 않겠니? 자아, 그러지 말고 오늘 허락을 허렴. 그러면 내일이라도 방원이란 놈을 내쫓고 너를 불러들일 테니."

"어떻게 내쫓을 수가 있에요?"

"허어, 그게 그리 어려울 게 뭐 있니…… 내가 나가라는데 제가 안 나가고 배길 줄 아니?"

"그렇지만 너무 과하지 않을까요?"

"무엇? 그런 생각을 하니까 네가 이 모양으로 이 때까지 있었지. 어떻단 말이냐? 그런 것은 조금도 염려하지 말구, 자아 또 네 서방에게 들킬라, 어서 들어가자."

"먼저 들어가세요."

"왜?"

"남이 보면 수상히 알게요."

"뭘, 나하고 가는데 수상히 알 게 뭐야…… 어서 가자."

계집은 천천히 두어 걸음 따라가다가,

"영감!"

하고 머츰하고(잠시 그치고) 서 있다.

"왜 그러니?"

계집은 다시 말없이 서 있다가,

"아니에요."

하고,

"먼저 들어가세요."

하고 돌아선다. 영감이 간이 달아서 계집의 손을 잡으며,

"가자, 집으로 들어가자."

그의 가슴은 두근거리는지 숨소리가 잦아진다. 계집은 손을 빼려고 하며,

"점잖으신 어른이 이게 무슨 짓이에요."

하면서도 그 몸짓에는 모든 것을 허락한다는 뜻이 보였다. 영감은 계집의 몸을 끌어안더니 방앗간 뒤로 돌아 들어섰다. 계집은 영감 가슴에 안겨 정욕이 가득 찬 눈으로 그를 보면서,

"영감."

말 한마디하고 침 한 번 삼키었다.

"영감이 거짓말은 안 하시지요?"

"아니."

그의 말은 떨리었다. 계집은 영감의 팔을 한 손으로 잡고 또 한 손으로는 방앗간 속을 가리켰다.

"저리로 들어가세요."

영감과 계집은 방앗간에서 이삼십 분 후에 다시 나왔다.

2

사흘이 지난 뒤에 신치규는 방원이를 자기 집 사랑 마루 앞으로 불렀다.

"얘."

방원은 상전이라 고개를 숙이고,

"예."

공손하게 대답을 하였다.

"네가 그간 내 집에 정성스럽게 일을 한 것은 고마운 일이지마는……."

점잔과 주짜를 빼면서 신치규는 말을 꺼내었다. 방원의 가슴은 이 '마는' 이라는 말 뒤에 이어질 말을 미리 깨달은 듯이 온몸의 피가 가슴으로 모여드는 듯하더니 다시 터럭이라는 터럭은 전부 거꾸로 일어서는 듯하였다.

"오늘부터는 우리 집에 사정이 있어 그러니, 내 집에 있지 말고 다른 곳에 좋은 곳을 찾아가 보아라."

아무 조건이 없다. 또는 이 곳에서도 할 말이 없다. 죽으라고 하면 죽는 시늉이라도 해야 하는 것이다. 주인은 돈 가지고 사람을 사고 팔 수도 있는 것이다.

방원은 가슴이 답답하였다. 자기 혼잣몸 같으면 어디 가서 어떻게 빌어먹더라도 살 수가 있지마는 사랑하는 아내를 구해 갈 길이 막연하다. 그는 고개를 굽히고 허리를 굽히고 나중에는 마음을 굽히어 사정을 하여 보고 애설도 하여 보았다. 그러나 그것은 헛된 일이다. 주인의 마음은 쇠나 돌보다도 더 굳었다.

그는 하는 수 없이 자기 아내에게 그 이야기를 하였다. 그리고 아내더러 안주인 마님께 사정을 좀 하여 얼마간이라도 더 있게 해 달라고 하여 보라고 하였다. 그러나 아내는 방원의 말을 들을 리가 없었다. 도리어,

"그러면 어떻게 한단 말이오. 이제부터는 나를 어떻게 먹여 살릴 테요?"

"너는 그렇게 먹고 살 수가 없을까 봐 겁이 나니?"

"겁이 나지 않고, 생각을 해보구려. 인제는 꼼짝할 수 없이 죽지 않았소?"

"죽어?"

"그럼 임자가 나를 데리고 이 곳까지 온 때에 무엇이라고 하였소. 어떻게 해서든지 너 하나야 먹여 살리지 못하겠느냐고 하셨지요?"

"그래."

"그래 얼마나 나를 잘 먹여 살리고 나를 호강시켰소? 이 때까지 이태나 되도록 끌구 돌아다닌다는 것이 남의 집 행랑이었지요."

"얘, 그것은 네가 모르고 하는 말이냐? 내가 허려고 하지 않아서 그렇게 된 것이냐? 차차 살아가는 동안에 무슨 일이든지 생기겠지. 설마 요대로 늙어 죽기야 하겠니?"

"듣기 싫소! 뿔 떨어지면 구워 먹지 어느 천년에."

방원이는 가뜩이나 내쫓기고 화가 나는데 계집까지 그리하니까 속에서 열화가 치밀어 올라왔다.

"이 육시를 하고도 남을 년! 왜 남의 마음을 글컹거리니?"

"왜 사람에게 욕을 해!"

"이년아, 욕 좀 하면 어떠냐?"

"왜 욕을 해!"

계집이 얼굴이 노래지며 대든다.

"이년이 발악인가?"

"누가 발악야, 계집년 하나 건사 못 하는 위인이 계집보고 욕만 하고, 한

게 뭐야? 그래 은가락지 은비녀나 한 벌 사주어 보았어? 내가 임자 하자고 하는 대로 하지 않은 것은 없지!"

"이년아, 은가락지 은비녀가 그렇게 갖고 싶으냐? 더러운 년아."

"무엇이 더러워? 너는 얼마나 정한 놈이냐!"

계집의 입 속에서 '놈' 소리가 나오기 시작한다.

"이년 보게! 누구더러 놈이래."

하고 손길이 계집의 낭자(①여자의 예장(禮裝)에 쓰는 딴머리의 하나. ②쪽)를 후려 잡더니 그대로 집어 들고 주먹으로 등줄기를 우리었다

"이 주릿대를 안길 년!"

발길이 엉덩이를 두어 번 지르니까 계집은 그대로 거꾸러졌다가 다시 일어났다. 풀어 헤뜨린 머리가 치렁치렁 끌리고 씰룩한 눈에는 독기가 섞이었다.

"왜 사람을 치니? 이놈! 죽여라 죽여, 어디 죽여 보아라, 이놈 나 죽고 너 죽자!

하고 달려드는 계집을 후려쳐서 거꾸러뜨리고서,

"이년이 죽으려고 기를 쓰나!"

방원이가 계집을 치는 것은 그것이 주먹을 가지고 하는 일종의 농담이다. 그는 주먹이나 발길이 계집의 몸에 닿을 때 거기에 얻어맞는 계집의 살이 아픈 것보다 더 찌르르하게 가슴 복판을 찌르는 아픔을 방원은 깨닫는 것이다. 홧김에 계집을 치는 것이 실상은 자기의 마음을 자기의 이빨로 물어뜯는 것이나 다름이 없는 것이다. 때리는 그에게는 몹시 애처로움이 있고 불쌍함이 있는 것이다. 그러나 자기의 화풀이를 받아 주는 사람은 아직까지도 계집밖에는 없었다. 제일 만만하다는 것보다도 가장 마음놓고 화풀이할 수 있음이다. 싸움한 뒤 하루가 못 되어 두 사람이 베개를 나란히 하고 서로 꼭 끼고 잘 때에는 그렇게 고맙고 그렇게 감격이 일어나는 위안

이 또다시 없음이다. 계집을 치고 화풀이를 하고 난 뒤에 다시 가슴을 에는 듯한 후회와 더 뜨거운 포옹으로 위로를 받을 그 때에는 두 사람 아니라 방원에게는 그만큼 힘있고 뜨거운 믿음이 또다시 없는 까닭이다.

계집은 일부러 소리를 높여서 꺼이꺼이 운다.

온 마을 사람들이 거의 귀를 기울였으나,

"응, 또 사랑싸움을 하는군!"

하고 도리어 그 싸움을 부러워하였다. 옆집 젊은것이 와서 싱글벙글 웃으며 들여다보며,

"인제 고만두라구."

하며 말리는 시늉을 한다. 동네 아이들만 마당 앞에 죽 들어서서 눈들이 뚱그레지며 구경을 한다.

3

그 날 저녁에 방원이는 술이 얼근하여 들어왔다. 아마 계집을 차던 마음은 어느덧 풀어지고 술로 흥분된 마음에 그는 계집의 품이 몹시 그리워져서 자기 아내에게 사과를 할 마음까지 생기었다. 본시 사람이 좋고 마음이 약하고 다정한 그는 무식하게 자라난 까닭에 무지한 짓을 하기는 하나, 그것은 결코 그의 성격을 말하는 무지함이 아니다.

그는 비척거리면서(한쪽으로 약간 비트적거리면서) 집으로 향하는 길에 가슴츠레하게 풀린 눈을 스르르 내리감고 혼잣소리로,

"빌어먹을 놈! 나가라면 나가지 무서운가? 제 집 아니면 살 곳이 없는 줄 아는 게로군! 흥, 되지 않게 다 무엇이냐? 돈만 있으면 제일이냐? 이놈, 네가 그러다가는 이 주먹 맛을 언제든지 볼라. 그대로 곱게 둬질 줄 아니."

하고 개천 하나를 건너뛴 후에,

"돈! 돈이 무엇이냐?"

한참 생각하다가,

"에후."

한숨을 쉬고 나서,

"돈이 사람을 죽이는구나! 돈! 돈! 흥, 사람 나고 돈 났지 돈 나고 사람 났니?"

또 징검다리를 비척비척하고 건넌 뒤에,

"고 배라먹을 년이 왜 고렇게 포달(암상이 나서 악을 쓰고 함부로 대드는 일)을 부려서 장부의 마음을 긁어 놓아!"

그의 목소리에는 말할 수 없이 다정한 맛이 있었다. 그는 자기 계집을 생각하면 모든 불평이 스러지는 듯이 숙였던 고개를 쳐들어 하늘을 보면서,

"허어, 저도 고생은 고생이지."

하고 다시 고개를 숙인 후,

"내가 너무해. 너무 그럴 게 아닌데."

그는 자기 집에 와서 문고리를 붙잡고 흔들면서,

"얘! 자니! 자?"

그러나 대답이 없고 캄캄하다.

"이년이 어디를 갔어!"

그는 문짝을 깨어져라 하고 닫은 후에 다시 길거리로 나와 그 옆집으로 가서,

"여보 아주머니! 우리 집 색시 어디 갔는지 보았소?"

밥들을 먹은 옆엣집 내외는,

"어디서 또 취했소그려! 애 어머니가 아까 머리 단장을 하더니 저 방아께로 갑디다."

"방아께로."

"네."

"빌어먹을 년! 방아께로는 뭘 먹으러 갔누!"

다시 혼자 방아를 향하여 가면서 혼자 중얼거린다.

그는 방앗간을 막 뒤로 돌아서자 신치규와 자기 아내가 방앗간에서 나오는 것을 보았다.

'아!'

그는 너무 뜻밖의 일이므로 아무 말도 하지 못하고 그대로 한참이나 멀거니 서서 보기만 하였다.

그의 눈에서는 쌍심지가 거꾸로 섰다. 열이 올라와서 마치 주홍을 칠한 듯이 그의 눈은 붉어지고 번개 같은 광채가 번뜩거리었다.

그는 한참이나 사지를 떨었다. 두 이가 서로 맞춰서 달그락달그락하여졌다. 그의 주먹은 부서질 것같이 단단히 쥐어졌다.

계집과 신치규는 방원이 와 선 것을 보고서 처음에는 조금 간담이 서늘하여졌으나 다시 태연하게 내려앉았다. 일이 이렇게 되었으매 할 대로 하라는 뜻이다.

방원은 달려들어서 계집의 팔목을 잡았다. 그리고 이를 악물고 부르르 떨었다.

"나는 네가 이럴 줄은 몰랐다."

계집은,

"뭘 이럴 줄을 몰라?"

하며 파란 눈을 흘겨보더니,

"나중에는 별꼴을 다 보겠네. 으레 그럴 줄을 인제 알았나? 놔요! 왜 남의 팔을 잡고 요 모양야. 오늘부터는 나를 당신이 그리 함부로 하지는 못해요! 더러운 녀석 같으니! 계집이 싫다고 그러면 국으로(자기가 생긴 그대로. 자기 주제에 맞게) 물러갈 일이지, 이게 무슨 사내답지 못한 일야! 놔요!"

팔을 뿌리쳤으나 분노가 전신에 가득 찬 그는 그렇게 쉽게 손을 놓지 않았다.

"얘! 네가 이것이 정말이냐?"

"정말이 아니구, 비싼 밥 먹구 거짓말할까?"

"네가 참으로 환장을 했구나!"

"아니, 누구더러 환장을 했대? 온 기가 막혀 죽겠지! 놔요! 놔! 왜 추근추근하게 이 모양야? 놔."

하고서 힘껏 뿌리치는 바람에 계집의 손이 쑥 빠지었다. 계집은 손목을 주무르면서 암상맞게 돌아섰다.

이 때까지 이 꼴을 멀찍이 서서 보고 있던 신치규는 두어 발자국 나서더니 기침 한 번을 서투르게 하고서,

"얘! 네가 술이 취했으면 일찍 들어가 자든지 할 것이지 웬 짓이냐? 네 눈깔에는 아무것도 보이는 것이 없단 말이냐? 너희 연놈이 싸우는 것은 너희 연놈이 어디든지 가서 할 일이지 여기 누가 있는지 없는지 눈깔에 보이는 것이 없어?"

"엣 괘씸한 놈!"

눈깔을 부라리었다. 방원은 한참이나 쳐다볼 뿐 말이 없었다. 생각대로 하면 한주먹에 때려눕힐 것이지마는 그러나 그의 머리 속에는 아까까지의 상전이라는 관념이 남아 있었다.

번갯불같이 그 관념이 그의 입과 팔을 얽어 놓았다. 어려서부터 오늘날까지 남을 섬겨 보기만 한 그의 마음은 상전이라면 모두 두려워하는 성질이 깊이깊이 뿌리를 박아 놓았다. 그러나 오늘부터는 신치규가 자기의 상전이 아니요, 자기가 신치규의 종도 아니다. 다만 똑같은 사람으로 서로 마주 섰을 뿐이다. 아니다, 지금부터는 치규도 방원의 원수였다. 그의 간

을 씹어 먹어도 오히려 나머지 한이 있는 원수다.

신치규는 똑바로 쳐다보는 방원을 마주 쳐다보며,

"똑바로 쳐다보면 어쩔 테냐? 온, 세상이 망하려니까 별 해괴한 일이 다 많거든. 어째 이놈아!"

"이놈아?"

방원은 한 걸음 들어섰다. 나무같이 힘센 다리가 성큼 하고 나설 때 신치규는 머리끝이 으쓱하였다. 쇠몽둥이 같은 두 주먹이 쑥 앞으로 닥칠 때 그의 가슴은 덜컥 내려앉았다.

"네 입에서 이놈이라는 소리가 나오니? 이 사지를 찢어발겨도 오히려 시원치 못할 놈아! 네가 내 계집을 빼앗으려고 오늘 날더러 나가라고 그랬지?"

"어허, 이거 이놈이 눈깔이 삐었군. 얘, 나는 먼저 들어가겠다. 너는 네 서방하구 나중 들어오너라."

신치규는 형세가 위험하니까 슬금슬금 꽁무니를 빼려고 돌아서서 들어가려 했다. 방원은 돌아서는 신치규의 멱살을 잔뜩 쥐어 한 팔로 바싹 치켜들고,

"이놈 어디를 가? 네가 이 때까지 맛을 몰랐구나!"

하며 한 번 집어쳐 땅바닥에다가 태질(세게 메어치거나 내던지는 것)을 한 뒤에 그대로 타고 앉아서 목줄띠를 누르니까, 마치 뱀이 개구리 잡아먹을 적 모양으로 꺅꺅 소리가 나며 말 한마디 못 한다.

"이놈, 너 죽고 나 죽으면 고만 아니냐?"

하고 방원은 주먹으로 사정없이 닥치는 대로 들이댄다. 나중에는 주먹이 부족하여 옆에 있는 모루돌멩이를 집어서 죽어라 하고 내리친다. 그의 팔, 그의 몸에 끓어오르는 분노가 극도에 달하자 사람의 가슴속에 본능적으로 숨어 있는 잔인성(殘忍性)이 조금도 남지 않고 그대로 나타났다. 그의 눈은

마치 펄떡펄떡 뛰는 미끼를 가로채고 앉은 승냥이나 이리와 같이 뜨거운 피를 보고야 만족하다는 듯이 무섭게 번쩍거렸다. 그에게는 초자연(超自然)의 무서운 힘이 그의 팔과 다리에 올라왔다.

이 꼴을 보는 계집은 무서웠다. 끔찍끔찍한 일이 목전에 생길 것이다. 그의 맥이 풀린 다리는 마음대로 놓여지지 않았다.

"아! 사람 살류! 사람 살류!"

적적한 밤중 쓸쓸한 마을에는 처참한 여자 목소리가 으스스하게 울리었다. 이 소리를 들은 방원은 더욱 힘을 주어서 눈을 딱 감고 죽어라 내리 짓찧었다. 뼈가 돌에 맞는 소리가 살이 을크러지는 소리와 함께 퍽퍽 하였다. 피 묻은 돌이 여기저기 흩어지고 갈가리 찢긴 옷에는 살점이 묻었다.

동네편 쪽에서는 수군수군하더니 구둣소리가 나며 칼 소리가 덜거덕거리었다. 방원의 머리에는 번갯불같이 무엇이 보이었다. 그는 손에 주먹을 쥔 채 잠깐 정신을 차려 그쪽으로 귀를 기울였다.

"순검."

그는 신치규의 배를 타고 앉아서 순검의 구둣소리를 듣자 비로소 자기가 무슨 짓을 하였는지 깨달았다.

그는 미친 사람처럼 일어났다. 그리고 옆에 서서 벌벌 떠는 계집에게로 갔다.

"애! 가자! 도망가자! 너하고 나하고 같이 가자! 자, 어서
어서!"

계집은 자기에게 또 무슨 일이 있을까 해 겁내어 도망하려 한다. 방원은 계집을 따라가며,

"애! 애! 네가 이렇게도 나를 몰라주니? 내가 너를 어떻게 생각하는지 알지를 못하니? 자! 어서 도망가자. 어서어서, 뒤에서 순검이 쫓아온다!"

계집은 그대로 서서 종종걸음을 치며,

"싫소! 임자나 가구려! 나는 싫어요, 싫어."

"가자! 응! 가!"

그는 미친 사람처럼 계집의 팔을 붙잡고 끌었다. 그 때 누구인지 그의 두 팔을 마치 형틀에 매다는 것같이 꽉 뒤로 끼어 안는 사람이 있었다.

"이놈아! 어디를 가?"

그는 뒤를 돌아보지 않고도 그가 누구인지 알았다. 그는 온몸에 맥이 풀리어 그대로 뒤로 자빠지려 할 때 어느덧 널판 같은 주먹이 그의 뺨을 사정없이 갈겼다.

"정신차려!"

"네."

그는 무의식적으로 고개가 숙여지고 말소리가 공손하여졌다.

땅바닥에서는 신치규가 꿈지럭거리며 이리저리 뒹군다. 청승스러운 비명(悲鳴)이 들린다. 방원은 포승지인 채, 계집은 그대로 주재소로 끌려가고, 신치규는 머슴들이 업어 들였다.

4

석 달이 지났다. 상해죄(傷害罪)로 감옥에서 복역을 하던 방원은 만기가 되어 출옥을 하였다. 그러나 신치규는 아무 일 없이 자기 집에서 치료하고 방원의 계집을 데려다 산다. 신치규는 온몸이 나은 뒤에 홀로 생각하였다.

'죽는 줄만 알았더니 그래도 이렇게 살아 있으니!'

하고 얼굴에 흠이 진 곳을 만져 보며,

'오히려 그놈이 그렇게 한 것이 나에게는 다행이지, 얼굴이 아프기는 좀 하였으나! 허어.'

'어떻게 그놈을 떼어버릴까 하고 그렇지 않아도 걱정을 하던 차에 잘되

었지. 그놈 한 십 년 감옥에서 콩밥을 먹었으면 좋겠다.'

방원은 감옥에서 생각하기를 나가기만 하면 연놈을 죽여 버리고 제가 죽든지 요절을 내리라 하였다.

집에서 내쫓기고 계집까지 빼앗기고, 그것을 생각하면 이가 갈리고 치가 떨리었다. 그것이 모두 자기의 돈 없는 탓인 것을 생각하며, 더욱 분한 생각이 났다.

'에 더러운 년!'

그가 홍바지에 쇠사슬을 차고서 일을 할 때에도 가끔 침을 땅에다 뱉으면서 혼자 중얼거리었다.

'사람이 이러고서야 살아서 무엇하나. 멀쩡한 놈이 계집 빼앗기고 생으로 콩밥까지 먹으니…….'

그가 감옥에서 나올 때에는 감옥소를 다시 한 번 둘러보고, 내가 여기서 마지막으로 목숨을 잃어버리든지 그렇지 않으면 내가 내 손으로 내 목을 찔러 죽든지, 무슨 요절이 날 것을 생각하고 다시 온몸에 힘을 주고 쓸쓸한 웃음을 웃었다.

그는 이백 리나 되는 길을 걸어 계집이 사는 촌에를 왔다.

그러나 아무도 그를 아는 체하는 사람이 없었다. 전에 친하게 지내던 사람들도 그를 보고 피해 갔다.

마치 문둥병자나 마찬가지 대우를 하였다. 감옥에서 나온 뒤로부터는 더욱 세상이 차디차졌다. 자기가 상상하던 것보다도 더 무정하여졌다. 그는 하는 수 없이 밤이 될 때까지 그 근처 산 속으로 돌아다녔다. 그러다가 깊은 밤에 촌으로 내려왔다. 그는 그 방앗간을 다시 지나갔다. 석 달 전 생각이 났다. 자기가 여기서 잡혀 갔다는 것을 생각할 때 더욱 억울하고 분한 생각이 치밀어 올라왔다. 그는 한참이나 거기 서서 그 때 일을 생각하고 몸서리를 친 후에 다시 그전 집을 찾아갔다.

날이 몹시 추워지고 눈이 쌓였다. 입은 옷은 가을에 입고 감옥에 들어갔던 그것이므로 살을 에는 듯하였으나 그는 분한 생각과 흥분된 마음에 그것도 몰랐다.

'연놈을 모두 처치를 해 버려?'

혼자 속으로 궁리를 하다가,

'그렇지, 그까짓 것들은 살려 두어야 쓸데없는 인생들야.'

하면서 옆구리에 지른 기름한 단도를 다시 만져 보았다. 그는 감격스런 마음으로 그것을 쓰다듬었다. 그는 신치규의 집 울을 넘어 들어갔다. 그의 발은 전에 다닐 적같이 익숙하였다. 그는 사랑을 엿보고 다시 뒤로 돌아서 건넌방 창 밑에 와 섰다. 귀를 기울였으나 아무 말도 들리지 않았다. 그는 손에 칼을 빼 들었다. 그러고는 일부러 뒤 창문을 달각달각 흔들었다.

"그 뉘?"

하고 계집의 머리가 쑥 나오며 문이 열리었다. 그는 얼른 비켜섰다. 문은 다시 닫혀지고 계집은 들어갔다.

방원의 마음은 이상하게 동요가 되었다. 예쁜 계집의 목소리가 오래간만에 귀에 들릴 때 마치 자기가 감옥에서 꿈을 꿀 적 모양으로 요염하고도 황홀하게 그의 마음을 꾀는 것 같았다. 그는 꿈속에서 다시 만난 것 같고 오래간만에 그를 만나 보매 모든 결심은 얼음같이 녹는 듯하였다. 그래도 계집이 설마 나를 영영 잊어버리랴 하고 옛날의 정리(인정과 도리)를 생각할 때, 그것이 거짓말이 아니고 무엇이냐는 생각이 났다.

아무리 자기를 감옥에까지 가게 하였다 하더라도 그는 감히 칼을 들어 죽이려는 용기가 단번에 나지 않아서 주저하기 시작하였다.

'아니다, 다시 한 번만 물어 보자!'

그는 들었던 칼을 다시 집고 생각하였다.

'거짓말이다. 거짓말이다. 그럴 리가 없다.'

그는 반신반의하였다.

'그렇다, 한 번만 다시 물어 보고 죽이든 살리든 하자!'

그는 다시 문을 달각달각하였다. 계집은 이번에도 다시 문을 열고 사면을 둘러보더니 헌 짚신짝을 신고 나왔다.

"뉘요!"

그가 방원이 서 있는 집 모퉁이를 돌아서려 할 제,

"내다!"

하고 입을 틀어막고 칼을 가슴에 대었다.

"떠들면 죽어!"

방원은 계집의 입을 수건으로 결박한 후 들쳐 업고서 번개같이 달음질쳤다.

그는 어느 결에 계집을 업어다가 물레방아 앞에 내려놓은 후 결박을 풀었다. 그리고 한숨을 쉬었다.

"나를 모르겠니?"

캄캄한 그믐밤에 얼굴을 바짝 계집의 코앞에 들이댔다. 계집은 얼굴을 자세히 보더니,

"아-."

소리를 지르더니 뒤로 물러섰다.

"조금도 놀랄 것이 없다. 오늘 네가 내 말을 들으면 살려 줄 것이요, 그렇지 않으면 이거야?"

하고 시퍼런 칼을 들이대었다. 계집은 다시 태연하게,

"말요? 임자의 말을 들으렬 것 같으면 벌써 들었지요, 이 때까지 있겠소? 임자도 나의 마음을 알지요. 임자와 나와 이 년 전에 이 곳으로 도망해 올 적에도 전남편이 나를 죽이겠다고 허리를 찔러 그 흠이 있는 것을 날마다 밤에 당신이 어루만졌지요? 내가 그까짓 칼쯤을 무서워서 나 하고 싶은

것을 못 한단 말이오? 힝 이게 무슨 비겁한 짓이오. 사내자식이, 자! 찌르려거든 찔러 봐아, 자, 자."

계집은 두 가슴을 벌리고 대들었다. 방원은 너무 계집의 태도가 대담하므로 들었던 칼이 도리어 뒤로 움찔할 만큼 기가 막혔다. 그는 무의식중에,

"정말이냐?"

하고 한 걸음 더 가까이 나섰다.

"정말이 아니고? 내가 비록 여자이지마는 당신같이 겁쟁이는 아니라오! 이것이 도무지 무엇이오?"

계집은 그래도 두려웠던지 방원의 손에 든 칼을 뿌리쳐 땅에 떨어뜨리었다.

이 칼이 땅에 떨어지자 방원은 이 때까지 용사와 같이 보이던 계집이 몹시 비겁스럽고 더러워 보이어 다시 칼을 집어 들고 덤비었다.

"에잇! 간사한 년! 어쩔 테냐? 나하고 당장에 멀리 가지 않을 테냐? 자아 가자!"

그는 눈물 어린 눈으로 타일러 보기도 하고 간청도 하여 보았다.

"자아, 어서 옛날과 같이 나하고 멀리멀리 도망을 가자! 나는 참으로 내 칼로 너를 죽일 수는 없다!"

계집의 눈에는 독이 올라왔다. 광채가 어두운 밤에 번개같이 번쩍거리며,

"싫어요. 나는 죽으면 죽었지 가기는 싫어요. 이제 나는 고만 그렇게 구차하고 천한 생활을 다시 하기는 싫어요. 고만 물렸어요."

"너의 입으로 정말 그런 말이 나오느냐? 너는 나를 우리 고향에 다시 돌아가지도 못하게 만들어 놓고, 나의 모든 것을 다 잃어버리게 한 후에, 또 나중에는 세상에서 지옥이라고 하는 감옥소에까지 가게 했지! 그러고도 나

의 맨 마지막 원을 들어 주지 않을 테냐?"

"나는 언제든지 당신 손에 죽을 것까지도 알고 있소! 자! 오늘 죽으나 내일 죽으나 언제든지 죽기는 일반, 이렇게 된 이상 어서 죽이시오."

"정말이냐? 정말야?"

"정말요!"

계집은 결심한 뜻을 나타내었다. 방원의 손은 떨리었다. 그리고 그는 눈을 감고,

"에, 여우 같은 년!"

하고 칼끝을 계집의 옆구리를 향하여 힘껏 밀었다. 계집은 이를 악물고,

"사람 죽인다!"

소리 한 번에 그 자리에 거꾸러졌다. 칼자루를 든 손이 피가 몰리는 바람에 우르르 떨리더니 피가 새어 나왔다. 방원은 그 칼을 빼어 들더니 계집 위에 거꾸러져서 가슴을 찌르고 절명하여 버리었다.

작품의 이해

• 구조적 분석

갈래 : 단편 소설

배경 : 1920년대 한국 농촌의 물레방앗간

시점 : 전지적 작가 시점

주제 : 신분적 갈등과 물질적 탐욕에 의한 비극적 현실

출전 : 《조선문단》, 1925

• 작품해설

1925년《조선문단》에 발표된 〈물레방아〉는 사실주의적 경향이 가장 강한 작품으로 평가된다.

이 작품에는 운명과 본능, 가난한 현실의 문제 등이 복합적으로 얽히면서 나도향의 후기 작품의 특징을 보여 주고 있다. 〈물레방아〉, 〈벙어리 삼룡이〉, 〈뽕〉과 같은 작품에서 신분이나 계층 문제, 가난 등 현실적인 문제를 다룸으로써 자연주의적이면서 계급주의적인 성격을 나타낸다.

그러나 다른 작품과는 달리 이 작품에서는 지주와 가난한 농민간의 계급 의식의 갈등보다 본능적인 남녀의 성 문제와 물질에 대한 탐욕이 빚어내는 인간성의 타락에 초점이 맞춰져 있다. 물질과 사랑이라는 두 가지 관념 사이에서 끝내 벗어나지 못하는 인물의 미묘한 심리 상태가 그러하다.

작품의 배경이 되고 있는 물레방아는, 단순하게는 그 당시의 농촌 사회에서 남녀가 비밀리에 만날 수 있는 유일하고 은밀한 장소를 의미하면서 나아가서는 방아 찧는 모습의 성적 상징성을 통한 성적 본능과 물레방아처럼 벗어날 수 없는 속박의 굴레, 즉 인생의 덧없음을 표상한다.

• **생각해보기**

1. 이 작품의 제목이자 공간적 배경이 되고 있는 물레방아의 의미는 무엇인가?

2. 이 작품에 나타난 갈등의 관계를 모두 서술하시오.

☞**해답**

1. ① 물레방앗간의 아름다운 정취와 달밤이 어우러져 낭만적 분위기 형성
   ② 낭만적 분위기를 통해 암시하는 비도덕적인 사건의 발생
   ③ 밤에 남녀가 은밀히 만날 수 있는 만남의 장소
   ④ 물레방아처럼 벗어날 수 없는 운명의 굴레
2. 재산을 가진 상전 신치규와 가난하고 머슴살이를 하는 이방원 간의 계급적 갈등, 물질에 눈먼 아내와 가난한 이방원 간의 물질적 갈등.

벙어리 삼룡(三龍)이

• 읽기전에

1. 삼룡이의 내적 갈등의 변화에 대해 생각해 보자.
2. 작품의 경향을 살펴보자.
3. 삼룡이의 내면 심리가 극적 전환을 하게 되는 동기에 대해 생각해 보자.

• 줄거리

오 생원 댁에 삼룡이라는 벙어리 머슴이 있다. 아주 못생기고 볼품 없는 추남이지만 마음씨 곱고 충직하여 주인의 사랑을 받는다. 외아들로 귀엽게 자라 버릇없고 잔인 포악한 행동을 일삼는 주인 아들이 삼룡이를 못살게 굴지만 삼룡이는 원망하는 법 없이 자신의 운명으로 받아들이고 순종한다.

어느 날 주인 아들은 예쁘고 정숙한 색시를 아내로 맞아들이지만 구박만 일삼는다. 삼룡이의 색시에 대한 애처롭고 가엾게 여기는 마음은 차츰 연모의 정으로 바뀌고 이를 눈치 챈 주인 아들은 삼룡이에게 매질을 가한다.

어느 날 색시가 중병에 걸렸다는 말에 걱정이 된 삼룡이는 몰래 색시 방에 들어갔다가 들켜 몰매를 맞고 집에서 쫓겨난다. 그 날 밤 오 생원 집에는 불이 나고 삼룡은 주인을 구해 낸 뒤 이미 죽은 색시를 찾아 품에 안은 채 죽음을 맞는다.

벙어리 삼룡(三龍)이

1

내가 열 살이 될락 말락한 때이니까 지금으로부터 십사오 년 전 일이다.

지금은 그 곳을 청엽정(靑葉町)이라 부르지만 그 때는 연화봉(蓮花峰)이라고 이름하였다. 즉 남대문에서 바로 내다보며는 오정포(午正砲)가 놓여 있는 산등성이가 있으니 이쪽이 연화봉이요, 그새에 있는 동네가 역시 연화봉이다. 지금은 그곳에 빈민굴(貧民窟)이라고 할 수밖에 없이 지저분한 촌락이 생기고 노동자들밖에 살지 않는 곳이 되어 버렸으나 그 때에는 자기네만은 행세한다는 사람들이 있었다.

집이라고는 십여 호밖에 있지 않았고 그 곳에 사는 사람들은 대개 과목밭(과일 나무를 재배하는 밭)을 하고, 또는 채소를 심거나 아니면 콩나물을 길러서 생활을 하여갔었다.

여기에 그 중 큰 과목밭을 갖고 그 중 여유 있는 생활을 하여가는 사람이 하나 있었는데 그의 이름은 잊어버렸으나 동네 사람들이 부르기를 오 생원(吳生員)이라고 불렀다.

얼굴이 동탕하고(얼굴이 토실토실하고 잘생기고) 목소리가 마치 여름에 버드나무에 앉아서 길게 목늘여 우는 매미 소리같이 저르렁저르렁하였다

그는 몹시 부지런한 중년 늙은이로 아침이면 새벽 일찍이 일어나서 앞뒤로 뒷짐을 지고 돌아다니며 집안 일을 보살피는데 그 동네에는 그가 마치 시계와 같아서 그가 일어나는 때가 동네 사람이 일어나는 때였다. 만일 그가 아침에 돌아다니며 잔소리를 하지 않으면 동네 사람들은 이상히 여겨 그의 집으로 가 본다. 그는 반드시 몸이 불편하여 누워 있었다. 그러나 그와 같은 때는 일 년 삼백육십 일에 한 번 있기가 어려운 일이요, 이태나 삼 년에 한 번 있거나 말거나 하였다.

그가 이 곳으로 이사를 온 지는 얼마 되지는 아니하나 언제든지 감투를 쓰고 다니므로 동네 사람들은 양반이라고 불렀고 또 그 사람도 동네 사람들에게 그리 인심을 잃지 않으려고 섣달이면 북어쾌, 김톳을 동네 사람에게 나눠 주며 농사 때에 쓰는 연장도 넉넉히 장만한 후 아무 때나 동네 사람들이 쓰게 하므로 그 동네에서는 가장 인심이 후하고 존경받는 집인 동시에 세력 있는 집이다.

그 집에는 삼룡이라는 벙어리 하인 하나가 있으니 키가 몹시 크지 못하여 땅딸보이고 고개가 달라붙어 몸뚱이에 대강이(머리)를 갖다가 붙인 것 같다. 거기다가 얼굴이 몹시 얽고 입이 크다. 머리는 전에 새꼬랑지 같은 것을 주인의 명령으로 깎기는 깎았으나 불밤송이 모양으로 언제든지 푸하고 일어섰다. 그래 걸어다니는 것을 보면 마치 옴두꺼비가 서서 다니는 것같이 숨차 보이고 더디어 보인다. 동네 사람들이 부르기를 삼룡이라 부르는 법이 없고 언제든지 '벙어리' '벙어리'라고 하든지 그렇지 않으면 '앵모' '앵모' 한다. 그렇지만 삼룡이는 그 소리를 알지 못한다.

그도 이 집 주인이 이사를 올 때에 데리고 왔으니 진실하고 충성스러우

며 부지런하고 세차다. 눈치로만 지내 가는 벙어리지마는 말하고 듣는 사람보다 슬기로운 적이 있고 평생 조심성이 있어서 결코 실수한 적이 없다.

아침에 일어나면 마당을 쓸고, 소와 돼지의 여물을 먹이며, 여름이면 밭에 풀을 뽑고 나무를 실어 들이고 장작을 패며, 겨울이면 눈을 쓸며 잔심부름과 진일 마른일 할 것 없이 못 하는 일이 없다.

그럴수록 이 집 주인은 벙어리를 위해 주며 사랑한다. 혹시 몸이 불편한 기색이 있으면 쉬게 하고, 먹고 싶어하는 듯한 것은 먹이고, 입을 때 입히고 잘 때 재운다.

그런데 이 집에는 삼대 독자로 내려오는 아들이 있다. 나이는 열일곱 살이나 아직 열네 살도 되어 보이지 않고 너무 귀엽게 기르기 때문에 누구에게든지 버릇이 없고 어리광을 부리며 사람에게나 짐승에게 포악한 짓을 많이 한다.

동네 사람들은,

"후레자식! 아비 속상하게 할 자식! 저런 자식은 없는 것만 못해."

하고 욕들을 한다. 그래서 그의 어머니는 아들이 잘못할 때마다 그의 영감을 보고,

"그 자식을 좀 때려 주구려. 왜 그런 것을 보고 가만두?"

하고 자기가 대신 때려 주려고 나서면,

"아뇨. 아직 철이 없어 그렇지. 저도 지각이 나면 그렇지 않을 것이 아뇨."

하고 너그럽게 타이른다. 그러면 마누라는 왜가리처럼 소리를 지르며,

"철이 없긴 지금 나이가 몇이오. 낼모레면 스무 살이 되는데, 또 며칠 아니면 장가를 들어서 자식까지 날 것이 그래 가지고 무엇을 한단 말이오."

하고 들이대며,

"자식은 꼭 아버지가 버려 놓았습니다. 자식 귀여운 것만 알았지 버릇

가르칠 줄은 모르니까…….”

이렇게 싸움만 시작하려 하면 영감은 아무 말도 하지 않고 바깥으로 나가 버린다.

그 아들은 더구나 벙어리를 사람으로 알지도 않는다. 말 못 하는 벙어리라고 오고 가며 주먹으로 허구리를 지르기도 하고 발길로 엉덩이를 찬다.

그러면 그 벙어리는 어린것이 그러는 것이 도리어 귀엽기도 하고 또 힘없는 팔과 힘없는 다리로 자기의 무쇠 같은 몸을 건드리는 것이 우습기도 하고 앙증하기도 하여 돌아서서 툭툭 털고 다른 곳으로 몸을 피해 버린다.

어떤 때는 낮잠 자는 벙어리 입에다가 똥을 먹인 일도 있었다. 또 어떤 때는 자는 벙어리 두 팔 두 다리를 살며시 동여매고 손가락 발가락 사이에 화승불을 붙여 놓아 질겁을 하고 일어나다가 발버둥질을 하고 죽으려는 사람처럼 괴로워하는 것을 보고 기뻐하였다.

이러한 때마다 벙어리의 가슴에는 비분한(슬프고 분한) 마음이 꽉 들어찼다. 그러나 그는 주인의 아들을 원망하는 것보다도 자기가 병신인 것을 원망하였으며 주인의 아들을 저주한다는 것보다 이 세상을 저주하였다.

그러나 그는 결코 눈물을 흘리지 않았다. 그의 눈물은 나오려 할 때 아주 말라붙어 버린 샘물과 같이 나오려 하나 나오지를 아니하였다. 그는 주인의 집을 버릴 줄 모르는 개 모양으로 자기가 있어야 할 곳은 여기밖에 없는 줄 알았다. 여기서 살다가 여기서 죽는 것이 자기의 운명인 줄밖에 알지 못하였다. 자기의 주인 아들이 때리고 지르고 꼬집어 뜯고 모든 방법으로 학대할지라도 그것이 자기에게 으레 있을 줄밖에 알지 못하였다. 아픈 것도 그 아픈 것이 으레 자기에게 돌아올 것이요, 쓰린 것도 자기가 받지 않아서는 안 될 것으로 알았다. 그는 이 마땅히 자기가 받아야 할 것을 어떻게 해야 면할까 하는 생각을 한 번도 하여 본 일이 없었다.

그가 이 집에서 떠나가려거나 또는 그의 생활 환경에서 벗어나려는 생각은 한 번도 해보지 않았다 할지라도 그는 언제든지 그 주인 아들이 자기를 학대하고 또는 자기를 못살게 굴 때 그는 자기의 주먹과 또는 자기의 힘을 생각하여 보았다.

주인 아들이 자기를 때릴 때 그는 주인 아들 하나쯤은 넉넉히 제지할 힘이 있는 것을 알았다.

어떠한 때는 아픔과 쓰림이 자기의 몸으로 스미어들 때면 그의 주먹은 떨리면서 어린 주인의 몸을 치려 하다가는 그것을 무서운 고통과 함께 꾹 참았다. 그는 속으로,

'아니다. 그는 나의 주인의 아들이다. 그는 나의 어린 주인이다.'
하고 참았다.

그리고는 그것을 얼른 잊어버리었다. 그러다가도 동넷집 아이들과 혹시 장난을 하다가 주인 아들이 울고 들어올 때에는 그는 황소같이 날뛰면서 주인을 위하여 싸웠다. 그래서 동네에서도 어린애들이나 장난꾼들이 벙어리를 무서워하여 감히 덤비지를 못하였다. 그리고 주인 아들도 위급한 경우에는 언제든지 벙어리를 찾았다. 벙어리는 얻어맞으면서도 기어드는 충견 모양으로 주인의 아들을 위하여 싫어하지 않고 힘을 다하였다.

2

벙어리가 스물세 살이 될 때까지 그는 물론 이성과 접촉할 기회가 없었다. 동네 처녀들이 저를 '벙어리' '벙어리' 하며 괴상한 손짓과 몸짓으로 놀려먹음 받을 적에 분하고 골나는 중에도 느긋한 즐거움을 느끼어 본 일은 있었으나 그가 결코 사랑으로써 어떠한 여자를 대해 본 일은 없었다.

그러나 정욕을 가진 사람인 벙어리도 그의 피가 차디찰 리는 없었다. 혹 그의 피는 더욱 뜨거웠을는지도 알 수 없었다. 뜨겁다 뜨겁다 못하여 엉기

어 버린 엿과 같을지도 알 수 없었다. 만일 그에게 볕을 주거나 다시 뜨거운 열을 준다면 그의 피는 다시 녹을는지도 알 수 없었다.

그는 깜박깜박하는 기름 등잔 아래에서 밤이 깊도록 짚신을 삼을 때이면 남모르는 한숨을 아니 쉬는 것도 아니지마는 그는 그것을 곧 억제할 수 있을 만큼 정욕에 대하여 벌써부터 단념을 하고 있었다.

마치 언제 폭발이 될는지 알지 못하는 휴화산(休火山) 모양으로 그의 가슴속에는 충분한 정열을 깊이 감추어 놓았으나 그것이 아직 폭발될 시기가 이르지 못한 것이었다. 비록 폭발이 되려고 무섭게 격동함을 벙어리 자신도 느끼지 않는 바는 아니지마는 그는 그것을 폭발시킬 조건을 얻기 어려웠으며, 또는 자기가 이 때까지 능동적으로 그것을 나타낼 수가 없을 만큼 외계의 압축을 받았으며, 그것으로 인한 이지(理智)가 너무 그에게 자제력(自制力)을 강대하게 하여 주는 동시에 또한 너무 그것을 단념만 하게 하여 주었다.

속으로, '나는 벙어리다.' 자기가 생각할 때 그는 몹시 원통함을 느끼는 동시에 말하는 사람들과 똑같은 자유와 똑같은 권리가 없는 줄 알았다. 그는 이와 같은 생각에서 언제든지 단념 않으려야 단념하지 않을 수 없는 그 단념이 쌓이고 쌓이어 지금에는 다만 한 개의 기계와 같이 이 집에 노예가 되어 있으면서도 그것을 자기의 천직으로 알고 있을 뿐이요, 다시는 자기가 살아갈 세상이 없는 것같이밖에 알지 못하게 된 것이다.

3

그 해 가을이다. 주인의 아들이 장가를 들었다. 색시는 신랑보다 두 살 위인 열아홉 살이다. 주인이 본시 자기가 언제든지 문벌이 얕은 것을 한탄하여 신부를 구할 때에 첫째 조건이 문벌이 높아야 할 것이었다. 그러나 문벌이 있는 집에서는 그리 쉽게 색시를 내놓을 리가 없었다. 그러므로 하는 수 없이 그 어떠한 영락(세력이나 살림이 보잘것없이 찌부러짐)한 양반의 딸을 돈을 주고 사오다시피 하였으니, 무남독녀 외딸을 둔 남촌 어떤 과부를 꿀을 발라서 약혼을 하고 혹시나 무슨 딴소리가 있을까 하여 부랴부랴 혼례식을 올려 버렸다.

혼인할 때의 비용도 그 때 돈으로 삼만 냥을 썼다. 그리고 아들의 처갓집에 며느리 뒤보아주는 바느질삯, 빨래삯이라는 명목으로 한 달에 이천오백 냥씩을 대어 주었다.

신부는 자기 아버지가 돌아가기 전까지만 해도 상당히 견디기도 하고 또는 금지옥엽같이 기른 터이라, 구식 가정에서 배울 것 배우고 읽힐 것 읽혀 못 하는 것이 없고 게다가 본래 인물이라든지 행동 거지에 조금도 구김이 있지 아니하다.

신부가 오자 신랑의 흠절(부족하거나 잘못된 점)이 생기기 시작하였다.

"신부에게 대면 두루미와 까마귀지."

"아직도 철딱서니가 없어."

"색시에게 쥐어 지내겠지."

"신랑에겐 과하지."

동넷집 말 좋아하는 여편네들이 모여 있으면 이렇게 비평들을 한다. 어떠한 남의 걱정 잘하는 마누라님은 간혹 신랑을 보고는 그대로 세워 놓고,

"글쎄, 이제는 어른이 되었으니 셈이 좀 나요(셈나다 : 사물을 분별하는 판단력이 나다). 저러구 어떻게 색시를 거느려 가누. 색시 방에 들어가기가 부끄럽지 않남."

하고 들이대다시피 하는 일이 있다.

이럴 적마다 신랑의 마음은 그 말하는 이들이 미웠다. 일부러 자기를 부끄럽게 하려고 하는 것 같아 그 후에 그를 만나면 말도 안 하고 인사도 하

지 아니한다.

또 그의 고모 되는 이가 와서 자기 조카를 보고,

"인제는 어른이야. 너도 그만하면 지각이 날 때가 되지 않았니. 네 처가 부끄럽지 아니하냐."

하고 타이를 적마다 그의 마음은 말하는 사람이 부끄럽다는 것보다도 자기를 이렇게 하게 한 자기 아내가 더욱 밉살머리스러웠다.

"여편네가 다 무엇이냐? 빌어먹을 년이 들어오더니 나를 이렇게 못살게 들 굴지."

혼인한 지 며칠이 못 되어 그는 색시 방에 들어가지를 않았다. 집안에서는 야단이 났다. 마치 돼지나 말 새끼를 혼례시키려는 것같이 신랑을 색시 방으로 집어넣으려 하나 막무가내였다.

그럴 때마다 신랑은 손에 닥치는 대로 집어 때려서 자기의 외사촌 누이의 이마를 뚫어서 피까지 나게 한 일이 있었다.

집안 식구들은 하는 수가 없어 맨 나중으로 아버지에게 밀었다. 그러나 그것도 소용이 없을 뿐더러 풍파를 더 일으키게 하였다. 아버지께 꾸중을 듣고 들어와서는 다짜고짜로 신부의 머리채를 쥐어 잡고 마루 한복판에 태질을 쳤다.

그러고는,

"이년, 네 집으로 가거라. 보기 싫다. 눈앞에는 보이지도 마라."

하였다. 밥상을 가져오면 그 밥상이 마당 한복판에서 재주를 넘고, 옷을 가져오면 그 옷이 쓰레기통으로 나간다.

이리하여 색시는 시집오던 날부터 팔자 한탄을 하며 날마다 밤마다 우는 사람이 되었다.

울면 요사스럽다고 때린다. 또 말이 없으면 빙충맞다고 친다. 이리하여 그 집에는 평화스러운 날이 하루도 없었다.

이것을 날마다 보는 사람 가운데 알 수 없는 의혹을 품게 된 사람이 하나 있으니 그는 곧 벙어리 삼룡이였다.

그렇게 예쁘고 유순하고 그렇게 얌전한, 벙어리의 눈으로 보아서는 감히 손도 대지 못할 만큼 선녀 같은 색시를 때리는 것은 자기의 생각으로는 도저히 풀 수 없는 의심이다.

보기에도 황홀하고 건드리기도 황송할 만큼 숭고한 여자를 그렇게 학대한다는 것은 너무나 세상에 있지 못할 일이다. 자기는 주인 새서방에게 개나 돼지같이 얻어맞는 것이 마땅한 이상으로 마땅하지마는, 선녀와 짐승의 차가 있는 색시와 자기가 똑같이 얻어맞는 것은 너무 무서운 일이다. 어린 주인이 천벌이나 받지 않을까 두렵기까지 하였다.

어떠한 달밤, 사면은 고요 적막하고 별들은 드문드문 눈들만 깜박이며 반달이 공중에 뚜렷이 달려 있어 수은으로 세상을 깨끗하게 닦아 낸 듯이 청명한데, 삼룡이는 검둥개 등을 쓰다듬으며 바깥마당 멍석 위에 비슷이 드러누워 하늘을 쳐다보며 생각하여 보았다.

주인 색시를 생각하면 공중에 있는 달보다도 더 곱고 별들보다도 더 깨끗하였다. 주인 색시를 생각하면 달이 보이고 별이 보이었다. 삼라만상을 씻어 내는 은빛보다도 더 흰 달이나 별의 광채보다도 그의 마음이 아름답고 부드러운 듯하였다. 마치 달이나 별이 땅에 떨어져 주인 새아씨가 된 것도 같고, 주인 새아씨가 하늘에 올라가면 달이 되고 별이 될 것 같았다.

더구나 자기를 어린 주인이 때리고 꼬집을 때 감히 입 벌려 말은 하지 못하나 측은하고 불쌍히 여기는 정이 그의 두 눈에 나타나는 것을 다시 생각할 때 그는 부들부들한 개 등을 어루만지면서 감격을 느끼었다. 개는 꼬리를 치며 자기를 귀여워하는 줄 알고 벙어리의 손을 핥았다.

삼룡이의 마음은 주인 아씨를 동정하는 마음으로 가득 찼다. 또는 그를 위하여서는 자기의 목숨이라도 아끼지 않겠다는 의분(불의(不義)를 보고 일으키는 분노)에 넘치었다. 그것은 마치 살구를 보면 입 속에 침이 도는 것같이 본능적으로 느끼어지는 감정이었다.

4

새댁이 온 뒤에 다른 사람들은 자유로운 안 출입을 금하였으나 벙어리는 마치 개가 맘대로 안에 출입할 수 있는 것같이 아무 의심 없이 출입할 수가 있었다.

하루는 어린 주인이 먹지 않던 술이 잔뜩 취하여 무지한 놈에게 맞아서 길에 자빠진 것을 업어다가 안으로 들여다 누인 일이 있었다. 그 때에 아무도 안에 있지 않고 다만 새색시 혼자 방에서 바느질을 하고 있다가 이 꼴을 보고 벙어리의 충성된 마음이 고마워서, 그 후에 쓰던 비단 헝겊 조각으로 부시 쌈지(부시 · 부싯깃 · 부싯돌 등을 넣는 쌈지) 하나를 만들어 준 일이 있었다.

이것이 새서방님의 눈에 띄었다. 그래서 색시는 어떤 날 밤 자던 몸으로 마당 복판에 머리를 푼 채 내동댕이가 쳐졌다. 그리고 온몸에 피가 맺히도록 얻어맞았다.

이것을 본 벙어리는 또다시 의분의 마음이 뻗쳐올라 왔다. 그래서 미친 사자와 같이 뛰어들어가 새서방님을 내어던지고 새색시를 둘러메었다. 그러고는 나는 수리와 같이 바깥 사랑 주인 영감 있는 곳으로 뛰어가 그 앞에 내려놓고 손짓 몸짓을 열 번 스무 번 거푸 하며 하소연하였다.

그 이튿날 아침에 그는 주인 새서방님에게 물푸레로 얼굴을 몹시 얻어맞아서 한쪽 뺨이 눈을 얼려서 피가 나고 주먹같이 부었다. 그 때릴 적에 새서방의 입에서 나오는 말은,

"이 흉측한 벙어리 같으니, 내 여편네를 건드려!"

하고 부시 쌈지를 빼앗아 갈가리 찢어 뒷간에 던졌다.

"그러고 이놈아! 인제는 주인도 몰라보고 막 친다. 이런 것은 죽어야 해!"

하고 채찍으로 그의 뒷덜미를 갈겨서 그 자리에 쓰러지게 하였다.

벙어리는 다만 두 손으로 빌 뿐이었다. 말도 못 하고 고개를 몇백 번 코가 땅에 닿도록 그저 용서해 달라고 빌기만 하였다. 그러나 그의 가슴에는 비로소 숨겨 있던 정의감(正義感)이 머리를 들기 시작하였다. 그는 아픈 것을 참아 가면서도 북받치는 분노(심술)를 억제하였다.

그 때부터 벙어리는 안방에 들어가지 못하였다. 이 들어가지 못하는 것이 더욱 벙어리로 하여금 궁금증이 나게 하였다. 그 궁금증이라는 것이 묘하게 빛이 변하여 주인 아씨를 뵈옵고 싶은 심정으로 변하였다. 뵈옵지 못하므로 가슴이 타올랐다. 몹시 애상(哀傷 슬퍼하고 가슴 아파함)의 정서가 그의 가슴을 저리게 하였다. 한 번이라도 아씨를 뵈올 수가 있으면 하는 마음이 나더니 그의 마음의 넋은 느끼기를 시작하였다. 센티멘털한 가운데에서 느끼는 그 무슨 정서는 그에게 생명 같은 희열을 주었다. 그것과 자기의 목숨이라도 바꿀 수 있을 것 같았다. 어떤 때는 그대로 대강이로 담을 뚫고 들어가고 싶도록 주인 아씨를 뵈옵고 싶은 것을 꾹 참을 때도 있었다.

그 후부터 밥을 잘 먹을 수가 없었다. 일도 손에 잡히지 않았다. 틈만 있으면 안으로 들어가고 싶었다.

주인이 전보다 많이 밥과 음식을 주고 더 편하게 하여 주었으나 싫었다. 그는 밤에 잠을 자지 않고 집 가장자리로 돌아다녔다.

5

하루는 주인 새서방이 술이 취하여 들어오더니 집안이 수선수선하여지며 계집 하인이 약을 사러 갔다 들어오는 것을 보고 그 계집 하인을 붙잡았다. 그리고 무엇이냐고 물었다.

계집 하인은 한 주먹을 뒤통수에 대고 얼굴을 쓰다듬으며 둘째손가락을 내밀었다. 그것은 그 집 주인은 엄지손가락이요, 둘째손가락은 새서방이라는 뜻이요, 주먹을 뒤통수에 대는 뜻은 여편네라는 뜻이요, 얼굴을 문지르는 것은 예쁘다는 뜻으로 벙어리에게 쓰는 암호다.

그런 뒤에 다시 혀를 내밀고 눈을 뒤집어쓰는 형상을 하고 두 팔을 착 벌리고 뒤로 자빠지는 꼴을 보이니, 그것은 사람이 죽게 되었거나 앓을 적에 하는 말 대신의 손짓이다.

벙어리는 눈을 크게 뜨고 계집 하인에게 한 발짝 가까이 들어서며 놀라는 듯이 한참이나 있었다.

그의 가슴은 무섭게 격동하였다. 자기의 그리운 주인 아씨가 죽었다는 말이나 아닌가, 그는 두 주먹을 마주치며 한숨을 쉬었다. 그러고는 자기 방에 무엇을 생각하는 것처럼 두어 시간이나 두 눈만 껌벅껌벅하고 앉았었다.

그는 밤이 깊어 갈수록 궁금증 나는 사람처럼 일어섰다 앉았다 하더니 두 시나 되어서 바깥으로 나가서 뒤로 돌아갔다.

그는 도둑놈처럼 조심스럽게 바로 건넌방 뒤 미닫이 앞 담에 서서 주저주저하더니 담을 넘었다. 가까이 창 앞에 서서 문틈으로 안을 살피다가 그는 진저리를 치며 물러섰다.

어두운 밤에 그의 손과 발이 마치 그 뒤에 서 있는 감나무 잎같이 떨리더니 그대로 문을 박차고 뛰어들어갔을 때, 그의 팔에는 주인 아씨가 한 손에 기다란 명주 수건을 들고서 한 팔로 벙어리의 가슴을 밀치며 뻗디디었다. 벙어리는 다만 눈이 뚱그레서 "에헤." 소리만 지르고 그 수건을 빼앗으려 애쓸 뿐이다.

집안이 야단났다.

"집안이 망했군!"

"어디 사내가 없어서 벙어리를!"

"어떻든 알 수 없는 일이야!"

하는 소리가 이 구석 저 구석에서 수군댄다.

6

그 이튿날 아침에 벙어리는 온몸이 짓이긴 것이 되어 마당에 거꾸러져 입에서 피를 토하며 신음하고 있었다. 그 곁에서는 새서방이 쇠줄 몽둥이를 들고서 문초(죄인을 신문함)를 한다.

"이놈!"

하고는, 음란한 흉내는 모조리 하여 가며 건넌방을 가리킨다. 그러나 벙어리는 손을 내저을 뿐이다. 또 몽둥이에는 살점이 묻어 나왔다. 그리고 피가 흘렀다.

벙어리는 타들어 가는 목으로 소리도 못 내며 고개만 내젓는다. 그는 피를 토하며 거꾸러지며 이마를 땅에 비비며 고개를 내흔든다. 땅에는 피가 스며든다. 새서방은 채찍 끝에 납뭉치를 달아서 가슴을 훔쳐 갈겼다가 힘껏 잡아 뽑았다. 벙어리는 그대로 거꾸러지며 말이 없었다.

새서방은 그래도 시원치 못하였다. 그는 벙어리가 새로 갈아 놓은 낫을 들고 달려왔다. 그는 그 시퍼렇게 날 선 낫을 번쩍 들었다. 그래서 벙어리를 찌르려 할 때 벙어리는 한 팔로 그것을 받았고, 집안 사람들은 달려들었다. 벙어리는 낫을 뿌리쳐 저리로 내던졌다.

주인은 집안이 망하였다고 사랑에 누워서 모든 일을 들은 체 만 체 문을 닫고 나오지를 아니하며, 집안에서는 색시를 쫓는다고 야단이다. 그 날 저녁에 벙어리는 다시 끌려 나왔다. 그 때에는 주인 새서방이 그의 입던 옷과 신을 주며 눈을 부릅뜨고 손을 멀리 가리키며,

"가! 인제는 우리 집에 있지 못한다."

하였다. 이 소리를 듣는 벙어리는 기가 막혔다. 그에게는 이 집 외에 다른 집이 없다. 살 곳이 없었다. 자기는 언제든지 이 집에서 살고 이 집에서 죽을 줄밖에 몰랐다. 그는 새서방님의 다리를 끼어안고 애걸하였다. 말도 못하는 것을 몸짓과 표정으로 간곡한 뜻을 표하였다. 그러나 새서방님은 발길로 지르고 사람을 불렀다.

"이놈을 좀 내쫓아라."

벙어리는 죽은 개 모양으로 끌려 나갔다. 그리고 대갈빼기를 개천 구석에 들이박히면서 나가 곤드라졌다가 일어서서 다시 들어오려 할 때에는 벌써 문이 닫혀 있었다. 그는 문을 두드렸다. 그의 마음으로는 주인 영감을 찾았으나 부를 수가 없었다. 그가 날마다 열고 날마다 닫던 문이 자기가 지금은 열려고 하나 자기를 내어쫓고 열리지를 않는다. 자기가 건사하고 자기가 거두던 모든 것이 오늘에는 자기의 말을 듣지 않는다. 어려서부터 지금까지 모든 정성과 힘과 뜻을 다하여 충성스럽게 일한 값이 오늘에는 이것이다.

그는 비로소 믿고 바라던 모든 것이 자기의 원수란 것을 알았다. 그는 모든 것을 없애 버리고 자기도 또한 없어지는 것이 나을 것을 알았다.

그 날 저녁 밤은 깊었는데 멀리서 닭이 우는 소리와 함께 개 짖는 소리뿐이 들린다. 난데없는 화염이 벙어리 있던 오 생원 집을 에워쌌다. 그 불을 미리 놓으려고 준비하여 놓았는지 집 가장자리 쭉 돌아가며 흩어 놓은

풀에 모조리 돌라붙어 공중에서 내려다보면 집의 윤곽이 선명하게 보일 듯이 타오른다.

불은 마치 피 묻은 살을 맛있게 잘라 먹는 요마(妖魔)의 혓바닥처럼 날름날름 집 한 채를 삽시간에 먹어 버리었다. 이와 같은 화염 속으로 뛰어들어가는 사람이 하나 있으니 그는 다른 사람이 아니라 낮에 이 집을 쫓겨난 삼룡이다. 그는 먼저 사랑에 가서 문을 깨뜨리고 주인을 업어다가 밭 가운데 놓고 다시 들어가려 할 제 그의 얼굴과 등과 다리가 불에 데어 쭈그러져 드는 것을 알지 못하였다.

그는 건넌방으로 뛰어들었다. 그러나 색시는 없었다. 다시 안방으로 뛰어들었다. 그러나 또 없고 새서방이 그의 팔에 매달리어 구원하기를 애원하였다. 그러나 그는 그것을 뿌리쳤다. 다시 서까래에 불이 붙어 시뻘겋게 타면서 그의 머리에 떨어졌다. 그러나 그는 그것을 몰랐다. 부엌으로 가 보았다. 거기서 나오다가 문설주가 떨어지며 왼팔이 부러졌다. 그러나 그것도 몰랐다. 그는 다시 광으로 가 보았다. 거기도 없었다. 그는 다시 건넌방으로 들어갔다. 그 때야 그는 색시가 타 죽으려고 이불을 쓰고 누워 있는 것을 보았다. 그는 색시를 안았다. 그러고는 길을 찾았다. 그러나 나갈 곳이 없었다. 그는 하는 수 없이 지붕으로 올라갔다. 그는 비로소 자기의 몸이 자유롭지 못한 것을 알았다. 그러나 그는 자기가 여태까지 맛보지 못한 즐거운 쾌감을 자기의 가슴에 느끼는 것을 알았다. 색시를 자기 가슴에 안았을 때 그는 이제 처음으로 살아난 듯하였다. 그는 자기의 목숨이 다한 줄 알았을 때, 그 색시를 내려놓을 때에는 그는 벌써 목숨이 끊어진 뒤였다. 집은 모조리 타고 벙어리는 색시를 무릎에 뉘고 있었다.

그의 울분은 그 불과 함께 사라졌을는지! 평화롭고 행복스러운 웃음이 그의 입 가장자리에 엷게 나타났을 뿐이다.

작품의 이해

• 구조적 분석

갈래 : 단편 소설

배경 : 일제 시대 남대문 밖 농촌 지주 집안

시점 : 1인칭 관찰자 시점→전지적 작가 시점

경향 : 작품 전체는 사실주의적이나 낭만주의적 수법으로 끝맺음

주제 : 신분적 · 육체적 불구자의 분노와 저항, 그리고 숭고한 사랑

출전 : 《여명》, 1925

• 작품해설

〈벙어리 삼룡이〉는 1925년《여명》에 발표된 나도향의 후기 작품으로, 그의 〈물레방아〉와 함께 단편 소설의 수작으로 평가받고 있다.

순종적이고 모든 것을 자기의 운명으로 받아들이는 소극적 인물에서 분노를 드러낼 줄 알고 자신을 발견하는 행동으로 나아가는 입체적 인물로 변화하는 삼룡이의 성격 묘사가 돋보이는 작품이다.

〈벙어리 삼룡이〉의 작품 경향은 사실주의와 낭만주의이다. 삼룡이가 겪는 억울한 누명과 구타, 절망감, 주인 아들의 부당한 행위가 식민지 현실에서 신음하는 우리 민족의 삶을 암시한다는 점에서 사실주의적 요소를 찾을 수 있다. 또 현실에서 신분적 차이로 이룰 수 없는 사랑을 타오르는 불길 속에 한순간이나마 이루게 하는 작품의 말미에서는 낭만주의적 요소를 엿볼 수 있다.

〈벙어리 삼룡이〉는 나도향의 초기 감상주의를 극복하고 인간의 진실한 사랑과 그에 따른 인간 구원의 의미를 찾는 데에 의의가 있다.

• **생각해보기**

1. 삼룡이의 성격 변화를 서술하시오.
2. 이 작품의 경향은 무엇인가?

☞**해답**

1. 초반의 삼룡이는 주인에게 순종하는 인물이지만 후반으로 가면서 아씨와 자신에 대한 주인 아들의 학대로 점차 저항적 성격을 가진 능동적 인물로 변모해 간다.
2. 작품 전체는 사실주의적이나 결말에 가서는 낭만주의 수법을 사용하고 있다.

뽕

• 읽기전에

1. 안협집의 성격에 대해 생각해 보자.
2. 나도향의 다른 후기 작품과 연관하여 주제를 비교해 보자.

• 줄거리

땅딸보, 아편쟁이, 오리 궁둥이, 노름꾼인 김삼보는 노름에서 빼앗아 온 안협집과 살고 있다. 김삼보는 이곳 저곳을 돌아다니며 골패, 투전을 일삼는 사람이다. 그의 아내 안협집은 십오륙 세 적부터 참외 한 개에 정조를 판 헤픈 여자이다. 한 달에 한 번 올까말까한 남편을 믿고 사느니 돈푼 있는 마을 남자들을 꾀어 정조를 팔아먹고 사는 여인이다.

어느 날 안협집은 안협집에게 눈독을 들이고 있던 삼돌이와 남의 집 뽕을 훔치러 가게 된다. 그러나 뽕지기에게 발각되어 삼돌이는 도망치고 혼자 붙잡힌 안협집은 또다시 정조를 팔아 위기를 모면한다. 늦은 밤 안협집을 찾아갔다 거절당한 삼돌이는 앙심을 먹고 김삼보에게 뽕지기한테까지 정조를 바쳤다고 이른다. 화가 난 김삼보는 안협집을 죽을 만큼 때렸지만 그녀는 태연하기만 하다. 이튿날 아무 일 없었다는 듯이 삼보는 다시 노름 밑천을 가지고 집을 나서고 안협집은 예전과 같은 일상으로 돌아간다.

뽕

1

안협집이 부엌으로 물을 길어 가지고 들어오매 쇠죽을 쑤던 삼돌이란 머슴놈이 부지깽이로 불을 헤치면서,

"어젯밤에는 어디 갔었습던교?"

하며 불밤송이 같은 머리에 외수건을 질끈 동여 뒤통수에 슬쩍 질러 맨 머리를 번쩍 들어 안협집을 훑어본다.

"남 어데 가고 안 가고, 임자가 알아 무엇할 게요?"

안협집은 별 꼴사나운 소리를 듣는다는 듯이 암상스러운(남을 미워하고 샘을 잘 내는 잔망스러운 심술이 있는) 눈을 흘겨보며 톡 쏴 버린다.

조금이라도 염량(사리를 분별하는 슬기)이 있는 사람 같으면 얼굴빛이라도 변하였을 것 같으나 본시 계집의 궁둥이라면 염치없이 추근추근 좇아다니며 음흉한 술책을 부리는 삼십이나 가까이 된 노총각 삼돌이는 도리어 비웃는 듯한 웃음을 웃으면서,

"그리 성낼 거야 뭐 있습나? 어젯밤 안주인 심부름으로 임자 집을 갔으니깐두루 말이지."

하고 털 벗은 송충이 모양으로 군데군데 꺼칫꺼칫하게 난 수염을 숯검정 묻은 손가락으로 두어 번 쓰다듬었다.

"어젯밤에도 김 참봉 아들네 사랑방에서 자고 왔습네그려."

삼돌이는 싱긋 웃는 가운데에도 남의 약점(弱點)을 쥔 비겁한 즐거움이 나타났다.

"무엇이 어쩌그 어째, 이 망나니 같은 놈……."

하는 말이 입 바깥까지 나왔던 안협집은 꿀꺽 다시 집어삼키면서,

"남 어데 가 자든 말든 상관할 것이 무엇인고."

하며 물동이를 이고서 다시 나가려 하니까,

"흥 두구 보소, 가만있을 줄 알았다가는……."

"듣기 싫어! 별 꼬락서니를 다 보겠네."

2

강원도 철원(鐵原) 용담(龍潭)이라는 곳에 김삼보(金三甫)라는 자가 있으니, 나이는 삼십오륙 세나 되었고 키는 작달막하여, 목은 다가붙고 얼굴빛은 노르께하며, 언제든지 가죽창 받은 미투리에 대갈편차를 박아 신고 걸음을 걸을 적마다 엉덩이를 내저으므로 동리에서는 그를 '땅딸보 김삼보' '아편쟁이 김삼보' '오리 궁둥이 김삼보'라고 부르는데, 한 달에 자기 집에 붙어 있는 날이 이틀이라면 꽤 오래 있는 셈이요, 하루라면 예사라. 그리고는 언제든지 나돌아다니므로 몇 해 전까지도 잘 알지 못하였으나 차차 동리서 소문이 돌기를 '노름꾼 김삼보'라는 말이 퍼졌는데, 알아본즉 딴은 강원도, 황해도, 평안도 접경을 넘어 다니는 골패(납작하고 네모진 작은 나뭇

조각 32개에 각각 흰 뼈를 붙이고, 여러 가지 수효의 구멍을 판 노름 기구. 또는, 그 노름), 투전(두꺼운 종이로 손가락 너비만 하고 다섯 치쯤 되게 만들어, 그림으로 끗수를 나타낸 노름 제구의 하나. 또는, 그것으로 하는 노름)으로 먹고 지내는 것이 알려지게 되었다.

그 노름꾼 김삼보의 여편네가 아까 말하던 안협집이니, 안협(安峽)은, 즉 강원 · 평안 · 황해의 삼도 품에 있는 고읍(古邑)의 이름이다.

그 안협집을 김삼보가 얻어 오기는 지금으로부터 오 년 전, 안협집이 스물한 살 되던 해인데, 어떻게 해서 얻었는지 자세히는 알지 못하나 사람들의 말을 들으면 술 파는 것을 눈을 맞추어서 얻었다고 하기도 하고 계집이 김삼보에게 반해서 따라왔다기도 하고, 또는 그런 것 저런 것도 아니라 계집의 전남편과 노름을 해서 빼앗았다고도 하는데, 위인된 품으로 보아서 맨 나중 말이 가장 유력할 것 같다고 동리 사람들이 말을 한다.

처음에 안협집이 동리에 오자, 그 동리 그 또래 계집들은 모두 석경(石鏡)을 들여다보게 되었다. 안협집이 비록 몸은 그리 귀하게 태어나지 못하였으나 인물이 남달리 고운 점이 있어 동리 젊은것들이 암연히 부러워도 하고 질투도 하게 되고 또는 석경 속에 비친 자기네들의 어여쁘지 못한 얼굴을 쥐어뜯고 싶기도 하였으니, 지금까지 '나만한 얼굴이면' 하는 자만심이 있던 젊은 계집들에게 가엾게도 자가 결함(自家缺陷)이 폭로되는 환멸을 느끼게 하기까지도 하였다.

그러나 촌구석에서 아무렇게나 자란데다가 먼저 안 것이 돈이었다.

'돈만 있으면 서방도 있고, 먹을 것 입을 것이 다 있지.'
하는 굳은 신조는 자기 목숨을 내어놓고는 무엇이든지 제공하여 부끄러운 것이 없었다.

십오륙 세 적, 참외 한 개에 원두막 속에서 총각 녀석들에게 정조를 빌린 것이나, 벼 몇 섬, 돈 몇 원, 저고릿감 한 벌에 그것을 빌리는 것이 분량과 방법이 조금 높아졌을 뿐이요 그 관념은 동일하였다.

그리하여 이 곳으로 온 뒤에는 동리에서 돈푼이나 있고 얌전한 사람은 거의 다 한 번씩은 후려 내었으니 그것은 남자 편에서 실없는 짓 좋아하는 이에게 먼저 죄가 있다 하는 것보다도 이쪽 안협집에게 그 책임이 더 있다고 할 수 있고, 또 그것보다 더 큰 죄는 그 남편 되는 노름꾼 김삼보에게 있다고 할 수가 있으니, 그것은 남편 노름꾼이 한 달에 한 번을 올까말까 하면서도 올 적에는 빈손으로 오는 때가 많으니 젊은 계집 혼자 지낼 수가 없으매 자연히 이집 저집 동리로 다니며 품방아도 찧어 주고 김도 매 주고 잔일도 하여 주며 얻어먹다가, 한 번은 어떤 집 서방님에게 실없는 짓을 당하고 나서 쌀말과 피륙 두 필을 받아 보니 그것처럼 좋은 벌이가 없어 차츰차츰 이번에는 자기 스스로 벌이를 시작하여 마치 장사하는 사람이 거래 단골을 트듯이 이 사람 저 사람을 집어먹기 시작하더니, 그것도 차차 눈이 높아지니까 웬만한 목도꾼(두 사람, 또는 그 이상의 사람이 짝이 되어 뒷덜미에 몽둥이를 얹어 무거운 물건을 함께 메어 나르는 일을 하는 일꾼) 패장이나 장돌림, 조금 올라서서 순사 나리쯤은 눈도 거들떠보지도 않게 되고, 적어도 그 곳에서는 돈푼도 상당하고 여간해서 손아귀에 들지 않는다는 자들을 얼러 보기 시작하게 되었던 것이다.

그 후부터는 일하지 않고 지내며 모양내고 거드름 부리고 다니는데, 자기 남편이 오면은,

"이번에는 얼마나 땄습노?"

하고 포르께한 눈을 사르르 내리뜬다.

"딴 게 뭔가. 밑천까지 올렸네."

삼보는 목 뒤를 쓰다듬으며 입맛을 다신다. 그러면 안협집은 전에 없던 바가지를 긁고,

"불알 두 쪽을 달구서 그래 계집만두 못하다는 말요?"

하고서, 할말 못 할 말을 불어서 풀을 잔뜩 죽여 놓은 뒤에는, 혹시 서방이 알면은 경이 내릴까 하여 노자랑 밑천푼을 주어서 배송(삼가 보냄)을 낸다. 그러면 울며 겨자 먹기로 삼보는 혼자 한숨을 쉬면서,

'허허, 실상 지금 세상에는 선부른 불알보다는 계집 편이 훨씬 나니라.' 하고 봇짐을 짊어지고 가 버린다.

3

이렇게 이삼 년을 지내고 난 어떤 가을에 삼돌이란 놈이 그 뒷집 머슴으로 왔는데, 놈이 어느 곳에서 어떻게 빌어먹던 놈인지는 모르나 논맬 때 콧소리나마 아리랑 타령마디나 똑똑히 하고 술잔이나 먹을 줄 알며 동료들 가운데 나서면 제법 구변이나 있는 듯이 떠들어 젖히는 것이 그럴듯하고, 게다가 힘이 세어서 송아지 한 마리 옆에 끼고 개천 뛰기는 밥먹듯 하는 까닭에 동리에서는 호랑이 삼돌이로 이름이 높다.

놈이 음침하여, 오던 때부터 동리 계집으로 반반한 것은 남모르게 건드려 보았으나 안협집 하나가 내 말을 듣지 않으므로 추근추근 귀찮게 구는데, 마침 여름이 되어 자기 집 주인 마누라가 누에를 놓고 혼자서 힘이 드니까 안협집을 불러서 같이 누에를 길러 실을 낳거든 반분(半分)하자는 약속을 한 후 여름내 같이 누에를 치게 된 것을 알고 어떤 틈기회만 기다리며,

"흥, 계집년이 배때가 벗어서 말쑥한 서방님만 어르더라. 어디 두고 보자. 너도 짹소리 못 하고 한 번 당해야 할걸! 건방진 년!"
하고는 술잔이나 취하면 주먹을 들었다 놓았다 한다.

그러자 주인 마누라가 치는 누에가 거의 오르게 되자 뽕이 떨어졌다. 자기 집 울타리에 심은 뽕은 어림도 없이 다 따다 먹이었고, 그 후에는 삼돌

이란 놈을 시켜서 날마다 십 리나 되는 건넛말 일갓집 뽕을 얻어다 먹이었으나 그것도 이제는 발가숭이가 되게 되었다.

인제는 뽕을 사다 먹이는 수밖에 없게 되었다. 그러나 사다가 먹이자면 돈이 든다.

주인 노파는 담뱃대를 물고는 생각하여 보았다.

'개량 뽕이 좋기는 좋지마는 돈을 여간 받아야지. 그리고 일일이 사다 먹이랴다가는 뽕값으로 다 집어먹고 남는 것이 어디 있나.'

노파 생각에는 돈 한푼 안 들이고 공짜로 누에를 땄으면 좋을 것이다. 돈 한푼을 들인다 하면 그 한푼이 전수확에서 나오는 이익의 전부같이 생각되어 못 견뎠다. 그뿐 아니라 자기 혼자 이익을 먹는 것 같으면 모르거니와 안협집하고 동사(공동으로 장사를 함. 동업)로 하는 것이므로 안협집이 비록 뼈가 부러지도록 일을 한다 하더라도 그 힘이 자기 주머니에서 나가는 돈 한푼만 못해 보인다.

그래서 뽕을 어떻게 공짜로 돈 안 들이고 얻어 올 궁리를 하고 있다가 안협집이 마침 마당으로 들어서매,

"뽕 때문에 일났구려."

하며 안협집에게 무슨 도리가 없느냐고 물어 보았다.

"글쎄."

안협집 생각은 주인의 마음과 또 달라서 남의 주머닛돈 백 냥이 내 주머닛돈 한 냥만 못하다. 그래서 '돈 주면 살걸.' 하는 듯이 심상하게 있다.

"어떻게 해서든지 구해 봐야지."

서로 얼굴만 쳐다볼 때 들에 나갔던 삼돌이란 놈이 툭 튀어 들어오다가 이 소리를 듣더니 제딴은 동정하는 표정으로,

"그것 일났쇠다. 어떻게 하나……."

한참 허리를 짚고 생각을 해보더니,

"형! 참 그 뽕은 좋더라마는…… 똑 되기를 미선 조각같이 된 놈이 기름이 지르르 흐르는데 그놈을 먹이기만 하면 고치가 차돌같이 여물 거야!"

들으라는 말인지 혼잣말인지는 모르나 한마디를 탁 던지고 말이 없다. 귀가 반짝 띈 주인은,

"어디 그런 것이 있단 말이냐?"

하며 궁금증 난 사람처럼 묻는다.

"네, 저 새 술막에 있는 뽕밭에 있는 것 말씀이오."

혹시 좋은 수나 있을까 하다가 남의 뽕밭, 더구나 그것으로 살아가는 양잠소 뽕밭이라, 말씨름만 하는 것이 될 것 같으므로,

"응! 나도 보았지. 그게 그렇게 잘되었나! 잘되었겠지. 그렇지만 그런 것이야 접으로 있으면 무엇하니?"

"언제 보셨어요?"

"보기야 여러 번 보았지. 올 봄에 두릅 따러 갔다가 보고……."

삼돌이란 놈이 한참 있다가 싱긋 웃더니 은근하게,

"쥔 마님! 제가 뽕을 한 짐 져다 드릴 것이니 탁주 많이 먹이시랼니까?"

듣던 중에도 그렇게 반가운 소리가 또 어디 있으랴.

"작히 좋으랴. 따 오기만 하면 탁주에다 젖이라도 담그마."

귀찮스런 삼돌이도 이런 때는 쓸 만하다는 듯이 안협집도 환심 얻으려는 듯한 웃음을 웃으며 삼돌이를 보았다. 삼돌이는 사내자식의 솜씨를 네 앞에 보여 주리라는 듯이 기운이 나며 만족하였다.

그 날 밤 저녁을 먹고 자정 때가 되었을 때, 삼돌이는 눈을 비비며 일어나서 문 밖으로 나갔다. 한 두어 시간 만에 무엇인지 지고 오더니 그것을 뒤꼍 건넌방 뒤창 밑에 뭉뚱그려 놓았다.

이튿날 보니까 딴은 미선 쪽 같은 기름이 흐르는 뽕잎이었다.

"어디서 났을꼬?"

주인하고 안협집은 수군수군하였다.

"그 녀석이 밤에 도둑질을 해온 게지? 뽕은 참 좋소, 그렇지?"

"참 좋쇠다. 날마다 이만큼씩만 가져오면 넉넉히 먹이겠쇠다."

두 사람은 뽕을 또 따 오지 않을까 보아서 아무 말도 아니하고,

"참 뽕 좋더라. 오늘도 좀 또 따 오렴."

하고 충동인다. 놈은 두 손을 내저으며,

"쉬, 떠드시지 맙쇼. 큰일나죠. 그것이 그렇게 쉬워서야 그 노릇만 하게요. 까딱하다가는 다리 마디가 두 동강이 날 걸요."

도적해 온 삼돌이나 받아들인 두 사람이나 도둑질 왜 했소! 하는 말은 없으나 서로 알고 있다.

그러자 하루는 주인이 안협집더러,

"여보, 이번에는 임자가 하룻저녁 가 보구려. 앞으로 그놈이 혹시 못 가게 되더라도 임자가 대신 갈 수 있지 않수. 또 고삐가 길면은 밟힌다구 무슨 일이 있을는지 모르니 임자와 둘이 가서 한몫 많이 따 오는 것이 좋지 않수."

안협집이 삼돌이를 꺼리는 줄 알지마는 제 욕심에 입맛이 달아서 자꾸자꾸 충동인다.

"따다가 잡히면 어찌하구유."

"무얼! 밤중에 누가 알우? 그리고 혼자 가라오? 삼돌이란 놈하고 가랬지."

"글쎄. 운이 글러서 잡히거나 하면 욕이지요."

잡히는 것보다도 안협집의 걱정은 삼돌이란 녀석하고 밤중에 무인지경(사람이 없는 외진 곳)에를 같이 가다니 그것이 딱한 일이다.

안협집이 정조가 헤프기로 유명한 만큼 또 매몰스럽기도 유명하여 한번 맘에 들지 않는 것은 죽어도 막무가내다.

그것은 만냥 금을 주어도 거들떠보지도 아니한다. 그런데 삼돌이가 그 중에 하나를 참례하여 간장을 태우는 모양이다.

안협집은 생각하고 생각하여 결심해 버렸다.

'빌어먹을 자식이 그 따위 맘을 먹거든 저 죽이고 나 죽지. 내 뽕 운은 없어도…….'

하고 찰찰하게 눈을 가로 뜨고 맘을 다잡아 먹었다. 그리고는 뽕을 따러 가기로 하였다.

삼돌이는 어깨에서 춤이 저절로 추어진다.

'애, 이것이 정말인가, 거짓말인가. 인제는 때가 왔구나. 인제는 제가 꼭 당했지.'

놈이 신이 나서 저녁 먹은 다음, 마당 쓸고, 소여물 주고, 돼지, 병아리 새끼 다 몰아넣고, 앞뒤로 돌아다니며 씻은 듯 부신 듯 다 해놓고, 목물하고, 발 씻고, 등거리 잠방이까지 갈아입은 후 곰방대에 담배를 꾹꾹 눌러 듬뿍 한 모금 빨아 휘이 내뿜으며 시간 오기만 기다린다.

4

안협집은 보자기를 가지고 삼돌이를 따라서 뽕밭을 향하여 간다.

날이 유달리 깜깜하여 앞에 개천까지 자세히 보이지 않는다. 돌부리가 발부리를 건드리면 안협집은 에구 소리를 내며 천방지축으로 다리도 건너고 논 이랑도 지나고 하여 절반쯤 왔다.

삼돌이란 놈은 속으로 궁리를 하였다.

'뽕을 따기 전에 논 이랑으로 끌고 가? 아니지, 그러다가는 뽕두 못 따가지고 오면 어떻게 하게! 저도 열녀가 아닌 다음에 당하고 나면 할말 없지. 아주 그런 버릇이 없는 년 같으면 모르거니와. 옳지, 수가 있어. 뽕을

잔뜩 따서 이어 주면 제가 항우의 딸년이라도 한 번은 중간에서 쉬렷다. 그러거든…….'

이렇게 궁리를 하다가 너무 말이 없으니까 심심 파적(심심풀이)도 될 겸, 또는 실없는 농담도 해서 마음을 떠보아 나중 성사의 전제도 만들어 놀 겸 공연히 쓸데없는 말을 지껄인다.

"삼보는 언제나 온답디까?"

"몰라. 언제는 온다 간다 말 있어 다니나."

"그래 영감은 매일 나돌아다니니 혼자 지내기 쓸쓸치도 않소?"

놈이 모르는 것같이 새삼스럽게 시치미를 뗀다.

"별걱정 다 하네. 어서 앞서 가. 난 길이 서툴러 못 가겠으니……."

"매우 쌀쌀하구려. 나는 임자를 위해서 하는 말인데. 그렇지만 김 참봉 아들이란 쇠귀신 같은 놈이라 아무리 다녀도 잇속 없습네. 내 말이 그르지 않지."

안협집은 삼돌이가 아주 터놓고 말을 하는 것을 듣자 분해서 뺨이라도 치고 싶었으나 그대로 참으며,

"무엇이 어째? 말이라면 다 하는 줄 아는군!"

하고 뒤로 조금 떨어져 걸어갈 제, 전에도 그 녀석이 미웠지마는 남의 약점을 들어 가지고 제 욕심을 채우려는 것이 더 더러웠다.

뽕밭에 왔다. 삼돌이란 놈이 철망으로 울타리 한 것을 들어 주어 안협집이 먼저 들어가고 나중으로 삼돌이란 놈은 그 무거운 다리를 성큼 하여 그 안으로 들어갔다. 들어가다가 발 아래 삭정이 가지를 밟아서 우지끈 소리가 나고 조용하였다.

삼돌이는 손에 익어서 서슴지 않고 따지마는 안협집은 익지도 못한데다가 마음이 떨리고 손이 떨려서 마음대로 안 된다.

삼돌이는 뽕을 따면서도 이따가 안협집을 꾈 궁리를 하지마는 안협집은

이것저것을 잊어버리고 손에 닥치는 대로 뽕을 땄다.

얼마쯤 땄다. 갑자기 안협집의 뒤에서,

"누구야!"

하고 범 같은 소리를 지르는 남자 소리가 안협집의 간담을 서늘하게 하였다.

삼돌이란 놈은 길이나 되는 철망을 어느 결에 뛰어넘었는지 십여 간통이나 달아나서 안협집을 불렀다.

"어서 와요. 어서, 어서."

그러나 안협집은 다리가 떨려서 빨리 나와지지를 않는다. 그러나 죽을 힘을 다하여 달아나려고 한아름 잔뜩 땄던 뽕을 내던지고 철망으로 기어왔다. 철망을 기어 나오기는 나왔으나 치맛자락이 걸려서 잡아당긴다. 거기에 더 질겁을 해서 그대로 쭉 찢고 나오려 할 때, 때는 이미 늦었다. 뽕지키던 남자는 안협집을 잡았다.

"이 도둑년! 남의 뽕을 네 것같이 따 가? 온 참, 이년! 며칠째냐, 벌써? 이렇게 남의 것이라고 건깡깡이(무슨 일을 하는 데에 아무런 기술이나 기구도 없이 맨손으로 함. 또는, 그러한 사람)로 먹으면 체하지 않을 줄 알았더냐! 저리 가자."

안협집은,

"살려 주소. 제발 잘못했으니 살려만 주소. 나는 오늘이 처음이오. 저 삼돌이란 놈이 날마다 따 갔지, 나는 죄가 없쇠다."

하고 손이 발이 되도록 빈다.

"듣기 싫어, 이년아! 무슨 변명이냐. 육시를 하고도 남을 년 같으니. 왜 감옥소의 콩밥이 고소하더냐?"

"그저 잘못했습니다."

삼돌이는 보이지 않고 뽕지기는 안협집 손목을 끌고 뽕밭으로 들어갔다.

"이리 와! 외양도 반반히 생긴 년이 무엇이 할 게 없어 뽕 서리를 다녀."

하더니 성냥불을 그어 대고 안협집을 들여다보더니,

"흥!"

의미 있는 웃음을 웃어 보였다.

안협집은 이 웃음에 한 가닥 희망을 얻었다. 그 웃음은 안협집의 손아귀에 자기를 갖다 쥐어 준다는 웃음이다. 안협집은 따라서 방싯 웃었다. 그 웃음 한 번이 넉넉히 뽕지기의 마음을 반 이상이나 흰죽 풀어지게 하였다.

안협집은 끌려갔다. '제가 철석같은 간장을 가진 놈이 아닌 바에…… 한 번이면 놓아줄걸.' 그는 자기의 정조를 팔아서 자기의 죄를 면할 수 있음을 알았다. 그는 마지못한 체하고 끌려갔다.

삼돌이란 놈은 멀리서 정경만 살피다가 안협집을 뽕지기가 데리고 가는 것을 보더니 두 눈에서 쌍심지가 돋았다.

'얘, 이놈이 호랑이 삼돌이를 모르는 모양이다. 그러나 대관절 어떻게 할 셈이냐? 이놈 안협집만 건드려 보아라. 정강마루를 두 토막에다 내놀 테니. 오늘 밤에는 내 것이던 걸 그랬지. 어디 좀 가까이 좀 가 볼까?'

이제는 단판 씨름이라 주먹이 시비 판단을 하는 때이다. 다시 철망을 넘어서 들어갔다. 들어가서는 이곳 저곳 귀를 기울이며 이 구석 저 구석으로 돌아다녀 보았다.

저쪽에서 인기척이 웅얼웅얼하더니 아무 말이 없다. 한 두서너 시간 그 넓은 뽕밭을 헤매고, 또 거기 닿은 과목밭, 채마전, 나중에는 그 옆 원두막까지 가 보았다. 놈이 뽕나무밭 가운데 부풀 덤불을 보지 못한 까닭이다. 그는 입맛만 다시면서 집으로 와서 주인에게 그 이야기를 했다. 노파의 눈이 등잔만해지더니 두 손 두 다리가 사시나무 떨 듯했다.

"이거 일났구나. 어쩌면 좋단 말이냐?"

좌불안석을 할 제 삼돌이란 녀석은 분한 생각에 곰방대만 똑똑 떨고 앉았다.

5

그 날 새벽에 안협집은 무사히 왔다. 머리에 지푸라기가 묻고 몸 매무새가 말이 아니다.

"에그, 어떻게 왔어! 응?"

주인은 눈에 눈물이 괴어서 어루만진다.

"무얼 어떻게 와요? 밤새도록 놈하고 승강이를 하다가 그대로 왔지."

"그대로 놓아주던가?"

"놓아주지 않고 붙잡아 두면 어찌헐 테야!"

일이 너무 싱겁다. 삼돌이란 놈만 혼잣말처럼,

"내가 잡혔더면 콩밥을 먹었을걸. 여편네니까 무사했지."

주인은 그래도 미진해서,

"그래, 잘 놓아주었으니 다행이지. 그러나저러나 뽕은 어떻게 되었노?"

"아! 뺏겼죠!"

"인제는 아무 일 없겠소?"

"일이 무슨 일예요."

그 날 밤에 삼돌이란 놈은 혼자 앉아서 생각하기를,

'복 없는 놈은 하는 수가 없거든. 그러나 내가 다 눈치를 채었으니까, 노름꾼 놈이 오거든 이르겠다고 위협을 하면 그년도 발이 저려서 그대로는 못 있지. 내 입을 안 씻기고 될 줄 아는 게로구먼.'

그 후부터는 삼돌이란 놈이 안협집을 보고는,

"뽕지기놈을 보고 싶지 않습나?"

하고 오며가며 맞대 놓고 빈정대기도 하고 빗대 놓고도 비웃는다.

"뽕이나 또 따러 가소."

이러한 바람에 온 동리에서 다 알았다. 안협집은 분해서 죽겠는데, 하루는 삼돌이란 놈이 막 안협집이 이불을 펴고 누우려는데 찾아와서 추근추근 가지도 않고,

"삼보 김 서방이 올 때도 되었습네그려."

하며 눈치를 본다. 안협집은 졸음이 와서 눈까풀이 뻣뻣하여 오는데 삼돌이란 놈이 가지도 않는 것이 귀찮아서,

"누가 아누. 오고 싶으면 오고 가고 싶으면 가겠지."

하고 담벼락에 비스듬히 기대앉는다.

삼돌이의 눈에는 그 고단해 하면서 비스듬히 누워서 눈을 감을락 말락한 안협집의 목덜미 살짝 밑이며 불그레한 두 볼이 몹시 정욕을 일으켰다.

그래서 차츰차츰 말소리가 음흉해 간다.

"임자는 사람을 너무 가려 봅디다! 그러지 마슈. 나도 지금은 남의 집 머슴이지마는 집안 지체라든지, 젊었을 적에는 그래도 행세하는 집에서 났더라우. 지금은 그놈의 원수스런 돈 때문에 이렇게 되었지마는……."

하고 말을 건네려 하는데 안협집은 별 시러베자식 다 보겠다는 듯이 대답이 없다.

"자! 그럴 것 있소. 내 청을 한 번 들어주소그려."

하고 바짝 달려드는 바람에 반쯤 감았던 안협집의 눈은 똥그래지며 어느 결에 삼돌의 뺨에 손뺵이 올라가 정월에 떡치듯 철썩한다.

"이놈! 아무리 쌍녀석이기로 이게 무슨 버르장머리냐. 냉큼 나가거라."

하고 호령이 추상같다. 삼돌이란 놈은 따귀를 비비면서 성이 꼭두까지 일어나서,

"무엇이 어쩌고 어째. 흥! 어디 또 한 번 때려 봐라."

일이 이렇게 되었으니 자기가 하려던 것은 이루고 마는 것 이 상책이다. 이래도 소문은 날 것이요 저래도 소문은 날 것이니 이왕이면 만족이나 채우고 소문이 나더라도 나는 것이 자기에게는 이로울 것 같았다.

더구나 안협집으로 말을 하면, 온 동리에서 판 박아 놓은 화냥년이니 한 번 화냥년이나 두 번 화냥년이나 남이나 내나 무엇이 다를 것이 있으랴 하는 생각이 났다.

도리어 자기의 만족을 한 번 얻는 것이 사내자식으로서 일종의 자랑인 것같이 생각되었다.

그는 두 팔로 안협집을 힘껏 끌어안고,

"내가 호랑이 삼돌이다! 네가 만일 내 말을 들으면 무사하지만 그렇지 않으면 그대로 두지는 않을 테야! 너 네 남편이 오기만 하면 모조리 꼬아 바칠 테야! 뽕 따러 갔던 날 일까지 모조리!"

무식한 놈이라 야비한 곳이 있다. 안협집은 그 소리가 얼마나 사내답지 못하였는지 알 수 없었다. 쇠 같은 팔이 자기 허리를 누를 때 눈을 감고 한 번만 허락할까 하려다가 그 말을 듣고서 그만 침을 얼굴에 뱉었다.

"이 더러운 녀석! 네가 그까짓 것으로 나를 위협한다고 말을 들을 줄 아니?"

하고 소리를 질렀다. 삼돌이는 손으로 안협집 입을 막았으나 때는 이미 늦었다. 마침 마을을 다녀오던 이장의 동생이 이 소리를 듣고 문을 열었다.

삼돌이란 놈은 무안해서 얼굴이 붉어지며 안협집을 놓았다. 안협집은 분해서 색색거리며,

"저놈 보시소. 아닌 밤중에 혼자 자는 데 와서 귀찮게 굽니다. 저 죽일 놈이요, 좀 끌어내다 중치(엄중히 다스림)를 좀 해주시오."

이장의 동생은 안협집의 행실을 아는 고로 삼돌이만 보내려고,

"이놈이 할 일이 없거든 자빠져 자기나 하지, 왜 아닌 밤중에 남의 계집

의 방에서 지랄야? 냉큼 네 집으로 가거라!"

두 눈이 등잔만하여진다.

"네, 그런 게 아니라 실없이 기롱(속이거나 조소하여 놀림. 조롱)을 좀 했삽더니……."

"듣기 싫어, 공연히 어름어름하면서. 이놈아! 너는 사람을 죽여도 기롱으로 아느냐?"

삼돌이는 쫓겨났다. 이장의 동생은 포달(암상이 나서 악을 쓰고 함부로 대드는 일)을 부리며 푸념을 하는 안협집을 향하여,

"젊은것이 늦도록 사내 녀석들을 방에다 붙이니까 그런 꼴을 당하지."

"누가요?"

"그만둬. 어서 잠이나 자."

하며 문을 닫아 주고 가 버렸다.

6

삼돌이는 앙심을 먹었다. 안협집을 어떻게 해서든지 한 번 골리리라는 생각이 가슴속에 탱중(화나 욕심 따위가 가슴속에 가득 차 있음)하였다. 안협집은 독이 났다. 삼돌이란 놈 분풀이를 하려는 생각이 머리끝까지 올라왔다.

이튿날 동리에 소문이 났다.

"삼돌이란 놈이 뺨을 맞았다지! 녀석이 음침하니까!"

"그렇지만 계집년이 단정하면 감히 그런 맘을 먹을라구!"

"그렇구말구! 제 행실야 판에 박은 행실이니까."

"지가 먼저 꼬리를 쳤던 게지."

이 소리가 바람에 떠 들어오자 안협집은 분했다. 요조숙녀보다도 빙설(冰雪) 같은 여자인데 이런 누추한 소문을 듣는 것 같았다. 맘에 드는 서방

질은 부정한 일이 아니요, 죄가 아니요, 모욕이 아니나, 맘에 없는 놈에게 그런 소리를 듣고 당하는 것은 무서운 모욕 같았다.

그는 그 길로 삼돌의 주인 마누라에게로 갔다.

"삼돌이란 녀석을 내쫓으소."

주인은 벌써 알아채었으나 안협집 편은 안 들었다. 다만 어루만지는 수작으로,

"무얼 내쫓을 것까지 있소. 그만 일에…… 그저 눈감아 두지."

"왜 눈을 감는단 말이오?"

주인은 속으로 웃었다. '소 한 필을 달라면 줄지언정 삼돌이를 내놔?' 하였다.

"내쫓아선 무얼 하우, 또?"

'어림없는 년! 네가 떠들면 떠들수록 네 밑구멍 들춰서 남 보이는 것이다.'는 듯이 쳐다보며 맨 나중으로 아주 갈라 말을 해버렸다.

"나는 못 내보내겠소."

안협집은 분해서 집에 와서 머리를 쥐어뜯으며 울었다.

그리고 또 결심했다.

"두고 봐라, 너희들까지 삼돌이를 싸고도니! 영감만 와 봐라."

하루는, 딴은 영감이 왔다. 안협집은 곤두박질을 하면서 맞았다.

"에그, 어서 오슈."

노름꾼 김삼보는 눈이 뚱그레졌다. 무슨 큰 좋은 일이나 생긴 것 같았다. 딴 때와 유달리 반가워하는 것이 의심스럽고 이상하였다.

방에 들어앉자마자 얼마나 땄느냐는 말도 물어 보지 않고 삼돌이란 놈에게 욕 당할 뻔하였다는 말을 넋두리하듯이 이야기하였다.

"사람이 분해서 죽겠구려. 이것도 모두 영감 잘못 둔 탓이야. 오죽 영감이 위엄이 없어 보이면 그 따위 녀석이 그런 짓을 하려고…… 영감이라고

있으나 없으나 마찬가지지, 일년 열두 달 계집이 죽거나 살거나 내버려두고 돌아만 다니니까."

영감은 픽 웃었다.

"왜 내 잘못인가? 오죽 행실을 잘 가지면 그 따위 녀석에게 그 꼴을 당한담."

김삼보는 분이 나지 않는 것도 아니었다. 그러나 계집의 소행을 짐작도 하려니와 그놈의 주먹도 아니 생각할 수가 없었다. 계집이 먹여 살리라는 말이 없고 이혼하자는 말만 없는 것이 다행해서 서방질을 해도 눈을 감아주고 무슨 짓을 하든지 그저 코대답만 하여 주던 터이라 그런 소리가 귓전으로 들릴 뿐이다.

"내가 행실 잘못 가진 게 무어요?"

안협집은 분풀이라도 하여 줄 줄 알았더니 도리어 타박을 주므로 분한 데 악이 났다.

"글쎄 무어야! 무엇? 어디 대 봐요. 임자가 내 행실 그른 것을 보았소? 어디 보았거든 본 대로 말을 하시우."

딴은, 김삼보는 집에서 말할 것이 없었다. 그는 그저 그런 눈치만 채었지 반박할 증거는 잡은 것이 없다.

"본 거나 다름없지."

"무엇이 본 거나 다름없어? 일 년 열두 달 계집이 죽거나 살거나 내버려두었다가 이제 와서 한다는 소리가 그것밖에 없어? 살기가 싫거든 그대로 살기 싫다고 그래, 사내답게. 왜 그만 냄새가 나지? 또 어디다가 계집을 얻어 논 게지."

"이년이 뒈지지를 못해서 기를 쓰나?"

"그렇다, 이놈아! 네까짓 녀석 아니면 서방 없을까 봐 그러니, 더러운 녀석!"

김삼보의 주먹은 안협집의 등줄기를 우렸다.

"이년, 그래도 잔소리야. 주둥이 좀 덮치지 못하겠니……."

이렇게 서로 툭탁거리며 싸우는 판에 뒷집에서 삼돌이란 놈이 이 소리를 듣고서 가장 긴한 체하고 달려왔다.

"삼보 김 서방 언제 오셨소?"

하고 마당에 들어섰다. 김삼보는 그놈의 상판을 보자 참았던 분이 꼭두까지 올라온다. 삼돌이는 제법 웃음을 띠고,

"허허, 오래간만에 만났대서 내외분 싸움이 웬일이시우?"

어디서 한잔을 하였는지 얼굴이 불콰하다.

김삼보는 눈을 흘겨 뚫어지도록 삼돌이를 쳐다보았다.

"이놈아! 남이사 내외 싸움을 하든 말든 참견이 무어야?"

삼돌이란 놈은 주춤하였다. 그는 비지 같은 눈곱이 낀 눈을 끔벅끔벅하더니,

"그렇게 역정내실 것 무엇 있수. 말 좀 했기로……."

"이놈아, 네가 아랑곳할 게 무어야?"

"아랑곳은 할 것 없어도 흥정은 붙이고 싸움은 말리랬으니까 말이오. 나는 싸움 좀 못 말린단 말이오?"

하고 술 냄새를 풍기며 다가앉는다.

"이놈아, 술을 먹었거든 곱게 삭여!"

이번에는 삼돌이란 놈이 빌붙는다.

"나 술 먹고 어찌하든 김 서방이 관계할 게 무어요."

"이놈아, 남의 내외 싸움에 참견을 하니까 그렇지."

주고받다가 삼돌이의 멱살을 김삼보가 쥐었다.

"이 녀석, 네가 무슨 뻔뻔으로 이따위 수작이냐? 내 계집 이놈 왜 건드렸니?"

삼돌이가 조금 발이 저렸으나 속으로 흥하고 웃었다.

"요까짓 게 누구 멱살을 쥐어? 앙징하게……."

하더니 김삼보의 팔을 잡아 마당에다가 내리갈기니 개구리 터지듯 캑한다.

"요놈의 자식아! 내 말을 좀 들어 보고 말을 해! 네 계집 험절은 모르고 덤비기만 하면 강산이냐? 이 동리 반반한 사내 양반 쳐놓고 네 계집 건드리지 않은 놈이 없다. 이놈! 꼭 집어 말을 하라면 위에서 아래로 내리 섬기마. 이놈, 너도 계집 덕분에 노잣냥, 노름 밑천푼 좋이 얻어 썼지. 그래 집이라고 오면서 볼받은(해진 버선의 앞뒤 바닥에 헝겊을 덧대어 기운) 것이나마 옥양목 버선발이나 얻어 가지고 가는 것은 모두 어디서 나온 것으로 아니? 요 땅딸보 오리 궁둥아! 아무리 속이 밴댕이 같기로…… 그리고 또 들어 봐라. 나중에는 주워먹다 못해서 뽕지기까지 주워먹었다."

안협집이 파래서 달려든다.

"이놈, 네가 보았니?"

"보나 안 보나 일반이지."

"이 녀석, 네 말을 듣지 않으니까 된 말 안 된 말 주둥이질을 하는구나."

동리 사람이 모여들었다. 안협집은 삼돌이에게 발악을 하고 김삼보는 듣고만 있다.

한참 있더니 듣다듣다 못하는 듯이 삼돌이란 놈이 안협집에게로 달려들며,

"이년이 뒈지려고 기를 쓰나?"

하고 주먹을 들었다. 동리 사람이 호령을 하고 말렸다.

"이놈! 저리 얼른 가거라."

이놈은 변명을 하며 뻗퉁겼다. 그러나 여러 사람에게 끌려 저리로 가 버렸다. 사람이 헤어지자 노름꾼은 계집의 머리채를 잡았다.

그는 삼돌이에게 태질을 당한 것이 분하였다. 그뿐 아니라 그렇게까지

계집년의 행실을 온 동리에서 아는 것이 분하였다.

"이년! 더러운 년, 뽕밭에는 몇 번이나 갔니?"

발길로 지르고 주먹으로 패고 머리채를 잡아당기고 땅에다 질질 끌었다. 그는 이를 갈고 어쩔 줄을 몰랐다. 계집은 울고 발버둥을 쳤다.

"죽여라! 죽여."

"그럼 살려 줄 줄 아니? 이년! 들어앉아서 하는 게 그런 짓밖에는 없어?"

김삼보는 자기의 무딘 팔다리가 계집의 따뜻하고 연한 몸에 닿을 때에 적지 않은 쾌감을 느끼었다. 그는 그럴수록 더욱 힘을 주어 때리도록 속에 숨겨 있던 잔인성이 북받쳐 올라왔다.

맞는 안협집은 당장에 죽을 것 같았다. 그는 생각하기를, 이왕 이리 된 바에 모두 말해 버리고 저하고 갈라서면 그만이지 언제는 귀밑머리 풀고 사주 단자 보내고 사당에 예배 드린 내외냐. 저는 저고, 나는 난데 왜 이렇게 때리노? 하는 맘이 나며,

"이것 놔라! 내 말하마!"

하고 머리를 붙잡았다.

"뽕밭에는 한 번밖에 안 갔다. 어쩔 테냐?"

삼보는 더욱 머리채를 잡아챘다.

"이년, 한 번?"

이번에는 더 때렸다. 안협집은 말한 것이 후회가 났다. 삼보는 그래도 거짓말을 한다고 그대로 엎어놓고 짓밟았다. 안협집은 기절을 하였다. 삼보는 귀로 안협집의 숨소리를 들어 보았다. 그러나 숨소리가 없다. 그는 기겁을 하여 약국으로 갔다. 그의 팔다리는 떨렸다. 그가 의원에게서 약을 지어 가지고 왔을 때 안협집은 일어나 있었다. 삼보는 반갑기도 하고 분하기도 하여 약을 마당에 팽개쳤다. 그리고 밤새도록 서로 말이 없었다. 이

튼날 벙어리들 모양으로 말이 없어 서로 앉아 밥을 먹고, 서로 앉아 쳐다보고, 서로 말만 없이 옷도 주고받아 갈아입고, 하루를 더 묵어 삼보는 또가 버렸다. 안협집은 여전히 동릿집 공청 사랑에서 잠을 잤다. 누에는 따서 삼십 원씩 나눠 먹었다.

작품의 이해

• 구조적 분석

갈래 : 단편 소설

배경 : 1920년대 강원도 철원의 농촌

시점 : 전지적 작가 시점

주제 : 하층민의 윤리 의식 부재와 적나라한 삶의 실상

출전 : 《개벽》, 1925

• 작품해설

1925년《개벽》에 발표된 〈뽕〉은 〈물레방아〉, 〈벙어리 삼룡이〉 등과 함께 나도향의 작품 세계를 대표하는 단편 소설이다. 이때의 작품들은 초기 낭만주의에서 벗어나 김동인의 〈감자〉와 같은 자연주의 경향과 치밀한 구성과 기법으로 사실주의 경향을 보여 준다.

작품에 나오는 인물들은 탐욕적 본능과 물질적 욕구로 윤리 의식의 타락과 가정 내의 성 윤리 파괴의 모습을 극단적으로 보여 주고 있다.

인물이 고운 대신 가진 것이 전혀 없는 안협집에게 정조란 물질적 욕구를 채우기 위한 도구에 지나지 않는다. 김삼보 역시 돈만 생기면 아내의 부정까지 눈감아 주는 이기적 · 탐욕적인 인물이고, 힘이 세고 난봉꾼인 삼돌이는 남의 약점을 이용하여 자신의 성적 욕망을 채우려는 탐욕스러운 인물이다.

그럼에도 불구하고 서사 구조가 비극적 결말을 취하지 않는 데서 인간의 추악한 모습을 현실의 모습으로 파악한 작가의 의도를 엿볼 수 있다.

또한 〈뽕〉은 윤리 의식 없이 탐욕적 본능 추구를 계속하는 인물들을 냉정하고 객관적인 시각으로 바라보는 데서 사실주의의 극치를 보여 준다.

• **생각해보기**

1. 등장 인물의 성격적 특징은 무엇인가?
2. 나도향의 후기 단편들에 나오는 두 가지 주제 의식은 무엇인가?

☞**해답**

1. 윤리 의식이 없는 본능 추구.
2. ①봉건적 신분 차별과 그에 대한 분노
   ②인간의 원초적인 욕망, 즉 성적 욕망, 돈, 노름의 추구

김유정

소낙비
봄봄
동백꽃

김유정 金裕貞, 1908~1937

강원도 춘천 출생. 1929년 휘문 고보(高普)를 졸업하고 연희 전문대에 입학하였으나 곧 중퇴. 조실부모하고 빈곤과 폐결핵으로 불우한 어린 시절을 보낸다. 1931년 귀향해 실레 마을에 금병의숙을 설립하고 야학 활동을 하는 등 농촌 계몽 운동에 힘썼으나 결실을 못 거두고 상경했다. 그 후 폐결핵 투병생활을 하면서 1935년 〈소낙비〉가 〈조선일보〉, 〈노다지〉가 〈중앙일보〉 신춘 문예에 각각 당선되어 문단에 등단해 본격적인 창작욕을 과시했다. 그러나 29살의 나이에 짧은 인생을 마감했다.

우리 나라 전통적 미학인 해학과 풍자를 토속적인 언어로 현대에 가장 잘 계승한 작가로서 그의 작품의 특징은 어수룩한 주인공을 내세워 당시 식민지 치하의 궁핍한 농촌 문제를 증오와 비극적 결말 대신 해학적으로 희화시켜 주제를 독자들이 느끼도록 만드는 독특한 구성을 취했다.

주요 작품

1. 단편소설 : 〈산골 나그네〉 〈총각과 맹꽁이〉(1933), 〈소낙비〉 〈노다지〉 〈금 따는 콩밭〉 〈만무방〉 〈봄봄〉 〈안해〉 〈떡〉(1935), 〈동백꽃〉 〈가을〉 〈야앵〉 〈두꺼비〉 〈정조〉 〈옥토끼〉(1936), 〈따라지〉 〈땡볕〉(1937)
2. 유작(遺作)

①단편소설 : 〈정분〉 〈생의 반려(미완성)〉(1937), 〈애기〉(1939)

②번역소설 : 〈잃어버린 보석〉(1937)

③단편집 : 〈동백꽃〉(1938)

소낙비

• 읽기전에

1. 1930년대의 시대상과 연관하여 각 인물들의 성격을 파악해 보자.
2. 이 작품에서 소낙비의 역할이 무엇인지 생각해 보자.

• 줄거리

가난한 농군 출신의 춘호는 흉작과 빚으로 고향을 떠나 산골 마을까지 흘러 들어왔지만 이곳에서도 생활의 궁핍함을 면할 수 없었다. 걸핏하면 아내를 구타하고 술과 노름에 빠진 춘호는 서울 가려는 생각에 노름 밑천 이 원을 해 오라고 아내를 다그친다.

열아홉 살의 제법 예쁘장한 그의 아내는 남편의 구타를 피해 이웃집 쇠돌네를 찾아간다. 억수로 쏟아지는 소낙비 속에 마을의 부호요 호색한인 이 주사가 쇠돌네의 빈집으로 들어가는 것을 본 아내는 물질적 빈곤과 남편의 구타에서 벗어나려는 생각에 스스로 몸을 팔 생각을 한다. 남편에게 부쳐먹을 농토와 다음날 돈 이 원을 주겠다는 이 주사의 말에 아내는 안심을 하며 집으로 돌아간다. 이튿날 춘호는 돈 이 원을 받을 생각에 아내를 곱게 단장시켜 이 주사에게로 보낸다.

소낙비

음산한 검은 구름이 하늘에, 뭉게뭉게 모여드는 것이 금세라도 비 한 줄기 할 듯하면서도 여전히 짓궂은 햇발은 겹겹 산 속에 묻힌 외진 마을을 통째로 자실 듯이 달구고 있었다. 이따금 생각나는 듯 살매들린 바람은 논밭 간의 나무들을 뒤흔들며 미쳐 날뛰었다.

뫼 밖으로 농군들을 멀리 품앗이로 내보낸 안말의 공기는 쓸쓸하였다. 다만 맷맷한 미루나무 숲에서 거칠어 가는 농촌을 읊는 듯 매미의 애끊는 노래—

매웁! 매애웁!

춘호는 자기 집—올 봄에 오 원을 주고 사서 들은 묵삭은 오막살이집—방문턱에 걸터앉아서 바른 주먹으로 턱을 고이고는 봉당(안방과 건넌방 사이의 마루를 놓을 자리를 흙바닥 그대로 둔 곳)에서 저녁으로 때울 감자를 씻고 있는 아내를 묵묵히 노려보고 있었다. 그는 사날 밤이나 눈을 안 붙이고 성화를 하는 바람에 농사에 고리삭은(풀이 죽어 늙은이 같은) 그의 얼굴은 더욱 해쓱하였다.

아내에게 다시 한 번 졸라 보았다. 그러나 위협하는 어조로,

"이봐, 그래 어떻게 돈 이 원만 안 해줄 테여?"

아내는 역시 대답이 없었다. 갓 잡아 온 새댁 모양으로 씻는 감자나 씻을 뿐 잠자코 있었다. 되나 안 되나 좌우간 이렇다 말이 없으니 춘호는 울화가 터져 죽을 지경이었다. 그는 타곳에서 떠돌아 온 몸이라 자기를 믿고 장리를 주는 사람도 없고 또는 그 알량한 집을 팔려 해도 단 이삼 원의 작자도 내닫지 않으므로, 앞뒤가 꼭 막혔다. 마는 그래도 아내는 나이 젊고 얼굴 똑똑하겠다, 돈 이 원쯤이야 어떻게라도 될 수 있겠기에 묻는 것인데 들은 체도 안 하니 괘씸한 듯싶었다.

그는 배를 튀기며 다시 한 번,

"돈 좀 안 해줄 테여?"

하고 소리를 빽 질렀다.

그러나 대꾸는 역시 없었다.

춘호는 노기 충천하여 불현듯 문지방을 떠다밀며 벌떡 일어섰다. 눈을 홉뜨고 벽에 기대인 지게 막대를 손에 잡자 아내의 옆으로 바람같이 달겨들었다.

"이년아, 기집 좋다는 게 뭐여, 남편의 근심도 덜어 주어야지, 끼고 자자는 기집이여?"

지게 막대는 아내의 연한 허리를 모질게 후렸다. 까부라지는 비명은 모지락스레 찌그러진 울타리를 벗어 나간다. 잼처(다시. 거듭) 지게 막대는 앉은 채 고꾸라진 아내의 발뒤축을 얼러 볼기를 내리갈겼다.

"이년아, 내가 언제부터 너에게 조르는 게여?"

범같이 호통을 치며 남편이 지게 막대를 공중으로 다시 올리며 모질음을 쓸 때 아내는,

"에구머니!"

하고 외마디를 질렀다. 연하여 몸을 뒤치자 거반 엎어진 듯이 싸리문 밖으로 내달렸다. 얼굴에 눈물이 흐른 채 황그리는(욕되리만큼 매우 낭패를 당하는) 걸음으로 문 앞의 언덕을 내리어 개울을 건너고 맞은쪽에 뚫린 콩밭 길로 들어섰다.

"너, 네가 날 피하면 어딜 갈 테여?"

발길을 막는 듯한 의미 있는 호령에 달아나던 아내는 다리가 멈칫하였다. 그는 고개를 돌리어 싸리문 안에 아직도 지게 막대를 들고 섰는 남편을 바라보았다. 어른에게 죄진 어린애같이 입만 쫑긋쫑긋하다가 남편이 뛰어나올까 겁이 나서 겨우 입을 열었다.

"쇠돌 엄마 집에 좀 다녀올게유."

쭈뼛쭈뼛 변명을 하고는 가던 길을 다시 휑하게 내걸었다. 아내라고 요새 이 돈 이 원이 금시로 필요함을 모르는 바도 아니었다. 마는 그의 자격으로나 노동으로나 돈 이 원이란 감히 땅띔도 못해(생각조차 못해) 볼 형편이었다. 벌이래야 하잘것없는 것 — 아침에 일어나기가 무섭게 남에게 뒤질까 영산이 올라 산으로 빼는 것이다. 조그만 종댕이를 허리에 달고 거한 산중에 드문드문 박혀 있는 도라지, 더덕을 찾아가는 일이었다. 깊은 산 속으로 우중충한 돌 틈바귀로 잔약한 몸으로 맨발에 짚신짝을 끌며 강파른 산등을 타고 돌려면 젖먹던 힘까지 녹아 내리는 듯 진땀이 머리로부터 발끝까지 흘러내린다.

아랫도리를 단 외겹으로 두른 낡은 치맛자락은 다리로, 허리로 척척 엉기어 걸음을 방해하였다. 땀에 불은 종아리는 거친 숲에 긁혀 매여 그 쓰라림이 말이 아니다. 게다가 무거운 흙내는 숨이 탁탁 막히도록 가슴을 찌른다. 그러나 삶에 발버둥치는 순진한 그의 머리는 아무 불평도 일지 않았다.

가물에 콩 나기로 어쩌다 도라지순이라도 어지러운 숲 속에 하나 둘 뾰족이 뻗어오른 것을 보면, 그는 그래도 기쁨에 넘치는 미소를 띠었다. 때로는 바위도 기어올랐다. 정히 못 기어오를 그런 험한 곳이면 칡덩굴에 매어달리기도 하는 것이었다. 땟국에 전 무명 적삼은 벗어서 허리춤에다 꾹 찌르고는 호랑이숲이라 이름난 강원도 산골에 매어달려 기를 쓰고 허비적거린다. 골바람은 지날 적마다 알몸을 두른 치맛자락을 공중으로 날린다. 그제마다 검붉은 볼기짝을 사양 없이 내보이는 칡덩굴이 그를 본다면, 배를 움켜쥐어도 다 못 볼 것이다. 마는 다행히 그윽한 산골이라 그 꼴을 비웃는 놈은 뻐꾸기뿐이었다.

이리하여 해동갑(어떤 일을 해질 무렵까지 계속함을 이르는 말)으로 해갈을 하고 나면 캐어 모은 도라지, 더덕은 얼러 사발 가웃, 혹은 두어 사발 남짓하게 되는 것이다. 그러면 동리로 내려와 주막거리에 가서 그걸 내주고 보리쌀과 사발 바꿈을 하였다. 그러나 요즘엔 그나마도 철이 겨워 소출이 없다. 그 대신 남의 보리방아를 온종일 찧어 주고 보리밥 그릇이나 얻어다가는 집으로 돌아와 농토를 못 얻어 뻔뻔히 노는 남편과 같이 나누는 것이 그날 하루하루의 생활이었다. 그러고 보니 돈 이 원커녕 당장 목을 딴대도 피도 나올지가 의문이었다.

만약 돈 이 원을 돌린다면 아는 집에서 보리라도 꾸어 파는 수밖에는 다른 도리가 없다. 그리고 온 동리의 아낙네들이 치맛바람에 팔자 고쳤다고 쑥덕거리며 은근히 시새우는 쇠돌 엄마가 아니고는 노는 벌이를 가진 사람이 없다. 그런데 도둑이 제발 저리다고 그는 자기 꼴 주제에 제물에 눌려서 호사로운 쇠돌 엄마에게는 죽어도 가고 싶지 않았다. 쇠돌 엄마도 처음에야 자기와 같이 천한 농부의 계집이련만 어쩌다 하늘이 도와 동리의 부자 양반 이 주사와 은근히 배가 맞은 뒤로는 얼굴도 모양내고, 옷치장도 하고, 밥걱정도 안 하고 하여 아주 금방석에 뒹구는 팔자가 되었다. 그리고 쇠돌 아버지도 이게 웬 땡이냔 듯이 아내를 내어놓은 채 눈을 살짝 감아

버리고 이 주사에게서 나는 옷이나 입고, 주는 쌀이나 먹고 연년이 신통치 못한 자기 농사에는 한 손을 떼고는 히짜를 뽑는 것이 아닌가!

사실 말인즉, 춘호 처가 쇠돌 엄마에게 죽어도 아니 가려는 그 속까닭은 정작 여기 있었다.

바로 지난 늦은 봄, 달이 뚫어지게 밝은 어느 밤이었다. 춘호가 보름 게추를 보러 산모퉁이로 나간 것이 이슥하여도 돌아오지 않으므로 집에서 기다리던 아내가 인젠 자고 오려나 생각하고는 막 드러누워 잠이 들려니까 웬 난데없는 황소 같은 놈이 뛰어들었다. 허둥지둥 춘호 처를 마구 깔다가 놀라서 으악 소리를 치는 바람에, 그냥 달아난 일이 있었다. 어수룩한 시골일이라 별반 풍설도 아니 나고 쓱싹 되었으나 며칠이 지난 뒤에야 그것이 동리의 부자 이 주사의 소행임을 비로소 눈치채었다.

그런 까닭으로 해서 춘호 처는 쇠돌 엄마와 직접 관계는 없단대도 그를 대하면 공연스레 얼굴이 뜨뜻하여지고 몹시 어색하였다. 죄나 진 듯이…….

그리고 더욱이 쇠돌 엄마가,

"새댁, 나는 속옷이 세 개구, 버선이 네 벌이구 행."

하며, 아주 좋다고 핸들대는 그 꼴을 보면 혹시 자기에게 한 점을 두고서 비양거리는 거나 아닌가 하는 옥생각(공연히 그릇되게 하는 생각)으로 무안해서 고개도 못 들었다.

한편으로는 자기도 좀만 잘했더면 지금쯤은 쇠돌 엄마처럼 호강을 할 수 있었을 그런 갸륵한 기회를 깝살려(흐지부지 다 없애) 버린 자기 행동에 대한 후회와 애탄으로 말미암아 마음을 괴롭히는 그 쓰라림도 적지 않았다. 그러나 아무러한 욕을 보더라도 나날이 심해 가는 남편의 무지한 매보다는 그래도 좀 헐할 게다. 오늘은 한맘 먹고 쇠돌 엄마를 찾아가려는 것이었다.

춘호 처는 이번 걸음이 헛발이나 안 칠까 일념으로 심화를 하며 수양버들이 쭉 늘어 박힌 논두렁길로 들어섰다.

그는 시골 아낙네로는 용모가 매우 반반하였다. 좀 야윈 듯한 몸매는 호리호리한 것이 소위 동리의 문자대로 외입깨나 하얌직한 얼굴이었으되 추레한 의복이며 퀴퀴한 냄새는 거지를 볼지른다. 그는 왼손 바른손으로 겨끔내기(서로 번갈아 하기)로 치맛귀를 여며 가며 속살이 삐질까 조심조심 걸었다. 감사나운(모양이나 생각이 억세고 사나운) 구름송이가 하늘 신폭을 휘덮고는 차츰차츰 지면으로 처져 내리더니 그예 산봉우리에 엉기어 살풍경이 되고 만다. 먼 데서 개 짖는 소리가 앞뒷산을 한적하게 울린다. 빗방울은 하나 둘 떨어지기 시작하더니 차차 굵어지며 무더기로 퍼부어 내린다.

춘호 처는 길가에 늘어진 밤나무 밑으로 뛰어들어가 비를 거니며 쇠돌 엄마 집을 멀리 바라보았다. 북쪽 산기슭 높직한 울타리로 빵 돌려 두르고 앉았는 오목하고 맵시 있는 집이 그 집이었다. 그런데 싸리문이 꼭 닫힌 걸 보면 아마 쇠돌 엄마가 농군청에 저녁 제누리를 나르러 가서 아직 돌아오지 않은 모양이었다.

그는 쇠돌 엄마 오기를 지켜 보며 오도카니 서서 기다리고 있었다.

나뭇잎에서 빗방울은 뚝뚝 떨어지며 그의 뺨을 흘러 젖가슴으로 스며든다. 바람은 지날 적마다 냉기와 함께 굵은 빗발을 몸에 들이친다. 비에 쪼로록 젖은 치마가 몸에 찰싹 감기어 허리로, 궁둥이로, 다리로, 살의 윤곽이 그대로 비쳐 올랐다.

무던히 기다렸으나 쇠돌 엄마는 오지 않았다. 하도 진력이 나서 하품을 하여 가며 정신 없이 서 있노라니 왼편 언덕에서 사람 오는 발자취 소리가 들린다. 그는 고개를 돌려 보았다. 그러나 날쌔게 나무 틈으로 몸을 숨겼다. 동이배를 가진 이 주사가 지우산을 받쳐 쓰고는 쇠돌네 집으로 향하여 응뎅이를 껍죽거리며 내려가는 길이었다. 비록 키는 작달막하나 숱 좋은 수염이든지 온 동리를 털어야 단 하나뿐인 탕건이든지, 썩 풍채 좋은 오십 전후의 양반이다.

그는 싸리문 앞으로 가더니 자기 집처럼 거침없이 문을 떠다밀고는 속으로 버젓이 들어가 버린다.

이것을 보니 춘호 처는 다시금 속이 편치 않았다. 자기는 개돼지같이 무시로, 매만 맞고 돌아치는 천덕꾼이다. 안팎으로 겹귀염을 받으며 간들대는 쇠돌 엄마와 사람된 치수가 두드러지게 다름을 그는 알 수 있었다. 쇠돌 엄마의 호강을 너무나 부럽게 우러러보는 반동으로 자기도 잘했더면 하는 턱없는 희망과 후회가 전보다 몇 갑절 쓰린 맛으로 그의 가슴을 찌푸뜨렸다.

쇠돌네 집을 하염없이 건너다보다가 어느덧 저도 모르게 긴 한숨이 굴러내린다. 언덕에서 쓸려 내리는 사탯물이 발등까지 개흙으로 덮으며 소리쳐 흐른다. 빗물에 폭 젖은 몸뚱아리는 점점 떨리기 시작한다.

그는 가벼웁게 몸서리를 쳤다. 그리고 당황한 시선으로 사방을 경계하여 보았다. 아무도 보이지는 않았다. 다시 시선을 돌리어 그 집을 쏘아보며 속으로 궁리하여 보았다. 안에는 확실히 이 주사뿐일 게다. 그 때까지 걸렸던 싸리문이라든지 또는 울타리에 넌 빨래를 여태 안 걷어들이는 것을 보면 어떤 맹세를 두고라도 분명히 이 주사 외의 다른 사람은 하나도 없을 것이다.

그는 마음놓고 비를 맞아 가며 그 집으로 달려들었다. 봉당으로 선뜻 뛰어오르며,

"쇠돌 엄마 기슈?"

하고, 인기를 내보았다.

물론 당자의 대답은 없었다. 그 대신 그 음성이 나자 안방에서 이 주사가 번개같이 머리를 내밀었다. 자기 딴은 꿈 밖이란 듯, 눈을 두리번두리

번하더니 옷 위로 볼가진 춘호 처의 젖가슴, 아랫배, 넓적다리로 발등까지 슬쩍 음흉히 훑어보고는 거나한 낯으로 빙그레한다. 그리고 자기도 봉당으로 주춤주춤 나오며,

"쇠돌 엄마 말인가? 왜 지금 막 나갔지, 곧 온댔으니 안방에 좀 들어가 기다렸으면……."

하고 매우 일이 딱한 듯이 어름어름한다.

"이 비에 어딜 갔에유?"

"지금 요 밖에 좀 나갔지, 그러나 곧 올걸……."

"있는 줄 알고 왔는디……."

춘호 처는 이렇게 혼자말로 낙심하며 섭섭한 낯으로 머뭇머뭇하다가 그냥 돌아갈 듯이 봉당 아래로 내려섰다.

이 주사를 쳐다보며 물차는 제비같이 산드러지게,

"그럼 요담에 오겠에유, 안녕히 계시유."

하고 작별의 인사를 올린다.

"지금 곧 온댔는데, 좀 기다리지……."

"담에 또 오지유."

"아닐세, 좀 기다리게. 여보게, 여보게, 이봐!"

춘호 처가 간다는 바람에 이 주사는 체면도 모르고 기가 올랐다. 허둥거리며 재간껏 만류하였으나 암만해도 안 될 듯싶다. 춘호 처가 여기엘 찾아온 것도 큰 기적이려니와 뇌성 벽력에, 구석진 곳이겄다, 이렇게 솔깃한 기회는 두 번 다시 못 볼 것이다. 그는 눈이 뒤집히어 입에 물었던 장죽을 쭉 뽑아 방안으로 치뜨리고는 계집의 허리를 뒤로 다짜고짜 끌어안아서 봉당 위로 끌어올렸다.

계집은 몹시 놀라며,

"왜 이러서유, 이거 노세유."

하고, 몸을 뿌리치려는 앙탈을 한다.

"아니 잠깐만."

이 주사는 그래도 놓지 않으며 허겁스러운(마음이 실하지 못하여 겁이 많은) 눈짓으로 계집을 달래인다.

흘러내리는 고의춤을 왼손으로 연신 치우치며 바른팔로는 계집을 잔뜩 움켜잡고는 엄두를 못 내어 짤짤매다가 간신히 방안으로 끙끙 몰아넣었다. 안으로 문고리는 재빠르게 채이었다.

밖에서는 모진 빗방울이 배춧잎에 부딪치는 소리, 바람에 나무 떠는 소리가 요란하다. 가끔 양철통을 내려 굴리는 듯 거푸진 천둥소리가 방고래를 울리며 날은 점점 침침하여 갔다.

얼마쯤 지난 뒤였다. 이만하면 길이 들었으려니 안심하고 이 주사는 날숨을 후우, 하고 돌린다. 실없이 고마운 비 때문에 발악도 못 치고 앙살도 못 피우고 무릎 앞에 고분고분 늘어져 있는 계집을 대견히 바라보며 빙긋이 얼러 보았다. 계집은 온몸에 진땀이 쭉 흐르는 것이 꽤 더운 모양이다. 벽에 걸린 쇠돌 어멈의 적삼을 꺼내어 계집의 몸을 말쑥하게 훑닦기 시작한다. 발끝서부터 얼굴까지—.

"너, 열아홉이지?"

하고 이 주사는 취한 얼굴로 얼간히 물어 보았다.

"니에."

하고 메떨어진(어울리지 않고 촌스러운) 대답.

계집은 이 주사 손에 눌리어 일어나도 못 하고 죽은 듯이 가만히 누워 있다.

이 주사는 계집의 몸을 다 씻고 나서 한숨을 내뿜으며 담배 한 대를 턱 피워 물었다.

"그래, 요새도 서방에게 주리경을 치느냐?"

하고, 묻다가 아무 대답도 없으매,

"원 그래서야 어떻게 산단 말이냐, 하루 이틀이 아니고. 사람의 일이란 알 수 있는 거냐? 그러다 혹시 맞아 죽으면 정장 하나 해볼 곳 없는 거야. 허니, 네 명이 아까우면 덮어놓고 민적(그 나라 백성으로서의 호적)을 가르는 게 낫겠지."

하고, 계집의 신변을 위하여 염려를 마지않다가 번뜻 한 가지 궁금한 것이 있었다.

"너 참, 아이 낳았다 죽었다구나?"

"니에."

"어디 난 듯이나 싶으냐?"

계집은 얼굴이 홍당무가 되어지며 아무 말 못 하고 고개를 외면하였다.

이 주사도 그까짓 것 더 묻지 않았다. 그런데 웬 녀석의 냄새인지 무생채 썩는 듯한 시크무레한 악취가 불시로 코청을 찌르니 눈살을 찌푸리지 않을 수 없다. 처음에야 그런 줄은 소통 몰랐더니 알고 보니까 비위가 좋이 역하였다. 그는 빨고 있는 담배통으로 계집의 배꼽께를 똑똑히 가리키며,

"애 이 살의 때꼽 좀 봐라. 그래 물이 흔한데 이것 좀 못 씻는단 말이냐?"

하고, 모처럼의 기분을 상한 것이 앵하단(손해를 보아서 마음이 분하고 아깝단) 듯이 꺼림한 기색으로 혀를 채었다. 하지만 계집이 참다 참다 이내 무안에 못 이기어 일어나 치마를 입으려 하니 그는 역정을 벌컥 내었다. 옷을 빼앗아 구석으로 동댕이를 치고는 다시 그 자리에 끌어 앉혔다. 그리고 자기 딸이나 책하듯이 아주 대범하게 꾸짖었다.

"왜 그리 계집이 달망대니? 좀 뜸직치가 못하구……."

춘호 처가 그 집을 나선 것은 들어간 지 약 한 시간만이었다.

비가 여전히 쭉쭉 내린다. 그는 진땀을 있는 대로 흠뻑 쏟고 나왔다. 그러나 의외로, 아니 천행으로 오늘 일은 성공이었다.

그는 몸을 솟치며 생긋하였다. 그런 모욕과 수치는 난생 처음 당하는 봉변으로, 지랄 중에도 몹쓸 지랄이었으나 성공은 성공이었다. 복을 받으려면 반드시 고생이 따르는 법이니 이까짓 거야 골백번 당한대도 남편에게 매나 안 맞고 의좋게 살 수만 있다면 그는 사양치 않을 것이다. 이 주사를 하늘같이, 은인같이 여겼다. 남편에게 부쳐먹을 농토를 줄 테니 자기의 첩이 되라는 그 말도 죄송하였으나 더욱이 돈 이 원을 줄 테니 내일 이맘때 쇠돌네 집으로 넌지시 만나자는 그 말은 무엇보다도 고마웠고 벅찬 짐이나 풀은 듯 마음이 홀가분하였다. 다만 애키는 것은 자기의 행실이 만약 남편에게 발각되는 나절에는 대매에 맞아 죽을 것이다. 그는 일변 기뻐하며 일변 애를 태우며 자기 집을 향하여 세차게 쏟아지는 빗속을 가분가분 내리달렸다.

춘호는 아직도 분이 못 풀리어 뿌루퉁하니 홀로 앉았다.

그는 자기의 고향인 인제를 등진 지 벌써 삼 년이 되었다. 해를 이어 흉작에 농작물은 말 못 되고 따라 빚쟁이들의 위협과 악다구니는 날로 심하였다.

마침내 하릴없이 집 세간살이를 그대로 내버리고 알몸으로 밤도주하였던 것이다. 살기 좋은 곳을 찾는다고 나이 어린 아내의 손목을 끌고 이 산 저 산을 넘어 표랑하였다. 그러나 우정 찾아 들은 곳이 고작 이 마을이나, 산 속은 역시 일반이다. 어느 산골엘 가 호미를 잡아 보아도 정은 조그만치도 안 붙었고, 거기에는 오직 쌀쌀한 불안과 굶주림이 품을 벌려 그를 맞을 뿐이었다. 터무니없다 하여 농토를 안 준다. 일 구멍이 없으매 품을 못 판다. 밥이 없다. 결국에 그는 피폐하여 가는 농민 사이를 감도는 엉뚱한 투기심에 몸이 달떴다.

요사이 며칠 동안을 두고 요 너머 뒷산 속에서 밤마다 큰 노름판이 벌어지는 기미를 알았다. 그는 자기도 한몫 보려고 끼룩거렸으나(무엇을 내다보거나 삼키려 할 때 목을 길게 빼어 앞으로 자꾸 쑥쑥 내밀었으나) 좀체로 밑천을 만들 수 없었다. 이 원! 수나 좋아서 이 이 원이 조화만 잘한다면 금시 발복(운이 틔어 복이 닥치는 것)이 못 된다고 누가 단언할 수 있으랴! 삼사십 원 따서 동리의 빚이나 대충 가리고 옷 한 벌 지어 입고는 진저리나는 이 산골을 떠나려는 것이 그의 배포였다. 서울로 올라가 아내는 안잠을 재우고(여자가 남의 집에서 자면서 일을 해주고 살게 하고) 자기는 노동을 하고, 둘이서 다구지게 벌면 안락한 생활을 할 수가 있을 텐데, 이런 산 구석에서 굶어 죽을 맛이야 없었다. 그래서 젊은 아내에게 돈 좀 해 오라니까 요리 매낀 조리 매낀 매만 피하고 겯들어 주지 않으니 그 소행이 여간 괘씸한 것이 아니다.

아내가 물에 빠진 생쥐 꼴을 하고 집으로 달려들자 미처 입도 벌리기 전에 남편은 이를 악물고 주먹뺨을 냅다 붙인다.

"너 이년, 매만 살살 피하고 어디 가 자빠졌다 왔니?"

볼치 한 대를 얻어맞고 아내는 오기가 걸리어 벙벙하였다. 그래도 직성이 못 풀리어 남편이 다시 매를 손에 잡으려 하니 아내는 질겁을 하여 살려달라고 두 손으로 빌며 개신개신 입을 열었다.

"낼 되유-낼. 돈, 낼 되유."

하며 돈이 변통됨을 삼가 아뢰는 그의 음성은 절반이 울음이었다. 남편이 반신반의하여 눈을 찌긋하다가,

"낼?"

하고, 목청을 돋았다.

"네, 낼 된다유."

"꼭 되여?"

"네, 낼 된다유."

남편은 시골 물정에 능통하니만치 난데없이 돈 이 원이 어디서 어떻게 되는 것까지는 추궁해 물으려 하지 않았다. 그는 적이 안심한 얼굴로 방문턱에 걸터앉으며 담뱃대에 불을 그었다. 그제야 비로소 아내도 마음을 놓고 감자를 삶으려 부엌으로 들어가려 하니 남편이 곁으로 걸어오며 측은한 듯이 말리었다.

"병 나, 방에 들어가 어여 옷이나 말리여, 감자는 내 삶을게."

먹물같이 짙은 밤이 내리었다. 비는 더욱 소리를 치며 앙상한 그들의 방벽을 앞뒤로 울린다. 천장에서 비는 새이지 않으나 집 지은 지가 오래 되어 고래가 물러앉다시피 된 방이라 도배를 못한 방바닥에는 물이 스며들어 귀축축하다. 거기다 거적 두 잎만 덩그렇게 깔아 놓은 것이 그들의 침소였다. 석유불은 없어 캄캄한 바로 지옥이다. 벼룩이는 사방에서 마냥 스멀거린다.

그러나 등걸잠(덮개 없이 옷을 입은 채 아무 데나 쓰러져 자는 잠)에 익달한 그들은 천연덕스럽게 나란히 누워 줄기차게 퍼붓는 밤빗소리를 귀담아듣고 있었다. 가난으로 인하여 부부간의 애틋한 정을 모르고 나날이 매질로 불평과 원한 중에서 복대기는 그들도 이 밤에는 불시로 화목하였다. 단지 남편의 품에 들은 돈 이 원을 꿈꾸어 보고도.

"서울 언제 갈라유?"

남편의 왼팔을 베고 누웠던 아내가 남편을 향하여 응석 비슷이 물어 보았다. 그는 남편에게 서울의 화려한 거리며, 후한 인심에 대하여 여러 번 들은 바 있어 일상 안타까운 마음으로 몽상은 하여 보았으나 실지 구경은 못 하였다. 얼른 이 고생을 벗어나 살기 좋은 서울로 가고 싶은 생각이 간절하였다.

"곧 가게 되겠지, 빚만 좀 없어도 가뜬하련만."

"빚은 낭종 줘더라도 얼핀 갑세다유."

"염려 없어. 이 달 안으로 꼭 가게 될 거니까."

남편은 썩 쾌히 승낙하였다. 딴은 그는 동리에서 일컬어 주는 질꾼으로 투전장의 가보쯤은 시루에서 콩나물 뽑듯하는 능수였다. 내일 밤 이 원을 가지고 벼락같이 노름판에 달려가서 있는 돈이란 깡그리 모집어 올 생각을 하니 그는 은근히 기뻤다. 그리고 교묘한 자기의 손재간을 홀로 뽐내었다.

"이번이 서울 첨이지?"

하매, 그는 서울 바람 좀 한번 쐬었다고 큰 체를 하며 팔로 아내의 머리를 흔들어 물어 보았다. 성미가 워낙 겁겁한지라(성미가 급하여 참을성이 없는지라) 지금부터 서울 갈 준비를 착착 하고 싶었다. 그가 제일 걱정되는 것은 둠 구석에서 놰 자라먹은 아내를 데리고 가면 서울 사람에게 놀림도 받을 게고 거리끼는 일이 많을 듯싶었다. 그래서 서울 가면 꼭 지켜야 할 필수 조건을 아내에게 일일이 설명치 않을 수 없었다.

첫째, 사투리에 대한 주의부터 시작되었다. 농민이 서울 사람에게 '꼬라리'라는 별명으로 감잡히는 그 이유는 무엇보다도 사투리에 있을지니 사투리는 쓰지 말며 '합세'를 '하십니까'로, '하게유'를 '하오'로 고치되 말끝을 들지 말지라, 또 거리에서 어릿어릿하는 것은 내가 시골뜨기요 하는 얼뜬 짓이니 갈 길은 재게 가고 볼 눈은 또릿또릿히 볼지라 – 하는 것들이었다. 아내는 그 끔직한 설교를 귀담아들으며 모깃소리로 "네, 네"를 하였다.

남편은 둬 시간 가량을 샐 틈 없이 꼼꼼하게 주의를 다져 놓고는 서울의 풍습이며 생활 방침 등을 자기의 의견대로, 그럴싸하게 이야기하여 오다가 말끝이 어느덧 화장술에 이르게 되었다. 시골 여자가 서울에 가서 안잠을 잘 자 주면 몇 해 후에는 집까지 얻어 갖는 수가 있는데, 거기에는 얼굴이 예뻐야 한다는 소문을 일찍 들은 바 있어 하는 소리였다.

"그래서 날마다 기름을 바르고, 분도 바르고, 버선도 신고 해서 쥔 마음에 썩 들어야……."

한참 신바람이 올라 주워섬기다가 옆에서 쌔근쌔근 소리가 들리므로 고개를 돌려 보니 아내는 이미 곯아져 잠이 깊었다.

"이런 망할 거, 남 말하는데 자빠져 잔담."

남편은 혼자 중얼거리며 바른팔을 들어 이마 위로 흐트러진 아내의 머리칼을 뒤로 쓰담아 넘긴다. 세상에 귀한 것은 자기 아내! 명색이 남편이며 이날까지 옷 한 벌 변변히 못 해 입히고 고생만 짓 시킨 그 죄가 너무나 큰 듯 가슴이 뻐근하였다. 그는 왁살스러운 팔로 아내의 허리를 꼭 껴안아 자기의 앞으로 바특이 끌어당겼다.

밤새도록 줄기차게 내리던 빗소리가 아침에 이르러서야 겨우 그치고 점심때에는 생기로운 볕까지 들었다. 쿨렁쿨렁 눈물나는 소리는 요란히 들린다. 시내에서 고기 잡는 아이들의 고함이며, 농부들의 희희낙락한 미나리도 기운차게 들린다. 비는 춘호의 근심도 씻어 간 듯 오늘은 그에게도 즐거운 빛이 보였다.

"저녁 제누리 때 되었을걸, 얼른 빗고 가 봐—"

그는 갈증이 나서 아내를 대구 재촉하였다.

"아직 멀었어유."

"뭘!"

아내는 남편의 말대로 벌써부터 머리를 빗고 앉았으나 원체 달포나 아니 가리어 엉클은 머리가 시간이 꽤 걸렸다. 그는 호랑이 같은 남편과 오랜만에 정다운 정을 바꾸어 보니 근래에 볼 수 없는 화색이 얼굴에 떠돌았다.

어느 때에는 매적하게 생글생글 웃어도 보았다.

아내가 꼼지락거리는 것이 보기에 퍽이나 갑갑하였다. 남편은 아내 손에서 얼레빗을 쑥 뽑아 들고는 시원스레 쭉쭉 내려 빗긴다. 다 빗긴 뒤, 옆에 놓인 밥사발의 물을 손바닥에 연신 칠해 가며 머리에다 번지르르하게 발라 놓았다. 그래 놓고 위서부터 머리칼을 재워 가며 맵시 있게 쪽을 딱 찔러 주더니 오늘 아침에 한사코 공을 들여 삼아 놓았던 짚신을 아내의 발에 신기고 주먹으로 자근자근 골을 내주었다.

"인제 가 봐!"

하다가

"바루 곧 와, 응?"

하고 남편은 그 이 원을 고이 받고자 손색없도록, 실패 없도록 아내를 모양내 보냈다.

작품의 이해

• 구조적 분석

갈래 : 단편 소설

배경 : 1930년대 궁핍한 농촌 마을

시점 : 전지적 작가 시점

구성 : 역행적 단순 구성

주제 : 농촌의 궁핍상과 무너진 도덕 관념

출전 : 〈조선일보〉, 1935

• 작품해설

〈소낙비〉는 1935년 〈조선일보〉의 신춘 문예에 당선된 작품이다. 1930년대의 피폐해 가는 농촌의 모습과 궁핍한 삶에 지쳐 고향을 버리고 떠도는 유랑 농민의 서글픈 현실을 그리고 있다.

〈소낙비〉에는 가난한 농민의 비참한 현실에 대한 분노나 비판은 드러나 있지 않지만 농촌 사회의 궁핍하고 부조리한 삶과 흐려진 정조 관념의 문제를 우회적으로 묘사한 토속적 · 해학적 작품이다.

돈을 얻기 위해 아내에게 매음을 강요하는 춘호나 처음에는 매음을 수치로 여기다 매음을 해서 호강하는 쇠돌 엄마를 부러워하는 아내의 모습은 이들 부부의 비정상적인 부부애를 통해 당시의 궁핍한 농촌의 생활상과 비뚤어진 윤리 의식을 드러내는 것이다.

작가는 사회 구조의 모순을 다루면서도 무지한 주인공을 내세워 비극적인 진지성보다는 희화적인 해학미를 보여 준다. 이 점이 현실 비판적인 다른 어떤 작품보다도 더 구체적이고 현실적인 설득력을 안겨 주는 것이다.

• 생각해보기

1. 작품에 나온 소낙비가 암시하는 것은 무엇인가?
2. 춘호 아내의 성격적 변화에 대해 서술하시오.

☞해답

1. 춘호의 아내가 몸을 팔러 가는 길에 내리는 소낙비는 앞으로 일어날 일에 대한 암시와 더불어 농민들의 현실적 고난의 징후를 암시한다.
2. 희생적이고 순박한 여인이었던 춘호 아내는 처음에 느꼈던 수치심도 버리고 어떠한 도덕감이나 윤리 의식 없이 가난과 남편의 매를 피하려는 생각에 매음을 하게 된다.

봄봄

• 읽기전에

1. 나와 장인 사이의 주된 갈등 요인은 무엇인가?
2. 작품에서 점순이의 역할에 대해 생각해 보자.

• 줄거리

화자인 나는 딸과 혼인시켜 준다는 장인의 말만 믿고 점순네 데릴사위로 3년 7개월이나 머슴 노릇을 하고 있다. 심술 사납고 교활한 장인은 열여섯 살 난 점순이의 키가 작다는 이유로 성례를 시켜 줄 생각을 않는다. 그래서 서낭당에 가 치성도 드려 보고 꾀병을 부려 보기도 하지만 돌아오는 것은 장인의 매질뿐이다.

그러던 날 점순이마저 나를 병신이라 나무라자 어떻게든 결판을 내야겠다는 생각에 일을 나가려다 말고 멍석 위에 드러누웠다. 장인은 징역을 보내겠다고 겁을 주지만 내가 아무런 반응을 보이지 않자 이제는 사정없이 몽둥이질을 한다. 그저 맞고만 있던 나는 훔쳐보고 있는 점순이의 시선을 느끼고 장인에게 덤벼들기 시작한다. 그러나 내 편을 들 것이라 생각했던 점순이가 막상 장인의 역성을 들며 우는 바람에 나는 그만 넋을 잃는다.

봄봄

"장인님! 인젠 저……."

내가 이렇게 뒤통수를 긁고 나이가 찼으니 성례를 시켜 줘야 하지 않겠느냐고 하면 대답이 늘,

"이 자식아! 성례구 머구 미처 자라야지!"
하고 만다.

이 자라야 한다는 것은 내가 아니라 장차 내 아내가 될 점순이의 키 말이다.

내가 여기에 와서 돈 한푼 안 받고 일하기를 삼 년하고 꼬박이 일곱 달 동안을 했다. 그런데도 미처 못 자랐다니까 이 키는 언제야 자라는 겐지 짜장(참, 정말로) 영문 모른다. 일을 좀더 잘해야 한다든지, 혹은 밥을 많이 먹는다고 노상 걱정이니까 좀 덜 먹어야 한다든지 하면 나도 얼마든지 할 말이 많다. 허지만 점순이가 아직 어리니까 더 자라야 한다는 여기에는 어째 볼 수 없이 고만 빙빙하고 만다.

이래서 나는 애최 계약이 잘못된 걸 알았다. 이태면 이태, 삼 년이면 삼

년, 기한을 딱 작정하고 일을 해야 원 할 것이다. 덮어놓고 딸이 자라는 대로 성례를 시켜 주마, 했으니 누가 늘 지키고 섰는 것도 아니고, 그 키가 언제 자라는지 알 수 있는가. 그리고 난 사람의 키가 무럭무럭 자라는 줄만 알았지 붙박이 키에 모로만 벌어지는 몸도 있는 것을 누가 알았으랴. 때가 되면 장인님이 어련하랴 싶어서 군소리 없이 꾸벅꾸벅 일만 해 왔다. 그럼 말이다, 장인님이 제가 다 알아차려서,

"어참, 너 일 많이 했다. 고만 장가들어라."

하고 살림도 내주고 해야 나도 좋을 것이 아니냐. 시치미를 딱 떼고 도리어 그런 소리가 나올까 봐서 지레 펄펄 뛰고 이 야단이다. 명색이 좋아 데릴사위지 일하기에 싱겁기도 할 뿐더러 이건 참 아무것도 아니다.

숙맥이 그걸 모르고 점순이의 키 자라기만 까맣게 기다리지 않았나.

언젠가는 하도 갑갑해서 자를 가지고 덤벼들어서 그 키를 한번 재 볼까 했다마는 우리는 장인님이 내외를 해야 한다고 해서 마주 서 이야기도 한 마디하는 법 없다. 우물길에서 언제나 마주칠 적이면 겨우 눈어림으로 재보고 하는 것인데 그럴 적마다 나는 저만치 가서

"제에미 키두!"

하고 논둑에다 침을 퉤, 뱉는다. 아무리 잘 봐야 내 겨드랑(다른 사람보다 좀 크긴 하지만) 밑에서 넘을락 말락 밤낮 요 모양이다.

개돼지는 푹푹 크는데 왜 이리도 사람은 안 크는지, 한동안 머리가 아프도록 궁리도 해보았다. 아하, 물동이를 자꾸 이니까 뼈다귀가 움츠러드나 보다, 하고 내가 넌짓넌지시 그 물을 대신 길어도 주었다. 뿐만 아니라 나무를 하러 가면 서낭당에 돌을 올려놓고,

"점순이의 키 좀 크게 해줍소사. 그러면 담엔 떡 갖다 놓고 고사드립죠니까."

하고 치성도 한두 번 드린 것이 아니다. 어떻게 돼먹은 킨지 이래도 막무

가내니―. 그래 내 어저께 싸운 것이지 결코 장인님이 밉다든가 해서가 아니다.

모를 붓다가 가만히 생각을 해보니까 또 싱겁다. 이 벼가 자라서 점순이가 먹고 좀 큰다면 모르지만 그렇지도 못한 걸 내 심어서 뭘 하는 거냐. 해마다 앞으로 축 불거지는 장인님의 아랫배(너무 먹는 걸 모르고 냇병이라나, 그 배)를 불리기 위하여 심곤 조금도 싶지 않다.

"아이구 배야!"

난 몰 붓다 말고 배를 쓰다듬으면서 그대로 논둑으로 기어올랐다. 그리고 겨드랑에 꼈던 벼 담긴 키를 그냥 땅바닥에 털썩 떨어치며 나도 털썩 주저앉았다. 일이 암만 바빠도 나 배 아프면 고만이니까. 아픈 사람이 누가 일을 하느냐. 파릇파릇 돋아 오른 풀 한 숲을 뜯어 들고 다리의 거머리를 쑥쑥 문대며 장인님의 얼굴을 쳐다보았다.

논 가운데서 장인님도 이상한 눈을 해 가지고 한참 날 노려보더니,

"넌 이 자식, 왜 또 이래 응?"

"배가 좀 아파서유!"

하고 풀 위에 슬며시 쓰러지니까 장인님은 약이 올랐다. 저도 논에서 철벙철벙 둑으로 올라오더니 잡은 참 내 멱살을 움켜잡고 뺨을 치는 것이 아닌가―.

"이 자식아, 일허다 말면 누굴 망해 놀 속셈이냐. 이 대가릴 까 놀 자식!"

우리 장인님은 약이 오르면 이렇게 손버릇이 아주 못됐다. 또 사위에게 이 자식 저 자식 하는 이놈의 장인님은 어디 있느냐. 오죽해야 우리 동리에서 누굴 막론하고 그에게 욕을 안 먹는 사람은 명이 짜르다 한다. 조그만 아이들까지도 그를 돌아세 놓고 욕필이(본 이름은 봉필이니까) 욕필이, 하고 손가락질을 할 만치 두루 인심을 잃었다. 허나 인심을 정말 잃었다면

욕보다 읍의 배 참봉 댁 마름으로 더 잃었다. 번이 마름이란 욕 잘하고, 사람 잘 치고, 그리고 생김 생기길 호박개(뼈대가 굵고 털이 복실복실한 개) 같아야 쓰는 거지만 장인님은 외양이 똑 됐다. 장인에게 닭 마리나 좀 보내지 않는다든가 애벌논 때 품을 좀 안 준다든가 하면 그 해 가을에는 영락없이 땅이 뚝뚝 떨어진다. 그러면 미리부터 돈도 먹이고 술도 먹이고 안달 재신으로 돌아치던 놈이 그 땅을 슬쩍 돌아 안는다. 이 바람에 장인님 집 외양간에는 눈깔 커다란 황소 한 놈이 절로 엉금엉금 기어들고, 동리 사람들은 그 욕을 다 먹어 가면서도 그래도 굽실굽실하는 게 아닌가ㅡ.

그러나 내겐 장인님이 감히 큰소리할 계제가 못 된다.

뒷생각은 못 하고 뺨 한 대를 딱 때려 놓고는 장인님은 무색해서 덤덤히 쓴 침만 삼킨다. 난 그 속을 퍽 잘 안다.

조금 있으면 갈도 꺾어야 하고 모도 내야 하고, 한참 바쁜 때인데 나 일 안 하고 우리 집으로 그냥 가면 고만이니까.

작년 이맘때도 트집을 좀 하니까 늦잠 잔다고 돌멩이를 집어 던져서 자는 놈의 발목을 삐게 해 놨다. 사날씩이나 건숭 끙끙, 앓았더니 종당에는 거반 울상이 되지 않았는가ㅡ.

"얘, 그만 일어나 일 좀 해라, 그래야 올 갈에 벼 잘되면 너 장가들지 않니."

그래 귀가 번쩍 띄어서 그 날로 일어나서 남이 이틀 품 들일 논을 혼자 삶아 놓으니까 장인님도 눈깔이 커다랗게 놀랐다. 그럼 정말로 가을에 와서 혼인을 시켜 줘야 온 경우가 옳지 않겠나, 볏섬을 척척 들여쌓아도 다른 소리는 없고 물동이를 이고 들어오는 점순이를 담배통으로 가리키며,

"이 자식아 미처 커야지 조걸 무슨 혼인을 한다구 그러니 원!"
하고 남 낯짝만 붉혀 주고 고만이다.

골김에 그저 이놈의 장인님, 하고 댓돌에다 메꽂고 우리 고향으로 내뺄

까 하다가 꾹꾹 참고 말았다.

참말이지 난 이 꼴 하고는 집으로 차마 못 간다. 장가를 들러 갔다가 오죽 못났어야 그대로 쫓겨왔느냐고 손가락질을 받을 테니까—.

논둑에서 벌떡 일어나 한풀 죽은 장인님 앞으로 다가서며,

"난 갈 테야유, 그 동안 사경(한 해 동안 일하여 준 대가로 머슴에게 주는 돈이나 물건) 쳐 내슈."

"너 사위로 왔지 어디 머슴 살러 왔니?"

"그러면 얼찐 성례를 해줘야 안 하지유. 밤낮 부려만 먹구 해준다, 해준다……."

"글쎄, 내가 안 하는 거냐, 그 년이 안 크니까."

하고, 어름어름 담배만 담으면서 늘 하는 소리를 또 늘어놓는다.

이렇게 따져 나가면 언제든지 늘 나만 밑지고 만다. 이번엔 안 된다, 하고 대뜸 구장님한테로 판단 가자고 소맷자락을 내끌었다.

"아, 이 자식이 왜 이래 어른을."

안 간다고 뻗디디고 이렇게 호령은 제 맘대로 하지만 장인님 제가 내 기운은 못 당한다. 막 부려먹고 딸은 안 주고, 게다 땅땅 치는 건 다 뭐야—.

그러나 내 사실 참 장인님이 미워서 그런 것은 아니다. 그 전날, 왜 내가 새고개 맞은 봉우리 화전 밭을 혼자 갈고 있지 않았느냐. 밭 가생이로 돌 적마다 야릇한 꽃내가 물컥물컥 코를 찌르고 머리 위에서 벌들은 가끔 붕, 붕, 소리를 친다. 바위틈에서 샘물 소리밖에 안 들리는 산골짜기니까 맑은 하늘의 봄볕은 이불 속같이 따스하고 꼭 꿈꾸는 것 같다. 나는 몸이 나른하고(몸살을 아직 모르지만) 병이 나려고 그러는지 가슴이 울렁울렁하고 이랬다.

"어러이! 말이! 맘 마 마……."

이렇게 노래를 하며 소를 부리면 여느 때 같으면 어깨가 으쓱으쓱한다.

웬일인지 밭을 반도 갈지 않아서 온몸이 맥이 풀리고 대구 짜증만 난다. 공연히 소만 들입다 두들기며—

"안야! 안야! 이 망할 자식의 소(장인님의 소니까) 대리를 꺾어 들라."

그러나 내 속은 정말 안야 때문이 아니라 점심을 이고 온 점순이의 키를 보고 울화가 났던 것이다.

점순이는 뭐 그리 썩 이쁜 계집애는 못 된다. 그렇다고 또 개떡이냐 하면 그런 것도 아니고, 꼭 내 아내가 돼야 할 만치 그저 툽툽하게 생긴 얼굴이다. 나보다 십 년이 아래니까 올해 열여섯인데 몸은 남보다 두 살이나 덜 자랐다. 남은 잘도 훤칠히들 크건만 이건 위아래가 몽톡한 것이 내 눈에는 헐없이 감참외 같다. 참외 중에는 감참외가 제일 맛좋고 이쁘니까 말이다. 둥글고 커단 눈은 서글서글하니 좋고 좀 지쳐 찢어졌지만 입은 밥술이나 톡톡히 먹음직하니 좋다. 아따, 밥만 많이 먹게 되면 팔자는 고만 아니냐. 헌데 한 가지 파가 있다면 가끔가다 몸이(장인님은 이걸 채신이 없이 들까분다고 하지만) 너무 빨리빨리 논다. 그래서 밥을 나르다가 때없이 풀밭에서 깨빡을 쳐서 흙투성이 밥을 곧잘 먹인다. 안 먹으면 무안해 할까 봐서 이걸 씹고 앉았노라면 으적으적 소리만 나고 돌을 먹는 겐지 밥을 먹는 겐지—.

그러나 이날은 웬일인지 성한 밥 채로 밭머리에 곱게 내려놓았다. 그리고 또 내외를 해야 하니까 저만큼 떨어져 이쪽으로 등을 향하고 웅크리고 앉아서 그릇 나기를 기다린다.

내가 다 먹고 물러섰을 때, 그릇을 와서 챙기는데 난 깜짝 놀라지 않았느냐. 고개를 푹 숙이고 밥 함지에 그릇을 포개면서 날더러 들으라는지, 혹은 제 소린지,

"밤낮 일만 하다 말 텐가!"

하고 혼자서 쫑알거린다. 고대 잘 내외하다가 이게 무슨 소린가, 하고 난

정신이 얼떨떨했다. 그러면서도 한편 무슨 좋은 수나 없는가 싶어서 나도 공중을 대고 혼자말로,

"그럼 어떻게?"

하니까,

"성례시켜 달라지 뭘 어떻게……."

하고 되알지게((힘주는 맛이나 억짓손이) 몹시 야무지게) 쏘아붙이고 얼굴이 빨개져서 산으로 그저 도망질친다.

나는 잠시 동안 어떻게 되는 심판인지 맥을 몰라서 그 뒷모양만 덤덤히 바라보았다.

봄이 되면 온갖 초목이 물이 오르고 싹이 트고 한다. 사람도 아마 그런가 보다, 하고 며칠 내에 부쩍(속으로) 자란 듯싶은 점순이가 여간 반가운 것이 아니다. 이런 걸 멀쩡하게 아직 어리다고 하니까－.

우리가 구장님을 찾아갔을 때 그는 싸리문 밖에 있는 돼지우리에서 죽을 퍼 주고 있었다. 서울엘 좀 갔다 오더니 사람은 점잖아야 한다고 웃쇰이(얼른 보면 지붕 위에 앉은 제비 꼬랑지 같다) 양쪽으로 뾰족이 삐치고 그걸 애햄, 하고 늘 쓰담는 손버릇이 있다.

우리를 멀뚱히 쳐다보고 미리 알아챘는지,

"왜 일들 허다 말구 그래?"

하더니 손을 올려서 그 에헴을 한 번 후딱 했다.

"구장님! 우리 장인님과 츰에 계약하기를－."

먼저 덤비는 장인님을 뒤로 떠다밀고 내가 허둥지둥 달려들다가 가만히 생각하고,

"아니 우리 빙장님과 츰에."

하고 첫번부터 다시 말을 고쳤다. 장인님은 빙장님, 해야 좋아하고 밖에 나와서 장인님, 하면 괜스레 골을 내려고 든다. 뱀도 뱀이래야 좋으냐고

창피스러우니 남 듣는 데는 제발 빙장님, 빙모님 하라고 일상 당조짐(정신을 차리도록 단단히 조지는 것)을 받아 오면서 난 그것도 자꾸 잊는다.

당장에도 장인님, 하다 옆에서 내 발등을 꾹 밟고 곁눈질을 흘기는 바람에야 겨우 알았지만－.

구장님도 내 이야기를 자세히 듣더니 퍽 딱한 모양이었다. 하기야 구장님뿐만 아니라 누구든지 다 그럴 게다.

길게 길러 둔 새끼손톱으로 코를 후벼서 저리 탁 튀기며,

"그럼, 봉필 씨! 얼른 성례를 시켜 주구려, 그렇게까지 제가 하구 싶다는 걸……."

하고 내 짐작대로 말했다. 그러나 이 말에 장인님이 삿대질로 눈을 부라리고,

"아 성례구 뭐구 계집애년이 미처 자라야 할 게 아닌가?"

하니까 고만 멀쑤룩해서 입맛만 쩍쩍 다실 뿐이 아닌가.

"그것두 그래!"

"그래, 거진 사 년 동안에도 안 자랐다니 그 킨 은제 자라지유? 다 그만두구 사경 내슈……."

"글쎄, 이 자식아! 내가 크질 말라구 그랬니, 왜 날 보구 떼냐?"

"빙모님은 참새만한 것이 그럼 어떻게 앨 낳지유?(사실 장모님은 점순이보다도 귓배기가 작다.)"

장인님은 이 말을 듣고 껄껄 웃더니(그러나 암만해도 돌 씹은 상이다.) 코를 푸는 척하고 날 은근히 곯리려고 팔꿈치로 옆 갈비께를 퍽 치는 것이다.

더럽다. 나도 종아리의 파리를 쫓는 척하고 허리를 구부리며 그 궁둥이를 콱 떼밀었다. 장인님은 앞으로 우찔근하고 싸리문께로 쓰러질 듯하다 몸을 바로 고치더니 눈총을 몹시 쏘았다. 이런 쌍년의 자식, 하곤 싶으나 남의 앞이라니 차마 못 하고 섰는 그 꼴이 보기에 퍽 쟁그러웠다(보거나 만

지기에 불쾌할 만큼 흉했다).

그러나 이밖에는 별반 신통한 귀정(그릇되었던 사물이 바른길로 돌아오는 것)을 얻지 못하고 도로 논으로 돌아와서 모를 부었다. 왜냐면 장인님이 뭐라고 귓속말로 수군수군하고 간 뒤다. 구장님이 날 위해서 조용히 데리고 아래와 같이 일러 주었기 때문이다. (뭉태의 말은 구장님이 장인님에게 땅 두 마지기 얻어 부치니까 그래 꾀였다고 하지만 난 그렇게 생각지 않는다.)

"자네 말두 하기야 옳지, 암 나이 찼으니까 아들이 급하다는 게 잘못된 말은 아니야. 허지만 농사가 한창 바쁜 때 일을 안 한다든가 집으로 달아난다든가 하면 손해죄루 그것두 징역을 가거든!(여기에 그만 정신이 번쩍 났다.) 왜 요전에 삼포말서 산에 불 좀 놓았다구 징역 간 거 못 봤나. 제 산에 불을 놓아도 징역을 가는 이땐데 남의 농사를 버려 두니 죄가 얼마나 더 중한가. 그리고 자넨 정장(呈狀 소장(訴狀)을 관청에 바치는 것)을(사경 받으러 정장 가겠다 했다.) 간대지만 그러면 괜시리 죄를 들쓰고 들어가는 걸세. 또 결혼두 그렇지. 법률에 성년이란 게 있는데 스물하나가 돼야지 비로소 결혼을 할 수가 있는 걸세. 자넨 물론 아들이 늦일 걸 염려하지만 점순이루 말하면 이제 겨우 열여섯이 아닌가. 그렇지만 아까 빙장님의 말씀이 올 갈에는 열 일을 제치고라두 성례를 시켜 주겠다 하시니 좀 고마울 겐가. 빨리 가서 모 붓든거나 마저 붓게, 군소리 말구 어서 가."

그래서 오늘 아침까지 찍소리 없이 왔다.

장인님과 내가 싸운 것은 지금 생각하면 전혀 뜻밖의 일이라 안 할 수 없다.

장인님으로 말하면 요즈막 작인(소작인의 준말)들에게 행세를 좀 하고 싶다고 해서,

"돈 있으면 양반이지 별게 있느냐!"

하고 일부러 아랫배를 쑥 내밀고 걸음도 뒤틀리게 걷고 하는 이판이다. 이

까진 나쯤 두들기다 남의 땅을 가지고 모처럼 닦아 놓았던 가문을 망친다든가 할 어른이 아니다. 또 나로 논지면(따져 말하면) 아무쪼록 잘 봬서 점순이에게 얼른 장가를 들어야 하지 않느냐—.

이렇게 말하자면 결국 어젯밤 뭉태네 집에 마슬간 것이 썩 나빴다. 낮에 구장님 앞에서 장인님과 내가 싸운 것을 어떻게 알았는지 대구 빈정거리는 것이 아닌가.

"그래 맞구두 그걸 가만둬?"

"그럼 어떡허니?"

"임마, 봉필일 모판에다 거꾸로 박아 놓지 뭘 어떡해?"
하고 괜히 내 대신 화를 내 가지고 주먹질을 하다 등잔까지 쳤다. 놈이 번이 괄괄은 하지만 그래 놓고 날더러 석유 값을 물라고 막 찌다우(자기의 허물을 남에게 덮어씌우는 짓)를 붙는다. 난 어안이 벙벙해서 잠자코 앉았으니까 저만 연신 지껄이는 소리가,

"밤낮 일만 해주구 있을 테냐?"

"영득이는 일 년을 살구두 장갈 들었는데 넌 사 년이나 살구두 더 살아야 해?"

"네가 세 번째 사윈 줄이나 아니? 세 번째 사위."

"남의 일이라두 분하다. 이 자식아, 우물에 가 빠져 죽어."

나중에는 겨우 손톱으로 목을 따라고까지 하고, 제 아들같이 함부로 훅닥이었다. 별의별 소리를 다 해서 그대로 옮길 수는 없으나 그 줄거리는 이렇다—.

우리 장인님 딸이 셋이 있는데 맏딸은 재작년 가을에 시집을 갔다. 정말은 시집을 간 것이 아니라 그 딸도 데릴사위를 해 가지고 있다가 내보냈다. 그런데 딸이 열 살 때부터 열아홉 즉 십 년 동안에 데릴사위를 갈아들이기를, 동리에선 사위 부자라고 이름이 났지마는 열 놈이란 참 너무 많

다. 장인님이 아들은 없고 딸만 있는 고로 그담 딸을 데릴사위를 해 올 때까지는 부려먹지 않으면 안 된다. 물론 머슴을 두면 좋지만 그건 돈이 드니까, 일 잘하는 놈을 고르느라고 연방 바꿔 들였다. 또 한편 놈들이 욕만 줄창 퍼붓고 심히도 부려먹으니까 뱀이 상해서 달아나기도 했겠지. 점순이는 둘째 딸인데 내가 일테면 그 세 번째 데릴사위로 들어온 셈이다. 내 담으로 네 번째 놈이 들어올 것을 내가 일도 잘하고 그리고 사람이 좀 어수룩하니까 장인님이 잔뜩 붙들고 놓질 않는다. 셋째 딸이 인제 여섯 살, 적어도 열 살은 돼야 데릴사위를 할 테이므로 그 동안은 죽도록 부려먹어야 된다. 그러니 인제는 속 좀 차리고 장가를 들여 달라고 떼를 쓰고 나자빠져라, 이것이다.

나는 겉으로 엉, 엉 하며 귓등으로 들었다. 뭉태는 땅을 얻어 부치다가 떨어진 뒤로는 장인님만 보면 공연히 못 먹어서 으릉거린다. 그것도 장인님이 저 달라고 할 적에 제 집에서 위한다는 그 감투(예전에 원님이 쓰던 것이라나, 옆구리에 뽕뽕 좀먹은 걸레)를 선뜻 주었더면 그럴 리도 없었던걸—.

그러나 나는 뭉태란 놈의 말을 전수히(몽땅. 모두) 곧이듣지 않았다. 꼭 곧이들었다면 간밤에 와서 장인님과 싸웠지 무사히 있었을 리가 없지 않은가. 그러면 딸에게까지 인심을 잃은 장인님이 혼자 나빴다.

실토이지 나는 점순이가 아침상을 가지고 나올 때까지는 오늘은 또 얼마나 밥을 담았나, 하고 이것만 생각했다. 상에는 된장찌개하고 간장 한 종지, 조밥 한 그릇, 그리고 밥보다 더 수부룩하게 담은 산나물이 한 대접, 이렇다. 나물은 점순이가 틈틈이 해 오니까 두 대접이고 네 대접이고 멋대로 먹어도 좋으나 밥은 장인님이 한 사발 외엔 더 주지 말라고 해서 안 된다. 그런데 점순이가 그 상을 내 앞에 내려놓으며 제 말로 지껄이는 소리가,

"구장님한테 갔다 그냥 온담 그래!"

하고 엊그제 산에서와 같이 되우(아주 몹시. 되게. 된통) 쫑알거린다. 딴은 내가 더 단단히 덤비지 않고 만 것이 좀 어리석었다. 속으로 그랬다. 나도 저쪽 벽을 향하여 외면하면서 내 말로,

"안 된다는 걸 그럼 어떡헌담!"

하니까,

"쇰을 잡아채지 그냥 둬, 이 바보야!"

하고 또 얼굴이 빨개지면서 성을 내며 안으로 샐쭉하니 튀들어가지 않느냐. 이 때 아무도 본 사람이 없었게 망정이지 보았다면 내 얼굴이 에미 잃은 황새 새끼처럼 가여웁다 했을 것이다.

사실 이 때만치 슬펐던 일이 또 있었는지 모른다. 다른 사람은 암만 못생겼다 해도 괜찮지만 내 아내 될 점순이가 병신으로 본다면 참 신세는 따분하다. 밥을 먹은 뒤 지게를 지고 일터로 가려 하다 도로 벗어 던지고 바깥마당 공석 위에 드러누워서 나는 차라리 죽느니만 같지 못하다 생각했다.

내가 일 안 하면 장인님 저는 나이가 먹어 못 하고 결국 농사 못 짓고 만다. 뒷짐으로 트림을 꿀꺽하고 대문 밖으로 나오다 날 보고서,

"이 자식아, 너 왜 또 이러니."

"관격(먹은 음식이 갑작스럽게 체하여, 가슴이 꽉 막히고 정신을 잃는 위급한 병)이 났어유. 아이구 배야!"

"기껀 밥 처먹구 나서 무슨 관격이야, 남의 농사 버려 주면 이 자식아 징역 간다 봐라!"

"가두 좋아유, 아이구 배야!"

참말 난 일 안 해서 징역 가도 좋다 생각했다. 일후(닥쳐올 뒷날을 이르는 말) 아들을 낳아도 그 앞에서 바보, 바보, 이렇게 별명을 들을 테니까 오늘은 열 쪽이 난대도 결정을 내고 싶었다.

장인님이 일어나라고 해도 내가 안 일어나니까 눈에 독이 올라서 저편으로 휭 하게 가더니 지게 막대기를 들고 왔다. 그리고 그걸로 내 허리를 마치 들떠 넘기듯이 쿡 찍어서 넘기고 넘기고 했다. 밥을 잔뜩 먹어 딱딱한 배가 그럴 적마다 퉁겨지면서 밸창이 꼿꼿한 것이 여간 켕기지 않았다. 그래도 안 일어나니까 이번에는 배를 지게 막대기로 위에서 쿡쿡 찌르고 발길로 옆구리를 차고 했다. 장인님은 원체 심청이 궂어서 그렇지만 나도 저만 못하지 않게 배를 채었다. 아픈 것을 눈을 꽉 감고 넌 해라 난 재밌단 듯이 있었으나 볼기짝을 후려갈길 적에는 나도 모르는 결에 벌떡 일어나서 그 수염을 잡아챘다마는 내 골이 난 것이 아니라 정말은 아까부터 벽 뒤 울타리 구멍으로 점순이가 우리들의 꼴을 몰래 엿보고 있었기 때문이다.

가뜩이나 말 한마디 톡톡히 못 한다고 바라보는데 매까지 잠자코 맞는 걸 보면 짜장 바보로 알 게 아닌가. 또 점순이도 미워하는 이까짓 놈의 장인님하곤 아무것도 안 되니까 막 때려도 좋지만 사정 보아서 수염만 채고 (제 원대로 했으니까 이 때 점순이는 퍽 기뻤겠지) 저기까지 잘 들리도록

"이걸 까셀라부다!"

하고 소리를 쳤다.

장인님은 더 약이 바짝 올라서 잡은 참 지게 막대기로 내 어깨를 그냥 내리갈겼다. 정신이 다 아찔하다. 다시 고개를 들었을 때 그 때엔 나도 온 몸에 약이 올랐다. 이 녀석의 장인님을, 하고 눈에서 불이 퍽 나서 그 아래 밭 있는 넝알로 그대로 떠밀어 굴려 버렸다.

"부려만 먹구 왜 성례 안 하지유!"

나는 이렇게 호령했다. 허지만 장인님이 선뜻 오냐 낼이라도 성례시켜 주마, 했으면 나도 성가신 걸 그만두었을지 모른다. 나야 이러면 때린 건 아니니까 나중에 장인 쳤다는 누명도 안 들을 터이고 얼마든지 해도 좋다.

한번은 장인님이 헐떡헐떡 기어서 올라오더니 내 바짓가랑이를 요렇게

노리고서 단박 움켜잡고 매달렸다. 악, 소리를 치고 나는 그만 세상이 팽그르르 도는 것이,

"빙장님! 빙장님! 빙장님!"

"이 자식! 잡아먹어라, 잡아먹어!"

"아! 아! 할아버지! 살려 줍쇼, 할아버지!"

하고 두 팔을 허둥지둥 내절 적에는 이마에 진땀이 쭉 내솟고 인젠 참으로 죽나 보다 했다. 그래도 장인님은 놓질 않더니 내가 기어이 땅바닥에 쓰러져서 거진 까무러치게 되니까 놓는다. 더럽다, 더럽다. 이게 장인님인가? 나는 한참을 못 일어나고 쩔쩔맸다. 그러나 얼굴을 드니(눈에 참 아무것도 보이지 않았다.) 사지가 부르르 떨리면서 나도 엉금엉금 기어가 장인님의 바짓가랑이를 꽉 움키고 잡아 낚았다.

내가 머리가 터지도록 매를 얻어맞은 것이 이 때문이다. 그러나 여기가 또한 우리 장인님의 유달리 착한 곳이다.

여느 사람이면 사경을 주어서라도 당장 내쫓았지 터진 머리를 불솜으로 손수 지져 주고, 호주머니에 희연(일제 시대의 담배 이름) 한 봉을 넣어 주고 그리고,

"올 갈엔 꼭 성례를 시켜 주마, 암말 말구 가서 뒷골의 콩밭이나 얼른 갈아라."

하고 등을 뚜덕여 줄 사람이 누구냐. 나는 장인님이 너무나 고마워서 어느덧 눈물까지 났다.

점순이를 남기고 인젠 내쫓기려니, 하다 뜻밖의 말을 듣고,

"빙장님! 인제 다시는 안 그러겠어유!"

이렇게 맹세를 하며 부랴부랴 지게를 지고 일터로 갔다. 그러나 이 때는 그걸 모르고 장인님을 원수로만 여겨서 잔뜩 잡아다녔다.

"아! 아! 이놈아! 놔라, 놔."

장인님은 헛손질을 하며 솔개미에 챈 닭의 소리를 연해 질렀다. 놓긴 왜, 이왕이면 호되게 혼을 내주리라 생각하고 짓궂이 더 당겼다마는 장인님이 땅에 쓰러져서 눈에 눈물이 피잉 도는 것을 알고 좀 겁도 났다.

"할아버지! 놔라, 놔, 놔, 놔."

그래도 안 되니까,

"얘 점순아! 점순아!"

이 악장(악을 쓰며 싸우다)에 안에 있었던 장모님과 점순이가 헐레벌떡하고 단숨에 뛰어나왔다. 나의 생각에 장모님은 제 남편이니까 역성을 할는지도 모른다. 그러나 점순이는 내 편을 들어서 속으로 고수해서 하겠지—대체 이게 웬 속인지(지금까지도 난 영문을 모른다.) 아버질 혼내 주기는 제가 내래 놓고 이제 와서는 달겨들며,

"에구머니! 이 망할 게 아버지 죽이네!"

하고 내 귀를 뒤로 잡아당기며 마냥 우는 것이 아니냐. 그만 여기에 기운이 탁 꺾이어 나는 얼빠진 등신이 되고 말았다. 장모님도 덤벼들어 한 쪽 귀마저 뒤로 잡아채면서 또 우는 것이다.

이렇게 꼼짝도 못 하게 해놓고 장인님은 지게 막대기를 들어서 사뭇 내리조겼다. 그러나 나는 구태여 피하려지도 않고 암만해도 그 속 알 수 없는 점순이의 얼굴만 멀거니 들여다보았다.

"이 자식! 장인 입에서 할아버지 소리가 나오도록 해!"

작품의 이해

• 구조적 분석

갈래 : 단편 소설, 농촌 소설

배경 : 1939년대 강원도 어느 산골 마을

시점 : 1인칭 주인공 시점

구성 : 역순행적 구성

주제 : 교활하고 잇속 빠른 장인과 우직한 데릴사위의 해학적 갈등과 대립

출전 : 《조광》, 1935

• 작품 해설

〈봄봄〉은 1935년《조광》에 실린 김유정의 대표작 가운데 하나이다. 1930년대 당시 농촌 실상의 한 단면을 해학적으로 그려 낸 〈봄봄〉은 마름과 영세 소작인의 관계를 통해 농촌 사회의 구조적 모순을 보여 주고자 한다.

주인공의 심리 묘사를 친근감 있게 표현하는 1인칭 주인공 시점의 기법을 이용하여 현실 순종형인 '나'의 어수룩하고 익살스러운 행동과 말투를 생생하게 그려 냈다. 딸을 미끼로 나의 우직하고 어수룩함을 이용하는 장인의 교활한 술수와 나를 충동질하는 점순이의 당돌함, 매번 당하기만 하는 나의 어수룩함이 한데 어우러져 자못 심각할 수 있는 현실적 문제를 희화화하고 있다.

또한 작가는 토속어, 구두어, 방언, 비어, 속어 등을 구사하여 소설의 사실성을 돋보이게 할 뿐 아니라 구수하고 정감어린 해학미를 조성하고 있다.

특히 이 작품은 사건의 진행이 시간적 순서에 따르지 않고 부분적으로 뒤바뀜으로써, 즉 결말이 절정의 내부에 삽입되어 있는 역순행적 구성의

형태를 취함으로써 나와 장인의 갈등을 고조시켰다가 갑작스런 역전에 의한 화해로 결말을 이끌고 있다. 이는 긴장감과 해학성을 살린 희극적 효과를 잘 드러낸 것이다.

• 생각해보기

1. 이 작품의 해학적인 요소는?
2. 이 작품의 문체상의 특징은 무엇인가?

☞해답

1. 황소 같은 우직한 주인공의 행동을 희화화하고 다듬어지지 않은 듯한 말투로 문체의 열등화를 꾀한 점.
2. 구두어, 방언, 비어, 속어의 구사와 해학적 표현 기교.

동백꽃

• 읽기전에

1. 작품에서 보여 주는 감자의 의미를 생각해 보자.
2. 신분적 차이로 인한 나와 점순이의 성격을 비교해 보자.

• 줄거리

내가 점심을 먹고 나무하러 산에 올라서니 점순네 수탉이 미처 아물지도 않은 우리 닭의 면두를 쪼고 있다. 나는 헛매질로 떼어만 놓는다. 나흘 전 울타리를 엮고 있는데 점순이가 다가와 감자를 내미길래 안 받아 먹었더니 눈물을 흘리며 화를 내고 돌아갔다. 그 후 점순이는 우리 집 씨암탉을 보란 듯이 때려 주거나 자기네 수탉을 몰고와 우리 집 수탉과 싸움을 붙이곤 한다. 나는 수탉에게 고추장을 먹여 보기도 하지만 점순네 닭한테는 맥도 못 춘다.

나무를 하고 내려오니 점순이는 또다시 싸움을 붙이고 있다. 나는 약이 바짝 올라 수탉을 때려죽인다. 점순이가 화를 내자 나는 눈물을 글썽이며 어쩔 줄 몰라하는데 점순이는 다시는 그러지 말라며 타이른다. 점순이가 나를 끌어안고 노란 동백꽃 속으로 쓰러지자 나는 향긋한 냄새에 정신이 아찔해진다. 이 때 점순이를 부르는 어머니의 목소리에 겁을 먹은 점순이는 집으로 내려가고 나는 산 위로 달아난다.

동백꽃

오늘도 또 우리 수탉이 막 쫓기었다. 내가 점심을 먹고 나무를 하러 갈 양으로 나올 때이었다. 산으로 올라서려니까 등뒤에서 푸드득푸드득하고 닭의 횃소리가 야단이다. 깜짝 놀라서 고개를 돌려 보니 아니나 다르랴 두 놈이 또 얼리었다.

점순네 수탉(대강이(대가리)가 크고 똑 오소리같이 실팍하게 생긴 놈)이 덩저리(몸집) 작은 우리 수탉을 함부로 해내는 것이다. 그것도 그냥 해내는 것이 아니라 푸드득하고 면두('볏'의 평안도 사투리. 닭이나 꿩 등의 이마 위로 세로 붙은 살조각)를 쪼고 물러섰다가 좀 사이를 두고 또 푸드득하고 모가지를 쪼았다. 이렇게 멋을 부려 가며 여지없이 닦아 놓는다. 그러면 이 못생긴 것은 쪼일 적마다 주둥이로 땅을 받으며 그 비명이 킥, 킥, 할 뿐이다. 물론 미처 아물지도 않은 면두를 또 쪼이어 붉은 선혈은 뚝뚝 떨어진다.

이걸 가만히 내려다보자니 내 대강이가 터져서 피가 흐르는 것같이 두 눈에서 불이 번쩍 난다. 대뜸 지게 막대기를 메고 달려들어 점순네 닭을 후려칠까 하다가 생각을 고쳐 먹고 헛매질로 떼어만 놓았다.

이번에도 점순이가 쌈을 붙여 놨을 것이다. 바짝바짝 내 기를 올리느라고 그랬음에 틀림없을 것이다. 고놈의 계집애가 요새로 들어서서 왜 나를 못 먹겠다고 고렇게 아르렁거리는지 모른다.

나흘 전 감자 쪼간만 하더라도 나는 저에게 조금도 잘못한 것은 없다. 계집애가 나물을 캐러 가면 갔지 남 울타리 엮는데 쌩이질(씨양이질. 한창 바쁠 때 쓸데없는 일로 남을 귀찮게 구는 짓)을 하는 것은 다 뭐냐? 그것도 발소리를 죽여 가지고 등뒤로 살며시 와서,

"얘! 너 혼자만 일하니?"

하고, 긴치 않은 수작을 하는 것이다.

어제까지도 저와 나는 이야기도 잘 않고 서로 만나도 본 체 만 체하고 이렇게 점잖게 지내던 터이련만 오늘로 갑작스레 대견해졌음은 웬일인가. 항차(하물며) 망아지만한 계집애가 남 일하는 놈 보구－.

"그럼 혼자 하지 떼루 하디?"

내가 이렇게 내배앝는 소리를 하니까,

"너 일하기 좋니?"

또는,

"한여름이나 되거든 하지 벌써 울타리를 하니?"

잔소리를 두루 늘어놓다가 남이 들을까 봐 손으로 입을 틀어막고는 그 속에서 깔깔댄다. 별로 우스울 것도 없는데 날씨가 풀리더니 이놈의 계집애가 미쳤나 하고 의심하였다. 게다가, 조금 뒤에는 제 집께를 할끔할끔 돌아보더니 행주치마의 속으로 꼈던 바른손을 뽑아서 나의 턱밑으로 불쑥 내미는 것이다. 언제 구웠는지 아직도 더운 김이 훅 끼치는 굵은 감자 세 개가 손에 뿌듯이 쥐였다.

"느 집엔 이거 없지."

하고 생색 있는 큰소리를 하고는 제가 준 것을 남이 알면 큰일날 테니 여기

서 얼른 먹어 버리란다. 그리고 또 하는 소리가,

"너 봄 감자가 맛있단다."

"난 감자 안 먹는다. 너나 먹어라."

나는 고개도 돌리려지 않고 일하던 손으로 그 감자를 도로 어깨 너머로 쑥 밀어 버렸다.

그랬더니 그래도 가는 기색이 없고, 뿐만 아니라 쌔근쌔근하고 심상치 않게 숨소리가 점점 거칠어진다. 이건 또 뭐야 싶어서 그 때야 비로소 돌아다보니 나는 참으로 놀랐다. 우리가 이 동네에 들어온 것은 근 삼 년째 되어 오지만 여지껏 가무잡잡한 점순이의 얼굴이 이렇게까지 홍당무처럼 새빨개진 법이 없었다. 게다 눈에 독을 올리고 한참 나를 요렇게 쏘아보더니 나중에는 눈물까지 어리는 것이 아니냐. 그리고 바구니를 다시 집어 들더니 이를 꼭 악물고는 엎어질 듯 자빠질 듯 논둑으로 횡 하게 달아나는 것이다.

어쩌다 동네 어른이,

"너 얼른 시집을 가야지?"

하고 웃으면,

"염려 마세유. 갈 때 되면 어련히 갈라구……."

이렇게 천연덕스레 받는 점순이였다. 본시 부끄럼을 타는 계집애도 아니거니와 또한 분하다고 눈에 눈물을 보일 얼병이도 아니다. 분하면 차라리 나의 등허리를 바구니로 한 번 모지게 후려 때리고 달아날지언정.

그런데 고약한 그 꼴을 하고 가더니 그 뒤로는 나를 보면 잡아먹으려고 기를 복복 쓰는 것이다. 설혹 주는 감자를 안 받아 먹은 것이 실례라 하면, 주면 그냥 주었지 '느 집엔 이거 없지.'는 다 뭐냐. 그렇잖아도 저희는 마름이고 우리는 그 손에서 배재(조선시대 지위가 높은 사람이 아랫사람에게 공식적으로 권한을 부여하던 글. 여기서는 마름과 소작인 사이의 소작권의 뜻. 배지. 패지(牌

됨))를 얻어 땅을 부치므로 일상 굽실거린다. 우리가 이 마을에 처음 들어와 집이 없어서 곤란으로 지낼 제, 집터를 빌리고 그 위에 집을 또 짓도록 마련해 준 것도 점순네의 호의였다. 그리고 우리 어머니 아버지도 농사 때 양식이 달리면 점순네한테 가서 부지런히 꾸어다 먹으면서 인품 그런 집은 다시없으리라고 침이 마르도록 칭찬하곤 하는 것이다. 그러면서도 열일곱씩이나 된 것들이 수군수군하고 붙어 다니면 동네의 소문이 사납다고 주의를 시켜준 것도 또 어머니였다. 왜냐하면 내가 점순이하고 일을 저질렀다가는 점순네가 노할 것이고, 그러면 우리는 땅도 떨어지고 집도 내쫓기고 하지 않으면 안 되는 까닭이었다. 그런데 이놈의 계집애가 까닭 없이 기를 복복 쓰며 나를 말려 죽이려고 드는 것이다.

눈물을 흘리고 간 다음날 저녁나절이었다. 나무를 한 짐 잔뜩 지고 산을 내려오려니까 어디서 닭이 죽는소리를 친다. 이거 뉘 집에서 닭을 잡나, 하고 점순네 울 뒤로 돌아오다가 나는 고만 두 눈이 뚱그 ㄹ ㅔ 쓰다. 점순이가 저희 집 봉당에 홀로 걸터앉았는데, 아 이게 치마 앞에다 우리 씨암탉을 꼭 붙들어 놓고는,

"이놈의 닭! 죽어라, 죽어라."

요렇게 암팡스레 패 주는 것이 아닌가. 그것도 대가리나 치면 모른다마는 아주 알도 못 나라고 그 볼기짝께를 주먹으로 콕콕 쥐어박는 것이다.

나는 눈에 쌍심지가 오르고 사지가 부르르 떨렸으나 사방을 한번 휘둘러보고야 그제서 점순이 집에 아무도 없음을 알았다. 잡은 참 지게 막대기를 들어 울타리의 중턱을 후려치며,

"이놈의 계집애! 남의 닭 알 못 나라구 그러니?"

하고, 소리를 빽 질렀다.

그러나 점순이는 조금도 놀라는 기색도 없고 그대로 의젓이 앉아서 제 닭 가지고 하듯이 또 죽어라, 죽어라, 하고 패는 것이다. 이걸 보면 내가

산에서 내려올 때를 겨냥해 가지고 미리부터 닭을 잡아 가지고 있다가 네 보란 듯이 내 앞에 줴지르고 있음이 확실하다.

그러나 나는 그렇다고 남의 집에 뛰어들어가 계집애하고 싸울 수도 없는 노릇이고 형편이 썩 불리함을 알았다. 그래 닭이 맞을 적마다 지게 막대기로 울타리를 후려칠 수밖에 별 도리가 없다. 왜냐하면 울타리를 치면 칠수록 울섶(울타리 만드는 데 쓰는 섶나무)이 물러앉으며 뼈대만 남기 때문이다. 허나 아무리 생각하여도 나만 밑지는 노릇이다.

"아, 이년아! 남의 닭 아주 죽일 터이냐?"

내가 도끼눈을 뜨고 다시 꽥 호령을 하니까 그제야 울타리께로 쪼르르 오더니 울 밖에 섰는 나의 머리를 겨누고 닭을 내팽개친다.

"예이 더럽다! 더럽다!"

"더러운 걸 널더러 입때 끼고 있으랬니? 망할 계집애년 같으니."

하고 나도 더럽단 듯이 울타리께를 휑 하게 돌아내리며 약이 오를 대로 다 올랐다. 약이 오른 것은 암탉이 풍기는 서슬에 나의 이마빼기에다 물지똥을 찍 갈겼는데 그걸 본다면 알집만 터졌을 뿐 아니라 골병은 단단히 든 듯싶다.

그리고 나의 등뒤를 향하여 나에게만 들릴 듯 말 듯한 음성으로,

"이 바보 녀석아!"

"얘! 너 배냇병신(태어날 때부터의 병신)이지?"

그만도 좋으련만,

"얘! 너 느 아버지가 고자라지?"

'뭐? 울 아버지가 그래 고자야?'

할 양으로 열벙거지('화', '열'의 사투리)가 나서 고개를 홱 돌리어 바라봤더니 그 때까지 울타리 위로 나와 있어야 할 점순이의 대가리가 어디 갔는데 보이지를 않는다. 그러나 돌아서서 오자면 아까에 한 욕을 울 밖으로 또 퍼

붓는 것이다. 욕을 이토록 먹어 가면서도 대거리(상대방에 맞서서 대듦. 또는, 그러한 언행.) 한마디 못 하는 걸 생각하니 돌부리에 채이어 발톱 밑이 터지는 것도 모를 만큼 분하고 급기야는 두 눈에 눈물까지 불끈 내솟는다.

그러나 점순이의 침해는 이것뿐이 아니다.

사람들이 없으면 틈틈이 제 집 수탉을 몰고 와서 우리 수탉과 쌈을 붙여 놓는다. 제 집 수탉은 썩 험상궂게 생기고 쌈이라면 홰를 치는 고로 으레 이길 것을 알기 때문이다. 그래서 툭하면 우리 수탉이 면두며 눈깔이 피로 흐드르하게 되도록 해놓는다. 어떤 때에는 우리 수탉이 나오지를 않으니까 요놈의 계집애가 모이를 쥐고 와서 꾀어내다가 쌈을 붙인다.

이렇게 되면 나도 다른 배차(차례를 정하는 것. 또는, 그 차례)를 차리지 않을 수 없었다. 하루는 우리 수탉을 붙들어 가지고 넌지시 장독께로 갔다. 쌈닭에게 고추장을 먹이면 병든 황소가 살모사를 먹고 용을 쓰는 것처럼 기운이 뻗친다 한다. 장독에서 고추장 한 접시를 떠서 닭 주둥아리께로 들이밀고 먹여 보았다. 닭도 고추장에 맛을 들였는지 거슬리지 않고 거지반 접시 턱이나 곧잘 먹는다.

그리고 먹고 금시는 용을 못 쓸 터이므로 얼마쯤 기운이 돌도록 횃속에다 가두어 두었다.

밭에 두엄을 두어 짐 져 내고 나서 쉴 참에 그 닭을 안고 밖으로 나왔다. 마침 밖에는 아무도 없고 점순이만 저희 울안에서 헌옷을 뜯는지 혹은 솜을 터는지 웅크리고 앉아서 일을 할 뿐이다.

나는 점순네 수탉이 노는 밭으로 가서 닭을 내려놓고 가만히 맥을 보았다. 두 닭은 여전히 얼리어 쌈을 하는데 처음에는 아무 보람이 없었다. 멋지게 쪼는 바람에 우리 닭은 또 피를 흘리고 그러면서도 날갯죽지만 푸드득푸드득하고 올라 뛰고 뛰고 할 뿐으로 제법 한 번 쪼아 보지도 못한다.

그러나 한 번에 어쩐 일인지 용을 쓰고 펄쩍 뛰더니 발톱으로 눈을 하비고(손톱이나 날카로운 것으로 긁어 파고) 내려오며 면두를 쪼았다. 큰 닭도 여기에는 놀랐는지 뒤로 멈씰하며 물러간다. 이 기회를 타서 작은 우리 수탉이 또 날쌔게 덤벼들어 다시 면두를 쪼니 그제서는 감때사나운(매우 억세고 사나운) 그 대강이에서도 피가 흐르지 않을 수 없다.

옳다 알았다. 고추장만 먹이면 되는구나 하고 나는 속으로 아주 쟁그러워 죽겠다. 그 때에는 뜻밖에 내가 닭쌈을 붙여 놓는 데 놀라서 울 밖으로 내다보고 섰던 점순이도 입맛이 쓴지 눈살을 찌푸렸다. 나는 두 손으로 볼기짝을 두드리며 연방,

"잘한다! 잘한다!"

하고 신이 머리끝까지 뻗치었다.

그러나 얼마 되지 않아서 나는 넋이 풀리어 기둥같이 묵묵히 서 있게 되었다. 왜냐하면 큰 닭이 한 번 쪼인 앙갚음으로 호들갑스레 연거푸 쪼는 서슬에 우리 수탉은 찔끔 못 하고 막 곯는다. 이걸 보고서 이번에는 점순이가 깔깔거리고 되도록 이쪽에서 많이 들으라고 웃는 것이다.

나는 보다 못하여 덤벼들어서 우리 수탉을 붙들어 가지고 도로 집으로 들어왔다. 고추장을 좀더 먹였더라면 좋았을 걸 너무 급하게 쌈을 붙인 것이 퍽 후회가 난다. 장독께로 돌아와서 다시 턱 밑에 고추장을 들이댔다. 흥분으로 말미암아 그런지 당최 먹질 않는다.

나는 하릴없이 닭을 반듯이 눕히고 그 입에다 궐련 물부리를 물리었다. 그리고 고추장 물을 타서 그 구멍으로 조금씩 들어부었다. 닭은 좀 괴로운지 킥킥하고 재치기를 하는 모양이나 그러나 당장의 괴로움은 매일같이 피를 흘리는 데 댈 게 아니라 생각하였다.

그러나 한 두어 종지 가량 고추장 물을 먹이고 나서는 나는 고만 풀이 죽었다. 싱싱하던 닭이 왜 그런지 고개를 살며시 뒤틀고는 손아귀에서 빼드러지는 것이 아닌가. 아버지가 볼까 봐서 얼른 홰에다 감추어 두었더니

오늘 아침에서야 겨우 정신이 든 모양 같다.

그랬던 걸 이렇게 오다 보니까 또 쌈을 붙여 놓으니 이 망할 계집애가 필연 우리 집에 아무도 없는 틈을 타서 제가 들어와 홰에서 꺼내 가지고 나간 것이 분명하다.

나는 다시 닭을 잡아 가두고 염려는 스러우나 그렇다고 산으로 나무를 하러 가지 않을 수도 없는 형편이었다.

소나무 삭정이를 따며 가만히 생각해 보니 암만해도 고년의 목쟁이를 돌려놓고 싶다. 이번에 내려가면 망할 년 등줄기를 한 번 되게 후려치겠다 하고 싱둥겅둥 나무를 지고는 부리나케 내려왔다.

거지반 집에 다 내려와서 나는 호드기(봄철에 물오른 버드나무의 가지를 비틀어 뽑은 통껍질이나 밀집 토막으로 만든 피리) 소리를 듣고 발이 딱 멈추었다. 산기슭에 널려 있는 굵은 바윗돌 틈에 노란 동백꽃이 소보록하니 깔리었다. 그 틈에 끼어 앉아서 점순이가 청승맞게스레 호드기를 불고 있는 것이다. 그보다도 더 놀란 것은 고 앞에서 또 푸드득, 푸드득하고 들리는 닭의 횃소리다. 필연코 요년이 나의 약을 올리느라고 또 닭을 집어내다가 내가 내려올 길목에다 쌈을 시켜 놓고 저는 그 앞에 앉아서 천연스레 호드기를 불고 있음에 틀림없으리라.

나는 약이 오를 대로 다 올라서 두 눈에서 불과 함께 눈물이 퍽 쏟아졌다. 나무 지게도 벗어 놀 새 없이 그대로 내동댕이치고는 지게 막대기를 뻗치고 허둥허둥 달려들었다.

가까이 와 보니 과연 나의 짐작대로 우리 수탉이 피를 흘리고 거의 빈사지경에 이르렀다. 닭도 닭이려니와 그러함에도 불구하고 눈 하나 깜짝 없이 고대로 앉아서 호드기만 부는 그 꼴에 더욱 치가 떨린다. 동리에서도 소문이 났거니와 나도 한때는 걱실걱실히(성질이 너그러워 언행을 시원시원하게 하는 모양) 일 잘하고 얼굴 예쁜 계집애인 줄 알았더니 시방 보니까 그 눈깔이 꼭 여우새끼 같다.

나는 대뜸 달겨들어서 나도 모르는 사이에 큰 수탉을 단매로 때려 엎었다. 닭은 푹 엎어진 채 다리 하나 꼼짝 못 하고 그대로 죽어 버렸다. 그리고 나는 멍하니 섰다가 점순이가 매섭게 눈을 흡뜨고 닥치는 바람에 뒤로 벌렁 나자빠졌다.

"이놈아! 너 왜 남의 닭을 때려죽이니?"

"그럼 어때?"

하고 일어나다가,

"뭐 이 자식아! 누집 닭인데?"

하고, 복장(가슴의 한복판)을 떼미는 바람에 다시 벌렁 자빠졌다. 그리고 나서 가만히 생각을 하니 분하기도 하고 무안도 스럽고, 또 한편 일을 저질렀으니 인젠 땅이 떨어지고 집도 내쫓기고 해야 될는지 모른다.

나는 비슬비슬 일어나며 소맷자락으로 눈을 가리고는 얼김에 엉, 하고 울음을 놓았다. 그러나 점순이가 앞으로 다가와서,

"그럼, 너 이담부터 안 그럴 테냐?"

하고 물을 때에야 비로소 살길을 찾은 듯싶었다. 나는 눈물을 우선 씻고 뭘 안 그러는지 명색도 모르건만,

"그래!"

하고 무턱대고 대답하였다.

"요담부터 또 그래 봐라, 내 자꾸 못살게 굴 테니."

"그래 그래, 인젠 안 그럴 테야."

"닭 죽은 건 염려 마라. 내 안 이를 테니."

그리고 뭣에 떠다밀렸는지 나의 어깨를 짚은 채 그대로 픽 쓰러진다. 그 바람에 나의 몸뚱이도 겹쳐서 쓰러지며 한창 피어 퍼드러진 노란 동백꽃 속으로 폭 파묻혀 버렸다.

알싸한(매운 맛이나 연기 같은 냄새 등으로 혀나 콧속이 알알한), 그리고 향긋한 그 냄새에 나는 땅이 꺼지는 듯이 온 정신이 고만 아찔하였다.

"너 말 마라!"

"그래!"

조금 있더니 요 아래서,

"점순아! 점순아! 이년이 바느질을 하다 말구 어딜 갔어?"

하고 어딜 갔다 온 듯싶은 그 어머니가 역정이 대단히 났다.

점순이가 겁을 잔뜩 집어먹고 꽃 밑을 살금살금 기어서 산 알로 내려간 다음 나는 바위를 끼고 엉금엉금 기어서 산 위로 치빼지(위로 내빼지) 않을 수 없었다.

작품의 이해

• 구조적 분석

갈래 : 단편 소설, 순수 소설, 해학적 · 향토적 소설

배경 : 1930년대 강원도 산골의 봄

시점 : 1인칭 주인공 시점

구성 : 현재와 과거의 교체 반복식 구성

주제 : 산골 젊은 남녀의 순박한 사랑

출전 : 《조광》, 1936

• 작품해설

〈동백꽃〉은 1936년《조광》에 발표된 김유정의 초기 작품이다. 닭싸움을 매개로 하여 산골 사춘기 남녀의 애정을 서정적인 필치로 묘사했을 뿐 아니라 서정성과 토속성을 바탕으로 젊은이들의 순박한 모습을 해학적으로 그려내고 판소리의 미학을 현대적으로 계승한 작품이다.

〈동백꽃〉의 해학성은 점순이가 보내는 애정의 표현을 제대로 이해하지 못해 엉뚱한 행동을 보이는 나에게 가해지는 점순이의 짓궂은 행동에서 찾을 수 있다. 즉, 전통적인 사고에서 벗어난 남녀간의 역할 전도와 활달한 성격의 점순이와 우직한 성격의 나 사이의 대조를 통해 희화화된 인물 묘사이다. 또한 김유정의 작품 세계의 특징이기도 한 토속어와 개인어의 사용, 의성어 · 의태어에 의한 묘사는 그의 작품에 활력을 주고 해학성을 엿보이게 한다.

〈동백꽃〉은 마름과 소작인이라는 계층간의 위화감이나 대립을 통해 계몽적인 성격을 띤 농촌 소설이라기보다 이러한 갈등 양상을 화합하고 긴장감을 해소시킴으로써 현실적으로 그들의 삶을 생생하게 그려 내어 희극적인 해방감을 맛보게 한다.

• **생각해보기**

1. 작품의 주된 소재인 감자와 닭싸움, 동백꽃은 어떤 의미를 지니고 있는가?
2. 이 작품에 나타난 표현 기법은 무엇인가?

☞**해답**

1. 감자 : 최초의 사랑 고백의 매개체이지만 마름과 소작인의 계층적 갈등으로 실패한다.

   닭싸움 : 신분적 · 감정적 대립과 갈등을 상징하면서 화해의 연결 고리 역할을 한다.

   동백꽃 : 나와 점순이의 결합을 상징하는 행동적 배경인 동시에 화해의 배경.
2. 점순이의 말투에서 보여 주는 표현의 아이러니와 나의 신분과 어리석고 우직한 행동에서 나온 상황의 아이러니.

현진건

현진건 玄鎭健, 1900 ~ 1943

호는 빙허(馬), 대구 출생. 일본에서 중학교 졸업(1918). 상해 호강대학 독일어 전문학부 입학. 1919년 동인지 《거화》를 만들고 1920년 처녀작인 〈희생화〉를 《개벽》에 발표하면서 문단에 등단. 1922년 감상적 낭만주의 경향의 동인지인《백조》에서 나도향 · 홍사용 · 이상화 등과 함께 활동하면서 본격적인 작품활동을 시작하였다.

우리나라 근대문학 형성기의 선구자 중 한 사람으로서 김동인과 함께 단편 소설의 기틀을 확립한 것으로 평가된다. 또한 1920년대 염상섭과 함께 한국 사실주의 문학을 확립한 인물이며, 소설에 있어 기교의 미학을 보여 준 최초의 작가로서 한국의 '모파상'이라 불린다.

작가와 기자 생활을 함께 했던 그는 동아일보 사회부장으로 재직할 당시 일장기 말소 사건에 연루, 구속되어 1년간 옥고를 겪기도 한다.

주요 작품

1. 단편소설 : 〈희생화〉(1920), 〈빈처〉 〈이향〉 〈술 권하는 사회〉(1921),〈타락자〉 〈유린〉 〈피아노〉(1922), 할머니의 죽음〉(1923),〈운수 좋은 날〉 〈그리운 흘긴 눈〉 〈까막잡기〉(1924),〈불〉〈B사감과 러브 레터〉 〈새빨간 웃음〉(1925), 〈고향〉〈시립 정신 병원장〉(1926), 〈해뜨는 지평선〉(1927),〈신문지와 철창〉(1929), 〈연애의 청산)(1931), 〈화형〉(1939)
2. 장편소설 : 〈지새는 안개〉(1923), 〈무영탑〉(1938), 〈적도〉(1939), 〈흑치상지(미완성)〉(1940), 〈선화공주〉(1941~1949)
3. 번역 : 〈행복〉(1920), 〈고향〉 〈가을의 하룻밤〉(1922), 〈석죽화〉 〈나들이〉(1923), 〈조국》(1932)

운수 좋은 날

• 읽기 전에

1. 시대적 상황과 연결하여 김 첨지의 인물 성격을 분석해 보자.
2. '운수 좋은 날'의 역설적 의미에 대해서 생각해 보자.

• 줄거리

동서문 안의 가난한 인력꾼인 김 첨지는 며칠간 돈 한푼 구경 못 하는 신세이다. 비가 추적추적 내리던 어느 날, 중병에 걸린 아내의 만류를 뿌리치고 일을 나왔는데 이날따라 아침부터 벌이가 좋아 운수 좋은 날이라 기뻐한다. 아내가 소원하는 설렁탕을 사 줄 수 있게 되었지만 계속되는 행운을 뿌리칠 수 없어 김 첨지는 빗속을 뛰어다니며 돈을 번다. 그러나 그의 마음 한구석에는 아내에 대한 불길한 예감이 떠나질 않는다. 집으로 돌아오는 길에 술집에 들러 친구 치삼과 술을 마신다. 김 첨지는 돈을 많이 벌었다고 호기를 부리다가 갑자기 아내가 죽었다고 울기도 하고 안 죽었다고 소리를 지르는 등 횡설수설하다가 설렁탕을 사 들고 집으로 간다. 그는 불길한 예감을 부정하려는 듯 고함을 지르며 방안에 들어서지만 이미 그의 아내는 죽은 뒤였고 이에 김 첨지는 통곡한다.

운수 좋은 날

새침하게 흐린 품이 눈이 올 듯하더니 눈은 아니 오고, 얼다가 만 비가 추적추적 내리었다.

이 날이야말로, 동소문 안에서 인력거꾼 노릇을 하는 김 첨지에게는 오래간만에도 닥친 운수 좋은 날이었다. 문 안에(거기도 문 밖은 아니지만) 들어간답시는 앞집 마나님을 전찻길까지 모셔다 드린 것을 비롯하여, 행여나 손님이 있을까 하고 정류장에서 어정어정하며 내리는 사람 하나하나에게 거의 비는 듯한 눈결을 보내고 있다가, 마침내 교원인 듯한 양복쟁이를 동광 학교(東光學校)까지 태워다 주기로 되었다.

첫번에 삼십 전, 둘째번에 오십 전—아침 댓바람에 그리 흉치 않은 일이었다. 그야말로 재수가 옴 붙어서 근 열흘 동안 돈 구경도 못 한 김 첨지는 십 전짜리 백통화 서 푼, 또는 다섯 푼이 찰깍하고 손바닥에 떨어질 제 거의 눈물을 흘릴 만큼 기뻤었다. 더구나 이날 이때에 이 팔십 전이라는 돈이 그에게 얼마나 유용한지 몰랐다. 컬컬한 목에 모주 한잔도 적실 수 있거니와, 그보다도 앓는 아내에게 설렁탕 한 그릇도 사다 줄 수 있음이다.

그의 아내가 기침으로 쿨룩거리기는 벌써 달포가 넘었다. 조밥도 굶기를 먹다시피 하는 형편이니, 물론 약 한 첩 써 본 일 없다. 구태여 쓰려면 못 쓸 바도 아니로되 그는 병이란 놈에게 약을 주어 보내면 재미를 붙여서 자꾸 온다는 자기의 신조(信條)에 어디까지 충실하였다. 따라서 의사에게 보인 적이 없으니 무슨 병인지는 알 수 없으되, 반듯이 누워 가지고, 일어나기는 새로 모로도 못 눕는 걸 보면 중증은 중증인 듯, 병이 이대도록 심해지기는 열흘 전에 조밥을 먹고 체한 때문이다. 그 때도 김 첨지가 오래간만에 돈을 얻어서 좁쌀 한 되와 십 전짜리 나무 한 단을 사다 주었더니 김 첨지의 말에 의지하면, 그 오라질 년이 천방지축(天方地軸)으로 냄비에 대고 끓였다. 마음은 급하고 불길은 달지 않아 채 익지도 않은 것을, 그 오라질 년이 숟가락은 고만두고 손으로 움켜서 두 뺨에 주먹덩이 같은 혹이 불거지도록 누가 빼앗을 듯이 처박질하더니만 그 날 저녁부터 가슴이 땡긴다, 배가 켕긴다고 눈을 홉뜨고 지랄병을 하였다.

그 때 김 첨지는 열화와 같이 성을 내며,

"에이, 오라질 년, 조랑복은 할 수가 없어, 못 먹어 병, 먹어서 병, 어쩌란 말이야! 왜 눈을 바루 뜨지 못해!" 하고 김 첨지는 앓는 이의 뺨을 한 번 후려 갈겼다. 홉뜬 눈은 조금 바루어졌건만(비뚤어지지 않도록 바르게 되었건만) 이슬이 맺히었다. 김 첨지의 눈시울도 뜨끈뜨끈하였다.

이 환자가 그러고도 먹는 데는 물리지 않았다. 사흘 전부터 설렁탕 국물이 마시고 싶다고 남편을 졸랐다.

"이런 오라질 년! 조밥도 못 먹는 년이 설렁탕은, 또 처먹고 지랄병을 하게."

라고 야단을 쳐 보았건만, 못 사 주는 마음이 시원치는 않았다.

인제 설렁탕을 사 줄 수도 있다. 앓는 어미 곁에서 배고파 보채는 개똥이(세 살)에게 죽을 사 줄 수도 있다. 팔십 전을 손에 쥔 김 첨지의 마음은 푼푼하였다 (모자람이 없이 넉넉하였다).

그러나 그의 행운은 그걸로 그치지 않았다. 땀과 빗물이 섞여 흐르는 목덜미를 기름 주머니가 다 된 왜목 수건으로 닦으며, 그 학교 문을 돌아 나올 때였다. 뒤에서 "인력거!" 하고 부르는 소리가 난다. 자기를 불러 멈춘 사람이 그 학교 학생인줄 김 첨지는 한 번 보고 짐작할 수 있었다. 그 학생은 다짜고짜로,

"남대문 정거장까지 얼마요?"

라고 물었다. 아마도 그 학교 기숙사에 있는 이로, 동기 방학을 이용하여 귀향하려 함이리라. 오늘 가기로 작정은 하였건만, 비는 오고 짐은 있고 해서 어찌할 줄 모르다가, 마침 김 첨지를 보고 뛰어나왔음이리라. 그렇지 않으면 왜 구두를 채 신지 못해서 질질 끌고, 비록 고쿠라 양복일망정 노박이로(줄곧 계속적으로) 비를 맞으며 김 첨지를 뒤쫓아 나왔으랴.

"남대문 정거장까지 말씀입니까?"

하고 김 첨지는 잠깐 주저 하였다. 그는 이 우중에 우장(우비)도 없이 그 먼 곳을 철벅거리고 가기가 싫었음일까? 처음 것, 둘째 것으로 고만 만족하였음일까? 아니다, 결코 아니다, 이상하게도 꼬리를 맞물고 덤비는 이 행운 앞에 조금 겁이 났음이다. 그리고 집을 나올 제 아내의 부탁이 마음에 켕기었다—앞집 마나님한테서 부르러 왔을 제, 병인은 그 뼈만 남은 얼굴에 유일의 생물 같은 유달리 크고 움푹한 눈에 애걸하는 빛을 띠우며,

"오늘은 나가지 말아요, 제발 덕분에 집에 붙어 있어요. 내가 이렇게 아픈데……."

라고 모기 소리같이 중얼거리고 숨을 걸그렁걸그렁하였다. 그 때에 김 첨지는 대수롭지 않은 듯이,

"압다, 젠장맞을 년, 별 빌어먹을 소리를 다 하네. 맞붙들고 앉았으면 누가 먹여 살릴 줄 알아."

하고 훌쩍 뛰어나오려니까, 환자는 붙잡을 듯이 팔을 내저으며,

"나가지 말라도 그래, 그러면 일찍이 들어와요."

하고 목멘 소리가 뒤를 따랐다.

정거장까지 가잔 말을 들은 순간에, 경련적으로 떠는 손, 유달리 큼직한 눈, 울 듯한 아내의 얼굴이 김 첨지의 눈앞에 어른어른하였다.

"그래 남대문 정거장까지 얼마란 말이오?"

하고 학생은 초조한 듯이 인력거꾼의 얼굴을 바라보며 혼잣말 같이,

"인천 차가 열한 점에 있고, 그 다음에는 새로 두 점이든가."

라고 중얼거린다.

"일 원 오십 전만 줍시오.."

이 말이 저도 모를 사이에 불쑥 김 첨지의 입에서 떨어졌다. 제 입으로 부르고도 스스로 그 엄청난 돈 액수에 놀래었다. 한꺼번에 이런 금액을 불러라도 본 지가 그 얼마만인가! 그러자 그 돈 벌 욕기가 병자에 대한 염려를 사르고 말았다. 설마 오늘 내로 어떠랴 싶었다. 무슨 일이 있더라도, 제일 제이의 행운을 곱친 것보다도 오히려 갑절이 많은 이 행운을 놓칠 수 없다 하였다.

"일 원 오십 전은 너무 과한데."

이런 말을 하며 학생은 고개를 기웃하였다.

"아니올시다. 이수로 치면 여기서 거기가 시오 리가 넘는답니다. 또, 이런 진날에 좀더 주셔야지요."

하고 빙글빙글 웃는 차부의 얼굴에는 숨길 수 없는 기쁨이 넘쳐흘렀다.

"그러면 달라는 대로 줄 터이니 빨리 가요."

관대한 어린 손님은 그런 말을 남기고 총총히 옷도 입고 짐도 챙기러 제 갈 데로 갔다.

그 학생을 태우고 나선 김 첨지의 다리는 이상하게 거뿐하였다. 달음질

을 한다느니보다 거의 나는 듯하였다. 바퀴도 어떻게 속히 도는지, 구른다느니보다 마치 얼음을 지쳐 나가는 스케이트 모양으로 미끄러져 가는 듯하였다. 언 땅에 비가 내려 미끄럽기도 하였지만,

이윽고 끄는 이의 다리는 무거워졌다. 자기 집 가까이 다다른 까닭이다. 새삼스러운 염려가 그의 가슴을 눌렀다.

"오늘은 나가지 말아요. 내가 이렇게 아픈데!"

이런 말이 잉잉 그의 귀에 울렸다. 그리고 병자의 움쑥 들어간 눈이 원망하는 듯이 자기를 노리는 듯하였다. 그러자 엉엉하고 우는 개똥이의 곡성을 들은 듯싶다. 딸꾹딸꾹하고 숨 모으는 소리도 나는 듯싶다.

"왜 이러우, 기차 놓치겠구먼."

하고 탄 이의 초조한 부르짖음이 간신히 그의 귀에 들어왔다. 언뜻 깨달으니 김 첨지는 인력거 채를 쥔 채 길 한복판에 엉거주춤 멈춰 있지 않은가.

"예, 예."

하고 김 첨지는 또다시 달음질하였다. 집이 차차 멀어 갈수록 김 첨지의 걸음에는 다시금 신이 나기 시작하였다. 다리를 재게 놀려야만 쉴 새 없이 자기의 머리에 떠오르는 모든 근심과 걱정을 잊을 듯이.

정거장까지 끌어다 주고, 그 깜짝 놀란 일 원 오십 전을 정말 제 손에 쥠에, 제 말마따나 십 리나 되는 길을 비를 맞아가며 질퍽거리고 온 생각은 아니 하고, 거저나 얻은 듯이 고마웠다. 졸부나 된 듯이 기뻤다. 제 자식뻘밖에 안 되는 어린 손님에게 몇 번 허리를 굽히며,

"안녕히 다녀 옵시오."

라고 깍듯이 재우쳤다.

그러나 빈 인력거를 털털거리며 이 우중에 돌아갈 일이 꿈밖이었다. 노동으로 하여 흐른 땀이 식어지자 굶주린 창자에서, 물 흐르는 옷에서 어슬어슬 한기가 솟아나기 비롯하매, 일 원 오십 전이란 돈이 얼마나 귀찮고

괴로운 것인 줄 절절히 느끼었다. 정거장을 떠나는 그의 발길은 힘 하나 없었다. 온몸이 옹송그려지며 당장 그 자리에 엎어져 못 일어날 것 같았다.

"젠장맞을 것! 이 비를 맞으며 빈 인력거를 털털거리고 돌아를 간담. 이런 빌어먹을, 제 할미를 붙을 비가 왜 남의 상판을 딱딱 때려!"

그는 몹시 화증을 내며 누구에게 반항이나 하는 듯이 게걸거렸다. 그럴 즈음에 그의 머리엔 또 새로운 광명이 비쳤나니 그것은 '이러구 갈 게 아니라 이 근처를 빙빙 돌며 차 오기를 기다리면 또 손님을 태우게 될는지도 몰라.'란 생각이었다. 오늘 운수가 괴상하게도 좋으니까, 그런 요행이 또 한 번 없으리라고 누가 보증하랴. 꼬리를 굴리는 행운이 꼭 자기를 기다리고 있다고 내기를 해도 좋을 만한 믿음을 얻게 되었다. 그렇다고 정거장 인력거꾼의 등쌀이 무서우니 정거장 앞에 섰을 수는 없었다.

그래 그는 이전에도 여러 번 해본 일이라 바로 정거장 앞 전차정류장에서 조금 떨어지게, 사람 다니는 길과 전찻길 틈에 인력거를 세워 놓고, 자기는 그 근처를 빙빙 돌며 형세를 관망하기로 하였다. 얼마 만에 기차는 왔고 수십 명이나 되는 손이 정류장으로 쏟아져 나왔다. 그 중에서 손님을 물색하는 김 첨지의 눈엔 양머리 뒤축 높은 구두를 신고 망토까지 두른 기생 퇴물인 듯, 난봉 여학생인 듯한 여편네의 모양이 띄었다. 그는 슬근슬근 그 여자의 곁으로 다가들었다.

"아씨, 인력거 아니 타시랍시요?"

그 여학생인지 뭔지가 한참은 매우 태깔을 빼며 입술을 꼭 다문 채 김 첨지를 거들떠보지도 않았다. 김 첨지는 구걸하는 거지나 무엇같이 연해연방 그의 기색을 살피며,

"아씨, 정거장 애들보담 아주 싸게 모셔다 드리겠습니다. 댁이 어디신가요."

하고 추근추근하게도 그 여자의 들고 있는 일본식 버들고리짝에 제 손을 대었다.

"왜 이래, 남 귀치않게."

소리를 벽력같이 지르고는 돌아선다. 김 첨지는 어랍시요 하고 물러섰다.

전차는 왔다. 김 첨지는 원망스럽게 전차 타는 이를 노리고 있었다. 그러나 그의 예감은 틀리지 않았다. 전차가 빡빡하게 사람을 싣고 움직이기 시작하였을 제, 타고 남은 손 하나이 있었다. 굉장하게 큰 가방을 들고 있는 걸 보면 아마 붐비는 차안에 짐이 크다 하여 차장에게 밀려 내려온 눈치였다. 김 첨지는 대어섰다.

"인력거를 타시랍시요."

한동안 값으로 승강이를 하다가 육십 전에 인사동까지 태워다 주기로 하였다. 인력거가 무거워지매 그의 몸은 이상하게도 가벼워졌고, 그리고 또 인력거가 가벼워지니 몸은 다시금 무거워졌건만, 이번에는 마음조차 초조해 온다. 집의 광경이 자꾸 눈앞에 어른거리어 인제 요행을 바랄 여유도 없었다. 나무 등걸이나 무엇 같고 제 것 같지도 않은 다리를 연해 꾸짖으며 갈팡질팡 뛰는 수밖에 없었다. 저놈의 인력거꾼이 저렇게 술이 취해가지고 이 진땅에 어찌 가노라고 길 가는 사람이 걱정을 하리만큼 그의 걸음은 황급하였다. 흐리고 비 오는 하늘은 어둠침침하게 벌써 황혼에 가까운 듯하다. 창경원 앞까지 다다라서야 그는 턱에 닿은 숨을 돌리고 걸음도 늦추 잡았다. 한 걸음 두 걸음 집이 가까워올수록 그의 마음조차 괴상하게 누그러웠다. 그런데 이 누그러움은 안심에서 오는 게 아니요, 자기를 덮친 무서운 불행을 빈틈없이 알게 될 때가 박두한 것을 두리는 마음에서 오는 것이다. 그는 불행에 다닥치기 전 시간을 얼마쯤이라도 늘리려고 버르적거렸다. 기적에 가까운 벌이를 하였다는 기쁨을, 할 수 있으면 오래 지니고 싶었다. 그는 두리번두리번 사면을 살피었다. 그 모양은 마치 자기 집— 곧 불행을 향하고 달려가는 제 다리를 제 힘으로는 도저히 어찌할 수 없으니 누구든지 나를 좀 잡아다고, 구해다고 하는 듯하였다.

그럴 즈음에, 마침 길가 선술집에서 그의 친구 치삼이가 나온다. 그의 우글우글 살찐 얼굴에 주홍이 덧는 듯, 온 턱과 뺨을 시커멓게 구레나룻이 덮었거늘, 노르탱탱한 얼굴이 비짝 말라서 여기저기 고랑이 패이고 수염도 있대야 턱밑에만 마치 솔잎 송이를 거꾸로 붙여 놓은 듯한 김 첨지의 풍채하고는 기이한 대상을 짓고 있었다.

"여보게 김 첨지, 자네 문 안 들어갔다. 오는 모양일세그려, 돈 많이 벌었을 테니 한잔 빨리게."

뚱뚱보는 말라깽이를 보던 맡에 부르짖었다. 그 목소리는 몸집과 딴판으로 연하고 싹싹하였다. 김 첨지는 이 친구를 만난 게 어떻게 반가운지 몰랐다. 자기를 살려 준 은인이나 무엇같이 고맙기도 하였다.

"자네는 벌써 한잔한 모양일세그려. 자네도 오늘 재미가 좋았나 보이."
하고 김 첨지는 얼굴을 펴서 웃었다.

"압다, 재미 안 좋다고 술 못 먹을 낸가. 그런데 여보게, 자네 왼몸이 어째 물독에 빠진 새앙쥐 같은가? 어서 이리 들어와 말리게."

선술집은 훈훈하고 뜨뜻하였다. 추어탕을 끓이는 솥뚜껑을 열적마다 뭉게뭉게 떠오르는 흰 김, 석쇠에서 뻐지짓뻐지짓 구워지는 너비아니 구이며 제육이며 간이며 콩팥이며 북어며 빈대떡…… 이 너저분하게 늘어놓인 안주 탁자에 김 첨지는 갑자기 속이 쓰려서 견딜 수 없었다. 마음대로 할 양이면, 거기 있는 모든 먹음먹이를 모조리, 깡그리 집어삼켜도 시원치 않았다. 하되, 배고픈 이는 위선(爲先) 분량 많은 빈대떡 두 개를 쪼이기로 하고 추어탕을 한 그릇 청하였다. 주린 창자는 음식 맛을 보더니 더욱더욱 비어지며, 자꾸자꾸 들이라들이라 하였다. 순식간에 두부와 미꾸리 든 국 한 그릇을 그냥 물같이 들이키고 말았다. 셋째 그릇을 받아 들었을 제, 데우던 막걸리 곱배기 두 잔이 더웠다. 치삼이와 같이 마시자, 원원이(본디부터) 비었던 속이라 찌르르하고 창자에 퍼지며 얼굴이 화끈하였다. 눌러 곱배기 한 잔을 또 마셨다.

김 첨지의 눈은 벌써 개개풀리기 시작하였다. 석쇠에 얹힌 떡 두 개를 숭덩숭덩 썰어서 볼을 불룩거리며, 또 곱배기 두 잔을 부어라 하였다.

치삼은 의아한 듯이 김 첨지를 보며,

"여보게, 또 붓다니, 벌써 우리가 넉 잔씩 먹었네, 돈이 사십 전일세."
라고 주의 시켰다.

"아따 이놈아, 사십 전이 그리 끔찍하냐. 오늘 내가 돈을 막벌었어. 참 오늘 운수가 좋았느니."

"그래 얼마를 벌었단 말인가?"

"삼십 원을 벌었어, 삼십 원을! 이런 젠장맞을, 술을 왜 안부어……. 괜찮다 괜찮다, 막 먹어도 상관이 없어. 오늘 돈 산더미같이 벌었는데."

"어, 이 사람 취했군, 그만두세."

"이놈아, 이걸 먹고 취할 내냐, 어서 더 먹어."
하고는 치삼의 귀를 잡아채며 취한 이는 부르짖었다. 그리고 술을 붓는 열다섯 살 됨직한 중대가리에게로 달려들며,

"이놈, 오라질 놈, 왜 술을 붓지 않어."
라고 야단을 쳤다. 중대가리는 희희 웃고, 치삼을 보며 문의하는 듯이 눈짓을 하였다. 주정꾼이 이 눈치를 알아보고 화를 버럭 내며,

"에미를 붙을 이 오라질 놈들 같으니, 이놈 내가 돈이 없을 줄 알고."
하자마자 허리춤을 흠칫흠칫하더니 일 원짜리 한 장을 꺼내어 중대가리 앞에 펄쩍 집어 던졌다. 그 사품(어떠한 동작 · 일 등이 진행되는 바람이나 기회)에 몇 푼 은전이 잘그랑하며 떨어진다.

"여보게, 돈 떨어졌네, 왜 돈을 막 끼얹나."

이런 말을 하며 치삼은 일변 돈을 줍는다. 김 첨지는 취한 중에도 돈의 거처를 살피는 듯이 눈을 크게 떠서 땅을 내려다보다가, 불시에 제 하는 짓이 너무 더럽다는 듯이 고개를 소스라치자 더욱 성을 내며,

"봐라, 봐! 이 더러운 놈들아, 내가 돈이 없나, 다리 뼉다구를 꺾어 놓을 놈들 같ㅇ니."

하고 치삼의 주워 주는 돈을 받아,

"이 원수엣 돈! 이 육시를 할 돈!"

하면서 팔매질을 한다. 벽에 맞아 떨어진 돈은 다시 술 끓이는 양푼에 떨어지며 정당한 매를 맞는다는 듯이 쨍하고 울었다.

곱배기 두 잔은 또 부어질 겨를도 없이 말려 가고 말았다. 김 첨지는 입술과 수염에 붙은 술을 빨아들이고 나서, 매우 만족한 듯이 그 솔잎 송이 수염을 쓰다듬으며,

"또 부어, 또 부어."

라고 외쳤다.

또 한 잔 먹고 나서 김 첨지는 치삼의 어깨를 치며 문득 껄껄 웃는다. 그 웃음소리가 어떻게 컸는지 술집에 있는 이의 눈은 모두 김 첨지에게로 몰리었다. 웃는 이는 더욱 웃으며,

"여보게 치삼이, 내 우스운 이야기 하나 할까. 오늘 손을 태고 정거장에까지 가지 않았겠나."

"그래서."

"갔다가 그저 오기가 안됐데그려. 그래 전차 정류장에서 어름어름하며 손님 하나를 태울 궁리를 하지 않았나. 거기 마침 마나님이신지, 여학생님이신지 - 요새야 어디 논다니(웃음과 몸을 파는 여자)와 아가씨를 구별할 수가 있던가 - 망토를 두르시고, 비를 맞고서 있겠지. 슬근슬근 가까이 가서 '인

력거 타시랍시요.' 하고 손가방을 받으려니까, 내 손을 탁 뿌리치고 홱 돌아서더니만 '왜 남을 이렇게 귀찮게 굴어!' 그 소리야말로 꾀꼬리 소리지, 허허!"

김 첨지는 교묘하게도 정말 꾀꼬리 같은 소리를 내었다. 모든 사람은 일시에 웃었다.

"빌어먹을 깍쟁이 같은 년, 누가 저를 어쩌나, '왜 남을 귀찮게 굴어!' 어이구 소리가 처신도 없지, 허허."

웃음소리들은 높아졌다. 그러나 그 웃음소리들이 사라지기 전에 김 첨지는 훌쩍훌쩍 울기 시작하였다.

치삼은 어이없이 주정뱅이를 바라보며,

"금방 웃고 지랄을 하더니, 우는 건 또는 무슨 일인가?"

김 첨지는 연해 코를 들이마시며,

"우리 마누라가 죽었다네."

"뭐, 마누라가 죽다니, 언제?"

"이놈아 언제는, 오늘이지."

"에끼 미친놈, 거짓말 마라."

"거짓말은 왜. 참말로 죽었어, 참말로……. 마누라 시체를 집에 뻐들쳐 놓고 내가 술을 먹다니, 내가 죽일 놈이야, 죽일 놈이야."

하고 김 첨지는 엉엉 소리를 내어 운다.

치삼은 흥이 조금 깨어지는 얼굴로,

"원, 이 사람이, 참말을 하나 거짓말을 하나. 그러면 집으로 가세, 가."

치삼의 끄는 손을 뿌리치더니 김 첨지는 눈물이 글썽글썽한 눈으로 싱그레 웃는다.

"죽기는 누가 죽어."

하고 득의가 양양.

"죽기는 왜 죽어. 생때같이 살아만 있단다. 그 오라질 년이 밥을 죽이지. 인제 나한테 속았다."

하고 어린애 모양으로 손뼉을 치며 웃는다.

"이 사람이 정말 미쳤단 말인가. 나도 아주먼네가 앓는단 말은 들었었는데."

하고, 치삼이도 어느 불안을 느끼는 듯이 김 첨지에게 또 돌아가라고 권하였다.

"안 죽었어, 안 죽었대도 그래."

김 첨지는 화증을 내며 확신 있게 소리를 질렀으되, 그 소리엔 안 죽은 것을 믿으려고 애쓰는 가락이 있었다. 기어이 일원어치를 채워서 곱배기 한 잔씩 더 먹고 나왔다. 궂은 비는 의연히 추적추적 내린다.

김 첨지는 취중에도 설렁탕을 사 가지고 집에 다다랐다. 집이라 해도 물론 셋집이요, 또 집 전체를 세든 게 아니라 안과 뚝 떨어진 행랑방 한 칸을 빌려 든 것인데, 물을 길어 대고 한 달에 일 원씩 내는 터이다. 만일 김 첨지가 주기를 띠지 않았던들, 한 발을 대문에 들여 놓았을 제 그 곳을 지배하는 무시무시한 정적 – 폭풍우가 지나간 뒤의 바다 같은 정적에 다리가 떨렸으리라. 쿨룩거리는 기침 소리도 들을 수 없다. 그르렁거리는 숨소리조차 들을 수 없다. 다만 이 무덤 같은 침묵을 깨뜨리는 – 깨뜨린다느니보다 한층 침묵을 깊게 하고 불길하게 하는, 빡빡 하는 그윽한 소리, 어린애의 젖 빠는 소리가 날 뿐이다. 만일 청각이 예민한 이 같으면 그 빡빡 소리는 빨 따름이요, 꿀떡꿀떡 하고 젖 넘어가는 소리가 없으니 빈 젖을 빤다는 것도 짐작할는지 모르리라.

혹은 김 첨지도 이 불길한 침묵을 짐작했는지도 모른다. 그렇지 않으면 대문에 들어서자마자 전에 없이,

"이 난장맞을 년, 남편이 들어오는데 나와 보지도 않아, 이 오라질 년."

이라고 고함을 친 게 수상하다. 이 고함이야말로 제 몸을 엄습해 오는 무시무시한 증을 쫓아 버리려는 허장성세(虛張聲勢)인 까닭이다.

하여간 김 첨지는 방문을 왈칵 열었다. 구역을 나게 하는 추기－떨어진 삿자리 밑에서 나온 먼지내, 빨지 않은 기저귀에서 나는 똥내와 오줌내, 가지각색 때가 켜켜이 앉은 옷내, 병인의 땀 썩은 내가 섞인 추기가 무딘 김 첨지의 코를 찔렀다.

방안에 들어서며 설렁탕을 한구석에 놓을 사이도 없이 주정꾼은 목청을 있는 대로 다 내어 호통을 쳤다.

"이런 오라질 년, 주야 장천(晝夜長川) 누워만 있으면 제일이야! 남편이 와도 일어나지를 못해."

라는 소리와 함께 발길로 누운 이의 다리를 몹시 찼다. 그러나 발길에 채이는 건 사람의 살이 아니고 나무 등걸과 같은 느낌이 있었다. 이 때에 빽빽 소리가 응아 소리로 변하였다. 개똥이가 물었던 젖을 빼어 놓고 운다. 운대도 온 얼굴을 찡그려 붙여서, 운다는 표정을 할 뿐이다. 응아 소리도 입에서 나는 게 아니고, 마치 뱃속에서 나는 듯하였다. 울다가 울다가 목도 잠겼고, 또 울 기운조차 시진(澌盡 기운이 빠져 없어짐)한 것 같다.

발로 차도 그 보람이 없는 걸 보자, 남편은 아내의 머리맡으로 달려들어 그야말로 까치집 같은 환자의 머리를 꺼들어 흔들며,

"이년아, 말을 해, 말을! 입이 붙었어, 이 오라질 년!"

"…."

"으응, 이것 봐, 아무 말이 없네."

"…."

"이년아, 죽었단 말이냐, 왜 말이 없어?"

"…."

"으응, 또 대답이 없네. 정말 죽었나 버이."

이러다가 누운 이의 흰 창이 검은 창을 덮은, 위로 치뜬 눈을 알아보자마자,

"이 눈깔! 이 눈깔! 왜 나를 바루 보지 못하고 천장만 보느냐, 응?"
하는 말끝에 목이 메었다. 그러자 산 사람의 눈에서 떨어진 닭의 똥 같은 눈물이 죽은 이의 뻣뻣한 얼굴을 어룽어룽 적시었다. 문득 김 첨지는 미친 듯이 제 얼굴을 죽은 이의 얼굴에 한데 비비대며 중얼거렸다.

"설렁탕을 사다 놓았는데 왜 먹지를 못하니, 왜 먹지를 못하니…. 괴상하게도 오늘은 운수가 좋더니만…….."

작품의 이해

• 구조적 분석

갈래 : 단편 소설, 사실주의 소설

배경 : 1920년대 서울 하층민이 사는 동소문의 빈민가

시점 : 전지적 작가 시점

문체 : 반어적 표현(사건의 결과가 엇갈리는 상황의 아이러니)

주제 : 일제 식민지하 하층민의 비극적인 삶

출전 :《개벽》, 1924

• 작품 해설

이 작품은 1924년 《개벽》에 실린 소설로서 일제 치하 하층민의 비참한 삶을 사실주의 기법으로 표현하고 있다.

1인칭 소설을 즐겨 쓴 작가로서는 보다 예외적인 3인칭 작품으로 작품 전후의 명암의 대비로 아이러니를 유발시킨다. 또 일반적인 지식층 중심의 인물 설정과는 달리 하층 노동자를 제시하고 있다는 점도 이 작품의 특색이다.

김 첨지의 욕설과 비어의 사용은 전통적으로 하층민 또는 민중의 언어와 삶의 단면을 보여 준 예로 작품의 현실감을 돋보이게 한다. 병들어 죽음을 눈앞에 둔 아내가 나가지 말라고 애원을 해도 돈벌이를 위해 나갈 수밖에 없는 것이 하층 노동자인 김 첨지의 현실이다. 이것은 바로 1920년 일제 식민지하의 암울한 시대를 살아가는 가난하고 억압받는 우리 민족, 민중의 전형적인 모습이다.

작가는 음울한 비 오는 날씨를 배경으로 비극적 결말을 예견한다. 김 첨지의 운수 좋은 날은 오히려 아내의 죽음이라는 불행한 운명을 불러옴으로써 사건의 결과가 엇갈리는 상황의 아이러니를 만들어 낸다. 즉, 이 작품을 통해 좋은 운수라는 것은 일제 식민지하의 억압과 가난으로 고통 받

는 우리 민족에겐 있을 수 없다는 점을 역설적으로 강조한 것이라 할 수 있다.

• 생각해 보기

1. 이 작품에서 겨울비가 암시하는 것은 무엇인가?
2. 김 첨지의 욕설과 비어의 사용은 어떤 문학적 효과를 나타내는가?
3. 이 작품의 결말에 나타난 반어적 기법은 무엇을 암시 하는가?

• 해답

1. 첫 장면의 겨울비는 인력거꾼에게 장사가 잘 되는 필연적 행운을 가져다주는 역할을 하고 결말에서는 아내의 죽음을 통해 비극을 강화하는 역할을 한다.
2. 욕설과 비어는 하층민 또는 민중의 언어와 삶의 단편을 보여 주면서 아내에 대한 연민, 애정, 안타까움 등의 반어적 표현이다.
3. 김 첨지에게 있어 운수 좋은 날은 아내의 죽음으로 오히려 불행이 된다. 즉, 당시의 시대적 상황인 식민지하에서 고통 받는 우리 민족에게 진정한 좋은 운수는 있을 수 없다는 점을 역설적으로 강조한 것이다.

빈처(貧妻)

• 읽기 전에

1. 아내의 성격에 대해 생각해 보자.
2. 정신적 행복을 추구하는 지식인상에 대해 생각해 보자.

• 줄거리

아침거리를 장만하기 위해 전당포에 잡힐 모본단 저고리를 찾는 아내의 모습을 보며 마음이 처량해진다. 그 날 오후 T가 찾아와 처에게 줄 양산을 샀노라고 자랑하던 모습이 기억난다. 아내는 매우 부러워하는 눈치이다. 나는 육 년 전 결혼하여 혼자 중국, 일본으로 다니며 공부를 하였으나 변변치 못한 모습으로 돌아왔다. 그 후 아내는 세간과 옷가지를 전당포에 맡기며 근근히 생활을 꾸려 가고 나는 보수 없는 독서와 가치 없는 창작으로 시간을 보낸다.

이튿날 장인의 생신이라 처가에 가니 돈 잘 버는 남편을 둔 처형의 부유한 모습과 초라한 아내의 모습이 퍽 대조적이다. 그러나 처형의 눈 위에 퍼렇게 멍든 자국을 보고 없더라도 의좋게 지내는 것이 행복이라는 아내의 말에 나는 흡족해 한다. 그 후 처형이 사다 준 신을 신어 보며 좋아하는 아내의 모습에서 나는 물질에 대한 욕구를 참고 사는 아내에게 진정으로 사랑과 고마움을 느낀다.

빈처(貧妻)

1

"그것이 어째 없을까?"

아내가 장문을 열고 무엇을 찾더니 입안 말로 중얼거린다.

"무엇이 없어?"

나는 우두커니 책상머리에 앉아서 책장만 뒤적뒤적하다가 물어 보았다.

"모본단(비단의 하나. 정밀하고 윤이 나며 무늬가 아름다움) 저고리가 하나 남았는데."

"……"

나는 그만 묵묵하였다(말이 없이 잠잠하였다).

아내가 그것을 찾아 무엇을 하려는 것을 앎이라. 오늘 밤에 옆집 할멈을 시켜 잡히려 하는 것이다.

이 이 년 동안에 돈 한푼 나는 데 없고 그대로 주리면 시장 할 줄 알아 기구(器具)와 의복을 전당국 창고(典當局倉庫)에 들이밀거나 고물상 한구석에 세워 두고 돈을 얻어 오는 수밖에 없었다.

지금 아내가 하나 남은 모본단 저고리를 찾는 것도 아침거리를 장만하려 함이다. 나는 입맛을 쩍쩍 다시고 폈던 책을 덮으며 "후우" 한숨을 내쉬었다.

봄은 벌써 반이나 지났건마는 이슬을 실은 듯한 밤 기운이 방구석으로부터 슬금슬금 기어 나와 사람에게 안기고, 비가 오는 까닭인지 밤은 아직 깊지 않건만 인적조차 끊어지고 온 천지가 비인 듯이 고요한데 투닥투닥 떨어지는 빗소리가 한없는 구슬픈 생각을 자아낸다.

"빌어먹을 것 되는 대로 되어라."

나는 점점 견딜 수 없어 두 손으로 흩어진 머리카락을 쓰다듬어 올리며 중얼거려 보았다.

이 말이 더욱 처량한 생각을 일으킨다. 나는 또 한 번,

"후."

한숨을 내쉬며 왼팔을 베고 책상에 쓰러지며 눈을 감았다.

이 순간에 오늘 지낸 일이 불현듯 생각이 난다.

늦게야 점심을 마치고 내가 막 궐련(卷座) 한 개를 피워 물적에 한성 은행 다니는 T가 공일이라고 찾아왔다.

친척은 다 멀지 않게 살아도 가난한 꼴을 보이기도 싫고 찾아갈 적마다 무엇을 꿔어 내라고 조르지도 아니하였건만, 행여나 무슨 구차한 소리를 할까 봐서 미리 방패막이를 하고 눈살을 찌푸리는 듯하여 나는 발을 끊고 따라서 찾아오는 이도 없었다.

다만 이 T는 촌수가 가까운 까닭인지 자주 우리를 방문하였다.

그는 성실하고 공순하여 소소한 소사(小事)에 슬퍼하고 기뻐하는 인물이었다.

동년배인 우리들은 늘 친척간에 비교거리가 되었었다.

그리고 나의 평판이 항상 좋지 못했다.

"T는 돈을 알고 위인이 진실해서 그 애는 돈푼이나 모일 것이야! 그러나 K(내 이름)는 아무짝에도 못쓸 놈이야. 그 잘난 언문 섞어서 무어라고 끄적거려 놓고 제 주제에 무슨 조선에 유명한 문학가가 된다니! 시러베 아들 놈!"

이것이 그네들의 평판이었다.

내가 문학인지 무엇인지 하는 소리가 까닭 없이 그네들의 비위에 틀린 것이다.

더군다나 나는 그네들의 생일이나 혹은 대사 때에 돈 한푼 이렇다는 일이 없고, T는 소위 착실히 돈벌이를 해 가지고 국수 밥소라(떡국 국수 등을 담는 큰 그릇)나 보조를 하는 까닭이다.

"얼마 아니 되어 T는 잘살 것이고 K는 거지가 될 것이니 두고 보아!"

오촌 당숙은 이런 말씀까지 하였다 한다.

입 밖에는 아니 내어도 친부모 친형제까지라도 심중으로는 다 이렇게 생각할 것이다.

그래도 부모는 달라서 화가 나시면,

"네가 그리 하다가는 말경(末境)에 비렁뱅이가 되고 말 것이야."

라고 꾸중은 하셔도,

"사람이란 늦복(福) 모르느니라."

"그런 사람은 또 그렇게 되느니라."

하시는 것이 스스로 위로하는 말씀이고 또 며느리를 위로하는 말씀이었다.

이것을 보아도 하는 수 없는 놈이라고 단념을 하시면서 그래도 잘되기를 바라시고 축원하시는 것을 알겠더라.

여하간 이만하면 T의 사람됨을 가히 알 수가 있다.

그리고 그가 우리 집에 올 것 같으면 지어서 쾌활하게 웃으며 힘써 재미스러운 이야기를 하였다.

단둘이 고적하게 그날그날을 보내는 우리에게는 더할 수 없이 반가웠었다.

오늘도 그가 활발하게 집에 쑥 들어오더니 신문지에 싼 기름 한 것을 '이것 봐라' 하는 듯이 마루 위에 올려놓고 분주히 구두끈을 고른다.

"이것이 무엇인가."

나는 물어 보았다.

"저어, 제 처(妻)의 양산이야요. 쓰던 것이 벌써 낡았고 또 살이 부러졌다나요."

그는 구두를 벗고 마루에 올라서며 나오는 웃음을 참지 못하여 벙글벙글하면서 대답을 한다.

그는 나의 아내를 돌아보며 돌연히,

"아주머니 좀 구경하시렵니까?"

하더니 싼 종이와 집을 벗기고 양산을 펴 보인다. 흰 비단 바탕에 두어 가지 매화를 수놓은 양산이었다.

"검정이는 좋은 것이 많아도 너무 칙칙해 보이고…… 회색이나 누렁이는 하나도 그것이야 싶은 것이 없어서 이것을 산걸요."

그는 '이것보다도 더 좋은 것을 살 수가 있다.' 하는 뜻을 보이려고 애를 쓰며 이런 발명((죄나 잘못이 없음을) 변명하여 밝힘)까지 한다.

"이것도 퍽 좋은데요."

이런 칭찬을 하면서 양산을 펴 들고 이리저리 홀린 듯이 들여다보고 있는 아내의 눈에는,

'나도 이런 것을 하나 가졌으면…….'

하는 생각이 역력히 보인다.

나는 갑자기 불쾌한 생각이 와락 일어나서 방으로 들어오며 아내의 양산 보는 양을 빙그레 웃고 바라보고 있는 T에게,

"여보게, 방에 들어오게 그려, 우리 이야기나 하세."

T는 따라 들어와 물가 폭등에 대한 이야기며, 자기의 월급이 오른 이야기며, 주권(株券)을 몇 주 사 두었더니 꽤 이익이 남았다든가, 각 은행 사무원 경기회에서 자기가 우월한 성적을 얻었다든가, 이런 것 저런 것 한참 이야기하다가 돌아갔었다.

T를 보내고 책상을 향하여 짓던 소설의 결미(結尾)를 생각하고 있을 즈음에,

"여보!"

아내의 떠는 목소리가 바로 내 귀 곁에서 들린다.

핏기 없는 얼굴에 살짝 붉은 빛이 돌며 어느 결에 내 곁에 바짝 다가앉았더라.

"당신도 살 도리를 좀 하세요."

"……"

나는 '또 시작하는구나.' 하는 생각이 번개같이 머리에 번쩍이며 불쾌한 생각이 벌컥 일어난다.

그러나 무어라고 대답할 말이 없이 묵묵히 있었다.

"우리도 남과 같이 살아 보아야지요."

아내가 T의 양산에 단단히 자극을 받은 것이다.

예술가의 처 노릇을 하려는 독특한 결심이 있는 그는 좀처럼 이런 소리를 입 밖에 내지 아니하였다.

그러나 무엇에 상당한 자극만 받으면 참고 참았던 이런 소리를 하게 되는 것이다.

나도 이런 소리를 들을 적마다 '그럴 만도 하다'는 동정심이 없지 아니하

나 심사가 어쩐지 좋지 못하였다.

이번에도 '그럴 만도 하다'는 동정심이 없지 아니하되 또한 불쾌한 생각을 억제키 어려웠다.

잠깐 있다가 불쾌한 빛을 나타내며,

"급작스럽게 살 도리를 하라면 어찌할 수가 있소. 차차 될 때가 있겠지!"

"아이구, 차차란 말씀은 그만두구려, 어느 천년에."

아내의 얼굴에 붉은 빛이 짙어지며 전에 없던 흥분한 어조로 이런 말까지 하였다.

자세히 보니 두 눈에 은은히 눈물이 고이었더라.

나는 잠시 멍멍하게 있었다.

성낸 불길이 치받쳐 올라온다.

나는 참을 수 없었다.

"막벌이꾼한테 시집을 갈 것이지, 누가 내게 시집을 오랬소!

저 따위가 예술가의 처가 다 뭐야!"

사나운 어조로 몰풍스럽게(풍치나 풍정이 없어 멋쩍게) 소리를 꽥 질렀다.

"에그……!"

살짝 얼굴빛이 변해지며 어이없이 나를 보더니 고개가 점점 수그러지며 한 방울 두 방울 방울방울 눈물이 장판 위에 떨어진다.

나는 이런 일을 가슴에 그리며 그래도 내일 아침거리를 장만하려고 옷을 찾는 아내의 심중을 생각해 보니 말할 수 없는 슬픈 생각이 가을바람과 같이 설렁설렁 심골(心)을 분지르는 것 같다.

쓸쓸한 빗소리는 굵었다 가늘었다 의연(依然)히 적적한 밤공기에 더욱 처량히 들리고 그을음 앉은 등피(燈皮) 속에서 비치는 불빛은 구름에 가린 달빛처럼 우는 듯 조는 듯, 구차(苟且)히 얻어 산 몇 권 양책의 표제 금자가 번쩍거린다.

2

장 앞에 초연(悄然)히 서 있던 아내가 무엇이 생각났는지 고개를 끄덕끄덕하며 들릴 듯 말 듯 목안의 소리로,

"오호…… 옳지 참 그 날…….…."

"찾았소?"

"아니야요, 벌써.…… 저 인천 사시는 형님이 오셨던 날……."

아내가 애써 찾던 그것도 벌써 전당포의 고운 먼지가 앉았구나! 종지 하나라도 차근차근 아랑곳하는 아내가 그것을 잡혔는지 안 잡혔는지 모르는 것을 보면 빈곤(困)이 얼마나 그의 정신을 물어뜯었는지 가히 알겠다.

"……."

"……."

한참 동안 서로 아무 말이 없었다.

가슴이 어째 답답해지며 누구하고 싸움이나 좀 해보았으면, 소리껏 고함이나 질러 보았으면, 실컷 맞아 보았으면 하는 일종 이상한 감정이 부글부글 피어 오르며 전신에 이가 스멀스멀 기어다니는 듯 옷이 어째 몸에 끼이며 견딜 수가 없다.

나는 이런 감정을 노골적으로 드러내며,

"점점 구차한 살림에 싫증이 나서 못 견디겠지?"

아내는 무엇을 생각하는지 모르게 정신을 잃고 섰다가 그 거슴츠레한 눈이 둥그레지며,

"네에? 어째서요?"

"무얼, 그렇지."

"싫은 생각은 조금도 없어요."

이렇게 말이 오락가락함을 따라 나는 흥분의 도(度)가 점점 짙어 간다.

그래서 아내가 떨리는 소리로,

"어째 그런 줄 아세요?"

하고 반문할 적에,

"나를 숙맥으로 알우?"

라고 격렬하게 소리를 높였다.

아내는 살짝 분한 빛이 눈에 비치어 물끄러미 나를 들여다 본다.

나는 괘씸하다는 듯이 흘겨보며,

"그러면 그것 모를까! 오늘까지 잘 참아 오더니 인제는 점점 기색이 달라지는걸 뭐! 물론 그럴 만도 하지마는!"

이런 말을 하는 내 가슴에는 지난 일이 활동 사진 모양으로 얼른얼른 나타난다.

육 년 전에(그 때 나는 십육 세이고 저는 십팔 세였다) 우리가결혼한 지 얼마 아니 되어 지식에 목마른 나는 지식의 바닷물을 얻어 마시려고 표연히 집을 떠났었다.

광풍(狂風)에 나부끼는 버들잎 모양으로 오늘은 지나(支那), 내일은 일본으로 굴러다니다가, 금전의 탓으로, 지식의 바닷물도 흠씬 마셔 보지도 못하고 반거들충이(배우던 것을 못 다 이룬 사람)가 되어 집에 돌아오고 말았다.

그가 시집올 때에는 방글방글 피려는 꽃봉오리 같던 아내가 어느 겨를에 기울어 가는 꽃처럼 두 뺨에 선연(鮮研)한 빛이 스러지고 벌써 두어 금 가는 줄이 그리어졌다.

처가 덕으로 집간도 장만하고 세간도 얻어 우리는 소위 살림을 하게 되었다.

처음에는 그럭저럭 지냈었지마는 한푼 나는 데 없는 살림이라 한 달 가고 두 달 갈수록 점점 곤란해질 따름이었다. 나는 보수 없는 독서와 가치 없는 창작으로 해가 지며, 날이 새며, 쌀이 있는지 나무가 있는지 망연케 몰랐다.

그래도 때때로 맛있는 반찬이 상에 오르고 입은 옷이 과히 추하지 아니함은 전혀 아내의 힘이었다.

전들 무슨 벌이가 있으리요, 부끄럼을 무릅쓰고 친가에 가서 눈치를 보아 가며, 구차한 소리를 하여 가지고 얻어 온 것이었다.

그것도 한두 번 말이지 장구한 세월에 어찌 늘 그럴 수가 있으랴! 말경(末境)에는 아내가 가져온 세간과 의복에 손을 대는 수밖에 없었다.

잡히고 파는 것도 나는 알은 체도 아니 하였다.

그가 애를 쓰며 퉁명스러운 옆집 할멈에게 돈푼을 주고 시켰었다.

이런 고생을 하면서도 그는 나의 성공만 마음속으로 깊이깊이 믿고 빌었었다.

어느 때에는 내가 무엇을 짓다가 마음에 맞지 아니하여 쓰던 것을 집어 던지고 화를 낼 적에,

"왜 마음을 조급하게 잡수세요! 저는 꼭 당신의 이름이 세상에 빛날 날이 있을 줄 믿어요. 우리가 이렇게 고생을 하는 것이 장차 잘될 근본이야요."

하고 그는 스스로 흥분되어 눈물을 흘리며 나를 위로하는 적도 있었다.

내가 외국으로 다닐 때에 소위 신풍조(新風潮)에 띄어 까닭없이 구식 여자가 싫어졌다.

그래서 나는 일찍이 장가든 것을 매우 후회하였다.

어떤 남학생과 어떤 여학생이 서로 연애를 주고받고 한다는 이야기를 들을 적마다 공연히 가슴이 뛰놀며 부럽기도 하고 비감스럽기도 하였다.

그러나 낫살이 들어갈수록 그런 생각도 없어지고 집에 돌아와 아내를

겪어 보니 의외에 그에게 따뜻한 맛과 순결한 맛을 발견하였다.

그의 사랑이야말로 이기적 사랑이 아니고 헌신적 사랑이었다.

이런 줄을 점점 깨닫게 될 때에 내 마음이 얼마나 행복스러웠으랴! 밤이 깊도록 다듬이를 하다가 그만 옷 입은 채로 쓰러져 곤하게 자는 그의 파리한 얼굴을 들여다보며,

"아아, 나에게 위안을 주고 원조를 주는 천사여!"
하고 감격이 극하여 눈물을 흘린 일도 있었다.

내가 아다시피 내가 별로 천품(자기의 품성이나 자질을 낮추어 이르는 말)은 없으나 어쨌든 무슨 저작가(著作家)로 몸을 세워 보았으면 하여 나날이 창작과 독서에 전심력을 바쳤다. 물론 아직 남에게 인정될 가치는 없는 것이다.

그 영향으로 자연 일상 생활이 말유(末由)하게(길이 없게. 어찌할 도리가 없게) 되었다.

이런 곤란에 그는 근 이 년 견디어 왔건만 나의 하는 일은 오히려 아무 보람이 없고 방안에 놓였던 세간이 줄어지고 장롱에 찼던 옷이 거의 다 없어졌을 뿐이다.

그 결과 그다지 견딜 성 있던 그도 요사이 와서는 때때로 쓸데없는 탄식을 하게 되었다.

손잡이를 잡고 마루 끝에 우두커니 서서 하염없이 먼 산만 바라보기도 하며 바느질을 하다 말고 실신한 사람 모양으로 멍멍히 앉았기도 하였다.

창경(窓鏡 창문에 단 유리) 으로 비치는 어스름한 햇빛에 나는 흔히 그의 눈물 머금은 근심 있는 눈을 발견하였다.

이럴 때에는 말할 수 없는 쓸쓸한 생각이 들며 일없이,

"마누라!"
하고 부르면 그는 몸을 움칫하고 고개를 저리 돌리어 치맛자락으로 눈물을

씻으며,

"네에?"

하고 울음에 떨리는 가는 대답을 한다. 나는 등에 물을 끼얹는 듯 몸이 으쓱해지며 처량한 생각이 싸늘하게 가슴에 흘렀다.

그러지 않아도 자비(自卑 스스로 자기 자신을 낮추는 것)하기 쉬운 마음이 더욱 심해지며,

'내가 무자격한 탓이다.'

하고 스스로 멸시를 하고 나니 더욱 견딜 수 없다.

'그럴 만도 하다.'

는 동정심이 없지 아니하되 그래도 그만 불쾌한 생각이 일어나며,

"계집이란 할 수 없어."

혼자 이런 불평을 중얼거리었다.

환등(幻燈) 모양으로 하나씩 둘씩 이런 일이 가슴에 나타나니 무어라고 말할 용기조차 없어졌다.

나의 유일한 신앙자(信仰者)이고 위로자이던 저까지 인제는 나를 아니 믿게 되었다.

그는 마음속으로,

"네가 육 년 동안 내 살을 깎고 저미었구나! 이 원수야."

할 것이다.

이렇게 생각하매 그의 불 같던 사랑까지 없어져 가는 것 같았다.

아니 흔적도 없이 사라지고 만 것 같았다.

나는 감상적으로 허둥허둥하며,

"낸들 마누라를 고생시키고 싶어 시켰겠소! 비단옷도 해주고 싶고 좋은 양산도 사 주고 싶어요! 그러길래 왼종일 쉬지 않고 공부를 아니 하우. 남 보기에는 편편히 노는 것 같애도 실상은 그렇지 안해! 본들 모른단 말이

오."

나는 점점 강한 가면을 벗고 약한 진상(眞相)을 드러내며 이와 같은 가소로운 변명까지 하였다.

"온 세상 사람이 다 나를 비소(誹笑 비웃음)하고 모욕하여도 상관이 없지만 마누라까지 나를 아니 믿어 주면 어찌한단 말이오."

내 말에 스스로 자극이 되어 가지고 마침내,

"아아!"

길이 탄식을 하고 그만 쓰러졌다.

이 순간에 고개를 숙이고 아마 하염없이 입술만 물어뜯고 있던 아내가 홀연,

"여보!"

울음소리를 떨면서 무너지는 듯이 내 얼굴에 쓰러진다.

"용서."

하고는 북받쳐 나오는 울음에 말이 막히고 불덩이 같은 두 뺨이 내 얼굴을 누르며 흑흑 느끼어 운다.

그의 두 눈으로부터 샘솟듯 하는 눈물이 제 뺨과 내 뺨 사이를 따뜻하게 젖어 퍼진다.

내 눈에서도 눈물이 흘러내린다.

뒤숭숭하던 생각이 다 이 뜨거운 눈물에 봄눈 슬듯 스러지고말았다.

한참 있다가 우리는 눈물을 씻었다.

내 속이 얼마큼 시원한지 몰랐다.

"용서하여 주세요! 그렇게 생각하실 줄은 참 몰랐어요."

이런 말을 하는 아내는 눈물에 부어 오른 눈꺼풀을 아픈 듯이 끔적거린다.

"암만 구차하기로니 싫증이야 날까요! 나는 한번 먹은 맘이 있는데."

가만가만히 변명을 하는 아내의 눈물 흔적이 어룽어룽한 얼굴을 물끄러미 바라보며 겨우 심신이 가뜬하였다.

3

어제 일로 심신이 피곤하였던지 그 이튿날 늦게야 잠을 깨니 간밤에 오던 비는 어느 결에 그치었고 명랑한 햇발이 미닫이에 높았더라.

아내가 다시금 장문을 열고 잡힐 것을 찾을 즈음에 누가 중문을 열고 들어온다.

우리는 누군가 하고 귀를 기울일 적에 밖에서,

"아씨!"

하는 소리가 들렸다.

아내는 급히 방문을 열고 나갔다.

그는 처가에서 부리는 할멈이었다.

오늘이 장인 생신이라고 어서 오라는 말을 전한다.

"오늘이야? 참 옳지, 오늘이 이월 열엿샛날이지, 나는 깜빡 잊었어!"

"원 아씨도 딱도 하십니다. 어쩌면 아버님 생신을 잊는단 말씀이야요. 아무리 살림이 재미가 나시더래도!"

시큰둥한 할멈은 선웃음을 쳐가며 이런 소리를 한다.

가난한 살림에 골몰하느라고 자기 친부의 생신까지 잊었는가 하매 아내의 정지(情地 딱한 사정에 있는 불쌍한 처지)가 더욱 측은하였다.

"오늘이 본가 아버님 생신이라요. 어서 오시라는데……."

"어서 가구려……."

"당신도 가셔야지요. 우리 같이 가세요."

하고 아내는 하염없이 얼굴을 붉힌다.

나는 처가에 가기가 매우 싫었었다. 그러나 아니 가는 것도 내 도리가 아닐 듯하여 하는 수 없이 두루마기를 입었다.

아내는 머뭇머뭇하며 양미간을 보일 듯 말 듯 찡그리다가 곁눈으로 살짝 나를 엿보더니 돌아서서 급히 장문을 연다.

흥, 입을 옷이 없어서 망설거리는구나, 나도 슬쩍 돌아서며 생각하였다.

우리는 서로 등지고 섰건만 그래도 아내가 거의 다 빈 장 안을 들여다보며 입을 만한 옷이 없어서 눈살을 찌푸린 양이 눈앞에 선연함을 어찌할 수가 없었다.

"자아, 가세요."

무엇을 생각하는지 모르게 정신을 잃고 섰다가 아내의 부르는 소리를 듣고 나는 기계적으로 고개를 돌리었다.

아내는 당목옷(되게 드린 무명실로 폭이 넓고 바닥을 곱게 짠 옷)으로 갈아입고 내 마음을 알았던지 나를 위로하는 듯이 방그레 웃는다.

나는 더욱 쓸쓸하였다.

우리 집은 천변 배다리 곁이었고 처가는 안국동에 있어 그 거리가 꽤 멀었다.

나는 천천히 가노라 하고 아내는 속히 오노라고 오건마는 그는 늘 뒤떨어졌다.

내가 한참 가다가 뒤를 돌아다보면 그는 늘 멀리 떨어져 나를 따라오려고 애를 쓰며 주춤주춤 걸어온다.

길가에 다니는 어느 여자를 보아도 거의 다 비단옷을 입고 고운 신을 신었는데 당목옷을 허술하게 차리고 청록 당혜(가죽신의 하나. 울이 깊고 코가 작으며 앞코와 뒤에 당초문을 새겼음)로 타박타박 걸어오는 양이 나에게 얼마나 애연(哀然)한(슬픈 듯한) 생각을 일으켰는지! 한참만에 나는 넓고 높은 처갓집 대문에 다다랐다.

내가 안으로 들어갈 적에 낯선 사람들이 나를 흘끔흘끔 본다.

그들의 눈에,

'이 사람이 누구인가. 아마 이 집 하인인가 보다.'

하는 경멸히 여기는 빛이 있는 것 같았다.

안 대청 가까이 들어오니 모두 내게 분분히 인사를 한다.

그 인사하는 소리가 내 귀에는 어째 비소하는 것 같기도 하고 모욕하는 것 같기도 하여 공연히 가슴이 두근거리고 얼굴이 후끈거린다.

그 중에 제일 내게 친숙하게 인사하는 사람이 있다.

그는 아내보다 삼 년 만인 처형이었다.

내가 어려서 장가를 들었으므로 그 때 그는 나를 못 견디게 시달렸다.

그 때는 그게 싫기도 하고 밉기도 하더니 지금 와서는 그 때 그러한 것이 도리어 우리를 무관하게 정답게 만들었다.

그는 인천 사는데 자기 남편이 기미(期米 미곡의 시세 변동을 이용하여 현물 없이 약속으로만 거래하는 일종의 투기 행위. 미두(米豆))(미곡의 시세 변동을 이용하여 현물 없이 약속으로만 거래하는 일종의 투기 행위. 미두(米豆))를 하여 가지고 이번에 돈 십만 원이나 착실히 땄다 한다.

그는 자기의 잘사는 것을 자랑하고자 함인지 비단을 내리 감고 얼굴에 부유한 태(態)가 질질 흐른다.

그러나 분(粉)으로 숨기려고 애쓴 보람도 없이 눈 위에 퍼렇게 멍든 것이 내 눈에 띄었다.

"왜 마누라는 어쩌고 혼자 오세요?"

그는 웃으며 이런 말을 하다가 중문 편을 바라보더니,

"그러면 그렇지! 동부인 아니 하고 오실라구."

혼자 주고받고 한다.

나도 이 말을 듣고 슬쩍 돌아다보니 아내가 벌써 중문 앞에 들어섰다.

그 수척한 얼굴이 더욱 수척해 보이며 눈물 고인 듯한 눈이 하염없이 웃는다.

나는 유심히 그와 아내를 번갈아 보았다.

처음 보는 사람은 분간을 못하리만큼 그들의 얼굴은 혹사(酷似)하다(아주 많이 닮다).

그런데 얼굴빛은 어쩌면 저렇게 틀리는지!

하나는 이글이글 만발한 꽃 같고 하나는 시들시들 마른 낙엽(落葉) 같다.

아내를 형이라고, 처형을 아우라 하였으면 아무라도 속을 것이다.

또 한 번 아내를 보며 말할 수 없는 쓸쓸한 생각이 다시금 가슴을 누른다.

딴 음식은 별로 먹지도 아니하고 못 먹는 술을 넉 잔이나 마시었다.

그래도 바늘방석에 앉은 것처럼 앉아 견딜 수가 없다.

집에 가려고 나는 몸을 일으켰다.

골치가 띵하며 내가 선 방바닥이 마치 폭풍에 도도하는(물이 그득 퍼져 흘러가는 모양이 막힘이 없고 기운찬) 파도같이 높았다 낮았다 어질어질해서 곧 쓰러질 것 같다.

이 거동을 보고 장모가 황망(皇忙)히 일어서며,

"술이 저렇게 취해 가지고 어데로 갈라구, 여기서 한잠 자고 가게."

나는 손을 내저으며,

"아니에요, 집에 가겠어요."

취한 소리로 중얼거리었다.

"저를 어쩌나!"

장모는 걱정을 하시더니,

"할멈, 어서 인력거 한 채 불러오게."

한다.

취중에도 인력거를 태우지 말고 그 인력거 삯을 나를 주었으면 책 한 권을 사 보련만 하는 생각이 있었다.

인력거를 타고 얼마 아니 가서 그만 잠이 들었다.

한참 자다가 잠을 깨어 보니 방안에 벌써 남폿불이 켜졌는데 아내는 어느 결에 왔는지 외로이 앉아 바느질을 하고 화로에서는 무엇이 끓는 소리가 보글보글하였다.

아내가 나의 잠 깬 것을 보더니 급히 화로에 얹힌 것을 만져보며,

"인제 그만 일어나 진지를 잡수세요."

하고 부리나케 일어나 아랫목에 파묻어 둔 밥그릇을 꺼내어 미리 차려 둔 상에 얹어서 내 앞에 갖다 놓고 일변 화로를 당기어 더운 반찬을 집어 얹으며,

"자아 어서 일어나세요."

한다.

나는 마지못하여 하는 듯이 부스스 일어났다.

머리가 오히려 아프며 목이 몹시 말라서 국과 물을 연해 들이켰다.

"물만 잡수셔서 어째요. 진지를 좀 잡수셔야지."

아내는 이런 근심을 하며 밥상머리에 앉아서 고기도 뜯어 주고 생선뼈도 추려 주었다.

이것은 다 오늘 처가에서 가져온 것이다.

나는 맛나게 밥 한 그릇을 다 먹었다.

내 밥상이 나매 아내가 밥을 먹기 시작한다.

그러면 지금껏 내 잠 깨기를 기다리고 밥을 먹지 아니하였구나 하고 오늘 처가에서 본 일을 생각하였다.

어제 일이 있은 후로 우리 사이에 무슨 벽이 생긴 듯하던 것이 그 벽이 점점 엷어져 가는 듯하며 가엾고 사랑스러운 생각이 일어났었다.

그래서 우리는 정답게 이런 이야기 저런 이야기를 하게 되었다.

우리의 이야기는 오늘 장인 생신 잔치로부터 처형 눈 위에 멍든 것에 옮겨 갔다.

처형의 남편이 이번 그 돈을 딴 뒤로는 주야 요리점과 기생집에 돌아다니더니 일전에 어떤 기생을 얻어 가지고 미쳐 날뛰며 집에만 들면 집안 사람을 들볶고 걸핏하면 처형을 친다 한다.

이번에도 별로 대단치 않은 일에 처형에게 밥상으로 냅다 갈겨 바로 눈 위에 그렇게 멍이 들었다 한다.

"그것 보아, 돈푼이나 있으면 다 그런 것이야."

"정말 그래요. 없으면 없는 대로 살아도 의좋게 지내는 것이 행복이야요."

아내는 충심(衷心 속에서 우러나는 참된 마음)으로 공명(共鳴 남의 행동이나 사상 등에 깊이 동감하는 것)해 주었다.

이 말을 들으매 내 마음은 말할 수 없이 만족해지면서 무슨 승리나 한 듯이 득의양양하였다.

그리고 마음속으로,

'옳다, 그렇다. 이렇게 지내는 것이 행복이다.'

하였다.

4

이틀 뒤 해 어스름에 처형은 우리 집에 놀러 왔었다.

마침 내가 정신없이 무엇을 생각하고 있을 즈음에 쓸쓸하게 닫혀 있는 중문이 찌긋둥하며 비단옷 소리가 사오락사오락 들리더니 아랫목은 내게 빼앗기고 윗목에서 바느질을 하고 있던 아내가 문을 열고 나간다.

"아이고 형님 오셔요."

아내의 인사하는 소리가 들리더니 처형이 계집 하인에게 무엇을 들리고 들어온다.

나도 반갑게 인사를 하였다.

"그 날 매우 욕을 보셨죠? 못 잡숫는 술을 무슨 짝에 그렇게 잡수세요."

그는 이런 인사를 하다가 급작스럽게 계집 하인이 든 것을 빼앗더니 신문지로 싼 것을 끄집어내어 아내를 주며,

"내 신 사는데 네 신도 한 켤레 샀다. 그 날 청록 당혜를…."

말을 하려다가 나를 곁눈으로 흘끗 보고 그만 입을 닫친다.

"그것을 왜 또 사셨어요."

해쓱한 얼굴에 꽃물을 들이며 아내가 치사하는 것도 들은 체만 체하고 처형은 또 이야기를 시작한다.

"올 적에 사랑양반을 졸라서 돈 백 원을 얻었겠지. 그래서 오늘 종로에 나와서 옷감도 바꾸고 신도 사고……."

그는 자랑과 기쁨의 빛이 얼굴에 퍼지며 싼 보를 끌러,

"이런 것이야!"

하고 우리 앞에 펼쳐 놓는다.

자세히는 모르나 여하간 값 많은 품 좋은 비단인 듯하다.

무늬 없는 것, 무늬 있는 것, 회색, 초록색, 분홍색이 갖가지로 윤이 흐르며 색색이 빛이 나서 한참 황홀하였다.

무슨 칭찬을 해야 되겠다 싶어서,

"참 좋은 것인데요."

이런 말을 하다가 나는 또 쓸쓸한 생각이 일어난다.

저것을 보는 아내의 심중이 어떠할까? 하는 의문이 문득 일어남이라.

"모다 좋은 것만 골라 샀습니다그려."

아내는 인사를 차리느라고 이런 칭찬은 하나마 별로 부러워하는 기색이 없다.

나는 적이 의외의 감(感)이 있었다.

처형은 자기 남편의 흉을 보기 시작하였다.

그 밉살스럽다는 둥 그 추근추근하다는 둥 말끝마다 자기 남편의 불미한 점을 들다가 문득 이야기를 끊고 일어선다.

"왜 벌써 가시려고 하셔요, 모처럼 오셨다가. 반찬은 없어도 저녁이나 잡수세요."
하고 아내가 만류를 하니,

"아니 곧 가야지. 오늘 저녁 차로 떠날 것이니까 가서 짐을 매어야지. 아직 차 시간이 멀었어? 아니 그래도 정거장에 일찍이 나가야지. 만일 기차를 놓치면 오죽 기다리실라구, 벌써 오늘 저녁 차로 간다고 편지까지 했는데……."

재삼 만류함도 돌아보지 아니하고 그는 훌훌히 나간다.

우리는 그를 보내고 방에 들어왔다.

"그까짓 것이 기대리는데 그다지 급급히 갈 것이 무엇이야."

아내는 하염없이 웃을 뿐이었다.

"그래도 옷감 바꿀 돈을 주었으니 기대리는 것이 애처롭기는 하겠지."

밉살스러우니, 추근추근하니 하여도 물질의 만족만 얻으면 그것으로 기뻐하고 위로하는 그의 생활이 참 가련하다 하였다.

"참, 그런가 보아요."

아내도 웃으며 내 말을 받는다.

이 때에 처형이 사 준 신이 그의 눈에 띄었는지(혹은 나를 꺼려, 보고 싶은 것을 참았는지 모르나) 그것을 집어 들고 조심조심 펴 보려다가 말고 머뭇머뭇한다.

그 속에 그를 해케 할 무슨 위험품이나 든 것같이.

"어서 펴 보구려."

아내는 이 말을 듣더니,

'작히 좋으랴.'

하는 듯이 활발하게 싼 신문지를 헤친다.

"퍽 이쁜걸요."

그는 근일에 드문 기쁜 소리를 치며 방바닥 위에 사뿐 내려놓고 버선을 당기며 곱게 신어 본다.

"어쩌면 이렇게 맞아요!"

연해 연방 감사를 부르짖는 그의 얼굴에 흔연한 희색이 넘쳐흐른다.

"……."

묵묵히 아내의 기뻐하는 양을 보고 있는 나는 또다시,

'여자란 할 수 없어.'

하는 생각이 들며,

'조심하였을 따름이다.'

하매 밤빛 같은 검은 그림자가 가슴을 어둡게 하였다.

그러면 아까 처형의 옷감을 볼 적에도 물론 마음속으로는 부러워하였을 것이다.

다만 표면에 드러내지 않았을 따름이다. 겨우,

"어서 펴 보구려."

하는 한마디에 가슴에 숨겼던 생각을 속임 없이 나타내는구나 하였다.

내가 무엇을 생각하고 있는지 저는 모르고 새 신 신은 발을 조금 쳐들며,

"신 모양이 어때요?"

"매우 이뻐!"

겉으로는 좋은 듯이 대답을 하였으나 마음은 쓸쓸하였다.

내가 제게 신 한 켤레를 사 주지 못하여 남에게 얻은 것으로 만족하고 기뻐하는 거다.

웬일인지 이번에는 그만 불쾌한 생각이 일어나지 아니하였다.

처형이 동서(同婿)를 밉다거니 무엇이니 하면서도 기차를 놓치면 남편이 기다릴까 염려하여 급히 가던 것이 생각난다.

그것을 미루어 아내의 심사도 알 수가 있다.

부득이한 경우라 하릴없이 정신적 행복에만 만족하려고 애를 쓰지마는 기실(其實) 부족한 것이다.

다만 참을 따름이다.

그것은 내가 생각해야 된다.

이런 생각을 하니 그 날 아내에게 그런 말을 한 것이 후회가 났다.

'어느 때라도 제 은공을 갚아 줄 날이 있겠지!'

나는 마음을 좀 너그러이 먹고 이런 생각을 하며 아내를 보았다.

"나도 어서 출세를 하여 비단 신 한 켤레쯤은 사 주게 되었으면 좋으련만……."

아내가 이런 말을 듣기는 참 처음이다.

"네에?"

아내는 제 귀를 못 미더워하는 듯이 의아한 눈으로 나를 보더니 얼굴에 살짝 열기가 오르며,

"얼마 안 되어 그렇게 될 것이야요!"

라고 힘있게 말하였다.

"정말 그럴 것 같소?"

나는 약간 흥분하여 반문하였다.

"그러믄요, 그렇고말고요."

아직 아무도 인정해 주지 않은 무명 작가인 나를 저 하나이 깊이깊이 인정해 준다.

그러기에 그 강한 물질에 대한 본능적 욕구도 참아 가며 오늘날까지 몹시 눈살을 찌푸리지 아니하고 나를 도와 준 것이다.

'아아, 나에게 위안을 주고 원조를 주는 천사여!'

마음속으로 이렇게 부르짖으며 두 팔로 덥석 아내의 허리를 잡아 내 가슴에 바싹 안았다.

그 다음 순간에는 뜨거운 두 입술이 …….

그의 눈에도 나의 눈에도 그렁그렁한 눈물이 물 끓듯 넘쳐흐른다.

작품의 이해

• 구조적 분석

갈래 : 단편 소설, 사실주의 소설

배경 : 1920년대 서울 종로

시점 : 1인칭 주인공 시점 - 자전적 고백

주제 : 가난한 부부의 생활고와 사랑

출전 : 《개벽》, 1921

• 작품 해설

〈빈처〉는 1921년 《개벽》에 발표된 1인칭 자전적인 단편소설이다. 경제적으로 무능한 무명 작가의 아내, 즉 현진건 자신의 아내를 모델로 삼은 작품이다. 특별한 극적 사건의 전개 없이 가난한 무명 작가와 순종적인 아내의 이야기를 담담하게 묘사하고 있다.

이 작품에서 가장 두드러지는 인물로는 '나', '아내', '은행원 T', '처형' 이렇게 넷으로 볼 수 있다. 이 넷은 다시 정신적 행복을 추구하는 나와 아내, 물질적 행복을 추구하는 T와 처형으로 구분 지을 수 있다. 이러한 대칭적 구조의 갈등이 이 작품을 이끌어 가는 동력이다.

먼저 주인공 '나'는 지식인으로서 출세와 물질주의라는 세속적 가치를 거부하고 정신적 가치에 중점을 둔 소설가로 가난과 주변인의 멸시를 받는 생활을 하고 있다. 반면에 '은행원 T'는 같은 지식인이지만 물질적 이익을 추구하는 인물로 친척들로부터 부러움과 인정을 받는, '나'와는 대비되는 삶을 살고 있다. 그리고 가난을 인내하면서 남편을 믿고 따르는 '아내'와 부유한 생활은 하나 늘 정신적인 빈곤함에 시달리는 '처형'이 있다. 이처럼 작가는 서로 상이한 가치관과 상황을 가진 대조적 인물을 통해 당대의 암담한 현실을 증언함으로써 사실주의 문학의 면모를 드러내고 있다.

염상섭과 함께 사실주의 문학을 개척한 현진건은 정신적인 가치를 추구하는 과정에서 일상의 작은 현실적 욕망에 의해 동요되고 다시 원상을 되찾아 가는 인물의 섬세하고 치밀한 묘사를 통해 소설 문학에 있어 기교의 가치를 보여 준 최초의 작가이다.

• **생각해 보기**

1. 작품의 시대적 배경에 대해 서술하시오.
2. 이 작품에 나오는 인물의 갈등 유형은 무엇인가?

• **해답**

1. 1920년대 일제 식민지하에서 직업을 제대로 갖지 못한 지식인들의 허무와 회의, 방황이 팽배하던 암울한 시기이다.
2. 정신적 행복을 추구하는 '나'와 '아내', 물질적 행복을 추구하는 'T'와 '처형'.

고향

• 읽기 전에

1. '조선의 얼굴'이 의미하는 것이 무엇인지 생각해 보자.
2. 이 작품에 나타난 액자 구성의 특질에 대해 알아보자.

• 줄거리

서울행 기찻간에서 나는 기이한 얼굴의 그와 일본인, 중국인과 합석하게 되었다. 기모노를 두르고 중국식 바지를 입고 짚신을 신은 그의 모습에 남다른 흥미를 가지고 바라보다가 이내 싫증을 느껴 외면하려 하지만 그에게서 실향민, 조선의 얼굴을 읽어 낸다. 그는 유랑하는 실향민이었다. 그가 실향민이 된 사연을 들려주는 부분이 바로 액자 속에 포함된 핵심적인 내부 이야기이다.

소작농이었던 그는 동양 척식 회사에 농토를 빼앗기고 유랑민이 되어 간도로 떠났으나 궁핍한 생활로 부모를 여의고 일본의 구주 탄광 등을 거쳐 다시 고향으로 돌아온다. 이미 폐허가 되어 버린 고향에서 이십 원에 유곽으로 팔려 갔던 옛 연인을 만나고 쓰디쓴 마음으로 일자리를 찾아 경성으로 가던 중 나를 만난 것이다. 그의 참혹한 사람살이에 나는 술잔을 권하며 아픔의 노래를 읊조린다.

고향

대구에서 서울로 올라오는 차중에서 생긴 일이다. 나는 나와 마주 앉은 그를 매우 흥미 있게 바라보고 또 바라보았다. 두루마기 격으로 '기모노'를 둘렀고, 그 안에서 옥양목 저고리가 내어 보이며, 아랫도리에 중국식 바지를 입었다. 그것은 그네들이 흔히 입는 유지 모양으로 번질번질한 암갈색 피륙(필로 된 베 · 무명 · 비단 등의 총칭)으로 지은 것이었다. 그리고 발은 감발(먼 길을 떠날 때나 막일을 할 때 버선 대신 발에 감는 좁고 긴 무명)을 하였는데 짚신을 신었고, '고부가리'로 깎은 머리엔 모자도 쓰지 않았다. 우연히 이따금 기묘한 모임을 꾸미는 것이다. 우리가 자리를 잡은 찻간에는 공교롭게 세 나라 사람이 다 모였으니, 내 옆에는 중국 사람이 기대었다. 그의 옆에는 일본 사람이 앉아 있었다. 그는 동양 삼국 옷을 한 몸에 감은 보람이 있어 일본말도 곧잘 철철 대이거니와 중국말에도 그리 서툴지 않은 모양이었다.

"도꼬마데 오이데 데수까(어디까지 가십니까)?"

하고 첫마디를 걸더니만, 동경이 어떠니, 대판이 어떠니, 조선 사람은 고추를 끔찍이 많이 먹는다는 둥, 일본 음식은 너무 싱거워서 처음에는 속이 뉘엿거린다는((속이) 메스꺼워 자꾸 게울 듯하다는) 둥, 횡설수설 지껄이다가 일본 사람이 엄지와 검지손가락으로 짜르게 끊은 꼿꼿한 윗수염을 비비면서 마지못해 깟댁깟댁하는 고개와 함께 "소데수까(그렇습니까)."란 한마디로 코대답을 할 따름이요, 잘 받아 주지 않으매, 그는 또 중국인을 붙들고서 실랑이를 하였다. "네쌍나을취 ―.", "을씽섬마." 하고 덤벼 보았으나 중국인 또한 그 기름 낀 뚱한 얼굴에 수수께끼 같은 웃음을 띨 뿐이요, 별로 대꾸를 하지 않았건만, 그래도 무에라고 연해 응얼거리면서 나를 보고 웃어 보였다.

그것은 마침 짐승을 놀리는 요술쟁이가 구경꾼을 바라볼 때처럼 훌륭한 제 재주를 갈채해 달라는 웃음이었다. 나는 쌀쌀하게 그의 시선을 피해 버렸다. 그 주적대는(주책없이 잘난 체하며 자꾸 떠드는) 꼴이 어줍지 않고 밉살스러웠다. 그는 잠깐 입을 닥치고 무료한 듯이 머리를 더걱더걱 긁기도 하며, 손톱을 이로 물어뜯기도 하고, 멀거니 창 밖을 내다보기도 하다가, 암만해도 주절대지 않고는 못 참겠던지 문득 나에게로 향하며, "어디꺼정 가는기오?"라고 경상도 사투리로 말을 붙인다.

"서울까지 가요."

"그런기오. 참 반갑구마. 나도 서울꺼정 가는데. 그러면, 우리 동행이 되겠구마."

나는 이 지나치게 반가워하는 말씨에 대하여 무어라고 대답할 말도 없고, 또 굳이 대답하기도 싫기에 덤덤히 입을 닫아 버렸다.

"서울에 오래 살았는기오?"

그는 또 물었다.

"육칠 년이나 됩니다."

조금 성가시다 싶었으되, 대꾸 않을 수도 없었다.

"에이구, 오래 살았구마. 나는 처음 길인데 우리 같은 막벌이꾼이 차를 내려서 어디로 찾아가야 되겠는기오? 일본으로 말하면 '기진야드' 같은 것이 있는기오?"

하고 그는 답답한 제 신세를 생각했던지 찡그려 보였다. 그 때,나는 그의 얼굴이 웃기보다 찡그리기에 가장 적당한 얼굴임을 발견하였다. 군데군데 찢어진 경성드뭇한(많은 수효의 것이 듬성듬성 흩어져 있는) 눈썹이 알알이 일어서며, 아래로 축 처지는 서슬에 양미간에는 여러 가닥 주름이 잡히고, 광대뼈 위로 뺨살이 실룩실룩 보이자 두 볼은 쪽 빨아든다. 입은 소태나 먹은 것처럼 왼편으로 삐뚤어지게 찢어 올라가고, 조이던 눈에 눈물이 괸 듯 삼십 세밖에 안 되어 보이는 그 얼굴이 십 년 가량은 늙어진 듯하였다. 나는 그 신사스러운 표정에 얼마쯤 감동이 되어서 그에게 대한 반감이 풀려지는 듯 하였다.

"글쎄요. 아마 노동 숙박소란 것이 있지요."

노동 숙박소에 대해서 미주알고주알 묻고 나서,

"시방 가면 무슨 일자리를 구하겠는기오?"

라고 그는 매달리는 듯이 또 채쳤다.

"글쎄요. 무슨 일자리를 구할 수 있을는지요."

나는 내 대답이 너무 냉랭하고 불친절한 것이 죄송스러웠다. 그러나 일자리에 대하여 아무 지식이 없는 나로서는 이외에 더 좋은 대답을 해줄 수가 없었던 것이다. 그 대신 나는 은근하게 물었다.

"어디서 오시는 길입니까?"

"흠, 고향에서 오누마."

하고 그는 휘 한숨을 쉬었다. 그러자 그의 신세 타령의 실마리는 풀려 나왔다. 그의 고향은 대구에서 멀지 않은 K군 H란 외딴 동리였다. 한 백 호 남짓한 그 곳 주민들은 전부가 역둔토(역토와 둔토)를 파먹고 살았는데, 역둔토로 말하면 사삿집 땅을 붙이는 것보다 떨어지는 것이 후하였다. 그러므로 넉넉지는 못할망정 평화로운 농촌으로 남부럽지 않게 지낼 수 있었다. 그러나 세상이 뒤바뀌자 그 땅은 전부가 동양 척식 회사의 소유에 들어가고 말았다. 직접으로 회사에 소작료를 바치거나 되었으면 그래도 나으련만, 소위 중간 소작인이란 것이 생겨나서 저는 손에 흙 한 번 만져 보지도 않고 동척엔 소작인 노릇을 하며 실작인에게는 지주 행세를 하게 되었다. 동척에 소작료를 물고 나서 또 중간 소작인에게 긁히고 보니, 실작인의 손에는 소출의 삼 할도 떨어지지 않았다. 그 후로 '죽겠다.', '못살겠다.' 하는 소리는 중이 염불하듯 그들의 입길에서 오르내리게 되었다. 남부여대([남자는 지고 여자는 인다는 뜻] 가난한 사람이 살 곳을 찾아 이리저리 떠돌아다니는 것을 이르는 말)하고 타처로 유리(일정한 집과 직업이 없이 이곳 저곳으로 떠돌아다님. 유리 표박)하는 사람만 늘고, 동리는 점점 쇠진해 갔다.

지금으로부터 구 년 전, 그가 열일곱 살 되던 해 봄에(그의 나이는 실상 스물여섯이었다. 가난과 고생이 얼마나 사람을 늙히는가) 그의 집안은 살기 좋다는 바람에 서간도로 이사를 갔었다. 쫓겨 가는 운명이거든 어디를 간들 신신하랴. 그 곳의 비옥한 전야도 그들을 위하여 열려질 리 없었다. 조금 좋은 땅은 먼저 간 이가 모조리 차지하였고, 황무지는 비록 많다 하나 그곳 당도하던 날부터 아침거리 저녁거리 걱정이라, 무슨 행세로 적어도 일 년이란 장구한 세월을 먹고 입어 가며 거친 땅을 풀수가 있으랴. 남의 밑천을 얻어서 농사를 짓고 보니 가을이 되어 얻는 것은 빈주먹 뿐이었다. 이태 동안을 사는 것이 아니라 억지로 버티어 갈 제, 그의 아버지는 우연히 병을 얻어 타국의 외로운 혼이 되고 말았다. 열아홉 살밖에 안 된 그가 홀어머니를 모시고 악으로 악으로 모진 목숨을 이어가는 중, 사 년이 못 되어 영양 부족한 몸이 심한 노동에 지친 탓으로 그의 어머니 또한 죽고 말았다.

"모친꺼정 돌아갔구마.", "돌아가실 때 흰죽 한 모금도 못 자셨구마."
하고 이야기하던 이는 문득 말을 뚝 끊는다. 그의 눈이 번들번들함은 눈물이 쏟아졌음이리라. 나는 무엇이라고 위로할 말을 몰랐다. 한동안 머뭇머뭇이 있다가 나는 차를 탈 때에 친구들이 사 준 정종병 마개를 빼었다. 찻잔에 부어서 그도 마시고 나도 마셨다. 악착한(잔인하고 끔직스러운) 운명이 던져 준 깊은 슬픔을 술로 녹이려는 듯이 연거푸 다섯 잔을 마신 그는 다시 말을 계속하였다. 그 후 그는 부모 잃은 땅에 오래 머물기 싫었다. 신의주로, 안동현으로 품을 팔다가 일본으로 또 벌이를 찾아가게 되었다. 구주탄광에 있어도 보고, 대판 철공장에도 몸을 담아 보았다. 벌이는 조금 나았으나 외롭고 젊은 몸은 자연히 방탕해졌다. 돈을 모으려야 모을 수 없고, 이따금 울화만 치받치기 때문에 한 곳에 주접(잠시 몸을 맡기어 거주함)을 하고 있을 수 없었다. 화도 나고 고국산천이 그립기도 하여서 훌쩍 뛰어나왔다가 오래간만에 고향을 둘러보고 벌이를 구할 겸 서울로 올라가는 길이라 한다.

"고향에 가시니 반가워하는 사람이 있습디까?"

나는 탄식하였다.

"반가워하는 사람이 다 뭔기오, 고향이 통 없어졌더마."

"그렇겠지요. 구 년 동안이면 퍽 변했겠지요."

"변하고 뭐고 간에 아무것도 없더마. 집도 없고, 사람도 없고, 개 한 마리도 얼씬을 않더마."

"그러면 아주 폐농이 되었단 말씀이오?"

"흥, 그렇구마. 무너지다 만 담만 즐비하게 남았더마. 우리 살던 집도 터야 안 남았는기오만 찾아도 못 찾겠더마. 사람 살던 동리가 그렇게 된 것을 혹 구경했는기오?"
하고 그의 짜는 듯한 목은 높아졌다.

"썩어 넘어진 서까래, 뚤뚤 구르는 주추는 꼭 무덤을 파서 해골을 헐어 젖혀 놓은 것 같더마. 세상에 이런 일도 있는기오? 백여 호 살던 동리가 십 년이 못 되어 통 없어지는 수도 있는기오, 후!"
하고 그는 한숨을 쉬며, 그 때의 광경을 눈앞에 그리는 듯이 멀거니 먼 산을 보다가 내가 따라 준 술을 꿀꺽 들이켜고,

"참! 가슴이 터지더마, 가슴이 터져."
하자마자 굵직한 눈물 두어 방울이 뚝뚝 떨어졌다.

나는 그 눈물 가운데 음산하고 비참한 조선의 얼굴을 똑똑히 본 듯싶었다.

이윽고 나는 이런 말을 물었다.

"그래, 이번 길에 고향 사람은 하나도 못 만났습니까?"

"하나 만났구마. 단지 하나."

"친척 되는 분이던가요?"

"아니구마. 한 이웃에 살던 사람이구마."
하고 그의 얼굴은 더욱 침울했다.

"여간 반갑지 않으셨겠지요."

"반갑다마다. 죽은 사람을 만난 것 같더마. 더구나 그 사람은 나와 까닭도 좀 있던 사람인데……."

"까닭이라니?"

"나와 혼인 말이 있던 여자구마."

"하아!"

나는 놀란 듯이 벌린 입이 닫혀지지 않았다.

"그 신세도 내 신세만이나 하구마."
하고 그는 또 이야기를 계속하였다. 그 여자는 자기보다 나이 두 살 위였는데, 한 이웃에 사는 탓으로 같이 놀기도 하고, 싸우기도 하며 자라났었

다. 그가 열네 살 적부터 그들 부모들 사이에 혼인 말이 있었고, 그도 어린 마음에 매우 탐탁하게 생각하였다. 그런데 그 처녀가 열일곱 살 된 겨울에 별안간 간 곳을 모르게 되었다. 알고 보니, 그 아비 되는 자가 이십 원을 받고 대구 유곽에 팔아먹은 것이었다. 그 소문이 퍼지자, 그 처녀가족은 그 동리에서 못 살고 멀리 이사를 갔는데, 그 후로는 물론 피차에 한 번 만나 보지도 못하였다. 이번에야 빈터만 남은 고향을 구경하고 돌아오는 길에 읍내에서 그 아내 될 뻔한 댁과 마주치게 되었다. 처녀는 어떤 일본 사람 집에서 아이를 보고 있었다. 궐녀('그 여자'를 홀하게 이르는 말)는 이십 원 몸값을 십 년을 두고 갚았건만 그래도 주인에게 빚이 육십 원이나 남았는데, 몸에 몹쓸 병이 들어 나이 늙어져서 산송장이 되니까, 주인 되는 자가 특별히 빚을 탕감해 주고 작년 가을에야 놓아 준 것이었다. 궐녀도 자기와 같이 십 년 동안이나 그리던 고향에 찾아오니까, 거기에는 집도 없고 부모도 없고 쓸쓸한 돌무더기만 눈물을 자아낼 뿐이었다. 하루해를 울어 보내고 읍내로 들어와서 돌아다니다가, 십년 동안에 한 마디 두 마디 배워 두었던 일본말 덕택으로 그 일본 집에 있게 되었던 것이었다.

"암만 사람이 변하기로 어째 그렇게도 변하는기오? 그 숱 많던 머리가 훌렁 다 벗어졌더마. 눈은 푹 들어가고, 그 이들이들하던 얼굴빛도 마치 유산을 끼얹은 듯하더마."

"서로 붙잡고 많이 우셨겠지요."

"눈물도 안 나오더마. 일본 우동집에 들어가서 둘이서 정종만 열 병 따라 뉘고 헤어졌구마."

하고 가슴을 짜는 듯한 괴로운 한숨을 쉬더니만 그는 지난 슬픔을 새록새록이 자아내어 마음을 새기기에 지쳤음이더라.

"이야기를 다 하면 무얼 하는기오.."

하고 쓸쓸하게 입을 다문다. 내 또한 너무도 참혹한 사람살이를 듣기에 쓴

물이 났다.

"자, 우리 술이나 마자 먹읍시다."

하고 우리는 주거니 받거니 한 되 병을 다 말리고 말았다. 그는 취흥에 겨워서 우리가 어릴 때 멋모르고 부르던 노래를 읊조렸다.

벗섬이나 나는 전토는
신작로가 되고요—
말마디나 하는 친구는
감옥소를 가고요—
담뱃대나 떠는 노인은
공동 묘지 가고요
인물이나 좋은 계집은
유곽으로 가고요—

작품의 이해

• 구조적 분석

갈래 : 단편 소설, 액자형 소설

배경 : 1920년대 서울행 기차 안

시점 : 1인칭 관찰자 시점

구성 : 액자 구성, 입체적 · 역행적 구성

주제 : 일제의 수탈로 인한 우리 민족의 비참한 삶

출전 : 《개벽》, 1922

• 작품 해설

1922년 《개벽》에 발표된 이 작품은 극적인 사건이나 특징적인 인물은 등장하지 않지만 식민지 치하에서 농민의 비참한 생활상을 극명하게 보여 주고 있다. 작가는 사실주의 작가로서의 투철한 현실 의식을 보여 주고, 1920년대 농촌의 피폐한 모습을 고발함으로써 일제의 가혹한 식민지 수탈 정책을 비판하고 있다.

이 작품은 액자 소설의 형태를 취하고 있는데 실제 이야기하고 있는 시간과 사건이 일어난 시간이 달리 짜여있다. 서두에서 나와 그가 처음 만나 이야기하는 기차 안의 모습과 결말에서 취흥과 민요 부르는 현재 모습, 그 사이에 그가 겪은 과거사가 복합적으로 뒤섞인 역행적 구성이다.

그리고 또 하나의 특징으로는 상징법과 구체적인 외양 묘사, 어조의 변화 등에 의한 점층적인 성격 표출, 대화에 의한 생동감 있는 사건 전개, 민요의 삽입 등을 통해 단편 소설로는 수용하기 힘든 시대적 상황을 집약적으로 극명하게 제시한 것이다.

• **생각해 보기**

1. 주인공 그의 모습은 무엇을 의미하는가?
2. 작품에 마지막에 나오는 민요는 어떤 역할을 하는가?

• **해답**

1. 그의 말씨, 표정, 의복, 사연은 삶의 터전을 빼앗기고 유랑하는 망국민의 모습과 시대 배경을 여실히 드러낸다. 그래서 작가는 그의 모습을 음산하고 비참한 조선의 얼굴이라 표현했다.
2. 당시의 사회상을 집약적으로 제시함으로써 피폐한 현실에 대한 풍자와 더불어 작품의 현실감을 더해 주는 역할.

B사감과 러브 레터

• 읽기 전에

1. 소설의 기법에 유의하며 읽어 보자.
2. 초반과 후반에 나타나는 B사감의 이중적 성격에 대해 생각해 보자.

• 줄거리

C여학교의 교원 겸 기숙사 사감인 B여사는 사십에 가까운 노처녀로 딱장대, 독신주의자, 찰진 야소꾼으로 유명하다. 엄격하고 매서운 그녀가 제일 싫어하는 것은 기숙생에게 오는 남학생의 러브 레터다. 하루에도 몇 장씩은 날아드는 러브 레터를 대할 때마다 성이 난 그녀는 상대 여학생을 불러 호되게 야단을 치곤 하였다. 또 그녀는 친부모, 친동기간이라도 남자가 기숙사로 면회 오는 것을 아주 싫어한다.

그러던 중 가을 들어서 이상한 일이 발생한다. 밤이 깊어 모두 잠든 새벽 한 시경이면 난데없이 깔깔대는 웃음소리와 속살거리는 말소리가 들리는 것이다. 호기심 많은 세 여학생이 소리를 쫓아가다보니 B사감이 있는 사감실에 이른다. 그 안에서는 B사감이 혼자 여학생들한테 온 러브 레터를 읽으며 남녀간의 사랑 고백 장면을 연출하고 있었다.

B사감과 러브 레터

C여학교에서 교원 겸 기숙사 사감 노릇을 하는 B여사라면 딱장대(성질이 온순한 맛이 없고 딱딱한 사람. 성질이 사납고 굳센 사람)요. 독신주의자요 찰진 야소꾼으로 유명하다. 사십에 가까운 노처녀인 그는 주근깨투성이 얼굴이 처녀다운 맛이란 약에 쓰려도 찾을 수 없을, 뿐인가, 시들고 거칠고 마르고 누렇게 뜬 품이 곰팡 슨 굴비를 생각나게 한다.

여러 겹 주름이 잡힌 훌렁 벗겨진 이마라든지, 숱이 적어서 법대로 쪽찌거나 틀어 올리지를 못하고 엉성하게 그냥 빗어 넘긴 머리꼬리가 뒤통수에 염소똥만하게 붙은 것이라든지, 벌써 늙어 가는 자취를 감출 길이 없었다. 뾰족한 입을 앙다물고 돋보기 너머로 쌀쌀한 눈이 노릴 때엔 기숙생들이 오싹하고 몸서리를 치리만큼 그는 엄격하고 매서웠다.

이 B여사가 질겁을 하다시피 싫어하고 미워하는 것은 소위 러브 레터였다. 여학교 기숙사라면 으레 그런 편지가 많이 오는 것이지만 학교로도 유명하고 또 아름다운 여학생이 많은 탓인지 모르되 하루에도 몇 장씩 죽느니 사느니 하는 사랑타령이 날아들어 왔었다. 기숙생에게 오는 사신을 일일이 검토하는 터이니까 그 따위 편지도 물론 B여사의 손에 떨어진다. 달짝지근한 사연을 보는 족족 그는 더할 수 없이 흥분되어서 얼굴이 붉으락푸르락, 편지 든 손이 발발 떨리도록 성을 낸다.

아마 까닭 없이 그런 편지를 받은 학생이야말로 큰 재변이었다. 하학하기가 무섭게 그 학생은 사감실로 불리어 간다. 분해서 못 견디겠다는 사람 모양으로 쌔근쌔근하며 방안을 왔다갔다하던 그는, 들어오는 학생을 잡아먹을 듯이 노리면서 한 걸음 두 걸음 코가 맞닿을 만큼 바싹 다가들어 서서 딱 마주 선다. 웬 영문인지 알지 못하면서도 선생의 기색을 살피고 겁부터 집어먹은 학생은 한동안 어쩔 줄 모르다가 간신히 모기만한 소리로,

"저를 부르셨어요?"

하고 묻는다.

"그래 불렀다. 왜!"

꽉 무는 듯이 한마디하고 나서 매우 못마땅한 것처럼 교의를 우당퉁탕 당겨서 철썩 주저앉았다가 학생이 그저 서 있는 걸보면,

"장승이냐? 왜 앉지를 못해."

하고 또 소리를 빽 지르는 법이었다. 스승과 제자는 조그마한 책상 하나를 새에 두고 마주 앉는다. 앉은 뒤에도,

"네 죄상을 네가 알지!"

하는 것처럼 아무 말 없이 눈살로 쏘기만 하다가 한참만에야 그 편지를 끄집어내서 학생의 코앞에 내동댕이를 치며,

"이건 누구한테 오는 거냐?"

하고 문초를 시작한다. 앞장에 제 이름이 쓰였는지라,

"저한테 온 것이야요."

하고 대답 않을 수 없다. 그러면 발신인이 누구인 것을 재쳐 묻는다. 그런 편지의 항용으로 발신인의 성명이 똑똑치 않기 때문에 주저주저하다가 자

세히 알 수 없다고 내대일(함부로 말하거나 고집을 부려 물리칠) 양이면,

"너한테 오는 것을 네가 모른단 말이냐."

고, 불호령을 내린 뒤에 또 사연을 읽어 보라 하여 무심한 학생이 나직나직하나마 꿀 같은 구절을 입술에 올리면, B여사의 역정은 더욱 심해져서 어느 놈의 소위인 것을 기어이 알려 한다. 기실 보도 듣도 못 한 남성의 한 노릇이요, 자기에게는 아무 죄도 없는 것을 변명하여도 곧이듣지를 않는다. 바른대로 아뢰어야 망정이지 그렇지 않으면 퇴학을 시킨다는 둥, 제 이름도 모르는 여자에게 편지할 리가 만무하다는 둥, 필연 행실이 부정한 일이 있으리라는 둥…….

하다 못해 어디서 한 번 만나기라도 하였을 테니 어찌 해서 남자와 접촉을 하게 되었느냐는 둥, 자칫 잘못하여 학교에서 주최한 음악회나 바자에서 혹 보았는지 모른다고 졸리다 못해 주워 댈 것 같으면 사내의 보는 눈이 어떻더냐, 표정이 어떻더냐, 무슨 말을 건네더냐, 미주알고주알 캐고 파며 어르고 볶아서 넉넉히 십 년 감수는 시킨다.

두 시간이 넘도록 문초를 한 끝에는 사내란 믿지 못할 것, 우리 여성을 잡아먹으려는 마귀인 것, 연애가 자유이니 신성이니 하는 것도 모두 악마가 지어낸 소리인 것을 입에 침이 없이 열에 떠서 한참 설법을 하다가 닦지도 않은 방바닥(침대를 쓰기 때문에 방이라 해도 마룻바닥이다)에 그대로 무릎을 꿇고 기도를 올린다. 눈에 눈물까지 글썽거리면서 말끝마다 하느님 아버지를 찾아서 악마의 유혹에 떨어지려는 어린양을 구해 달라고 뒤삶고 곱삶는 법이었다.

그리고 둘째로 그의 싫어하는 것은 기숙생을 남자가 면회하러 오는 일이었다. 무슨 핑계를 하든지 기어이 못 보게 하고 만다. 친부모, 친동기간이라도 규칙이 어떠니, 상학(학교에서 그 날의 공부를 시작하는 것) 중이니 무슨 핑계를 하든지 따돌려 보내기가 일쑤다.

이로 말미암아 학생이 동맹 휴학을 하였고 교장의 설유(말로 타이르는 것)까지 들었건만 그래도 그 버릇은 고치려 들지 않았다.

B사감이 감독하는 그 기숙사에 금년 가을 들어서 괴상한 일이 '생겼다'느니보다 '발각되었다'는 것이 마땅할는지 모르리라. 왜 그런고 하면 그 괴상한 일이 언제 시작된 것은 귀신밖에 모르니까.

그것은 다른 일이 아니라 밤이 깊어서 새로 한 점이 되어 모든 기숙생들이 달고 곤한 잠에 떨어졌을 제 난데없는 깔깔대는 웃음과 속살속살하는 말 낱이 새어 흐르는 일이었다. 하룻밤이 아니고 이틀 밤이 아닌 다음에야 그런 소리가 잠귀 밝은 기숙생의 귀에 들리기도 하였지만 잠결이라 뒷동산에 구르는 마른잎의 노래로나, 달빛에 날개를 번뜩이며 울고 가는 기러기의 소리로나 흘려 들었다. 그렇지 않으면 도깨비의 장난이나 아닌가 하여 무시무시한 증이 들어서 동무를 깨웠다가 좀처럼 동무는 깨지 않고 제 생각이 너무나 어림없고 어이없음을 깨달으면, 밤 소리 멀리 들린다고, 학교 이웃집에서 이야기를 하거나 또 딴방에 자는 제 동무들의 잠꼬대로만 여겨서 스스로 안심하고 그대로 자 버리기도 하였다. 그러나 이 수수께끼가 풀릴 때는 왔다. 이 때 공교롭게 한방에 자던 학생 셋이 한꺼번에 잠을 깨었다. 첫째 처녀가 소변을 보러 일어났다가 그 소리를 듣고 둘째 처녀와 셋째 처녀를 깨우고 만 것이다.

"저 소리를 들어 보아요. 아닌 밤중에 저게 무슨 소리야."

하고 첫째 처녀는 화동그래진 눈에 무서워하는 빛을 띠운다.

"어젯밤에 나도 저 소리에 놀랬었어. 도깨비가 났단 말인가?"

하고, 둘째 처녀도 잠 오는 눈을 비비며 수상해 한다. 그 중에 제일 나이 많을 뿐더러(많았자 열여덟밖에 아니 되지만) 장난 잘치고 짓궂은 짓 잘하기로 유명한 셋째 처녀는 동무 말을 못 믿겠다는 듯이 이윽히 귀를 기울이다가,

"딴은 수상한걸, 나는 언젠가 한 번 들어 본 법도 하구먼. 무얼 잠 아니

오는 애들이 이야기를 하는 게지."

이 때에 그 괴상한 소리는 땍대굴 웃었다. 세 처녀는 귀를 소스라쳤다. 적적한 밤 가운데 다른 파동 없는 공기는 그 수상한 말마디를 곁에서나 나는 듯이 또렷또렷이 전해 주었다.

"오! 태훈 씨! 그러면 작히 좋을까요."

간드러진 여자의 목소리다.

"경숙 씨가 좋으시다면 내가 얼마나 기쁘겠습니까. 아아, 오직 경숙 씨에게 바친 나의 타는 듯한 가슴을 인제야 아셨습니까!"

정열에 뜬 사내의 목청이 분명하였다. 한동안 침묵…….

"인제 고만 놓아요. 키스가 너무 길지 않아요. 행여 남이 보면 어떡해요."

아양떠는 여자 말씨.

"길수록 더욱 좋지 않아요. 나는 내 목숨이 끊어질 때까지 키스를 하여도 길다고 못 하겠습니다. 그래도 짧은 것을 한하겠습니다."

사내의 피를 뿜는 듯한 이 말끝은 계집의 자지러진 웃음으로 묻혀 버렸다.

그것은 묻지 않아도 사랑에 겨운 남녀의 허무러진 수작이다. 감금이 지독한 이 기숙사에 이런 일이 생길 줄이야! 세 처녀는 얼굴을 마주 보았다. 그들의 얼굴은 놀랍고 무서운 빛이 없지 않았으되 점점 호기심에 번쩍이기 시작하였다. 그들의 머리 속에는 한결같이 로맨틱한 생각이 떠올랐다. 이 안에 있는 여자 애인을 보려고 학교 근처를 뒤돌고 곱돌던 사내 애인이, 타는 듯한 가슴을 걷잡다 못하여 밤이 이슥하기를 기다려 담을 뛰어 넘었는지 모르리라.

모든 불이 다 꺼지고 오직 밝은 달빛이 은가루처럼 서린 창문이 소리 없이 열리며 여자 애인이 흰 수건을 흔들어 사내 애인을 부른지도 모르리라.

활동 사진에 보는 것처럼 기나긴 피륙을 내리어서 하나는 위에서 당기고 하나는 밑에서 매달려 디룽디룽하면서 올라가는 정경이 있었는지 모르리라.

그래서 두 애인은 만나 가지고 저와 같이 사랑의 속삭거림에 자자졌는지 모르리라……. 꿈결 같은 감정이 안개 모양으로 눈부시게 세 처녀의 몸과 마음을 휩싸돌았다.

그들의 뺨은 후끈후끈 달았다. 괴상한 소리는 또 일어났다.

"난 싫어요. 당신 같은 사내는 난 싫어요."

이번에는 매몰스럽게 내어대는 모양.

"나의 천사, 나의 하늘, 나의 여왕, 나의 목숨, 나의 사랑, 나를 살려 주어요, 나를 구해 주어요."

사내의 애를 졸이는 간청…….

"우리 구경 가 볼까."

짓궂은 셋째 처녀는 몸을 일으키며 이런 제의를 하였다. 다른 처녀들도 그 말에 찬성한다는 듯이 따라 일어섰으되 의아와 공구(몹시 두려움)와 호기심이 뒤섞인 얼굴을 서로 교환하면서 얼마쯤 망설이다가 마침내 가만히 문을 열고 나왔다. 쌀벌레 같은 그들의 발가락은 가장 조심성 많게 소리 나는 곳을 향해서 곰실곰실 기어간다. 컴컴한 복도에 자다가 일어난 세 처녀의 흰 모양은 그림자처럼 소리 없이 움직였다.

소리나는 방은 어렵지 않게 찾을 수 있었다. 찾고는 나무로 깎아 세운 듯이 주춤 걸음을 멈출 만큼 그들은 놀래었다. 그런 소리의 출처야말로 자기네 방에서 몇 걸음 안 되는 사감실일 줄이야! 그렇듯이 사내라면 못 먹어 하고 침이라도 배앟을 듯하던 B여사의 방일 줄이야! 그 방에 여전히 사내의 비대발괄(딱한 사정을 말하여 가며 간절히 청하고 빎) 하는 푸념이 되풀이되고 있다…….

나의 천사, 나의 하늘, 나의 여왕, 나의 목숨, 나의 사랑, 나의 애를 말려 죽이실 테요. 나의 가슴을 뜯어 죽이실 테요. 내 생명을 맡으신 당신의 입술로…….

셋째 처녀는 대담스럽게 그 방문을 빠끔히 열었다. 그 틈으로 여섯 눈이 방안을 향해 쏘았다. 이 어쩐 기괴한 광경이냐! 전등불은 아직 끄지 않았는데 침대 위에는 기숙생에게 온 소위 러브 레터의 봉투가 너저분하게 흩어졌고 알맹이도 여기저기 두서 없이 펼쳐진 가운데 B여사 혼자—아무도 없이 제 혼자 일어나 앉았다. 누구를 끌어당길 듯이 두 팔을 벌리고 안경을 벗은 근시안으로 잔뜩 한 곳을 노리며 그 굴비쪽 같은 얼굴에 말할 수 없이 애원하는 표정을 짓고는 키스를 기다리는 것 같이 입을 쫑긋이 내어민 채 사내의 목청을 내어가면서 아깟말을 중얼거린다. 그러다가 그 넋두리가 끝날 겨를도 없이 급작스레 앵 돌아서는 시늉을 내며 누구를 뿌리치는 듯이 연해 손짓을 하며 이번에는 톡톡 쏘는 계집의 음성을 지어,

"난 싫어요, 당신 같은 사내는 난 싫어요."

하다가 제물에 자지러지게 웃는다. 그러더니 문득 편지 한 장(물론 기숙생에게 온 러브 레터의 하나)을 집어 들어 얼굴에 문지르며,

"정 말씀이야요? 나를 그렇게 사랑하셔요? 당신의 목숨같이 나를 사랑하셔요? 나를, 이 나를."

하고 몸을 추스르는데 그 음성은 분명 울음의 가락을 띠었다.

"에구머니, 저게 웬일이야!"

첫째 처녀가 소곤거렸다.

"아마 미쳤나 보아, 밤중에 혼자 일어나서 왜 저러고 있을꾸." 둘째 처녀가 맞방망이를 친다…….

"에그, 불쌍해!"

하고, 셋째 처녀는 손으로 고인 때 모르는 눈물을 씻었다.

작품의 이해

• 구조적 분석

갈래 : 단편 소설, 심리 소설

배경 : 1920년의 C여학교 기숙사

시점 : 전지적 작가 시점

주제 : 위선적인 인간성의 폭로

출전 : 《조선문단》, 1925

• 작품 해설

1925년 《조선문단》에 발표된 〈B사감과 러브 레터〉는 현진건의 이색작이다. 사회 비판적인 여타의 작품들〈운수 좋은 날〉, 〈고향〉과는 달리 우수적 · 감상적이면서 인간 그 자체에 맞춘 작품이다. 제한된 공간이라는 기숙사에서 일어날 수 있는 사건을 소재로 풍자적, 유머러스한 문체를 사용하여 인간의 이중 심리 상태를 사실감 있게 표현한 수작이다.

작가는 겉보기와 다른 B사감의 이중성을 조소하고 그 정체를 폭로하는 데 그치지 않고 위선적 인간형을 해부함으로써 그 위선이 결국 비애로 끝나고 만다는 아이러니까지 표현하고 있다. 그러나 B사감을 바라보는 세 여학생의 시선에서 인간의 위선을 단순히 비판하거나 매도하는 것이 아닌 연민과 동정으로 감싸 안는 것을 볼 수 있다. 즉, 작가는 소외된 인간을 더 한층 소외시키기보다 동일한 인간의 영역으로 인도하는 것이다.

• **생각해 보기**

1. 이 작품에 나타난 표현 기법에 대해 설명하라.
2. 이 작품에서 대립되는 구조는 무엇인가?

• **해답**

1. 종말 강조, 경악 강조 기법. 즉, 결말에 이르러 새롭고 놀라운 사실을 보여 줌으로써 독자의 흥미를 고조시키는 기법.
2. 인간의 본능과 권위 의식.

채만식

레디 메이드 인생
치숙(痴叔)
논 이야기

채만식 蔡萬植, 1902~1950

호는 백릉(白菱), 채옹(采翁). 전북 옥구 출생. 1922년 중앙 고보(高普)졸업. 1923년 일본 와세다 대학 영문과 중퇴. 귀국 후 동아일보, 조선일보 기자로 재직. 1924년 단편 〈세 길로〉가《조선문단》에 이광수의 추천을 받아 문단에 등단. 1930년대 카프의 프로 문학이 활발할 때 직접 카프에 참여하지는 않고 현실 비판적인 동반자 작가적 경향의 작품을 발표하였다. 이 후 1934년 〈레디 메이드 인생〉〈인텔리와 빈대떡〉을 발표해 풍자적인 문학으로 전향하였다. 일제 말기 한때 친일적 작품을 쓰기도 하였지만 해방 이후 낙향해 1948년 〈민족의 죄인〉이란 자신에 대한 비판의 글을 쓴다.

그의 문학에는 식민지 현실에 대한 비판 정신이 살아 있다. 그러나 일제 치하의 문학에 있어 시대 상황에 대한 직접적 묘사는 제한을 받을 수밖에 없었다. 그래서 우회적 방법으로, 부정적 인물로서 긍정적 인물을 조롱하는 반어와 풍자를 사용하였다. 특히 판소리 사설체와 경어체를 사용해 반어의 풍자적 효과를 극대화하였다.

주요 작품

1. 단편소설 : 〈세 길로〉(1924), 〈불효 자식〉(1925), 〈산적〉(1930), 〈화물자동차〉(1931), 〈부촌〉(1932), 〈레디 메이드 인생〉〈인텔리와 빈대떡〉(1934), 〈소망〉(1936), 〈치숙〉(1938), 〈미스터 방〉〈논 이야기〉(1946), 〈패배자의 무덤〉〈이런 남매〉〈민족의 죄인〉(1948),
2. 중편소설 : 〈과도기〉(1973, 유고작품)
3. 장편소설 : 〈탁류〉(1937), 〈태평천하〉(1938)
4. 단편집 : 〈잘난 사람들〉(1948), 〈탁류〉(1949)

레디 메이드 인생

• 읽기전에

1.고등 교육을 마친 P가 일자리를 구하지 못한 이유를 시대적 배경과 연관하여 생각해 보자.

2.이 작품이 풍자적 · 해학적으로 비판하고자 하는 것이 무엇인지 생각해 보자.

• 줄거리

동경 유학까지 갔다온 주인공 P는 일자리를 얻지 못해 궁핍한 생활을 하던 중 이력서를 들고 신문사 K사장을 찾아가지만 거절당한다. 그는 차라리 무식했다면 농민이나 노동자가 되었을 텐데 자신과 같은 실직 인텔리를 양산해 낸 일제와 신흥 부르주아지를 원망한다. 그러던 중 고향에 있는 형한테서 아홉 살짜리 아들 창선이를 올려 보낼 테니 아비 구실을 하라는 편지가 온다. 화가 난 P는 친구 M과 H와 함께 술집에 간다. 그 곳에서 단돈 이십 전에라도 정조를 팔겠다는 술집 여자의 모습을 보면서 자신이 처한 사회적 현실에 씁쓸함을 느낀다. 창선이가 오는 날 P는 돈을 변통하여 살림살이를 장만하고 인쇄소 문선 과장을 찾아가 아들의 일자리를 부탁한다. 아들만큼은 자신과 같은 실직 인텔리를 만들지 않겠다고 다짐하면서 창선이를 맡긴 P는 자신과 아들 모두가 팔려 가기를 기다리는 레디 메이드 인생이라며 자조한다.

레디 메이드 인생

1

"뭐 어디 빈자리가 있어야지."

K사장은 안락 의자에 푹신 파묻힌 몸을 뒤로 벌떡 젖히며 하품을 하듯이 시원찮게 대답을 한다. 미상불(아닌 게 아니라. 과연. 미상비) 그는 두 팔을 쭉 내뻗고 기지개라도 한 번 쓰고 싶은 것을 겨우 참는 눈치다.

이 K사장과 둥근 탁자를 사이에 두고 공손히 마주 앉아 얼굴에는 '나는 선배인 선생님을 극히 존경하고 앙모합니다.' 하는 비굴한 미소를 띠고 있는 구변(말솜씨. 말재주) 없는 구변을 다하여 직업 동냥의 구걸(口乞) 문구를 기다랗게 늘어놓던 P…… P는 그러나 취직 운동에 백전 백패(百戰百敗)의 노졸(老卒)인지라 K씨의 힘 안 드는 한마디의 거절에도 새삼스럽게 실망도 아니 한다. 대답이 그렇게 나왔으니 이제 더 졸라도 별수가 없는 것이지만 허실삼아 한마디 더 해보는 것이다.

"글쎄올시다. 그러시다면 지금 당장 어떻게 해주십사고 무리하게 조를 수야 있겠습니까마는…… 그러면 이담에 결원이 있다든지 하면 그 때는 꼭…….”

이렇게 말하고 P는 지금까지 외면하였던 얼굴을 돌리어 K사장을 조심성 있게 바라보았다. 그러나 K사장은 우선 고개를 좌우로 두어 번 흔들고는 여전히 하품 섞인 대답을 한다.

“결원이 그렇게 나나 어디…… 그러고 가끔 결원이 난다 하더라도 유력한 후보자가 몇십 명씩 밀려 있어서…….”

P는 아무 말도 안 하고 고개를 숙였다. 이제는 영영 틀어진 것이다. ‘안녕히 계십시오.’ 하고 일어서는 것밖에는 별수가 없다.

별수가 없으니 ‘네 그렇습니까.’ 하고 선선히 일어서야 할 것이지만 지금까지 은근히 모시고 있던 태도에 비하여 그것이 너무 낯간지러운 표변(마음이나 행동이 돌변함을 이르는 말)임을 알기 때문에 실망이나 하는 체하고 잠시 더 앉아 있는 것이다.

“거참 큰일들 났어.”

K사장은 P가 낙심해 하는 것을 보고 별로 밑천이 들지 않는 일이라서 알뜰히 걱정을 나누어 준다.

“저렇게 좋은 청년들이 일거리가 없어서 저렇게들 애를 쓰니.”

P는 속으로 코똥을 ‘흥.’ 하고 뀌었으나 아무 대답도 아니 하였다. K사장은 P가 이미 더 조르지 않으리라고 안심한 터라 먼저 하품 섞어 ‘빈자리가 있어야지.’ 하던 시원찮은 태도는 버리고 그가 늘 흉중에 묻어 두었다가 청년들에게 한바탕씩 해 들려주는 훈화(교훈이나 훈시하는 말)를 꺼낸다.

“그렇지만 내가 늘 말하는 것인데…… 저렇게 취직만 하려고 애를 쓸 게 아니야. 도회지에서 월급 생활을 하려고 할 것만이 아니라 농촌으로 돌아가서…….”

“농촌으로 돌아가서 무얼 합니까?”

P는 말 중간을 갈라 불쑥 반문하였다. 그는 기왕 취직 운동은 글러진 것이니 속시원하게 시비라도 해보고 싶은 것이다.

"허! 저게 다 모르는 소리야……. 조선은 농업국이요, 농민이 전 인구의 팔 할이나 되니까 조선 문제는 즉 농촌 문제라고 볼 수가 있는데, 아 지금 농촌에서 할 일이 오죽이나 많다구?"

"저는 그 말씀 잘 못 알아듣겠는데요. 저희 같은 사람이 농촌에 가서 할 일이 있을 것 같지 않습니다."

"그럴 리가 있나! 가령 응…… 저……."

K사장은 응…… 저…… 하고 더듬으면서 끝내 대답을 하지 못한다. 그것은 무리가 아니다.

그가 구직하러 오는 지식 청년들에게 농촌으로 돌아가 농촌 사업을 하라는 것은(다음에 또 꺼내는 일거리를 만들라는 것은) 결코 현실에서 출발한 이론적 근거가 있는 것이 아니었었다. 그저 지식 계급의 구직꾼이 넘치는 것을 보고 막연히 '농촌으로 돌아가라.' '일을 만들어라.'고 해왔을 따름이다. 따라서 거기에 대한 구체적 계획이 있는 것도 아니었었던 것이다. 한편으로는 한 행세거리로 또 한편으로는 구직꾼 격퇴의 수단으로 자룡이 헌 창 쓰듯 썼을 뿐이지－.

그리하여 그 동안까지는 대개는 그 막연한 설교를 들은성만성하고 물러가는 것이 그들의 행투(심술을 부려 남을 해치는 버릇)였었는데 오늘 이 P에게만은 그렇지가 아니하여 불가불 구체적 설명을 해주어야 하게 말머리가 돌아선 것이다. 그래서 그는 떠듬떠듬 생각해 가면서 생각나는 대로 주워섬기는 것이다.

"가령 응…… 저…… 문맹 퇴치 운동도 있지. 농민의 구 할은 언문도 모른단 말이야! 그러고 생활 개선 운동도 좋고…… 헌신적으로."

"헌신적으로요?"

"그렇지…… 할 테면 헌신적으로 해야지."

"무얼 먹고 헌신적으로 그런 사업을 합니까? ……먹을 것이 있어서 그런 농촌 사업이라도 할 신세라면 이렇게 취직을 못 해서 애를 쓰겠습니까?"

"허! 그게 안 된 생각이야…… 자기가 먹고 살 재산이 있으면서 사회를 위해서 일도 아니 하고 번들번들 논다는 것은 그것은 타락된 생각이야."

P는 K사장이 억단(억측으로 판단함)을 내세우는 것을 보고 속으로 싱긋이 웃었다.

"그렇지만 지금 조선 농촌에서는 문맹 퇴치니 생활 개선이니 합네 하고 손끝이 하얀 대학이나 전문 학교 졸업생들이 몰려오는 것을 그다지 반겨하기는커녕 머릿살을 앓을 것입니다…… 농민이 우매하다든지 문화가 뒤떨어졌다든지 또 생활이 비참한 것의 근본 원인이 기역 니은을 모른다든가 생활 개선을 할 줄 몰라서 그런 것이 아니니까요. 그러고 조선의 지식 청년들이 모두 그런 인도주의자가 되어집니까?"

"되면 되지 안 될 건 뭐야?"

"그건 인도주의란 그것이 한 개 공상이니까 그렇겠지요."

"허허…… 그러면 P군은 ××주의잔가?"

"되다가 찌부러진 찌스레깁니다. 철저한 ××주의자라면 이렇게 선생님한테 와서 취직 운동도 아니 합니다."

"못 써! 그렇게 과격한 사상으로 기울어서야 쓰나…… 정 농촌으로 돌아가기가 싫거든 서울서라도 몇 사람 마음 맞는 사람이 모여서 무슨 일을-조선에 신문이 모자라니 신문을 하나 경영하든지 또 조그맣게 하자면 잡지 같은 것도 좋고 또 영리 사업도 좋고…… 그러면 취직 운동하는 것보다 훨씬 낫지 않은가?"

"좋을 줄이야 압니다만 누가 돈을 내놓습니까?"

"그거야 성의 있게 하면 자연 돈도 생기는 거지."

P는 엉터리없는 수작을 더 하기가 싫어 웬만큼 말을 끊고 일어섰다.

속에 있는 말을 어느 정도까지 활활 해준 것이 시원은 하나 또 취직이 글렀구나 생각하니 입안에서 쓴 침이 고여 나온다.

복도에서 편집국장 C를 만났다. P는 C와 자별히(친분이 남보다 특별히) 사이가 가까운 터이었다.

"사장 만나러 왔소?"

C가 묻는 것이다.

"아니."

P는 거짓말을 하였다. 그는 지금 K사장을 만나 거절당한 이야기를 하기가 어쩐지 창피하기도 할 뿐 아니라 또 전부터 C더러 K사장에게 자기의 취직 운동을 부탁해 왔던 터인데 직접 이렇게 찾아와서 만났다고 하기가 혐의쩍기도(꺼리고 싫어할 만한 점이 있기도) 하여 시치미를 뚝 뗀 것이다.

"아주 단념하오."

C는 자기에게 부탁한 취직 운동을 단념하란 말이다. 그러면 벌써 C가 K사장에게 이야기를 하였고 그 결과 일이 틀어진 것을 P는 모르고 와서 헛노릇을 한바탕 한 것이다. P는 먼저 C를 만나 보지 아니하고 K사장을 만난 것을 후회하였다. C는 잠깐 멈추었던 말을 계속한다.

"어제 아침에 사장더러 P군의 사정이 퍽 난처하니 어떻게 생각해 봐주면 좋겠다고 여러 말을 했다가 코떼었소. 신문사가 구제 기관이 아닌데 남의 사정 난처한 것을 어떻게 하라느냐고 그럽디다…… 하기야 그게 옳은 말이지만-."

신문사가 구제 기관이 아니라고 한다는 그 말이 P의 머리에는 침 끝으로 찌르는 것같이 정신이 들게 울리었다.

"흥! 망할 자식들!"

P는 혼자말로 이렇게 투덜거리며 C와 작별도 아니 하고 밖으로 나와 버렸다.

2

P는 광화문 네거리의 기념 비각(紀念碑閣) 옆에서 발길을 멈추고 망설였다. 어디로 갈까 하는 것이다.

봄 하늘이 맑게 개었다. 햇볕이 살이 올라 포근히 온몸을 싸고돈다. 덕석 같은 겨울 외투를 벗어 버리고 말속말속하게 새로 지은 경쾌한 춘추복의 젊은이들이 봄볕처럼 명랑하게 오고 가고 한다.

멋쟁이로 차린 여자들의 목도리가 나비같이 보드랍게 나부낀다. 그 오동보동한 비단 다리를 바라다보노라니 P는 전에 먹던 치킨커스가 생각이 났다.

창을 활활 열어젖뜨린 전차 속의 봄 사람들을 보니 P도 전차를 잡아타고 교외나 가고 싶었다. 그러나 크림 맛을 못 본 지 몇 달이 된 낡은 구두, 구겨진 어린 동복 바지, 양편 포켓이 오뉴월 쇠불알같이 축 처진 양복저고리, 땟국 묻은 와이셔츠와 배배 꼬인 넥타이, 엿장수가 이 전어치 주마던 낡은 모자, 이렇게 아래로부터 훑어 올려보며 생각하니 교외의 산보는커녕 얼른 돌아가서 차라리 이불을 뒤집어쓰고 드러눕고만 싶었다.

마침 기념 비각 앞에 자동차 하나가 머무르더니 서양 사람 내외가 내린다. 그들은 사내가 설명을 하고 여자가 듣고 하면서 기념 비각을 앞뒤로 구경한다. 여자는 사진까지 찍는다.

대원군이 만일 이 꼴을 본다면…… 이렇게 생각할 때 P는 저절로 미소가 입가에 떠올랐다.

3

대원군은 한말(韓末)의 돈키호테였었다. 그는 바가지를 쓰고 벼락을 막으려 하였다. 바가지는 여지없이 부스러졌다. 역사는 조선이라는 조그마한 땅덩이나마 너무 오래 뒤쳐지게 하지는 아니하였다.

갑신정변(甲申政變)에 싹이 트기 시작하여 한일 합방의 급격한 역사 변천을 거쳐 자유주의의 사조는 기미년에 비로소 확실한 걸음을 내디뎠다.

자유주의의 새로운 깃발을 내어걸은 '시민(市民)'의 기세는 등등하였다.

"양반? 흥! 누구는 발이 하나길래 너희만 양발(반)이라느냐?"

"법률 앞에서는 만인이 평등이다."

"돈…… 돈이 있으면 무어든지 할 수 있다."

신흥 부르주아지는 민주주의의 간판을 이용하여 노동자 농민의 등을 어루만지고 경제적으로 유력한 봉건 귀족과 악수를 하는 동시에 지식 계급을 대량으로 주문하였다.

유자천금이 불여교자 일권서(遺子千金 不如敎子 一卷書 자식에게 많은 재산을 물려주는 것은 한 권의 책을 가르치는 것만 못하다)라는 봉건 시대의 진리가 자유주의의 세례를 받아 일단의 더 발전된 얼굴로 민중을 열광시켰다.

"배워라. 글을 배워라…… 지식만 있으면 누구나 양반이 되고 잘살 수가 있다."

이러한 정열의 외침이 방방곡곡에서 소스라쳐 일어났다.

신문과 잡지가 붓이 닳도록 향학열을 고취하고 피가 끓는 지사(志士)들이 향촌으로 돌아다니며 삼 촌(三寸)의 혀를 놀려 권학(勸學 학문을 힘써 배울 것을 권하는 것)을 부르짖었다.

"배워라. 배워야 한다. 상놈도 배우면 양반이 된다."

"가르쳐라. 논밭을 팔고 집을 팔아서라도 가르쳐라. 그나마도 못 하면 고학이라도 해야 한다."

"공자 왈 맹자 왈은 이미 시대가 늦었다. 상투를 깎고 신학문을 배워라."

"야학을 실시하여라."

재등(齋藤) 총독이 문화 정치의 간판을 내어걸고 골고루 학교를 증설하였다.

보통 학교의 교장이 감발을 하고 촌으로 돌아다니며 입학을 권유하였다. 생도에게는 월사금을 받기는커녕 교과서와 학용품을 대주었다.

민간의 유지는 돈을 거두어 학교를 세웠다. 민립 대학도 생기려다가 말았다. 청년회에서 야학을 설치하였다. 갈돕회가 생겨 갈돕만주 외우는 소리가 서울에 신풍경을 이루었고 일반은 고학생을 존경하였다. 여학생이라는 새 숙어가 생기고 여성이라는 새 여인이 생겨났다.

이와 같이 조선의 관민이 일치되어 민중의 지식 정도를 높이는 데 진력을 하였다. 즉 그들 관민이 일치하여 계획한 조선의 문화 정도는 급도로 높아 갔다.

그리하여 민중의 지식 보급에 애쓴 보람은 나타났다.

면서기를 공급하고 순사를 공급하고 군청 고원을 공급하고 간이 농업학교 출신의 농사 개량 기수를 공급하였다.

은행원이 생기고 회사 사원이 생겼다. 학교 교원이 생기고 교회의 목사가 생겼다.

신문 기자가 생기고 잡지 기자가 생겼다. 민중의 지식 정도가 높았으니 신문 잡지 독자가 부쩍 늘고 의사와 변호사의 벌이가 윤택하여졌다.

소설가가 원고료를 얻어먹고 미술가가 그림을 팔아먹고 음악가가 광대의 천호(賤號 천하게 여기는 호칭)에서 벗어났다.

인쇄소와 책 장사가 세월을 만나고 양복점 구둣방이 즐비하여졌다.

연애 결혼에 목사님의 부수입이 생기고 문화 주택을 짓느라고 청부업자가 부자가 되었다. 그리하여 부르주아지는 '가보'를 잡고, 공부한 일부의 지식꾼은 진주 '다섯 끗'을 잡았다.

그러나 노동자와 농민은 무대를 잡았다. 그들에게는 조선의 문화의 향상이나 민족적 발전이 도리어 무거운 짐을 지어 주었을지언정 덜어 주지는 아니하였다. 그들은 배[梨] 주고 속 얻어먹은 셈이다.

인텔리…… 인텔리 중에도 아무런 손끝의 기술이 없이 대학이나 전문학교의 졸업 증서 한 장을 또는 그 조그마한 보통 상식을 가진 직업 없는 인텔리…… 해마다 천여 명씩 늘어나는 인텔리…… 뱀을 본 것은 이들 인텔리다.

부르주아지의 모든 기관이 포화 상태가 되어 더 수요가 아니 되니 그들은 결국 꼬임을 받아 나무에 올라갔다가 흔들리는 셈이다. 개밥의 도토리다.

인텔리가 아니 되었으면 차라리…… 노동자가 되었을 것인데 인텔리인지라 그 속에는 들어갔다가도 도로 달아나오는 것이 구십구 퍼센트다. 그 나머지는 모두 어깨가 축 처진 무직 인텔리요, 무기력한 문화 예비군 속에서 푸른 한숨만 쉬는 초상집의 주인 없는 개들이다. 레디 메이드 인생이다.

4

"제길!"

P는 혼자 투덜거리며 지금까지 서 있던 기념 비각 옆을 떠났다.

P는 자기 자신이고 세상의 모든 일이고 모두 짜증이 나고 원수스러웠다.

광화문 큰 거리를 총독부 쪽으로 어슬어슬 걸어가노라니 그의 그림자가 짤막하게 앞에 누워 간다. P는 그 자기 그림자를 콱 밟고 싶었다. 그러나 발을 내어디디면 그림자도 그만큼 앞으로 더 나가곤 한다. 이 그림자와 자기 자신에서 그리고 그림자를 밟으려는 자기 자신과 앞으로 달아나는 그림자에서 P는 자기의 이중 인격의 모순상(相)을 발견하였다.

동십자각 옆에까지 온 P는 그 건너편 담배 가게 앞으로갔다.

"담배 한 갑 주시오."

하고 돈을 꺼내려니까 담배 가게 주인이,

"네, 마콥니까?" 묻는다.

P는 담배 가게 주인을 한번 거들떠보고 다시 자기의 행색을 내려 훑어보다가 심술이 버쩍 났다. 그래서 잔돈으로 꺼내려는 것을 일부러 일 원짜리로 꺼내려는데 담배 가게 주인은 벌써 마코 한 갑 위에다 성냥을 받쳐 내어민다.

"해태 주어요."

P는 돈을 되려 밀면서 볼먹은 소리를 질렀다. 그러나 담배 가게 주인은 그저 무신경하게 "네!" 하고는 마코를 해태로 바꾸어 주고 팔십오 전을 거슬러 준다.

P는 저편이 무렴(염치가 없음을 느껴 마음이 거북한 것)해 하지 아니하는 것이 더욱 얄미웠다.

그는 해태 한 개를 꺼내어 붙여 물고 다시 전찻길을 건너 개천가로 해서 올라갔다. 이제는 포켓 속에 남은 것이 꼭 삼 원하고 동전 몇 푼이다. 엊그제 겨울 외투를 사 원에 잡혀서 생긴 것이다.

방세와 전깃불 값이 두 달치나 밀렸다. 삼 원은 방세 한 달치를 주고 일 원에서 전등 삯 한 달치를 주고도 싶었으나 그러고 나면 그 나머지로 설렁탕이나 호떡을 사 먹어도 하루밖에는 못 지낸다. 그래 그대로 넣어 두고 한 이틀 지내는 동안에 일 원이 거진 달아났던 판인데 공연한 객기를 부리느라고 당치도 아니한 해태를 샀기 때문에 이제는 돈 일 원은 완전히 달아나고 삼 원만 남은 것이다.

P는 포켓 속에 손을 넣고 잔돈과 지폐를 섞어 삼 원 남은 돈을 만지작거렸다. 그러면서 왼편 손으로는 손가락을 꼽아 가며 삼 원을 곱쟁이 쳐 보았다.

육 원 십이 원 이십사 원 사십팔 원 구십륙 원 백구십이 원 팔 원 모자라는 이백 원…… 사백 원 팔백 원 일천육백 원 삼천이백 원 육천사백 원 일만 이천팔백 원 팔백 원은 떼어 버리고 이만 사천 원 사만 팔천 원 구만 육천 원 십구만 이천 원 삼십팔만 사천 원 칠십육만 팔천 원 일백오십삼만 육천 원…….

삼 원을 열여덟 번만 곱집으면 일백오십만 원이 된다. 일백오십만 원 그놈이 있으면…… 이렇게 생각함에 어깨가 으쓱해졌다.

삼 원의 열여덟 곱쟁이가 일백오십만 원이니 퍽 쉬운 것이다…… 그놈만 있으면 백만 원을 들여서 오십 전짜리 십육 페이지 신문을 하나 했으면 우선 K사장의 엉엉 우는 꼴을 볼 수가 있을 것이다.

그러나 아쉬운 대로 십오만 원만 있어도 일만 오천 원 아니 일천오백 원만 있어도 아니 일백오십 원만 있어도 십오 원만 있어도 우선 방세와 전등삯을 주고 한 달은 살아가겠다.

P는 한숨을 내쉬었다. 한 달? 한 달만 살고 나면 그 다음은 어떻게 하나? ……그래도 몇백 원은 있어야지, 아니 몇천 원은 아니 몇만 원은…….

P는 늘 하는 버릇으로 이런 터무니없는 공상을 되풀이하였다.

그는 최근 이러한 공상을 하면서부터 취직을 시들하게 여겼다.

취직이 된댔자 사오십 원이나 오륙십 원이 월급이다. 그것을 가지고 빠듯빠듯 살아간들 무슨 아기자기한 재미가 있을 턱도 없는 것이다.

가령 근실히 해서 월괘 저금 같은 것도 하고 집도 장만하고 여편네도 생기고 사장이나 중역들의 눈에 들어 지위도 부장쯤으로는 올라가고 그리하여 생활의 근거도 안정이 되고 하면 지금 같은 곤란은 당하지 아니하겠지만 그러나 P에게는 아직도 젊은 때의 야심이 있어 그러한 고식(당장에는 탈이 없는 잠시 동안의 안정)된 안정이나 명색 없는 생활은 도리어 피하고 싶었던 것이다. 좀더 남의 눈에 띄고 좀더 재미있고 그리고 자유로운 생활－.

물론 그는 지금이라도 누가 한 달에 삼십 원만 줄 테니 와서 일을 해달라면 마치 주린 개가 고기를 보고 덤비듯이 덮어놓고 덤벼들 것이다. 그러나 속으로는 그와 딴판으로 배포를 부리고 있는 것이다.

P가 삼청동으로 올라가느라고 건춘문 앞까지 이르렀을 때 저편에서 말쑥하게 몸치장을 한 여자 하나가 마주 내려왔다.

역시 삼청동 근처에 사는 여자인지 P와는 가끔 마주치는 여자다.

P는 그 여자와 만날 때마다 일부러 눈여겨보지 않는 체하면서도 실상은 고비 샅샅 관찰을 하였고, 그리고 속으로는 연애라도 좀 했으면 하던 터였었다. 무엇보다도 동그스름한 얼굴에 이목구비가 모두 모지지 아니하고 얼굴의 윤곽이 둥글듯이 모가 나지 아니한 것, 그래서 맘자리도 그렇게 둥글려니 하는 것이 P의 마음을 끈 것이다.

그 여자는 자주 만나는 이 더부룩한 양복쟁이－P를 먼발치로도 알아보았는지 처녀다운 조심스런 몸매로 길을 가장자리로 비껴 가까이 왔다.

P는 고개를 꼿꼿이 쳐들고 앞만 쳐다보면서도 속으로는

'저 여자가 지금 내 옆으로 다가와서 조그만 소리로 정답게 구애(求愛)를 한다면? 사뭇 안긴다면? ……어쩔꼬?'

이런 생각을 하면서 히죽 웃는데 여자는 벌써 지나쳐 버렸다.

"흥! 어쩌긴 무얼 어째? ……이년아, 일 없다는데 왜 이래! 하고 발길로 칵 차 내던지지."

하고 P는 어깨를 으쓱하였다.

삼청동 꼭대기에 있는 집–집이 아니라 사글세로 들은 행랑방–에 돌아왔다. 객지에 혼자 있으니 웬만하면 하숙에 있을 것이로되 밥값이 밀리고 그것에 졸릴 것이 무서워 P는 방을 얻어 가지고 있던 것이다.

먹는 것이야 수중에 돈이 있는 데 따라 호떡도 설렁탕도 백화점의 런치도, 그렇잖고 몇 끼씩 굶기도 하여 대중이 없었다.

볕 구경을 잘 못 해서 겨울에도 곰팡이가 슬고 이불을 며칠씩 그대로 펴 두는 방바닥에서는 먼지가 풀신풀신 올랐다.

하도 어설퍼 앉으려고도 아니 하고 방 가운데 우두커니 서 있으니까 안방문 여닫는 소리가 들리며 주인 노파가 나와서 캑 하고 기침을 한다. P는 또 방세 졸릴 일이 아득하였다.

그러나 노파는 방세보다도 우선 편지 한 장을 들이밀어 준다. 고향의 형에게서 온 것이다.

편지를 뜯어 읽고 난 P는 말가웃[一斗半]이나 되게 큰 한숨을 푸 내쉬었다. 그러고는 편지를 박박 찢어 버렸다.

5

편지의 요건은 P의 아들에 관한 것이다.

P에게는 연전(몇 해 전)에 갈라선 아내와의 사이에 생긴 창선이라는 아들이 있다. 금년에 아홉 살이다.

아내와 갈릴 때에 저편에서 다만 어린애만이라도 주었으면 그것을 데리고 기르는 재미로 혼자 사는 세상에 낙을 붙이겠다고 사정하였다. 그리고 적어도 중학까지는 마치게 하겠다는 것이었다.

그렇게 했으면 P도 한 짐을 덜었을 것이다. 그러나 그는 듣지 아니하였다.

어릴 적부터 소박데기 어미의 손에서 아비의 원망과 푸념을 들어 가면서 자란 자식은 자란 뒤에 그 아비에게 호감을 가지지 못한다. P는 자식을 꼭 찾고 싶은 것은 아니나 아무튼 장성하면 아비라고 찾아올 터인데 그 때에 P는 늙고 자식은 팔팔하게 젊은 놈이 옛날에 제 어미를 소박한 아비라서 아니꼽게 군다면 그것은 차마 못 당할 노릇이다.

이러한 생각으로 P는 창선이를 내주지 않은 것이다. 그러나 빼앗아 놓고 보니 이제 겨우 네댓 살밖에 안 먹은 것을 자기 손으로 어찌할 수가 없다. 그리하여 할 수 없이 어렵사리 지나는 그 형에게 맡겨 놓고 다시 서울로 올라온 것이다. 보통 학교에 다닐 나이가 되면 서울로 데려오겠다고 해두고.

P의 형은 작년에 조카를 보통 학교에 입학시켰다. 그러나 극빈 축에 드는 집안인지라 몇 푼 안 되는 월사금과 학비를 대지 못하여 중도에 퇴학시켰다. 애초에 입학시킬 상의로 P에게 편지를 했을 때 P는 공부 같은 것은 시켜 봤자 소용이 없으니 차라리 뼈가 보드라운 때부터 막일[勞動]을 시키라고 하였다. P의 형은 그러나 백부(伯父)의 도리로나 집안의 체면으로나 창선이를 막일을 시킬 수가 없었다. 차라리 자기 손에 두어 헐벗기고 헐입히면서 공부도 시키지 못하느니 제 아비인 P더러 데려가라고 작년부터 편지를 하던 터이다.

금년도 입학 시기가 당함에 P의 형은 P에게 누차 편지를 하였다. 금년에 입학을 시키지 못하면 명년에는 학령이 초과되어 들여 주지 않을 것이니 어서 데려다가 공부를 시키라는 것이다.

'그 어린것이 굶기를 밥 먹듯 하고 재주는 있으면서 남의 집 아이들이 학교에 다니는 것을 부러워하는 꼴은 차마 애처로워 볼 수가 없다. 차라리 이 꼴 저 꼴 보지 않는 것이 속이나 편하겠다.'

이번 편지에는 이러한 구절이 있고 끝에 가서,

'여비가 얼마쯤 변통되면 차를 태우고 전보를 칠 테니 정거장에 나와 데려가거라. 나도 웬만하면 객지에 혼자 있는 너에게 어린 자식을 떠맡기듯이 보내겠느냐마는 잘못하다가 그것을 굶겨 죽이겠기에 생각하다가 못해 단행하는 것이다.'

이러한 말이 씌어 있었다.

P는 박박 찢은 편지를 돌돌 뭉쳐 방구석에 내던지고 한숨을 푸 내쉬었다.

이제는 자식을 데리고 있기가 피할 수 없이 되었는데, 어떻게 했으면 좋을까 하는 것이다. 그는 형이 원망스럽고 아니꼬웠다.

굳이 제 아비를 따라 보낸다는 것이 아니라 부득부득 공부를 시키라는 것 때문이다. 기왕 서울로 보내나 시골서 데리고 있으나 고생시키기는 일반이니 차라리 시골서 일찍부터 막일이나 시켰으면 P에게는 여러 가지로 좋을 것이었다.

"흥! 체면! 공부! 죽어도 인텔리는 만들지 않는다."

P는 혼자 이렇게 투덜거렸다.

"집에서 온 편지유? 무슨 걱정이 생겼수?"

말머리를 찾지 못하여 머뭇거리고 섰던 안방 노인이 동정이나 하는 듯이 이렇게 묻는다.

"아니오."

P는 마지못해 코대답을 하였다.

"필경 무슨 걱정이 생긴 게구려!"

노인은 자기의 말거리를 만들려고 아니라는데도 이렇게 걱정을 내어놓는다.

"그게 모두 가난한 탓이지…… 저렇게 젊고 똑똑한 이가 저게 모두 가난한 탓이야! 어디 구실[職業] 자리 말한다더니 아직 아니 됐수?"

"네 아직……."

"거 큰일났구려! 어서 돼야 할 텐데…… 나도 죽겠수…… 이 늙은 것이! ……돈 좀 마련되잖았수?"

"네. 아직 좀……."

"저걸 어쩌나! 오늘은 물 값이야 전깃불 값이야 사뭇 받으러 달려들 텐데!"

"며칠만 더 미루십시오. 설마 하니 마나님이야 아니 드리겠습니까……."

"아무렴! 실수야 없을 줄 알지만 내가 하도 옹색하니깐 그러는 거지……."

P는 노인이 지껄이게 두어 두고 혼자 생각하였다. 전에 아는 집에서 셋방을 얻어 들었을 때에는 두 달이고 석 달이고 세가 밀려도 조르는 법이 없었다.

밀려도 조르지 아니하는 아는 집…… 이것이 P는 도리어 미안해서 이곳으로 옮겨 온 것이다. 옮겨 와 가지고 막상 졸림질을 당하니 미안해도 졸리지는 아니하던 옛집이 그리워지는 것이다.

노인이 문을 가로막고 서서 수다스런 소리로 더 지껄이려고 하는데 마침 P의 동무 M과 H가 찾아왔다.

"어디 나가나?"

M이 그렇잖아도 벌씸한 코를 한 번 더 벌씸하고 사이 벌어진 앞니를 내어 보이며 싱끗 웃는다.

몸집은 M과 같이 통통하지만 키가 작아 M의 뒤에 가려 섰던 H가 옆으로 나서며,

"안녕하시오."

하고 인사를 한다.

P는 싱끗이 웃었다. 이 M과 H는 같은 하숙에 있는데 두 사람은 곧잘 같이 돌아다닌다. 같이 가는 것을 나란히 세워 놓고 보면 하나는 키가 커서 우뚝하고 하나는 키가 작아서 납작 붙어 가는 것 같다.

얼굴도 M은 우둘부둘한 게 정객(정치계에서 활동하는 사람) 타입으로 생겼고－잘못하면 복싱링에 내세워도 좋겠고－H는 안존((성품이) 안온(安穩)하고 얌전함)한 게 사무원 타입이다.

일상의 언행을 보아도 H는 무슨 이야기가 자기 전문인 법률에 관한 것에 다다르면 육법 전서의 조목을 따르르 외우면서 이러고저러고 하다고 설명을 하고 M은 동경서 학생 ××에 제휴를 했던 만큼, 그리고 전문이 정경과인 만큼 좌익 진영에서 쓰는 어투가 그대로 나온다.

"여전히 모두 동색(冬色)이 창연하군!"

P는 두 사람의 두터운 겨울 양복을 보고, 그리고 자기의 행색을 내려보며 웃었다.

M이 신을 벗고 들어와 먼저 앉은 책상 위에 걸터앉으며,

"춘래 불사춘일세."

하고 한마디 외운다. H도 따라 들어와 한편에 앉으며 한마디한다.

"아직 괜찮아…… 거리에서 보니까 동복 입은 사람이 많데……."

"괜찮기는 무어 괜찮아…… 우리가 길로 돌아다니니까 사방에서 아이구 아야! 소리가 들리네."

"왜?"

"봄이 발 밑에서 짓밟히느라고."

"하하하하."

세 사람은 소리를 내어 웃었다.

"참 시험 본 것 어떻게 되었소?"

P는 H가 일전에 총독부에서 본 고원 채용 시험을 생각하고 물어 보았다.

"말두 마시우…… 이제는 꼭 들어앉아 공부나 해서 변호사 시험이나 치겠소."

사람이 별로 변통성도 없고 그렇다고 여기저기 발도 좁아 취직이 여의치 않은 것을 볼 때에 P는 가엾은 생각이 늘 들곤 하였다.

"가만있게…… 어서 변호사 시험만 통과하게. 그러면 이제 내가 백만 원짜리 주식 회사를 조직해 가지고 자네를 법률고문으로 모셔 옴세."

이것은 M이 늘 하는 농담이다. M도 일 년 동안이나 취직 운동을 하면서 지냈건만 그는 오히려 배포가 있다. 조금 더 재빠르게 했으면 M은 벌써 취직이 되었을지도 모르나 그는 타고난 배포와 그리고 남에게 아유 구용(阿諛苟容 남에게 아첨하는 구차스러운 모양)을 하기 싫어하는 성질로 말하자면 취직 전선의 낙오자다.

별로 만나야 할 일도 없다. 그러나 제각기 혼자 있으면 우울해지니까 이렇게 서로 찾으며 자주 만나게 된다.

만나 앉아서 이야기라도 지껄이면 그 동안만은 명랑하여진다. 지금 서울 안에 P니 M이니 H와 매일 만나 하는 일 없이 돌아다니고 주머니 구석에 돈푼 있으면 서로 털어 선술잔이나 먹고 하는 룸펜(실업자)의 패가 수없이 많다.

무어나 일을 맡겼으면 불이 번쩍 일게 해낼 팔팔한 젊은 사람들이다. 그렇건만 그들은 몸을 배배 꼬고 있다.

아무 데도 용납치 못하는 사람들이다. ××적 ××에서 그들을 불러들이기에는 ××적 ××의 주관적 정세가 너무도 미약하다. 그것은 그들의 몇 부분이 동경서 학생으로 있을 시절에는 그 속에서 활발하게 ××을 계속하던 것이 조선에 나오면서 탈리되는 것으로 보아 그러한 해석을 내리지 아니할 수가 없다.

그렇다고 부르주아의 기성 문화 기관에 들어가자니 그 곳에서는 수요를 찾지 아니한다. 레디 메이드로 된 존재들이니 아무 때라도 저편에서 필요해야만 몇씩 사들여 간다.

M이 마코를 꺼내 놓고 붙여 문다. P는 포켓 속에 들어 있는 해태를 차마 내놓기가 낯이 따가워 M의 마코를 집어 당겼다.

P는 설명을 시작한다. P 자신 그러한 장난 비슷한 공상은 하면서 일단 해보라고 하면 주저할 것이지만 어쨌거나 그랬으면 통쾌하리라는 것이다.

"먼저 경무국에 들어가서 아주 까놓고 이야기를 한단 말이야. 우리가 지금 대상으로 하는 것은 총독부가 아니라 조선의 소위 민간측 유지들이니까 간섭을 말아 달라고."

"그러면 관허(官許) 메이 데이로구만."

"그래 관허가 좋아…… 그래 가지고는 거기에다가 무어라고 쓰느냐 하면 '우리에게 향학열을 고취한 놈이 누구냐?' ……어때?"

"좋지!"

"인텔리에게 직업을 내라…… 이렇게 노래를 지어 붙이거든."

"응…… 유지와 명사의 가면을 박탈시키라고…… 한 몇십 명이 그렇게 데모를 한단 말이야!"

"하하하하."

M은 이렇게 웃고 H는 시원찮게 핀잔을 준다.

"시끄럽소. 여보…… 아 글쎄 멀끔멀끔한 양복쟁이들이 종로 네거리로 길을 밟고 그렇게 다녀 봐! 애들이 와서 나 광고지 한 장 주, 하잖나."

"하하하하."

"허허허허."

창 밖에서 냉이 장수가 싸구려 소리를 외치고 지나간다. M이 그에 응하

여,

"이크! 봄을 덤핑하는구나!"

"흥, 경제학자라 다르군…… 참 우리 하숙에서는 채소를 좀 먹여 주어야지!"

"밥값을 잘 내보지."

"그도 그렇지만."

"나는 석 달치 밀렸네."

"나도 그렇게 될걸."

"그러니까 나처럼 이렇게 아파트 생활을 해요."

이것은 P의 말이다. 아파트라고 말해 놓고도 서글퍼서 허허 웃었다.

"조선식 아파트! 그렇지만 우리가 아파트 생활을 했다면 아마 두어 달 전에 굶어 죽었을걸."

"나는 돈을 보면 초면 인사를 해야 되겠네…… 본 지가 하도 오래여서 낯을 잊었어."

"여보게."

하고 M이 의젓하게 H를 달군다.

"돈 구경한 지 오래 됐다지?"

"응."

"좋은 수가 있네."

"뭣?"

"자네 책 좀 삼사(三四) 구락부에 보내세."

"싫으이."

"자네 돈 구경하고…… 구경하고 나서 그놈으로 한잔 먹고……."

"한잔 말이 났으니 말이지 요즘 같으면 술이나 실컷 먹고 주정이라도 했으면 속이 시원하겠네."

"그러니까 말이야…… 가세. 가서 다섯 권만 잽혀."

"일없다."

"내가 찾아 주지."

"흥."

"정말이야."

"싫여."

6

그 날 밤.

P와 M은 H를 졸라 그의 법률 책을 잡혀 돈 육 원을 만들어 가지고 나섰다.

선술집에 가서 엔간히 취하도록 먹은 뒤에 C라는 카페에 가서 술 두 병을 놓고 자정이 되도록 노닥거렸다.

그 곳에서 나올 때는 육 원의 돈이 이 원 남았다. 이 원의 처치를 생각하던 세 사람은 일제히 동관으로 가기로 하였다.

세 사람이 모두 다리가 비틀거렸다. 그 중에도 P는 더욱 취하였다.

날라리 가락으로 들어박힌 갈보집.

다 쓰러져 가는 초가집을 세 사람이 아는 집 들어서듯이 쑥쑥 들어서니,

"들어옵시오."

"어서 옵시오."

라고 머리 딴 계집애와 배가 북통같이 애 배인 계집이 마루로 나선다.

P가 무심결에 해태갑을 꺼내어 붙여 무니까 머리 딴 계집애가 P의 목을 걸싸 안고 볼에다 입을 쪽 맞추더니,

"나도 하나."

하고 손을 벌린다. P는 기가 막혀 담뱃갑을 내미는데 H와 M은 박수를 하며,

"브라보!"

하고 굉장하게 큰소리로 외친다.

건넌방에 들어가 앉으니 마루에서 딸그락딸그락 소리가 난다.

배부른 계집은 푸대접을 받고 머리 딴 계집애가 H와 M의 손으로 옮겨 다니면서 주물린다. 꺅꺅 소리를 지르고 엄살을 한다. 말을 붙이고 대답을 주고받고 하는 것이 H와 M은 전에 한 번 와 본 집인 듯하다.

술상이 들어왔다.

잔은 사발만한데 술주전자는 눈알만하다. 술을 부어 놓으니 M이 척 받아 놓고는 노래를 투정한다. 계집애는 그보다 약아 제가 그 술을 쭉 들이마시고는 빈 잔만 M의 입에 대어 준다.

P는 개숫물같이 밋밋한 술을 두어 잔 받아먹는 동안에 비위가 콱 거슬려서 진정하느라고 드러누웠다.

H가 계집애를 무릎에 올려놓고 신이 나게 노래를 부른다. 물론 고저도 장단도 맞지 아니하는 노래다.

M이 애 배인 계집을 실컷 시달려 주다가 머리 딴 계집애를 빼앗아 가더니 귀에 대고 무어라고 속삭거린다. 그러면서 둘이서 연해 P를 건너다보며 싱글벙글 웃는다.

조금 있다가 계집애가 P에게로 오더니 귀에다 입을 대고 속삭인다.

"저이가 나더러 당신하고 오늘 저녁…… 응 어때?"

"그래라."

P는 불쑥 성난 것처럼 대답했다.

"아이! 싱거워!"

계집애는 P를 한 번 꼬집어 주고 다시 M에게로 달아났다.

M에게로 가서 또 무어라고 속삭거리더니 재차 와 가지고는 귓속말을 한다.

"자고 가, 응."

"그래 글쎄."

"꼭."

"응."

"정말."

"응."

술은 네 주전자가 들어왔는데 세 사람 손님은 두서너 잔씩밖에 안 먹었다. 그 나머지는 다 저희가 먹었다. 계집애가 술이 곤주가 되게 취해 가지고 해롱해롱 까분다.

술값을 치르는 것을 보고 P도 따라 일어섰다. M이 몸뚱이로 슬쩍 밀어서 방안으로 들여보내고 뒤에서 계집애가 양복 뒷깃을 잡아당긴다.

"그래라, 자고 간다."

P는 방 가운데 벌떡 드러누웠다.

"너희 집이 어디냐?"

계집애가 옆에 와서 앉는 것을 보고 P가 물었다.

"××도 ××."

"언제 왔니?"

"작년에."

P는 몸을 일으켰다. 또 속이 왈칵 뒤집혀 좀더 진정하려고 하는 생각인데 계집애가 콱 밀어뜨린다.

"나이 몇 살이냐?"

"열여덟."

"부모는?"

"부모가 있으면 여기서 이 짓을 해?"

"왜 이 짓이 나쁘냐?"

"흥…… 나도 사람이야."

"에꾸! 나는 네가 신선인 줄 알았더니 이제 알고 보니까 사람이로구나!"

"시끄러!"

계집애는 눈을 쭉 흘기고는 갑자기 웃으면서 P의 목을 껴안는다.

"자고 가 응."

"우리 마누라한테 볼기 맞고 쫓겨난다."

"그러면 나한테 와서 나하고 살지…… 여기 내 빚 팔십 원만 물어 주면……."

"팔십 원이냐?"

"응."

"가겠다."

P가 또 일어나려는 것을 계집이 껴안고 놓지 아니한다.

"자고 가…… 내가 반했어."

"아서라."

"정말!"

"놔."

"아니야. 안 놔. 자고 가요 응…… 자고…… 나 돈 좀 주어."

"돈? 내가 돈이 있어 보이니?"

"돈 소리가 절렁절렁 나는데?"

미상불 P의 포켓 속에서는 아까부터 잔돈 소리가 가끔 잘랑거렸다.

"자고 나 돈 좀 주고 가 응."

"얼마나?"

"아무래도 좋아…… 오십 전도, 아니 이십 전도."

계집애의 말이 떨어지기도 전에 P는 불에 덴 것같이 벌떡 일어섰다. 일어서면서 그는 포켓 속에 손을 넣어 있는 대로 돈을 움켜쥐어 방바닥에 홱 내던졌다. 일 원짜리 지전 두 장과 백동전이 방바닥에 요란스럽게 흐트러진다.

"앗다 돈!"

내던지고는 P는 뛰어나왔다. 그의 눈에는 눈물이 고였다.

7

P는 정조(貞操)적으로 순진한 사나이가 아니다. 열네 살 때에 소꿉질 같은 장가를 갔고 그 뒤 동경 가서 있을 동안에 거기 여자와 살림도 하였다.

조선에 돌아와 직업을 가지고 있는 사이에 기생과 사귀어 한동안 죽을 둥살둥 모르게 지내기도 하였다.

그밖에도 정을 두어 지낸 여자가 두엇 더 있다. 그러나 삼십이 되도록 지금까지 유곽을 가거나 은근짜(몰래 몸을 파는 여자) 집을 가거나 동관의 색주가 집에 가서 잠자리를 한 일은 없다.

그것은 P의 괴벽이다. 어떠한 여자를 막론하고 그가 정이 들지 아니한 여자이면 절대로 관계를 아니 한다는 것이다.

그 대신 한번 P의 눈에 들고 따라서 정이 들면 아무것도 돌아보지 아니하고 심각한 열정에 맡기어 완전히 그 여자를 움켜쥐어 버리며 또한 그 여자에게 전부를 내주어 버린다. 그리하여 그는 늘 all or nothing을 말한다.

이것이 처세상 퍽 이롭지 못한 것을 P도 잘 안다. 또 공연한 승벽(경쟁하여 반드시 이기기를 즐기는 성벽. 호승지벽(好勝之癖))이요 고집인 줄 알건만 그는 그것을 고치지 못한다.

이 날 밤에도 그는 그 계집애를 조금도 어떻게 하겠다는 생각은 나지 않았다.

술 취한 끝에 속이 괴로우니까 진정을 하자는 판인데 '오십 전 아니 이십 전도 좋아.' 하는 소리에 번쩍 흥분이 된 것이다.

너무도 인간이 단작스럽고(하는 짓이 보기에 매우 치사스럽고 더러운 데가 있고)악착스러운 것 같았다. P가 노상 보고 듣는 세상이 돈을 중간에 놓고 악착스럽게 아등바등하는 것임을 모르는 바는 아니나 정조의 대가로 일금 이십 전을 요구하는 것은 처음 보았다.

P는 그러한 여자가 정조를 파는 데 무신경한 것도 잘 알고 있으며 따라서 그것이 비도덕이니 어쩌니 하는 것도 아니다.

그의 관점과 해석은 그런 것보다 더 나아간 입장에 있었다.

그러나 '이십 전만 주어도' 소리에는 이것저것 생각하고 헤아릴 나위도 없었다. 더럽고 얄미우면서 그러면서도 눈물이 고였다. 삼 원쯤 되는 전 재산을 털어 내던지고 정신 없이 뛰어나온 것이다.

술 취한 P를 혼자 남겨 둔 H와 M은 골목에 기다리고 서 있었다. P가 뛰어나오는 것을 보고 그들은 우선 농을 건넨다.

"한턱하오."

"장가간 턱 하게."

P는 고개를 흔들었다. 그리고 멍하니 서서 생각을 하였다.

다분의 가면 밑에서 꿈틀거리는 인도주의에 몹시 증오를 느끼는 P는 이날 밤 자기의 행동을 어떻게 해석할지 몰라 괴로워하였다.

내일을 굶어야 할 그 돈이지만 돈이 아까운 것이 아니다. 정조 값으로 이십 전을 주어도 좋다는데 왜 정조는 거절하고 돈만 있는 대로 다 털어 주었는가? 왜 눈에 눈물은 고였는가?

8

P는 머리가 띵하고 속이 뉘엿거려 정신을 차릴 수가 없었다. 그는 두 친구에게 인사도 변변히 하지 않고 코를 베인 듯이 삼청동으로 올라왔다. 어서 바삐 좀 드러눕고만 싶었던 것이다.

아무리 방구들은 차고 지저분하게 늘어놓았어도 제 처소는 반가운 것이다. 더구나 몸이 괴로울 때는!

P는 누더기 양복이나마 벗으려고도 않고 그대로 펴 두었던 이부자리 속에 몸을 파묻었다. 드러누우니 취기가 새삼 더하여 영영 옷 벗을 생각도 잊어버리고 그대로 잠이 들었다.

얼마를 자고 났는지 괴로워 부대끼다 못 하여 잠이 깨었을 때는 목이 타는 듯이 말랐다.

물은 없다. 물이 없어 못 먹는다고 생각하니 목은 더 말랐다.

밤은 어느 정도 깊었는지 짐작할 수가 없다. 전등은 그대로 켜져 있다. 밖에서는 사람 지나다니는 발자국 소리도 들리지 아니한다. 전차 다니는 소리도 들리지 아니하고 가끔 가다가 자동차의 정적이 딴 세상의 소리같이 감감하게 들려 온다.

밤이 깊지 아니했으면 잠긴 안대문을 두드려 주인 노인에게라도 물을 청하겠지만 이 깊은 밤에 그러기도 미안하다. 그것도 방세나 여일하게(한결같게) 내었을 때 말이지 얼굴 대하기를 이편에서 피하는 판에 차마 못 할 일이다.

물지게 장수의 삐득거리는 소리가 들리나 하고 귀를 기울였으나 감감히 소리가 없다.

목은 더욱더욱 말라 온다. 입술이 바싹 마르고 입안이 침기가 없고 목구멍이 바삭바삭 소리가 날 듯이 마르고, 그리고는 창자 속까지 말라 내려가는 듯하다.

방금 미칠 듯하다.

눈앞에 용용하게(큰 강물이 흐르는 모양이 순하게) 흘러가는 푸른 한강이 어릿어릿하고 쏴 쏟아지는 수통 꼭지가 보이는 듯하다.

P는 배고픈 고비는 많이 겪어 보았으나 이처럼 목마른 적을 당하기 처음이다.

배는 고프면 기운이 없이 착 가라앉을 뿐이지만 목이 극도로 마름에는 금시 미치고 후덕후덕 날뛸 것 같다.

일어나서 삼청동 꼭대기로 올라가면 산골짝의 물도 있고 또 우물도 있기는 하다. 그러나 이 어두운 밤에 어디가 어딘지 보이지 아니할 테고 또 우물에는 두레박도 없을 것이다.

겨우겨우 참아 가며 몇 시간을 삐대었다. 실상 한 시간도 못 되는 동안이지만 P에게는 여러 시간인 듯만 싶었다.

그런 뒤에 겨우 물지게 소리를 듣고 그는 수통 있는 곳을 찾아 뛰어나갔다.

사정 이야기도 변변히 하지 아니하고 쏟아지는 수통 꼭지에 매어달려 한 동이는 되리시피 냉수를 들이켰다. 물장수가 어이가 없어 멀끔히 쳐다보고만 있다가 P의 꾸벅하고 돌아서는 등뒤에다 혀를 끌끌 찬다.

밥보다도 더 다급하게 그립던 물을 실컷 들이켜고 나니 찌뿌드드하게 엉킨 듯 불쾌하던 취기(醉氣)도 적이 걷히고 정신이 말쑥하여졌다.

P는 새삼스럽게 양복을 벗어 던지고 다시 자리에 파묻혔다. 이제는 잠이 십 리 밖으로 달아나고 눈이 초랑초랑하여진다. 그러면서 어젯밤 일이 머리에 떠오른다.

그것은 마치 못 먹을 것을 먹은 것처럼 께름칙한 기억이다. 아무렇게나 씻어 넘겨 버리재도, 그러나 머리 한구석에 박혀 사라지려 하지 아니하는 어룽[班點]과 같다. 어떻게 해서라도 시원스러운 해석을 내리고라야 마음이 놓일 것 같다.

정조 대가(貞操代價)로 일금 이십 전을 부르는 여자…….

방금 세상에는 한 번 정조를 빼앗긴 것으로 목숨을 버려 자살하는 여자가 있다. 그러는 한편 '이십 전도 좋소.' 하는 여자가 있다.

여자의 정조가 그것을 잃었다고 자살을 하도록 그다지도 고귀한 것이라면 '이십 전에도 팔겠소.' 하는 여자가 눈을 멀끔멀끔 뜨고 살아 있는 사실은 무엇으로 설명할 것인가?

또 정조를 '이십 전에도 팔겠소.' 하는 여자가 있도록 그것이 아무렇지도 아니한 것이라면 그것을 한 번 빼앗긴 때문에 생명을 내버리는 여자가 있는 것은 무엇으로 설명할 것인가?

이 두 여자가 모두 건전한 양심의 소유자라고 볼 수는 없다.

그러나 그 가운데 나무라기로 들면 차라리 정조를 빼앗긴 것으로 자살한 여자를 나무랄 것이지 '이십 전에 팔겠소.' 하는 여자를 나무랄 수가 없다.

열여섯 살부터 시작하여 이래 삼 년이나 색주가 집으로 굴러다니는 여자다.

언제 누구에게 귀떨어진 도덕 관념이나 정당한 인생관을 얻어들은 적이 없을 것이다.

술잔을 들고 앉아 한 잔이라도 오는 손님에게 더 먹여 한푼어치라도 주인의 수입을 도와주면 칭찬이 오니 그만이다.

"고년 어여쁘다. 나하고 ××."

하고 손님이 말하면 그에 좇아 비록 조발(早發)일지언정 생리적 만족을 얻는 한편 그야말로 단돈 이십 전이라도 벌면 그만이다.

옆에서 그것을 시키기는 할지언정 그것이 나쁘다고 가르쳐 주는 사람이 있을 턱이 없는 것이다. 사실 일반 매춘부가 정조적으로 양심을 가진 듯이 보인다는 것은 그 대부분이 되려 한 가식(假飾)에 지나지 못하는 것이다.

그것은 그들에게 있어서 일종의 정당성을 가진 노동인 것이다.

그러니까 그것을 보고 불쌍하다고 여기고 동정을 하는 것은 위문이 폐문이다.

지금 세상은 정당한 성도덕(性道德)이 서 있는 때도 아니다.

그것은 한 세대(世代)에 여러 가지의 시대 사조가 헝클어져 있는 때문이다. 그러니까 여자의 정조에 대하여도 일률적으로 선악과 시비를 가릴 수는 없는 것이다.

하룻밤 몸값을 '이십 전도 좋소.' 하는 여자, 그에게는 다른 사람이 가진 성도덕도 없고 따라서 자신을 타락이라서 슬퍼하지도 아니한다.

그 여자 자신을 나무랄 필요도 없는 것이요, 동정을 할 필요도 없는 것이다. 그 여자 자신은 결코 불쌍한 사람이 아니다.

예수의 사랑(?)도 아무리 그 사랑이 크고 넓다 했을지언정 그것은 '불쌍한 사람' '죄지은 사람'에게 미칠 수 있는 것이다.

'불쌍하지 아니한' '죄짓지 아니한' 동관의 색주가 계집애에게는 누구의 동정이나 사랑도 일없는 것이다.

'뭣? 관념적이라고?'

그렇다. 관념적이라고 할 수 없다. 그러나 그것은 그 여자의 주관을 객관화한 것이다. 그러니까 그것은 한 엄연한 현실이다.

또 그 병적 현실에 메스를 대는 것은 집단의 역사적 문제이지만 룸펜 인텔리의 결벽과 흥분쯤으로는 문제도 되지 아니한다.

다만 취객이 삼 원 각수(돈을 '원' 단위로 셀 때 남는 몇 전이나 몇십 전을 일컬음)를 던져 주었음으로 해서 그 여자는 감격 없는 기쁨을 맛보았을 뿐일 것이다.

'이게 웬 떡이냐…… 어제 저녁에 꿈이 괜찮더니 이런 땡을 잡을 양으루

그랬구나-웬 얼간망둥이(언행이 주책없고 약간 멍한 사람을 낮추보아 이르는 말)냐.'

그 계집애는 응당 그렇게밖에는 더 생각되지 아니하였을 것이다. 그것이 결코 무리가 없는 당연한 일이다.

P는 여기까지 생각하고 입맛 쓴 고소를 띠었다.

"흥! 되지 못하게…… 장님이 눈병 앓는 사람더러 불쌍하다고 한 셈인가."

P는 돌아누우면서 혀를 끌끌 찼다.

9

일천구백삼십사 년의 이 세상에도 기적이 있다.

그것은 P가 굶어 죽지 아니한 것이다. 그는 최근 일주일 동안 돈이 생긴 데가 없다. 잡힐 것도 없었고 어디서 벌이를 한 적도 없다.

그렇다고 남의 집 문 앞에 가서 밥 한술 주시오 하고 구걸한 일도 없고 남의 것을 훔치지도 아니하였다.

그러나 그 동안 굶어 죽지 아니하였다. 야위기는 하였지만 그래도 멀쩡하게 살아 있다. P와 같은 인생이 이 세상에 하나도 없이 싹 치워진다면 근로하는 사람이 조금은 편해질는지도 모른다.

P가 소부르주아 축에 끼이는 인텔리가 아니요 노동자였더라면 그 동안 거지가 되었거나 비상 수단을 썼을 것이다. 그러나 그에게는 그러한 용기도 없다. 그러면서도 죽지 아니하고 살아 있다. 그렇지만 죽기보다도 더 귀찮은 일은 그를 잠시도 해방시켜 주지 아니한다.

그의 아들 창선이를 올려 보낸다고 어제 편지가 왔고 오늘은 내일 아침에 경성역에 당도한다는 전보까지 왔다.

오정 때 전보를 받은 P는 갑자기 정신이 난 듯이 쩔쩔매고 돌아다니며 돈 마련을 하였다. 최소한도 이십 원은…… 하고 돌아다닌 것이 석양 때 겨우 십오 원이 변통되었다.

종로에서 풍로니 냄비니 양재기니 숟갈이니 무어니 해서 살림 나부랭이를 간단하게 장만하여 가지고 올라오는 길에 전에 잡지사에 있을 때 안 ××인쇄소의 문선 과장을 찾아갔다.

월급도 일없고 다만 일만 가르쳐 주면 그만이니 어린아이 하나를 써 달라고 졸라 대었다.

A라는 그 문선 과장은 요리조리 칭탈(무엇 때문이라고 핑계 삼는 것)을 하던 끝에 – 그는 P가 누구 친한 사람의 집 어린애를 천거하는 줄 알았던 것이다 –

"보통 학교나 마쳤나요?"

하고 물었다.

"아니오."

P는 솔직하게 대답하였다.

"나이 몇인데?"

"아홉 살."

"아홉 살?"

A는 놀라 반문을 하는 것이다.

"기왕 일을 배울 테면 아주 어려서부터 배워야지요."

"그래도 너무 어려서 원…… 뉘 집 애요?"

"내 자식이랍니다."

P는 그래도 약간 얼굴이 붉어짐을 깨달았다. A는 이 말에 가장 놀라운 일을 보겠다는 듯이 입만 벌리고 한참이나 P를 물끄러미 바라다본다.

"왜? 내 자식이라고 공장에 못 보내란 법 있답디까?"

"아니 정말 그래요?"

"정말 아니고?"

"괜히 실없는 소리! ……자제라고 해야 들어줄 테니까 그러시지?"

"아니 그건 그렇잖아요. 내 자식놈이오."

"그럼 왜 공부를 시키잖구?"

"인쇄소 일 배우는 것도 공부지."

"그건 그렇지만 학교에 보내야지."

"학교에 보낼 처지도 못 되고 또 보낸댔자 사람 구실도 못 할 테니까."

"거참 모를 일이오…… 우리 같은 놈은 이 짓을 해 가면서도 자식을 공부시키느라고 애를 쓰는데 되려 공부시킬 줄 아는 양반이 보통 학교도 아니 마친 자제를 공장엘 보내요?"

"내가 학교 공부를 해본 나머지 그게 못 쓰겠으니까 자식은 딴 공부를 시키겠다는 것이지요."

"글쎄 정 그러시다면 내가 내 자식 진배없이(그만 못하거나 다를 것이 없이) 잘 데리고 있으면서 일이나 착실히 가르쳐 드리리다마는…… 원 너무 어린데 애처롭잖아요?"

"애처로운 거야 애비 된 내가 더하지오만 그것이 제게는 약이니까."

P는 당부와 치하를 하고 인쇄소를 나왔다. 한 짐 벗어 놓은 것같이 몸이 거뜬하고 마음이 느긋하였다.

그는 집으로 올라가는 길에 싸전에 쌀 한 말을 부탁하고 호배추도 몇 통 사들였다. 그렁저렁 오 원을 썼다.

십 원 남은 중에 주인 노인에게 육 원을 내어주니 입이 귀밑까지 찢어진다. 그 끝에 P가 사온 호배추를 내어주며 김치를 담가 달라고 하니 선선히 응낙한다. 그리고 자식을 데리고 자취를 하겠다니까 깍두기야 간장이야 된장 같은 것을 아까운 줄을 모르고 날라다 주곤 한다.

10

이튿날 전에 없이 첫새벽에 일어난 P는 서투른 솜씨로 화롯밥을 지어 놓고 정거장으로 나갔다.

그의 형에게서 온 편지에 S라는 고향 사람이 서울 올라오는 길에 따라 보낸다고 했으니까 P는 창선이보다도 더 낯익은 S를 찾았다.

과연 차가 식식거리고 들어서며 인간을 뱉어 내놓은 찻간에서 S가 창선이를 데리고 두리번거리며 내려왔다.

어디서 생겼는지 새까만 '고쿠라' 양복을 입고 이화표 붙은 학생 모자를 쓰고 거기다가 보따리를 하나 지고 무엇 꾸린 것을 손에 들고 차에서 내리는 어린아이…… 저게 내 자식이구나 생각하니 P는 어쩐지 속으로 얼굴이 붉어지며 한편 가엾기도 하였다.

S가 두 손에 짐을 가득 들고 두리번거리다가 가까이 온 P를 보고 반겨 소리를 지른다. 창선이가 모자를 벗고 학교식으로 경례를 한다. 얼굴을 자세히 보니 네댓 살 적에 보던 것보다 더한층 저희 외가를 닮았다. P는 그것이 몹시 불만이었다.

"그새 재미가 좋았나?"

S의 첫인사다.

"뭘 그저 그렇지…… 괜한 산 짐을 지고 오느라고 애썼네."

P는 이렇게 인사 겸 치하를 하였다.

"원 천만에! ……그 애가 나이는 어려도 어떻게 속이 찼는지…… 너 늬 아버지 알아보겠니?"

S는 창선이를 돌아보며 웃는다. 창선이는 고개를 숙이고 수줍은지 아무 대답도 아니 한다.

P는 S와 창선이를 데리고 구름다리로 올라왔다.

"저희 외할머니가 저 양복이야 떡이야 모두 해 가지고 자네 댁에까지 오셨더라네…… 오셔서 어제 떠나는데 정거장까지 나오셨는데 여러 가지 신신당부를 하시데…… 자네에게 전하라고."

S는 P가 그다지 듣고 싶지도 아니한 이야기를 뒤따라오며 늘어놓는다. 그의 가슴에는 옛날의 반감이 솟구쳐 올랐다.

"별 걱정 다 하든 게로군…… 내 자식 내가 어련히 할까 봐 쫓아다니며 그래!"

"그래도 노인들이야 어디 그런가…… 객지에서 혼자 있는데 데리고 있기 정 불편하거든 당신에게로 도로 보내게 하라고 그러시데……."

"그 집에 내 자식이 무슨 상관이 있어서 보내라는 거야? ……보낼 테면 그 때 데려왔을라구……."

P는 그것이 모두 그와 갈린 아내의 조종인 줄 알기 때문에 더구나 심정이 났다. 화가 나는 대로 하면 어린아이가 입고 온 양복도 벗겨 내던지고 싶었으나 꿀꺽 참았다.

11

일찍 맛보아 보지 못한 새살림을 P는 시작하였다.

창선이가 도착한 날 밤.

창선이는 아랫목에서 삭삭 잠을 자고 있다. 외롭게 꿈을 꾸고 있으려니 생각하니 전에 없던 애정이 솟아오르는 듯하였다.

이튿날 아침 일찍 창선이를 데리고 ××인쇄소에 가서 A에게 맡기고 내키지 않는 발길을 돌이켜 나오는 P는 혼자 중얼거렸다.

"레디 메이드 인생이 비로소 겨우 임자를 만나 팔리었구나."

작품의 이해

• 구조적 분석

갈래 : 단편 소설

배경 : 일제 식민지하의 서울

시점 : 전지적 작가 시점

주제 : 식민지하 지식인 실업자의 고통과 실의

출전 : 《신동아》, 1934

• 작품해설

1934년《신동아》에 연재된 이 작품은 채만식의 단편 소설 가운데 가장 널리 알려진 작품으로 채만식의 작가적 위치를 확립시켜 준 대표작이다. 이 작품은 풍자 작가로서의 채만식의 문체와 문학 정신이 잘 나타나 있으며, 일제 식민지하의 무기력하고 비참한 삶을 살고 있는 지식인의 현실을 잘 표현하고 있다.

주인공 P는 일제의 문화 정책과 사회적 요구에 의해 양산된 무기력한 인텔리의 모습을 보여 준다. P의 궁핍한 처지와 부유한 K사장의 무관심이 대조를 이루면서 1930년대 사회 현실이 드러난다. 즉, 농촌 계몽 운동의 기만성과 허위성, 수요는 일정한데 무작정 공급되는 인텔리들, 그 속에 만연한 부정적이고 냉소적인 의식들이 풍자적이고 예리한 묘사와 반어적인 비유를 통해 비판되고 있다.

이 작품은 세계적인 공황기를 맞아 실업 문제가 심각했던 시대에 해학을 통해 문제를 전달하는 기법을 사용하고 있다. 그 중 P가 어린 아들을 노동자로 만들면서 자신과 같은 실직 인텔리를 만들지 않겠다는 소설의 결말은 사회 현실에 대한 소극적 저항인 동시에 지식인으로서의 자신의 모습마저 부정하는 비감 어린 풍자이다.

〈레디 메이드 인생〉은 단순한 풍자 소설이 아닌 당대 사회 현실의 부조리한 현실을 풍자적 · 해학적으로 묘사하는 시대 고발적인 작품이다.

• 생각해보기

1. 주인공 P가 갖는 인물의 성격은 무엇인가?
2. '레디 메이드 인생'이란 무엇을 의미하는가?

☞해답

1. P는 일제 시대의 고등 인텔리로 일자리를 구하지 못해 궁핍한 생활을 하는 인물이다. P는 사회 현실에 대한 부정적이고 냉소적인 시각으로 자신의 아들을 노동자로 만듦으로서 사회에 저항한다.
2. '레디 메이드 인생'이란 '팔려 가기를 기다리는 기성품 인생'이라는 뜻으로 좁게는 일제 식민지하에서 무작정 양산된 무기력하고 일자리를 얻기 위해 수모를 당하는 지식인을, 넓게는 궁핍한 삶을 살아가는 당시의 모든 민중을 의미한다.

치숙(痴叔)

• 읽기전에

1. 작품 속의 아저씨가 보여 주는 태도에 대해 비판해 보자.
2. 작가가 작품 속에서 풍자하는 것과 그 풍자의 효과에 대해서 생각해 보자.

• 줄거리

화자인 나의 눈에 비친 아저씨는 일본에서 대학을 다녔고 나이도 서른셋이나 되었는데도 아직 정신을 못 차리는 인물이다. 착한 아주머니를 내쫓고 첩을 얻어 살면서 가산을 탕진하고 사회주의 운동을 하다 징역을 살고 나온 아저씨는 지금은 폐병에 걸려 아주머니의 수발을 받고 있다. 아주머니가 어렵게 생활을 꾸려 가는 데 반해 아저씨는 아랫목에 누워 병이 나으면 또다시 사회주의 운동을 할 궁리만 한다.

나는 많이 배우지는 못했어도 내 생활에 만족하며 열심히 일해서 가게도 열고 내지 여인과 결혼도 해서 이름도 생활 방식도 내지인처럼 바꿔 돈을 모으는 게 꿈이다. 그런데 아저씨는 이런 내 꿈을 듣고 나를 딱하게 여긴다. 자기 아내에 대해 조금도 미안한 생각을 하지 않고 사회주의 운동만 하려는 아저씨가 나는 오히려 밉고 어리석어 보인다.

치숙(痴叔)

우리 아저씨 말이지요, 아따 저 거시기, 한참 당년에 무엇이냐 그놈의 것, 사회주의라더냐, 막걸리라더냐, 그걸 하다, 징역 살고 나와서 폐병으로 시방 앓고 누웠는 우리 오촌 고모부(姑母夫) 그 양반…….

머, 말도 마시오. 대체 사람이 어쩌면 글쎄…… 내 원!

신세 간 데 없지요.

자, 십 년 적공(공부를 계속하여 온 것), 대학교까지 공부한 것 풀어 먹지도 못했지요, 좋은 청춘 어영부영 다 보냈지요, 신분(身分)에는 전과자(前科者)라는 붉은 도장 찍혔지요, 몸에는 몹쓸 병까지 들었지요, 이 신세를 해 가지굴랑은 굴 속 같은 오두막집 단칸 셋방 구석에서 사시 장철(사시의 어느 철이나 늘) 밤이나 낮이나 눈 따악 감고 드러누웠군요.

재산이 어디 집 터전인들 있을 턱이 있나요.

서 발 막대 내저어서야 짚검불 하나 걸리는 것 없는 철빈(鐵貧 아주 심한 가난)인데.

우리 아주머니가, 그래도 그 아주머니가, 어질고 얌전해서 그 알뜰한 남편 양반 받드느라 삯바느질이야, 남의 집 품빨래야, 화장품 장사야, 그 칙살스런((하는 짓이나 말이) 잘고도 더러운 데가 있는) 벌이를 해다가 겨우겨우 목구멍에 풀칠을 하지요.

어디로 대나 그 양반은 죽는 게 두루 좋은 일인데 죽지도 아니해요.

우리 아주머니가 불쌍해요. 아, 진작 한 나이라도 젊어서 팔자를 고치는 게 아니라, 무슨 놈의 수난 후분(늙바탕의 운수나 처지)을 바라고 있다가 고생을 하는지.

근 이십 년 소박을 당했지요.

이십 년을 젊은 청춘 한숨으로 보내고서 다아 늦게야 송장 여대치게 생긴 그 양반을 그래도 남편이라고 모셔다가는 병 수종 들으랴, 먹고살랴, 애가 진하고 다니는 걸 보면 참말 가엾어요.

그게 무슨 죄다짐이람? 팔자, 팔자 하지만 왜 팔자를 고치지 못하고 그래요. 죄선(朝鮮) 구식 부인네들은 다아 문명을 못 하고 깨지를 못해서 그러지.

그 양반이 한시바삐 죽거나 했으면 우리 아주머니는 차라리 신세 편하리다.

심덕 좋것다, 솜씨 얌전하것다 하니 어디 가선들 제가 일신 몸 가누고 편안히 못 지내요? 가만있자, 열여섯 살에 아저씨네 집으로 시집을 갔다니깐 그게 내가 세 살 적이니 꼬박 열여덟 해로군. 열여덟 해면 이십 년 아니오.

그 때 우리 아저씨 양반은 나이 어리기도 했지만 공부를 한답시고 서울로, 동경으로 십여 년이나 돌아다녔고, 조금 자라서 색시 재미를 알 만하니까 누가 예쁘달까 봐 이혼하자고 아주머니를 친정으로 쫓고는 통히 불고(돌보지 아니함. 돌아보지 아니함)를 하고……

공부를 다 마치고 오더니만 그 담에는 그놈의 짓에 들입다 발광해 다니면서 명색 학생 출신이라는 딴 여편네를 얻어 살았지요. 그 여편네는 나도 몇 번 보았지만 상판때기라고 별반 춤 수도 없이 생겼습디다. 그 인물로 남의 첩이야 일색 소박은 있어도 박색 소박은 없다더니, 사실 소박맞은 우리 아주머니가 그 여편네에다 대면 월등 예뻤다우.

그래 그 뒤에, 그 양반은 필경 붙들려 가서 오 년이나 전중이(징역살이하는 사람을 속되게 이르는 말)를 살았지요. 그 동안에 아주머니는 시집이고 친정이고 모두 폭 망해서 의지가지없이 됐지요.

그러니 어떻게 해요? 자칫하면 굶어 죽을 판인데.

할 수 없이 얻어먹고 살기도 해야 하려니와 또 아저씨 나오는 것도 기다려야 한다고 나를 발련삼아 서울로 올라왔더군요. 그게 그러니까 아저씨가 나오던 전 해로군.

그 때 내가 나이는 어려도 두루 날뛴 보람이 있어서 이내 구라다상네 식모로 들어갔지요.

그 무렵에 참 내가 아주머니더러 여러 번 권면(알아듣도록 타일러서 힘쓰게 하는 것)을 했지요. 그러지 말고 개가(改嫁)를 가라고. 글쎄 어린 소견에도 보기에 퍽 딱하고 민망합디다.

계제에 마침 또 좋은 자리가 있었고요. 미네상이라고 미쓰코시 앞에서 바나나 다다키우리를 하는 인데 사람이 퍽 좋아요.

우리 집 다이쇼(主人)도 잘 알고 허는데, 그이가 늘 나더러 죄선 오캄상 하고 살았으면 좋겠다고, 중매서 달라고 그래 쌓어요.

돈은 모아 둔 게 없어도 다아 벌어먹고 살 만하니까 그런 사람 만나서 살면 아주머니도 신세 편할 게 아니냐구요.

그런 걸 글쎄 몇 번 말해도 숭헌 소리 말라고 듣덜 않는 걸 어떡허나요.

아무튼 그런 것 말고라도 참, 흰말이 아니라 이날 이때까지 내 그 아주머니 뒤도 많이 보아 주었다우. 또 나도 그럴 만한 은공이 없잖아 있구요.

내가 일곱 살에 부모를 잃었지요. 그러고 나서 의탁할 곳이 없이 됐는데 그 때 마침 소박을 맞고 친정살이를 하는 그 아주머니가 나를 데려다가 길러 주었지요.

그 때만 해도 그 집이 그다지 궁색하게 지내든 않았으니깐요. 아주머니도 아주머니지만 증조 할머니며 할아버지도 슬하에 딴 자손이 없어서 나를 퍽 귀여워하셨지요.

열두 살까지 그 집에서 자랐군요.

사 년이나마 보통 학교도 다녔고.

아마 모르면 몰라도 그 집안이 그렇게 치패(致敗 살림이 아주 결딴나는 것)하지만 않았으면 나도 그냥 붙어 있어서 시방쯤은 전문 학교까지는 다녔으리다.

이런 은공이 있으니까 나도 그걸 저버리지 않고 그래서 내 깜냥(일을 해낼 만한 능력)에는 갚을 만큼 갚노라고 한 셈이지요.

허기야 요새도 간혹 아주머니가 찾아와서 양식 없다는 사정을 더러 하곤 하는데 실토 정말이지 좀 성가시기는 해요.

그러는 족족 그 수응(남의 요구에 응하는 것)을 하자면 내 일을 못하겠는걸. 그래 대개 잘라떼기는 하지요.

그렇지만 그밖에, 가령 양 명절 때면 고깃근이라도 사 보낸다든지, 또 오면가면 이야기 낱이라도 한다든지 그런 걸 결단코 범연히(차근차근한 맛이 없이 데면데면히) 하든 않으니까요.

아무튼 그래서, 아주머니는 꼬박 일 년 동안 구라다상네 집 오마니로 있으면서 월급 오 원씩 받는 걸 그래도 고스란히 저금을 하고, 또 틈틈이 삯바느질을 맡아다가 조금씩 벌어 보태고, 또 나올 무렵에 구라다상네 양주가 퍽 기특하다고 돈 칠 원을 상급(賞給)으로 주고 그런 게 이럭저럭 돈 백 원이나 존존히 됐지요.

그 돈으로 방 한 칸 얻고 살림 나부랭이도 조금 장만하고, 그래 놓고서 마침 그 알량꼴량한 서방님이 뇌어 나오니까 그리로 모셔 들였지요.

뇌어 나오는 날 나도 가서 보았지만 가막소 문 앞에 막 나서자 아주머니가 기다리고 있으니까 그래도 눈물이 핑! 돌던데요.

전에 그렇게도 죽을 둥 살 둥 모르고 좋아하던 첩년은 꼴도 안 뵈구요. 남의 첩년이란 건 다아 그런 거지요, 뭐.

우리 아저씨 양반은 혹시 그 여편네가 오지 않았나 하고 사방을 휘휘 둘러보던데요. 속이 그렇게 없다니까. 여편네는커녕 아주머니하고 나하고 그 외는 어리친 개새끼 한 마리 없더라(아무도 얼씬하지 아니하다).

그래 마악 자동차에 올라타려다가 피를 토했지요. 나중에 들었지만 가막소 안에서 달포 전부터 토혈을 했다나 봐요.

그래 다아 죽어 가는 반송장을 업어 오다시피 해다가 뉘어 놓고, 그 날부터 아주머니는 불철주야((어떤 일에 골몰하느라고) 밤낮을 가리지 아니함. 또는, 그 모양) 할 짓 못할 짓 다해 가면서 부수대고 날뛴 덕에 병도 차차로 차도가 있고, 그러더니 인제는 완구히(오래 견딜 수 있게 완전히) 살아는 났지요. 뭐 참 시방은 용꼴인걸요, 용꼴.

부인네 정성이 무서운 겝니다.

꼬박 삼 년이군. 나 같으면 돌아가신 부모가 살아 오신대도 그 짓 못 해요.

자, 그러니 말이지요. 우리 아저씨라는 양반이 작히나('여북이나' · '오죽이나' 등의 뜻으로, 혼자 느끼거나 물을 때에 쓰는 말) 양심이 있고 다아 그럴 양이면, 어어혀 내가 어서 바삐 몸이 충실해져서, 어서 바삐 돈을 벌어다가 저 아내를 편안히 거느리고 이 은공과 전날의 죄를 갚아야 하겠구나…… 이런 맘을 먹어야 할 게 아니나요?

아주머니의 은공을 갚자면 발에 흙이 묻을세라 업고 다녀도 참 못다 갚지요.

그러고저러고 간에 자기도 인제는 속차려야지요. 허기야 속을 차려서 무얼 하재도 전과자이니까 관리나 또 회사 같은 데는 들어가지 못하겠지만, 그야 자기가 저지른 일인 걸 누구를 원망할 일도 아니고, 그러니 막 벗어붙이고 노동이라도 해야지요.

대학교 출신이 막벌이 노동이란 게 꼴 가관이지만 그래도 할 수 없지, 뭐.

그런 걸 보고 가만히 나를 생각하면, 만약 우리 증조 할아버지네 집안이 그렇게 치패를 안 해서 나도 전문 학교나 대학교를 졸업을 했으면 혹시 우리 아저씨 모양이 됐을지도 모를 테니 차라리 공부 많이 않고서 이 길로 들어선 게 다행이다…… 이런 생각이 들어요.

사실 우리 아저씨 양반은 대학교까지 졸업하고도 인제는 기껏 해먹을 게 막벌이 노동밖에 없는데, 요 보통 학교 사 년 겨우 다니고서도 시방 앞길이 환히 트인 내게다 대면 고쓰가이만도 못하지요.

아, 그런데 글쎄 막벌이 노동을 하고 어쩌고 하기는커녕 조금 바시시 살아날 만하니까 이 주책꾸러기 양반이 무슨 맘보를 먹는고 하니, 내 참 기가 막혀!

아아니, 그놈의 것하고는 무슨 대천지원수가 졌단 말인지, 어쨌다고 그걸 끝끝내 하지 못해서 그 발광인고?

그러나마 그게 밥이 생기는 노릇이란 말인지? 명예를 얻는 노릇이란 말인지. 필경은 붙잡혀 가서 징역 사는 놀음?

아마 그놈의 것이 아편하고 꼭 같은가 봐요. 그러기에 한번 맛을 들이면 끊지를 못하지요.

그렇지만 실상 알고 보면 그게 그다지 재미가 난다거나 맛이 있다거나 그런 것도 아니더군그래요. 불한당 패던데요. 하릴없이 불한당 팹디다.

저어 서양 어디선가, 일하기 싫어하는 게으름뱅이 몇 놈이 양지짝에 모여 앉아서 놀고 먹을 궁리를 했더라나요. 우리 집 다이쇼가 다아 자상하게 이야기를 해줍디다.

게, 그 녀석들이 서로 구논을 하기를, 자, 이 세상에는 부자가 있고 가난한 사람이 있고 하니 그건 도무지 공평한 일이 아니다. 사람이란 건 이목구비하며 사지 육신을 꼭 같이 타고났는데 누구는 부자로 잘살고 누구는 가난하다니 그게 될 말이냐. 그러니 부자가 가진 것을 우리 가난한 사람들하구 다 같이 고르게 나눠 먹어야 경우가 옳다.

야아 그거 옳은 말이다. 야! 그 말 좋다. 자, 나눠 먹자.

아, 이렇게 설도(도리를 설명하는 것)를 해 가지고 우우하니 들고일어났다는군요.

아아니, 그러니 그게 생 날불한당 놈의 짓이 아니고 무어요?

사람이란 것은 제가끔 분지복이 있어서 기수(氣數 저절로 오고 가고 한다는 길흉화복(吉凶禍福)의 운수)를 잘 타고나든지 부지런하면 부자가 되는 법이요, 복록을 못 타고나든지 게으른 놈은 가난하게 사는 법이요, 다아 이렇게 마련인데 그거야말로 공편한(공평하고 서로 편리한) 천리인 것을, 딥다(마구 무리하게) 불공평하단 게 될 말이오? 그리구서 억지로 남의 것을 빼앗아 먹자고 들다니 그놈들이 불한당이지 무어요.

짓이 불한당 짓일 뿐만 아니라, 또 만약에 그러기로 들면 게으른 놈은 점점 더 게으름만 부리고 쫓아다니면서 부자 사람네가 가진 것만 빼앗아 먹을 테니 이 세상은 통으로 도적놈의 판이 될 게 아니오? 그나마, 부자 사람네가 모아 둔 걸 다아 뺏기고 더는 못 먹어 내는 날이면 그 때는 이 세상 망하는 날이 아니오?

제마다 남이 농사 지어 놓으면 그걸 빼앗아 먹으려고 일 않고 번둥번둥 놀 것이고 남이 옷감 짜 놓으면 그걸 빼앗아다가 입으려고 번둥번둥 놀 것이고 그럴 테니, 대체 곡식이며 옷감이며 그런 것이 다아 어디서 나올 데가 있어야지요. 세상 망할밖에!

글쎄 그놈의 짓이 그렇게 세상 망쳐 놓을 장본인 줄은 모르고서 가난한 놈들—그 중에도 일하기 싫은 게으름뱅이들이 위선 당장 부잣집 사람네 것을 빼앗아 먹는다니까 거기 혹해 가지굴랑 너두나두 와하니 참석을 했다는구려.

바로 저 아라사(러시아의 구칭)가 그랬대요.

그래서 아니나 다를까 농군들이 곡식을 안 만들기 때문에 사람이 수만 명씩 굶어 죽는다는구려. 빠안한 이치지 뭐.

위선 먹기는 곶감이 달다고 그 지랄들을 했다가 잘 코사니야!

아, 그런데 그 못된 놈의 풍습이 삽시간에 동서양 각국 안 간 데 없이 퍼져 가지굴랑 한동안 내지에도 마구 굉장히 드세게 돌아다녔고, 내지가 그러니까 멋도 모르는 죄선 영감상들도 덩달아서 그 숭내를 냈다나요.

그렇지만 시방은 그새 나라에서 엄하게 밝히고 금하고 한 덕에 많이 머츰해졌고(잠시 그쳐 뜸해졌고) 그런 마음먹는 사람은 별반 없다나 봐요.

그럴 게지 글쎄. 아, 해서 좋을 양이면야 나라에선들 왜 금하며 무슨 원수가 졌다고 붙잡아다가 징역을 살리나요.

좋고 유익한 것이면 나라에서 도리어 장려하고 잘할라치면 상금도 주고 그렇잖아요.

활동 사진이며 스모며 만자이며 또 왓쇼왓쇼랄지 세이레이 낭아시랄지 라디오 체조랄지 이런 건 다아 유익한 일이니까 나라에서 설도도 하고 그렇잖아요.

나라라는 게 무언데? 그런 걸 다아 잘 분간해서 이럴 건 이러고 저럴 건 저러라고 지시하고 그 덕에 백성들을 제가끔 제 분수대로 편안히 살도록 애써 주는 게 나라 아니오?

그놈의 것 사회주의만 하더라도 나라에서 금하들 않고 저희가 하는 대루 두어 두었어 보아? 시방쯤 세상이 무엇이 됐을지…… 다른 사람들도 낭패 본 사람이 많았겠지만 위선 나만 하더래도 글쎄 어쩔 뻔했어! 아무 일도 다 틀리고 뒤죽박죽이지.

내 이상과 계획은 이렇거든요.

우리 집 다이쇼가 나를 자별히(친분이 남보다 특별하게) 귀여워하고 신용을 하니깐 인제 한 십 년만 더 있으면 한밑천 들여서 따로 장사를 시켜 줄 눈치거든요.

그렇거들랑 그것을 언덕 삼아 가지고 나는 삼십 년 동안 예순 살 환갑까지만 장사를 해서 꼭 십만 원을 모을 작정이지요. 십만 원이면 죄선 부자로 쳐도 천석꾼이니 뭐, 떵떵거리구 살 게 아니라구요.

그리고 우리 다이쇼도 한 말이 있고 하니까 나는 내지인 규수한테로 장가를 들래요. 다이쇼가 다 알아서 얌전한 자리를 골라 중매까지 서 준다고 그랬어요. 내지 여자가 참 좋지요.

나는 죄선 여자는 거저 주어도 싫어요.

구식 여자는 얌전은 해도 무식해서 내지인하고 교제하는 데 안 됐고, 신식 여자는 식자나 들었다는 게 건방져서 못쓰고, 도무지 그래서 죄선 여자는 신식이고 구식이고 다아 제에발이야요.

내지 여자가 참 좋지 뭐. 인물이 개개 일자로 예쁘것다, 얌전하것다, 상냥하것다, 지식이 있어도 건방지지 않것다, 조음이나 좋아!

그리고 내지 여자한테 장가만 드는 게 아니라 성명도 내지인 성명으로 갈고, 집도 내지인 집에서 살고, 옷도 내지 옷을 입고, 밥도 내지식으로 먹고, 아이들도 내지인 이름을 지어서 내지인 학교에 보내고…….

내지인 학교라야지 죄선 학교는 너절해서 아이들 버려 놓기나 꼭 알맞지요.

그리고 나도 죄선말은 싹 걷어치우고 국어만 쓰고요.

이렇게 다아 생활 법식부텀도 내지인처럼 해야만 돈도 내지인처럼 잘 모으게 되거든요.

내 이상이며 계획은 이래서 이 십만 원짜리 큰 부자가 바로 내다뵈고 그리로 난 길이 환하게 트이고 해서 나는 시방 열심으로 길을 가고 있는데 글쎄 그 미쳐 살기 든 놈들이 세상 망쳐 버릴 사회주의를 하려 드니 내가 소름이 끼칠 게 아니라구요? 말만 들어도 끔찍하지!

세상이 망해서 뒤집히면 그래 나는 어쩌란 말이구? 아무것도 다아 허사가 될 테니 그런 억울할 데가 있더람?

머 참 우리 집 다이쇼 말이 일일이 지당해요.

어느 절도나 강도나 사기나 그런 죄는 도적이면 도적을 해 가는 그 당장, 그 돈만 축을 내니까 오히려 죄가 가볍지만, 그놈의 것 사회주의인지 지랄인지는 온 세상을 뒤죽박죽을 만들어 놓고 나라를 통째로 소란하게 하니까 도저히 용서할 수가 없대요.

용서라니! 나 같으면 그런 놈들은 모조리 쓸어다가 마구 그저 그냥…….

그런 일을 생각하면 털어놓고 말이지 우리 아저씬가 그 양반도 여간 불측스리((생각이나 행동이) 괘씸하고 엉큼하게) 뵈들 않아요. 사실 아주머니만 아니면 내가 무슨 천주학이라고, 나쁜 병까지 앓는 그 양반을 찾아다니나요. 죽는대도 코도 안 풀어 부칠걸. 그러나마 전자의 죄상을 다아 회개를 하고 못된 마음은 씻어 버렸을세 말이지, 뭐 흰 개 꼬리 삼 년이라더냐, 종시(끝내) 그 모양인걸요.

그러니깐 그가 밉살머리스러워서, 더러 들렀다가 혹시 마주 앉아도 위정(일부러) 뼈끝 저린 소리나 내쏘아 주고 말을 따잡아 가지굴랑 꼼짝 못 하게시리 몰아세워 주곤 하지요.

저번에도 한 번 혼을 단단히 내주었지요. 아, 그랬더니 아주머니더러 한다는 소리가, 그 녀석 사람 버렸더라고, 아무짝에도 못쓰게 길이 들었더라고 그러더라나요.

내 원, 그 소리 듣고 하두 어처구니가 없어서!

대체 사람도 유만부동(類萬不同 분수에 맞지 않은 것. 또는 정도에 넘치는 것)이지 그 아저씨가 날더러 사람 버렸느니 아무짝에도 못쓰게 길이 들었느니 하더라니, 원 입이 몇 개나 되면 그런 소리가 나오는 구멍도 있누? 죄선 벙어리가 다아 말을 해도 나 같으면 할 말 없겠더구먼서두, 하면 다아 말인 줄 아나 봐?

이를테면 그게 명색 훈련 비슷한 거이렷다. 내게다가 맞대 놓고 그런 소리를 하다가는 되잡혀서 혼이 날 테니까 슬며시 아주머니더러 이르란 요량이던 게지?

기가 막혀서…… 하느님이 사람의 콧구멍 두 개로 마련하기 참 다행이야.

글쎄 아무려면 내가 자기처럼 다아 공부는 못 하고 남의 집 고조 노릇으로 반토(番頭) 노릇으로 이렇게 굴러먹을 값에 이래 보여도 표창을 두 번이나 받은 모범 점원이요, 남들이 똑똑하고 재주 있고 얌전하다고 칭찬이 놀랍고 앞길이 환히 트인 유망한 청년인데 그래 자기 눈에는 내가 버린 놈이고 아무짝에도 못쓰게 길이 든 놈으로 보였단 말이지?

하하, 오옳지! 거참 그렇겠군. 자기는 자기 하는 짓이 옳으니까 나의 하는 짓은 다아 글렀단 말이렷다. 그러니까 나도 자기처럼 그놈의 것 사회주의인지 급살맞을 것인지나 하다가 징역이나 살고 전과자나 되고 폐병이나 앓고 다아 그랬더라면 사람 버리지도 않고 아무짝에도 못쓰게 길든 놈도 아니고 그럴 뻔했군그래!

흥! 참……. 제 밑 구린 줄 모르고서 남더라 어쩌구저쩌구 한다는 게 꼭 우리 아저씨 그 양반을 두고 이른 말인가 봐.

그 날도 실상 이랬더라우. 혼을 내주었더니 아주머니더러 그런 소리를 하더란 그 날 말이오. 그 날이 마침 내가 쉬는 날이길래 아주머니더러 할 이야기도 있고 해서 아침결에 좀 들렀더니 아주머니는 남의 혼인집으로 바느질을 해주러 갔다고 없고, 아저씨 양반만 여전히 아랫목에 가서 드러누웠어요.

그런데 보니깐 어디서 모두 뒤져냈는지 머리맡에다가 헌 언문 잡지를 수북이 쌓아 놓고는 그걸 뒤져요.

그래 나도 심심풀이 삼아 한 권 집어 들고 떠들어 보았더니 뭐 읽을 맛이 나야지요.

대체 죄선 사람들은 잡지 하나를 해도 어찌 모두 그 꼬락서니로 해놓는지.

사진도 없지요, 망가(漫畵)도 없지요, 그리구는 맨판 까달시런 한문 글자로다가 처박아 놓으니 그걸 누구더러 보란 말인고? 더구나 우리 같은 놈은 언문도 그런 대로 뜯어보기는 보아도 읽기에 여간 괴롭지가 않아요.

그러니 어려운 언문하고 까다로운 한문하고를 섞어서 쓴 글을 뜻을 몰라 못 보지요. 언문으로만 쓴 것은 소설 나부랭이인데 읽기가 힘이 들 뿐 아니라 또 죄선 사람이 쓴 소설이란 건 재미가 있어야죠. 나는 죄선 신문이나 죄선 잡지하고는 담쌓고 남 된 지 오랜걸요.

잡지야 뭐 킹구나 쇼넹구라부 덮어 먹을 잡지가 있나요. 참 좋아요. 한문 글자마다 가나를 달아 놓았으니 어떤 대문을 척 펴 들어도 술술 내리 읽고 뜻을 휑하니 알 수 있지요.

그리고 어떤 대문을 읽어도 유익한 교훈이나 재미나는 소설이지요.

소설 참 재미있어요. 그 중에도 기쿠지 캉 소설…… 어쩌면 그렇게도 아기자기하고도 달콤하고도 재미가 있는지. 그리고 요시카와 에이지, 그의 소설은 진찐바라바라(칼싸움) 하는 지다이모노(시대물)인데 마구 어깻바람이

나구요.

소설이 모두 그렇게 재미있지요. 망가가 많지요. 사진이 많지요. 그러고도 값은 조음 헐하나요. 십오 전이면 바로 고 전달치를 사 볼 수 있고 보고 나서는 오 전에 도로 파는데요.

잡지도 기왕 하려거든 그렇게나 해야지 죄선 사람들은 제엔장 큰소리는 곧잘 하더구먼서도 잡지 하나 반반한 거 못 만들어 내니!

그 날도 글쎄 잡지가 그 꼴이라 애여 글을 볼 멋도 없고 해서 혹시 망가나 사진이라도 있을까 하고 책장을 후루루 넹기니깐 마침 아저씨 이름이 있겠다요. 하두 신통해서 쓰윽 펴 들고 보았더니 제목이 첫줄은 경제, 사회…… 무엇 어쩌구 잔주(큰 주석 아래에 더 자세히 단 주석)를 달아 놨겠지요.

그것만 보아도 벌써 그럴듯해요. 경제는 아저씨가 대학교에서 배웠다니까 경제 속은 잘 알 것이고, 또 사회는, 그것 역시 사회주의를 했으니까 그 속도 잘 알 것이고, 그러니까 경제하고 사회주의하고 어떻게 서로 관계가 되는 것이며 어느 편이 옳다는 것이며 그런 소리를 썼을 게 분명해요.

뭐, 보나 안 보나 빠안하지요. 대학교까지 가설랑 경제를 배우고도 돈 모을 생각은 않고서 사회주의만 하고 다닌 양반이라 경제가 그르고 사회주의가 옳다고 우겨댔을 게니깐요.

아무렇든 아저씨가 쓴 글이라는 게 신기해서 좀 보아 볼 양으로 쓰윽 훑어봤지요. 그러나 웬걸 읽어 먹을 재주가 있나요. 글자는 아주 어려운 자만 아니면 대강 알기는 하겠는데 붙여 보아야 대체 무슨 뜻인지를 알 수가 있어야지요.

속이 상하길래 읽어 보자던 건 작파((하던 일이나 계획을) 그만두어 버림)하고서 아저씨를 좀 따잡고 몰아셀 양으로 그 대목을 차악 펴 놨지요.

"아저씨?"

"왜 그러니?"

"아저씨가 여기다가 경제 무어라고 쓰구, 또 사회 무어라구 썼는데 그러면 그게 경제를 하라는 뜻이오 사회주의를 하라는 뜻이오?"

"뭐?"

못 알아듣고 뚜렷뚜렷해요. 자기고 쓰고도 오래 돼서 다아 잊어버렸거나 혹시 내가 말을 너무 까다롭게 내기 때문에 섬뻑 대답이 안 나왔거나 그랬지요. 그래 다시 조곤조곤 따졌지요.

"아저씨! 경제란 것은 돈 모아서 부자 되라는 거 아니오. 그런데 사회주의란 것은 모아 둔 부자 사람의 돈을 빼앗아 쓰는 거 아니오?"

"이애가 시방!"

"아아니, 들어 보세요."

"너, 그런 경제학, 사회주의 어디서 배웠니?"

"배우나마다, 경제란 건 돈 많이 벌어서 애껴 쓰구 나머지 모아 두는 게 경제 아니오?"

"그건 보통 경제 한다는 뜻으로 쓰는 경제고, 경제학이니 경제적이니 하는 건 또 다르다."

"다른 게 무어요? 경제는 돈 모으는 것이고 그러니까 경제학이면 돈 모으는 학문이지요."

"아니란다. 혹시 이재학(理財學)이라면 돈 모으는 학문이라고 해도 근리(近理)할지 모르지만 경제학은 그런 게 아니란다."

"아아니 그렇다면 아저씨, 대학교 잘못 다녔소. 경제 못 하는 경제학 공부를 오 년이나 했으니 그거 무어란 말이오? 아저씨가 대학교까지 다니면서 경제 공부를 하구두 왜 돈을 못 모으나 했더니 이제 보니깐 공부를 잘못해서 그랬군요!"

"공부를 잘못했다? 허허. 그랬을는지도 모르겠다. 옳다 네 말이 옳아!"

이거 봐요. 글쎄, 단박 꼼짝 못 하잖나. 암만 대학교를 다니고, 속에는 육조를 배포했어도 그렇다니깐 글쎄…….

"아저씨?"

"왜 그러니?"

"그러면 아저씨는 대학교 다니면서 돈 모아 부자 되는 경제 공부를 한 게 아니라 모아 둔 부자 사람네 돈 빼앗아 쓰는 사회주의 공부를 했으니 말이지요……."

"너는 사회주의가 무얼루 알구서 그러냐?"

"내가 그까짓 걸 몰라요?"

한바탕 주욱 설명을 했지요. 내 얼굴만 물끄러미 올려다보고 누웠더니 피쓱 한 번 웃어요. 그리고는 그 양반이 하는 소리겠다요.

"그게 사회주의냐 불한당이지."

"아아니, 그럼 아저씨두 사회주의가 불한당인 줄은 아시는구려?"

"내가 어째 사회주의가 불한당이랬니?"

"방금 그러잖았어요?"

"글쎄, 그건 사회주의가 아니라 불한당이란 그 말이다."

"거 보시우! 사회주의란 것은 그렇게 날불한당이어요. 아저씨두 그렇다구 하면서 아니시래요?"

"이애가 시방 입심 겨름을 하재나!"

이거 봐요. 또 꼼짝 못 하지요? 다아 이래요 글쎄…….

"아저씨?"

"왜 그러니?"

"아저씨두 맘 달리 잡수시오."

"건 어떻게 하는 말이야?"

"걱정 안 되시우?"

"나 같은 사람이 걱정이 무슨 걱정이냐? 나는 네가 걱정이더라."

"나는 머 버젓하게 요량이 있는걸요."

"어떻게?"

"이만저만한가요!"

또 한바탕 주욱 설명을 했지요. 이 얘기를 다아 듣더니 그 양반 한다는 소리 좀 보아요.

"너두 딱한 사람이다!"

"왜요?"

"……."

"아아니, 어째서 딱하다구 그러시유?"

"……."

"네? 아저씨."

"……."

"아저씨?"

"왜 그래?"

"내가 딱하다구 그러셨지요?"

"아니다. 나 혼자 한 말이다."

"그래두……."

"이애!"

"네?"

"사람이란 것은 누구를 물론허구 말이다, 아첨하는 것같이 더러운 게 없느니라."

"아첨이오?"

"저…… 위로는 제왕, 밑으로는 걸인, 그 모든 사람이 위선 시방 이 제도의 이 세상에 말이다, 제가끔 제 분수대루 살아가는 데 있어서 말이다, 제 개성을 속여 가면서꺼정 생활에다가 아첨하는 것같이 더러운 것이 없고,

그런 사람같이 가련한 사람은 없느니라. 사람이란 건 밥 두 그릇이 밥 한 그릇보다 더 배가 부른 건 아니니까."

"그건 무슨 뜻인데요."

"네가 일본인 여자와 결혼을 해서 성명까지 갈고 모든 생활 법도를 일본화하겠다는 것이 말이다."

"네, 그게 좋잖아요?"

"그것이 말이다. 진실로 깊은 교양이나 어진 지혜의 판단에서 우러나온 것이라면 그도 모를 노릇이겠지. 그렇지만 나는 보매 네가 그런다는 것은 다른 뜻으로 그러는 것 같다."

"다른 뜻이라니요?"

"네 주인의 비위를 맞추고, 이웃의 비위를 맞추고 하자고……."

"그야 물론이지요! 다이쇼의 신용을 받아야 하고 이웃 내지인들하구두 좋게 지내야지요. 그래야 할 게 아니겠어요."

"……."

"아저씨는 아직두 세상 물정을 모르시오. 나이는 나보담 많구 대학교 공부까지 했어도 일찌감치 고생살이를 한 나만큼 세상 물정은 모릅니다. 시방이 어느 세상인데 그러시우?"

"이애!"

"네?"

"네가 방금 세상 물정이랬지?"

"네."

"앞길이 환하게 틔었다구 그랬지?"

"네."

"환갑까지 십만 원 모은다구 그랬지?"

"네."

"네가 말하려는 세상 물정하구 내가 말하려는 세상 물정하구 내용이 다르기도 하지만 세상 물정이란 건 그야말로 그리 만만한 게 아니다."

"네."

"사람이란 건 제아무리 날구 뛰어도 이 세상에 형적 없이 그러나 세차게 주욱 흘러가는 힘 – 그게 말하자면 세상 물정이겠는데 – 결국 그것의 지배하에서 그것을 따라가지, 별수가 없는 거다."

"네?"

"쉽게 말하면 계획이나 기회를 아무리 억지루 만들어 놓아도 결과가 뜻대루는 안 된단 말이다."

"젠장, 아저씨두…… 요전 킹구라는 잡지에두 보니까, 나폴레옹이라는 서양 영웅이 그랬답니다. 기회는 제가 만든다구, 그리고 불가능이란 말은 바보의 사전에서나 찾을 글자라구요. 아 자꾸자꾸 계획하구 기회를 만들구 해서 분투 노력해 나가면 이 세상일 안 되는 일이 어디 있나요? 한 번 실패하거든 갑절 용기를 내 가지고 다시 일어서지요. 칠전팔기 모르시오?"

"나폴레옹도 세상 물정에 순응할 때는 성공했어도 그것에 거슬리다가 실패를 했더란다. 너는 칠전팔기해서 성공한 몇 사람만 보았지. 여덟 번 일어섰다가 아홉 번째 가서 영영 쓰러지구는 다시 일어나지 못한 숱한 사람이 있는 건 모르는구나?"

"그래두 인제 두구 보시우. 나는 천하 없어두 성공하구 말 테니…… 아저씨는 그래서 더구나 못써요. 일해 보기두 전에 안 될 줄로 낙심 먼저 하구……."

"하늘은 꼭 올라가 보구래야만 높은 줄 아니?"

원 마지막 가서는 할 소리가 없으니깐 동에도 닿지 않는 비유를 가져다 돌려대는 걸 보아요. 그게 어디 당한 말인고? 안 올라가 보면 뭐 하늘 높은 줄 모를 천한 멍텅구리도 있을까? 그만 해 두려다가 심심하길래 또 말을 시켰지요.

"아저씨?"

"왜 그래?"

"아저씨는 인제 몸 다아 충실해지면 어떡허실려우?"

"무얼?"

"장차……."

"장차?"

"어떡허실 작정이세요?"

"작정이 새삼스럽게 무슨 작정이냐?"

"그럼 아저씨는 아무 작정 없이 살아가시우?"

"없기는?"

"있어요?"

"있잖구."

"무언데요?"

"그새 지내 오던 대로……."

"그러면 저 거시기, 무엇이나 도루 또 그걸……?"

"그렇겠지."

"아저씨?"

"……."

"아저씨?"

"왜 그래?"

"인제 그만두시우."

"그만두라구?"

"네."

"누가 심심풀이 소일루 그러는 줄 아느냐?"

"그렇잖구요?"

"……."

"아저씨?"

"……."

"아저씨?"

"왜 그래?"

"아저씨 올해 몇이지요?"

"서른셋."

"그러니 인제는 그만큼 해 두고 맘 잡아서 집안 일 할 나이두 아니오?"

"집안 일을 해서 무얼 하나?"

"그러기루 들면 그 짓은 해서 또 무얼 하나요?"

"무얼 하려고 하는 게 아니란다."

"그럼, 아무 희망이나 목적이 없으면서 그래요?"

"목적? 희망?"

"네."

"개인의 목적이나 희망은 문제가 다르니까…… 문제가 안 되니까……."

"원, 그런 법도 있나요?"

"법?"

"그럼요!"

"법이라……."

"아저씨?"

"……."

"아저씨?"

"왜 그래?"

"아주머니가 고맙잖습디까?"

"고맙지."

"불쌍하지요?"

"불쌍? 그렇지, 불쌍하다면 불쌍한 사람이지!"

"그런 줄은 아시누만?"

"알지."

"알면서 그러시우?"

"고생을 낙으로, 그 쓰라린 맛을 씹고 씹고 하면서 그것에서 단맛을 알아내는 사람도 있느니라. 사람도 있는 게 아니라 사람마다 무슨 일에도 진정과 정신을 꼬박 거기다가만 쓰면 그렇게 되는 법이니라. 그러니까 그쯤 되면 그 때는 고생이 낙이지. 너희 아주머니만 두고 보더라도 고생이 고생이면서도 고생하는 게 낙이란다."

"그렇다고 아저씨는 그걸 다행히만 여기시우?"

"아아니."

"그렇거들랑 아저씨두 아주머니한테 그 은공을 더러는 갚아야 옳을 게 아니오?"

"글쎄, 은공을 모르는 건 아니지만……."

"그러니 인제 병이나 확실히 다아 나신 뒤엘라컨……."

"바빠서 원……."

글쎄 이 한다는 소리 좀 보지요? 시치미 뚜욱 떼고 누워서 바쁘다는군요! 사람 속차릴 여망(남은 희망 또는 앞으로의 희망) 없어요. 그저 어디로 대나 손톱만큼도 쓸모는 없고 남한테 사폐(어떤 일이나 행동에서 나타나는 옳지 못한 경향이나 해로운 요소)만 끼치고 세상에 해독만 끼칠 사람이니, 뭐 하루 바삐 죽어야 해요. 죽어야 하고 또 죽어서 마땅해요. 그런데 글쎄 죽지를 않고 꼼지락꼼지락 도로 살아나니 성화라고는, 내…….

작품의 이해

• 구조적 분석

갈래 : 단편 소설

배경 : 일제 시대의 군산과 서울

시점 : 1인칭 관찰자 시점

문체 : 독백체, 경어체

주제 : 일제 식민지하의 지식인의 삶에 대한 비판

출전 : 〈동아일보〉, 1938

• 작품해설

이 작품은 1920~1930년대 물질주의적 도시 문화 속에서 일어나는 부조리한 현상을 다루고 있다. 또한 열악한 사회 환경과 정신적인 억압을 받고 있는 지식인의 모습을 역논리의 기법을 사용한 풍자적 · 반어적 수법으로 나타내고 있다. 작가는 동일비중의 사건이나 어구를 반복하거나 비어 · 속어를 사용하여 풍자나 반어의 효과를 냄과 동시에 칭찬과 비난의 역전 기법을 사용하고 있다.

즉, 소설 외면상으로는 나의 생활 방식을 긍정하고 아저씨의 모습은 치숙, 바보 아저씨라는 제목에서처럼 부정적인 인물로 묘사하고 있다. 하지만 실지는 나의 생활 방식은 비난하면서 이에 반한 아저씨의 생활은 일부 긍정하고 있는 것이다. 물론 사회를 이끌어 나가야 할 지식인으로서의 무기력하고 무책임한 모습만 보이는 아저씨에 대해서는 비판적인 경향을 보인다.

그러나 일제 시대의 우민화 정책과 동화 정책에 순응해서 자아를 완전히 상실한 채 나름대로 만족하며 살아가는 나의 모습이야말로 작가가 진정 비판하고자 하는 것이다.

이렇듯 풍자와 반어의 수법을 통해 일제의 우민화 정책과 사회주의 지식인의 정치적 · 경제적 수난을 다루면서 당대에 가장 중요한 문제라고 할 수 있는 지식인과 민중의 괴리를 표현하고 있다. 작가는 지식인이 지닌 패배감의 근본적인 원인을 민중과 떨어져 조롱받는 데서 찾고 있는 것이다. 이 양자의 거리가 좁혀지지 않는 한 물질적인 사고에 중독되어 버린 민중과 고뇌하는 지식인은 영원한 평행선을 그릴 따름이다.

• **생각해보기**

1. 이 작품에서 사실상 풍자하고 있는 인물은 누구이며, 그를 통해 무엇을 비판하고자 하는가?
2. 〈레디 메이드 인생〉에서의 지식인의 모습과 〈치숙〉에서의 지식인의 모습을 비교해 보자.

☞**해답**

1. 나를 통해 일제의 우민화 정책을 비판하고자 한다.
2. 둘 다 실패한 지식인이지만 〈레디 메이드 인생〉의 지식인의 모습은 자조적이고 부정적이기는 하나 사회에 조금이나마 저항하려는 모습을 보인다. 그러나 〈치숙〉의 지식인의 모습은 철저한 사회주의 운동도 하지 못하면서 생활에 대해서는 무기력하고 무책임한 모습을 보인다.

논 이야기

• 읽기전에

1. 작가가 작품을 통해 풍자하고자 하는 것이 무엇인지 찾아보자.
2. 한 생원의 꿈과 관련하여 만세가 가지는 의미를 생각해 보자.

• 줄거리

일인들이 토지와 모든 재산을 그대로 내어놓고 쫓기어 가게 되었다는 이야기를 들은 한 생원은 어깨가 우쭐하다. 한 생원네는 한 생원의 아버지가 부지런히 일한 덕에 열서너 마지기와 일곱 마지기의 논을 장만할 수 있었다. 그러나 조선 말 부패한 군수에게 논을 빼앗기고 일제 식민지하에서 한 생원은 남은 일곱 마지기 논마저 일인에게 팔아 버리고 빈털터리가 된다. 일인이 물러가면 자신이 판 논을 다시 되찾을 수 있으리라는 부질없는 희망 속에 35년을 지낸 한 생원에게는 국가의 주인이 누가 되는가는 중요치 않다. 오직 일인에게 판 논과 멧갓을 다시 찾을 수 있다는 사실이 기쁜 것이다. 그러나 잇속에 밝은 무리들이 도망간 일인을 대신하여 그들의 재산을 매각함으로써 되찾지 못하게 된 한 생원은 구장을 찾아가 이렇게 한탄한다. "독립했다구 했을 제, 내, 만세 안 부르기 잘 했지."

논 이야기

일인들이 토지와 그밖에 온갖 재산을 죄다 그대로 내어놓고, 보따리 하나에 몸만 쫓기어 가게 되었다는 이야기를 들은 한 생원은 어깨가 우쭐하였다.

"거 보슈 송 생원. 인전들, 내 생각 나시지?"

한 생원의 허연 탑삭부리에 묻힌 쪼글쪼글한 얼굴이 위아래 다섯 개밖에 안 남은 누런 이빨과 함께 흐물흐물 웃는다.

"그러면 그렇지. 글쎄 놈들이 제아무리 영악하기로서니 논에다 네 귀탱이 말뚝 박구섬 인도깨비처럼, 어여차어여차 땅을 떠 가지구 갈 재주야 있을 이치가 있나요?"

한 생원은 참으로, 일본이 항복을 하였고, 조선은 독립이 되었다는 그날—8월 15일 적보다도 신이 나는 소식이었다. 자기가 한 말[豫言]이 꿈결같이도 이렇게 와 들어맞다니……. 그리고 자기가 한 말대로, 자기가 일인에게 팔아 넘긴 땅이 꿈결같이도 도로 자기의 것이 되게 되었다니……. 이런 세상에 신기하고 희한할 도리라고는 없었다.

조선이 독립이 되었다는 8월 15일, 그 때는 한 생원은 섬뻑 만세를 부르고 싶은 생각이 나지 않았어도, 이번에는 저절로 만세 소리가 나와지려고 하였다.

8월 15일 적에 마을에서는 젊은 사람들이 설도를 하여 태극기를 만들고 닭을 추렴(모임 · 놀이 등의 비용으로 여럿이 얼마씩 돈 · 물건 등을 나누어 내는 일) 하고 술을 사고 하여 놓고, 조촐히 만세를 불렀다.

한 생원은 그 자리에 참예를 하지 아니하였다. 남들이 가서 같이 만세를 부르자고 하였으나 한 생원은 조선이 독립이 되었다는 것이 별로 반가운 줄을 모르겠었다. 그저 덤덤할 뿐이었었다.

물론 일본이 항복을 하였으니, 전쟁은 끝이 난 것이요, 전쟁이 끝이 났으니 벼 공출을 비롯하여, 솔뿌리 공출이야, 마초(馬草 말을 먹이기 위한 꼴(풀)) 공출이야, 채소 공출이야, 가지가지의 그 억울하고 성가신 공출이 없어지고 말 것이었다.

또, 열여덟 살배기 손자놈 용길이가, 징용에 뽑혀 나갈 염려가 없을 터이었다. 얼마나 한 생원은, 일찍이 아비를 여의고, 늙은 손으로 여태껏 길러 온 외톨 손자놈 용길이가 징용에 뽑히지 말게 하려고, 구장과 면의 노무계 직원과, 부락 담당 직원에게 굽은 허리를 굽실거리며 건사를 물고 하였던고. 굶는 끼니를 더 굶어 가면서 그들에게 쌀을 보내어 주기, 그들이 마을에 얼씬하면 부랴부랴 청해다, 씨암탉 잡고, 술대접하기, 한참 농사일이 몰릴 때라도, 내 농사는 손이 늦어도, 용길이를 시켜 그들의 논에 모심고 김매어 주고 하기. 이 노릇에 흰머리가 도로 검어질 지경이요, 빚은 고패가 넘도록 지고 하였다.

하던 것이 인제는 전쟁이 끝이 났으니, 징용 이자는 싹 씻은 듯 없어질 것. 마음 턱 놓고 두 발 쭉 뻗고 잠을 자도 좋았다.

이런 일을 생각하면 한 생원도 미상불(아닌 게 아니라. 과연) 다행스럽지 아니한 것은 아니었다. 그러나 오직 그뿐이었다.

독립?

신통할 것이 없었다.

독립이 되기로서니, 가난뱅이 농투성이('농부'의 낮춤 말)가 별안간 나으리 주사 될 리 만무하였다. 가난뱅이 농투성이가 남의 세토(貰土:小作) 얻어, 비지땀 흘려 가면서 일 년 농사지어, 절반도 넘는 도지[小作料] 물고, 나머지로 굶으며 먹으며 연명이나 하여 가기는 독립이 되거나 말거나 매양 일반일 터이었다.

공출이야 징용이야 하여서 살기가 더럭 어려워지기는 전쟁이 나면서부터였었다. 전쟁이 나기 전에는 일 년 농사지어 작정한 도지, 실수 않고 물면, 모자라나따나 아무 시비와 성가심 없이 내 것 삼아 놓고 먹을 수가 있었다.

징용도 전쟁이 나기 전에는 없던 풍도였었다. 마음놓고 일을 하였고 그것으로써 그만이었지, 달리는 근심 걱정 될 것이 없었다.

전쟁 사품(어떠한 동작 · 일 등이 진행되는 바람이나 기회)에 생겨난 공출이니 징용이니 하는 것이 전쟁이 끝이 남으로써 없어진 다음에야, 독립이 되기 전 일본 정치 밑에서도 남의 세토 얻어 도지 물고 나머지나 차지하는 가난뱅이 농투성이에서 벗어날 것이 없을진대, 한갓 전쟁이 끝이 나서 공출과 징용이 없어진 것이 다행일 따름이지, 독립이 되었다고 만세를 부르며 날뛰고 할 흥이 한 생원으로는 나는 것이 없었다.

일인에게 빼앗겼던 나라를 도로 찾고 그래서 우리도 다시 나라가 있게 되었다는 이 잔주도, 역시 한 생원에게는 시뻐둥한 것이었다. 한 생원은 나라를 도로 찾는다는 것은, 구한국 시절로 다시 돌아가는 것으로밖에는 달리는 생각할 수가 없었다.

한 생원네는 한 생원의 아버지의 부지런으로 장만한, 열서너 마지기와 일곱 마지기의 두 자리 논이 있었다. 선대의 유업도 아니요, 공문서(空文書 : 無登記) 땅을 거저 주운 것도 아니요, 빼젓이 값을 내고 산 것이었다. 하되 그 돈은 체계(장에서 비싼 이자로 돈을 꾸어 주고, 장날마다 본전의 일부와 이자를 받아들이는 일)나 돈놀이[高利貸金業]하여 모은 돈도 아니요, 품삯 받아 푼푼이 모으고 악의 악식(거친 옷과 음식. 또는, 그런 생활을 함)하면서 모은 돈이었다. 피와 땀이 어린 땅이었다.

그 피땀 어린 논 두 자리에서, 열서 마지기를 한 생원네는 산 지 겨우 오년 만에 고을 원[郡守]에게 빼앗겨 버렸다.

지금으로부터 오십 년 전, 갑오 을미 병신 하는, 병신년(丙申年) 한 생원의 나이 스물한 살 적이었다.

그 안 해 을미년 늦은 가을에 김아무[金某]라는 원이 동학란에 도망친 원 대신으로 새로이 도임을 해 와서 동학의 잔당을 비질하듯 잡아 죽였다.

피비린내 나는 살육이 이듬해 병신년 봄까지 계속되었고, 그러고 여름…… 인제는 다 지났거니 하여 겨우 안도를 한 참인데, 한태수(한 생원의 아버지)가 원두막에서 동헌으로 붙잡혀 가 옥에 갇히었다. 혐의는 동학에 가담하였다는 것이었다.

한태수는 전혀 동학에 가담한 일이 없었다. 그의 말대로 하면, 동학 근처에도 가 보지 아니한 사람이었다.

옥에 가두어 놓고는, 매일 끌어내다 실토를 하라고, 동류의 성명을 불라고, 주리를 틀면서 문초를 하였다. 육십이 넘은 늙은 정강이가 살이 으깨어지고 뼈가 아스러졌다.

나중 가서야 어찌 될망정, 당장의 아픔을 견디다 못하여, 동학에 가담하였노라고 자복(자백하여 복종함)을 하였다. 입에서 나오는 대로 아는 사람의 이름을 불렀다.

불린 일곱 사람이 잡혀 들어와, 같은 문초를 받았다. 처음에는들 내뻗었으나 원체 아픔을 이기지 못하여 자복을 하였다.

남은 것은 처형을 하는 것뿐이었다.

하루는 이방이, 한태수의 아내와 아들(한 생원)을 조용히 불렀다.

이방은 모자더러, 좌우간 살려낼 도리를 하여야 않느냐고 하였다. 모자는 엎드려 빌면서, 제발 이방님 덕택에 목숨만 살려지이다고 하였다.

"꼭 한 가지 묘책이 있기는 있는데…… 그럼 내가 시키는 대로 할 테냐?"

"불 속이라도 뛰어들어가겠습니다."

"논문서를 가져오너라. 사또께다 바쳐라."

"논문서를요?"

"아까우냐?"

"……."

"가장이나 애비의 목숨보다 논이 더 소중하냐?"

"그 땅이 다른 땅과도 달라서……."

"정히 그렇게 아깝거든 고만두는 것이고."

"논문서만 가져다 바치면 정녕 모면을 할까요?"

"아니 될 노릇을 시킬까?"

"그럼 이 길로 나가서 가지고 오겠습니다."

"밤에 조용히 내아(內衙:官舍)로 오도록 하여라. 나도 와서 있을 테니. 그러고 네 논이 두 자리가 있것다?"

"네."

"열서 마지기와 일곱 마지기."

"네."

"그 열서 마지기를 가지고 오너라."

"열서 마지기를요?"

"아까우냐?"

"……."

"아깝거들랑 고만두려무나."

"그걸 바치고 나면 소인네는 논 겨우 일곱 마지기를 가지고 수다한(수효가 많은) 권솔(한집에서 거느리고 사는 식구)에 살아갈 방도가……."

"당장 가장이나 애비의 목숨은 어데로 가던지?"

"……."

"땅이야 다시 장만도 할 수가 있는 것이 아니냐?"

모자는 서로 돌아보면서 말하였다.

"바칩시다."

"바치자."

사흘만에 한태수는 놓여 나왔다. 다른 일곱 명도 이방이 각기 사이에 들어, 각기 얼마씩의 땅을 바치고 놓여 나왔다.

그 뒤 경술년(庚戌年)에 일본이 조선을 합방하여, 나라는 망하였다.

사람들이 나라 망한 것을 원통히 여길 때, 한 생원은,

"그깐 놈의 나라, 시언히 잘 망했지."

하였다. 한 생원 같은 사람으로는 나라란 백성에게 고통이지, 하나도 고마운 것이 아니었다. 또 꼭 있어야 할 요긴한 것도 아니었다.

그런 나라라는 것을 도로 찾았다고 하여, 섬뻑 감격이 일지 아니한 것도 일변 의당한 노릇이라 할 것이었다.

논 스무 마지기에서 열서 마지기를 빼앗기고 나니, 원통한 것도 원통한 것이지만, 앞으로 일이 딱하였다. 논이나 겨우 일곱 마지기를 가지고는 어림도 없었다.

하릴없이 남의 세토를 얻어, 그 보충을 하여야 하였다. 그러나 남의 세토는 도지를 물어야 하는 것이라, 힘은 내 논을 지을 때와 마찬가지로 들

면서도 가을에 가서 차지를 하기는 절반이 못 되는 것이었었다. 그렇지만 그렇다고 남의 세토를 소작 아니 할 수는 없었다.

이리하여 한 생원네는 나라 명색이 망하지 않고 내 나라 있을 적부터 가난한 소작농이었다.

경술년 나라가 망하고, 삼십육 년 동안 일본의 다스림 밑에서도 같은 가난한 소작농이었다.

그리고 속담에, 남의 불에 게 잡기로, 남의 덕에 나라를 도로 찾기는 하였다지만 한국 말년의 나라만을 여겨, 그 나라가 오죽할 리 없고, 여전히 남의 세토나 지어먹는 가난한 소작농이기는 일반일 것이라고 한 생원은 생각하던 것이었다.

일본이 항복을 하던 바로 전의 삼사 년에 공출이야 징용이야 하면서 별안간 군색함과 불안이 생겼던 것이지 그밖에는 나라가 망하여 없어지고서 일본의 속국 백성으로 사는 것이, 경술년 이전 나라가 있어 가지고 조선 백성으로 살 적보다 별로 못한 것이 한 생원에게는 없었다. 여전히 남의 세토를 지어, 절반 이상이나 도지를 물고 그 나머지를 차지하는 가난한 소작인이요, 순사나 일인이나 면서기들의 교만과 압박보다 못할 것도 없거니와 더할 것도 없었다.

독립이 된 이 앞으로도 그것이 천지 개벽이 아닌 이상 가난한 농투성이가 느닷없이 부자 장자 될 이치가 없는 것이요, 원, 아전(조선 시대의 '서리'의 딴 이름), 토반(土班 여러 대를 그 지방에서 붙박이로 사는 양반)이나 일본놈 대신에 만만하고 가난한 농투성이를 핍박하는 '권세 있는 양반들'이 생겨나고 할 것이매, 빼앗겼던 나라를 도로 찾아 다시금 조선 백성이 되었다는 것이 조금도 신통하거나 반가운 것이 없었다.

원과 토반과 아전이 있어 토색질(금품을 억지로 달라고 조르는 짓)이나 하고 붙잡아다 때리기나 하고 교만이나 피우고 허되 세미(稅米:納稅)는 국가의 이름으로 꼬박꼬박 받아 가면서 백성은 죽어야 모른 체를 하고 하는 나라의 백성으로도 살아 보았다.

천하 오랑캐, 아비와 자식이 맞담배질을 하고 남매간에 혼인을 하고 뱀을 먹고 하는 왜인들이 저희가 주인이랍시고서 교만을 부리고 순사와 헌병은 칼바람에 조선 사람을 개돼지 대접을 하고 공출을 내어라 징용을 나가거라 야미(闇)를 하지 마라 하면서 볶아 대고 또 일본이 우리 나라다, 나는 일본 백성이다 이런 도무지 그럴 마음이 우러나지를 않는 억지 춘향이 노릇을 시키고 하는 나라의 백성으로도 살아 보았다.

결국 그러고 보니 나라라고 하는 것은 내 나라였건, 남의 나라였건 있었댔자 백성에게 고통이나 주자는 것이지 유익하고 고마울 것은 조금도 없는 물건이었다. 따라서, 앞으로도 새나라는 말고 더한 것이라도, 있어서 요긴할 것도, 없어서 아쉬울 일도 없을 것이었다.

신해년(辛亥年)……. 경술 합방 바로 이듬해였다. 한 생원은 — 젊은 때의 한덕문은 — 빼앗기고 남은 논 일곱 마지기를 불가불 팔아야 할 형편에 이르렀다.

칠팔 명이나 되는 권솔인데, 내 논 일곱 마지기에다 남의 논이나 몇 마지기를 소작하여 가지고는 여간한 규모와 악의 악식이 아니고서는 도저히 현상 유지를 하기가 어려웠다.

한덕문은 그 부친과는 달라, 살림 규모가 없었다. 사람이 좀 허황하고 헤픈 편이었다.

부친 한태수가 죽고, 대신 당가산(當家産)을 한 지 불과 오륙 년에 한덕문은 힘에 넘치는 빚을 졌다.

이 빚은 단순히 살림에 보태노라고만 진 빚은 아니었다.

한덕문은 허황하고 헤픈 값을 하노라고, 술과 노름을 쏠쏠히 좋아하였다.

일 년 농사를 지어야 일 년 가계가 번히 모자라는데, 거기다 술을 먹고 노름을 하니, 늘어가느니 빚밖에는 있을 것이 없었다.

빚은 갚아야 되었다.

팔 것이라고는 논 일곱 마지기, 그것뿐이었다.

한덕문이 빚을 이리 틀어막고, 저리 틀어막고, 오늘로 밀고 내일로 밀고 하여 오던 끝에, 마침내는 더 꼼짝을 할 도리가 없어, 논을 팔기로 작정을 했을 무렵에, 그러자 용말[龍田] 사는 일인 길천(吉川)이가 웃세로 바짝 땅을 많이 사들인다는 소문이 들리었다. 그리고 값으로 말하여도 썩 좋은 상답(토질이 썩 좋은 논. '상등답(上等畓)'의 준말)이면 한 마지기[二百坪]에 스무 냥으로 스물닷 냥[四圓 乃至 五圓]까지 내고, 아주 박토(薄土 매우 메마른 땅)라도 열 냥[二圓] 안짝은 없다고 하였다.

땅마지기나 가진 인근의 다른 농민들도 다들 그러하였지만 한덕문은 그 중에서도 귀가 반짝 띄었다.

시세의 갑절이었다.

고래실논(바닥이 깊고 물길이 좋은 기름진 논)으로, 개똥뱀이 상지 상답이라야 한 마지기에 열 냥이나 열두어 냥이고, 땅 나쁜 것은 기지개 켜야 닷 냥[一圓]이었다.

'팔자!'

한덕문은 작정을 하였다.

일곱 마지기 논이 상지 상답은 못 되어도, 상답은 되니 잘 하면 열 냥은 받을 것. 열 냥이면 이칠 십사 일백마흔 냥[二十八圓].

빚이 이럭저럭 한 오십 냥[十圓] 되나 그것을 갚고 나면 아흔 냥[十八圓]이 남아. 아흔 냥을 가지고 도로 논을 장만해. 판 일곱 마지기만한 토지의 논을 사더라도 아홉 마지기를 살 수가 있어.

결국, 논 한 번 팔고 사고 하는 노름에, 빚 오십 냥 거저 갚고도, 논은 두 마지기가 늘어 아홉 마지기가 생기는 판이 아니냐.

이런 어수룩한 노름을 아니 하잘 머리가 없는 것이었었다.

양친은 이미 다 없은 때요, 한덕문 그가 대주(大主:戶主)였으므로, 혼자서 일을 결단하여도 간섭을 받을 일은 없었다.

곡우(穀雨 24절기의 여섯째. 양력 4월 20일경) 머리의 어느 날 한덕문은 맨발 짚신 풀 상투에 삿갓 쓰고 곰방대 물고, 마을에서 십 리 상거(서로 떨어져 있는 것. 떨어져 있는 두 곳의 거리)의 용말 출입을 나갔다. 일인 길천이가 적실히(틀림없이 확실히) 그렇게 후한 값으로 논을 사는지, 진가를 알아보고자 함이었다.

금강(錦江) 어귀의 항구 군산(群山)에서 시작되어, 동북 간방(東北間方)으로 임파읍(臨陂邑)을 지나, 용말로 나온 한길이, 용말 동쪽 변두리에서 솜리[裡里]로 가는 길과 황등 장터[黃登市]로 가는 길의 두 갈랫길로 갈리는, 그 샅에가, 전주집이라는 주모가 업을 하고 있는 주막이 오도카니 홀로 놓여 있었다.

한덕문은 전주집과는 생소치 아니한 사이였다.

마당이자 바로 한길인, 그 마당 앞에 섰는 한 그루의 실버들이 한창 푸르른, 전주집네 주막, 살진 봄볕이 드리운 마루에 나란히 걸터앉아, 세상 물정 이야기, 피차간 살아가는 이야기, 훨씬 한담을 하던 끝에 한덕문이 지난 말처럼 넌지시 물었다.

"참 저, 일인 길천이가 요새 땅을 많이 산다구?"

"많일께 아니라, 그 녀석이 아마, 이 근처 일판을, 땅이라구 생긴 건, 깡그리 쓸어 사자는 배폰가 봅디다!"

"헷소문은 아니로구먼?"

"달리 큰 배포가 있던지, 그렇잖으면 그 녀석이 상성(喪性 본래의 성질을 잃어서 딴사람같이 되는 것)을 했던지."

"……."

"한 서방으런두 속내 아는 배, 이 근처 논이 물 걱정 가뭄 걱정 없구, 한 마지기에 넉 섬은 먹는 논이라야 열 냥[二圓]이 상값 아니우? 그런 걸 글쎄, 녀석은 스무 냥 스물댓 냥을 펴 주구 사는구랴. 제마석[二斗落에 一石]두 못 먹는 자갈 바탕 박토라두, 논 명색이면 열 냥 안짝 잽히는 건 없구."

"허긴, 값이나 그렇게 월등히 많이 내야, 일인한테 논을 팔지, 그렇잖구서야 누가."

"제엔장, 나두 진작에 논이나 시늉만 생긴 거라두 몇 섬지기 장만해 두었더라면, 이런 판에 큰 횡잴 했지."

"그래, 많이들 와 파나?"

"대가릴 싸구 덤벼든답디다. 한 서방으런두 논 좀 파시구랴? 이런 때 안 팔구, 언제 팔우?"

"팔 논이 있나!"

이유와 조건의 어떠함을 물론하고, 농민이 논을 판다는 것은 남의 앞에 심히 떳떳스럽지 못한 일이었다. 번연히 내일 모레면 다 알게 될 값이라도 되도록 그런 기색을 숨기려고 드는 것이 통정이었다.

뚜벅뚜벅 말굽 소리가 나더니 말 탄 길천이가 주막 앞을 지난다. 언제나 그러하듯이 깜장 됫박 모자[中山帽子]에 깜장 복장[洋服:쓰메에리]을 입고 깜장 목 깊은 구두를 신고 허리에는 육혈포를 차고 하였다.

한덕문은 길에서 몇 차례 본 적이 있어, 그가 길천인 줄을 안다.

"어디 갔다 와요?"

전주집이 웃으면서 아는 체를 하는 것을, 길천은 웃지도 않으면서,

"응, 조오기. 우리, 나쁜 사라미 자바리 갔다 왔소."

길천의 차인꾼(장사하는 일에 시중 드는 사람)이요 통역꾼이기도 한 백남술

이가 밧줄로 결박을 지은 촌 젊은 사람 하나를 앞장세우고 뒤미처 나타났다.

죄수(?)는 상투가 풀어지고 발기발기 찢긴 옷과 면상으로 피가 묻고 한 것으로 보아 한바탕 늘씬 두들겨 맞은 것이 역력했다.

"어디 갔다 오시우?"

전주집이 이번에는 백남술더러 인사로 묻는다.

백남술은 분연히,

"남의 돈 집어먹구 도망 댕기는 놈은 죽어 싸지."

하면서 죄수에게 잔뜩 눈을 흘긴다.

그러고 나서 전주집더러,

"댕겨오께시니, 닭이나 한 마리 잡구 해놓게나. 놈을 붙잡느라구 한승강했더니 목이 컬컬허이."

그러느라고 잠깐 한눈을 파는 순간이었다. 죄수가 밧줄 한끝 붙잡힌 것을 홱 뿌리치면서 몸을 날려 쏜살같이 오던 길로 내뺀다.

"엇!"

백남술이 병신처럼 놀라다 이내 죄수의 뒤를 쫓는다.

길천의 탄 말이 두 앞발을 번쩍 들어 머리를 돌리면서 땅을 차고 달린다. 그러면서 길천의 손에서 육혈포가 땅……. 폴싹 연기가 나면서 재우쳐 땅…….

죄수는 그러나 첫 한 방에 그대로 길바닥에 가 동그라진다. 같은 순간 버선발로 뛰어내려 간 전주집이 에구머니 비명을 지른다.

죄수는 백남술에게 박승 한끝을 다시 붙잡히어 일어난다. 길천은 피스톨 사격의 명인(名人)은 아니었었다.

일인에게 빚을 쓰는 것을 왜채(倭債)라고 하고, 이 젊은 친구는 왜채를 쓰고서 갚지 아니하고, 몸을 피해 다니다가 붙잡힌 사람이었다.

길천은 백남술이가,

"이 사람은 논이 몇 마지기가 있소."

하고 조사 보고를 하면, 서슴지 아니하고 왜채를 주곤 한다. 이자도 항용 체계나 장변(장에서 꾸는 돈의 이자)보다 헐하였다.

빚을 주는 데는 무른 것 같아도 받는 데는 무서웠다.

기한이 지나기를 기다려 채무자를 제 집으로 데려다 감금을 하고 사형(私刑)으로써 빚 채근을 하였다.

부형이나 처자가 돈을 가지고 와서 빚을 갚는 날까지 감금과 사형을 늦추지 아니하였다.

논문서를 가지고 오는 자는 우대를 하였다. 이자를 탕감하고 본전만 쳐서 논으로 받는 것이었다. 논이 있는 사람은 돈을 두어 두고도, 즐기어 논으로 갚고 하였다.

한덕문은 다시 끌려가고 있는 죄수의 뒷모양을 우두커니 바라다보면서,

'제엔장, 양반 호랭이도 지질한데, 우환 중에 왜놈 호랭이까지 들어와서 이 등쌀이니, 갈수록 죽어 나는 건 만만한 백성뿐이로구나.'

'쯧, 번연히 알면서 왜채를 쓰는 사람이 잘못이지, 누구를 원망하나.'

'참새가 방앗간을 거저 지날까. 이왕 외상 술이라도 한잔 먹고 일어설까, 어떡헐까?'

이런 생각을 하고 앉았는 차에 생각잖이, 외가 편으로 아저씨뻘 되는 윤 첨지가, 퍼뜩 거기에 당도하였다. 윤 첨지는 황등 장터에서 제 논 석 지기나 지니고 탁신히 사는 농민이었다.

아저씬 웬일이시냐고, 조카 잘 있었더냐고. 항용 하는 인사가 끝난 후에, 이 동네 사는 길천이라는 일인이 값을 후히 내고 땅을 사들인다는 소문이 있으니 적실하냐고 아까 한덕문이 전주집더러 묻던 말을, 윤 첨지가 한덕문더러 물었다.

그렇단다는 한덕문의 대답에, 윤 첨지는 이윽히 생각을 하고 있더니 혼잣말같이,

"그럼 나두 이왕 궐(厥)한테나 팔아야 하겠군."

하다가 한덕문더러,

"황등이까지 가서두 살까? 예서 이십 리나 되는데."

하고 묻는다.

"글쎄요……. 건데 논은 어째 파실 영으루?"

"허, 그거 온 참……. 저어 공주 한밭[大田]서 무안 목포(木浦)루 철로(鐵路)가 새루 나는데, 그것이 계룡산(鷄龍山) 앞을 지나 연산 · 팥거리(連山 · 豆溪)루 해서 논메 · 강경(論山 · 江景)으루 나와 가지구 황등 장터를 지나게 된다네그려."

"그런데요?"

"그런데 철로가 난다 치면 그 십 리 안짝은 논을 죄 버리게 된다는 거야."

"어째서요?"

"차가 댕기는 바람에 땅이 울려 가지구 모를 심어두 뿌릴 제대루 잡지 못하구 해서, 벼가 자라질 못한다네그려!"

"무슨 그럴 리가……."

"건 조카가 속을 몰라 하는 소리지. 속을 몰라 하는 소린 것이, 나두 작년 정월에 공주 한밭엘 갔다, 그놈 차가 철로 위루 달리는 걸 구경했지만, 아 그 쇳덩이루 만든 집채더미 같은 시꺼먼 수레가 찻길 위루 벼락치듯 달리는데 땅바닥이 사뭇 움죽움죽하더라니깐! 여승 지동[地震]이야……. 그러니 땅이 그렇게 지동하듯 사철들이 울리니, 근처 논이 모가 뿌리를 잡을 것이며 자라기를 할 것인가?"

"……."

듣고 보니 미상불 근리한 말이었다.

"몰랐으면이어니와 알구두 그대루 있겠던가? 그래 좀 덜 받더래두 팔아 넘길 영으루 하구 있는데, 소문을 들으니 길천이라는 손이 요새 값을 시세보다 갑절씩이나 내구 논을 산다데나그려. 정녕 그렇다면 철로 조간이 아니라두 팔아 가지구 딴 데루 가서 판 논 갑절 되는 논을 장만함직두 한 노릇인데, 황차(하물며)……."

"철로가 그렇게 난다는 건 아죽 적실한가요?"

"말끔 다 측량을 하구, 말뚝을 박아 놓구 한걸……. 황등 장터 그 일판은 그래, 논들을 못 팔아 난리가 났다니까."

일인 길천이에게 일곱 마지기 논을 일백마흔 냥[二十八圓]에 판 것과 그중 쉰 냥[十圓]은 빚을 갚은 것, 이것까지는 한덕문의 예산대로 되었었다.

그러나 나머지 아흔 냥[十八圓]으로 판 논 일곱 마지기보다 토리(흙의 메마르거나 기름진 성질)가 못하지 아니한 논으로 두 마지기가 더한 아홉 마지기를 삼으로써, 빚 쉰 냥은 공으로 갚고 그러고도 논이 두 마지기가 불게 된다던 것은 완전히 허사가 되고 말았다.

아무도 한덕문에게 상답 한 마지기를 열 냥씩에 팔려는 사람은 없었다.

이왕 일인 길천에게 팔면 그 갑절 스무 냥씩을 받는 고로 말이었다.

필경 돈 아흔 냥은 한덕문의 수중에서 한 반 년 동안 구르는 동안, 스실사실 다 없어지고 말았다.

이리하여 한덕문은 논 일곱 마지기로 겨우 빚 쉰 냥을 갚고는, 아무것도 남은 것이 없어, 손 싹싹 털고 나선 셈이었다.

친구가 있어 한덕문을 책하면서 물었다.

"어떡허자구 논을 판단 말인가?"

"인제 두구 보게나."

"무얼 두구 보아?"

"일인들이 다 쫓겨 가면, 그 땅 도로 내 것 되지, 갈 데 있던가?"

"쫓겨날 놈이 논을 사겠나?"

"저희 놈들이 천지 운수를 안다든가?"

"자네는 아나?"

"두구 보래두 그래."

한덕문은 혼자 속으로는 아뿔싸, 논이래야 단지 그것뿐인 것을 팔고서 이제 송곳 꽂을 땅도 없으니, 이 노릇을 어찌한단 말이냐고, 심히 후회하여 마지아니하였다.

그러면서도 남더러는 그렇게 배포 있는 장담을 탕탕하였다.

한덕문은 장차에 일인들이 쫓기어 가리라는 것을 확언할 아무런 근거도 가진 것이 없었다. 따라서 자신도 없었다. 오직 그는 논을 판 명예롭지 못함과 어리석음을 싸기 위하여 그런 희떠운(하는 말이나 짓이 거드럭거리며 배때벗은) 소리를 한 것일 따름이었다.

한덕문은 일인들이 다 쫓기어 가면 그 논이 도로 제 것이 될 터이래서 논을 팔았다고 한다더라, 이 소문이 한 입 두 입 퍼지자 듣는 사람마다 그의 희떠움을 혹은 실없음을 웃었다.

하는 양을 보노라고 우정,

"자네 논 팔았다면서?"

한다 치면,

"팔았지."

"어째서?"

"돈이 좀 아쉬워서."

"돈이 아쉽다구 논을 팔아서 어떡허자구?"

"일인들이 다 쫓겨 가면 그 논 도루 내 것 되지 갈 데 있나?"

"일인들이 쫓겨 간다든가?"

"그럼 백 년 살까?"

또 누구는 수작을 바꾸어,

"일인들이 쫓겨 간다지?"

한다 치면,

"그럼!"

"언제쯤 쫓겨 가는구?"

"건 쫓겨 가는 때 보아야 알지."

"에구 요 맹추야. 요 허풍선이야. 우리 나라 상감님을 쫓어내구 저희가 왕 노릇을 하는데 쫓겨 가?"

"자넨 그럼 일인들이 안 쫓겨 가구, 영영 그대루 있으면 좋을 건 무언가?"

"좋기루 할 말이야 일러 무얼 하겠나만, 우리 좋구푼 대루 세상일이 돼준다던가?"

"그래두 인제 내 말을 이를 때가 오느니."

"괜히, 논 팔구선 할말 없거들랑, 국으루 잠자코 가만히나 있어요."

"체에, 내 논 내가 팔아먹는데, 죄 될 일 있나?"

"걸 누가 죄라니?"

"길천이한테 논 팔아먹은 놈이 한덕문이 하나뿐인감?"

"누가 논 판 걸 나무래? 희떤 장담을 하니깐 그러는 거지."

"희떤 장담인지 아닌지 두고 보잔 말야."

이로부터 한덕문은 그 말로 인하여 마을과 인근에서 아주 호가 났고, 어느 겨를인지 그것이 한 속담(俗談)까지 되었다.

가령 어떤 엉뚱한 계획을 세운다든지 허랑한((말이나 짓이) 허황하고 실답지 못한) 일을 시작하여 놓고서는 천연스럽게 성공을 자신한다든지, 결과를 기

다린다든지 하는 사람이 있으라 치면,

"흥, 한덕문이 길천이에게다 논 팔아먹던 대 났구나."

하고 비웃곤 하는 것이었다.

그 후, 그 속담은 삼십오 년을 두고 전하여 내려왔다. 전하여 내려올 뿐만이 아니었다. 일본 제국주의의 조선에 있어서의 지반이 해가 갈수록 완구한 것이 되어감을 따라, 더욱이 만주 사변 때부터 시작하여 중일 전쟁을 거쳐 태평양 전쟁으로 일이 거창하게 벌어진 결과, 전쟁 수단으로써 조선의 가치는 안으로 밖으로 적극적으로 소극적으로 나날이 더 커 감을 좇아, 일본이 조선에다 박은 뿌리는 깊이 더욱 뻗어 들어가고 가지와 잎은 더욱 무성하여서 일본이 조선으로부터 물러간다는 것은, 독립과 한가지로 나날이 더 잠꼬대 같은 생각이던 것처럼 되어 버려 감에 따라, 그래서 한덕문의 장담하던 '일인들이 다 쫓겨 가면…….' 이 말이, 해가 가고 날이 갈수록 속절없이 무색하여 감을 따라, 그와 반비례하여 그 말의 속담으로서의 가치와 효과만이 멸하지 않고 찬란히 빛을 내었다.

바로 팔월 십사일까지도 그러하였다. 팔월 십사일까지도, '흥, 한덕문이 길천이한테 논 팔아먹던 대 났구나.'는 당당히 행세를 하였었다.

그랬던 것이, 팔월 십오일에, 일본이 항복을 하고 조선은 독립(실상은 우선 독립)이 되고 하였다. 그러고 며칠 아니 하여 '일인들이 토지와 그밖에 온갖 재산을 죄다 그대로 내어놓고 보따리 하나에 몸만 쫓기어 가게 되었다'는 데까지 이르렀다.

한 생원(한덕문)의, '일인들이 다 쫓겨 가면…….'은 이리하여 부득불 빛이 환하여지고 반대로, '한덕문이 길천이한테 논 팔아먹던 대 났구나.'는 그만 얼굴이 벌게서 납작하고 말 수밖에 없었다.

"여보슈 송 생원?"

한 생원이 허연 탑삭부리에 묻힌 쪼글쪼글한 얼굴이 위아래 다섯 대밖에 안 남은 누런 이빨과 함께 흐물흐물 자꾸만 웃어지는 웃음을 언제까지고 거두지 못하면서, 그러나 별안간 송 생원의 팔을 잡아 흔들면서 아주 긴하게,

"우리 독립 만세 한번 부르실까?"

"남 다아 부르구 난 댐에, 건 불러 무얼 허우?"

송 생원은 한 생원과 달라, 길천이한테 팔아먹은 논도 없으려니와, 따라서 일인들이 쫓기어 가더라도 도로 찾을 논도 없었다.

"송 생원, 접때 마을에서 만세를 부를 제, 나가 부르셨던가?"

"난 그 날, 허리가 아파 꼼짝 못 하구 누웠었는걸."

"나두 그 날 고만 못 불렀어."

"아따 못 불렀으면 못 불렀지, 늙은 것들이 만세 좀 아니 불렀기루 귀양살이 보내겠수?"

"난 그래두 좀 섭섭해 그랬지요……. 그럼 송 생원 우리 술 한잔 자실까?"

"술이나 한잔 사 주신다면."

"주막으루 나갑시다."

두 늙은이가 지팡이를 짚고 마을에 단 한 집밖에 없는 주막으로 나갔다.

"에구머니, 독립두 되구 볼 거야. 영감님들이 술을 다 자시러 오시구."

이십 년이나 여기서 주막을 하노라고, 인제는 중늙은이가 된 주모 판쇠네가, 손님을 환영이라기보다 다뿍 걱정스러워 한다.

"미리서 외상인 줄이나 알구, 술 좀 주게나."

한 생원이 그러면서 술청으로 들어가 앉는 것을, 송 생원도 따라 들어가 앉으면서 주모더러,

"외상 두둑이 드리게, 수가 나셨다네."

"독립되는 운덤에 어느 고을 원님이나 한자리 해 가시는감?"

"원님을, 걸 누가 성가시게, 흐흐……."

한 생원은 그러자 다시,

"거, 안주가 무어 좀 있나?"

"안주두 벤벤찮구 술두 막걸린 없구, 소주뿐인걸, 노인네들이 소주 잡숫구 어떡허시게."

"아따 오줌은 우리가 아니 싸리."

젊었을 적에는 동이 술을 사양치 아니하던 영감들이었다. 그러나 둘이 가 다 내일 모레가 칠십. 더구나 자주자주는 술을 입에 대지 않던 차에, 싱겁다고는 하지만 소주를 칠팔 잔씩이나 하였으니, 과음일 수밖에 없었다.

송 생원은 그대로 술청에 쓰러져 과연 소변을 지리기까지 하였다.

한 생원은 송 생원보다는 아직 기운이 조금은 좋은 덕에, 정신을 놓거나 몸을 가누지 못할 지경은 아니었다.

"우리 논을 좀 보러 가야지, 우리 논을. 서른다섯 해 만에 우리 논을 보러 간단 말야, 흐흐흐."

비틀거리면서 한 생원은 술청으로부터 나온다.

주모 판쇠네가 성화가 나서,

"방으로 들어가 누셨다, 술 깨신 댐에 가세요. 노인네들 술 드렸다구, 날 또 욕허게 됐구먼."

"논 보러 가, 논. 길천이에게다 판 우리 논. 흐흐흐. 서른다섯 해 만에 도루 찾은, 우리 일곱 마지기 논, 흐흐흐."

"글쎄 논은 이댐에 보러 가시면 어디루 가요?"

"날 희떤 소리 한다구들 웃었지. 미친놈이라구 웃었지들. 흐흐흐. 서른다섯 해 만에 내 말이 들어맞일 줄을 누가 알았어? 흐흐흐."

말은 혀 꼬부라진 소리로, 몸은 위태로이 비틀거리면서, 한 생원은 지팡이를 휘젓고 밖으로 나간다. 나가다 동네 젊은 사람과 마주쳤다.

"아, 한 생원, 웬일이세요?"

"논 보러 간다, 논. 흐흐흐. 너두 이 녀석, 한덕문이 길천이한테 논 팔아 먹던 대 났구나, 그런 소리 더러 했었지? 인제두 그런 소리가 나오까?"

"취하셨군요."

"나, 외상술 먹었지. 논 찾았은깐 또 팔아서 술값 갚으면 고만이지. 그럼 한 서른다섯 해 만에 또 내 것 되겠지, 흐흐흐. 그렇지만 인전 안 팔지, 안 팔아. 우리 용길이놈, 물려줘야지. 우리 용길이놈."

"참, 용길이 요새 있죠?"

"있지. 길천이한테 팔아먹었을까?"

"저어, 읍내 사는 영남이가 산판(山坂) 하날 사서, 벌목(伐木)을 하는데, 이 동리 사람들더러 와 남구 비어 주구 그 대신 우죽[枝葉] 가져가라구 하니, 용길이두 며칠 보내서 땔나무나 좀 장만하시죠."

"걸 누가……. 논을 도루 찾았는데."

"논만 찾으면 땔나문 없어두 사시나요?"

"논두 없어두 서른다섯 해나 살지 않았느냐?"

"허허 참. 그러지 마시고 며칠 보내세요. 어서 다 비어 버려야 할 텐데 도무지 사람을 못 구해 그러니 절더러 부디 그럭허두룩 서둘러 달라구, 영남이가 여간만 부탁을 해싸야죠. 아, 바루 동네서 가찹것다, 져 나르기 수월허구……. 요 위 가재골 있는 길천 농장 멧갓(산에 있는 말림갓. 산판(山坂)) 이래요."

"무어?"

한 생원은 별안간 정신이 번쩍 나면서 대어든다.

"가재골 있는 길천 농장 멧갓이라구?"

"네."

"네라니? 그 멧갓이……. 가만있자, 아아니, 그 멧갓이 뉘 멧갓이길래?"

"길천 농장 멧갓 아녜요? 걸, 영남이가 일인들이 이번에 거덜이 나는 바람에 농장 산림 감독하던 강 서방한테 샀대요."

"하, 이런 도적놈들. 이런 천하 불한당놈들. 그래, 지끔두 벌목을 하구 있더냐?"

"오늘버틈 시작했다나 봐요."

"하, 이런 천하 날불한당놈들이."

한 생원은 천방지축으로 가잿골을 향하여 비틀걸음을 친다.

솔은 잘 자라지 않고, 개간하여 밭을 만들자 하니 힘이 부치고 하여, 이름만 멧갓이지, 있으나마나 한 멧갓 한 자리가 있었다. 한 삼천 평 될까 말까, 그다지 크지도 못한 것이었다.

이 멧갓을 한 생원은 길천이에게다 논을 팔던 이듬해지 그 이듬해지 돈이 아쉽고 한 판에 또한 어수룩히 비싼 값으로 팔아 넘겼었다.

길천은 그 멧갓에다 낙엽송을 심어 삼십여 년이 지난 지금 와서는 아주 한다는 산림이 되었었다.

늙은이의 총기요, 논을 도로 찾게 되었다는 것에만 정신이 팔려, 깜빡 멧갓 생각은 미처 아직 못 하였던 모양이었다.

마침 전신주감의 쪽쪽 곧은 낙엽송이 총총 들어섰다. 베기에 아까워 보이는 나무였다.

한 서넛이 나가 한편에서부터 깡그리 베어 눕히고, 일변 우죽을 치고 한다.

"이놈, 이 불한당놈들. 이 멧갓 벌목한다는 놈이 어떤 놈이냐?"

비틀거리면서 고함을 치고 쫓아오는 한 생원을 사람들은 영문을 몰라 일하던 손을 멈추고 뻔히 바라다보고 섰다.

"이놈, 너로구나?"

한 생원은 영남이라는 읍내 사람 벌목 주인 앞으로 달려들면서 한 대 갈

길 듯 지팡이를 둘러멘다.

명색이 읍사람이라서, 촌 농투성이에게 무단히 해거를 당하면서 공수하거나 늙은이 대접을 하려고는 않는다.

"아아니, 이 늙은이가 환장을 했나? 왜 그러는 거야, 왜?"

"이놈. 네가 왜 이 멧갓을 손을 대느냐?"

"무슨 상관여?"

"어째 이놈아 상관이 없느냐?"

"뉘 멧갓이길래?"

"내 멧갓이다. 한덕문이 멧갓이다, 이놈아."

"허허, 내 별꼴 다 보네. 괜스레 술잔 든질렀거들랑 고이 삭이진 아녀구서 나이깨나 먹은 것이, 왜 남 일하는 데 와서 이 행악야, 행악이. 늙은인 다리 뼉다구 부러지지 말란 법 있나?"

"오오냐 이놈, 날 죽여라. 너구나구 죽자."

"대체 내력을 말을 해요. 무엇 때문에 이 야룐지, 내력을 말을 해요."

"이 멧갓이 그새까진 길천이 것이라두, 조선이 독립됐은깐 인전 내 것이단 말야, 이놈아."

"조선이 독립이 됐는데, 어째 길천이 멧갓이 한덕문이 것이 되는구?"

"길천인, 일인들은 땅을 죄다 내놓구 간깐, 그전 임자가 도루 차지하는 게 옳지, 무슨 말이냐?"

"오오, 이녁이 이 멧갓을 전에 길천이한테다 팔았다?"

"그래서."

"그랬으니깐, 일인들이 땅을 다 내놓구 가니깐, 이녁은 팔았던 땅을 공짜루 도루 차지하겠다?"

"그래서."

"그 개 뭣 같은 소리 인전 엔간치 해두구, 어서 없어져 버려요. 난 뻐젓이 길천 농장 산림 관리인 강태식이한테 시퍼런 돈 이천 원 주구서, 계약서 받구 샀어요. 강태식인 길천이가 해준 위임장 가지구 팔구. 돈 내구 산 사람이 임자지, 저어 옛날 돈 받구 팔아먹은 사람이 임잘까?"

8 · 15 직후, 낡은 법이 없어지고 새로운 영이 서기 전, 혼란한 틈을 타서, 잇속에 눈이 밝은 무리들이 일본인 농장이나 회사와 관리자들과 부동이 되어 가지고, 일인의 재산을 부당 처분하여 배를 불린 일이 허다하였다. 이 산판 사건도 그런 것의 하나였다.

그 뒤 훨씬 지나서, 일인의 재산을 조선 사람에게 판다. 이런 소문이 들렸다.

사실이라고 한다면 한 생원은 그 논 일곱 마지기를 돈을 내고 사지 않고서는 도로 차지할 수가 없을 판이었다. 물론 한 생원에게는 그런 재력이 없거니와 도대체 전의 임자가 있는데 그것을 아무에게나 판다는 것이 한 생원으로 보기에는 불합리한 처사였다.

한 생원은 분이 나서 두 주먹을 쥐고 구장에게로 쫓아갔다.

"그래 일인들이 죄다 내놓구 가는 것을 백성더러 돈을 내구 사라구 마련을 했다면서?"

"아직 자세힌 모르겠어두, 아마 그렇게 되기가 쉬우리라고들 하더군요."

해방 후에 새로 난 구장의 대답이었다.

"그런 놈의 법이 어딨단 말인가? 그래, 누가 그렇게 마련을 했는구?"

"나라에서 그랬을 테죠."

"나라?"

"우리 조선 나라요."

"나라가 다 무어 말라 비틀어진 거야? 나라 명색이 내게 무얼 해준 게 있길래, 이번엔 일인이 내놓구 가는 내 땅을 저희가 팔아먹으려구 들어?

그게 나라야?"

"일인의 재산이 우리 조선 나라 재산이 되는 거야 당연한 일이죠."

"당연?"

"그렇죠."

"흥, 가만둬 두면 저절루 백성의 것이 될걸, 나라 명색은 가만히 앉었다 어디서 툭 튀어나와 가지구 걸 뺏어서 팔아먹어? 그 따위 행사가 어딨다든가?"

"한 생원은, 그 논이랑 멧갓이랑 길천이한테 돈을 받구 파셨으니깐 임자로 말하면 길천이지 한 생원인가요?"

"암만 팔았어두, 길천이가 내놓구 쫓겨 갔은깐, 도루 내 것이 돼야 옳지, 무슨 말야. 걸, 무슨 탁에 나라가 뺏을 영으루 들어?"

"한 생원한테 뺏는 게 아니라, 길천이한테 뺏는 거랍니다."

"흥, 둘러다 대긴 잘들 허이. 공동 묘지 가 보게나, 핑계 없는 무덤 있던가? 저어, 병신년에 원놈[郡守] 김가가 우리 논 열서 마지기 뺏을 제두 핑곈 다 있었더라네."

"좌우간, 아직 그렇게 지레 염렬 하실 게 아니라 기대리구 있노라면, 나라에서 억울치 않두룩 처단을 하겠죠."

"일없네. 난 오늘버틈 도루 나라 없는 백성이네. 제에길 삼십육 년두 나라 없이 살아왔을려드냐. 아아니 글쎄, 나라가 있으면 백성한테 무얼 좀 고마운 노릇을 해주어야, 백성두 나라를 믿구 나라에다 마음을 붙이구 살지. 독립이 됐다면서 고작 그래, 백성이 차지할 땅 뺏어서 팔아먹는 게 나라 명색야?"

그러고는 털고 일어서면서 혼자말로,

"독립했다구 했을 제, 내, 만세 안 부르기 잘했지."

작품의 이해

• 구조적 분석

갈래 : 단편 소설, 농민 소설

배경 : 8 · 15 광복 직후 군산 부근의 어느 농촌

시점 : 전지적 작가 시점

구성 : 역전적 구성

주제 : 해방 후의 국가의 농업 정책에 대한 비판과 풍자

출전 : 《해방 문학 선집》, 1946

• 작품해설

〈논 이야기〉는 구한말부터 8 · 15해방에 이르기까지 근 50년 동안 한 생원의 논에 얽힌 사연을 통해 동학 직후의 부패한 사회상과 일제 식민지하에 일인들에 의해 농토를 수탈당하는 농촌의 현실을 보여 준다. 그와 함께 풍자를 통해 해방 직후 국가의 농업 정책에 대해 비판하는 작품이다.

조선 시대의 정치적 부패로 말미암은 궁핍과 일제 시대의 가혹한 공출, 외채, 징용 등으로 더 열악한 환경으로 빠져드는 농촌의 현실은 광복에 대한 커다란 기대와 꿈을 갖게 했다. 그러나 새 정부의 잘못된 농업 정책과 기득권을 놓지 않는 친일파들로 인하여 가난한 농민들에게 있어 엉뚱한 모함을 씌워 농토를 빼앗아 가던 조선 시대나 일인들에게 농토를 수탈당한 일제 식민 시대나 독립을 맞아 새 정부가 들어선 현재나 조금도 나아진 게 없는 것이다.

작가는 〈논 이야기〉를 통해 이러한 사회적 부조리를 풍자적 · 역설적으로 비판하는 것이다.

• **생각해보기**

1. 한 생원의 국가관에 대해 생각해 보자.
2. 〈논 이야기〉는 풍자를 통해 비판하고자 하는 것은 무엇인가?

☞**해답**

1. 한 생원에게 있어서 국가란 농민의 희생을 바탕으로 이루어지는 것일 뿐이다. 국가의 주인이 누가 되었던 농민은 그 밑에서 허덕이는 생활고를 벗어날 수 없는 것이다.
2. 가난의 굴레를 벗어날 수 없게끔 하는 국가의 농업 정책에 대한 비판.

이광수

무명

꿈

소년의 비애

이광수 李光洙, 1892~1950

호는 춘원(春園). 평북 정주 출생. 1905년 친일 단체 일진회의 추천으로 일본 유학. 1910년 최초의 근대 단편 소설인 〈어린 희생〉을《소년》지에 발표. 1917년 최초의 근대 장편 소설인 〈무정〉을 〈매일신보〉(당시 유일한 일간지이자 친일 신문)에 연재. 1919년 동경 유학생의 조선 청년 독립단에 가담하여 「2 · 8 독립 선언서」를 기초한 후 상해로 망명. 상해에서 임시 정부의 안창호를 보좌하며 기관지인 〈독립신문〉의 편집국장 겸 사장을 역임. 1922년《개벽》지에 반유교적 · 반조선적인 〈민족 개조론〉을 발표. 1937년 수양 동우회 사건으로 투옥되었다가 병 보석으로 풀려난 후 본격적인 친일파로 돌아선다. 1939년 친일 어용 단체인 '조선 문인 협회' 회장으로 선임. 6 · 25 전쟁 때 납북되어 병사한 것으로 알려졌다.

1910년대 최남선과 함께 2인 문단 시대를 주도한 그는 초기에 계몽주의적 · 민족주의적인 문학으로 근대 문학 발전에 선구자적인 존재로 등장하였다. 작품에선 근대적 인물과 근대적 의식의 주제를 다루었으며 언문 일치를 사용해 한국 근대 문학사에 지대한 영향을 끼쳤으나, 후기에 친일 행각으로 그의 문학에 많은 논란을 불러일으켰다.

주요 작품

1. 단편소설 : 〈어린 희생〉(1910), 〈어린 벗에게〉 〈소년의 비애〉(1917), 〈무명〉 〈꿈〉(1939)
2. 장편소설 : 〈무정〉 〈개척자〉(1917), 〈재생〉(1925), 〈흙〉(1932), 〈유정〉(1933), 〈사랑〉(1937)
3. 역사소설 : 〈마의 태자〉(1926), 〈단종애사〉(1928), 〈이순신〉(1931), 〈이차돈의 사〉(1935), 〈세종대왕〉(1939), 〈원효대사〉(1942)
4. 논설 : 〈민족 개조론〉(1922), 〈민족적 경륜〉(1924)
5. 수필 : 〈돌베개〉 〈나의 고백〉(1948)

무명

• 읽기전에

1. 감옥이라는 공간적 배경이 암시하는 것이 무엇인지 살펴보자.
2. 작품에 나타난 일제 시대의 배경과 등장 인물들의 성격을 연관 지어 생각해 보자.

• 줄거리

나는 병감에서 C경찰서에서 같이 있었던 윤을 만난다. 공문서 위조에 쓰는 도장을 파 준 죄로 들어온 윤은 한방에 있는 마름 노릇을 하다 남의 집에 불을 지른 민에게 악담을 퍼부으며 괴롭힌다. 민이 전방을 간 뒤 간병부에게 싹싹하게 구는 정이 들어오고 정과 윤은 끊임없이 서로를 헐뜯으며 다툰다. 어느 날 우리 방에 장질부사 환자가 들어오고 우리는 민이 있는 방으로 옮겨간다. 그 곳에서 공갈 취재범으로 들어온 강을 만나게 된다. 민의 병세는 악화되어 보석으로 풀려나가고 윤은 폐병으로 다른 방으로 이감된다. 정은 무죄 되기를 희망하며 불경을 읽지만 1년 반의 선고를 받고, 강은 2년의 선고를 받고 감옥으로 돌아간다.

출옥을 한 후 나는 간병부를 만나 민도 죽고 윤도 죽고 강은 목수일을 하고 정은 중병으로 공판에 나설 가망이 없다는 얘기를 듣는다.

무명

입감한 지 사흘째 되는 날, 나는 병감으로 보냄이 되었다. 병감이래야 따로 떨어진 건물이 아니고, 감방 한편 끝에 있는 방들이었다. 내가 들어간 곳은 일방이라는 방으로, 서쪽 맨 끝방이었다. 나를 데리고 온 간수가 문을 잠그고 간 뒤에 얼굴 희고 눈 말긋말긋한 간병부가 날더러,

"앉으시거나 누시거나 자유예요. 가만가만히 말씀도 해도 괜찮아요. 말소리가 크면 간수헌테 걱정 들어요."

하고 이르고는 내 번호를 따라서 자리를 정해 주고 가 버렸다. 나는 간병부에게 고개를 숙여 고맙다는 뜻을 표하고 나보다 먼저 들어와 있는 두 사람을 향하여 고개를 숙여서 인사를 하였다.

이 때에 바로 내 곁에 있는 사람이 옛날 조선식으로 내 팔목을 잡으며,

"아이고 진상이시오? 나 윤××예요."

하고 곁방에까지 들릴 만한 큰소리로 외쳤다.

나도 그를 알아보았다. 그는 C경찰서 유치장에서 십여 일이나 나와 함께 있다가 나보다 먼저 송국된 사람이다. 그는 빼빼 마르고 목소리만 크고

말끝마다 ×대가리라는 말을 쓰기 때문에 같은 방 사람들에게 ×대가리라는 별명을 듣고 놀림감이 되는 사람이다. 나는 이러한 기억이 날 때 터지려는 웃음을 억제하기가 매우 어려웠다. 윤씨는 옛날 조선 선비들이 가지던 자세와 태도로 점잖게, 내가 입감된 것을 걱정하고, 또 곁에 있는 '민'이라는 껍질과 뼈만 남은 노인에게 여러 가지 칭찬하는 말로 나를 소개하고 난 뒤에 퍼런 미결수 옷 앞자락을 벌려서 배와 다리를 온통 내어놓고, 손가락으로 발등과 정강이도 찔러 보고 두 손으로 뱃가죽도 잡아당겨 보면서,

"이거 보세요. 이렇게 전신이 부었어요. 근일에 좀 나린 것이 이 꼴이오. 일동 팔방에 있을 때에는 이보다도 더했는디."

전라도 사투리로 제 병 증세를 기다랗게 설명했다. 그는 마치 자기가 의사보다 더 잘 자기의 병 증세를 아는 것같이, 그리고 의사는 도저히 자기의 병을 모르므로 자기는 죽어 나갈 수밖에 없노라고 자탄(스스로 탄식하는 것)하였다. 윤씨 자신의 진단과 처방에 의하건댄, 몸이 부은 것은 죽을 먹기 때문이요 열이 나고 기침이 나고 설사가 나는 것은 원통한 죄명을 썼기 때문에 일어나는 화기라고 단언하고, 이 병을 고치자면 옥에서 나가서 고기와 술을 잘 먹는 수밖에 없다고 중언 부언한(이미 한 말을 자꾸 되풀이한) 뒤에 자기를 죽이는 것은 그의 공범들과 의사 때문이라고 눈을 흘기며 소리를 질렀다.

윤씨의 죄라는 것은 현 모(玄某) 임 모(林某) 하는 자들이 공모하고 김 모(金某)의 토지를 김 모 모르게 어떤 대금업자에게 저당하고 삼만여 원의 돈을 얻어 쓴 것이라는데, 윤은 이 공문서 사문서 위조에 쓰는 도장을 파 준 것이라고 한다.

그는,

"현가 놈은 내가 모르고 임가 놈으로 말하면 나와 절친한 친고닝게, 우

리는 친고 위해서는 사생을 가리지 않는 성품이닝게, 정말 우리는 친고 위해서는 목숨을 아니 애끼는 사람이닝게, 도장을 파 주었지라오. 그래서 진상도 아시다시피 내가 돈을 한푼이나 먹었능기오? 현가 놈 임가 놈 저희들끼리 수만 원 돈을 다 처먹고 윤××이 무슨 죄란 말이야."
하고 뽐내었다.

그러나 윤의 이 말은 내게 하는 말이 아니요, 여태까지 한 방에 있던 '민'더러 들으라는 말인 줄 나는 알았다. 왜 그런고 하면 경찰서 유치장에 있을 때에도 첫날은 지금 이 말과 같이 뽐내더니마는 형사실에 들어가서 두어 시간 겪을 것을 겪고 두 어깨가 축 늘어져서 나오던 날 저녁에 그는 이 일이 성사되는 날에는 육천 원 보수를 받기로 언약이 있었던 것이며, 정작 성사된 뒤에는 현가와 임가는 윤이 새긴 도장은 잘 되지를 아니하여서 쓰질 못하고, 서울서 다시 도장을 새겨서 썼노라고 하며 돈 삼십 원을 주고 하룻밤 술 먹이고 창기 집에 재워 주고 하였다는 말을 이를 갈면서 고백하였다. 생각건대는 병감에 같이 있는 민씨에게는 자기가 무죄하다는 말밖에 아니 하였던 것이 불의에 내가 들어오매 그 뒷수습을 하느라고 예방선으로 이런 소리를 하는 것이라고 나는 생각하고 또 한 번 웃음을 억제하였다.

껍질과 뼈만 남은 민씨는 밤낮 되풀이하던 소리라는 듯이 윤이 열심으로 떠드는 말을 일부러 안 듣는 양을 보이며 해골과 같은 제 손가락을 들여다보고 앉았다가 끙 하고 일어나서 똥통으로 올라간다.

"또, 똥질이야?"
하고 윤은 소리를 꽥 지른다.

"저는 누구만 못한가."
하고 민은 끙끙 안간힘을 쓴다. 똥통은 바로 민의 머리맡에 놓여 있는데 볼 때마다 칠 아니 한 관을 연상케 하였다. 그 위에 해골이 다 된 민이 올라앉아서 끙끙대는 것이 퍽 비참하게 보였다. 윤은 그 가늘고 날카로운 눈

으로 민의 앙상한 목덜미를 흘겨보며,

"진상요, 글쎄 저것이 타작을 한 팔십 석이나 받는다는디, 또 장성헌 자식이 있다는디, 또 열아홉 살 된 여편네가 있다나요. 그런데두 저렇게 제 애비, 제 서방이 다 죽게 되어두, 어리친 강아지 새끼 하나 면회도 아니 온단 말씀이지라오(어리친 개새끼 하나 없다 : 아무도 얼씬하지 아니하다). 옷 한 가지, 벤또 한 그릇 차입하는 일도 없고. 나는 집이나 멀지. 인제 보아. 내가 편지를 했으닝게. 그래도 내 당숙이 돈 삼십 원 하나는 보내 줄게요. 내 당숙이 면장이요. 그런디 저것은 집이 시흥이라는디그래, 계집년 자식새끼 얼씬도 안 해야 옳담? 흥, 그래도 성이 민가라고 양반 자랑은 허지. 민가문 다 양반이여? 서방도 모르고 애비도 모르는 것이 무슨 빌어먹다 죽을 양반이여?"

윤이 이런 악담을 해도 민은 들은 체 못 들은 체 인제는 끙끙 소리도 아니 하고 멀거니 앉아 있는 것이 마치 똥통에서 내려오기를 잊어버린 것 같았다.

민의 대답 없는 것이 더 화가 나는 듯이 윤은 벌떡 일어나더니 똥통 곁으로 가서 손가락으로 민의 옆구리를 꾹 찌르며,

"글쎄 내가 무어랬어? 요대로 있다가는 죽고 만다닝게. 먹은 게 있어야 똥이 나오지. 그까진 쌀뜨물 같은 미음 한 모금씩 얻어먹는 것이 오좀이나 될 것이 있어? 어서 내 말대로 집에다 기별을 해서 돈을 갖다가 우유도 사 먹고 달걀도 사 먹고 그래요. 돈은 다 두었다가 무엇하자닝게여? 애비가 죽어가도 면회도 아니 오는 자식 녀석에게 물려줄 양으로? 흥흥, 옳지, 열아홉 살 먹은 기집이 젊은 서방 얻어서 재미있게 살라고?"
하고 민의 비위를 박박 긁는다.

민도 더 참을 수 없던지,

"글쎄, 웬 걱정이야? 나는 자네 악담과 그 독살스러운 눈깔딱지만 안 보

게 되었으면 좀 살겠네. 말을 해도 헐말이 다 있지 남의 아내를 왜 거들어? 그러니까 시골 상것이란 헐 수 없단 말이지."

이런 말을 하면서도 민은 그렇게 성낸 모양조차 보이지 아니한다. 그 움펑눈이 독기를 띠면서도 또한 침착한 천품(天稟 타고난 기품)을 보이는 것이었다.

그 후에도 날마다 몇 차례씩 윤이 민에게 같은 소리로 그를 박박 긁었다. 민은 그 소리가 듣기 싫으면 눈을 감고 자는 체를 하거나 그렇지 아니하면 유리창으로 내다보이는 여름 하늘의 구름이 나는 것을 언제까지나 바라보고 있었다. 이렇게 민이 침착하면 침착할수록 윤은 더욱 기를 내어서 악담을 퍼부었다. 그리고 그 끝에는 반드시 열아홉 살 된 민의 아내를 쳐들었다. 이것이 윤이 민의 기를 올리려 하는 최후 수단이었으니 민은 아내의 말만 나면 양미간을 찡그리며 한두 마디 불쾌한 소리를 던졌다.

윤이 아무리 민을 긁어도 못 들은 체하고 도무지 반항이 없으면 윤이 나를 향하여 민의 험구를 하는 것이 버릇이었다. 도무지 민이 의사가 이르는 말을 아니 듣는다는 말, 먹으라는 약도 아니 먹는다는 둥, 천하에 깍정이라는 둥, 민의 코끝이 빨간 것이 죽을 때가 가까워서 회가 동하는(구미가 당기는) 것이라는 둥, 민의 아내에게는 벌써 어떤 젊은 놈팡이가 붙었으리라는 둥, 한량없이 이런 소리를 하였다. 그러다가 제가 졸리거나 밥이 들어오거나 해야 말을 끊었다. 마치 윤은 먹고, 민을 못 견디게 굴고, 똥질하고, 자고, 이 네 가지만을 위해서 살아가는 사람인 것 같았다. 또 한 가지 있다면 그것은 자기의 병 타령과 공범에 대한 원망이었다. 어찌했거나 윤의 입은 잠시도 다물고 있을 새는 없었고, 쨍쨍하는 그 목소리는 가끔 간수의 꾸지람을 받으면서도 간수가 돌아선 뒤에는 곧 그 쨍쨍거리는 목소리로 간수에게 또 욕설을 퍼부었다.

나는 윤 때문에 도무지 맘이 편안하기가 어려웠다. 윤의 말은 마디마디 이상하게 사람의 신경을 자극하였다. 민에게 하는 악담이라든지, 밥을 대할 때에 나오는 형무소에 대한 악담, 의사, 간병부, 간수, 자기 공범, 무릇 그의 입에 오르는 사람은 모조리 악담을 받는데 말들이 칼끝같이, 바늘 끝같이 나의 약한 신경을 찔렀다. 내가 가장 원하는 것은 마음에 아무 생각도 없이 가만히 누워 있는 것인데, 윤은 내게 이러한 기회를 허락지 아니하였다. 그가 재재거리는 말이 끝이 나서 '인제 살아났다.' 하고 눈을 좀 감으면 윤은 코를 골기 시작하였다. 그는 두 다리를 벌리고 배를 내어놓고, 베개를 목에다 걸고 눈을 반쯤 뜨고, 그러고는 코로 골고, 입으로 불고, 이따금 꺽꺽 숨이 막히는 소리를 하고, 그렇지 아니하면 백일해 기침과 같은 기침을 하고, 차라리 그 잔소리를 듣던 것이 나은 것 같았다.

"어떻게 생긴 자식인지 깨어서도 사람을 못 견디게 굴고 잠이 들어서도 사람을 못 견디게 굴어."

하고 중얼거릴 때에는 나도 픽 웃지 아니할 수가 없었다.

"저 배 가리워. 십오 호, 저 배 가리워. 사타구니 가리우고, 웬 낮잠을 저렇게 자? 낮잠을 저렇게 자니까 밤에는 똥통만 타고 앉아서 다른 사람을 못 견디게 굴지."

하고 순회하는 간수가 소리를 지르면 윤은,

"자기는 누가 자거디오?"

하고 배와 사타구니를 쓸며,

"이렇게 화기가 떠서, 열기가 떠서, 더워서 그래요!"

그러고는 옷자락을 잠깐 여미었다가 간수가 가 버리면 윤은 간수 섰던 자리를 그 독한 눈으로 흘겨보며,

"왜 나를 그렇게 못 먹어 해?"

하고는 다시 옷자락을 열어제친다.

민은 의분심(의분을 느끼는 마음)에 못 이기는 듯이,

"왜, 간수 말이 옳지. 배때기를 내놓고 자빠져 자니까 밤낮 똥질을 하지. 자네 비위에는 옳은 말도 다 악담으로 듣기나 봐. 또 그게 무에야, 밤낮 사타구니를 내놓고 자빠졌으니?"

그래도 윤은 내게 대해서는 끔찍이 친절하였다.

내가 몸을 움직이지 못하는 병인 것을 안다고 하여서, 그는 내가 할 일을 많이 대신해 주었다.

"무슨 일이 있으면 내게 말씀하시란게요. 왜 일어서능기요?"

하고 내가 움직일 때에는 번번이 나를 아끼는 말을 하여 주었다. 내가 사식 차입이 들어오기 전 윤은 제가 먹는 죽과 내가 먹는 밥과를 바꾸어 먹기를 주장하였다. 그는,

"글쎄 이 좁쌀 절반, 콩 절반, 이것을 진상이 잡수신다는 것이 말이 되능기오?"

하고, 굳이 내 밥을 빼앗고 제 죽을 내 앞에 밀어 놓았다. 나는 그 뜻이 고마웠으나 첫째로는 법을 어기는 것이 내 뜻에 맞지 아니하고, 둘째로는 의사가 죽을 먹으라고 명령한 환자에게 밥을 먹이는 것이 죄스러워서 끝내 사양하였다. 윤과 내가 이렇게 서로 다투는 것을 보고 민은 양재기를 앞에 놓고 입맛이 없어서 입에 댈 생각도 아니 하면서,

"글쎄, 이 사람아. 그 쥐똥 냄새 나는 멀건 죽 국물이 무엇이 그리 좋은 게라고 진상에게 권하나? 진상, 어서 그 진지를 잡수시오. 그래도 콩밥 한 덩이가 죽보다는 낫지요."

하면 윤은 민을 흘겨보며,

"어서 저 먹을 거나 처먹어. 그래두 먹어야 사는 게여."

하고 억지로 내 조밥을 빼앗아 먹기를 시작한다.

나는 양심에 법을 어기는 가책을 받으면서도 윤의 정성을 물리치는 것이 미안해서 죽물을 한 모금만 마시고는 속이 불편하다는 핑계로 자리에

누워 버린다.

윤은 내 밥과 제 죽을 다 먹어 버리는 모양이다. 민도 미음을 두어 모금 마시고는 자리에 돌아와 눕건마는 윤은 밥덩이를 들고 창 밑에 서서 연해 간수가 오는가 아니 오는가를 바라보면서 입소리 요란하게 밥과 국을 먹고 있다.

민은 입맛을 쩍쩍 다시며,

"그저 좋은 배갈에 육회를 한 그릇 먹었으면 살 것 같은데."

하고 잠깐 쉬었다가 또 한 번,

"좋은 배갈을 한잔 먹었으면 요 속에 맺힌 것이 홱 풀려 버릴 것 같은데."

하고 중얼거린다.

밥과 죽을 다 먹고 나서 물을 벌컥벌컥 들이켜던 윤은,

"흥, 게다가 또 육회여? 멀건 미음두 안 내리는 배때기에 육회를 먹어? 금방 뒤어지게. 그렇지 않아도 코끝이 빨간데. 벌써 회가 동했어. 그렇게 되구 안 죽는 법이 있나?"

하며, 밥그릇을 부시고 있다. 콧물이 흐르면 윤은 손등으로도 씻지 아니하고 세 손가락을 모아서 마치 벌레나 떼어 버리는 것같이 콧물을 집어서 아무데나 홱 뿌리고는 그 손으로 밥그릇을 부신다. 그러다가 기침이 나기 시작하면 고개를 돌리려 하지도 아니하고 개수통에, 밥그릇에, 더 가까이 고개를 숙여 가며 기침을 한다. 그래도 우리 세 사람 중에는 자기가 그 중 몸이 성하다고 해서 밥을 받아들이는 것이나, 밥그릇을 부시는 것이나, 밥 먹은 자리에 걸레질을 하는 것이나 다 제가 맡아서 하였고, 또 자기는 이러한 일에 대해서 썩 잘하는 줄로 믿고 있는 모양이었다. 더구나 아침이 끝나고 '벤끼 준비.' 하는 구령이 나서 똥통을 들어낼 때면 사실상 우리 셋 중에는 윤밖에 그 일을 할 사람이 없었다. 그는 끙끙거리고 똥통을 들어낼

때마다 민을 원망하였다. 민이 밤낮 똥질을 하기 때문에 이렇게 똥통이 무겁다는 불평이었다. 그러면 민은,

"글쎄 이 사람아, 내가 하루에 미음 한 공기도 다 못 먹는 사람이 오줌똥을 누기로 얼마나 누겠나? 자네야말로 죽두 두 그릇, 국두 두 그릇, 냉수두 두 주전자씩이나 처먹고는 밤새두룩 똥통을 타고 앉아서 남 잠두 못 자게 하지."

하는 민의 말은 내가 보기에도 옳았다. 더구나 내게 사식 차입이 들어온 뒤로부터는 윤은 번번이 내가 먹다가 남긴 밥과 반찬을 다 먹어 버리기 때문에 그의 소화 불량은 더욱 심하게 되었다. 과식을 하기 때문에 조갈증이 나서 수없이 물을 퍼먹고, 그러고는 하루에 많은 날은 스무 차례나 똥질을 하였다. 그러면서도 자기 말은,

"똥이 나올 주어야지. 꼬챙이루 파내기나 하면 나올까? 허기야 먹는 것이 있어야 똥이 나오지."

이렇게 하루에도 몇 차례씩 혹은 민을 보고 혹은 나를 보고 자탄하였다.

윤의 병은 점점 악화하였다. 그것은 확실히 과식하는 것이 한 원인이 되는 것이 분명하였다.

나는 내가 사식 차입을 먹기 때문에 윤의 병이 더해 가는 것을 퍽 괴롭게 생각하여서 인제부터는 내가 먹고 남은 것을 윤에게 주지 아니하리라고 결심하고 나 먹을 것을 다 먹고 나서는 윤의 손이 오기 전에 벤또 그릇을 창틀 위에다 갖다 놓았다. 그러고 나서 부드러운 말로 윤을 향하여,

"그렇게 잡수시다가는 큰일나십니다. 내가 어저께는 세어 보니까 스물네 번이나 설사를 하십디다. 또 그 위에 열이 오르는 것도 너무 잡수시기 때문인가 하는데요."

하고 간절히 말하였으나, 그는 듣지 아니하고 창틀에 놓은 벤또를 집어다가 먹었다.

나는 중대한 결심을 하지 아니할 수 없었다. 그것은 내가 사식을 끊어 버리는 것이었다. 그래서 나는 저녁 한 때만 사식을 먹고 아침과 점심은 관식을 먹기로 하였다. 나는 아무쪼록 영양분을 섭취하지 아니하면 아니 될 병자이기 때문에 이것은 적지 아니한 고통이었으나 나로 해서 곁에 사람이 법을 범하고, 병이 더치게 하는 것은 차마 못할 일이었다. 민도 내가 사식을 끊은 까닭을 알고 두어 번 윤의 주책없음을 책망하였으나 윤은 도리어 내가 사식을 끊은 것이 저를 미워하여서나 하는 것같이 나를 원망하였다. 더구나 윤의 아들에게서 현금 삼 원 차입이 와서 우유니 사식을 사 먹게 되고 지리가미(휴지)도 사서 쓰게 된 뒤로부터는 내게 대한 태도가 심히 냉랭하게 되었다. 예전에는 내가 충고하는 말이면 '선생님 말씀이 옳아요.' 하고 순순히 듣던 것이 인제는 나를 향해서도 눈을 흘기게 되었다.

윤은 아들이 보낸 삼 원 중에서 수건과 비누와 지리가미를 샀다.

"붓빙 고오뀨(물건 사라)."

하는 날은 한 주일에 한 번밖에 없었고, 물건을 주문한 후에 그 물건이 올 때까지는 한 주일 내지 십여 일이 걸렸다. 윤은 자기가 주문한 물건이 오는 것이 늦다고 하여 날마다 하루에도 몇 차례씩 형무소 당국의 태만함을 책망하였다. 그러다가 물건이 들어온 날 윤은 수건과 비누와 지리가미를 받아서 이리 뒤적 저리 뒤적 하면서,

"글쎄 이걸 수건이라고 가져와? 망할 자식들 같으니. 걸렛감도 못 되는 걸. 비누는 또 이게 다 무엇여, 어디 향내 하나 나나?"

하고 큰소리로 불평을 하였다.

민이, 아니꼬워 못 견디는 듯 입맛을 몇 번 다시더니,

"글쎄, 이 사람아. 자네네 집에서 언제 그런 수건과 비누를 써 보았단 말인가? 그 돈 삼 원 가지고 밥술이나 사 먹을 게지, 비누 수건은 왜 사? 자네나 내나 그 상판대기에 비누는 발라서 무엇하자는 게구, 또 여기서 주는

수건이면 고만이지 타올 수건을 해서 무어하자는 게야? 자네가 그 따위로 소견머리 없이 살림을 하니까 평생에 가난 껍질을 못 벗어 놓지."

이렇게 책망하였다.

윤은 그 날부터 세수할 때에만은 제 비누를 썼다. 그러나 수건을 빨 때라든지 발을 씻을 때에는 웬일인지 여전히 내 비누를 쓰고 있었다.

윤은 수건 거는 줄에 제 타월 수건이 걸리고 비누와 잇솔과 치마분(가루로 된 치약)이 있고, 이불 밑에 지리가미가 있고, 조석으로 차입 밥과 우유가 들어오는 동안 심히 호기가 있었다.

그는 부채도 하나 샀다. 그 부채가 내 부채 모양으로 합죽선이 아닌 것을 하루에도 몇 번씩 원망하였으나 그는 허리를 쭉 뻗고 고개를 젖히고 부채를 딱딱거리며 도사리고 앉아서, 그가 좋아하는 양반 상놈 타령이며, 공범 원망이며, 형무소 공격이며, 민에 대한 책망이며, 이런 것을 가장 점잖게 하였다.

윤은 이삼 원어치 차입 때문에 자기의 지위가 대단히 높아지는 것을 느끼는 모양이었다. 간수를 보고도 인제는 겁낼 필요가 없이, '나도 차입을 먹노라.'고 호기를 부렸다.

윤이 차입을 먹게 되매 나도 십여 일 끊었던 사식 차입을 받게 되었다. 윤과 나와 두 사람은 노긋노긋한 흰밥에 생선이며 고기를 먹으면서 민 혼자만이 멀건 미음 국물을 마시고 앉았는 것이 차마 볼 수 없었다. 민은 미음 국물을 앞에 받아 놓고는 연해 나와 내 밥그릇을 바라보는 것 같고 또 침을 껄떡껄떡 삼키는 모양이 보였다. 노긋노긋한 흰밥. 이것이 이 세상에서 가장 귀하고 고마운 것인 줄은 감옥에 들어와 본 사람이라야 알 것이다. 밥의 하얀 빛, 그 향기, 젓갈로 집고 입에 넣어 씹을 때의 그 촉각, 그 맛. 이것은 천지간에 있는 모든 물건 가운데 가장 귀한 것이라고 느끼지 아니할 수 없었다. 쌀밥, 이러한 말까지도 신기한, 거룩한 음향을 가진 것

같이 느껴졌다. 이렇게 밥의 고마움을 느낄 때에 합장하고 하늘을 우러러 '모든 중생으로 하여금 밥의 즐거움을 골고루 받게 하소서!' 하고 빌지 아니할 사람이 있을까?

이 때에 나는 형무소의 법도 잊어버리고 민의 병도 잊어버리고 지리가미에 한 숟갈쯤 되는 밥 덩어리를 덜어서,

"꼭꼭 씹어 잡수세요."

하고 민에게 주었다. 민은 그것을 받아서 입에 넣었다. 그의 몸에는 경련이 일어나는 것 같고 그의 눈에는 눈물이 글썽글썽하는 것 같음은 내 마음 탓일까?

민은 종이에 붙은 밥 알갱이를 하나 안 남기고 다 뜯어서 먹고,

"참 꿀같이 달게 먹었습니다. 어쩌면 그렇게도 맛이 있을까? 지금 죽어도 한이 없을 것 같습니다."

하고 더 먹고 싶어하는 모양 같으나 나는 더 주지 아니하고 그릇의 밥을 좀 편겨서 내어놓았다.

윤은 제 것을 다 먹고 나서 내가 편긴 것까지 마저 휘몰아 넣었다.

윤의 삼 원어치 차입은 일 주일이 못 해서 끊어지고 말았다. 윤의 당숙되는 면장에게서 오리라고 윤이 장담하던 삼십 원은 오지 아니하였다. 윤이 노상 말하기를 자기가 옥에서 죽으면 자기 당숙이 아니 올 수 없고, 오면은 자기의 장례를 아니 지낼 수 없으니 그러면 적어도 삼십 원은 들 것이라, 죽은 뒤에 삼십 원을 쓰는 것보다 살아서 삼십 원을 보내어 먹고 싶은 것을 먹으면 자기가 죽지 아니할 터이니 당숙이 면장의 신분으로 형무소까지 올 필요도 없고, 또 설사 자기가 옥에서 죽더라도 이왕 장례비 삼십 원을 받아 먹었으니 친족에게 폐를 끼치지 아니하고 형무소에서 화장을 할 터인즉 지금 삼십 원을 청구하는 것이 부당한 일이 아니라고, 이렇게 면장 당숙에게 편지를 하였으므로 반드시 삼십 원은 오리라는 것이었다.

나도 윤의 당숙 되는 면장이 윤의 이론을 믿어서 돈 삼십 원을 보내어 주기를 진실로 바랐다. 더구나 윤의 사식 차입이 끊어짐으로부터 내가 먹다가 남긴 밥을 윤과 민이 다투게 되매 그러하였다. 내가 민에게 밥 한 숟갈 준 것이 빌미가 됨인지 민은 끼니때마다 밥 한 숟가락을 내게 청하였고, 그럴 때마다 윤은 민에게 욕설을 퍼붓고 심하면 밥그릇을 둘러엎었다. 한 번은 윤과 민과 사이에 큰 싸움이 일어나서 차마 입에 담지 못할 욕설을 서로 주고받고 하였다. 그 때에 마침 간수가 지나가다가 두 사람이 싸우는 소리를 듣고 윤을 나무랐다. 간수가 간 뒤에 윤은 자기가 간수에게 꾸지람 들은 것이 민 때문이라고 하여 더욱 민을 못 견디게 굴었다. 그 방법은 여전히 며칠 안 있으면 민이 죽으리라는 둥, 열아홉 살 된 민의 아내가 벌써 어떤 젊은 놈하고 붙었으리라는 둥, 민의 아들들은 개돼지만도 못한 놈들이라는 악담이었다.

나는 다시 사식을 중지하여 달라고 간수에게 청하였다. 그러나 내가 사식을 중지하는 것으로 두 사람의 감정을 완화할 수는 없었다. 별로 말이 없던 민도 내가 사식을 중지한 뒤로부터는 윤에게 지지 않게 악담을 하였다.

"요놈, 요 좀도적놈. 그래 백주에 남의 땅을 빼앗아 먹겠다고 재판소 도장을 위조를 해? 고 도장 파던 손목뎅이가 썩어 문드러지지 않을 줄 알구."

이렇게 민이 윤을 공격하면 윤은,

"남의 집에 불 논 놈은 어떻고? 그 사람이 밉거든 차라리 칼을 가지고 가서 그 사람만 찔러 죽일 게지, 그래 그 집 식구는 다 태워 죽이고 저는 죄를 면하잔 말이지? 너 같은 놈은 자식새끼까지 다 잡아먹어야 해! 네 자식 녀석들이 살아 남으면 또 남의 집에 불을 놓겠거든."

이렇게 대꾸를 하였다.

하루는 간수가 우리 방문을 열어제치고,

"구십구 호!"

구십구 호를 십오 호로 잘못 들었는지, 윤이 벌떡 일어나며,

"네, 내게 편지 왔능기오?"

하였다. 윤은 당숙 면장의 편지를 간절히 기다리는 마음에 구십구 호를 십오 호로 잘못 들은 모양이다.

"네가 구십구 호냐?"

하고 간수는 소리를 질렀다.

정작 구십구 호인 민은 나를 부를 자가 천지에 어디 있느냐 하는 듯이 그 움펑눈으로 팔월 하늘의 흰 구름을 바라보고 누워 있었다.

"구십구 호 귀먹었니?"

하는 소리와,

"이건 눈뜨고 꿈을 꾸고 있는 셈인가? 단또 상이 부르시는 소리도 못 들어?"

하고 윤이 옆구리를 찌르는 바람에 민은 비로소 누운 대로 고개를 젖혀서 문을 열고 섰는 간수를 바라보았다.

"구십구 호, 네 물건 다 가지고 이리 나와!"

그제야 민은 정신이 드는 듯이 일어나 앉으며,

"우리 집으로 내어보내 주세요?"

하고, 그 해골 같은 얼굴에 숨길 수 없는 기쁜 빛이 드러난다.

"어서 나오라면 나와. 나와 보면 알지."

"우리 집에서 면회하러 왔어요?"

하고 민의 얼굴에 나타났던 기쁨은 반 이상이나 스러져 버린다.

간수 뒤에 있던 키 큰 간병부가,

"전방이에요, 전방. 어서 그 약병이랑 다 들고 나와요."

하는 말에 민은 약병과 수건과 제가 베고 있던 베개를 들고 지척거리며 문

을 향하고 나간다. 민은 전방이라는 뜻을 알아들었는지 분명치 아니하였다. 간병부가,

"베개는 두고 나와요. 요 윗방으로 가는 게야요."

하는 말에 비로소 민은 자기가 어디로 끌려가는지 알아챈 모양이어서 힘없이 베개를 내어던지고 잠깐 기쁨으로 빛났던 얼굴이 다시 해골같이 되어서 나가 버리고 말았다. 다음 방인 이방에 문 열리는 소리가 나고 또 문이 닫히고 짤깍 하고 쇠 잠기는 소리가 들렸다. 나는 민이 처음 보는 사람 틈에 어리둥절하여 누울 자리를 찾는 모양을 눈앞에 그려 보았다.

"에익, 고 자식 잘 나간다. 제인장, 더러워서 견딜 수가 있나? 목욕이란 한 번도 안 했으닝게. 아침에 세수하고 양치질하는 것 보셨능기오? 어떻게 생긴 자식인지 새 옷을 갈아입으래도 싫다는고만."

하고, 일변 민이 내어버리고 간 베개를 자기 베개 밑에 넣으며 떠나간 민의 험구를 계속한다.

"민가가 왜 불을 놓았는지 진상 아시능기오? 성이 민가기 때문에 그랬든지, 서울 민×× 대감네 마름 노릇을 수십 년 했지라오. 진상도 보시는 바와 같이 자식이 저렇게 독종으로, 깍쟁이로 생겼으닝게 그 밑에 작인들이 배겨 날게오? 팔십 석이나 타작을 한다는 것도 작인들의 등을 처먹은 게지 무엇잉게오? 그래 작인들이 원망이 생겨서 지주집에 등장(여러 사람이 연명하여 관청에 무엇을 호소하는 일)을 갔더라나요. 그래서 작년에 마름을 떼였단 말이오. 그리고 김 무엇인가 한 사람이 마름이 났는데요. 민가 녀석이 제 마름을 뗀 것이 새로 마름이 된 김가 때문이라고 해서 금년 음력 설날에 어디서 만났더라나, 만나서 욕지거리를 하고 한바탕 싸우고, 그러고는 요 뱅충맞은(똘똘하지 못하고 어리석은) 것이 분해서 그 날 밤중에 김가 집에 불을 놨단 말야. 마침 설날 밤이라, 밤이 깊도록 동네 사람들이 놀러 댕기다가 불이야! 소리를 쳐서 얼른 잡았기에 망정이지 하마터면 김가네 집

식구가 죄다 타 죽을 뻔하지 않았능기오?”
하고 방화죄가 어떻게 흉악한 죄인 것을 한바탕 연설을 할 즈음에 간병부가 오는 것을 보고 말을 뚝 끊는다. 그것은 간병부도 방화범인 까닭이었다.

간병부가 다녀간 뒤에 윤은 계속하여 그 간병부들의 방화한 죄상을 또 한바탕 설명하고 나서,

“모두 숭악한 놈들이지요. 남의 집에 불을 놓다니! 그런 놈들은 씨알머리도 없이 없애 버려야 하는 기라오.”
하고 심히 세상을 개탄하는 듯이 길게 한숨을 쉰다.

일방에 윤과 나와 단둘이 되어서부터는 큰소리가 날 필요가 없었다. 밤이면 우리 방에 들어와 자는 간병부가 윤을 ‘윤 서방’이라고 부른다고 해서 윤이 대단히 불평하였으나 간병부의 감정을 상하는 것이 이롭지 못한 줄을 잘 아는 윤은 간병부와 정면 충돌을 하는 일은 별로 없고 다만 낮에 나하고만 있을 때에,

“서울 말로는 무슨 서방이라고 부르는 말이 높은 말잉기오? 우리 전라도서는 나 많은 사람보고 무슨 서방이라고 하면 머슴이나 하인이나 부르는 소리랑기오.”
하고 곁눈으로 나를 바라본다. 나는 그가 묻는 뜻을 알았으므로 대답하기가 심히 거북스러워서 잠깐 주저하다가,

“글쎄 서방님이라고 하는 것만 못하겠지요.”
하고 웃었다. 윤은 그제야 자신을 얻은 듯이,

“그야 우리 전라도에서도 서방님이라고 하면 대접하는 말이지요. 글쎄 진상도 보시다시피 저 간병부 놈이 언필칭(말을 할 때마다 반드시) 날더러 윤 서방 윤 서방 하니 그래, 그놈의 자식은 제 애비나 아재비더러도 무슨 서방 무슨 서방 할 텐가? 나이로 따져도 내가 제 애비뻘은 되렷다. 어 고약한

놈 같으니."

하고 그 앞에 책망받을 사람이 섰기나 한 것처럼 뽐낸다.

윤씨는 윤 서방이라는 말이 대단히 분한 모양이어서 어떤 날 저녁엔 간병부가 들어올 때에도 눈만 흘겨보고 잘 다녀왔느냐 하는, 늘 하던 인사도 아니 하는 적도 있었다. 그러다가 하루 저녁에는 간병부가 또 '윤 서방'이라고 부른 것을 기화로 마침내 정면 충돌이 일어나고 말았다. 윤이,

"댁은 나를 무어로 보고 윤 서방이라고 부르오?"

하고 정식 항의에 간병부가 뜻밖인 듯이 눈을 크게 뜨고 한참이나 윤을 바라보고 앉았더니, 허허 하고 경멸하는 웃음을 웃으면서,

"그럼 댁더러 무어라고 부르라는 말이오? 댁의 직업이 도장쟁이니 도장쟁이라고 부르라는 말이오? 죄명이 사기니 사기쟁이라고 부르라는 말이오? 밤낮 똥질만 하니 윤 똥질이라고 부르라는 말이오? 옳지, 윤 선생이라고 불러 줄까? 왜 되지못하게 이 모양이야? 윤 서방이라고 불러 주면 고마운 줄이나 알지. 낫살이나 먹었으면 몇 살이나 더 먹었길래. 괜스리 그러다가는 윤가 놈이라고 부를걸."

하고 주먹으로 삿대질을 한다.

윤은 처음에 있던 호기도 다 없어지고 그만 시그러지고((흥분 상태가) 가라앉고) 말았다. 간병부는 민 영감 모양으로 만만치 않은 것도 있거니와 간병부하고 싸운댔자 결국은 약 한 봉지 얻어먹기도 어려운 줄을 깨달은 것이었다.

윤은 침묵하고 있건마는 간병부는 누워 잘 때에까지도 공격을 중지하지 아니하였다.

이튿날 아침, 진찰도 다 끝나고 난 뒤에 우리 방에 있는 키 큰 간병부는 다음 방에 있는 간병부를 데리고 와서,

"흥 저 양반이, 내가 윤 서방이라고 부른다고 아주 대로하셨다나!"

하며 턱으로 윤을 가리키는 것을 보고 키 작은 간병부가,

"여보! 윤 서방. 어디 고개 좀 이리 돌리오. 그럼 무어라고 부르리까, 윤 동지라고 부를까? 윤 선달이 어떨꼬? 막 싸구려 판이니 어디 그 중에서 맘에 드는 것을 고르시유."

하고 놀려먹는다.

윤은 눈을 깜박깜박하고 도무지 아무 대답이 없었다.

본래 간병부에게 호감을 못 주던 윤은 윤 서방 사건이 있은 뒤부터 더욱 미움을 받았다. 심심하면 두 간병부가 와서 여러 가지 별명을 부르면서 윤을 놀려먹었고, 간병부들이 간 뒤에는, 윤은 나를 향하여,

"두 놈이 옥 속에서 썩어져라."

고 악담을 퍼부었다.

이렇게 윤이 불쾌한 그날그날을 보낼 때에 더욱 불쾌한 일 하나가 생겼다. 그것은 정이라는, 역시 사기범으로 일동 팔방에서 윤하고 같이 있던 사람이 설사병으로 우리 감방에 들어온 것이었다. 나는 윤에게서 정씨의 말을 여러 번 들었다. 설사를 하면서도 우유니 달걀이니 하고 막 처먹는다는 둥, 한다는 소리가 모두 거짓말뿐이라는 둥, 자기가 아무리 타일러도 말을 듣지 않는 꼭 막힌 놈이라는 둥, 이러한 비평을 하는 것을 여러 번 들었다. 하루는 윤하고 나하고 운동을 갔다가 들어와 보니 웬 키가 커다랗고 얼굴이 허연 사람이 똥통을 타고 앉아서 싱글싱글 웃고 있었다. 윤은 대단히 못마땅한 듯이 나를 돌아보고 입을 삐죽하고 나서 자리에 앉아서 부채를 딱딱거리면서,

"데이상('정씨'를 가리킴) 입때까지 설사가 안 막혔능기오? 사람이란 친고가 충고하는 옳은 말은 들어야 하는 법이어. 일동 팔방에 있을 때에 내가 그만큼이나 음식을 삼가라고 말 안 했가디? 그런데 내가 병감에 온 지가 벌써 석 달이나 되는디 아직도 설사여?"

하고 똥통에 올라앉은 사람을 흘겨본다. 윤의 이 말에 나는 그가 윤이 늘 말하던 정씨인 줄을 알았다.

똥통에서 내려온 정씨는 윤의 말을 탓하지 않는, 지어서 하는 듯한 태도로,

"윤상, 우리 이거 얼마만이오? 그래 안즉도 예심중이오?"

하고 얼굴 전체가 다 웃음이 되는 듯이 싱글벙글하며 윤의 손을 잡는다. 그러고 나서는 내게 앉은 절을 하며,

"제 성명은 정홍태올시다. 얼마나 고생이 되십니까?"

하고 대단히 구변이 좋았다. 나는 그의 말의 발음으로 보아 그가 평안도 사람으로서 서울 말을 배운 사람인 줄을 알았다. 그러나 저녁에 인천 사는 간병부와 인사할 때에는 자기도 고향이 인천이라 하였고, 다음에 강원도 철원 사는 간병부와 인사를 할 때에는 자기 고향이 철원이라 하였고, 또 그 다음에 평양 사람 죄수가 들어와서 인사하게 될 때에는 자기 고향은 평양이라고 하였다. 그 때에 곁에 있던 윤이 정을 흘겨보며,

"왜 또 해주도 고향이라고 아니 했소? 대체 고향이 몇이나 되능기오?"

이렇게 오금을 박은(장담을 하던 사람이 그와 반대되는 언행을 할 때에, 그 장담을 들추어 말하며 몹시 공박하는) 일이 있었다. 정은 한두 달 살아 본 데면 그 지방 사람을 만날 때, 다 고향이라고 하는 모양이었다.

정은 우리 방에 오는 길로,

"이거 방이 더러워 쓰겠느냐?"

고 벗어붙이고 마룻바닥이며 식기며를 걸레질을 하고 또 자리 밑을 떠들어 보고는,

"이거 대체 소제라고는 안 하고 사셨군? 이거 더러워 쓸 수가 있나?"

하고 방을 소제하기를 주장하였다.

"그 너무 혼자 깨끗한 체하지 마시오. 어디 그 수선에 정신 차리겠능기

오?”
하고 윤은 돗자리 떨어내는 것을 반대하였다. 여기서부터 윤과 정의 의견 충돌이 시작되었다.

저녁밥 먹을 때가 되어 정이 일어나 물을 받는 것까지는 참았으나, 밥과 국을 받으려고 할 때에는 윤이 벌떡 일어나 정을 떼밀고 기어이 제가 받고야 말았다. 창 옆에서 음식을 받아들이는 것은 감방 안에서는 큰 권리로 여기는 것이었다.

정은 윤에게 떠밀려 머쓱해 물러서면서,

“그렇게 사람을 떼밀 거야 무엇이오? 그러니깐드루 간 데마다 인심을 잃지. 나 같은 사람과는 아무렇게 해도 관계치 않소마는 다른 사람보고는 그리 마시오? 뺨 맞지요, 뺨 맞아요.”
하고 나를 돌아보며 싱그레 웃었다. 그것은 마치 자기는 그만한 일에 성을 내는 사람이 아니라는 것을 보이려 함인 것 같으나 그의 눈에는 속일 수 없이 분한 빛이 나타났다.

밥을 먹는 동안 폭풍우 전의 침묵이 계속되었으나 밥이 끝나고 먹은 그릇을 설거지할 때에 또 충돌이 일어났다. 윤이 사타구니를 내어놓고 있다는 것과 제 그릇을 먼저 씻고 나서 내 그릇과 정의 그릇을 씻는다는 것과 개수통에 입을 대고 기침을 한다는 이유로 정은 윤을 책망하고 윤이 씻어 놓은 제 밥그릇을 주전자의 물로 다시 씻어서 윤의 밥그릇에 닿지 않도록 따로 포개 놓았다. 윤은 정더러,

“여보, 당신은 당신 생각만 하고 다른 사람 생각은 못 하오? 그 주전자 물을 다 써 버리면 밤에는 무엇을 먹고 아침에 네 식구가 세수는 무엇으로 한단 말이오? 사람이란 다른 사람 생각을 해야 쓰는 거여.”
하고 공격하였으나 정은 못 들은 체하고 주전자 물을 거의 다 써서 제 밥그릇과 국그릇과 젓가락을 한껏 정하게 씻고 있었던 것이다.

이 모양으로 윤과 정과의 충돌은 그칠 사이가 없었다. 그러나 정은 간병부와 내게 대해서는 아첨 가까우리만큼 공손하였다. 더구나 그가 농업이나 한방 의술이나 신의술이나 심지어 법률까지도 모르는 것이 없었다. 또 구변이 좋아서 이야기를 썩 잘하기 때문에 간병부들은 그를 크게 환영하였다.

이렇게 잠깐 동안에 간병부들의 환심을 샀기 때문에 처음에는 한 그릇씩 받아야 할 죽이나 국을 두 그릇씩도 받고 또 소화약이나 고약이나 이러한 약도 가외로 더 얻을 수가 있었다. 정이 싱글싱글 웃으며 졸라대면 간병부들은 여간한 것은 거절하지 아니하였다. 그리고 이따금 밥을 한 덩이씩 가외로 얻어서 맛날 듯한 것을 젓가락으로 휘저어서 골라 먹고 그러고 남은 찌꺼기를 행주에다가 싸고 소금을 치고 그러고는 그것을 떡반죽하는 듯이 이겨서 떡을 만들어서는 요리로 한 입 조리로 한 입 맛남직한 데는 다 뜯어먹고, 그리고 나머지를 싸두었다가 밤에 자러 들어온 간병부에게 주고는 크게 생색을 내었다. 한 번은 정이 조밥으로 떡을 만들어 나를 돌아보고,

"간병부 녀석들은 이렇게 좀 먹여야 합니다. 이따금 달걀도 사 주고 우유도 사 주면 좋아하지요. 젊은 녀석들이 밤낮 굶주리고 있거든요. 이렇게 녹여 놓아야 말을 잘 듣는단 말이야요. 간병부와 틀렸다가는 해가 많습니다. 그 녀석들이 제가 미워하는 사람의 일은 좋지 못하게 간수들한테 일러바치거든요."

하면서 이겨진 떡을 요모조모 떼어먹는다.

"여보, 그게 무에요? 데이상은 간병부를 대할 때 십 년 만에 만나는 아저씨나 대한 듯이 살이라도 베어 먹일 듯이 아첨을 하다가 간병부가 나가기만 하면 언필칭 이 녀석 저 녀석 하니 사람이 그렇게 표리가 부동해서는 못쓰는 게여. 우리는 이런 사람은 아니어든. 대해 앉아서도 할 말은 하고

안 할 말은 안 하지. 사내 대장부가 그렇게 간사를 부려서는 못쓰는 게여? 또 여보, 당신이 떡을 해주겠거든 숫밥(다른 것이 섞이거나 더럽혀지지 아니한 밥)으로 해주는 게지, 당신 입에 들어왔다 나갔다 하던 젓가락으로 휘저어서 밥 알갱이마다 당신의 더러운 침을 발라 가지고, 그러고 먹다가 먹기가 싫으닝게 남을 주고 생색을 낸다? 그런 일을 해선 못쓰는 게여. 남 주고도 죄받는 일이어든. 당신 하는 일이 모두 그렇단 말여. 정말 간병부를 주고 싶거든 당신 돈으로 달걀 한 개라도 사서 주어. 흥, 공으로 밥 얻어서 실컷 처먹고, 먹기가 싫으닝게 남을 주고 생색을 낸다……. 웃기는 왜 웃소, 싱글싱글? 그래 내가 그른 말 해? 옳은 말은 들어 두어요. 사람 되려거든. 그 당신 싱글싱글 웃는 거 보면 느글느글해서 배창주가 다 나오려 든다닝게. 웃긴 왜 웃어? 무엇이 좋다고 웃는 게여."

이렇게 윤은 정을 몰아세웠다.

정은 어이없는 듯이 듣고만 앉았더니,

"내가 할 소리를 당신이 하는구려? 그 배때기나 가리고 앉아요."

그 날 저녁이었다. 간병부가 하루 일이 끝이 나서 빨가벗고 뛰어들어왔다. 정은,

"아이, 오늘 얼마나 고생스러우셨어요? 그래도 하루가 지나가면 그만큼 나가실 날이 가까운 것 아니오? 그걸로나 위로를 삼으셔야지. 그까진 한 삼사 년 잠깐 갑니다. 아 참, 백 호하고 무슨 말다툼을 하시는 모양이든데."

이 모양으로 아주 친절하게 위로하는 말을 하였다.

백 호라는 것은 다음 방장에 있는 키 작은 간병부의 번호이다. 나도 '이놈 저놈.' 하며 둘이서 싸우는 소리를 아까 들었다.

간병부는 감빛 기결수 옷을 입고 제자리에 앉으면서,

"고놈의 자식을 찢어 죽이려다가 참았지요. 아니꼬운 자식 같으니. 제

가 뭐길래 제나 내나 다 마찬가지 전중이('징역꾼'의 속된 말)이고 다 마찬가지 간병부지. 흥, 제놈이 나보다 며칠이나 먼저 왔다고 나를 명령을 하려 들어? 쥐새끼 같은 놈 같으니. 나이로 말해도 내가 제 형뻘은 되고 세상에 있을 때에 사회적 지위로 보더라도 나는 면서기까지 지낸 사람인데. 그래 제 따위 한 자요 두 자요 하던 놈과 같을 줄 알고? 요놈의 자식 내가 오늘은 참았지마는 다시 한 번만 고 따위로 주둥아리 놀려 봐? 고놈의 아가리를 찢어 놓고 다릿마댕이를 분질러 놀걸. 우리는 목에 칼이 들어오더라도 할 말은 하고 할 일은 하고야 마는 사람이거든!"
하고 곁방에 있는 '백 호'라는 간병부에게 들리라 하는 말로 남은 분풀이를 하였다. 정은 간병부에게 동정하는 듯이 혀를 여러 번 차고 나서,

"쯧쯧, 아 참으셔요. 신상 체면을 보셔야지, 고까짓 어린애 녀석하고 무얼 말다툼을 하세요. 아이 나쁜 녀석! 고 녀석 눈깔 딱지하고 주둥아리하고 독살스럽게도 생겨 먹었지. 고게 또 방정은 무슨 방정이야? 고 녀석 인제 또 옥에서 나가는 날로 또 뉘 집에 불 놓고 들어올걸. 원 고 녀석. 글쎄 남의 집에 불을 놓다니?"

간병부는 정의 마지막 말에 눈이 뚱그레지며,

"그래 나도 남의 집에 불 놓았어. 그랬으니 어떻단 말이어? 당신같이 남의 돈을 울궈먹는 것은 괜찮고 남의 집에 불 놓는 것만 나쁘단 말이오? 원 별 아니꼬운 소리를 다 듣겠네. 여보, 그래 내가 불을 놓았으니 어떡하란 말이오? 웃기는 싱글싱글 왜 웃어? 그래 백 호나 내가 남의 집에 불을 놓았으니 어떡허란 말이야?"
하고 정에게 향하여 상앗대질을 하였다.

정의 얼굴은 빨개졌다. 정은 모처럼 간병부의 비위를 맞추려고 하던 것이 그만 탈선이 되어서 이 봉변을 당하게 된 것이었다. 그러나 정의 얼굴에는 다시 웃음이 떠돌면서,

"아니, 내 말이 어디 그런 말이오? 신상이 오해시지."
하고 변명하려는 것을 간병부는,

"오해? 육회가 어떻구?"

"아니, 그런 말이 아니라 신상도 불을 놓으셨지마는 신상은 술이 취해서 술김에 놓으신 것이어든. 그 술김이 아니면 신상이 어디 불 놓으실 양반이오? 신상이 우락부락해서 홧김에 때려죽인다면 몰라도 천성이 대장부다우시니까 사기나 방화나 그런 죄는 안 지을 것이란 말이오! 그저 애매하게 방화죄를 지셨다는 말씀이지요. 내 말이 그 말이어든. 그런데 말이오. 저 백호 그 녀석이야말로 정신이 말짱해서 불을 놓은 것이 아니오? 그게 정말 방화죄거든. 내 말이 그 말씀이야, 인제 알아들으셨어요?"
하고 정은 제 말에 신이라는 간병부의 분이 풀린 것을 보고,

"자, 이거나 잡수세요."
하고 밥그릇 통 속에 감추어 두었던 조밥 떡을 내어 팔을 기다랗게 늘여서 간병부에게 준다.

"날마다 이거 미안해서 어떻게 하오?"
하고 간병부는 그 떡을 받았다.

간병부가 잠깐 일어나서 간수가 오나 아니 오나를 엿보고 난 뒤에 그 떡을 한 입 베어 물었다.

아까부터 간병부와 정과의 언쟁을 흥미 있는 눈으로 힐끗힐끗 곁눈질하던 윤이,

"아뿔싸, 신상 그것 잡숫지 마시오."
하고 말만으로도 부족하여 손까지 살래살래 내흔들었다.

간병부는 꺼림칙한 듯이 떡을 입에 문 채로,

"왜요?"
하며 제자리에 와 앉는다. 간병부 다음에 내가 누워 있고 그 다음에 정, 그

다음에 윤, 우리들의 자리 순서는 이러하였다. 윤은 점잖게 도사리고 앉아서 부채를 딱딱 하며,

"내가 말라면 마슈. 내가 언제 거짓말했거디? 우리는 목에 칼이 오드라도 바른말만 하는 사람이어든."

그러는 동안에 간병부는 입에 베어 물었던 떡을 삼켜 버린다. 그러고 그 나머지를 지리가미에 싸서 등뒤에 놓으면서,

"아니, 어째 먹지 말란 말이오?"

"그건 그리 아실 건 무엇 있소? 자시면 좋지 못하겠으닝게 먹지 말랑 게지."

"아니, 말해요. 우리는 속이 갑갑해서, 그렇게 변죽만 울리는 소리를 듣고는 가슴에 불이 일어나서 못 견디어."

이 때에 정이 매우 불쾌한 얼굴로,

"신상, 그 미친 소리 듣지 마시오. 어서 잡수세요. 내가 신상께 설마 못 잡수실 것을 드릴라구?"

하였건마는 간병부는 정의 말만으로 안심이 안 되는 모양이어서,

"윤 서방, 어서 말씀하시오."

하고 약간 노기를 띤 언성으로 재차 묻는다.

"그렇게 아시고 싶을 건 무엇 있어요. 그저 부정한 것으로만 아시라닝게. 내가 신상께 해로운 말씀 할 사람은 아니닝게."

"압다, 그 아가리 좀 못 닥쳐?"

하며 정이 참다못해 벌떡 일어나서 윤을 흘겨본다.

윤은 까닥 아니 하고 여전히 몸을 좌우로 흔들흔들하면서,

"당신네 평안도서는 사람의 입을 아가리라고 하는지 모르겠소마는 우리네 전라도서는 점잖은 사람이 그런 소리는 아니 하오. 종교가 노릇을 이십 년이나 했다는 양반이 그 무슨 말버릇이란 말이오? 종교가 노릇을 이십

년이나 했길래 남 먹으라고 주는 음식에 침만 발러 주었지, 십 년만 했드면 코 발러 줄 뻔했소구려? 내가 아까 그러지 않아도 이르지 않았거디? 사람에게 먹을 것을 주려거든 숫으로 덜어 주는 법이어. 침 묻은 젓가락으로 휘저어 가면서 맛날 듯한 노란 좁쌀은 죄다 골라 먹고, 콩도 이거 집었다가 놓고 저거 집었다가 놓고 입에 댔다가 놓고, 노르스름한 놈은 죄다 골라 먹고, 그러고는 퍼렇게 뜬 좁쌀, 썩은 콩만 남겨서 제 밥그릇, 죽그릇, 젓가락 다 씻은 개숫물에 행주를 축여 가지고는 코 묻은 손으로 주물럭주물럭해서 떡이라고 만들어 가지고 그런 뒤에도 요모조모 맛날 듯싶은 데는 다 떼어먹고 그것을 남겼다가 사람을 먹으라고 주니, 그러고 벼락이 무섭지 않어. 그런 것은 남을 주면 벌을 받는 법이라고 내가 그만큼 일렀단 말이여. 우리는 남의 흠담은 도모지 싫어하는 사람이닝게 이런 말도 안 하려고 했거든. 신상, 내 어디 처음에야 말했가디? 저 진상도 증인이여. 내가 그만큼 옳은 말로 타일렀고, 또 덮어 주었으면 평안도 상것이 '고맙습니다.' 하는 말은 못할망정 잠자코나 있어야 할 게지. 사람이란 그렇게 뻔뻔해서는 못쓰는 게여."

윤의 말에 정은 어쩔 줄을 모르고 얼굴만 푸르락누르락하더니 얼른 다시 기막히고 우습다는 표정을 하며,

"참 기가 막히오. 어쩌면 그렇게 빤빤스럽게도 거짓말을 꾸며 대오? 내가 밥에 모래와 쥐똥, 썩은 콩, 티 검불 이런 걸 골르느라고 젓가락으로 밥을 저었지, 그래 내가 어떻게 보면 저 먹다 남은 찌꺼기를 신상더러 자시라고 할 사람같이 보여? 아스우, 아스우. 고렇게 거짓말을 꾸며 대면 혓바닥 잘린다고 했어. 신상, 아예 그 미친 소리 듣지 마시고 잡수시우. 내 말이 거짓말이면 마른하늘에 벼락을 맞겠소!"

하고 할말 다했다는 듯이 자리에 눕는다. 정이 맹세하는데 머리가 쭈뼛함을 깨달았다. 어쩌면 그렇게 영절스럽게(아주 그럴듯하게) 곁에다가 증인을

둘씩이나 두고도 벼락을 맞을 맹세까지 할 수가 있을까? 사람의 마음이란 헤아릴 수 없이 무서운 것이라고 깊이깊이 느껴졌다. 내가 설마 나서서 증거야 서랴? 정은 이렇게 내 성격을 판단하고서 맘놓고 이렇게 꾸며댄 것이다. 나는 '윤씨 말은 옳소, 정씨 말은 거짓이오.' 이렇게 말할 용기가 없었다. 내게 이러한 용기 없는 것을 정이 뻔히 들여다본 것이다.

윤도 정의 엄청난 거짓말에 기가 막힌 듯이 아무 말도 없이 딴 데만 바라보고 앉아 있었다.

간병부는 사건의 진상을 내게서나 알려는 듯이 가만히 누워 있는 내 얼굴을 들여다보고 있었다. 내게 직접 말로 묻기는 어려운 모양이다. 내게서 아무 말이 없음을 보고, 간병부는 슬그머니 떡을 집어서 정의 머리맡에 밀어 놓으며,

"었소, 데이상이나 잡수시오. 나두 두 분 더 쌈 시키고 싶지 않소."
하고는 쩍쩍 입맛을 다신다. 나는 속으로 '참 잘한다.' 하고 간병부의 지혜로운 판단에 탄복하였다.

그러나 이 사건은 정의 윤에게 대한 깊은 원한을 맺히게 한 원인이었다. 윤이 기침을 하면 저쪽으로 고개를 돌리라는 둥, 입을 막고 하라는 둥, 캥캥 하는 소리를 좀 적게 하라는 둥, 소갈머리가 고약하게 생겨 먹어서 기침도 고약하게 한다는 둥, 또 윤이 낮잠이 들어 코를 골면 팔꿈치로 윤의 옆구리를 치며 소갈머리가 고약하니깐 잘 때까지도 사람을 못 견디게 군다는 둥, 부채를 딱딱거리지 말라, 할끔할끔 곁눈질하는 것 보기 싫다, 이 모양으로 일일이 윤의 오금을 박았다. 윤도 지지 않고 정을 해댔으나 입심으론 도저히 적수가 아닐 뿐더러 성미가 급한 사람이라, 매양 윤이 곯아떨어지는 것 같았다. 코를 골기로 말하면 정도 윤에게 지지 아니하였다. 더구나 정은 이가 빠드러지고 입술이 뒤둥그러져서 코를 고는 줄을 모르는 모양이었다. 간병부도 목침에 머리만 붙이면 잠이 드는 사람이므로 정과 윤

이 코를 고는 데에 희생이 되는 사람은 잠이 잘 들지 못하는 나뿐이었다. 윤은 소프라노로, 정은 바리톤으로 코를 골아대면 언제까지든지 눈을 뜨고 창을 통하여 보이는 하늘의 별을 바라보고 있을 수밖에 없었다. 더구나 정은 윤의 입김이 싫다 하여 꼭 내편으로 고개를 향하고 자고, 나는 반듯이 밖에는 누울 수 없는 병자이기 때문에 정은 내 왼편 귀에다가 코를 골아 넣었다. 위확장 병으로 위 속에서 음식이 썩는 정의 입김은 실로 참을 수 없으리만큼 냄새가 고약한데, 이 입김을 후끈후끈 밤새도록 내 왼편 뺨에 불어 붙였다. 나는 속으로 정이 반듯이 누워 주었으면 하였으나 차마 그 말을 못 하였다. 나는 이것을 향기로운 냄새로 생각해 보려, 이렇게 힘도 써보았다. 만일 그 입김이 아름다운 젊은 여자의 입김이라면 내가 불쾌하게 여기지 아니할 것이 아닌가? 아름다운 젊은 여자의 뱃속엔들 똥은 없으며 썩은 음식은 없으랴. 모두 평등이 아니냐? 이러한 생각으로 코 고는 소리와 냄새나는 입김을 잊어버릴 공부를 해보았으나 공부가 그렇게 일조 일석에 될 리가 만무하였다. 정더러 좀 돌아누워 달랄까 하는 생각을 하고는 또 하였다. 뒷절에서 울려오는 목탁 소리가 들릴 때까지 잠을 이루지 못하는 날이 많았다. 새벽 목탁 소리가 나면 아침 세 시 반이다. 딱딱딱 하는 새벽 목탁 소리는 퍽 사람의 맘을 맑게 하는 힘이 있다.

"원컨대는 이 종소리, 법계에 고루 퍼져지이다."

한다든지,

"일체 중생이 바로 깨달음을 얻어지이다."

하는 새벽 종소리 구절이 언제나 생각되었다. 인생이 괴로움의 바다요 불붙는 집이라면, 감옥은 그 중에도 가장 괴로운 데다. 게다가 옥중에서 병까지 들어서 병감에 한정 없이 뒹구는 것은 이 괴로움의 세 겹 괴로움이다. 이 괴로운 중생들이 서로서로 괴로워함을 볼 때에 중생의 업보는 '헤어 알기 어려워라.' 한 말씀을 다시금 생각하지 아니할 수 없었다.

새벽 목탁 소리를 듣고 나서 잠이 좀 들 만하면 윤과 정은 번갈아 똥통에 오르기를 시작하고 더구나 제 생각만 하지 남의 생각이라고는 전혀 하지 아니하는 정은 제가 흐뭇이 자고 난 것만 생각하고 소리를 내어서 책을 읽거나 또는 남들이 일어나기 전에 먼저 마음대로 물을 쓸 작정으로 세수를 하고 전신에 냉수 마찰을 하고 그러고는 운동이 잘된다 하여 걸레질을 치고, 이 모양으로 수선을 떨어서 도무지 잠이 들 수가 없었다. 정은 기침 시간 전에 이런 짓을 하다가 간수에게 들켜서 여러 번 꾸지람을 받았지마는 그래도 막무가내 하였다.

떡 사건이 일어난 이튿날 키 작은 간병부가 우리 방 앞에 와서 누구를 향하여 하는 말인지 모르게 키 큰 간병부의 흉을 보기 시작했다. 그것은 어저께 싸움에 관한 이야기였다—.

"키다리가 어저께 무어라고 해요? 꽤 분해 하지요? 그놈 미친놈이지, 내게 대들어서 무슨 이를 보겠다고. 밥이라도 더 얻어먹고 상표래도 하나 타 보려거든 내 눈 밖에 나고는 어림도 없지! 간수가 내 말을 믿지 제 말을 믿겠어요? 그런 줄도 모르고 걸핏하면 대든단 말야. 건방진 자식 같으니! 제가 아무리 지랄을 하기로니 내가 눈이나 깜짝할 사람이오? 가만히 내버려두지. 이따금 빡빡 긁어서 약을 올려 놓고는 가만히 두고 보지. 그러면 똥구멍 찔린 소 모양으로 저 혼자 영각(황소가 암소를 찾아 길게 뽑아 우는 소리)을 하고 날치지, 목이 다 쉬도록 저 혼자 떠들다가 좀 씀즉하게 되면 내가 또 듣기 싫은 소리를 한마디해서 빡 긁어 놓지. 그러면 또 길길이 뛰면서 악을 고래고래 쓰지. 그리고는 가만히 내버려 두지. 그러면 제가 어쩔 테야. 제가 아무러기로 손찌검은 못할 터이지? 그러다가 간수나 부장한테 들키면 경을 제가 치지."

하고 매우 고소한 듯이 웃는다. 아마 키 큰 간병부는 본감에 심부름을 가고 없는 모양이었다.

"참 구 호(키 큰 간병부)는 미련퉁이야. 글쎄 햐꾸고오상하고 다투다니 말이 되나? 햐꾸고오상은 주임이신데, 주임의 명령에 복종을 해야지."

이것은 정의 말이다.

"사뭇 소라닝게. 경우를 타일러야 알아듣기나 하거디? 밤낮 면서기 당기던 게나 내세우지. 햐꾸고오상도 퍽으나 속이 상하실 게요."

이것은 윤의 말이다.

"무얼 할 줄이나 아나요? 아무것도 모르지. 게다가 흘게가 늦고(하는 짓이 야무지지 아니하고) 게을러빠지고, 눈치는 없고……."

이것은 키 작은 간병부의 말.

"그렇고말고요. 내가 다 아는걸. 일이야 햐꾸고오상이 다 하시지. 규우고오상이야 무얼 하거디? 게다가 뽐내기는 경치게 뽐내지!"

이것은 윤의 말이다.

"그까짓 녀석 간수한테 말해서 쫓아 보내지? 나도 밑에 많은 사람을 부려 봤지마는 손 안 맞는 사람을 어떻게 부리오? 나 같으면 사흘 안에 내쫓아 버리겠소."

이것은 정의 말이다.

"그렇기로 인정간에 그럴 수도 없고 나만 꾹꾹 참으면 고만이라고 여태껏 참아 왔지요. 그렇지마는 또 한 번 그런 버르장머리를 해봐라, 이번엔 내가 가만두지 않을걸."

이것은 키 작은 간병부의 말이다.

이 때에 키 큰 간병부가 약병과 약봉지를 가지고 왔다.

키 작은 간병부는,

"아마 오늘 전방을 하시게 될까 보오."

하고 우리 방으로 장질부사(장티푸스) 환자가 하나 오기 때문에 우리들은 다음 방으로 옮아가게 되었으니 준비를 해두라는 말을 하고 무슨 바쁜 일이나 있는 듯이 가버리고 말았다.

키 큰 간병부는 '윤 참봉', '정 주사', 이 모양으로 농담 삼아 이름을 불러 가며 병에 든 약물과 종이 주머니에 든 가루약을 쇠창살 틈으로 들여보낸다.

윤은 약을 받을 때마다 늘 하는 소리로,

"이깐 놈의 약 암만 먹으면 낫거디? 좋은 한약을 서너 첩 먹었으면 금시에 열이 내리고 기침도 안 나고 부기도 빠지겠지만……."

다음에는 정이 일어나서 창살 틈으로 바싹 다가서서 물약과 가루약을 받아 들고 물러서려 할 때에 키 큰 간병부가 약봉지 하나를 정에게 더 주며,

"이거 내가 먹는다고 비대발괄(딱한 사정을 말하여 가며 간절히 청하고 빎)을 해서 얻어온 게요. 애껴 먹어요. 많이만 먹으면 되는 줄 알고, 다른 사람 사흘에 먹을 것을 하루에 다 먹어 버리니, 어떻게 해? 그 약을 누가 이루 댄단 말이요?"

"그러니깐 고맙단 말씀이지. 규우고오상, 나 그 알코올 좀 얻어 주슈. 이번엔 좀 많이 줘요. 그냥 알코올은 좀 얻을 수 없나? 그냥 알코올 한 곱뿌 얻어 주시오그려. 사회에 나가면 내가 그 신세 잊어버릴 사람은 아니오."

"이건 누굴 경을 치울 양으로 그런 소리를 하오?"

"압다 그 하꾸고오는 살랑살랑 오는 것만 봐도 몸에 소름이 쪽쪽 끼쳐. 제가 무엔데 제 형님뻘이나 되는 규우고오상을 그렇게 몰아세워요? 나 같으면 가만두지 않을 테야?"

"흥, 주먹을 대면 고 쥐새끼 같은 놈 어스러지긴 하겠구."

정이 이렇게 키 큰 간병부에게 아첨하는 것을 보고 있던 윤이,

"규우고오상이 용하게 참으시거든. 그 악담을 내가 옆에서 들어도 이가

갈리건만…… 용하게 참으셔…… 성미가 그렇게 괄괄하신 이가 참 용하게 참으시거든!"

하고 깊이 감복하는 듯이 혀를 찬다.

얼마 뒤에 키 큰 간병부는 알코올 솜을 한 움큼 가져다가,

"세 분이 노나 쓰시오."

하고 들이민다. 정이 부리나케 일어나서,

"아리가도오 고자이마스(고맙습니다)."

하고는 그 솜을 받아서 우선 코에 대고 한참 맡아 본 뒤에 알코올이 제일 많이 먹은 듯한 데로 삼분의 이쯤 떼어서 제가 가지고, 그리고 나머지 삼분의 일을 둘로 갈라서 윤과 나에게 줄 줄 알았더니 그것을 또 삼분에 갈라서 그 중에 한 분은 윤을 주고 한 분은 나를 주고 나머지 한 분은 또 둘에 갈라서 한 분은 큰 솜 뭉텅이에 넣어서 유지로 꽁꽁 싸 놓고 나머지 한 분으로 얼굴을 닦고 손을 닦고 머리를 닦고 발바닥까지 닦아서는 내어버린다. 그는 알코올 솜을 이렇게 많이 얻어서 유지에 싸 두고는 하루에도 몇 번씩 얼굴과 손과 모가지를 닦는데 그것은 살결이 곱고 부드러워지게 하기 위함이라 한다.

저녁을 먹고 나서 전방을 할 줄 알았더니 거진 다 저녁때가 되어서 키 작고 똥똥한 간수가 와서 쩔꺽 하고 문을 열어제치며,

"뎀보오, 뎀보오!"

하고 소리를 친다. 그 뒤로 키 작은 간병부가 와서,

"전방이요, 전방."

하고 통역을 한다. 정이 제 베개와 알루미늄 밥그릇을 싸 가지고 가려는 것을,

"안 돼, 안 돼!"

하고 간수가 소리를 질러서 아까운 듯이 도로 내어놓고 간신히 겨우 알코

올 솜 뭉텅이만은 간수 못 보는 데 집어넣고 우리는 주렁주렁 용수(죄수의 얼굴을 못 보게 머리에 씌우던 기구)를 쓰고 방에서 나와서 다음 방으로 들어갔다. 철컥 하고 문이 도로 잠겼다. 아랫목에는 민이 우리가 들어오는 것을 보고 어린애 모양으로 방글방글 웃고 앉아 있었다. 서로 떠난 지 이십여 일 동안에 민은 무섭게 수척하였다. 얼굴에는 두 눈만 있는 것 같고 그 눈도 자유로이 돌지를 못하는 것 같았다. 두 무릎 위에 늘인 팔과 손에는 혈관만이 불룩불룩 솟아 있고 정강이는 무릎 밑보다도 발목이 더 굵었다. 저러고 어떻게 목숨이 붙어 있나 하고 나는 이 해골과 같은 민을 보면서,

"요새는 무얼 잡수세요?"

하고 큰소리로 물었다. 그의 귀가 여간한 소리는 듣지 못할 것같이 생각됐던 까닭이다.

민은 머리맡에 삼분의 이쯤 남은 우유병을 가리키면서,

"서울 있는 매부가 돈 오 원을 차입해서 날마다 우유 한 병씩 사 먹지요. 그것도 한 모금 먹으면 더 넘어가지를 않아요. 맛은 고소하건만 목구멍에 넘어를 가야지. 내 매부가 부자지요. 한 칠백 석하고 잘살어요. 나가기만 하면 매부네 집에 가 있을 텐데. 사랑도 널찍하고 좋지요. 그래도 누이가 있으니깐 매부도 사람이 좋구요. 육회도 해 먹고 배갈도 한 잔씩 따뜻하게 디여 먹고, 살아날 것도 같구먼!"

이런 소리를 하고 있었다. 그는 매부가 부자라는 것을 자랑하기 위해서 이런 말을 하는 모양이었다.

또 민의 바로 곁에 자리를 잡게 된 윤은 부채를 딱딱거리며,

"그래도 매부는 좀 사람인 모양이지? 집에선 아직도 아무 소식이 없단 말여? 이봐, 내 말대로 하라닝게. 간수장헌테 면회를 청하고 집에 있는 세간을 다 팔아서 먹고 싶은 것 사 먹기도 하고 변호사를 대어서 보석 청원도 해요. 저렇게 송장이 다 된 것을 보석을 안 시킬 리가 있나? 인제는 광대뼈

꺼정 빨갛다닝게. 저렇게 되면 한 달을 못 간단 말이어. 서방이 다 죽게 돼도 모르는 체하는 열아홉 살 먹은 계집년을 천량(재물과 양식)을 냉겨 주겠다고, 또 그까진 자식새끼 나 같으면 모가지를 비틀어 빼어 버릴 테야! 할딱할딱하는 게 숨이 목구멍에서만 나와. 다 죽었어, 다 죽었어."
하고 앙잘거린다.

"글쎄 이 자식아, 오래간만에 만났거든 그래도 좀 어떠냐 말이나 묻는 게지. 그저 댓바람에 악담이야? 네 녀석의 악담을 며칠 안 들어서 맘이 좀 편안하더니 또 요길 왔어? 너도 손발이 통통 분 게 며칠 살 것 같지 못하구. 아이고 제발 그 악담 좀 말아라."

민은 이렇게 말하고 한숨을 쉬고는 자리에 눕는다.

이 방에는 민 외에 강이라고 하는 키 커다랗고 건장한 청년 하나가 아랫배에 붕대를 감고 벽에 기대어 앉아 있었다. 나중에 들으니 그는 어떤 신문 지국 기자로서 과부 며느리와 추한 관계가 있다는 부자 하나를 공갈을 해서 돈 일천육백 원을 빼앗아 먹은 죄로 붙들려 온 사람이라고 하며 대단히 성미가 괄괄하고 비위에 거슬리는 일은 참지를 못하는 사람이 되어서 가끔 윤과 정을 몰아세웠다. 윤이 민을 못 견디게 굴면 반드시 윤을 책망하였고, 정이 윤을 못 견디게 굴면 또 정을 몰아세웠다. 정과 윤은 강을 향하여 이를 갈았으나 강은 두 사람을 깍정이같이 멸시하였다. 윤 다음에 정이 눕고, 정의 곁에 강이 눕고, 강 다음에 내가 눕게 된 관계로 강과 정과의 충돌할 기회가 자연 많아졌다. 강은 전문 학교까지 졸업한 사람이기 때문에 지식이 상당하여서 정이 아는 체하는 소리를 할 때마다 사정없이 오금을 박았다.

"어디서 한 마디 두 마디 주워 들은 소리를 가지고 아는 체하고 지절대오? 시골구석에서 무식한 농민들 속여먹던 버르장머리를 아무데서나 하러 들어? 싱글벙글하는 당신 상판대기에 나는 거짓말쟁이오 하고 뚜렷이

써 붙였어. 인젠 낫살도 마흔댓 살 먹었으니 죽기 전에 사람 구실을 좀 해 보지. 댁이 의학은 무슨 의학을 아노라고 걸뜻하면 남에게 약 처방을 하오? 다른 사기는 다 해먹드라도 잘 알지도 못하는 의원 노릇을랑 아여 말어. 침도 아노라, 한방의도 아노라, 양의도 아노라, 그렇게 아는 사람이 어디 있어? 당신이 그 따위로 사람을 많이 속여먹으니까 배때기가 온전할 수가 있나? 욕심은 많아서 한 끼에 두 사람 세 사람 먹을 것을 처먹고는 약을 처먹어, 물을 처먹어, 그러고는 방귀질, 또 똥질, 트림질, 게다가 자꾸 토하기꺼지 하니 그놈의 냄새에 곁엣사람이 살 수가 있나? 그렇게 처먹고 밥주머니가 늘어나지 않어? 게다가 한다는 소리가 밤낮 거짓말……. 싱글벙글 웃기는 왜 웃어? 누가 이쁘다는 게야? 알코올 솜으로 문지르기만 하면 상판대기가 이뻐지는 줄 아슈? 그 알코올 솜도 나랏돈이요. 당신네 집에서 언제 제 돈 가지고 알코올 한 병 사 봤어? 벌써 꼬락서니가 생전 사람 구실 해보기는 틀렸소마는 제발 나 보는 데서만은 그 주둥아리 좀 닥치고 있어요."

강은 자기보다 근 이십 년이나 나이 많은 정을 이렇게 몰아세웠다.

한번은 점심때에 자반 멸치 한 그릇이 들어왔다. 이것은 온 방안에 있는 사람들이 골고루 나눠 먹으라는 것이다. 멸치래야 성한 것은 한 개도 없고, 꽁지 대가리, 모두 부스러진 것뿐이요, 게다가 짚 검불이며, 막대기며, 별의별 것이 다 섞여 있는 것들이나, 그래도 감옥에서는 한 주일에 한 번이나 두 주일에 한 번밖에는 못 얻어먹는 별미여서, 이러한 반찬이 들어오는 날은 모두 생일이나 명절을 당한 것처럼 기뻐했다. 정은 여전히 밥 받아들이는 일을 맡았기 때문에 이 멸치 그릇은 받아서 젓가락으로 뒤적거리며 살이 많은 것을 골라서 제 그릇에 먼저 덜어 놓고 대가리와 꽁지만을 다른 네 사람을 위하여 내어놓았다. 내가 보기에도 정이 가진 것은 절반은 다 못 되어도 삼분의 일은 훨씬 넘었다. 그러나 정의 눈에는 그것이 멸치 전체의 오분의 일로 보인 모양이었다.

나는 강의 입에서 반드시 벼락이 내릴 것을 예기하고 그것을 완화해 볼 모양으로 정더러,

"여보시오? 며루치가 고르게 분배되지 않은 모양이니 다시 분배를 하시오."

하였으나 정은 자기 그릇에 담았던 멸치 속에서 그 중 맛없을 만한 것 서너 개를 골라서 이쪽 그릇에 덜어 놓을 뿐이었다. 그러고는 대단히 맛나는 듯이 제 그릇의 멸치를 집어먹는데, 그것도 그 중 맛나 보이는 것은 먼저 먹었다.

민은 아무 욕심도 없는 듯이 쌀뜨물 같은 미음을 한 모금 마시고는 놓고, 또 한 모금 마시고는 놓고 할 뿐이요, 멸치에 대해서는 아무 관심이 없는 모양이었으나 윤은 못마땅한 듯이 연해 정을 곁눈으로 흘겨보면서 그래도 멸치를 골라 먹고 있었다. 강만은 멸치에는 젓가락을 대어 보지도 않고 조밥 한 덩이를 다 먹고 나더니마는 멸치 그릇을 들어서 정의 그릇에 쏟아 버렸다. 나도 웬일인지 멸치에는 젓가락을 대지 아니하였다.

정은 고개를 번쩍 들어 강을 바라보며,

"왜, 며루치 좋아 안 하셔요?"

"우린 좋아 아니 해요. 두었다가 저녁에 자시오."

하고 강은 아무 말 없이 물을 먹고는 제자리에 가서 드러누웠다. 나는 강의 속에 무슨 생각이 났는지 몰라 우습기도 하고 궁금하기도 하였다.

정은 역시 강의 속이 무서운 모양이었으나 다섯 사람이 먹을 멸치를, 게다가 소금 절반이라고 할 만한 멸치를 거의 다 먹고 조금 남은 것을 저녁에 먹는다고 라디에이터 밑에 감추어 두었다.

정은 대단히 만족한 듯이 싱글싱글 웃으며 제자리에 드러누웠다. 그러더니 얼마 아니 해서 코를 골았다. 식곤증이 난 모양이라고 나는 생각하였

다. 아무리 위장이 튼튼한 장정 일꾼이라도 자반 멸치 한 사발을 다 먹고 무사히 내릴 리는 없을 것 같았다. 강도 그 눈치를 알았는지 배에 붕대를 끌러 놓고 부채로 수술한 자리에 바람을 넣으면서 픽픽 웃고 앉았더니 문득 일어나서 물주전자 있는 자리에 와서 그것을 들어 흔들어 보고, 그러고는 뚜껑을 열어 보았다. 강은 나와 윤에게 물을 한 잔씩 따라서 권하고, 그러고는 자기도 두 보시기나 마시고 그 나머지로는 수건을 빨아서 제 배를 훔치고, 그러고는 물 한 방울도 없는 주전자를 마룻바닥에 내던지듯이 덜컥 놓고는 제자리에 돌아와 앉았다.

강이 하는 양을 보고 앉았던 윤은,

"강 선생, 그것 잘하셨소. 흥, 이제 잠만 깨면 목구멍에 불이 일어날 것이닝게."

하고는 주전자 뚜껑을 열어 물이 한 방울도 아니 남은 것을 보고 제자리에 돌아와 앉는다.

정은 숨이 막힐 듯이 코를 골더니 한 시간쯤 지나서 눈을 번쩍 뜨며 일어나는 길로 주전자 앞으로 달려갔다.

그러나 주전자에 물이 한 방울도 없는 것을 보고 와락 화를 내어 주전자를 내동댕이를 치고 윤을 흘겨보면서,

"그래 물을 한 방울도 안 남기고 자신단 말이오? 내가 아까 물이 있는 걸 보고 잤는데……. 그렇게 남의 생각을 아니 하고 제 욕심만 채우니 갠드루 밤낮 똥질을 하지."

하고 트집을 잡는다.

"뉘가 할 소리야? 그게 춘치자명(春雉自鳴 [봄철에 꿩이 스스로 운다는 뜻] 시키거나 요구하지 아니하여도 자기 스스로 함)이라는 것이여."

하고 윤은 점잔을 뺐다.

"물은 내가 다 먹었소."

하고 강이 나앉는다.

"며루치는 댁이 다 먹었으니 우리는 물로나 배를 채워야 아니 하오? 며루치도 혼자 다 먹고 물도 혼자 다 먹었으면 속이 시원하겠소?"

정은 아무 말도 하지 아니하였다. 그러나 목이 말라 죽을 지경인 모양이었다. 그는 누웠다 앉았다 도무지 자리를 잡지 못하였다. 그가 가끔 일어나서 철창을 복도를 바라보는 것은 간병부더러 물을 청하려는 것인 듯하였다. 그러나 간병부는 어디 갔는지 좀처럼 보이지 아니하였고, 그 동안에 간수와 부장이 두어 번 지나갔으나 차마 물 달라는 말은 나오지 않는 모양이었다. 그 동안이 퍽 오래 지난 것 같았다. 이 때에 키 작은 간병부가 왔다. 정은 주전자를 들고 일어나서 창으로 마주 가며,

"햐꾸고오상, 여기 물 좀 주세요. 도무지 무엇을 먹지를 못하니깐두루 헛헛증(몹시 출출해서 자꾸 먹고 싶은 증세. 공복감)이 나고 목이 말라서. 물이 한 방울도 없구먼요."

하고 얼굴 전체가 웃음이 되어 아첨하는 빛을 보인다.

"여기를 어딘 줄 아슈? 감옥살이를 일 년이나 해도 감옥소 규칙도 몰라? 저녁때 아니고 무슨 물이 있단 말이오?"

백 호는 이렇게 웃어 버린다. 정은 주전자를 높이 들어 흔들며,

"그러니까 청이지요. 목마른 사람에게 물 한 잔 주는 것도 급수 공덕이라는 말을 못 들으셨소? 한 잔만 주세요. 수통에서 얼른 길어 오면 안 되오?"

"그렇게 배도 곯아 보고 목도 좀 말라 보아야 합니다. 남의 돈 공으로 먹으려다가 붙들려 왔으면 그만한 고생도 안 해?"

하다가 간수 오는 것을 봄인지 간병부는 얼른 가버리고 만다. 정은 머쓱해서 주전자를 방바닥에 놓고 자리에 와 앉는다. 옆방 장질부사 환자의 간호를 하고 있는 키 큰 간병부가 통행 금지하는 줄 저편에서 고개를 기웃하여

우리들이 있는 방을 들여다보며,

"정 주사 물 좀 줄까? 얼음 냉수 좀 줄까?"

하고 환자 머리 식히는 얼음주머니에 넣던 얼음 조각을 한 줌 들어 보인다. 정은 벌떡 일어나서 창 밑으로 가며,

"규우고오상? 그거 한 덩이만 던져 주슈."

하고 손을 내민다.

"이건 왜 이래, 장질부사 무섭지 않어? 내 손에 장질부사 균이 득시글득시글한다나."

"압다. 그 소독물에 좀 씻어서 한 덩어리만 던져 주세요. 아주 목이 타는 것 같구려. 그렇잖으면 이 주전자에다가 물 한 구기만 넣어 주세요. 아주 가슴에 불이 인다니깐."

"아까 들으니까 며루치를 혼자 자시는 모양입디다그려. 그걸 그냥 삭여야지 물을 먹으면 다 오줌으로 나가지 않우? 그냥 삭여야 얼굴이 반드르해진단 말야."

그리고는 키 큰 간병부는 새끼 손가락만한 얼음 한 덩이를 정을 향하고 집어 던졌으나 그것이 하필 쇠창살에 맞고 복도에 떨어져 버리고 말았다. 그러고는 키 큰 간병부는 얼음주머니를 가지고 방으로 들어가 버렸다.

정은 제자리에 돌아와 고개를 숙이고 앉았다.

"소금을 자슈. 체한 데는 소금을 먹어야 하는 게야."

이것은 강의 처방이었다. 정은 원망스러운 듯이 강을 한번 힐끗 돌아보고는 입맛을 다셨다.

"저 타구에 물이 좀 있지 않아? 양칫물은 남의 삼 갑절 쓰지? 그게 저 타구에 있지 않아? 그거라도 마시지."

이것은 윤의 말이었다.

"아까 짠 것을 너무 자십디다. 속도 좋지 않은 이가 그렇게 자시고 무사

할 리가 있소."

하며 민이 자기 머리맡에 놓았던 반쯤 남은 우유병을 정에게 주었다.

"이거라도 자셔 보슈."

"고맙습니다. 그저 병환이 하루바삐 나으시고 무죄가 되어서 나갑소사."

하고 정은 정말 합장하여 민에게 절을 하고 나서 그 우유병을 단숨에 들이켰다.

"사람들이 그래서는 못쓰는 것이오. 남을 위할 줄을 알아야 쓰는 게지. 남을 괴롭게 하고 비웃고 하면 천벌을 받는 법이오. 하나님이 다 보시고 계시거든."

정은 이렇게 한바탕 설교를 하고 다시는 물 얻어먹을 생각도 못 하고 누워 버리고 말았다.

"당신은 사람 아니오. 너무 처먹어서 목이 갈한 데다가 또 우유를 먹으면 어떡하자는 말이오? 흥, 뱃속에서 야단이 나겠수. 탐욕이 많으면 그런 법입니다. 저 먹을 만큼만 먹으면 배탈이 왜 난단 말이오? 그저 이건 들여라 들여라니, 당신 그러다가는 장위가 아주 결딴이 나서 나종엔 미음도 못 먹게 되어! 알긴 경치게 많이 알면서 왜 제 몸 돌아볼 줄만은 몰라? 그리고는 남더러 천벌을 받는다고. 인제 오늘 밤중쯤 되면 당신이야말로 천벌받는 것을 내가 볼걸."

강은 이렇게 빈정대었다.

이러는 동안에 또 저녁 먹을 때가 되었다. 저녁 한때만은 사식을 먹는 정은 분명히 저녁을 굶어야 옳을 것이언만, 받아 놓고 보니 하얀 밥과 섭산적과 자반 고등어와 쇠꼬리 국과를 그냥 내어놓을 수는 없는 모양이었다.

"저녁을랑 좀 적게 자시지요?"

하는 내 말에 정은,

"내가 점심을 무얼 먹었다고 그러십니까? 왜 다들 나를 철없는 어린애로 아슈?"

하고 화를 내었다.

정은 저녁 차입을 다 먹고 점심에 남겼던 멸치도 다 훑어 먹고, 그렇게도 그립던 물을 세 보시기나 벌꺽벌꺽 마셨다.

'시우신(취침).' 하는 소리에 우리들은 다 자리에 누워서 잠을 기다리고 있었다. 정은 대단히 속이 거북한 모양이어서 두어 번이나 일어나서 소금을 먹고는 물을 마셨다. 그러고도 내 약봉지에 남은 소화약을 세 봉지나 달래서 먹었다.

옆방에 옮아 온 장질부사 환자는 연해 앓는 소리와 헛소리를 하고 있었다. 집으로 보내어 달라고 소리를 지르고 '아주머니 아주머니.' 하고 목을 놓아 울기도 하였다. 이 젊은 장질부사 환자의 앓는 소리에 자극이 되어서 좀처럼 잠이 들지 아니하였다. 내 곁에 누운 간병부는 그 환자에 대하여 내 귀에 대고 이렇게 설명하였다.

"저 사람이 ×전 출신이라는데, 지금 스물일곱 살이래요. 황금정에 가게를 내고 장사를 하다가 그만 밑져서 화재 보험을 타먹을 양으로 불을 놓았다나요. 그래 검사한테 십 년 구형을 받았대요. 십 년 구형을 받고는 법정에서 졸도를 했다고요. 의사의 말이 살기가 어렵다는걸요. 집엔 부모님도 없고 형수 손에 길리었다고요. 그래서 저렇게 아주머니만 찾아요. 사람은 괜찮은데 어쩌다가 나 모양으로 불 놓을 생각이 났는지."

장질부사 환자는 여전히 아주머니를 찾고 있었다.

정은 밤에 세 번이나 일어나서 토하였다. 방안에는 멸치 비린내나는 시큼한 냄새가 가득 찼다. 윤과 강은 이거 어디 살겠느냐고 정에게 핀잔을 주었으나 정은 대꾸할 기운도 없는 모양인지 토하는 일이 끝나고는 배멀

미하는 사람 모양으로 비틀비틀 제자리에 돌아와 쓰러져 버렸다. 이것이 빌미가 되어서 정은 이틀이나 사흘 만에 한 번씩은 토하는 증세가 생겼는데 그래도 정은 여전히 끼니때마다 두 사람 먹을 것을 먹었고, 그러면서도 토할 때에 간수한테 들키면 아무것도 먹은 것은 없는데 저절로 뱃속에 물이 생겨서 이렇게 토하노라고 변명을 하였다. 그리고는 우리들을 향하여서도,

"글쎄 조화 아니야요? 아무것도 먹은 것이 없는데 이렇게 물이 한 타구씩 배에 고인단 말이야요. 나를 이 주일만 놓아 주면 약을 먹어서 단박에 고칠 수가 있건마는."

이렇게 아무도 믿지 아니하는 소리를 지껄이는 것이었다.

민의 모양이 시간시간이 글러지는 양이 눈에 띄었다. 요새 며칠째는 윤이 아무리 긁적거려도 한 마디의 대꾸도 아니하였고, 똥통에서 내려오다가도 두어 번이나 뒹굴었다. 그는 눈알도 굴리지 못하는 것 같고, 입도 다물 기운이 없는 것 같았다. 우리는 밤에 자다가도 가끔 그가 숨이 남았나 하고 고개를 쳐들어 바라보게 되었다. 그래도 어떤 때에는 밥이 먹고 싶다고 한 숟가락을 얻어서 입에 물고 어물어물하다가 도로 배앝으며,

"인제는 밥도 무슨 맛인지 모르겠어. 배갈이나 한잔 먹으면 어떨지?"

하고 심히 비감한 빛을 보였다. 민은 하루에 미음 두어 숟갈, 물 두어 모금만으로 목숨을 부지하고 있었다. 하루는 의무 과장이 와서 진찰을 하고 복막에서 고름을 빼어 보고 나가더니 이삼 일 지나서 취침 시간이 지난 뒤에 보석이 되어 나갔다. 그래도 집으로 나간단 말이 기뻐서, 그는 벙글벙글 웃으면서 보퉁이를 들고 비틀비틀 걸어 나갔다.

"흥, 저거 인제 나가는 길로 뒤어지네."

하고 윤이 코웃음을 하였다. 얼마 있다가 민을 부축하고 나갔던 간병부가 들어와서,

"곧잘 걸어요. 곧잘 걸어 나가요. 펄펄 날뛰던데!"
하고 웃었다.

"나도 보석이나 나갔으면 살아날 텐데……."
하고 정이 통통 부은 얼굴로 싱글싱글 웃으면서 입맛을 다셨다.

"내가 무어라고 했어? 코끝이 고렇게 빨개지고 못 산다닝게. 그리고 성미가 고 따위로 생겨 먹고 병이 낫거디? 의사가 하라는 건 죽어라 하고 안 하거든. 약을 먹으라니 약을 처먹나, 그건 무가내닝게."

윤은 이런 소리를 하였다.

"흥, 똥 묻은 개가 겨 묻은 개 숭본다. 댁이 누구 숭을 보아? 밤낮 똥질을 하면서도 자꾸 처먹고."

이것은 정이 윤을 나무라는 것이었다.

"허허, 허허. 참 입들이 보배요. 남이 제게 할 소리를 남에게 하고 있다니까. 아아 참."

이것은 강이 정을 보고 하는 소리였다.

민이 보석으로 나가던 날 밤, 내가 한참을 자고 무슨 소리에 놀라 깨었을 때에, 나는 곁방 장질부사 환자가 방금 운명하는 중임을 깨달았다. 끙끙 소리와 함께 목에 가래 끓는 소리가 고요한 새벽 공기를 울려오는 것이었다. 그 방에 있는 간병부도 잠이 든 모양이어서 앓는 사람의 숨 모으는 소리뿐이요, 도무지 인기척이 없었다. 나는 내 곁에서 자는 간병부를 깨워서 이 뜻을 알렸다. 간병부는 간수를 부르고 간수는 비상 경보 하는 벨을 눌러서 간수 부장이며 간수장이 달려오고 얼마 있다가 의사가 달려왔다. 그러나 의사가 주사를 놓고 간 뒤 반시간이 못 되어 장질부사 환자는 마침내 죽어 버렸다.

이튿날 아침에 죽은 청년의 시체가 그 방에서 나가는 것을 우리는 엿보았다. 붕대로 싸맨 얼굴은 아니 보이나 기다란 검은 머리카락이 비죽이 내어민 것이 처량하였다. 그는 머리를 무척 아낀 모양이어서 감옥에 들어온 지 여러 달이 되도록 머리를 남겨둔 것이었다. 아직 장가도 아니 든 청년이니 머리에 향내 나는 포마드를 발라 산뜻하게 갈라 붙이고 면도를 곱게 하고 얼굴에 파우더를 바르고 나섰을 법도 한 일이었다. 그는 인생 향락의 밑천을 얻을 양으로 장사를 시작하였다가 실패하자 돈에 대한 탐욕은 마침내 제 집에 불을 놓아 화재 보험금을 사기하리라는 생각까지 내게 하였고, 탐욕으로 원인을 하고 이 큰 죄악에서 오는 당연한 결과로 경찰서 유치장을 거쳐 감옥살이를 하다가 믿지 못할 인생을 끝막음한 것이다. 그는 그가 어느 날 밤에 집에 불을 놓을 결심을 하던 양을 상상하다가, 이왕 죽어 버린 불쌍한 젊은 혼에게 대하여 미안한 생각이 가서, 뒷문으로 나가는 그의 시체를 향하여 합장하고 고개를 숙였다. 그 시체의 뒤에는 그가 헛소리까지 부르던 아주머니가 그 남편과 함께 눈물을 씻으며 소리 없이 따라가는 것이 보였다. 그를 간호하던 키 큰 간병부만이, 그는 죽기 전 이삼 일 동안은 정신만 들면 예수교식으로 기도를 올렸다고 하며 또 잠꼬대 모양으로도 '하나님 하나님.' 하고 부르고 예수의 십자가의 공로로 이 죄인을 용서하여 달라고 중얼거리더라고 한다. 그는 본래 예수교의 가정에서 자라서, 중학교나 전문 학교를 다 교회 학교에서 마쳤다고 한다. 생각건대는 재물이 풍성함으로 사는 것이 아니라는 예수의 말씀이 잘 믿어지지 아니하여 돈에서 세상 영화를 구하려는 악마의 유혹에 걸렸다가 거의 죽게 된 때에야 본심에 돌아간 모양이다.

이 날은 심히 덥고 볕이 잘 나서 죽은 사람의 방에 있던 돗자리와 매트리스와 이불과 베개와를 우리가 일광욕하는 마당에 내어 널었다. 그 베개가 촉촉이 젖은 것은 죽은 사람이 마지막으로 흘린 땀인 모양이었다. 입에다가 가제 마스크를 대고 시체가 있던 방을 치우고 소독하던 키 큰 간병부는 크레졸 물에다가 손과 팔뚝을 빽빽 문지르며,

"이런 제에길, 보름 동안이나 잠 못 자고 애쓴 공로가 어디 있나? 팔자가 사나우니깐 내 어머니 임종도 못 한 녀석이 엉뚱한 다른 사람의 임종을 다 했지, 허허."
하고 웃었다.

그 청년이 죽어 나간 뒤로부터 며칠 동안 윤이나 정이나 내나 대단히 침울하였다.

윤의 기침은 점점 더하고 열도 오후면 삼십팔 도 칠 부 가량이나 올라갔다. 그는 기침을 하고는 지리가미에 담을 뱉어서 아무데나 내어버리고, 열이 올라갈 때면 혼몽해서 잠을 자다가는 깨기만 하면 냉수를 퍼먹었다. 담을 함부로 뱉지 말고 타구에 뱉으라고 정도 말하고, 나도 말하였지마는 그는 종시 듣지 아니하고 내 자리 밑에 넣은 지리가미를 제 마음대로 집어다가는 하루에도 사오십 장씩이나 담을 뱉어서 내어던지고 그가 기침이 나서 누에 모양으로 고개를 내두르며 캑캑 기침을 할 때에 곁에 누웠던 정이 윤더러 고개를 저쪽으로 돌리고 기침을 하라고 소리를 지르면 윤은 심사로 더욱 정의 얼굴을 향하고 캑캑거렸다.

"내가 폐병인 줄 아니, 왜? 내 기침은 폐병 기침은 아녀. 내 기침이야 깨끗하지. 당신 왝왝 올리는 게나 좀 말어, 제발……."
하고 윤은 도리어 정에게 핀잔을 주었다.

정은 마침내 간병부를 보고 윤이 기침이 대단한 것과 함부로 담을 뱉으니, 그 담에 균이 있나 검사해야 될 것을 주장하였다.

"검사해 보아, 검사해 보아? 내가 폐병일 줄 알고? 내가 이래 뵈어도 철골(굳세게 생긴 골격)이어던. 이게 해소 기침이지 폐병 기침은 아녀."
하고 윤은 정을 흘겨보았다. 그 문제로 해서 그 날 온종일 윤과 정은 으르렁거리고 있다가 그 이튿날 아침 진찰 시간에 정은 의사와 간병부가 있는 자리에서 윤이 기침이 심하고 담을 많이 뱉고 또 아무데나 함부로 뱉는 것

을 말하여 의사의 주의를 끌고 윤에게 망신을 주었다. 방에 돌아오는 길로 윤은 정을 향하여,

"댁이 나와 무슨 원수야? 댁이 끼니때마다 밥을 속여, 베개를 셋씩이나 베어, 밤마당 토해, 이런 소리를 내가 간수보고 하면 댁이 경칠 줄 몰라? 임자가 그 따위 개도 안 먹을 소갈머리를 가졌으닝게 처먹는 게 살이 안 되는 게여. 속속에서 폭폭 썩어서 똥구멍으로 나갈 게 아가리로 나오는 게야. 댁의 상판대기를 보아요, 누렇게 들뜬 것이 저러고 안 죽는 법이 있어? 누가 여기서 먼저 죽어 나가나 내기할까?"

하고 대들었다.

담 검사한 결과는 그로부터 사흘 후에 알려졌다. 키 작은 간병부의 말이 플러스 플러스 플러스 열십자가 세 개가 적혔더라고 한다. 윤은 멀거니 간병부와 나를 번갈아 쳐다보며,

"플러스 플러스는 무어고 열십자 세 개는 무어여?"

하고 근심스럽게 물었다.

"폐병 버러지가 욱시글득시글한단 말여."

하고 정이 가로막아 대답을 하였다.

"당신더러 묻는 말 아니어."

하고 정에게 핀잔을 주고 나서 윤은,

"내 담에 아무것도 없지라오? 열십자 세 개란 무어여."

하고 간병부를 쳐다본다.

간병부는 빙그레 웃으며,

"괜찮아요. 담에 무엇이 있는지야 의사가 알지 내가 알아요?"

하고는 가 버리고 말았다.

정이 제자리를 윤의 자리에서 댓치나 떨어지게 내 쪽으로 당기어 깔고,

"자 담벼락 쪽으로 바싹 다가서 누워요. 기침할 때에는 담벼락을 향하고

담을랑 타구에 배앝고. 사람의 말 주릴하게도 안 듣네. 당신 담에 말이요, 폐결핵 균이 말이야, 폐병 걸거지가 말이야, 대단히 많단 말이우. 열십자가 하나면 좀 있단 말이고, 열십자가 둘이면 많이 있단 말이고, 열십자가 셋이면 대단히 많이 있단 말이야. 인제 알아들었수? 그러니깐두루 말이야, 다른 사람 생각을 좀 해서 함부로 담을 뱉지 말란 말이오."
하고 묻는 말을 듣고 윤의 얼굴은 해쓱해지며 내게,
"진상 그게 정말인 게오?"
하는 소리가 떨렸다. 나는,
"내일 의사가 무어라고 말씀하시겠지요."
할 뿐이고 이상 더 할 말이 없었다.
다 저녁때가 되어서 키 작은 간병부가 와서,
"윤 서방! 전방이오 전방. 좋겠소, 널찍한 방을 혼자 맡아 가지고 정 서방하고 쌈도 안 하고. 인제 잘됐지. 어서 짐이나 채려요."
하는 말에 윤은 자리에서 벌떡 일어나 앉으며 간병부를 눈흘겨 보면서,
"여보, 그래 댁은 나와 무슨 웬수란 말이오? 내 담을 갖다가 검사를 시키고 그리고 나를 사람 죽은 방에 혼자 가 있게 해? 날더러 죽으란 말이지? 난 그 방 안 가요. 어디 어떤 놈이 와서 나를 그 방으로 끌어가나 볼라오. 내가 그놈과 사생 결단을 할 터이닝게. 그래 이 따위 입으로 똥 싸는 더러운 병자는 가만두고, 나 같은 말짱한 사람을 그래 사람 죽은 방으로 혼자 가래? 하꾸고오상, 나를 사람 죽은 방으로 보내고 그래 댁이 앙화(지은 죄의 앙갚음으로 받는 재앙)를 안 받을 듯 싶소?"
하고 악을 썼다.
"왜 날더러 그러오? 내가 당신을 어디로 보내고 말고 하오? 또 제가 전염병이 있다면 가란 말 없어도 다른 사람 없는 데로 가는 게지, 다른 사람들까지 병을 묻혀 놀려고? 심사가 그래서는 못써. 죽을 날이 가깝거든 맘

을 좀 착하게 먹어. 이건 무슨 통명이야."

간병부는 이렇게 말하고 코웃음을 치며 가 버린다.

간병부가 간 뒤에는 윤은 정에게 원망하는 말을 퍼부었다. 제 담 검사를 정이 주장하였다는 것이다. 그는 정이 죽어 가는 것을 맹세코 제 눈으로 보겠다고 장담하고, 또 만일 불행히 제가 먼저 죽으면 죽은 귀신이라도 정에게 원수를 갚을 것을 선언하였다. 정은 아무 말도 아니 하고 고소한 듯이 싱글벙글 웃기만 하고 있더니,

"흥, 그리 마오. 당신이 그런 악한 맘을 가졌으니깐두루 그런 악한 병을 앓게 되는 게유. 당신이야말로 민 영감을 그렇게 못 견디게 굴었으니깐 두루 민 영감 죽은 귀신이 지금 와서 웬수를 갚는 게야. 흥, 내가 왜 죽어? 나는 말짱하게 살아 나갈걸. 나는 얼마 아니면 공판이야. 공판만 되면 무죄야. 이거 왜 이러오?"

하고 드러누워 소리를 내어 불경 책을 읽기 시작한다.

정은 교회사를 면회하고《무량수경》을 얻어다가 읽기 시작한 지가 벌써 이 주일이나 되었다. 그는 순 한문 경문의 뜻을 알아볼 만한 학문의 힘이 없는 모양이었으나 이렇게도 토를 달아 보고 저렇게도 토를 달아 보면서 그대로 부지런히 읽었고, 가끔 가다가 제가 깨달았다고 하는 구절을 장한 듯이 곁엣사람에게 설명조차 하였다. 그는 곁방에서도 다 들리리만큼 큰 소리로 서당에서 아이들이 글 읽는 모양으로 낭독을 하였고 취침 시간 후이거나 기상 시간 전이거나 곁엣사람이야 자거나 말거나 제 맘만 내키면 그것을 읽었다. 한 번은 지나가던 간수가 소리를 내지 말라고 꾸중할 때에 그는 의기양양하게 '자기가 읽는 것은 불경'이라고 대답하였다. 그가 때때로 설명하는 것을 들으면《무량수경》속에 있는 뜻을 대충은 아는 모양이었으나 그는 그것을 실행에 옮길 생각은 아니 하는 것 같아서 불경을 읽은 지 이 주일이 넘어도 남을 위한다는 생각은 조금도 나는 것 같지 아니하였다.

한 번은 윤이,

"흥 그래도 죽어서 좋은 데는 가고 싶어서, 경을 읽기만 하면 되는 줄 알구. 행실을 고쳐야 하는 게여!"

하고 빈정댈 때에, 옆에서 강이,

"그러지 마시오. 그 양반 평생 첨으로 좋은 일 하는 게요. 입으로 읽기만 하여도 내생 내내생쯤은 부처님 힘으로 좀 나아지겠지."

이렇게 대꾸를 하였다.

"아스우, 불경 읽는 사람을 곁에서 그렇게 비방들을 하면 지옥에를 간다고 했어."

이렇게 뽐내고 정은 왕왕 소리를 내어 읽었다. 사람 죽은 방으로 간다는 걱정으로 자못 맘이 편안치 못한 윤이 글 읽는 소리에 더욱 화를 내는 모양이어서 몇 번 입을 비쭉비쭉하더니,

"듣기 싫어! 다른 사람 생각도 좀 해야지. 제발 소리 좀 내지 말아요."

하는 것을 정은 들은 체 만 체하고 소리를 더 높여서 몇 줄을 더 읽고는 책을 덮어 놓는다.

윤은 누운 대로 고개를 돌려서 내 편을 바라며,

"진상요, 사람 죽은 방에 처음 들어가자면 그 사람도 죽는 게 아닝게오?"

하고 내 의견을 묻는다.

"사람 안 죽은 아랫목이 어디 있어요? 병원에선 금시에 죽어 나간 침대에 금시에 새 병자가 들어온답니다. 사람이 다 명이 있지요. 죽고 싶다고 죽어지는 것도 아니고, 더 살고 싶다고 살아지는 것도 아니구요. 그렇게 겁을 집어 자시지 말고 맘 편안히 염불이나 하고 누워 계세요."

나는 이것이 그에게 대하여 내가 말할 수 있는 마지막 기회인 성싶어서 일부러 일어나 앉아서 이 말을 하였다. 내가 한 말이 윤의 생각에 어떠한

반향을 일으켰는지 알 수 있기 전에 감방 문이 덜컥 열리며,

"주우고고오, 뎀보오."

하는 간수의 명령이 내렸다. 간수의 곁에는 키 작은 간병부가 빙글빙글 웃고 서서,

"어서 나와요. 짐 다 가지고 나와요."

하고 소리를 쳤다. 윤은 자리 위에 벌떡 일어나 앉으며,

"딴또상(간수님), 제 병이 폐병이 아닝기오? 제가 기침을 하지마는 그 기침은 깨끗한 기침이닝게……."

하고 되지도 아니한 변명을 하려다가, 마침내 어서 나오라는 호령에 잔뜩 독이 올라서 발발 떨면서 일 호실로 전방을 하고 말았다. 윤이 혼자서 간수와 간병부에게 악담을 한 소리와 자지러지게 하는 기침 소리가 들려 왔다. 정은,

"에잇, 고것 잘 갔다. 무슨 사람이 고렇게 생겨 먹었는지. 사뭇 독사야, 독사. 게다가 다른 사람 생각이란 영 할 줄 모르지. 아무데나 대고 기침을 하고, 아무데나 담을 뱉어 버리고. 이거 대소독을 해야지, 쓸 수가 있나?"

하고 중얼거리면서 그래도 윤이 덮던 겹이불이 자기 것보다는 빛깔이 좀 새로운 것을 보고 얼른 제 것과 바꾸어 덮는다. 그리고 윤이 쓰던 알루미늄 밥그릇도 제 밥그릇과 포개 놓아서 다른 사람이 먼저 가질 것을 겁내는 빛을 보인다. 강이 물끄러미 이 모양을 보고 앉았다가,

"여보, 방까지 소독을 해야 한다면서 앓던 사람의 이불과 식기를 쓰면 어쩔 작정이오? 당신은 남의 허물은 참 용하게 보는데, 윤씨더러 하던 소리를 당신더러 좀 해보시오그려."

하고 핀잔을 준다.

정은 약간 부끄러운 빛을 보이며,

"이불은 내일 볕에 널고 식기는 알코올 솜으로 잘 닦아서 소독을 하면

고만이지."

하고 또 고개를 흔들어가며 소리를 내어서 책을 읽기를 시작한다.

정은 아마 불경을 읽는 것으로 사후에 극락 세계에 가는 것보다는 재판에 무죄 되기를 바라는 모양이었다. 그러기에 징역 일 년 반의 선고를 받고 와서는 불경을 읽는 것이 훨씬 덜 부지런하였고, 그래도 아주 불경 읽기를 그만두지 아니하는 것은 공소 공판을 위함인 듯하였다. 그렇게 자기는 무죄라고 장담하였고 검사와 공범들까지도 자기에게는 동정을 가진다고 몇 번인지도 모르게 뇌고 뇌다가, 유죄 판결을 받고 와서는 재판장이 '야마시다' 재판장이 아니요 '나까무라'인가 하는 변변치 못한 사람인 까닭이라고 단언하였고, 공소에서는 반드시 자기의 무죄가 판명되리라고, 공소의 불리함을 타이르는 간수에게 중언(한 말을 또 함. 또는, 그 말) 설명하였다. 그는 수없이 억울하다는 소리를 하였고, 일 년 반 징역이라는 것을 두려워함이 아니라 자기의 일생의 명예를 위하여 끝까지 법정에서 다투지 아니하면 아니 된다고 비장한 어조로 말하였고, 자기 스스로도 제 말에 감격하는 모양이었다.

얼마 후에 강도 징역 이 년의 판결을 받았다. 정이 강더러 아첨 절반으로 공소하기를 권할 때에, 강은,

"난 공소 안 할라오. 고등 교육까지 받은 녀석이 공갈 취재를 해먹었으니 이 년 징역도 싸지요."

하였고, 그 날 밤에 간수가 공소 여부를 물을 때에,

"후꾸자이 시마스, 후꾸자이 시마스(복죄합니다)."

하고 상소권을 포기하였다. 그리고 이튿날 아침에 그는 칠십이 넘은 아버지 어머니 걱정을 하면서 복역중에 새사람 될 것을 맹세하노라고 말하고 본집으로 가고 말았다.

"자식이 싱겁기는."

하는 것이 정이 강을 보내고 나서 하는 비평이었다.

강의 정의 말에 여러 번 핀잔을 주던 것이 가슴에 맺힌 모양이었다.

강이 상소권을 포기하고 선선히 복죄해 버린 것이 대조가 되어서 정이 사기 취재를 한 사실이 확실하면서도 무죄를 주장하는 모양이 더욱 보기 흉하였다. 그래서 간수들이나 간병부들이나 정에게 대해서는 분명히 멸시하는 태도를 가지고 있었다. 게다가 정이 보석 청원을 쓴다고 편지 쓰는 방에 간 것을 보고 키 작은 간병부는 우리 방 창 밖에 와 서서,

"남의 것 사기해 먹는 놈들은 모두 염치가 없단 말이야. 땅도 없는 것을 있다고 속여서 계약금을 오천 원이나 받아서 제가 천 원이나 떼어먹고도 글쎄 일 년 반 징역이 억울하다는구먼. 흥, 게다가 또 보석 청원을 한다고. 저런 것은 검사도 미워하고 형무소에서도 미워해서 다 죽게 되기 전에는 보석을 안 해주어요."

이런 소리를 하였다. 그 이야기 솜씨와 아첨 잘하는 것으로 간병부들의 환심을 샀던 것조차 잃어버리고, 건강은 갈수록 쇠하여지는 정의 모양은 심히 외롭고 가엾은 것 같았다.

윤이 전방한 지 아마 이십 일은 지나서 벌써 달리아 철도 거의 지나고 국화꽃이 피기 시작한 어떤 날, 나는 정과 함께 감옥 마당에 운동을 나갔다. 정은 사루마다(잠방이 비슷한 짧은 아래 속옷) 바람으로 달음박질을 하고 있었으나 몸을 움직일 수 없는 나는 모래 위에 엎드려서 거의 다 쇠잔한 채송화꽃을 들여다보며 일광욕을 하고 있었다. 아침저녁은 선들선들하고 더구나 오늘 아침에는 늦게 핀 코스모스조차 서리를 맞아 아주 후줄근하였건마는 오정을 지난 볕은 따가울 지경이었다. 이 때에 '진상.' 하고 부르는 소리가 들렸다. 고개를 들어 돌아보니 일방 창에서 윤의 머리가 쑥 나와 있었다. 그 얼굴은 누르스름하게 부어 올라서 원래 가느다란 눈이 더욱 가늘어졌다. 나는 약간 고개를 끄떡여서 인사를 대신하였으나 이것도 법에 어

그러지는 일이었다. 파수 보는 간수에게 들키면 걱정을 들을 것은 물론이다.

"진상! 저는 꼭 죽게 됐는게라. 이렇게 얼굴까지 퉁퉁 부었는기라우. 어젯밤 꿈을 꾸닝게 제가 누런 굵은 베로 지은 제복을 입고 굴건을 쓰고 종로로 돌아댕기는 꿈을 꾸었지라오. 이게 죽을 꿈이 아닝기오?"
하는 그 목소리는 눈물겹도록 부드러웠다.

그 이튿날이라고 생각한다. 또 나와 정이 운동을 하러 나가 있을 때에 전날과 같이 윤은 창으로 내다보며,

"당숙한테서 돈이 왔는디 달걀을 먹을 갱기오? 우유를 먹을 갱기오? 아무 걸 먹어도 도무지 내리지를 않는디."

이런 말을 하였다.

또 며칠 후에는,

"오늘 의사의 말이 절더러 집안에 부어서 죽은 사람이 없느냐고 묻는데요. 선친이 꼭 나 모양으로 부어서 돌아가셨는데요."

이런 말을 하고 아주 절망하는 듯이 한숨을 쉬는 것이 보였다. 그러고 나서 정에게는 들리지 않기를 원하는 듯이 정이 저쪽 편으로 가는 때를 타서,

"염불을 뫼시려면 나무 아미타불이라고만 하면 되능기오?"
하고 물었다. 나는 벌떡 일어나 앉으며 합장하고 약간 고개를 숙이고 나무아미타불 하고 한 번 불러 뵈었다.

윤은 내가 하는 모양으로 합장을 하다가 정이 앞에 오는 것을 보고 얼른 두 팔을 내려 버리고 말았다. 그리고 다시 정이 먼 곳으로 간 때를 타서,

"진상! 나무 아미타불을 부르면 죽어서 분명히 지옥으로 안 가고 극락세계로 가능기오?"
하고 그 가는 눈을 할 수 있는 대로 크게 떠서 나를 바라보았다. 나는 생전

에 이렇게 중대한 이렇게 책임 무거운 질문을 받아 본 일이 없었다. 기실 나 자신도 이 문제에 대하여 확실히 대답할 만한 자신이 없었건마는 이 경우에 나는 비록 거짓말이 되더라도, 나 자신이 지옥으로 들어갈 죄인이 되더라도 주저할 수는 없었다. 나는 힘있게 고개를 서너 번 끄덕끄덕한 뒤에,

"정성으로 염불을 하세요. 부처님의 말씀이 거짓말될 리가 있겠습니까?"

하고 내가 듣기에도 엄청나게 큰 목소리로 엄청나게 결정적으로 대답을 하였다.

윤은 수없이 고개를 끄덕끄덕하고 나를 향하여 크게 한 번 허리를 구부리곤 창에서 사라져 버리고 말았다. 이 일이 있는 뒤에 윤이 우유와 달걀을 주문하는 소리와, 또 며칠 후에는 우유도 내리지 아니하니 그만두라는 소리가 들리고 이 모양으로 어쩌다가 한 마디씩 그가 점점 쇠약하여 가는 말소리가 들렸을 뿐이요, 우리가 운동을 하러 나가더라도 그가 창으로 우리를 내다보는 일은 없었다. 간병부의 말을 듣건댄 그의 병 증세는 점점 악화하여 근일에는 열이 삼십구 도를 넘는다 하고 의사도 인제는 절망이라고 해서 아마 미구에(오래지 아니하여서) 보석이 되리라고 하였다.

어느 날 밤, 취침 시간이 지난 뒤에 퉁퉁 하고 복도로 사람들 다니는 소리가 나는 것을 듣고 창을 바라보고 있노라니, 뚱뚱한 부장과 얼굴 검은 간수가 어떤 회색 두루마기 입은 사람과 같이 윤이 있는 일방 문 밖에 서 있고, 얼마 아니 해서 흰 겹바지 저고리를 갈아입은 윤이 키 큰 간병부의 부축을 받아 나가는 것이 보였다. 키 작은 간병부는 창에 붙어 섰다가 자리에 와 드러누우며,

"그예, 보석으로 나가는군요. 나가더라도 한 달 넘기기가 어려우리라든데요."

하였다. 그 회색 두루마기를 입은 사람이 윤의 당숙 면장일 것은 말할 것도 없다.

"나도 보석이나 나갔으면."

하고 정은 길게 한숨을 쉬었다.

내가 출옥한 뒤에 석 달이나 지나서 가출옥으로 나온 키 작은 간병부를 만나 들은 바에 의하면, 민도 죽고 윤도 죽고 강은 목수 일을 하고 있고 정은 소화 불량이 더욱 심하여진 데다가 신장염도 생기고 늑막염도 생겨서 중병 환자로 본감 병감에 가 있는데 도저히 공판정에 나가 볼 가망이 없다고 한다.

작품의 이해

• 구조적 분석

갈래 : 중편 소설

배경 : 일제 시대의 어느 형무소 병감

시점 : 1인칭 관찰자 시점

주제 : 감옥이라는 극한적 상황에서의 인간의 본능과 갈등

출전 : 《문장》, 1939

• 작품해설

1939년《문장》에 발표된 〈무명〉은 이광수 자신의 체험을 바탕으로 쓰여진 중편 소설이다. 이 작품은 지나친 계몽주의적 성향에서 벗어나 근대 사실주의적 태도를 보였다는 점에서 이광수의 다른 단편과 성격을 달리한다.

이 작품에 등장하는 인물들은 각각 다른 성격과 삶의 태도를 가지고 감옥이라는 극한적 상황에서 서로 끊임없이 헐뜯고 싸우지만 그 싸움의 내용은 공허하고 대상조차 분명치 않다. 아마도 작가가 이들은 결국 죽어 가거나 병든 채 사라져 가고 있을 뿐이라는 사실을 은연중에 암시하고자 하는 것 같다.

〈무명〉은 나라는 객관적인 인물의 관찰을 통해 극한적 상황에서 표출되는 인간의 원초적 욕망과 갈등을 잘 표현한 작품이다. 자유를 잃고 제한된 공간에서 생활하는 어두운 인간상을 통해 작가의 소극적이기는 하나 인도주의적인 경향을 엿볼 수 있다.

작품의 제목인 '무명'이란 사견이나 망집에 싸여 불교의 진리를 깨닫지 못한 마음의 상태를 뜻하는 불교 용어이다. 여기서 기독교 사상에서 불교적 인식으로 전환한 작가의 사상적 배경을 엿볼 수 있다. 작가가 이 작품을 통해 지향하고 있는 것은 바로 이 무명 세계의 실상이다. 불교적 사상을 내포한 〈무명〉은 사소한 이익에 집착하는 인간의 본성으로 말미암아 드러나는 욕망과 갈등이 무의미한 것임으로 나타낸다.

또한 일제 식민지하의 어둡고 극한 상황에 놓인 우리 민족의 암담하고 비참한 현실을 그려 냄으로써 민족의 자아 각성과 자주성 회복을 촉구하고 있다.

• 생각해보기

1. 〈무명〉에서 감옥이 상징하는 것은 무엇인가?
2. 작품에 등장하는 나의 역할은 무엇인가?

☞해답

1. 인간이 처한 극한적 상황, 나아가서는 암담한 우리 민족의 비극적 현실.
2. 관찰자의 위치에서 극한 상황에 처한 각 인물들의 원초적 욕망과 그로 인한 갈등을 객관적 입장으로 서술하는 역할.

꿈

• 읽기전에

1. 작품을 읽으면서 '꿈'이 갖는 상징적 의미를 살펴보자.
2. 당시 상황과 연관하여 이 작품을 쓰게 작가의 의도를 생각해 보자.

• 줄거리

아들과 함께 떠난 바닷가에서의 첫 여름밤, 나는 꿈속에서 사랑하여서는 아니 될 그리운 사람을 만난다. 끌리는 마음과는 달리 그녀를 피해 어느 산 속으로 달아난다. 달밤 무덤들에게 둘러싸인 나는 무서움에 떨고 흐느껴 우는 그녀의 소리에 소름이 끼치며 잠에서 깨어난다.

꿈에서 깨어 내가 사랑하던 사람들을 추억해 보지만 모두 허깨비에 불과하다. 이 모든 것이 나와 은원 관계 있는 자들의 원한 때문이라는 망상에 시달리며 잠을 청하지만 어디선가 고약한 냄새가 나서 잘 수가 없다. 그 냄새는 바로 나의 영혼이 홍역을 앓으며 썩는 냄새이다. 관세음 보살을 염불하다 무서움에 지쳐 다시 잠이 든다.

이튿날 지난 꿈은 다 잊어버린 사람처럼 안정한 표정을 가지고 집으로 돌아온다.

꿈

바닷가의 첫여름 밤.

어제는 분명히 유쾌한 날이었다. 처음 보는 고장에를 구경차로 간다는 것은 인생에서 가장 유쾌한 일 중의 하나이다. 하물며 앓던 아이들이 일어난 것을 보고 떠났음이랴!

서울서부터 인천까지 오는 동안의 연로(큰길의 좌우 근처. 연도(沿道))의 풍경도 사 년 동안이나 못 보던 내게는 무척 정다웠다. 누릇누릇 익으려는 보리, 밀밭의 물결이라든지, 시원스럽게 달린 경인 가도의 새 큰길이라든지, 소사의 복숭아밭들, 주안의 소금밭이며 때마침 만조인 인천 바다가 석양볕이 빛나는 것이라든지, 다 내 마음에 맞았고, 상인천역에서 송도까지 오는 택시 운전사가 또 퍽 유쾌한 인물이어서 내 길의 흥을 돋움이 여간이 아니었다.

호텔이라고 이름하는 여관의 살풍경하고 불친절한 것에서 얻은 불쾌감은 내 방 난간에 기대어 앉아서 잔잔한 바다를 보는 기쁨으로 에고도 기쁨이 남았다. 목욕도 좋았고 밥도 맛있었고 식은 맥주 한 잔도 해풍과 함께 서늘하였다.

열한 살 난 어린 아들도 대단히 흥이 나서 좋아하였다.

"자 우리 자자. 자고 내일 아침에 일찍 일어난다구. 일찍 일어나서 바닷가에 산보한다구."

"나 조개 잡을 테야."

"그래 게도 있다."

"물지 않아?"

"무니까 재미있지. 무는 놈을 못 물게 잡아야 재미 아냐?"

부자간에 이런 대화가 있고 우리는 자리에 들었다.

하룻밤에 방세만 육 원! 우리 부자만 내일 점심까지 먹고 나면 십칠팔 원은 든다! 그것은 나 같은 가난한 서생(남의 집에서 일해 주며 공부하는 사람)에게는 큰돈이다. 그래도 유쾌하였다.

'이렇게 유쾌한 때가 일생엔들 그리 흔한가?'

나는 이렇게 스스로 돈주머니를 위로하면서 잠이 들었다.

문득 잠이 깬 것은 새로 한 시, 내가 눈을 뜨는 것과 복도에서 시계가 치는 것과 공교히도 동시였다.

느린 냇물 소리가 멀리서 울려왔다. 달빛이 훤하였다.

나는 일어나서 난간 앞에 놓은 등교의(등(籐)의 줄기로 엮어 만든 의자)에 걸터앉았다.

하늘에는 솜을 뜯어 깔아 놓은 듯한 구름이 있었다. 땅에는 바람이 없는 것은 물결이 싸울싸울하는 것으로 보아서 알겠지마는 하늘에는 상당히 바람이 부는가 싶어서 달이 연방 구름 속으로 들었다 났다 하였다. 음력 열이레 달은 한편 쪽이 약간 이지러졌으나 아직도 만월의 태를 잃지는 아니하였다. 그는 시끄러운 구름 떼를 벗어나려고 푸른 하늘 조각을 찾아서 헤매는 것 같았다. 그러나 아무리 맑은 하늘을 찾아서 달려도 구름은 어디까지나 달을 쫓아가서 가리우고야 말려는 것 같았다.

그러나 땅은 고요하였다. 먼 바위에 철썩거리는 물결 소리가 들릴락 말락 한 것이 더욱 땅의 고요함을 더하는 것 같았다. 지은 지 얼마 아니 되는 이 집 재목들이 수분을 잃고 죄어드느라고 바짝바짝 하는 소리까지도 들리는 것 같았다. 멀리 바다 건너 남쪽으로 보이는 섬 그림자들이 희미하게 꿈 같았다.

이렇게 고요한 환경이 모두 무서웠다. 나는 무시무시한 죽음의 그늘 속에 몸을 둔 것과 같았다. 머리가 쭈뼛쭈뼛하였다.

꿈 때문이다.

꿈에도 그것은 달밤이었다. 나는 사랑하여서는 아니 될, 그러나 그리운 사람을 만났다. 그것은 괴로운 일이었다. 그 그리운 사람은 바짝바짝 내게로 가까이 왔다. 나는 마음으로는 그에게로 끌리면서 몸으로는 그에게서 물러나왔다. 그것은 애끊는(마음이 몹시 슬퍼서 창자가 끊어질 듯하는) 일이었다.

"내 곁으로 오지 마시오. 당신의 그 아름다운 양자(얼굴의 생긴 모양)와 단정한 음성으로 내 마음을 흔들어 놓지 마시오. 그러다가 내 마음이 뒤집히리다."

나는 이런 소리를 입 속으로만 중얼거리면서 그에게로부터 멀리로 달아났다. 그것은 참으로 못 견디게 괴로운 일이었다.

"잠깐만-잠깐만 기다리셔요. 네, 잠깐만. 한 말씀만-한 말씀만 내 말을 들어 주셔요."

아름다운 이는 이렇게 숨찬 소리로 부르면서 풀잎에 맺힌 이슬에 치맛자락을 후줄근하게((종이 · 피륙 따위가) 약간 젖어 풀기가 없어져 추레하게) 적시면서 따라왔다.

"아니, 나를 따라오지 마시오. 그러다가 내 숨이 막혀 버리고 말리다.

나도 당신을 사랑할 사람이 못 되고, 당신도 나를 사랑하지 못할 처지에 있습니다. 당신의 입술로서 나오는 말씀은 내가 영영 아니 듣는 것이 좋습니다. 들었다가 내 결심의 가는 닻줄이 끊어질는지 모릅니다. 지금까지에 거의거의 다 끊어지고 실오라기같이 남은 못 믿을 내 마음의 닻줄-그것이 끊어지는 날에는 다시는 내 마음을 비끄러맬 아무것도 없습니다. 한번 끊어지는 날을 상상하여 봅시오. 당신과 나와의 두 몸과 두 혼은 지옥으로 굴러 들어갈 밖에 없는 것입니다. 당신과 나를 이렇게 못 견디게 만드는 그것은 무서운 업력(인과 응보를 가져오는 업의 큰 힘)입니다. 운명의 음모입니다. 그렇고말고, 꼭 그렇습니다. 그러기에로 내가 모처럼 당신을 잊어버릴 만한 때에는 당신이 그 다정스럽고도 가련한 눈물을 머금고 내 앞에 나타나는 것입니다. 그 음모에 넘어갈 것입니까. 수십 년 공든 탑을 무너뜨릴 것입니까. 아예 나를 따라오지 마셔요. 기실은(실제의 사정은) 마음으로는 내가 따르는 것입니다마는, 여보시오, 우리 이 인연의 줄을 끊읍시다. 야멸치게 끊어 버립시다."

이렇게 중얼거리면서 나는 달려갔다.

그의 느껴 우는 소리가 들린다.

나는 어느덧 산 속으로 들어왔다. 달밤이었다.

산이래야 나무도 없고 풀도 없었다. 거무스름한 무덤들이 골짜기 그늘에서 삐죽삐죽 머리들을 들고 있었다.

"나는 무서워하여서는 아니 된다. 무섭긴 무엇이 무서워. 나는 무섭지 않다."

하면서 나는 골짜기를 빠른 걸음으로 올라간다. 그것을 다 추어 올라가면 평평한 수풀이 있었다. 거기를 올라가야만 내가 무서움을 벗어날 것만 같았다. 그러나 내 걸음은 빨리 걸으려 할수록 나아가지는 아니하고 골짜기 그늘의 무덤은 한량이 없는 것 같았다.

"무엇이 무서워. 무덤이 왜 무서워. 금시에 무덤이 갈라져서 그 속에서 썩은 송장과 해골들이 불쑥불쑥 일어나 나오기로니 무서울 것이 무엇이야?"

나는 이렇게 뽐내면서 걸었다.

그러나 자꾸만 무서웠다. 내 입은,

"안 무서워, 안 무서워!"

하고, 그와 반대로 내 마음은,

'아이 무서워, 아이 무서워!'

하고 떨었다.

나는 그 무덤들을 아니 볼 양으로 고개를 무덤 없는 편으로 돌렸다. 그러나 무덤은 내 눈을 따라오는 듯하였다.

"날 안 보고 어딜 가? 날 안 보고 어딜 가?"

수없는 무덤들은 이렇게 웅얼거리고 내 눈을 따르는 것 같았다. 반은 그늘에 가리우고 반은 어스름 달빛에 비친 수없는 무덤들!

나는 그 무덤들을 아니 보려고 두 눈을 꽉 감았다. 그러나 그러면 모든 무덤들이 내가 안 보는 틈을 타서 내게 모여드는 것 같았다. 더러는 내 옷자락을 붙들고, 더러는 내 손을, 더러는 내 발을, 더러는 내 허리를, 더러는 내 목을, 내 머리카락을 한 올씩 붙들고 십방으로(여러 방면으로) 낚아채는 것 같았다.

온몸에는 소름이 끼치고 전신에는 부쩍부쩍 기름땀이 났다.

나는 눈을 떴다. 그러면 여전히 반은 그늘에 가리우고 반은 달빛에 몽롱한, 거무스름한 무덤들이 내 전후 좌우를 쭉 둘러쌌다. 평평한 수풀은 여전한 거리에 빤히 보였다.

"너희들은 왜 이리 나를 못 견디게 구노? 내가 너희들과 무슨 관계가 있노?"

나는 무덤들을 바라보고 이렇게 소리를 질렀다. 그러나 무서움에 졸아든 내 목구멍에서는 소리가 나오지를 아니하였다.

나는 그 중에 가장 내 앞에 가까이 있는 무덤을 향하여서,

"네 무덤을 열고 나서라. 아무리 무서운 모양을 하였더라도 상관없으니 어서 나서라. 나서서 내게 지운 빚을 말하여라. 내게 할말을 똑바로 하여다고. 내가 네게 무엇을 잘못하였나? 내가 너를 때렸나? 네 재물을 빼앗았나? 네 사랑하는 사람을 범하였나? 내가 네게 무슨 원통한 일을 하였나? 아무리 무섭고 보기 흉한 꼴이라도 다 상관없으니 어서 나서서 말을 해! 내가 갚을 것이면 갚아 주마. 왜 나를 이렇게 무섭게 하고 못 견디게 구나?"

그러나 그 무덤은 말이 없었다. 다만 메마른 흙에 겨우 뿌리를 박은 풀이 간들간들할 뿐이었다.

나는 모든 무덤을 향하여서 같은 소리를 하였다. 네게 원통한 일을 한 일이 있거든 어서 말을 하라고. 내게서 받을 것이 있거든 어서 받아 가라고. 그러고 나를 이렇게 무섭게 하고 못 견디게 하기를 그만두라고. 실상 나는 몸뚱이를 천만 조각을 내어서 모든 빚을 다 갚아 주고 머리카락 한 올만 남더라도 좋으니 이 무서움에서 벗어나고 싶었다.

그러나 무덤들은 말이 없었다. 다만 반은 그늘에, 반은 달빛에 거무스름하게 앉아 있을 뿐이었다.

무덤들이 말이 없는 것이 더욱 무서웠다.

어디서 사람의 느껴 우는 소리가 들려 온다. 나는 오싹 새로운 소름이 끼침을 깨닫는다.

"오, 너도 내게 받을 빚이 있어서 나를 따르는가? 저 무덤 속에 묻힌 사람들 모양으로 너도 내게서 무슨 원통한 일을 당하였던가? 그래서 마치 빚지고 도망한 사람을 찾아 떠나듯이 이 세상에 들어와서 나를 따라다니는가? 그렇게 아름답고 다정한 모양을 하여 가지고 내 마음을 어질러 놓고

그러면서도 내가 손을 대지 못할 자리에 있어서 내 애를 태우는 것인가?"

"여보시오. 꼭 한마디만―한마디만 내 말씀을 들으셔요. 우우우."

그의 울음 섞인 목소리가 여전히 먼 거리에서 들려 온다.

"안 돼, 안 돼."

하고 나는 무덤 사이로 달린다. 도저히 내 힘으로 이 무서움을 억제할 길이 없어서,

"나무 아미타불, 나무 관세음 보살."

을 소리 높이 부르면서 있는 힘을 다하여서 그늘의 골짜기를 달려 올랐다. 이러하는 중에 내 꿈이 깬 것이다. 몸에 식은땀은 흘러 있지 아니하였으나 꿈에 있던 음산한 기분은 그저 있었다.

달은 구름 사이로 달린다. 그 구름 조각들을 벗어나려고 애를 쓰는 모양이나, 어디까지 가더라도 그 구름을 벗어날 것 같지 아니하였다.

나는 이 모든 광경―달과 구름과 하늘과 바다와 먼 섬 그림자와 그리고 내 몸과―을 아름답게 유쾌하게 보아 볼 양으로 힘을 썼다.

나는 일어나서 난간에 기대어 앉아서 담배를 피워 물었다. 담배 맛이 쓰기만 하다.

"내게 신열이 있나?"

나는 이렇게 중얼거리면서 내 머리를 만져 보았다. 머리는 좀 더웠으나 내 손이 찬 탓인지 모른다고 생각하고,

"내가 피곤해서 이렇군."

하고 혼자 변명하여 보았다.

피곤도 하였다. 어린 두 딸이 이어이어 홍역을 하였다. 유치원 다니는 아이가 먼저 홍역에 걸렸다. 바로 그 전 공일날 나를 따라서 청량리에 나가서 풀꽃을 뜯고 나비를 따라다니고 그렇게 건강, 그 물건인 듯하던 것이 삼사 일 내에, 그 높은 열에 시달려서 폐렴까지 병발하여서 거의 다 죽었

다가 살아났다. 그러자 작은딸이 또 홍역이다. 그도 제 언니가 밟은 길을 다 밟고 산소 흡입까지 사흘 밤이나 하고야 살아났다.

그것들이 때가 까맣게 낀 발로 비칠비칠 걷게 된 것이 이삼 일째다. 나는 병장이라고 앓는 아이들 머리맡에서 밤을 새우는 일도 아니 하였지마는 그래도 아비라고 마음은 썼는 양하여서 얼굴이 쏙 빠지고 눈이 푹 꺼졌다. 그래서 그런가.

나는 내 곁에서 곤하게 자는 아들이 홍역하던 것을 생각하여 본다. 헛소리를 하고 눈을 뒤집고 하던 양, 내 아내와 나와는 큰애를 잃은 지 두어 달도 못 지나서 당하는 일이라 손길을 비틀고 가슴을 졸이던 양을 생각하여 본다. 모두 무서운 꿈 기억과 같았다.

홍역은 전생의 모든 죄를 탕감하는 병이라고 한다. 그러므로 누구나 아니 하는 사람이 없다고 한다. 죄 없는 사람이 없으며, 홍역 아니 하는 사람이 없다는 것이다. 마마도 그러하다. 인공적으로라도 마마는 한 번 치르고야 만다.

이러한 연상들은 모두 불길한 데로만 내 생각을 끈다. 앓는 것, 죽는 것들들.

철썩, 철썩.

바닷가 바위에 부딪치는 물결 소리가 들린다. 달은 구름 조각 사이로 달린다. 달빛을 받는 바다의 빛이 밝았다 어두웠다 한다. 모두 음침한 것만 같다.

나는 젊어서부터 내가 사랑하던 사람들을 추억해 본다. 내 기분을 명랑하게 하자는 것이다. 모든 러브 신들을 추억하여 본다. 그러나 그것들이 모두 음침한 꿈과 같았다.

그 애인들의 몸에는 때묻은 옷이 걸쳐 있고 눈에는 빛이 없고 살은 문둥병자 모양으로, 무덤 속에서 뛰어나온, 반쯤 썩은 송장 모양으로 검푸르고 악취를 발하였다. 나는 고개를 돌렸다.

"그렇지, 그것이 실상이지."

나는 이렇게 중얼거렸다. 정욕이라는 분홍 안경을 쓰기 전 이 모든 광경은 아름다워질 수가 없었다. 그러나 나는 그 안경을 잃어버렸다. 어느 날 어느 시에 어디다가 내어버린 것도 아닌데 언제 잃어버린지 모르게 그 정욕의 안경을 잃어버리고 말았다.

문득 이러한 생각이 났다.

'아니다, 아니야! 우주와 인생이 모두 다 아름다운 것인데 내 눈이 죄로 어두워서 이렇게 흉하게 무섭게 보이는 것이다!'

그렇게 생각하면 거기도 진리는 있는 것 같았다. 내가 홍역을 하는 것이었다. 홍역을 할 때나 마마를 할 때에는(성홍열이나 염병이나 인플루엔자도 그렇다) 허깨비가 보인다. 벙치 쓴 놈, 몽둥이 든 놈, 눈깔 셋 박힌 놈, 여섯 박힌 놈, 거꾸로 서서 다니는 놈, 뱀, 고양이, 머리 헙수룩한 놈, 입으로 피 흘리는 계집, 아이들, 이러한 무서운 허깨비들이 보인다. 그것들은 다 나와 은원(恩怨) 관계 있는 자들이 내게 찾을 것을 찾으려고 덤비는 것이다.

오관의 모든 감각과 정욕이 고열로 하여서 마비될 때에 내 본래의 혼이 어렴풋이 눈을 뜨는 것이다. 그 눈은 필시 내 임종시에 내가 갈 곳을 볼 눈이다.

나는 이러한 생각을 할 때에 몸에 오싹 소름이 끼쳤다.

허공과 바다와 먼 산 그림자로부터 무서운 혼령들이 악을 쓰고 내게,

"내라, 내! 내게 줄 것을 내놔, 내!"

하고 달려드는 것 같았다.

"오냐, 받아라 받아! 찾을 것이 있거든 받아! 옜다 내 목숨까지도 받아!"

나는 이렇게 악을 써 보았다.

그러나 그것은 태연한 용기가 아니라 발악이었다.

"선선하군."
하고 나는 이불 속으로 들어갔다. 선뜩하는 이불 속에도 구렁이, 지네, 노래기, 이런 것들이,
"내라, 내!"
하고 덤비는 것 같고 다다미 틈으로서도 그런 것들이 올라오는 것 같았다.
'쩍, 부쩍.'
하고 집 재목들이 건조하여서 틈 트는 소리가 들렸다. 어디서 고약한 냄새가 내 코를 찌르는 것 같았다.
"새 집, 새 다다미, 새로 시친 옷깃, 이불 껍데기."
나는 이렇게 꼽아 보았으나 도무지 냄새날 데가 없었다. 그래도 못 견디게 흉한 냄새가 코를 찔렀다. 나는 돌아누워 보았다. 도로 마찬가지였다.
"응, 쩟쩟."
하고 나는 한숨을 쉬었다.
"홍역이다, 홍역이야."
나는 혼자 중얼거렸다.
그것은 다 자신의 냄새였다. 내 썩은 혼의 냄새였다.
'썩은 혼!'
나는 이러한 견지에 과거를 추억한다. 추억하려고 해서 추억하는 것이 아니라 마치 누가 시키는 것같이, 마치 염라 대왕의 명경대(저승길 어귀에 있다는 거울. 생전의 행실을 그대로 비춘다 함) 앞에 세워진 죄인이 거울에 낱낱이 비친 제 일생의 추악한 모든 모양을 아니 보려 하여도 아니 볼 수 없는 것같이, 나도 이 순간에 내 과거를 추억하지 아니치 못하게 된 것이었다.
"죄, 죄, 죄, 탐욕, 사기, 음란, 탐욕, 사기, 음란, 이간, 중상, 죄, 죄, 죄."
다시 벌떡 일어났다.

"그래, 그래. 무서울 거다, 무서울 거야. 냄새가 날 거다. 썩은 냄새가 날 거다."

나는 이렇게 중얼거렸다.

나는 일어나 앉아서 관세음 보살을 염불하였다.

'種種諸惡趣. 地獄鬼畜生. 生老病死苦. 以漸悉令滅.'

이라고 가르쳐 주신 석가 여래의 말씀에나 매달려 보자는 것이었다. 관세음 보살은 '施無畏者'라고 부처님이 가르쳐 주셨다. 무섭지 않게 하여 주시는 어른이란 말씀이다.

'만일 임종의 순간에 이렇게 무서운 광경이 앞에 보인다면.'
하는 생각이, 내가 반야 바라밀다 심경을 외우는 동안에도 몇 번이나 몸서리를 치게 하고 지나갔다.

"五蘊皆空이다. 모두 다 공인데 무어?"

이렇게 뽐내어 본다. 그러나 오온이 다 공이면서도 인과 응보가 차착(순서가 틀리고 앞뒤가 서로 맞지 아니함) 없음이 이 세계라고 한다.

"악아, 오줌 누고 자거라. 응, 오줌 누고 자."
하고 나는 자는 아들을 흔들면서 불렀다.

그리고는 다시 잠이 들었다. 무서움에 지쳐서 잠이 들었나 보다.

이튿날 나는 아들을 데리고 바닷가로 돌아다니기도 하고 보트도 탔다. 지난 밤 꿈은 다 잊어버린 사람 모양으로. 그러고 점잔을 빼면서, 마치 지극히 깨끗한 성자나 되는 듯이 안정한 표정을 가지고 집으로 돌아왔다.

홍역 앓고 일어난 어린 딸들은 끔찍이 좋은 아버지인 줄알고,

"아버지."
하고 와서 매달렸다. 나는 빙그레 웃었다.

작품의 이해

• **구조적 분석**

갈래 : 단편 소설

배경 : 1930년대 바닷가의 첫여름 밤

시점 : 1인칭 주인공 시점

주제 : 사랑해서는 안 될 사람에 대한 그리움과 죄의식

출전 : 《문장》, 1939

• **작품해설**

〈꿈〉은 1939년 7월《문장》임시 증간호에 발표된 단편 소설로 당시 이광수의 내적 심정을 잘 드러내는 작품이다.

이광수의 전기적인 사실을 고려할 때, 〈꿈〉에 나타난 고뇌와 죄의식은 1930년대 말부터 시작된 그의 친일 행각과 연관되어 있다고 추론할 수 있다. 즉, 1937년 수양 동우회 사건으로 투옥된 후 일제에 협력하기 시작한 이광수의 고뇌가 〈꿈〉을 통해 나타나는 것이다.

〈꿈〉은 사랑해서는 안 될 사람을 그리워하는 데서 오는 고뇌와 죄의식을 그리고 있는 듯하지만 그 속에는 민족적 반역에 따른 작가의 심리적 고통과 번뇌가 담겨 있다.

그러기에 작가는 작품 속에서 홍역이라는 대안을 제시한다. 누구든지 앓게 되는 홍역이 전생의 모든 죄를 탕감하는 병이라는 사실을 상기시키면서 자신 또한 홍역을 앓고 있는 것이라 비유한다. 이광수는 이를 통해 자신의 친일 행위에 대한 고뇌와 민족에 대한 죄의식에서 벗어나고자 하는 것이다.

• **생각해보기**

1. 작품 〈꿈〉을 통해 알 수 있는 작가가 처한 현실은 무엇인가?
2. 이 작품에 나오는 '홍역'이 지니는 내포적 의미는 무엇인가?

☞**해답**

1. 친일 행각에 대한 내면적 고통과 죄책감에서 벗어나려고 하는 몸부림.
2. 전생의 모든 죄를 탕감하는 병이고, 모든 사람이 다 걸리는 병이라 규정하여 작가 자신의 잘못을 극소화하고 자신의 행위를 정당화시키는 방편.

소년의 비애

• 읽기전에

1. 작품에 나오는 등장 인물의 성격을 파악해 보자.
2. 이광수가 말하고자 하는 조혼의 문제점에 대해 생각해 보자.

• 줄거리

십팔 세의 문호는 아직 청년이라고 부르기를 싫어하고 소년이라고 자칭한다. 그에게는 여러 누이와 종매들이 있는데 그 중에서도 특별히 난수를 사랑한다.

사랑스럽고 얌전하고 재주 있는 난수는 십육 세 되는 해 어느 부잣집 자제와 약혼을 하게 된다. 난수의 자질을 아까워한 문호는 혼인을 말리지만 양반의 체면과 부모의 뜻을 거스를 수 없다는 난수의 나약한 심성으로 울화가 치밀 뿐이다. 신랑 될 사람이 못생기고 덜 떨어진 천치임에도 혼인은 진행되고 난수는 눈물을 흘리며 첫날밤을 보낸다.

다음해 봄 문호는 동경으로 유학을 떠나고 3년 만에 돌아온 집에서 난수의 모습은 찾을 수 없다. 이미 그의 턱에는 까맣게 수염이 나고 그의 어머니가 그의 아들이라며 어린애를 데려온다. 그 모습에 문호는 소년의 천국은 영원히 지났구나 하는 생각에 눈물을 머금는다.

소년의 비애

1

난수(蘭秀)는 사랑스럽고 얌전하고 재조(才操) 있는 처녀라. 그 종형(從兄 사촌 형)되는 문호는 여러 종매(從妹)들을 다 사랑하는 중에도 특별히 난수를 사랑한다.

문호(文浩)는 이제 십팔 세 되는 시골 어느 중등(中等) 정도 학생인 청년이나, 그는 아직 청년이라고 부르기를 싫어하고, 소년이라고 자칭한다. 그는 감정적이요, 다혈질인 재조 있는 소년으로 학교 성적도 매양 일(一), 이호(二號)를 다투었다.

그는 아직 여자라는 것을 모르고 그가 교제하는 여자는 오직 종매들과 기타 사오 인 되는 족매(族妹)들이다. 그는 천성이 여자를 사랑하는 마음이 있는지 부친보다도 모친께, 숙부보다도 숙모께, 형제보다도 자매께 특별한 애정을 가진다.

그는 자기가 자유로 교제할 수 있는 모든 자매들을 다 사랑한다. 그 중에도 자기와 연치(年齒 '나이'의 높임말)가 상적(相適 서로 맞음. 걸맞음)하거나 혹 자기보다 이하 되는 매(妹)들을 더욱 사랑하고, 그 중에도 그 종매 중에 하나인 난수를 더욱 사랑한다.

문호는 뉘 집에 가서 오래 앉았지 못하는 성급한 버릇이 있건마는 자매들과 같이 앉았으면 세월 가는 줄을 모른다. 그는 자매들에게 학교에서 들은 바, 또는 서적에서 읽은 바 재미있는 이야기를 하여 자매들을 웃기기를 좋아하고 자매들도 또한 문호를 왜 그런지 모르게 사랑한다.

그러므로 문호가 집에 온 줄을 알면 동중(洞中)의 자매들이 다 회집(會集)하고, 혹은 문호가 간 집 자매가 일동(一同)을 청하기도 한다.

토요일 오후나 일요일 오전에는 으레 문호가 본촌(本村)에 돌아오고 본촌에 돌아오면 으레 동중자매(洞中姊妹)들이 쓸어 모인다. 혹 문호가 좀 오는 것이 늦으면 자매들은 모여 앉아서 하품을 하여 가며 문호의 오기를 기다리고, 혹 그 중에 어린 누이들－가령 난수 같은 것은 앞고개에 나가서 망을 보다가 저편 버드나무 그늘로 검은 주의(周衣 두루마기)에 학생모를 잦혀 쓰고 활활 활개치며 오는 문호를 보면 너무 기뻐서 돌에 발부리를 채며 뛰어 내려와 일동에게 문호가 저 고개 너머 오더라는 소식을 전한다.

그러면 회집한 일동은 갑자기 희색이 나고 몸이 들먹거려 혹,

"어디까지 왔더냐?"

"저 고개턱까지 왔더냐?"

하는 자도 있고, 혹 난수의 말을 신용치 아니하여,

"저것이 또 가짓말을 하는 게지."

하고 눈을 흘겨 난수를 보는 자도 있다. 학교에 특별한 일이 있거나 시험 때가 되어 문호가 혹 아니 올 때에는 난수가 고개에서 망을 보다가 거짓 보도를 한 적도 한두 번 있은 까닭이다.

이러할 때에는 자매들은 대문 밖에 나섰다가 웃으며 마주 오는 문호를

반갑게 맞는다. 어린 누이들은 혹 손도 잡고 매달리고, 혹 어깨에 올려 업히기도 하고, 혹 가슴에 와 안기기도 하며, 좀 낫살 먹은 누이들은 얼른 문호의 손을 만지고 물러서기도 하고, 조금 문호의 옷을 당기어 보기도 하고, 혹 마주 보고 빙긋이 웃기만 하기도 한다.

난수도 작년까지는 문호의 손에 매달리더니 금년부터 조금 손을 잡아 보고 얼굴이 빨개지며 물러서게 되고, 작년까지 문호의 가슴에 안기던 연수(蓮秀)라는 난수의 동생이 손을 잡고 매달리게 된다. 그리고는 문호의 집에 몰려 들어가 문호의 자친(慈親)께 매달리며 어리광을 부린다.

문호는 중앙에 웃으며 앉고, 일동은 문호의 주위에 돌라앉는다. 그러나 그네와 문호와의 자리의 거리는 연령에 정비례한다. 제일 나이 많은 누이가 제일 멀리 앉고 제일 나이 어린 누이가 제일 가까이 앉거나 혹 문호의 무릎에 기대기도 하고 문호의 어깨에 걸어 엎디기도 한다. 문호는 이런 줄을 안다. 그리고 슬퍼한다. 이전에는 서로 안고 손을 잡고 하던 누이들이 차차차차 가까이 앉기를 그치고 손을 잡기를 그치고 피차의 사이에 점점 다소의 거리가 생기는 것을 보고 문호는 슬퍼하였다. 무슨 까닭인지 모르나 자연히 비감한 생각이 남을 금하지 못하였다.

사십이 넘은 문호의 어머니는 그 어린 질녀(姪女)들을 잘 사랑하였다. 그는 문중(門中)에서도 현숙하기로 유명하거니와 문호에게는 모범적 부인과 같이 보인다.

문호는 자기가 아는 부인들 중에 그 모친과 숙모(난수의 모친)를 가장 애경(愛敬)한다. 도리어 그 모친보다도 숙모(叔母)를 더욱 애경한다. 그래서 사오 세 적에는 꼭 숙모의 곁에 자려 하였다.

한 번은 그 모친이,

"문호는 나보다도 동서(同婿)를 더 따러!"

하고 시기 비슷하게 탄식한 적도 있었다.

그러나 지금은, 문호는 모친과 숙모를 평등하게 애경한다. 그러나 친누이 되는 지수(芝秀)보다도 종매 되는 난수를 더 사랑하였다.

문호의 종제(從弟) 문해(文海)도 문호와 막형 막제(莫兄莫弟)한 쾌활한 소년이라 종제라 하건만 문해는 문호보다 이십여 일을 떨어져 났을 뿐이라, 용모나 거동이 별로 다름은 없었다. 그러나 문해는 그 모친의 성격을 받아 문호보다 냉정하고 이지적이라.

문호는 문해를 사랑하건만 문해는 문호의 감정적인 것을 싫어하였다. 그러므로 문호가 자매들 속에 섞여 노는 것을 항상 조소(嘲笑 (남을) 비웃음. 또는, 그 웃음)하고 자매들이 문호에게 취하는 것을 말은 못 하면서도 항상 불만이 여겼다. 그러므로 문해는 자매계(姊妹界)에 일종의 존경은 받으나 친애는 받지 못하였다.

문해는 자매들이 자기를 외경함으로 자기의 '젊지 아니하다'는 자랑을 삼고 문호에 비하여 인격이 일층 위인 것을 자처하였다.

문호도 문해의 자기에게 대한 감정을 아주 모름은 아니나, 이는 문해가 아직 자기를 이해하기에 너무 유치한 것이라 하여 그리 괘념치도 아니하였다.

이렇게 종형제간(從兄弟間)에 연치(年齒)의 점장(漸長)함을 따라 성격의 차이가 생(生)하면서도 양인간(兩人間)에는 여전히 따뜻한 애정이 있었다. 물론 문호가 항상 문해를 더 사랑하고 문해는 문호에게 대하여 가끔 반감도 일으키건마는.

2

문호가 집에 들어오면 문호의 모친은 혹 떡도 하고 닭도 잡아 문호를 먹인다. 그러할 때에는 반드시 문해와 문호를 따르는 여러 자매들도 함께 먹인다.

모친은 아랫목에 앉고 문호와 문해는 윗목에서 겸상하고 자매들은 모친을 중심으로 하여 좌우에 갈라 앉아서 즐겁게 이야기도 하고 혹 먹을 것을 서로 빼앗고 감추기도 하면서 방안이 떠들썩하도록 떠들며 먹는다. 문호의 부친이 문 밖에서,

"왜 이리 떠드느냐?"

하면 일동이 갑자기 말소리를 그치고 어깨를 움츠리다가 부친이 문을 열어 보고,

"장꾼 모이듯 했구나."

하고 빙긋이 웃고 나가면 여전히 떠들기를 시작한다.

이것을 보고 문호는 더할 수 없이 기뻐하건마는 문해는 양미간을 찌푸린다. 그러할 때에는 난수도 웃고 지껄이기를 그치고 걱정스러운 듯이, 원망스러운 듯이 문해의 눈을 본다. 그러다가 문호의 웃는 얼굴을 보면 또 웃는다. 이러다가 식후가 되면 문호와 문해는 윗간에 올라가서 무슨 토론을 한다.

그네의 토론하는 화제는 흔히 중국과 서양의 위인에 관한 것이라. 여기도 두 사람의 성격의 차이가 드러난다.

문호는 이백(李白), 왕창령 같은 중국 시인이나 톨스토이, 사옹(沙翁 영국의 문호(文豪) 셰익스피어를 일컫는 말), 괴테 같은 서양 시인을 칭찬하되, 문해는 그러한 시인은 대개 인생에 무익한 나타자(懶惰者 게으르고 느린 사람)라고 매도(罵倒)하고 공맹 주자(孔孟朱子)라든가 서양이면 소크라테스, 워싱턴 같은 사람을 찬송(찬성하여 칭찬함)한다.

양인(兩人)이 다 어떤 의미로 보아 문학에 뜻이 있는 것은 공통이었다. 그러나 문호가 미적(美的), 정적(情的) 문학을 애(愛)함에 반하여, 문해는 지적(知的), 선적(善的) 문학을 애한다.

즉 문해는 문학을 사회를 교화하는 일방편으로 여기되, 문호는 꽤 분명하게 예술 지상주의를 이해한다.

그러므로 문호는 문해를 유치(幼穉)하다 하고, 문해는 문호를 방탕(放蕩)하다 한다.

이러한 토론을 할 때에는 자매들은 자기네끼리 무슨 이야기를 한다. 실로 차동중(此洞中)에 양인의 담화를 알아듣는 사람은 양인 외에 없다. 부모들도 이제는 양인의 지식이 자기네들보다 승(勝)한 줄을 속으로는 인정한다. 더구나 자매들은 오직 국문 소설(國文小說)을 읽을 뿐이다.

원래 문호의 당내(堂內)는 적이 풍요[富饒]하고 또 대대로 문한가(文翰家)라. 석일(昔日)에는 여자들도 대개는 사서(四書)와 소학(小學), 열녀전(烈女專), 내칙(內則) 같은 것을 읽더니 삼사십 년래로 점차 학풍이 쇠(衰)하여 근래에는 국문조차 불능해(不能解)하는 여자(女子)가 있게 되었다.

그러나 문호와 문해는 천생 문학을 좋아하여 그 자매들에게 국문을 가르치고 또 국문 소설을 읽기를 권장하였다.

삼사 년 전에 문호가 그 자매들을 위하여 소설 한 편을 작(作)하고 익년(翌年 이듬해)에 문해가 또 소설 한 편을 작하였다. 그러나 자매간에는 문호의 소설이 더욱 환영되었고, 문해도 자기의 소설보다 문호의 소설을 추장(推奬 추천하여 장려함)하여 자기의 손으로 좋은 종이에다가 문호의 소설을 베끼고 그 표지에,

'김문호 저, 종제(從弟) 문해 서(書).'

라고 뚜렷하게 썼다.

문호의 부친도 이것을 보고 양인의 정의(情誼 서로 사귀어 친하여진 정)의 친밀함을 찬탄하고 또 그 아들의 손으로 된 소설을 일독(一讀)하였다.

"이런 것을 쓰면 사람을 버리나니라."

하고 책망은 하면서도 십오 세 된 문호의 재주를 속으로 기뻐하기는 하였

다. 그러고 과거 제도가 폐(廢)하지 아니하였던들 문호와 문해는 반드시 대과(大科)에 장원 급제(壯元及第)를 할 것인데 하고 아깝게 여겼다.

3

문호는 난수를 시인의 자질이 있다고 믿는다. 재미있는 노래나 시를 읽어 주면 난수는 손으로 무릎을 치며 좋아하고 또 즉시 그것을 암송하며 유치하나마 비평도 한다.

문호는 이것을 기뻐하여 집에 돌아올 때마다 반드시 새로운 노래나 시나 단편 소설을 지어 가지고 온다. 난수도 문호가 돌아올 때마다 이것을 기다린다. 그러나 문호의 친누이는 난수와 동갑이요, 재주도 있건마는 문호가 보기에 난수만큼 미(美)를 감수(感受 외부의 자극을 받아들임)하는 힘이 예민치 못하다.

그러므로 문호가,

"애 지수야, 너는 고운 것을 볼 줄을 모르는구나."

하고 경멸하는 듯이 말하면 지수는 얼굴이 빨개지며,

"내야 아나, 난수나 알지."

하고 눈물 고인 눈으로 문호의 얼굴을 힐끗 본다. 이렇게 되면 문호도 지수의 우는 것이 불쌍하여 머리를 쓸며,

"아니, 너도 남보다야 낫지. 그러나 난수가 너보다 더 낫단 말이지."

한다.

과연 지수도 재주가 있다. 그러나 지수는 문호보다 문해와 동형(同型)이라. 말이 적고 지혜롭고 침착하고……. 그러므로 지수는 문호보다도 문해를 사랑한다.

한 번은 문호가 난수와 지수 있는 곳에서 문해더러,

"얘 문해야. 참 이상하구나. 난수는 나를 닮고 지수는 너를 닮았구나. 흥, 좋지. 한집에서 시인 둘하고 도덕가 둘이 나면 그 아니 영광이냐."
하였다.

문해도 지수의 머리를 쓸며,

"지수야, 너와 나는 도덕가가 되자. 형님과 난수와는 시인이 되어 술주정이나 하고."
하자 일동이 웃었다. 더욱이 평생에 불만한 마음을 품던 지수는 이에 비로소 문호에게 대하여, 나도 평등이거니 하는 위로(慰勞)를 얻었다. 그리고 문해에게 대한 사랑이 더욱 많아졌다.

다른 누이들 중에도 난수의 형 혜수(惠秀)가 매우 재주가 있다. 그는 차동중(此洞中) 청년 여자계(靑年女子界)에 문학으로 최선각자(最先覺者)라. 국문 소설을 유행케 한-말하자면 차문중(此門中)에 신문단(新文壇)을 건설한 자는 문호의 고모(姑母)라. 그는 오래 외가에서 길러나는 동안에 내종제자(內從諸姊)의 영향을 받아 국문 소설을 애독하게 되었다. 또 십사 세에 외가로 올 때에는 〈숙향전〉 〈사씨 남정기〉 〈월봉기〉 같은 국문 소설을 가지고 와서 동중(洞中) 여러 처녀들에게 일변(一邊 한편) 국문을 가르치며 일변 소설을 권장(勸奬)하였다.

마침 문중에 존경을 받는 문호의 조모가 노년에 소설을 편기(偏嗜 치우치게 즐김. 편벽한 기호(嗜好))하므로 문호의 부친 형제의 다소(多少)한 반대도 효력이 없이 국문 문학의 세력은 점점 문호의 당내 여자계에 침윤(浸潤 (사상 · 분위기 등이) 점점 번지어 나감)하였다.

그러므로 문호와 문해의 집 부인네도 처음에는 국문도 잘 모르더니, 지금은 열렬한 문학 애호자가 되었다. 그러나 그네는 며느리 된 몸이라 딸된 자와 같이 자유롭지 못하므로 겨우 명절 때를 타서 독서할 뿐이요, 그 밖에는 누이들의 틈에 끼어서 조금씩 볼 뿐이었다.

이 모양으로 김문 여자계(金門女子界)에 문학을 수립한 자는 문호의 고모로되, 그 고모는 출가한 지 삼 년이 못 하여 요절(夭折)하고 문학계의 주권은 혜수의 손에 돌아왔더니 재작년 혜수가 출가한 이래로 문학계는 군웅할거(群雄割據)의 상태라. 그 중에 문호의 재종매(再從妹 육촌 누이) 되는 자가 가장 유력하나, 그는 가세가 빈한하여 독서할 틈이 없고 그나마 대개 재질이 둔하여 장족의 진보가 없고, 현재에는 지수와 난수가 문학계의 쌍태성(雙台星)이라.

그러나 난수는 훨씬 지수보다 감수성이 예민하다.

그래서 문호는 한사코 난수를 공부를 시키려 하건마는 문호의 계부(季父 아버지의 막내 아우)는,

"계집애가 공부는 해서 무엇하게!"

하고 언하(言下 말하는 바로 그 자리. 말이 떨어지자 그 즉시)에 거절한다.

문해도 난수를 공부시킬 마음이 없지 아니하건마는 워낙 냉정하여 열정이 없는데다가 부모의 명령에 절대로 복종하는 미질(美質)이 있고 난수 당자는 아직 공부가 무엇인지 모르고 부모에게 간구도 아니 하며 문호 혼자서 애를 쓸 뿐이라.

그러므로,

'내가 중학교를 마치고서 서울에 갈 때에는 반드시 지수를 데리고 가리라. 될 수만 있으면 난수도 데리고 가리라.'

하고 어서 명춘(明春 내년 봄)이 돌아오기만 기다린다.

4

그 해 가을에 십육 세 되는 난수는 모부가(莫富家)의 십오 세 되는 자제와 약혼이 되었다. 문호가 이 말을 듣고 백방으로 부친과 계부에게 간(諫)

하였으나 듣지 아니하였다. 그래서 문호는 난수에게,

"얘, 시집가기 싫다고 그래라. 명춘에 내 서울 데려다 줄 것이니."

하고 여러 말로 충동(衝動)하였다. 그러나 난수는,

"내가 어떻게 그러겠소. 오빠가 말씀하시구려."

난수는 미상불(未嘗不) 남자를 대하고 싶은 생각이 없지 아니하였다. 어서 혼인날이 와서 그 신랑 되는 자의 얼굴도 보고 안겨도 보았으면 하는 생각조차 없지 아니하였다.

난수는 지금껏 가장 정답게 사랑하던 문호보다도 아직 만나지 아니한 어떤 남자가 그립다 하게 되었다.

문호는 난수의 말에,

"엑, 못생긴 것!"

하고 눈물이 흐를 뻔하였다. 그러고 아까운 시인이 그만 썩어지고 마는 것을 한탄도 하였다. 또 자기가 가장 사랑하던 누이를 어떤 사람에게 빼앗기는 것이 아깝기도 하고 분(憤)하기도 하였다. 마치 영국 시인 워즈워스가 그 누이가 일생을 같이 보낸 모양으로 자기도 난수와 일생을 같이 보냈으면 하였다.

얼마 있다가 신랑 되는 자가 천치(天痴)라는 말이 들려 온다. 온 집안이 모두 걱정하였다. 그러나 그 중에 제일 슬퍼한 자는 문호라. 문호의 부친이 이 소문의 허실(虛實)을 사실(查悉)할 양으로 오륙십 리 정도 되는 신랑가(新郎家)를 방문하여 신랑을 보았다.

그러고 돌아와서,

"좀 미련한 듯하더라마는 그래야 복이 있나니라."

하고 혼인은 아주 확정되었다. 그러나 전하는 말을 듣건대 신랑은 논어 일행(論語一行)을 삼 일에도 못 외운다는 둥, 코와 침을 흘리고 어른께도 '너, 나' 한다는 둥, 지랄을 부린다는 둥, 눈에 흰자위뿐이요 검은자위가 없다는 둥, 심지어 그는 고자라는 소문까지 들려서 문호의 조모와 숙모는 날마다 눈물을 흘리고 약혼한 것을 후회한다.

난수도 이런 말을 듣고는 안색(顏色)에 드러내지는 아니하여도 조그마한 가슴이 편할 날이 없어서 혹 후원에 돌아가 돌을 던져서 이 소문이 참인가 아닌가 점도 하여 보고, 문호의 시키는 대로,

"나는 시집가기 싫소."

하고 떼를 쓰지 아니한 것을 후회도 하였다.

문호는 이 말을 듣고 울면서 계부께 간(諫)하였다. 그러나 계부는,

"못 한다. 양반의 집에서 한 번 허락한 일을 다시 어찌 한단 말이냐. 다 제 팔자지."

"그러나 양반의 체면은 잠시(暫時) 일이지요. 난수의 일은 일생에 관한 것이 아니오니까. 일시의 체면을 위하여 한 사람의 일생을 희생한다는 것이 말이 됩니까."

하였으나 계부는 성을 내며,

"인력으로 못 하느니라."

하고는 다시 문호의 말을 듣지도 아니한다. 문호는 그 '양반의 체면'이란 것이 미웠다. 그리고 혼자 울었다. 그 날 난수를 만나니 난수도 문호의 손을 잡고 운다.

문호는 난수를 얼마 위로하다가,

"다 네가 약한 죄로다. 왜 내가 시키는 대로 하지 아니하였느냐."

하고 왈칵 난수의 손을 뿌리치고 뛰어나왔다.

그러나 문해는 울지 아니한다. 물론 문해도 난수의 일을 슬퍼하지 아님은 아니나, 문해는 그러한 일에 울 만한 열정이 없고 그 부친과 같이 단념할 줄을 안다. 그러나 문호는 이것은 그 계부가 난수라는 여자에게 대하여 행하는 대죄악이라 하여 그 계부의 무지 무정(無知無情)함을 원망하였다.

이 혼인 때문에 화영(和榮)하던 문호의 집에는 밤낮 슬픈 구름이 가리었다.

5

혼인날이 왔다. 소를 잡고 떡을 치고 사람들이 다 술에 취하여 즐겁게 웃고 이야기한다. 동내(洞內) 부인들은 새 옷을 갈아입고 난수의 집 부엌과 마당에서 분주히 왔다갔다한다.

문호의 부친과 계부도 내외(內外)로 다니면서 내빈을 접대한다. 그러나 그 양미간에는 속일 수 없는 근심이 보인다. 문해도 그 날은 감투에 갓을 받쳐 쓰고 분주하다.

그러나 문호는 두루마기도 아니 입고 집에 가만히 앉았다. 혼인날이라고 고모들과 시집간 누이들이 모여들어 문호의 집 안방에는 노소(老少) 여자가 가득히 차서 오래간만에 만난 반가운 정회(情懷)를 토로(吐露)한다. 늙은 고모들은 혹 눕기도 하고 젊은 누이들은 공연히 자리를 잡지 못하고 들어왔다 나갔다 한다. 마치 오랫동안 시집에 있어서 펴지 못하던 기운을 일시에 다 펴려는 것 같다. 가는 말소리, 굵은 말소리가 들리다가는 이따금 즐거운 웃음소리가 합창 모양으로 들린다. 그러나 문호는 별로 이야기 참례도 아니 하고 한편 구석에 가만히 앉았다. 시집간 누이들과 집에 있는 누이들이 여러 번 몰려와서 문호를 웃기려 하였으나 마침내 실패에 종(終)하였다.

문호의 어머니가 음식을 감독하다가 문호가 아니 보임을 보고 문호를 찾아와서,

"애, 왜 여기 앉았느냐. 나가서 손님 접대나 하지그려. 어디 몸이 편치 아니하냐?"

하여도 문호는 성난 듯이 가만히 앉았다. 여기저기서 취한 사람들의 웃고

지껄이는 소리가 들릴 때마다 문호는 분노한 듯이 주먹을 부르쥐었다.

난수는 형들 틈에 앉았다가 시끄러운 듯이 뛰어나와 문호의 곁에 들어와 앉는다. 형들은 난수를 대하여, '좋겠구나.', '기쁘겠구나.', '부자라더라…….' 이러한 농담을 하였다. 그러나 난수는 이러한 농담을 들을 때마다 가슴을 찌르는 듯하였다.

난수는 문호의 어깨에 기대며 문호의 눈을 본다. 문호는 난수의 눈을 보았다. 그 눈에는 절망과 단념의 빛이 있는 듯하다. 그러나 난수는 다만 신랑이 천치라는 말에 근심이 되고 절망이 될 뿐이요, 이 사건에 대하여 어떠한 태도를 취할 줄을 모르고 다만 나는 불가불 천치와 일생을 보내게 되거니 할 뿐이라.

문호는 눈물을 난수에게 아니 보일 모양으로 고개를 돌리며,

"아깝다. 그 얼굴에 그 재주에 천치의 아내 되기는 참 아깝고 절통하다."

하고 어느 준수한 총각이 있으면 그와 난수와 부부를 삼아 어디로나 도망을 시키리라 한다. 차라리 부모의 억제로 마음 없는 곳에 시집가기보다는 자기의 마음에 드는 남자와 도망하는 것이 마땅하다고 문호는 생각한다. 그러고 다시 난수를 보매 사랑스러운 마음과 불쌍한 마음과 아까운 마음과 천치 신랑이 미운 생각이 한데 섞여 나온다.

문호는 난수의 손을 힘껏 쥐었다. 난수도 문호의 손을 힘껏 쥐었다. 그러고 이빨을 가만히 문호의 팔을 물고 바르르 떤다. 문호는 무슨 결심을 하였다.

신랑이 왔다.

신랑을 맞는 일동은 모두 다 낙심하고 고개를 돌렸다. 비록 소문이 그러하더라도 설마 저렇기야 하랴 하였더니, 실제로 보건대 소문보다 더하다.

머리는 함부로 크고 시뻘건 얼굴이 두 뼘이나 길고 커다란 눈은 마치 소

눈깔과 같고 커다란 입은 헤벌려서 걸쭉한 침이 턱에서 떨어진다.

문호의 숙모는 이 꼴을 보고 문호 집 안방에 뛰어들어와 이불을 쓰고 눕고 지금껏 웃고 떠들던 고모들과 누이들도 서로 마주 보기만 하고 아무 말도 없다. 다만 문호의 부친 형제와 문해가 웃을 때에는 웃기도 하면서 여전히 내빈을 접하고 동내(洞內) 부인네와 남자들이 분주할 뿐이요, 양가 가족들은 모두 다 낙심하여 앉았다.

문호는 한참이나 신랑을 보다가 집에 뛰어들어와 난수를 보고 눈물을 흘렸다. 난수는 문호의 등에 얼굴을 대고 운다. 문호는 저고릿등이 눈물에 젖어 따뜻함을 깨달았다. 이 때에 혜수가 와서 난수를 안아 일으키며,

"애, 난수야, 오라비 두루마기 젖는다. 울기는 왜 우느냐. 이 기쁜 날."
하고 난수를 달랜다. 난수는 속으로,

'흥, 제 서방은 얼굴도 똑똑하고 사람도 얌전하니까.'
하였다.

과연 혜수의 남편은 얼굴이 어여쁘고 얌전도 하였다. 아까 그가 신랑을 맞아들여 갈 때에 중인(衆人)은 양인(兩人)을 비교하고 혜수와 난수의 행불행(幸不幸)을 생각지 아니한 자가 없었다. 난수가 처음에 기다리던 신랑은 혜수의 신랑과 같은 자 또는 문호나 문해와 같은 자러라.

밤이 왔다.

문호는 어디서 돈 오 원을 구하여 가지고 가만히 난수에게,

"애, 이제 나하고 서울로 가자. 이 밤차로 도망하자. 가서 내가 공부하도록 하여 주마."
하였다.

그러나 난수는 문호의 말에 다만 놀랄 뿐이요, 응(應)할 생각은 없었다.

'서울로 도망!'

이는 못 할 일이라 하였다. 그래서 고개를 흔들었다. 문호는,

"얘, 이 못생긴 것아. 일생을 그 천치의 아내로 지낼 터이냐."

하며 팔을 끌었다. 그러나 난수는 도망할 생각이 없었다. 문호는 울며 쓰러지는 난수를 발길로 차며,

"죽어라. 죽어!"

하고 꾸짖었다. 그러고 외딴방에 가서 혼자 누웠다.

혜수의 신랑이 들어와,

"자, 나하고 자세."

하고 문호의 곁에 눕는다. 문호는 또 난수의 신랑과 혜수의 신랑을 비교하고 난수를 불쌍히 여기는 정이 격렬하여진다. 그리고 혜수의 신랑의 아름다운 얼굴과 자기의 얼굴의 아름다움을 자랑하는 듯하는 웃음을 보고 문호도 빙긋이 웃는다.

혜수의 신랑은,

"여보게, 그 신랑이란 자가……."

하고 웃음이 나와서 말을 이루지 못하면서 겨우,

"내가 떡을 권하였더니 먹기 싫다고 밥상을 발길로 차데그려. 그래 방바닥에 국이 쏟아지고."

하면서 자기의 젖은 바지를 보이며 웃는다. 문호도 그 소 눈깔 같은 눈을 희번덕거리며 발길로 차던 모양을 상상하고 웃음을 금치 못하였다.

혜수의 신랑도 혜수에 비기면 열등하였다. 그는 지금 십칠 세이나 아직 사숙(私塾 글방)에서 맹자를 읽을 뿐이라 도저히 혜수의 발달한 상상력과 취미에 기급치 못할 뿐더러 혜수의 정신력이 자기보다 우월한 줄도 이해하지 못하는 아직 유취 소아(乳臭小兒)였다.

그러므로 혜수도 부(夫)에게 대하여는 일종의 회멸(悔蔑)하는 감정을 가진다. 그러나 문호나 혜수나 다같이 그의 용모의 미려함과 성질의 온순 영리(溫順怜悧)함을 사랑한다.

이튿날 아침에 문호는 계부의 집에 갔다. 아랫방 아랫목에 난수가 비단옷을 입고 머리를 쪽찌고 앉은 모양을 문호는 말없이 물끄러미 보았다.

난수는 얼른 문호의 얼굴을 보고 고개를 돌린다. 문호는 그 비단옷과 머리의 변한 것을 볼 때에 형언치 못할 비애와 혐오를 깨달았다.

난수가 작야(昨夜)에 저 천치와 한자리에 잤는가, 혹은 저 천치에게 처녀를 깨뜨렸는가 생각하매 비분한 눈물이 흐르려 한다. 난수의 주위에 둘러앉았던 고모들과 누이들은 문호의 불평하여 하는 안색을 보고 웃기와 말하기를 그친다.

지수는 문호의 팔을 떼밀치며,

"오빠는 나가시오."

한다.

난수도 문호의 심정을 대강은 짐작한다. 그러나 문호는 입술로 '쩝쩝.' 하는 소리를 내며, 난수의 돌아앉은 꼴을 본다. 그러고 속으로 '아아 만사휴의(萬事休矣 모든 일이 헛수고로 돌아감을 이르는 말)로구나.' 한다. 왜 저렇게 어여쁘고 얌전하고 재주 있는 처녀를 천치의 발 앞에 던져 주어 짓밟히게 하는가 생각하매, 마당과 방안에 왔다갔다하는 인물들이 모두 다 난수 하나를 못 되게 만들고 장난감을 삼는 마귀의 무리들같이 보인다. 힘이 있으면 그 악한 무리들을 온통 때려부수고 그 무리들의 손에서 죽는 난수를 구원하여 내고 싶다.

문호의 눈에 난수는 죽은 사람이로다. 이런 생각을 할 때에 지수는 또 한 번,

"어서 오빠는 나가셔요!"

하고 떼밀친다.

그제야 비로소 난수를 보던 눈으로 지수를 보았다. 지수의 눈에는 사랑과 자랑의 빛이 보인다. 문호는 지수나 잘되도록 하리라 하고 나온다.

나와서 바로 집으로 오려다가 혜수의 신랑한테 끌려 신랑방으로 들어갔다. 혜수의 신랑은, 신랑의 우스운 꼴을 구경하려고 문호를 끌고 들어가는 것이라. 신랑방에는 소년들이 많이 모였다.

혜수의 신랑이 신랑의 곁에 앉으며,

"조반 자셨나?"

하고 인사를 한다. 신랑은 침을 질질 흘리며 헤 하고 웃는다. 그래도 어저께 자기를 맞던 사람을 기억하는구나 하고 문호는 코웃음을 하였다.

곁에서 누가 문호를 신랑에게 소개한다.

"이 이가 신랑의 처종형(妻從兄)일세."

그러나 신랑은 여전히 침을 흘리며 다만 '처종형?' 하고 문호의 얼굴을 본다. 그 눈이 마치 죽은 소 눈깔같이 보여 문호는 구역이 나서 고개를 돌렸다. 그리고 속으로,

'아아 저것이 내 난수의 배필!'

하였다.

6

익년춘(翌年春)에 문호는 동경으로 유학을 갔다가 이태 되는 여름에 집에 돌아왔다. 그러나 앞 고개에는 이미 난수의 나와 맞음이 없고 대문 밖에는 웃고 맞아 주던 자매들이 보인다.

문호가 동경 갈 때에 십여 세 되던 자매들이 지금은 십이삼 세의 커다란 처녀가 되어 역시 반갑게 문호를 맞는다. 그러나 그 처녀들은 결코 문호의 친구가 아니리라.

문호는 방에 들어가 이전 앉던 자리에 앉았다. 그리고 처녀들도 이전 모양으로 문호를 중심으로 하고 둘러앉는다. 그 어머니는 여전히 닭을 잡고

떡을 만들어 문호와 문해와 둘러앉은 처녀들을 먹인다. 그러나 삼 년 전에 있던 즐거움은 영원히 스러지고 말았다.

문호는 울고 싶었다. 그러나 삼 년 전과 같이 눈물이 흐르지 아니한다. 문호는 마주 앉은 문해의 까맣게 난 수염을 본다. 그러고 손으로 자기의 턱을 쓸며,

"문해야, 우리 턱에도 수염이 났구나."

하며 턱 아래 한 치나 자란 외대 수염을 툭툭 잡아채며 웃는다.

문해도 금석(今昔 지금과 옛적)의 감(感)을 금치 못하면서 코 아래 까맣게 난 수염을 만진다. 처녀들도 양인(兩人)의 수염을 만지는 것을 보고 웃는다. 그러나 그네는 양인의 뜻을 모른다.

모친은 어린아이 둘을 안아다가 문호의 앞에 놓는다. 물끄러미 검은 양복 입은 문호를 보더니 토실토실한 팔을 내두르고 으아 하고 울면서 모친의 무릎으로 기어간다.

모친은 두 아이를 안으면서,

"이 애들이 벌써 세 살이 되었구나."

한다. 문호는 하나는 자기의 아들이요, 하나는 문해의 아들인 줄은 아나, 어느 것이 자기의 아들인 줄을 몰라 우두커니 우는 아이들을 보고 앉았다가 자탄하는 모양으로,

"흥, 우리도 벌써 아버질세그려. 소년의 천국은 영원히 지나갔네그려."

하고 웃으면서도 눈에 눈물이 고인다.

가만히 문호를 보고 앉았던 모친의 얼굴에도 전보다 주름이 많게 되었다.

문호는 정신 없는 듯이 모친만 보고 앉았다. 집 앞 버드나무에서는,

"꾀꼬리오!"

하는 소리가 들린다.

작품의 이해

• 구조적 분석

갈래 : 단편 소설

배경 : 1910년대 어느 양반집 가정

시점 : 전지적 작가 시점

주제 : 유교적 인습에 따른 결혼 제도의 비판과 신교육의 필요성

출전 : 《청춘》, 1917

• 작품해설

〈소년의 비애〉는 최초의 장편 〈무정〉이 연재되던 때에 이광수가 주재하던 《청춘》에 발표된 그의 본격적인 단편 문학의 처녀작인 동시에 한국 최초의 근대 소설로 평가되는 작품이다. 일명 '젊은이의 설움'인 이 작품은 소년을 주인공 삼아 유교적 인습에 따른 조혼을 비판하고 신교육의 필요성을 역설하고 있다.

귀엽고 사랑스러운 난수가 시인이 될 충분한 자질을 갖추었으면서도 못나고 한참 모자란 사람에게 시집가는 것을 보고 울분을 토하는 문호의 모습에서 조혼의 관습을 비판하고 가족의 화목을 강조하는 이광수의 사상을 엿볼 수 있다.

국한문(國漢文) 혼용으로 쓰여진 〈소년의 비애〉는 이광수의 초기 작품으로 구성이나 표현이 좀 미숙하고 거친 데가 있지만 신소설이 가진 줄거리 위주의 소설을 부정하고 권선징악적인 요소를 극복하였다는 점에서 주목할 만하며, 인간의 내면세계를 추구한 면에서 근대 소설의 길을 연 작품으로 평가되고 있다. 또한 그의 초기 작품의 특징인 반유교적이고 계몽주의적인 성격이 잘 녹아 있다.

• 생각해보기

1. 이 작품을 통해 작가가 말하고자 하는 것은 무엇인가?
2. 이광수의 한국 근대 문학에 있어서의 비중을 논하라.

☞해답

1. 유교적 인습에 따른 조혼의 잘못된 점과 신교육의 필요성.
2. 현대적인 문체의 확립, 근대 의식에 의한 주제 형상화, 근대적 인물의 설정 등에서 획기적 전환점을 이룬 점에서 근대 소설로서의 선구적인 의의는 높게 평가된다.

최학송

탈출기
홍염(紅焰)

최학송 崔鶴松, 1901~932

호는 서해(曙海). 함북 성진 출생. 어머니를 따라 간도로 간 유년시절에 궁핍한 생활을 겪으며 방랑 생활을 하였고, 이 경험은 후에 그의 문학적 기반이 되었다. 1924년 〈고국〉이《조선문단》지에 추천되어 문단에 등단. 1925년 〈탈출기〉 〈기아와 살육〉을 발표하면서부터 신경향파 문학의 유행을 불러일으키는 대표적 작가로 부각되었다.

자신의 일기에서 '경험하지 않은 것은 쓰지 않으련다.'라고 했듯이 자신의 체험을 바탕으로 하층민의 비참한 삶과 식민지 치하에서의 궁핍과 기아를 그의 문학에 그대로 반영시켰다. 1925년 카프(KAPF)에 가입해서 자신의 경험적 빈궁 문학에 사상을 불어넣으려는 노력도 한 신경향파 문학의 대표적 작가였지만, 1929년 카프의 탈퇴를 계기로 인도주의적 경향으로 전환하였다. 〈조선일보〉 〈중외일보〉 〈매일신보〉 등에서 궁핍에 시달리며 기자로서 말년을 전전하다 1932년 위장병으로 사망.

주요 작품

1. 단편소설 : 〈고국〉 〈토혈〉(1924), 〈삼십 원〉 〈금붕어〉 〈탈출기〉 〈기아와 살육〉 〈박돌의 죽음〉 〈살려는 사람들〉 〈회상기〉 〈큰물 진 뒤〉(1925), 〈폭군〉 〈소살(笑殺)〉 〈백금(白琴)〉(1926), 〈낙백불우(落魄不遇)〉 〈홍염〉(1927)
2. 논문 : 〈근대 영미 문학 개관〉 〈근대 독일 문학 개관〉(1925)
3. 창작집 : 〈혈흔〉(1926)

탈출기

• 읽기전에

1.등장 인물의 성격과 작품의 구성에 대해 생각해 보자.

2.주인공의 비극적 삶의 원인에 대해 알아보자.

• 줄거리

나는 자신이 가족을 등지고 집을 떠나게 된 이유를 친구인 김군에게 편지로써 밝힌다.

5년 전 나는 어머니와 아내를 데리고 무지한 농민을 가르쳐 이상촌을 만들 꿈을 안고 기름진 땅이라는 간도로 향했으나 땅은 고사하고 중국인의 소작인 노릇을 해도 굶기를 밥 먹듯 했다. 어느 날 임신한 아내가 귤 껍질을 주워먹는 것을 보고 나는 심한 갈등과 괴로움에 빠진다. 온갖 궂은 일을 다 했지만 궁핍한 생활은 전혀 나아지지 않았다.

나는 충실하게 살려고 했으나 세상은 나와 어머니와 아내까지 멸시하고 학대했다. 그래서 나는 하루라도 이런 괴로운 생활에서 벗어나려면 가족을 모두 죽이고 나 자신도 자살해야겠다는 생각을 하게 된다.

결국 나는 불합리한 사회를 변화시키기 위해 어머니와 아내와 자식까지 버리고 ××단에 가입하게 된다.

탈출기

1

김군! 수삼차(두세 차례) 편지는 반갑게 받았다. 그러나 한 번도 회답치 못하였다. 물론 군의 충정에는 나도 감사를 드리지만 그 충정을 나는 받을 수 없다.

—박군! 나는 군의 탈가(脫家 자기 집에서 빠져 나옴)를 찬성할 수 없다. 음험한 이역에 늙은 어머니와 어린 처자를 버리고 나선 군의 행동을 나는 찬성할 수 없다. 박군! 돌아가라. 어서 집으로 돌아가라. 군의 부모와 처가 이역 노두에서 방황하는 것을 나는 눈앞에 보는 듯싶다. 그네들의 의지할 곳은 오직 군의 품밖에 없다. 군은 그네들을 구하여야 할 것이다.

군은 군의 가정에서 동량(棟梁 ①기둥과 들보. ②한 집이나 나라를 맡아 다스릴 만한 인재)이다. 동량이 없는 집이 어디 있으랴? 조그마한 고통으로 집을 버리고 나선다는 것이 의지가 굳다는 박군으로서는 너무도 박약한 소위 (①하는 일. ②소행)이다. 군은 ××단에 몸을 던져 ×선에 섰다는 말을 일전 황군에게 듣기는 하였으나 그렇다 하여도 나는 그것을 시인할 수 없다. 가족을 못 살리는 힘으로 어찌 사회를 건지랴.

박군! 나는 군이 돌아가기를 충정으로 바란다. 군의 가족이 사람들 발아래서 짓밟히는 것을 생각할 때 군의 가슴인들 어찌 편하랴…….

김군! 군은 이러한 말을 편지마다 썼지? 나는 군의 뜻을 잘 알았다. 사랑하는 나의 가족을 위하여 동정하여 주는 군에게 어찌 감사치 않으랴? 정다운 벗의 충고에 나는 늘 울었다. 그러나 그 충고를 들을 수 없다. 듣지 않는 것이 군에게는 고통이 될는지? 분노가 될는지? 나에게 있어서는 행복일는지도 알 수 없는 까닭이다.

김군! 나도 사람이다. 정애(따뜻한 사랑)가 있는 사람이다. 나의 목숨 같은 내 가족이 유린받는 것을 내 어찌 생각지 않으랴? 나의 고통을 제삼자로서는 만분의 일이라도 느낄 수 없는 것이다.

나는 이제 나의 탈가한 이유를 군에게 말하고자 한다. 여기에 대하여 동정과 비난은 군의 자유이다. 나는 다만 이러하다는 것을 군에게 알릴 뿐이다. 나는 이것을 군이 아니면 다른 사람에게라도 알리지 않고는 견딜 수 없는 충동을 받은 까닭이다.

그러나 나는 단언한다. 군도 사람이거니 나의 말하는 것을 부인치는 못하리라.

2

김군! 내가 고향을 떠난 것은 오 년 전이다. 이것은 군도 아는 사실이다. 나는 그 때에 어머니와 아내를 데리고 떠났다. 내가 고향을 떠나 간도로 간 것은, 너무도 절박한 생활에 시든 몸에 새 힘을 얻을까 하여 새 희망을 품고 새 세계를 동경하여 떠난 것도 군이 아는 사실이다.

－간도는 천부 금탕(하늘이 준 금싸라기와 같은 땅)이다. 기름진 땅이 흔하여 어디를 가든지 농사를 지을 수 있고 농사를 지으면 쌀도 흔할 것이다. 삼림이 많으니 나무 걱정도 될 것이 없다. 농사를 지어서 배불리 먹고 뜨뜻이 지내자. 그리고 깨끗한 초가나 지어 놓고 글도 읽고 무지한 농민들을 가르쳐서 이상촌을 건설하리라. 이렇게 하면 간도의 황무지를 개척할 수 있다.

이것이 간도 갈 때의 내 머리 속에 그리었던 이상이었다. 이 때에 나는 얼마나 기뻤으랴! 두만강을 건너고 오랑캐령을 넘어서 망망한 평야와 산천을 바라볼 때 구수한 내 소리와 헌헌한 내 행동에 어머니와 아내도 기뻐하였다. 오랑캐령을 올라서니 서북으로 쏠려 오는 봄 세찬 바람이 어떻게 뺨을 갈기는지,

"에그 춥구나! 여기는 아직도 겨울이구나."

하고 어머니는 수레 위에서 이불을 뒤집어썼다.

"무얼요, 이 바람을 많이 마셔야 성공이 올 것입니다."

나는 가장 씩씩하게 말하였다. 이처럼 나는 기쁘고 활기로웠다.

3

김군! 그러나 나의 이상은 물거품으로 돌아갔다. 간도에 들어서서 한 달이 못 되어서부터 거친 물결은 우리 세 생령(생명)의 앞에 기탄 없이 몰려왔다.

나는 농사를 지으려고 밭을 구하였다. 빈 땅은 없었다. 돈을 주고 사기 전에는 한 평의 땅이나마 손에 넣을 수 없었다. 그렇지 않으면 지나인(支那

人 중국인)의 밭을 도조(남의 논밭을 빌려서 부치고 그 세로 해마다 내는 벼)나 타조(지주와 소작인이 거둔 곡물을 반씩 나누는 방법)로 얻어야 한다. 일 년 내 중국 사람에게서 양식을 꾸어 먹고 도조나 타조를 얻는대야 일 년 양식 빚도 못될 것이고 또 나 같은 시로도(아마추어)에게는 밭을 주지 않았다.

생소한 산천이요, 생소한 사람들이니, 어디 가 어쩌면 좋을는지, 의논할 사람도 없었다. H라는 촌거리에 셋방을 얻어 가지고 어름어름하는 새에 보름이 지나고 한 달이 넘었다. 그새에 몇 푼 남았던 돈은 다 불어먹고 밭은 고사하고 일자리도 못 얻었다. 나는 팔을 걷고 나섰다. 이리저리 돌아다니면서 구들도 고쳐 주고 가마도 붙여 주었다. 이리하여 호구([입에 풀칠을 한다는 뜻] 겨우 끼니를 이어감)하게 되었다. 이 때 H장에서는 나를 온돌장이(구들 고치는 사람)라고 불렀다. 갈아입을 의복이 없는 나는 늘 숯검정이 꺼멓게 묻은 의복을 벗을 새가 없었다.

H장은 좁은 곳이다. 구들 고치는 일도 늘 있지 않았다. 그것으로 밥 먹기가 어려웠다. 나는 여름 불볕에 삯김도 매고 꼴도 베어 팔았다. 그리고 어머니와 아내는 삯방아 찧고 강가에 가서 부스러진 나뭇개비를 주워서 겨우 연명하였다.

김군! 나는 이 때부터 비로소 무서운 인간고를 느꼈다. 아아, 인생이란 과연 이렇게도 괴로운 것인가, 하는 것을 나는 생각하게 되었다. 나는 나에게 닥치는 풍파 때문에 눈물 흘린 일은 이 때까지 없었다. 그러나 어머니가 나무를 줍고 젊은 아내가 삯방아를 찧을 때 나의 피는 끓었으며 나의 눈은 눈물에 흐려졌다.

"에구, 차라리 내가 드러누워 앓고 있지, 네 괴로워하는 꼴은 차마 못 보겠다."

이것은 언제 내가 병들어 신음할 때에 어머니가 울면서 하신 말씀이다. 이것을 무심히 들었던 나는 이 때에야 이 말의 참뜻을 느꼈다.

"아아, 차라리 나의 고기가 찢어지고 뼈가 부서지는 것을 참을 수 있으나, 내 눈앞에서 사랑하는 늙은 어머니와 아내가 배를 주리고 남의 멸시를 받는 것은 참으로 견디기 어렵구나."

나는 이렇게 여러 번 가슴을 쳤다. 나는 밤이나 낮이나, 비 오나 바람이 치나 헤아리지 않고 삯김, 삯심부름, 삯나무, 무엇이든지 가리지 않았다.

"오늘도 배고프겠구나, 아침도 변변히 못 먹고……. 나는 너 배 주리지 않는 것을 보았으면 죽어도 눈을 감겠다."

내가 삯일을 하다가 늦게 돌아오면 어머니는 우실 듯이 말씀하셨다. 그러나 나는 흔연하게(매우 기쁘게),

"배가 무슨 배가 고파요."

하고 대답하였다.

내 아내는 늘 별말이 없었다. 무슨 일이든지 시키는 대로 다소곳하고 아무 소리 없이 순종하였다. 나는 그것이 더욱 불쌍하게 생각된다. 나는 어머니보다도 아내 보기가 퍽 부끄러웠다.

"경제의 자립도 못 되는 내가 왜 장가를 들었누?"

이것이 부모의 한 일이지만 나는 이렇게도 탄식하였다. 그럴수록 아내에게 대하여 황공하였고 존경하였다.

어떻게 하면 살 수 있을까? ……이러한 생각은 이 때 내 머리를 몹시 때렸다. 이 때 나에게 부지런한 자에게 복이 온다, 하는 말이 거짓말로 생각되었다. 그 말을 지상의 격언으로 굳게 믿어 온 나는 그 말에 도리어 일종의 의심을 품게 되었고 나중은 부인까지 하게 되었다.

부지런하다면 이 때 우리처럼 부지런함이 어디 있으며 정직하다면 이 때 우리 식구같이 정직함이 어디 있으랴? 그러나 빈곤은 날로 심하였다. 이틀 사흘 굶은 적도 한두 번이 아니었다. 한번은 이틀이나 굶고 일자리를 찾다가 집으로 들어가 보니 부엌 앞에서 아내가(아내는 이 때에 아이를 배어서 배가 남산만하였다) 무엇을 먹다가 깜짝 놀란다. 그리고 손에 쥐었던 것을 얼른 아궁이에 집어넣는다. 이 때 불쾌한 감정이 내 가슴에 떠올랐다.

'……무얼 먹을까? 어디서 무엇을 얻었을까? 무엇이기에 어머니와 나 몰래 먹누? 아! 여편네란 그런 것이로구나! 아니, 그러나 설마…… 그래도 무엇을 먹던데…….'

나는 이렇게 아내를 의심도 하고 원망도 하고 밉게도 생각하였다. 아내는 아무런 말 없이 어색하게 머리를 숙이고 앉아 씩씩하다가 밖으로 나간다. 그 얼굴은 좀 붉었다.

아내가 나간 뒤에 나는 아내가 먹다 던진 것을 찾으려고 아궁이를 뒤지었다. 싸늘하게 식은 재를 막대기로 뒤져내니 벌건 것이 눈에 띄었다. 나는 그것을 집었다. 그것은 귤 껍질이었다. 거기에는 베먹은 잇자국이 났다. 귤 껍질을 쥔 나의 손은 떨리고 잇자국을 보는 내 눈에는 눈물이 괴었다.

김군! 이 때 나의 감정을 어떻게 표현하면 적당할까?

―오죽 먹고 싶었으면 길바닥에 내던진 귤 껍질을 주워먹을까, 더욱 몸 비잖은 그가! 아아, 나는 사람이 아니다. 그러한 아내를 의심하였구나! 이놈이 어찌하여 그러한 아내에게 불평을 품었는가. 나 같은 잔악한 놈이 어디 있으랴. 내가 양심이 부끄러워서 무슨 면목으로 아내를 볼까?

―이렇게 생각하면서 나는 느껴 가며 눈물을 흘렸다. 귤 껍질을 쥔 채로 이를 악물고 울었다.

"야, 어째서 우느냐? 일어나거라. 우리도 살 때 있겠지, 늘 이러겠느냐."

하면서 누가 어깨를 친다. 나는 그것이 어머니인 것을 알았다.

"아이구 어머니, 나는 불효외다."

하면서 어머니의 팔을 안고 자꾸자꾸 울고 싶었다. 그러나 나는 아무 소리

없이 가슴을 부둥켜안고 밖으로 나갔다.

"내가 왜 우노? 울기만 하면 무엇하나? 살자! 살자! 어떻게든 살아 보자! 내 어머니와 아내도 살아야 하겠다. 이 목숨이 있는 때까지는 벌어 보자!"

나는 이를 갈고 주먹을 쥐었다. 그러나 눈물은 여전히 흘렀다. 아내는 말없이 울고 섰는 내 곁에 와서 손으로 치마끈을 만지작거리며 눈물을 떨어뜨린다. 농삿집에서 자란 아내는 지금도 수줍은지 내가 울면 같이 울기는 하여도 어떻게 말로 위로할 줄은 모른다.

4

김군! 세월은 우리를 위하여 여름을 항시 주지는 않았다.

서풍이 불고 서리가 내리기 시작하였다. 찬 기운은 벗은 우리를 위협하였다. 가을부터 나는 대구어(大口魚) 장사를 하였다. 삼 원을 주고 대구 열 마리를 사서 등에 지고 산골로 다니면서 콩[大豆]과 바꾸었다. 난 대구 열 마리는 등에 질 수 있었으나 대구 열 마리를 주고 받은 콩 열 말은 질 수 없었다. 나는 하는 수 없이 삼사십 리나 되는 곳에서 두 말씩 두 말씩 사흘 동안이나 져 왔다. 우리는 열 말 되는 콩을 자본삼아 두부 장사를 시작하였다.

아내와 나는 진종일 맷돌질을 하였다. 무거운 맷돌을 돌리고 나면 팔이 뚝 떨어지는 듯하였다.

내가 이렇게 괴로울 적에 해산한 지 며칠 안 되는 아내의 괴로움이야 어떠하였으랴? 그는 늘 낯이 부석부석하였다. 그래도 나는 무슨 불평이 있는 때면 아내를 욕하였다. 그러나 욕한 뒤에는 곧 후회하였다. 콧구멍만 한 부엌방에 가마를 걸고 맷돌을 놓고 나무를 들이고 의복가지를 걸고 하면 사람은 겨우 비비고 들어앉게 된다. 뜬 김에 문창이 떨어지고 벽은 눅눅하다. 모든 것이 후줄근하여 의복을 입은 채 미지근한 물 속에 들어앉은 듯하였다. 어떤 때는 애써 갈아 놓은 비지가 이 뜬 김 속에서 쉬어 버렸다. 두부물이 가마에서 몹시 끓어 번질 때에 우유빛 같은 두부물 위에 버터빛 같은 노란 기름이 엉기면 그것은 두부가 잘될 징조다. 우리는 안심한다. 그러나 두부물이 희멀끔해지고 기름기가 돌지 않으면 거기만 시선을 쏘고 있는 아내의 낯빛부터 글러가기 시작한다. 초를 쳐보아서 두부발이 서지 않게 매캐지근하게 풀려질 때에는 우리의 가슴은 덜컥한다.

"또 쉰 게로구나! 저를 어쩌누?"

젖을 달라고 빽빽 우는 어린아이를 안고 서서 두부물만 들여다보시는 어머니는 목메인 말씀을 하시면서 우신다. 이렇게 되면 온 집안은 신산하여 말할 수 없는 울음, 비통, 처참, 소조(蕭條)한((분위기가) 매우 호젓하고 쓸쓸한) 분위기에 싸인다.

"너 고생한 게 애달프구나! 팔이 부러지게 갈아서…… 그거(두부)를 팔아서 장을 보려고 태산같이 바랬더니……."

어머니는 그저 가슴을 뜯으시면서 우신다. 아내도 울듯 울듯 머리를 숙인다. 그 두부를 판대야 큰돈은 못 된다. 기껏 남는대야 이십 전이나 삼십 전이나 그것으로 우리는 호구를 한다. 이십 전이나 삼십 전에 어머니는 운다. 아내도 기운이 준다. 나까지 가슴이 바짝바짝 죄어든다.

그 날은 하는 수 없이 쉰 두부물로 때를 메우고 지낸다. 아이는 젖을 달라고 밤새껏 빽빽거린다. 우리의 살림에 어린애도 귀치는 않았다.

5

울면서 겨자 먹기로 괴로운 대로 두부를 하지 않으면 안 된다. 그러나 이번에는 땔나무가 없다. 나는 낫[鎌]을 들고 떠난다. 내가 낫을 들고 떠나면 산후 여독으로 신음하는 아내도 낫을 들고 말없이 나를 따라 나선다. 어머니와 나는 굳이 만류하나 아내는 듣지 않는다. 내 손으로 하는 나무이언만 마음놓고는 못 한다. 산 임자에게 들키면 여간한 경을 치지 않는다. 그러므로 우리는 황혼이면 산에 가서 나무를 하여 지고 밤이 깊어서 돌아온다. 아내는 이고 나는 지고 캄캄한 밤에 산비탈로 내려오다가 발이 미끄러지거나 돌에 채이면 곤두박질을 하여 나뭇짐 속에 든다. 아내는 소리 없이 이었던 나무를 내려놓고 나뭇짐에 눌려서 버둥거리는 나를 겨우 끄집어 일으킨다. 그러나 내가 나뭇짐을 지고 일어나면 아내는 혼자 나뭇짐을 이지 못한다. 또 내가 나뭇짐을 벗고 아내에게 이어 주면 나는 추어주는 이 없이는 나뭇짐을 질 수가 없었다. 하는 수 없이 나는 어떤 높은 바위 위에 벗어 놓고 아내에게 이어 준다.

이리하여 산비탈을 내려오면 언제 왔는지 어머니는 애를 업고 우둘우둘 떨면서 산아래서 기다리다가도,

"인제 오니? 나는 또 붙들리지나 않는가 하여 혼이 났다."

하신다. 이 때마다 내 가슴은 저렸다. 나는 이렇게 나무를 하다가 중국 경찰서까지 잡혀가서 여러 번 맞았다.

이 때 이웃에서는 우리를 조소하고 경찰에서는 우리를 의심하였다.

—흥, 신수가 멀쩡한 연놈들이 그 꼴이야, 어딜 가 일자리도 구하지 않고 그 눈이 누레서 두부 장사 하는 꼬락서니는 참 더러워서 못 보겠네, × 알을 달고 나서 그렇게야 살리?—

이것은 이웃 남녀가 비웃는 소리였다. 그리고 어떤 산 임자가 나무 잃고 고발을 하면 경찰서에서는 불문 곡직(옳고 그른 것을 묻지도 아니하고 함부로 마구 함)하고 우리 집부터 수색하고 질문하면서 나를 때린다. 그러나 나는 호소할 곳이 없다.

6

김군! 이러구러(세월이 이럭저럭 지나가는 모양) 겨울은 점점 깊어 가고 기한은 점점 박두하였다. 일자리는 없고……. 그렇다고 손을 털고 앉았을 수도 없었다. 식구가 퍼러퍼레서 굶고 앉은 꼴을 나는 그저 볼 수 없었다. 시퍼런 칼이라도 들고 하루라도 괴로운 생을 모면하도록 쿡쿡 찔러 없애고 나까지 없어지든지, 나가서 강도질이라도 하여서 기한을 면하든지 하는 수밖에는 더 도리가 없게 절박하였다.

나는 일이 없으면 없느니만큼, 고통이 닥치면 닥치느니만큼 내 번민은 크다. 나는 어떤 날은 거의 얼빠진 사람처럼 눈을 감고 깊은 생각에 잠긴 일도 있었다. 이 때 머리 속에서는 머리를 움실움실 드는 사상이 있었다.

"오늘날에 생각하면 그것은 나의 전 운명을 결정할 사상이었다."

그 생각은 누구의 가르침에 의해 일어난 것도 아니려니와 일부러 일으키려고 애써서 일어난 것도 아니다.

봄 풀 싹같이 내 머리 속에서 점점 머리를 들었다.

-나는 여태까지 세상에 대하여 충실하였다. 어디까지든지 충실하려고 하였다. 내 어머니, 내 아내까지도 뼈가 부서지고 고기가 찢기더라도 충실한 노력으로써 살려고 하였다. 그러나 세상은 우리를 속였다. 우리의 충실을 받지 않았다. 도리어 충실한 우리를 모욕하고 멸시하고 학대하였다.

우리는 여태까지 속아 살았다. 포악하고 허위스럽고 요사한 무리를 용납하고 옹호하는 세상인 것을 참으로 몰랐다. 우리뿐 아니라 세상의 모든 사람들도 그것을 의식치 못하였을 것이다. 그네들은 그러한 세상의 분위기에 취하였었다. 나도 이 때까지 취하였었다. 우리는 우리로서 살아온 것이 아니라 어떤 험악한 제도의 희생자로서 살아왔었다…….

김군! 나는 사람들을 원망치 않는다. 그러나 마주(魔酒)에 취하여 자기의 피를 짜 바치면서도 깨지 못하는 사람을 그저 볼 수 없다. 허위와 요사와 표독과 게으른 자를 옹호하고 용납하는 이 제도는 더욱 그저 둘 수 없다.

–이 분위기 속에서는 아무리 노력하여도 우리는 우리의 생의 만족을 느낄 날이 없을 것이다. 어찌하여 겨우 연명을 한다 하더라도 죽지 못하는 삶이 될 것이요, 그 영향은 자식에게까지 미칠 것이다. 나는 이미 품속에서 빽빽 하는 어린것의 장래를 생각할 때면 애잡짭한 감정과 분함을 금할 수 없다. 내가 늘 이 상태면(그것은 거의 정한 이치다) 그에게는 상당한 교양은 고사하고, 다리 밑이나 남의 집 문간에 버리게 될 터이니, 아! 삶을 받을 만한 생명을 죄 없이 찌그러지게 하는 것이 어찌 애달프지 않으랴? 그렇다면 그것을 나의 죄라 할까?

김군! 나는 더 참을 수 없었다. 나는 나부터 살려고 한다. 이 때까지는 최면술에 걸린 송장이었다. 제가 죽은 송장으로 남(식구)들을 어찌 살리랴. 그러려면 나는 나에게 최면술을 걸려는 무리를, 험악한 이 공기의 원류를 쳐부수어야 하는 것이다.

나는 이것을 인간의 생의 충동이며 확충이라고 본다. 나는 여기서 무상의 법열을 느끼려고 한다. 아니 벌써부터 느껴진다. 이 사상이 나로 하여금 집을 탈출케 하였으며, ××단에 가입케 하였으며, 비바람 밤낮을 헤아리지 않고 벼랑 끝보다 더 험한 선에 서게 한 것이다.

김군! 거듭 말한다. 나도 사람이다. 양심을 가진 사람이다. 내가 떠나는 날부터 식구들은 더욱 곤경에 들 줄도 나는 안다. 자칫하면 눈 속이나 어느 구렁에서 죽는 줄도 모르게 굶어 죽을 줄도 나는 잘 안다. 그러므로 나는 이 곳에서도 남의 집 행랑어멈이나 아범이며, 노두에 방황하는 거지를 무심히 보지 않는다. 아! 나의 식구도 그럴 것을 생각할 때면 자연히 흐르는 눈물과 뿌직뿌직 찢기는 가슴을 덮쳐 잡는다. 그러나 나는 이를 갈고 주먹을 쥔다. 눈물을 아니 흘리려고 하며 비애에 상하지 않으려고 한다.

울기에는 너무도 때가 늦었으며 비애를 상하는 것은 우리의 박약을 너무도 표시하는 듯싶다. 어떠한 고통이든지 참고 분투하려고 한다.

김군! 이것이 나의 탈가한 이유를 대략 적은 것이다. 나는 나의 목적을 이루기 전에는 내 식구에게 편지도 하지 않으려고 한다. 그네가 죽어도, 내가 또 죽어도…….

나는 이러다가 성공 없이 죽는다 하더라도 원한이 없겠다. 이 시대, 이 민중의 의무를 이행한 까닭이다.

아아, 김군아! 말을 다 하였으나 정은 그저 가슴에 넘치누나!

작품의 이해

• 구조적 분석

갈래 : 단편 소설, 참여 소설

배경 : 일제 시대의 만주 간도 지방

시점 : 1인칭 주인공 시점

문체 : 서간체

주제 : 궁핍한 삶에 대한 고발과 부조리한 현실에 대한 저항

출전 : 《조선문단》, 1925

• 작품해설

1925년《조선문단》에 발표된 최학송의 대표작인 〈탈출기〉는 초기 그의 문학적 경향이 잘 드러나 있다. 〈탈출기〉는 작가 최학송의 자전적인 소설이라 할 수 있다. 그의 작품은 현진건, 염상섭, 나도향 등이 지식인 중심으로 냉소주의적 시각에서 가난을 다룬 것과는 달리 무산자의 극단적인 궁핍상을 그리고 있다. 이 작품은 서간체 형식을 빌어 사실성을 높이고 나의 성격 변화를 통해 주제를 명시적으로 제시한다.

가난에 시달리다 견디지 못하고 새로운 땅을 찾아 간도로 나섰던 빈농들의 비극적 삶을 자신의 체험을 통해 실감 있게 그리고 있는 이 작품은 작자의 자전적 · 고백적 소설로 흔히 체험 문학으로 분류된다. 그의 새로운 작품 세계는 그 당시 유행하던 신경향파의 각광을 받았다. 그러나 전형적인 신경향파 소설이 방화와 살인 등으로 결말을 맺는 것에 비해 ××단에 가입하는 것으로 끝나는 점은 좀더 현실적인 작가 의식을 엿보게 한다. 또한 작품 곳곳에 나타나는 몇몇 장면은 서정적이며 감동적으로 그려진 것을 알 수 있다.

〈탈출기〉는 신경향파 문학의 본격적인 출발점인 동시에 또 다른 시대 인식의 출발이었다.

• **생각해보기**

1. 신경향파 문학의 특징을 짧게 서술하여라.
2. 작가가 이 작품에 서간체 형식을 도입한 의도는 무엇인가?

☞**해답**

1. 빈궁의 문학, 저항의 문학, 개인과 사회의 관계 의식.
2. 작가가 직접 체험한 생활상에 사실성을 더하기 위해.

홍염(紅焰)

• 읽기전에

1. 작품의 시대적 배경과 연관지어 인물간의 갈등 구조를 알아보자.
2. 문 서방의 복수가 뜻하는 의미를 생각해 보자.

• 줄거리

서간도 가난한 촌락 바이허의 한 겨울, 문 서방은 죽기 전에 중국인 지주 인가에게 빼앗긴 딸 용례의 얼굴을 한 번만 보게 해 달라는 아내의 애원에 벌써 네 번째 사위 인가를 찾아가는 길이다.

경기도에서 소작인 생활을 하던 그는 궁핍을 면해 볼까 하여 아내와 어린 딸을 앞세우고 이 곳까지 찾아 들었지만 여전히 생활은 어렵고 중국인 인가의 소작인일 뿐이다. 계속된 흉년으로 소작료를 내지 못하자 인가는 딸 용례를 빼앗아 간다. 문 서방의 아내는 딸을 빼앗긴 설움으로 병석에 눕게 된다.

아내를 위해 인가를 찾은 문 서방은 용례의 얼굴을 보기는커녕 돈 몇 푼을 받고 쫓겨난다. 집에 돌아오니 아내는 용례를 애타게 찾다가 끝내 피를 토하고 죽는다. 아내가 죽자 문 서방은 인가의 집에 불을 지르고 치솟아 오르는 홍염을 바라보며 마음껏 웃는다. 그리고 불 속에서 도망쳐 나온 인가를 죽이고 딸을 품에 안는다.

홍염(紅焰)

1

겨울은 이 가난한—백두산 서북편 서간도 한 귀퉁이에 있는 이 가난한 촌락 바이허[白河]에도 찾아 들었다. 겨울이 찾아 들면 조그마한 강을 앞에 끼고 큰 산을 등진 '바이허'는 쓸쓸히 눈 속에 묻히어서 차디찬 좁은 하늘을 치어다보게 된다.

눈보라는 북국의 특색이라. '바이허'의 겨울에도 그러한 특색이 있다. 이것이 바이허의 생령들을 괴롭게 하는 것이다.

오늘도 눈보라가 친다.

북극의 얼음 세계나 거쳐 오는 듯한 차디찬 바람이 우하고 몰려오는 때면 산봉우리와 엉성한 가지 끝에 쌓았던 눈들이 한꺼번에 휘날려서 이 좁은 산골은 뿌연 눈안개 속에 들게 된다. 어떤 때는 강골(강쪽으로 난 골짜기) 바람에 빙판에 덮였던 눈이 산봉우리로 불리게 된다. 이렇게 교대적으로 산봉우리의 눈이 들로 내리고 빙판의 눈이 산봉우리로 올리달아서 서로 엇

바뀌는 때면 그런 대로 관계치 않으나, 하늬[天風]와 강바람이 한꺼번에 불어서 강으로부터 올리닫는 눈과 봉우리로부터 내리닫는 눈이 서로 부딪치고 어우러지게 되면 눈보라와 바람 소리에 바이허의 좁은 골짜기는 터질 듯한 동요를 받는다.

등진 산과 앞으로 낀 강 사이에 게딱지처럼 끼여 있는 것이 이 바이허의 촌락이다. 통틀어서 다섯 호밖에 되지 않는 집이나마 밭을 따라서 이리저리 흩어져 있다. 모두 커다란 나무를 찍어다가 우물 정(井)자로 틀을 짜 지은 집인데 여기 사람들은 이것을 '귀틀집'이라 한다. 지붕은 대개 조짚이요, 혹은 나무 껍질로도 이었다. 그 꼴은 마치 우리 내지(간도서는 조선을 내지라 한다)의 거름집[堆肥舍]과 같다. 심하게 말하는 이는 도야지 굴과 같다고 한다.

이것이 남부여대([남자는 지고 여자는 인다는 뜻] 가난한 사람이 살 곳을 찾아 이리저리 떠돌아다니는 것을 이르는 말)로 서간도 산골을 찾아 들어서 사는 조선 사람의 집들이다. 바이허의 집들은 그러한 좋은 표본이다.

험악한 강산, 세찬 바람과 뿌연 눈보라 속에 게딱지처럼 붙어서 위태위태하게 침묵을 지키고 있는 이 모든 집에도 언제든지 – 공도(公道 공평하고 바른 도리)가 위대한 공도가 어그러지지 않으면, 언제든지 꼭 한때는 따뜻한 봄볕이 지내리라. 그러나 이렇게 눈발이 날리고 바람이 우짖으며 그 어설궂은 집 속에 의지 없이 들어박힌 넋들은 자기네로도 알 수 없는 공포에 몸을 부르르 떨게 된다.

이렇게 몹시 춥고 두려운 날 아침에 문 서방은 집을 나섰다. 산산이 흐트러진 머리카락을 뿌연 상투에 휘휘 거둬 감고 수건으로 이마를 질끈 동인 위에 까맣게 그은 대팻밥 모자를 끈 달아 썼다. 부대처럼 툭툭한 토수래(베실을 삶아서 짠 것이다) 바지저고리는 언제 입은 것인지 뚫어지고 흙투성이 되었는데 바람에 무겁게 흩날린다.

"문 서뱅이 발써 갔소?"

문 서방은 짚신에 들막을 단단히 하고 마당에 내려서려다가 부르는 소리에 머리를 돌렸다. 펄쩍 문을 열면서 때가 찌덕찌덕한 늙은 얼굴을 내미는 것은 한 관청(韓官廳-관청은 직함)이었다.

"왜 그러시우?"

경기 말씨가 그저 남아 있는 문 서방은 한 발로 마당을 밟고 한 발로 흙마루를 밟은 채 한 관청을 보았다.

"엑, 바름두…… 저, 엑 흑……."

한 관청은 몰아치는 바람이 아츠러운지 연방 흑흑 느끼면서,

"저, 일절 욕을 마오! 그게…… 엑, 워쩍 바름이 이런구. 그게 되놈[胡人]인데, 부모두 모르는 되놈인데……."

하는 양은 경험 있는 늙은 사람의 말을 깊이 들으라는 어조이다.

"나는 또 무슨 말씀이라구! 아 그늠이 이번두 그러면 그저 둔단 말이오?"

문 서방의 소리는 좀 분개하였다.

눈을 몰아치는 바람은 또 몹시 마당으로 몰아 들었다. 그 판에 문 서방은 바람을 등지고 돌아서고 한 관청의 머리는 창문 안으로 자라목처럼 움츠러들었다.

"글쎄 이 늙은 거 말을 듣소! 그늠이 제 가새비(장인)를 잘 알겠소? 흥……."

한 관청은 함경도 사투리로 뇌이면서 다시 머리를 내밀었다.

"염려 마슈! 좋게 하죠."

문 서방은 더 들을 말 없다는 듯이 바람을 안고 휙 돌아섰다.

"그새 무슨 일이나 없을까?"

밭 가운데로 눈을 헤갈면서 나가던 문 서방은 주춤하고 돌아다보면서

혼자 뇌었다.

눈보라 때문에 눈도 뜰 수 없거니와 지척을 분간할 수 없이 되어서 집은 커녕 산도 보이지 않았다.

"그새 무슨 일이 날라구!"

그는 또 이렇게 혼자 뇌이고 저고리 섶을 단단히 여미면서 강가로 내려가다가 발을 돌려서 언덕길로 올라섰다. 강얼음을 타고 가는 것이 빠르지만 바람이 심하면 빙판에서 걷기가 거북하여 언덕길을 취하였다. 하(많이. 크게. 퍽) 다니던 길이니 짐작으로 걷지 눈에 묻히어서 길이 보이지 않았다.

언덕길에 올라서니 바람은 더욱 심하였다. 우와하고 가슴을 치어서 뒤로 휘딱 자빠질 것은 고사하고 눈발에 아츠럽게 낯을 치어서 눈도 뜰 수 없고 숨도 바로 쉴 수 없었다. 뻣뻣하여 가는 사지에 억지로 힘을 주어 가면서 이를 악물고 두 마루턱이나 넘어서 '달리소' 강가에 이르니 가슴에서는 잔나비가 뛰노는 것 같고 등골에는 땀이 흘렀다. 그는 서리가 뿌연 수염을 씻으면서 빙판을 건너갔다. 빙판에는 개가죽 모자 개가죽 바지에 커단 울레(신)를 신은 중국 파리(썰매)꾼들이 기다란 채찍을 휘휘 두르면서,

"뚜어, 뚜어, 딱딱."

하고 말을 몰아간다.

"꺼울리 날취(저 조선 거지 어디 가나)?"

중국 파리꾼들은 문 서방을 보면서 욕을 하였으나 문 서방은 허둥허둥 빙판을 건너서 높다란 바위 모롱이를 지나 언덕에 올라섰다.

여기가 문 서방이 목적하고 온 '달리소'라는 땅이다. 이 땅 주인은 인(殷)가라는 중국 사람인데 그 '인'가는 문 서방의 사위이다. 저편 밭 가운데 굵은 나무로 울타리를 한 것이 인가의 집이다. 그 밖으로 오륙 호나 되는 게딱지 같은 귀틀집은 지팡살이[小作人]하는 조선 사람들의 집이다. 문 서방은 바위 모롱이를 돌아 언덕에 오르니 산이 서북을 가리어서 바람이 좀 잠

즉하여 좀 푸근한 느낌을 받았으나, 점점 인가-사위의 집 용마루가 보이고 울타리가 보이고 그 좌우의 같은 조선 사람의 집이 보이니 스스로 다리가 움츠러지면서 걸음이 떠지었다.

"엑 더러운 놈! 되놈에게 딸 팔아먹는 놈!"

그것은 자기 스스로 한 일은 아니지만 어디선지 이런 소리가 귀청을 징징 치는 것 같은 동시에 개기름이 번지레하여 핏발이 올올한 눈을 흉악하게 굴리는 인가-사위의 꼴이 언뜻 눈앞에 떠올라서 그는 발끝을 돌릴까 말까 하고 주저거렸다. 그러다가도,

"여보, 용례(딸의 이름)가 왔소? 용례 좀 데려다 주구려."
하고 죽어 가는 아내의 애원하던 소리가 귓가에 울려서 다시 앞을 향하였다.

"이게 문 서뱅이! 또 딸집을 찾아가옵느마?"

머리를 수긋하고 걷던 문 서방은 불의의 모욕이나 받는 듯이 어깨를 툭 떨어뜨리면서 머리를 들었다. 그것은 길 옆에서 도야지 우리를 치던 지팡살이꾼의 한 사람이었다.

"네! 아아니……."

문 서방은 대답도 아니요 변명도 아닌 이러한 말을 하고는 얼른얼른 인가의 집으로 향하였다. 온 동리가 모두 나서서 자기의 뒤를 비웃는 듯해서 곁눈질도 못 하였다.

여기는 서북이 가리어서 바이허처럼 바람이 심치 않았다. 흐릿하나마 볕도 엷게 흘렀다.

2

"여보! 저 인가가 또 오는구려!"

가을볕이 쨍쨍한 마당에서 '깨'를 떨던 아내는 남편 문 서방을 보면서 근심스럽게 말하였다.

"오면 어쩌누? 와도 하는 수 없지!"

뒤주간 앞에서 옥수수 껍질을 바르던 문 서방은 기탄 없이 말하였다.

"엑 그 단련을 또 어찌 받겠소?"

아내의 찌푸린 낯은 스스로 흐리었다.

"참 되놈이란 오랑캐……."

"여보 여기 왔소."

문 서방의 높은 소리를 주의시키던 아내는 뒤주간 저편을 보면서,

"아, 오셨소?"

하고 어색한 웃음을 웃었다.

"예 왔소? 장구재(주인) 있소?"

지주 인가는 어설픈 웃음을 지으면서 마당에 들어서다가 뒤주간 앞에 앉은 문 서방을 보더니,

"응 저기 있소!"

하고 손가락질을 하면서 그 앞에 가 수캐처럼 쭈그리고 앉았다.

서천에 기운 태양은 인가의 이마에 번지르르 흘렀다.

"어디 갔다 오슈?"

문 서방은 의연히 옥수수를 바르면서 하기 싫은 말처럼 힘없이 끄집어내었다.

"문 서방! 그래 올에두 비들(빚을) 못 가프겠소?"

인가는 문 서방 말과는 딴전을 치면서 담뱃대를 쌈지에 넣는다.

"허허 어제두 말했지만 글쎄 곡식이 안 된 거 어떡하오?"

"안 돼! 안 돼! 곡식이 자르 되고 모 되구 내가 아르오? 오늘은 받아 가지구야 가겠소!"

인가는 담배를 피우면서 버티려는 수작인지 땅에 펑덩 들어앉았다.

"내년에는 꼭 갚아 드릴게 올만 참아 주오! 장구재(주인)도 알지만 흉년이 되어서 되지두 않은 이것(곡식)을 모두 드리면 우리는 어떻게 겨울을 나라우 응? ……자 내년에는 꼭, 하하……."

인가를 보면서 넋없는 웃음을 치는 문 서방의 눈에는 애원하는 빛이 흘렀다.

"안 되우! 안 돼! 퉁퉁(모두)디 주! 우리두 많이 부족이오."

"부족이 돼두 하는 수 없지. 글쎄 뻔히 보시면서 어떡하란 말이오? 휴."

"어째 어부소? 응 니디 어째 어부서 마리해! 울리 쌀리디, 울리 소금이디, 울리 강냉이디……. 니디 입이(그는 입을 가리키면서)디 안 먹어? 어째 어부소, 응?"

인가는 낯빛이 거무락푸르락해서 소리를 고래고래 질렀다. 문 서방은 더 말이 나오지 않았다.

언제나 이놈의 소작인 노릇을 면하여 볼까? 경기도에서도 소작인 생활 십 년에 겨죽만 먹다가 그것도 자유롭지 못하여 남부여대로 딸 하나 앞세우고 이 서간도로 찾아 들었더니 여기서도 그네를 맞아 주는 것은 지팡살이[小作人]였다. 이름만 달랐지 역시 소작인이다. 들어오는 해는 풍년이었으나 늦게 들어와서 얼마 심지 못하였고 그 이듬해에는 흉년으로 말미암아 일 년 내 꾸어 먹은 것도 있거니와 소작료도 못 갚아서 인가에게 매까지 맞고 금년으로 미뤘더니 금년에도 흉년이 졌다. 다른 사람들도 빚을 지지 않은 바가 아니로되 유독 문 서방을 조르는 것은 음흉한 인가의 가슴속에 문 서방의 용례(금년 열일곱)가 걸린 까닭이었다. 문 서방은 벌써 그 눈치를 알아채었으나 차마 양심이 허락지 않았다. 인가의 욕심만 채우며 밭맥(1맥은 10일경(耕)=1일경은 약 천 평(坪))이나 단단히 생겨 한평생 기탄이 없을 것을 모르지는 않지만 무남독녀로 고이 기른 딸을 되놈에게 주기는 머리에 벼락이 내릴 것 같아서 죽으면 그저 굶어 죽었지 차마 할 수 없었다. 그는 그런 것 저런 것 생각할 때마다 도리어 내지(조선)－쪼들려도 나서 자란 자기 고향에서 쪼들리던 옛날이－삼 년 전의 그 옛날이 그리웠다. 그러나 그것도 한 꿈이었다. 그 꿈이 실현되기에는 그네의 경제적인 기초가 너무도 어줄이 없었다. 빈 마음만 흐르는 구름에 부쳐서 내지로 보낼 뿐이었다.

"어째서 대답이 어부소, 응? 그래 울리 비디디 안 가파? 창우니! 빠피야(이놈 껍질 벗긴다)."

인가는 담뱃대를 꽁무니에 찌르면서 일어나 앉더니 팔을 걷는다. 그것을 본 문 서방 아내는 낯빛이 파랗게 질려서 부들부들 떨면서 이편만 본다. 문 서방도 낯빛이 까맣게 죽었다.

"자, 그러면 금년 농사는 온통 드리지요."

문 서방의 목소리는 힘없이 떨렸다. 마치 종아리 채를 든 초학 훈장의 앞에 엎드린 어린애의 소리처럼…….

"부요우(싫어)…… 퉁퉁디…… 모모 모두 우리 가져가두 보미(옥수수) 쓰단(四石), 쌔옌(소금) 얼씨진(20근), 쑈미(좁쌀)디 빠단(八石)디 유아(있다)…… 니디 자리 알라 있소! 그거 안 줘?"

검붉은 인가의 뺨은 성난 두꺼비 배처럼 불떡불떡하였다.

"나머지는 내년에 갚지요."

문 서방은 머리를 뚝 떨어뜨렸다.

"슴마(무엇)? 창우니 빠피야!"

인가의 억센 손이 문 서방을 잡았다. 문 서방은 가만히 받았다. 정신이 아찔하였다.

"에구, 장구재…… 흑흑…… 장구재…… 제발 살려 줍쇼! 제발 살려 주시면 뼈를 팔아서라두 갚겠습니다. 장구재 제발!"

문 서방의 아내는 부들부들 떨면서 인가의 팔에 매달렸다. 그의 애걸하는 소리는 벌써 울음에 떨렸다.

"내 보미 워디 소금이 낼라! 아니 줬소? 아니 줬소? 어 어째니 줬소?"

인가의 주먹은 문 서방의 귓벽을 울렸다.

"아이구!"

문 서방은 땅에 쓰러졌다.

"엑 에구…… 응응응…… 에구 장구재! 제발 제제…… 흑 제발 사살려 줍쇼…… 응응."

쓰러지는 문 서방을 붙잡던 아내는 인가를 보면서 땅에 엎드려서 손을 비빈다.

"이 상느므 샛지(상놈의 자식)…… 니디 로포(아내) 워디(내가) 가져가!"

하고 인가는 문 서방을 차더니 엎디어서 손이야 발이야 비는 문 서방의 아내의 손목을 잡아 끌었다.

"니디 울리 집이 가! 오늘리부터 니디 울리 에미네(아내)!"

"장구재…… 제발…… 에이구 응응……."

"에구 엄마."

집안에서 바느질하던 용례가 내달았다. 인가는 문 서방의 아내를 사정없이 끌고 자기 집으로 향한다.

"나를 잡아가라! 나를……."

쓰러졌던 문 서방은 인가의 팔을 잡았다.

"타마나!"

하는 소리와 함께 인가의 발길에 문 서방은 거꾸러졌다.

"아이구 어머니! 왜 울 어머니를 잡아가요? 응응…… 흑."

용례는 어머니의 팔목을 잡은 중국인의 손을 물어뜯었다. 용례를 본 인가는 문 서방의 아내는 놓고 문 서방의 딸 용례를 잡았다.

"이 개새끼야! 이것 놔라…… 응응 흑…… 아이구 아버지…… 엄마!"

억센 장정 인가에게 티끌같이 끌려가는 연연한(가냘프고 약한) 처녀는 몸부림을 하면서 발악을 하였다.

"용례야! 아이구 우리 용례야!"

"에이구 응…… 너를 이 땅에 데리구 와서 개 같은 놈에게……."

문 서방의 내외는 허둥지둥 달려갔다.

낯빛이 파랗게 질린 흰옷 입은 사람들은 쭉 나와서 섰건마는 모두 시체같이 서 있을 뿐이었다. 여편네 몇몇은 치맛자락으로 눈물을 씻었다.

의연히 제 걸음을 재촉하는 볕은 서산에 뉘엿뉘엿하였다. 앞강으로 올라오는 찬바람은 스르르 스쳐 가는데 석양에 돌아가는 까마귀 울음은 의지 없는 사람의 넋을 호소하는 듯 처량하였다.

"에구 용례야! 부모를 못 만나서 네 몸을 망치는구나! 에구 이놈의 돈이 우리를 죽이는구나!"

문 서방 내외는 그 밤을 인가의 집 울타리 밖에서 새었다. 누구 하나 들여다보지도 않는데 인가의 집에서 내놓은 개들은 두 내외를 잡아먹을 듯이 짖으며 덤벼들었다.

이리하여 용례는 영영 인가의 손에 들어갔다. 며칠 후에 인가는 지금 문 서방이 있는 바이허의 땅날갈이나 있는 것을 문 서방에게 주어서 그리로 이사시켰다. 문 서방은 별별 욕과 애원을 하였으나 나중에 인가는 자기 집 일꾼들을 불러서 억지로 몰아내었다. 이리하여 문 서방은 차마 생목숨을 끊기 어려워서 원수가 주는 땅을 파먹게 되었다. 그것이 작년 가을이었다. 그 뒤로 인가는 절대로 용례를 밖으로 내보내지 않을 뿐만 아니라 그 어버이 되는 문 서방 내외에게도 보이지 않았다.

"용례는 매일 밥도 안 먹고 어머니 아버지만 부르고 운다."
하는 희미한 소식을 인가의 집에 가까이 드나드는 중국인들에게서 들을 때마다 문 서방은 가슴을 치고 그 아내는 피를 토하였다.

이리하여 문 서방의 아내는 늦은 여름부터 아주 병석에 드러누웠다. 그는 병석에서 매일 용례만 부르고 용례만 보여 달라고 졸랐다. 그래서 문 서방은 벌써 세 번이나 인가를 찾아가서 말했으나 효과가 없었다.

이번까지 가면 네 번째다. 이번은 어떻게 성사가 될는지?

(간도 있는 중국인들은 조선 여자를 빼앗아 가든지 좋게 사 가더라도 밖에 내보내지도 않고 그 부모에게까지 흔히 면회를 거절한다. 중국인은 의심이 많아서 그런다고 들었다.)

3

문 서방은 울긋불긋한 채필(채색하는 데에 쓰는 붓)로 '관운장'과 '장비'를 무섭게 그려 붙인 집 대문 앞에 섰다. 문 밖에서 뼈다귀를 핥던 얼룩 개 한 마리가 웡웡 짖으면서 달려들더니 이 구석 저 구석에서 개 무리가 우하고 덤벼들었다. 어떤 놈은 으르렁, 어떤 놈은 뒷다리 사이에 바싹 끼면서 금방 물듯이 송곳 같은 이빨을 악물었고, 어떤 놈은 대어들었다가는 뒷걸음 치고 뒷걸음을 쳤다가는 대어들면서 산천이 무너지게 짖고, 어떤 놈은 소리도 없이 코만 실룩실룩하면서 달려들었다. 그 여러 놈들이 문 서방을 가운데 넣고 죽 돌아서서 각각 제 재주대로 날뛴다. 그러잖아도 지금 개 때문에 대문 밖에서 기웃거리던 문 서방은 이 사면 초가를 어떻게 막으면 좋을지 몰랐다. 이러는 판에 한 마리가 휙 들어와서 문 서방의 바짓가랑이를 물었다.

"으악…… 꺼우디(개를)!"

문 서방이 소리를 치면서 돌멩이를 찾느라고 엎드리는 것을 보더니 개들은 일시에 뒤로 물러났으나 또다시 덤벼들었다.

"창우니 타마나가비(상소리다)!"

안에서 개가죽 모자를 쓰고 뛰어나오는 일꾼은 기다란 호미자루를 두르면서 개를 쫓았다. 개들은 몰려가면서도 몹시 짖었다.

문 서방은 조짚 수수깡이가 지저분하게 널려 있는 방문으로 들어갔다. 누릿하고 퀴퀴한 더운 기운이 후끈 낯을 스칠 때 얼었던 두 눈은 뿌연 더운 안개에 스르르 흐리어서 어디가 어딘지 잘 분간할 수 없었다.

"원따야 랠라마(문 영감 오셨소)?"

'캉(구들)'에서 지껄이는 중국인 중에서 누군지 첫인사를 붙였다.

"에헤 랠라 장구재(주인) 유(있소)?"

문 서방은 어색한 웃음을 지었다. 얼었던 몸은 차츰 녹고 흐리었던 눈앞도 점점 밝아졌다.

"쌍캉바(구들로 올라오시오)!"

구들 위에서 나는 틱틱한 소리는 인가이었다. 그는 일꾼들과 무슨 의논을 하던 판인가? 지껄이는 일꾼들은 고요히 앉아서 담배를 피우면서 호기심에 번득이는 눈을 인가와 문 서방에게 보내었다.

어느 천년에 지은 집인지? 거미줄이 얼키설키 서린 천장과 벽은 아궁이 속같이 꺼먼데 벽에 붙여 놓은 삼국 풍진도(三國風塵圖)며 춘야 도리원도(春夜桃李園圖)는 이리저리 찢기고 그을었다. 그을음과 담배 연기에 싸여서 눈만 반짝반짝하는 무리들은 아귀도(餓鬼道)를 생각하게 한다. 문 서방은 무시무시한 기분에 몸을 부르르 떨었다.

"추엔바(담배 잡수시오)!"

인가는 웬일인지 서투른 대로 곧잘 하던 조선말은 하지 않고 알아도 못 듣는 중국말을 쓰면서 담뱃대를 문 서방 앞에 내밀었다.

"여보 장구재! 우리 로포가 딸(용례)을 못 봐서 죽겠으니 좀 보여 주응……?"

문 서방은 담뱃대를 받으면서 또 전처럼 애걸하였다. 인가는 이마를 찡

그리면서 볼을 불렸다.

"저게(아내) 마지막 죽어 가는데 철천지한이나 풀어야 하잖겠소, 응? 한 번만 보여 주? 어서 그리우! 내가 용례를 만나면 꼬일까 봐…… 그럴 리 있소! 이렇게 된 밧자에…… 한 번만…… 낯이나…… 저 죽어 가는 제 에미 낯이나 한 번 보게 해주! 네? 제발……!"

"안 되우! 보내지 모하겠소. 우리 지비 문바께 로포(용례를 가리키는 말) 나갔소. 재미어부소."

배짱을 부리는 인가의 모양은 마치 전당포 주인과 같은 점이 있었다. 문서방의 가슴은 죄었다. 아쉽고 안타깝고 슬픔이 어우러지더니 분한 생각이 났다. 부뚜막에 놓은 낫을 들어서 인가의 배를 왁 긁어 놓고 싶었으나 아직도 행여나 하는 바람과 삶에 대한 애착심이 그 분을 제어하였다.

"그러지 말고 제발 보여 주오! 그러면 내 아내를 데리구 올까? 아니 바람을 쏘여서는…… 엑 죽어도 원이나 끄고 죽게 내가 데리고 올게 낯만 슬쩍 보여 주오, 네? 흑…… 끅…… 제발……."

이십 년 가까이 손끝에서 자기 힘으로 기른 자기 딸을 억지로 빼앗긴 것도 원통하거든 그나마 자유로 볼 수도 없이 되는 것을 생각하니……. 더구나 그 우악한 인가에게 가슴과 배를 사정없이 눌리는 연연한 딸의 버둥거리는 그림자가 눈앞에 언뜻 하여 가슴이 꽉 막히고 사지가 부르르 떨리면서 주먹이 쥐어졌다. 그러나 뒤따라 병석의 아내가 떠오를 때 그의 주먹은 풀리고 머리는 숙었다.

"낼리 또 왔소 이 얘기하오! 오늘리디 울리디 일이디 푸푸디! 많이 있소!"

인가는 문 서방을 어서 가라는 듯이 자기 먼저 캉(구들)에서 내려섰다.

"제발 그리지 말구! 으흑 흑…… 제제…… 제발 단 한 번만이라두 낯만…… 으흑흑 응!"

문 서방은 인가를 따라 밖으로 나오면서 울었다. 등뒤에서는 웃음소리가 들렸다. 그러나 그 웃음소리는 이 때의 문 서방에게는 아무러한 자극도 주지 못하였다.

"자 이거 적지만!"

마당에 한참이나 서서 무엇을 생각하던 인가는 백조(白吊)짜리 관체(官帖-돈) 석 장을 문 서방의 손에 쥐였다. 문 서방은 받지 않으려고 했다. 더러운 놈의 더러운 돈을 받지 않으려 하였다. 그러나 지금 붙여먹는 밭도 인가의 밭이다. 잠깐 사이 분과 설움에 어리어서 튀기던 돈은－돈 힘은 굶고 헐벗은 문 서방을 누르지 않을 수 없었다. 그는 못 이기는 것처럼 삼백 조를 받아 넣고 힘없이 나오다가,

"저 속에는 용례가 있으려니!"

생각하면서 바른편에 놓인 조그마한 집을 바라볼 때 자기도 모르게 발길이 도로 돌아섰다. 마치 거기서는 용례가 울면서 자기를 부르는 것 같았다. 그러나 인가는 문 서방을 내보내고 문을 닫아 잠갔다.

문 밖에 나서니 천지가 아득하였다. 발길이 돌아서지 않았다. 사생을 다투는 아내를 생각하면 아니 가든 못 할 일이고 이 울타리 속에는 용례가 있거니 생각하면 눈길이 다시금 울타리로 갔다.

그가 바위 모롱이 빙판에 올 때까지 개들은 쫓아 나와 짖었다. 그는 제 분김에 한 마리 때려 잡는다고 얼른 돌멩이를 집어 들었다가, 작년 가을에 어떤 조선 사람이 어떤 중국 사람의 개를 때려죽이고 그 사람이 주인에게 총 맞아 죽은 일이 생각나서 들었던 돌멩이를 헛뿌렸다.

돋아 떨어지는 겨울 해는 어느새 강 건너 봉우리 엉성한 가지 끝에 걸렸다. 바람은 좀 자고 날씨는 맑으나 의연히 추워서 수염에는 우물가처럼 얼음 보쿠지가 졌다.

4

눈옷 입은 산봉우리 나뭇가지 끝에 붉은 석양볕이 스르르 자취를 감추고 먼 동쪽 하늘가에 차디찬 연자줏빛이 싸르르 돌더니 그마저 스러지고 쌀쌀한 하늘에 찬 별들이 내려다보게 되면서부터 어둑한 황혼빛이 '바이허'의 좁은 골에 흘러 들어서 게딱지 같은 집 속까지 흐리기 시작하였다.

꺼먼 서까래가 드러난 수수깡 천장에는 그은 거미줄이 흐늘흐늘 수없이 드리우고, 빈대 죽인 자리는 수묵으로 댓잎[竹葉]을 그린 듯이 흙벽에 빈틈이 없는데 먼지가 수북한 구들에는 구름 깔개(참나무를 엷게 밀어서 결은 자리)를 깔아 놓았다. 가마 저편 바당(부엌)에는 장작개비가 흩어져 있고 아궁이에서는 빨건 불이 훨훨 붙는다.

뜨끈뜨끈한 부뚜막에는 문 서방의 아내가 누덕 이불에 싸여 누웠고 문 앞과 윗목에는 이웃집 사람들이 모여 앉았는데 지금 막 '달리소' 인가의 집에서 돌아온 문 서방은 신음하는 아내의 가슴에 손을 얹고 앉았다.

등꽂이에 켜 놓은 등(삼대에 겨를 올려서 불 켜는 것)불은 환하게 이 실내의 모든 사람을 비췄다.

"용례야! 용례야! 용례야!"

고요히 누웠던 문 서방의 아내는 마지막 소리를 좀 크게 질렀다. 문 서방은 아내의 가슴을 지그시 눌렀다.

"에구? 우리 용례! 우리 용례를 데려다 주구려!"

그는 눈을 번쩍 뜨면서 몸을 흔들었다.

어린애를 어르듯 하면서 땀때가 꾀저분한 아내의 얼굴을 내려다보는 문 서방의 눈은 흐렸다.

"에구, 몹쓸 늠(인가)두! 저런 거 모르는 체하는가? 음!"

윗목에 앉은 늙은 부인은 함경도 사투리로 구슬피 뇌었다.

"허 그러게 되놈[胡人]이라지! 그놈덜께 인륜(人倫)이 있소?"

문 앞에 앉았던 한 관청은 받아치었다.

"용례야! 용례야! 흥 저기저기 용례가 오네!"

문 서방의 아내는 쑥 꺼진 두 눈을 모듭떠서 천장을 뚫어지게 보면서 보기에 아츠러운 웃음을 웃었다.

"어디? 아직은 안 오! 여보, 왜 이리우? 응?"

문 서방의 목소리는 떨렸다.

"저기 엑…… 용…… 용례……."

그는 눈을 더 크게 뜨고 두 뺨의 근육을 경련적으로 움직이면서 번쩍 일어났다. 문 서방은 아내의 허리를 안았다. 그는 또 정신에 착각을 일으켰는지, 창문을 바라보고 뛰어나가려고 하면서,

"용례야! 용례 용례…… 저 저기저기 용례가 있네! 용례야 어디 가니? 용례야! 네 어디 가느냐? 으응."

고함을 치고 눈물 없는 울음을 우는 그의 눈에서는 퍼런 불빛이 번쩍하였다. 좌중은 모진 짐승의 앞에나 앉은 듯이 모두 숨을 죽이고 손을 틀었다. 문 서방은 전신의 힘을 내어서 아내의 허리를 안았다.

"하하하(그는 이상한 소리를 내어 웃다가 다시 성을 잔뜩 내면서)…… 용례, 용례가 저리로 가는구나! 으응…… 저놈이 저놈이 웬 놈이냐?"
하면서 한참 이를 악물고 창문을 노려보더니,

"저 저…… 이늠아! 우리 용례를 놓아라! 저 되놈이, 저 되놈이 용례를 잡아가네! 이놈 놔라! 이놈 모가지를 빼놓을 이 이……."

그의 눈앞에는 용례를 인가에게 빼앗기던 그 때가 떠올랐는지, 이를 뿍 갈면서 몸을 번쩍 일어 창문을 향하고 내달았다.

"여보 정신을 차리오! 여보 왜 이러우? 아이구 응……."

좇아 나가면서 아내의 허리를 안아서 뒤로 끌어들이는 문 서방의 소리

는 눈물에 젖었다.

"이놈아! 이게 웬 놈이 남을 붙잡니? 응 으윽."

그는 두 손으로 남편의 가슴을 밀다가도 달려들어서 남편의 어깨를 물어뜯으면서,

"이것 놔라! 에그 용례야, 저게 웬 놈이…… 에구구…… 저놈이 용례를 깔고 안네."

하고 몸부림을 탕탕하는 그의 눈에는 핏발이 서고 낯빛은 파랗게 질렸다.

이 때 한 관청 곁에 앉았던 젊은 사람이 얼른 일어나서 문 서방을 조력하였다. 끌어들이려거니 뛰어나가려거니 하여 밀치고 당기는 판에 등꽂이가 넘어져서 등불이 펄렁 죽어 버렸다. 방안이 갑자기 깜깜하여지자 창문만 히슥하였다.

"조심들 하라니! 엑 불두!"

한 관청은 등대를 화로에 대이고 푸푸 불면서 툭덕툭덕하는 사람들께 주의를 시켰다. 불은 번쩍하고 켜졌다.

'우우 쏴－스르륵.'

문을 치는 바람 소리가 요란하였다.

"엑 또 바람이 나는 게로군! 날쎄두 폐릅(괴상하)다."

한 관청은 이렇게 뇌이면서 등꽂이에 등대를 꽂고 몸부림하는 문 서방 내외와 젊은 사람을 피하여 앉았다.

"이것 놓아 주오! 아이구! 우리 용례가 죽소! 저 흉한 되놈에게 깔려서…… 엑 저저…… 저것 봐라! 이놈 네 이놈아! 에이구 용례야! 용례야! 사람 살려 주오! (소리를 더욱 높여서) 우리 용례를 살려 주! 응으윽 에엑 끅……."

그는 마지막으로 오장 육부가 쏟아지게 소리를 지르다가 검붉은 핏덩이를 왈칵 토하면서 앞으로 거꾸러졌다.

"으윽!"

"응 끔직두 한게!"

하면서 여러 사람들은 거꾸러진 문 서방의 아내 앞에 모여들었다.

"여보! 여보소! 아이구 정신 좀……."

떨려 나오는 문 서방의 소리는 절반이나 울음으로 변하였다.

거불거불하는 등불 속에 검붉은 피를 한 말이나 토하고 쓰러진 그는 낯이 파랗게 되어서 숨결이 없었다.

"허! 잡싱(雜神)이 붙었는가? 으흠 응! 으흠 흥! 각황제방 심미기, 두우열로 구슬벽……."

여러 사람들과 같이 문 서방의 아내를 부뚜막에 고요히 뉘어 놓은 한 관청은 귀신을 쫓는 경문이라고 발음도 바로 못 하는 이십팔 수를 줄줄줄 읽었다.

"으응응…… 흑흑…… 여여보!"

문 서방의 목멘 울음을 받는 그 아내는 한 관청의 서투른 경문 소리를 듣는지 마는지? 손발은 점점 식어 가고 낯은 파랗게 질렸는데, 무엇을 보려고 애쓰던 눈만은 멀거니 뜨고 그저 무엇인지 노리고 있다. 경문을 읽던 한 관청은,

"엑 인제는 늙어 가는 사람이 울기는? 우지 마오! 이내(곧) 살아날꺼!"

하고 문 서방을 나무라면서 문 서방의 아내 앞에 다가앉더니 주머니에서 은동침(어느 때에 얻어 둔 것인지?)을 내어서 문 서방 아내의 인중(人中)을 꾹 찔렀다. 그러나 점점 식어 가는 그는 이마도 찡기지 않았다. 다시 콧구멍에 손을 대어 보았으나 숨결은 없었다.

바람은 우우 쏴하고 문에 눈을 들이치었다. 여러 사람은 약속이나 한 듯이 두려운 빛을 띤 눈으로 창을 바라보았다.

"으응 에이구! 여보! 끝끝내 용례를 못 보고 죽었구려…… 잉이……

흑.”

문 서방은 울기 시작하였다. 그 울음소리는 고요한 방안 불빛 속에 바람 소리와 함께 처량하게 흘렀다.

“에구 못된 놈(인가)도 있는 게!”

“에구 참 불쌍하게두!”

“흥 우리도 다 그 신세지!”

무시무시한 기분에 싸여서 낯빛이 푸르러 가는 여러 사람들은 각각 한 마디씩 뇌었다. 그 소리는 모두 갈 데 없는 신세를 호소하는 듯하게 구슬프고 힘없었다.

5

문 서방의 아내가 죽던 그 이튿날 밤이었다. 그 날 밤에도 바람이 몹시 불었다. 그 바람은 강바람이어서 서북에 둘린 산 때문에 좀한 바람(약한 바람)은 움쩍도 못 하던 달리소(문 서방의 사위 인가의 땅)까지 범하였다. 서북으로 산을 등지고 앞으로 강 건너 높은 절벽을 대하여 강골밖에 터진 데 없는 달리소는 강바람이 들어차면 빠질 데는 없고 바람과 바람이 부딪쳐서 흔히 회오리바람이 일게 된다. 이 날 밤에도 그 모양으로, 달리소에는 회오리바람이 일어서 낟가리개 날리고 지붕이 날리고 산천이 울려서 혼돈이 배판할 때 빙세계나 트는 듯한 판이라 사람은커녕 개와 도야지도 굴 속에서 꿈쩍 못 하였다.

밤이 퍽 깊어서였다.

차디찬 별들이 총총한 하늘 아래, 우렁찬 바람에 휘날리는 눈발을 무릅쓰고 달리소 앞 강 빙판을 건너서 달리소 언덕으로 올라가는 그림자가 있다. 모진 바람이 스치는 때마다 혹은 엎드리고 혹은 우뚝 서기도 하면서 바삐바삐 가던 그 그림자는 게딱지 같은 지팡살이집 근처에서부터 무엇을 꺼리는지 좌우를 슬몃슬몃 보면서 자취를 숨기고 걸음을 느리게 하여 저편으로 돌아가 인가의 집 울타리 뒤로 돌아간다.

"으르릉 웡웡."

하자 어느 구석에서인지 개가 한 마리, 두 마리, 세 마리 뒤이어 나와서 짖으면서 그 그림자를 쫓아간다. 그 개 소리는 처량한 바람 소리 속에 싸여 흘러서 건너편 산을 즈르릉즈르릉 울렸다.

"꽝! 꽝꽝."

인가의 집에서는 개짖음에 홍우재(마적)나 몰아오는가 믿었던지 헛총질을 네댓 방이나 하였다. 그 소리도 산천을 울렸다. 그 바람에 슬근슬근 가던 그림자는 휙 돌아서서 손에 들었던 보자기를 개 앞에 던졌다. 보자기는 터지면서 둥글둥글한 것이 우르르 쏟아졌다. 짖으면서 달려오던 개들은 짖기를 그치고 거기 모여들어서 서로 물고 뜯고 빼앗아 먹는다. 그러는 사이에 그림자는 인가의 울타리 뒤에 산같이 쌓아 놓은 보릿짚 더미에 가서 성냥을 쭉 긋더니 뒷산으로 올리닫는다.

처음에는 바람 속에서 판득판득하던 불이 삽시간에 그 산 같은 보릿짚 더미에 붙었다.

"훠쓰(불이야)!"

하는 고함과 같이 사람의 소리는 요란하였다. 모진 바람에 하늘하늘 일어서는 불길은 어느새 보릿짚 더미를 살라 버리고 울타리를 살라 버리고 울타리 안에 있는 집에 옮았다.

"푸우 우루루루루 쏴아……."

동풍이 몹시 이는 때면 불기둥은 서편으로, 서풍이 몹시 부는 때면 불기둥은 동으로 쓸려서 모진 소리를 치고 검은 연기를 뿜다가도 동서풍이 어울치면 축융(祝融 불을 맡은 신)의 붉은 혓발은 하늘하늘 염염이 타올라서 차디찬 별-억만 년 변함이 없을 듯하던 별까지 녹아 내릴 것같이 검은 연기는 하늘을 덮고 붉은 빛은 깜깜하던 골짜기에 차 흘러서 어둠을 기회로 모아들었던 온갖 요귀(妖鬼)를 몰아내는 것 같다. 불을 질러 놓고 뒷숲 속에 앉아서 내려다보던 그 그림자-딸과 아내를 잃은 문 서방은,

"하하하."

시원스럽게 웃고 가슴을 만지면서 한 손으로 꽁무니에 찼던 도끼를 만져 보았다.

일 동리 사람들과 인가의 집 일꾼들은 불붙는 데 모여들었으나 모두 어쩔 줄을 모르고 떠들고 덤비면서 달려가고 달려올 뿐이었다.

그러는 사이에 울타리는 물론 울타리 속에 엉큼히 서 있던 큰 집 두 채도 반이나 타서 쓰러졌다.

이런 불 속으로부터 여러 사람이 오고 가는 밭 가운데로 튀어 가는 두 그림자가 있었다. 하나는 커다란 장정이요 하나는 작은 여자이다. 뒷산 숲에서 이것을 본 문 서방은 그 두 그림자를 향하고 내리뛰었다. 그는 천방지방 내리뛰었다. 독살이 올라서 불빛에 번쩍이는 그의 눈에는 이 두 그림자밖에는 아무것도 보이지 않았다.

"으윽 끅."

문 서방이 여러 사람을 헤치고 두 그림자 앞에 가 섰을 때 앞에 섰던 장정의 그림자는 땅에 거꾸러졌다. 그 때는 벌써 문 서방의 손에 쥐었던 도끼가 장정 인가의 머리에 박혔다. 도끼를 놓은 문 서방의 품에는 어린 여자의 그림자가 안겼다. 용례가…….

그 바람에 모여 섰던 사람들은 혹은 허둥지둥 뛰어 버리고 혹은 뒤로 자빠져서 부르르 떨었다. 용례도 거꾸러지는 것을 안았다.

"용례야! 놀라지 마라! 나다! 아버지다! 용례야!"

문 서방은 딸을 품에 안으니 이 때까지 악만 찼던 가슴이 스르르 풀리면

서 독살이 올랐던 눈에서 뜨거운 눈물이 떨어졌다. 이렇게 슬픈 중에도 그의 마음은 기쁘고 시원하였다. 하늘과 땅을 주어도 그 기쁨을 바꿀 것 같지 않았다.

그 기쁨! 그 기쁨은 딸을 안은 기쁨만이 아니었다. 적다고 믿었던 자기의 힘이 철통 같은 성벽을 무너뜨리고 자기의 요구를 채울 때 사람은 무한한 기쁨과 충동을 받는다.

불길은-그 붉은 불길은 의연히 모든 것을 태워 버릴 것처럼 하늘하늘 올랐다.

작품의 이해

• 구조적 분석

갈래 : 단편 소설, 참여 소설

배경 : 1920년 간도의 바이허

시점 : 전지적 작가 시점

주제 : 간도 이주민의 비참한 생활상과 악독한 중국인 지주에 대한 울분과 저항

출전 : 《조선문단》, 1927

• 작품해설

〈홍염〉은 1927년 《조선문단》에 발표된 최학송 빈궁 문학의 특징을 보여주는 대표적인 단편 소설이다. 최학송은 1920년대의 일제 식민지하에서 궁핍과 기아와 대결했던 경험을 바탕으로 문학적 세계의 의식으로 살린 사실적 세계를 다루었으며, 그의 작품은 가난한 자와 부유한 자의 갈등과 억압받는 자의 복수로 끝나는 구조를 가지고 있다.

이 작품 역시 1920년대의 일제 식민지하에서의 사회적 현실의 단면인 방화와 살인 등 현실 파괴의 전형적 소재를 다루면서 삶의 터전을 잃고 유랑하는 우리 민족의 궁핍함을 극적으로 형상화하고 있다.

서간도를 배경으로 가난과 민족적 멸시라는 열악한 환경 속에 살아가는 소작인의 모습을 식민지 시대의 죽음으로 몰릴 정도의 극한적 궁핍과 철저한 고립 상황을 사실적으로 기록하고 있다.

결국 방화와 살인이라는 극적인 대응 방식을 통해 울분을 토로하고 있기는 하나 현실의 구조적 모순을 극복하는 데 있어서는 문제점을 드러낸다. 즉, 방화와 살인이라고 하는 자포자기 상태에서의 충동적 행위는 문제 해결에 있어 바람직한 대응이라 볼 수 없는 것이다.

그러나 〈홍염〉은 최초의 피지배층의 저항을 문학화했다는 점에서, 사회적 · 구조적 모순을 단순한 개인적 항거로 끝내 다소 문학적 대안이라는 측면은 결여되었으나 높이 평가할 만하다.

• **생각해보기**

1. 작품의 갈등 구조에 대해 써라.
2. '홍염'이라는 제목이 갖는 의미는 무엇인가?

☞**해답**

1. 억압받는 피지배인 문 서방은 지주인 인가에게 물질적인 착취와 더불어 딸을 빼앗기고 그로 인해 아내마저 죽는 상황에 처한다. 문 서방의 인가에 대한 분노는 방화를 저지름으로써 표출되고 성벽처럼 튼튼한 지주를 쓰러뜨림으로 해결된다.
2. 홍염은 불꽃이란 의미로 결말의 극적 '방화' 장면이 저항 의식이 가장 강하게 반영된 것으로 볼 때 홍염은 피지배층의 저항을 상징화한 것이라 할 수 있다.